安徽师范大学中国诗学研究中心阜阳师范大学分中心项目

国家社科基金后期资助项目
出版说明

后期资助项目是国家社科基金设立的一类重要项目，旨在鼓励广大社科研究者潜心治学，支持基础研究多出优秀成果。它是经过严格评审，从接近完成的科研成果中遴选立项的。为扩大后期资助项目的影响，更好地推动学术发展，促进成果转化，全国哲学社会科学工作办公室按照“统一设计、统一标识、统一版式、形成系列”的总体要求，组织出版国家社科基金后期资助项目成果。

全国哲学社会科学工作办公室

国家社科基金
GUOJIA SHEKE JIJIN HOUQI ZIZHU XIANGMU
后期资助项目

魏晋南北朝隐逸文学研究

THE STUDY OF RECLUSIVE LITERATURE IN WEI, JIN, SOUTHERN AND NORTHERN DYNASTIES

李洪亮　著

SJPC 上海三联书店

目　　录

魏晋南北朝隐逸文学研究序

詹福瑞

中国古代夙有隐逸之风和隐逸文化，儒家主入世，道家尚出世，但无论儒道二家皆有隐逸思想。道家自不必云，儒家经典《周易》讲“遁世无闷”，孔子亦云：“天下有道则见，无道则隐”，“道不行吾将乘桴浮于海”。巢父、许由、伯夷、叔齐、蘧伯玉，都是出入儒家经典的人物，被孔孟赞为“不降其志、不辱其身”的君子，“治则进，乱则退”的智者。儒道二家之分异不在隐逸与否，而在何时、如何隐逸。儒家之隐多是无奈的道不行之时，虽隐亦心怀天下；而道家之隐则来自其尚自然的思想，隐退方合“天之道”，是一种根本上的高蹈离世。

魏晋南北朝隐逸之风甚盛，前有“竹林七贤”，后有“庐山莲社”，产生了潜心松乔理论与实践的葛洪、隐逸诗人之宗陶渊明。而时之名士或先隐后仕，或前官终遁，或半官半隐，或虽仕思隐，终其时不可胜数，其代表者江东名士谢安和王羲之。更有趣者，有人不隐，却鼓励他人隐，“郗超每闻欲高尚隐退者，辄为办百万资，并为造立居宇”。有人写招隐诗，有人就写反招隐诗。很显然，隐逸是此一时期重要的文化现象。受隐逸思潮的影响，隐逸文学也成为此一时期诗文创作之大宗，贯穿魏晋南北朝始终。陶渊明之外，阮籍、嵇康、二陆、三张、一左、二潘、谢灵运、谢朓、江淹、何逊、庾信等人也都有大量的隐逸诗文。如袁行霈、罗宗强主编《中国文学史》所说：“（在魏晋南北朝特殊的社会背景下），文学创作很自然地形成一些共同的主题，这就是生死主题、游仙主题、隐逸主题。”所以，二十世纪八十年代以来，关于隐逸文化和隐逸文学的论著颇多。然如作者所说：“当前对魏晋南北朝隐逸文学的研究，主要集中在诗歌上，其它体裁要么较少涉及，要么仅仅从题材上进行归类，或分析其产生的原因。这样的工作当然是必要的，但这些研究，没有揭示各种隐逸文体之间的联系，也就不能从整体上把握这一时期隐逸文学的特点及其发展流变。同时，就某个作家而言，一方面他有大量隐逸文学作品，同时，还会有不少饱含进取精神的作品，两种相互矛盾的心态是如何集于作家一身的，这种研究也是以往所缺乏的。同时，这一时期隐逸文学创作与作家初始性格的关系如何？与其物质条件有何联系？时代主流思潮对隐逸思想，以及对隐逸文学创作有何影响？以上问题，以往的研究还较为薄弱。既然如此，那么对魏晋南北朝隐逸文学进行更进一步的研究，不仅是可能的，而且还是必要的。”“作为这一时期文学的三大主题之一，对魏晋南北朝文学的研究，聚焦于隐逸主题，对揭示这一时期文学的特征、文学发展的规律及文人的心态，我觉得都是十分必要的。”这也正是洪亮先生做博士论文选题的初衷和其学术意义。

但无论怎么说，在学术界，于被人耕耘过的土地上再做文章，总有其难度。如何另辟蹊径？如何突破旧说，在旧说基础之上有所推进？不是简单说有难度而已，而是更有难度。需要有勇气，需要更深入细微的工作。

李洪亮先生2009年考入安徽师范大学，师从潘啸龙先生攻读博士学位，博士论文题目就是“魏晋南北朝隐逸文学研究”。我有幸作为最早的读者，拜读论文，主持了论文答辩。窃以为，此文选题虽然不新，但并不影响其研究价值和意义。做研究，开辟新的领域，或有新材料，作出文章，自然有价值；然做他人已经做过的题目，另辟蹊路，深耕细作，更上层楼，就学术研究而言，其贡献不在前者之下，甚或更大。洪亮的论文即是。洪亮论文答辩很圆满，顺利取得博士学位，后修改博士论文，申报国家社科基金后期资助，论著得到评审专家的肯定，成功获批。洪亮先生又对论文做了较大修改，过程自然是艰辛的，但著作质量却有了更大提高，收获可喜。

以往探讨隐逸文化的原因，多集中于社会因素。魏晋南北朝战乱频仍，政治动荡，历史上称为乱世。宗白华《论世说新语与晋人的美》一文就讲到：“汉末魏晋六朝是中国政治上最混乱、社会上最苦痛的时代。”所以论者多关注社会动乱给士人思想、心态造成的冲击。洪亮先生的著作则引入了遗传学初始性格的理论考察隐逸文学的作者，分析阮籍、嵇康、陶渊明等人的初始性格，从而揭示出隐逸文学产生的另一重要原因：源于士人自身或家族遗传的初始性格对其是否成为隐逸作家具有十分重要的作用。此论发前人所未发，而且很重要。同处乱世，为什么有的士人选择了逃离庙堂、归隐江海？有的士人不退反进，意气昂扬，博取功名，甚至为此搭进去性命，如陆机？可见仅凭外在的社会环境影响无法完全合理解释这个问题。洪亮先生以初始性格分析魏晋南北朝士人的隐逸及其诗文，圆满解决了此一问题，弥补了既往研究的不足。自然，一个是客观因素，一个是主观因素，无论强调哪一个都会影响到文学史真相的客观揭示。洪亮先生对隐逸文学发生因素的研究是圆融的，鉴于环境单方面揭示的片面性，他把社会环境、社会思潮与士人遭遇、初始个性融为一体，探究隐逸文学创作之因，避免了自己研究初始性格的片面性。读到这样的章节，我心中暗道，洪亮已经不是博士初出茅庐，他显然已经具备了一个成熟学者的老练。

我对此论著中另一个关注的话题，是隐逸主题在各体诗文中的表现。洪亮先生的梳理，除了诗，广及辞赋、颂、赞、传、论、书等各种文体。论著比较深入地总结了多体诗文思归、隐遁的的情思，论述其隐逸精神的一致性。但我更留意的是，此书对不同文体中意象相互渗透、相互影响文学现象的揭示，西晋诗文逸民意象、陶渊明作品诗与酒意象的分析。由这些章节可见作者以深入作品机理的细微分析超越前贤的良苦用心和努力。这样的努力有的达到了，有的基本达到。尤其是西晋同样表现隐逸主题的诗体，四言与五言主题和风格之不同的辨析，给我留下深刻印象。当然也有遗憾之处，如陶渊明诗与菊意象，多么有意思的话题，即使前人有过论述，仍大有发掘的空间，可惜文字匆匆了之。

家族文学的研究，是近些年古代文学的热点。洪亮先生的著作，用了相当多的篇幅研究谢氏家族以及陶氏家族隐逸思想及诗文，为谢灵运、谢朓、陶渊明等士人的隐逸思想及诗文研究拓展了新的通道。这一通道虽非洪亮最早打开，他的工作是拓展，但有其特点，那就是洪亮先生的著作不仅似一般家族文学研究那样，把家族传统作为揭示家族文学的原因，如谢氏家族门风对谢灵运、谢朓等诗文的影响；并且挖掘了家族隐逸文学的个性，如作品亲情、温情的慰藉。

以上均非对洪亮论著的全面评价，对一本书的全面判断非小序所能及。此处所谈，多为我感兴趣之处，择而述之，管窥而已。当然，即使是粗粗的几点，亦可一窥此书面貌、成就之一斑。至于具体的评价，主要在读者。是为序。

2020 年 12 月 6 日

上编

引 论

隐逸现象在中国源远流长，隐逸思想及与之相伴的隐士，在中国文化的起始阶段就已出现。儒、道两家都有许多关于隐逸的言论，这些为隐逸文化的发展奠定了坚实的基础。而文学作品，如《诗经》《楚辞》中也有大量对隐逸思想的描写。此后，随着社会的变动，或隐或显，隐逸之风始终不曾中断，有时更蔚为大观，成为一个时代尊崇的风尚。魏晋南北朝时期隐逸思想普遍流行，尤其东晋，人人以“隐逸”为荣。受这种思潮的影响，隐逸文学创作也迎来了高潮，出现了“古今隐逸诗人之宗”的陶渊明。同时，隐逸文学创作也一直贯穿于魏晋南北朝始终，陶渊明之外，阮籍、嵇康、二陆、三张、一左、二潘、谢灵运、谢朓、江淹、何逊、庾信等作家，都有大量隐逸作品，这些构成了蔚为大观的魏晋南北朝隐逸文学。“（在魏晋南北朝特殊的社会背景下）文学创作很自然地形成一些共同的主题，这就是生死主题、游仙主题、隐逸主题。”①隐逸主题是这一时期文学的三大主题之一。故而，对魏晋南北朝文学的研究，聚焦于隐逸主题，对揭示这一时期文学的特征、文学发展的规律及文人的心态，都是十分必要的。

第一节 隐逸文学界定

一、研究者对隐逸文学的界定

对隐逸文学、隐逸诗的界定，研究者见仁见智，莫衷一是，代表性的观点如下：

1. 洪顺隆先生把隐逸诗分为两类：A. 广义的隐逸诗，“应包括游仙诗、山水诗、玄言诗、田园诗等……”；B. 狭义的隐逸诗，“以歌咏穷约生活，

① 袁行霈、罗宗强主编《中国文学史》第二册，高等教育出版社 1999 年版，第 9 页。

企慕古时的高士、隐者、逸民，向往山林、江海、农耕、渔钓等世外幽境，甚至以宦达为俗累，以隐逸为高尚的思想等作品，才是我所要讨论的对象，故所谓隐逸诗也者，必是直接触及隐逸本质或概念的篇什，也就是描述前面所说隐逸含蕴的作品。”①台湾政治大学沈禹英的博士论文《六朝隐逸诗研究》，基本沿袭洪顺隆的思路，同样将六朝隐逸诗分为广义与狭义两类。

2. 袁行霈、罗宗强主编的《中国文学史》认为：“隐逸主题包括向往和歌颂隐逸生活的作品，也包括招隐诗、反招隐诗。”②

3. 许晓晴：“本文……将隐逸诗界定为诗歌内容方面与隐逸行为、思想有关的，以隐逸为主题的中古诗歌。隐逸诗属于诗歌主题研究范畴，因此从隐逸诗歌内容分类，大致可以分为描述隐居生活与环境、吟咏隐士、企慕隐逸、征隐士出山、探讨隐逸价值等类型。”③

4. 霍建波：“凡是具有一定分量的隐逸思想的诗歌，都可称之为隐逸诗。隐逸诗中隐逸思想应该包括以下几个方面的内容：(1)因时局动乱、仕途险恶等社会问题而表达避世归隐愿望，寻求人生归宿的；(2)向往山水、田园的自然美景而甘愿终老于此的；(3)描绘种种高雅行径、闲情逸致等有关隐士生活情调的；(4)直接发表对于隐居、隐士等有关隐逸问题的看法的；(5)尽管诗中没有明显的隐逸思想，但因其言外之意能够被后代文人多次在论及隐逸问题时作为典故引用的；等等。”④

虽然以上界定大多是针对隐逸诗的，但对于其他体裁的隐逸文学同样适用。

可以看出，这些对隐逸文学、隐逸诗的界定，总体而言，倾向于洪顺隆先生所说的狭义的隐逸文学。虽然如此，在具体的论述中，却往往存在着把隐逸文学扩大化的倾向，如霍建波就把游仙诗、田园诗乃至佛道诗都囊括进来，分别冠之以游仙隐逸诗、田园隐逸诗、佛道隐逸诗。而许晓晴则又把园林集会时创作的诗歌也归入此范畴，这样一来，就有把隐逸文学的外延扩大的趋势，这势必造成概念的模糊，从而带来主题的庞杂，不利于阐释隐逸文学发展的规律。

二、类书中隐逸文学的体裁分类

选录魏晋南北朝隐逸文学最早且具有代表性的文献是《文选》和《艺文

---

① 洪顺隆《由隐逸到宫体》，台北文史哲出版社 1984 年版，第 4—5 页。

② 《中国文学史》第二册，第 10 页。

③ 许晓晴《中古隐逸诗研究》，复旦大学 2005 年古代文学博士论文，第 15 页。

④ 霍建波《宋前隐逸诗研究》，人民出版社 2006 年版，第 7 页。

类聚》。

《文选》卷二十二“诗”之“招隐”“反招隐”收录作品有：左太冲《招隐诗》二首、陆士衡《招隐诗》一首、王康琚《反招隐诗》一首，这是比较明显的隐逸文学作品。

《艺文类聚》卷三十六“人部”上“隐逸”上、卷三十七“人部”下“隐逸”下，更多隐逸文学作品，以文体分类，有如下几种：“文”、诗、赋、颂、赞、箴、志、训、讥、铭、碑、墓志、诔、吊、祭文、诏、敕、教、表、启、书、论等，[①]除第一种没有明确标明而实际上属于“文”外，计有文体二十一种，几乎囊括了当时的所有文体。对这些作品仔细研读后，我们大致了解选录者心中的隐逸文学标准：1. 阐释隐逸思想；2. 歌颂隐逸生活；3. 描绘隐逸环境；4. 品评隐逸人物，包括隐士、逸民、高士甚至仙道；5. 叙述隐逸人物事迹；6. 招隐与反招隐；7. 抒发对污浊现实的厌恶从而向往退隐生活；8. 仙道事迹及与仙道之交往；9. 对与隐逸相关问题的讨论；等等。

三、本书的界定：狭义的隐逸文学

“隐”，《说文解字》：“蔽也”，段玉裁注：“艸部曰：‘蔽、茀，小皃也。’小则不可见，故隐之训曰蔽。’”“逸”，《说文解字》：“失也”；辞源释“隐逸”为：“1. 隐居、隐遁；2. 逸士、逸民”；《古代汉语词典》(商务印书馆 1998 年版)大致承袭《辞源》的解释。《汉语大词典》对“隐逸”解释如下：1.“犹隐居、隐遁”；2.“指隐居之士”。在对“隐逸”第二条的释义上，含义稍宽，“隐居之士”应该包括一切非入仕之士人，那么僧侣自然被囊括。然而，《汉语大词典》对“隐逸”第二条释义之后又举三例——《后汉书·岑熙传》：“迁魏郡太守，招聘隐逸，参与政事，无为而化。”宋苏舜钦《独游辋川》：“隐逸何曾见，孤吟对古松。”鲁迅《热风·随感录四十八》：“不知那些学‘声光化电’的‘新进英贤’，能否驮着山野隐逸，海滨遗老，折衷一世?”显然，这里所说的“隐居之士”，却又不包括僧侣。

隐逸与隐士密切关联，对隐士的定义也是见仁见智。《庄子·缮性篇》云：“古之所谓隐士者，非伏其身而弗见也，非闭其言而不出也，非藏其知而不发也，时命大谬也。当时命而大行乎天下，则反一无迹；不当时命而大穷乎天下，则深根宁极而待；此存身之道也。”[②]《庄子·刻意篇》云：“就薮泽，处闲旷，钓鱼闲处，无为(二字原倒。奚侗云：“当作为无。《说文》：无，亡

---

① (唐)欧阳询撰《艺文类聚》，上海古籍出版社 1999 年新 2 版，第 637—672 页。
② (清)郭庆藩《庄子集释·缮性》，中华书局 1961 年版，第 555 页。

也;亡,逃也。‘为无’犹言为逃也。今从正”)而已矣;此江海之士,避世之人,闲暇者之所好也。”[①]《庄子·在宥篇》:“故贤者伏处大山嵁岩之下。”[②]《庄子》中对隐士行为的描述,就我们理解隐逸文学定义言,可提供三点启发:1. 隐士的产生是“时命大谬”的结果;2. 隐士属于在野的一批士人;3. 隐士这样行为的目的有“存身之道”的考虑。

这一时期的正史,自《后汉书》首立《逸民传》以来,《晋书》《宋书》《南齐书》《梁书》《魏书》《隋书》《南史》《北史》皆有“隐逸传”,考察史书记载的这些隐士后,我们发现,他们基本都与佛、道无涉。即便有如雷次宗、陶弘景等所谓的居士、道士,其主要活动也在与世俗的交接,正是着眼于在与世俗交接中,表现出的“节行超逸”,他们才被目为隐士。史书中不仅记载如许多的隐者事迹,对于隐者的类别也有详细的划分,如《后汉书·逸民列传》云:

> 《易》称“《遁》之时义大矣哉”。又曰:“不事王侯,高尚其事。”是以尧称则天,不屈颍阳之高;武尽美矣,终全孤竹之洁。自兹以降,风流弥繁,长往之轨未殊,而感致之数匪一。或隐居以求其志,或回避以全其道,或静己以镇其躁,或去危以图其安,或垢俗以动其概,或疵物以激其清。然观其甘心畎亩之中,憔悴江海之上,岂必亲鱼鸟乐林草哉!亦云性分所至而已。故蒙耻之宾,屡黜不去其国;蹈海之节,千乘莫移其情。适使矫易去就,则不能相为矣。彼虽硁硁有类沽名者,然而蝉蜕嚣埃之中,自致寰区之外,异夫饰智巧以逐浮利者乎!荀卿有言曰,“志意修则骄富贵,道义重则轻王公”也。[③]

论述隐逸者的品质时,重点强调的是“不事王侯,高尚其事”,这种品行虽与后来的佛、道徒有一致之处。但我们知道,后汉时佛、道在中国尚处于初始阶段,或者说处于萌芽状态,故而,范晔的论述,显然并不针对佛徒、道士言说的。

《晋书·隐逸传》对隐者“不事王侯,高尚其事”的品格,有着更详尽的阐释:

---

① 《庄子集释·刻意》,第535页。

② 《庄子集释·在宥》,第373页。

③ (南朝宋)范晔《后汉书·逸民列传》,中华书局2005年版,第1861页。

> 若夫穹昊垂景，少微以躔其次；《文》《系》探幽，贞遁以成其象。故有避于言色，其道闻乎孔公；骄乎富贵，厥义详于孙子。是以处柔伊存，有生之恒性；在盈斯害，惟神之常道。古先智士体其若兹，介焉超俗，浩然养素，藏声江海之上，卷迹嚣氛之表，漱流而激其清，寝巢而韬其耀，良画以符其志，绝机以虚其心。玉辉冰洁，川渟岳峙，修至乐之道，固无疆之休，长往邈而不追，安排窅而无闷，修身自保，悔吝弗生，诗人《考槃》之歌，抑在兹矣。①

梁代的阮孝绪是当时著名隐士，名列《梁书·处士传》之中。他搜集了自炎黄以至天监末有关隐士的史料，完成了《高隐传》十卷。这部书中，他把隐士分成三种类型，分三篇叙述：

一：言行超逸，名氏不备。

二：始终不耗，姓名可录。

三：挂冠人世，栖心尘表。②

而《梁书·处士传》则对当时隐逸思想及分类，给出以下阐释：

> 《易》曰："君子遁世无闷，独立不惧。"孔子称长沮、桀溺隐者也。古之隐者，或耻闻禅代，高让帝王，以万乘为垢辱，之死亡而无悔。此则轻生重道，希世间出，隐之上者也。或托仕监门，寄臣柱下，居易而以求其志，处污而不愧其色。此所谓大隐隐于市朝，又其次也。或裸体佯狂，盲瘖绝世，弃礼乐以反道，忍孝慈而不恤。此全身远害，得大雅之道，又其次也。然同不失语默之致，有幽人贞吉矣。与夫没身乱世，争利干时者，岂同年而语哉！《孟子》曰："今人之于爵禄，得之若其生，失之若其死。"《淮南子》曰："人皆鉴于止水，不鉴于流潦。"夫可以扬清激浊，抑贪止竞，其惟隐者乎！自古帝王，莫不崇尚其道。虽唐尧不屈巢、许，周武不降夷、齐，以汉高肆慢而长揖黄、绮，光武按法而折意严、周；自兹以来，世有人矣。有梁之盛，继绍风猷。斯乃道德可宗，学艺可范，故以备《处士篇》云。③

南朝萧梁时代，佛教大行于世，但从以上阮孝绪及《梁书·处士传》的

---

① (唐)房玄龄等《晋书·隐逸传》，中华书局 1974 年版，第 2425 页。

② 蒋星煜《中国隐士与中国文化》，上海书店 1992 年版，第 17 页。

③ (南朝梁)姚思廉《梁书·处士传》，中华书局 1973 年版，第 731—732 页。

论述来看，这里的隐士显然并不针对佛道之士，至于所论列的隐逸者如陶弘景，也是依违仕、隐，而更多与世俗皇权交接的事迹，“山中宰相”之称，诚非虚誉。《旧唐书·隐逸传》对隐者的论述一如《梁书·处士传》：

前代贲丘园，招隐逸，所以重贞退之节，息贪竞之风。故蒙叟矫《让王》之篇，玄晏立高人之传，箕、颍之迹，粲然可观。而汉二龚之流，乃心王室，不事莽朝，忍渴盗泉，本非绝俗，甚可嘉也。皇甫谧、陶渊明慢世逃名，放情肆志，逍遥泉石，无意于出处之间，又其善也。即有身在江湖之上，心游魏阙之下，托薜萝以射利，假岩壑以钓名，退无肥遁之贞，进乏济时之具，《山移》见诮，海鸟兴讥，无足多也。阮嗣宗傲世佯狂，王无功嗜酒放荡，才不足而智有余，伤其时而晦其用，深识之士也。高宗天后，访道山林，飞书岩穴，屡造幽人之宅，坚回隐士之车。而游岩、德义之徒，所高者独行；卢鸿一、承祯之比，所重者逃名。至于出处语默之大方，未足与议也。今存其旧说，以备杂篇。①

其所举例，箕、颍、汉之二龚、皇甫谧、陶渊明、阮嗣宗、王无功，皆与佛道无涉，即便后来所提到的司马承祯，一般认为，他是唐代著名的道士，对李白的告诫更是人所共知，然而，他却并非纯然焚香炼丹之道士，也如陶弘景参与梁武帝政事一样，对大唐政治多有介入。就此而言，《旧唐书》在确立其隐士身份时，更多还是着眼其对世俗的疏离。

另外，魏晋南北朝时期产生的《抱朴子外编》，其卷1、卷2，《世说新语·栖逸》卷17，以及宋代的《太平御览》卷501至卷510，也有不少隐逸思想、隐逸事迹及隐逸文学的资料。对这些资料仔细分析后，可明显感到，它们对隐逸的论述也基本与佛道无涉。

综上，我们大致可得出这样的结论：一般认为，隐逸就是士之不得志于时，而自愿放弃原本作为士阶层应该承担的入仕的义务；或者，即便世事清平，为了保持自己高洁自由的人格而不愿屈身王侯。当然，这些人中的极端者，如嵇康、阮籍之流，往往“酷不入情”，被世俗目之狂人。而佛、道之士则不然，虽在远离世事方面与隐逸者类似，但一旦栖身佛门、道观，其士人的身份就完全转变了，就不再是原来意义上的士人了。当然，依违两端者如雷次宗、陶弘景、司马承祯之流又当另眼视之。

基于以上分析，我们基本认同洪顺隆先生对狭义隐逸文学的界定，及

① （五代）刘昫等《旧唐书·隐逸传》，中华书局1975年版，第5115—5116页。

袁行霈先生有关隐逸文学的论点。

隐逸文学的作者有隐士，更多的是非隐士。如此，我们界定隐逸文学，作者只是判断的一个因素，而非全部的决定性因素，判断的主要依据在于我们界定的标准。以此标准，再来衡量《文选》选录作品，除了那几首“招隐”“反招隐”诗之外，还有《文选》卷十四、十五、十六“志”类所录赋：班孟坚《幽通赋》、张平子《思玄赋》《归田赋》、潘安仁《闲居赋》；卷十七、十八“音乐”类：王子渊《洞箫赋》、马季长《长笛赋》、嵇叔夜《琴赋》、潘安仁《笙赋》、成公子安《啸赋》。此外，还有“咏怀诗”“游览诗”中的某些篇章。

第二节　隐逸思想的来源及先秦两汉隐逸文学发展概况

一、隐逸思想的来源

隐逸思想源远流长，先秦儒、道两家就有不少相关论述。由于儒、道在中国历史发展过程中，始终占据主导地位。故而，儒、道两家的隐逸思想对中国隐逸文学的影响自然不能低估，这是我们研究隐逸文学必须要清楚的。

（一）儒家隐逸观

《周易》一书，儒、道均视之为经典，但它自汉代起就被列为博士，更早确立了在儒家中的经典地位。故而，我们这里把它作为儒家经典对待。《周易》中的隐逸思想主要体现在三个方面：(1)“不事王侯，高尚其事。”(《蛊卦》)这是一种欲保持独立、自由人格的主动退隐，这种思想虽还不像道家为“道”而隐，但和儒家的待时之隐也不尽相同。(2)“天地闭，贤人隐。”(《文言》)(3)“遁：亨，小利贞。”(《遁卦》)孔颖达疏：“小人方用，君子日消；君子当此之时，若不隐遁避世，即受其害，须遁然后得通，故曰‘遁，亨。’”这种归隐显然是无奈的，为保全自身不得已去归隐，而这种思想在儒、道两家皆大量存在。可见，《周易》中的隐逸思想介乎儒、道两家之间，而又超乎两家之上，对后来隐逸者的行为产生很大影响。

儒家的隐逸观更直接体现在《论语》《孟子》及《礼记》中。其中《论语》中的论述更是比比皆是。总体来说，儒家隐逸观，还包含以下几个方面：

1. 天下有道则见，无道则隐

“天下有道则见，无道则隐。”(《论语·泰伯》)，也即“用之则行，舍之则藏”(《述而》)。这和《周易》的“天地闭，贤人隐”的意思基本一致。孔子生活的春秋末期，战乱频仍，为了让统治者实行儒家之道，他周游列国，有时遑遑如丧家之犬，“困于陈、蔡之间”，几欲丧命。故而，在事业低落，生命不保，追求之道无由实现之时，他只能寄托于隐逸，“子在陈，曰：‘归与，归与！’”（《公冶长》）当然，与纯粹保全生命者相较，孔子更看重的是道之不行，“道不行，乘桴浮于海”（《公冶长》）。也就是在这种意义上，儒家特别看重伯夷、叔齐，对他们的隐逸行为反复赞美：“‘伯夷、叔齐何人也？’曰：‘古之贤人也。’曰：‘怨乎？’曰：‘求仁而得仁，又何怨？’”（《述而》）“孔子曰：‘见善如不及，见不善如探汤。吾见其人矣，吾闻其语矣。隐居以求其志，行义以达其道。吾闻其语矣，吾未见其人也。’‘齐景公有马千驷，死之日，民无德而称焉。伯夷叔齐饿于首阳之下，民到于今称之。其斯之谓与？’”（《季氏》）孟子也不止一次提到伯夷，《公孙丑上》：“曰：‘伯夷、伊尹何如？’曰：‘……治则进，乱则退，伯夷也。’”伯夷、叔齐的义不食周粟，当然不是因为生命受到威胁，还主要是因为“食周粟”，就等于肯定了周之以下犯上，父死不丧之行为，而这些行为显然与儒家原则格格不入。当然，作为商之臣民，不仕二姓，也是他所坚持的道义之一，如此，他只好藏进首阳山里去了。

2. 对隐者道德力量的礼赞

《论语·先进篇》中，孔子让弟子各言其志，当曾皙说出自己的理想：“莫春者，春服既成，冠者五六人，童子六七人，浴乎沂，风乎舞雩，咏而归。”“夫子喟然叹曰：‘吾与点也！’”显然，孔子对这种以弘扬道统为己任，且无拘无束，心情舒畅的生活高度认同。故而，物质生活极度贫乏的颜回，因“不改其乐”，为孔子激赏：“贤哉，回也！……贤哉，回也！”（《雍也》）因为隐逸者据有道德的制高点，故而，虽物质生活窘迫，仍能粪土王侯、珠玉。子曰：“饭疏食饮水，曲肱而枕之，乐亦在其中矣。不义而富且贵，与我如浮云。”（《述而》）也正是在这种意义上，他对身体力行道统的隐者楚狂接舆、长沮、桀溺、荷蓧丈人深为羡慕，较之而自惭形秽。这种道德的优势，势必会强化隐者“不事王侯，高尚其事”的心理，《孟子·滕文公下》云：“居天下之广居，立天下之正位，行天下之大道，得志与民由之，不得志独行其道，富贵不能淫，贫贱不能移，威武不能屈，此之谓大丈夫。”孟子是从培养儒家“吾善养吾浩然之气”的角度，推崇“得志与民由之，不得志独行其道”。孟子认为，得志与否，本身并不重要，重要的是要培养自己“富贵不能淫，贫贱不能移，威武不能屈”的大丈夫之气，显然，这里也包含对隐者得以“独行其道”的认可。

《礼记·儒行》有云：“儒有上不臣天子，下不事诸侯，慎静而尚宽，强毅以与人，博学以知服，近文章，砥砺廉隅，虽分国如锱铢，不臣不仕，其规为有如此者。”这一论述，如一阵强风，把隐者粪土万户侯气干云霄的道德自信，以及为了维护儒家道统而自觉归隐的心态一下吹在士人面前，从而收获多量之青眼，受到士人普遍之膜拜。

3. 隐居以求其志，行义以达其道

其实，不管是隐居，还是入仕，为的都是“达道”。入仕是为了天下苍生，直接实现儒家的理想，而隐居则是以自己道德的榜样力量泽被身边人，乃至后人，是以一种精神的力量间接地实现着儒家的道统。孔子曰：“见善如不及，见不善如探汤。吾见其人矣，吾闻其语矣。隐居以求其志，行义以达其道。吾闻其语矣，吾未见其人也。”（《季氏》）孔子所说的“隐居以求其志，行义以达其道”的人格，在他生活的时代尚处于萌发状态。到了孟子，对孔子的这种思想加以引申，表述得就更为清晰，《尽心上》曰：“故士穷不失义，达不离道，故士得已焉；达不离道，故民不失望焉。古之人得志泽加于民，不得志修身见于世，穷则独善其身，达则兼善天下。”“穷则独善其身，达则兼善天下”一经提出，即成为后世儒者出处两端的心理支撑，成为儒者得以蔑视功名财富的理论依托，也为儒家隐逸者提供了逃避污浊现实的强大精神支持。

4. “无可无不可”的处世态度

源于以上论述，儒者认为只要能达道，仕也好，隐也好，都是无所谓的，甚至在某种情况下，隐逸更有利于道德的培养。有鉴于此，儒家对出仕采取了“无可无不可”的态度。《孟子·公孙丑上》评孔子的出仕态度，认为：“可以仕则仕，可以止则止，可以久则久，可以速则速，孔子也。”《孟子·万章下》：“可以速而速，可以久而久，可以处而处，可以仕而仕，孔子也。”“中庸”思想是儒家学说的一个重要特点，孔子在仕隐的态度上，正如孟子所论，也不走极端。虽然，孔子曾为隐者隐居以行其道的行为大唱赞歌，但孔子自己对隐逸行为，则是很通达的：“子曰：‘不降其志，不辱其身，伯夷、叔齐与?’谓‘柳下惠、少连，降志辱身矣。言中伦，行中虑，其斯而已矣。’谓‘虞仲、夷逸，隐居放言，身中清，废中权。我则异于是，无可无不可。’”（《微子》）“无可无不可”的处世态度对以后朝隐、心隐、中隐理论产生很大影响。

5. 举逸民，天下之民归心焉

这里强调两层意思：一、隐者具有重要作用。“季春之月，聘名士，礼贤者。”（《礼记·月令》）隐者一般都是有较高文化修养，道德纯良，人格高尚之人。这批人才的遗落，在任何社会都是一种损失。加之，漫长的帝制时代，能文识字者本就少见，这批人就更显弥足珍贵。故而，我们经常看到统治者的招隐之诏，招隐诗、招隐文、赋也不鲜见；二、隐者的榜样力量。

"举逸民,天下之民归心焉。"(《论语·尧曰》)在战乱时代,人民看惯了刽子手、军阀制造的血雨腥风,在治平时代,人们看惯了统治者的尔虞我诈。隐者纯良的道德如一股清风,沁人心脾,自有一种莫名的吸引力。加之,隐者长期隔绝人世,多数人只闻其声未见其人,势必造成一种神秘感。人们都有这样的共识:越是自己不熟悉的,不认知的人和事,越有浓厚的兴趣,越有接近的欲望。具有神秘感的隐者,同样具有吸引人的力量。如此,隐者就特受统治者的青睐。历代招隐不绝,甚至,没有隐者,还要人为造出隐者,再行征聘,彰显"重视"人才之姿态。

(二)道家隐逸观

道家对隐逸的态度与儒家稍异。作为道家代表人物的"隐君子"①老子,有不少与隐逸有关的事迹,"孔子适周,将问礼于老子。老子曰:'子所言者,其人与骨皆已朽矣,独其言在耳。且君子得其时则驾,不得其时则蓬累而行。'张守节《正义》曰:'言君子得明主则驾车而事,不遭时则若蓬转流移而行,可止则止也。'"②"修道德,其学以自隐无名为务。居周久之,见周之衰,乃遂去。""(老子)至关,关令尹喜曰:'子将隐矣,强为我著书。'于是老子乃著书上下篇,言道德之意五千余言而去,莫知其所终。"③因有如许隐逸事迹,以致有把老子误以为著名隐者老莱子者,"老莱子,楚人。当时世乱,逃世耕於蒙山之阳,莞葭为墙,蓬蒿为室,杖木为床,蓍艾为席,菹芰为食,垦山播种五谷。楚王至门迎之,遂去,至於江南而止。曰:'鸟兽之解毛可绩而衣,其遗粒足食也'"。④《史记·老子韩非列传》于老子传记下曰:"或曰:老莱子亦楚人也。"张守节正义曰:"太史公疑老子或是老莱子,故书之。"⑤

同样,庄子也有不少隐逸事迹,"庄周少学老子,梁惠王时为蒙县漆园吏,以卑贱不肯仕。楚威王以百金聘周,周方钓於濮水之上,曰:'楚有龟,死三千岁矣,今巾笥而藏之於庙堂之上,此龟宁生而掉尾涂中耳。子往矣,吾方掉尾于涂中。'后齐宣王又以千金之币迎周为相,周曰:'子不见郊祭之牺牛乎?衣以文绣,食以刍菽,及其牵入太庙,欲为孤豚,其可得乎?'遂终身不仕"。⑥

---

① (汉)司马迁《史记·老子韩非列传》,中华书局2005年版,第1703页。
② 《史记·老子韩非列传》,第1702页。
③ 《史记·老子韩非列传》,第1702页。
④ 《史记·老子韩非列传》,张守节《正义》引《列仙传》,第1703页。
⑤ 《史记·老子韩非列传》,第1703页。
⑥ (魏)嵇康著,戴明扬校注《嵇康集校注·附录〈圣贤高士传赞〉》,人民文学出版社1962年版,第410页。

老子、庄子既有较多隐逸事迹，《老子》《庄子》书中自然有大量的隐逸思想。综合而论，老庄的隐逸思想主要如下：

1. 天下大乱，贤圣不明

老庄生活的东周时代，战乱频仍，人命危浅，出于保全性命之考虑，儒家主张"天下有道则见，无道则隐"（《论语·泰伯》）。道家也秉持同样理念，所谓"天下大乱，贤圣不明"。成玄英疏："不明，韬光晦迹。"[①]也即，天下大乱，社会动荡之时，有识之士应当退避归隐。

《庄子·人世间》记载："孔子适楚，楚狂接舆游其门曰：'凤兮凤兮，何如德之衰也。来世不可待，往世不可追也。天下有道，圣人成焉；天下无道，圣人生焉。方今之时，仅免刑焉！福轻乎羽，莫之知载；祸重乎地，莫之知避。已乎，已乎！临人以德。殆乎，殆乎！画地而趋。迷阳迷阳，无伤吾行。吾行郤曲，无伤吾足。'"楚狂接舆显然是一理性隐者，在面对"仅免刑焉"的"方今之时"，只能发出"天下有道，圣人成焉；天下无道，圣人生焉"的浩叹。《庄子·缮性篇》曰："由是观之，世丧道矣，道丧世矣，世与道交相丧也。道之人何由兴乎世，世亦何由兴乎道哉！道无以兴乎世，世无以兴乎道，虽圣人不在山林之中，其德隐矣。隐故不自隐。"

2. 功成身退，天之道

《老子》第九章曰："持而盈之，不若其以。揣而锐之，不可长保。金玉满堂，莫之能守；富贵而骄，自遗其咎。功成身退，天之道。"第五章又曰："成功不居。"这是士人的主动选择，有别于"天下大乱，贤圣不明"的被迫与无奈。这种选择的出发点主要在于两点：A、不以功名累于身；B、出于自身安危的考虑。道家尤其是老子深明柔胜于强的道理，知道成功背后潜伏的危机，所谓"祸兮福之所倚，福兮祸之所伏"（《老子》第五十八章）。如此，道家不仅言"成功不居"，甚至把这一行为上升到"道"的高度："功成身退，天之道"。

3. 是以圣人处无为之事，行不言之教

隐者隐居后的生活应当怎么样？和儒家的待时而隐，隐时依然关注现实不同，道家认为，隐逸本身就是目的，为了道的实现，隐逸者应该"处无为之事，行不言之教"（《老子》第五章）。

隐者的这种无为，一方面指向外在的行为，《刻意》："刻意尚行，离世异俗，……此山谷之士，非世之人，……就薮泽，处闲旷，钓鱼闲处，无为而已

① 《庄子集释》，第1069、1070页。

矣;此江海之士,避世之人,闲暇者之所好也。”[①]另一方面还在于内心的恬静,内心的纯净无机心。“古之所谓隐士者,非伏其身而弗见也,非闭其言而不出也,非藏其知而不发也,时命大谬也。当时命而大行乎天下,则反一无迹;不当时命而大穷乎天下,则深根宁极而待;此存身之道也。”[②]“深根宁极而待”,不仅是“存身之道也”,而且作为正宗隐者的标准特征,一再为道家强调,《庄子·天地篇》记载:

子贡南游于楚,反于晋,过汉阴,见一丈人方将为圃畦,凿隧而入井,抱瓮而出灌,搰搰然用力甚多而见功寡。子贡曰:“有械于此,一日浸百畦,用力甚寡而见功多,夫子不欲乎?”

为圃者仰而视之曰:“奈何?”曰:“凿木为机,后重前轻,挈水若抽,数如泆汤,其名为槔。”为圃者忿然作色而笑曰:“吾闻之吾师,有机械者必有机事,有机事者必有机心。机心存于胸中则纯白不备;纯白不备,则神生不定;神生不定者,道之所不载也。吾非不知,羞而不为也。”

子贡瞒然惭,俯而不对。

有间,为圃者曰:“子奚为者邪?”

曰:“孔丘之徒也。”

为圃者曰:“子非夫博学以拟圣,於于以盖众,独弦哀歌以卖名声于天下者乎?汝方将忘汝神气,堕汝形骸,而庶几乎!而身之不能治,而何暇治天下乎!子往矣,无乏吾事!”

子贡卑陬失色,顼顼然不自得,行三十里而后愈。[③]

抱瓮老人是个典型的隐者,其所言论“吾闻之吾师,有机械者必有机事,有机事者必有机心。机心存于胸中则纯白不备。纯白不备,则神生不定;神生不定者,道之所不载也。吾非不知,羞而不为也”正是典型的隐逸心态。

4. 独有之人,是之谓至矣

《庄子·在宥》云:“出入六合,游乎九州,独往独来,是谓独有。独有之人,是之谓至矣。”这一隐逸精神,出于对理想、自由人格的崇拜,与《周易》

① 《庄子集释·刻意》,第535页

② 《庄子集释·缮性》,第555页。

③ 《庄子集释·天地》,第433—436页。

主张的“不事王侯，高尚其事”较为相似。应当说，这是道家隐逸观的核心。我们常说庄子追求一种逍遥游，一种艺术化的人生，这不仅表现在外在的自由、不受羁绊，更重要的在于内心的洒脱，在于内在精神的勃发：“泽雉十步一啄，百步一饮，不蕲畜乎樊中。神虽王，不善也。”[①]成玄英疏曰：“夫泽中之雉，任于野性，饮啄自在，放旷逍遥，岂欲入樊笼而求服养！譬养生之人，萧然嘉遁，唯适情于林籁，岂企羡于荣华！”[②]一旦“畜乎樊中”，则“神虽王，不善也”。更见庄子对独立、自由人格追求的强度。缘于此，当楚威王“或聘于庄子”时，庄子应其使曰：“子见夫牺牛乎？衣以文绣，食以刍叔。及其牵而入于大庙，虽欲为孤犊，其可得乎！”[③]

而这种绝对的无所依傍的自由、独立在现实生活中是不可能存在的，于是，庄子只能把这种追求寄托在隐逸之“独有”者身上，这种隐逸的目的当然也是为了“道”的实现，《庄子·让王篇》曰：“曾子居卫，缊袍无表，颜色肿哙，手足胼胝，三日不举火，十年不制衣。正冠而缨绝，捉襟而肘见，纳屦而踵决。曳纵而歌《商颂》，声满天地，若出金石。天子不得臣，诸侯不得友。故养志者忘形，养形者忘利，致道者忘心矣。”曾子居卫之时，显然属于在野之士，而庄子却对他的生活及精神状态大为赞叹，对他这种“天子不得臣，诸侯不得友”的人格，直接引出“故养志者忘形，养形者忘利，致道者忘心矣”的议论。庄子认为曾子的隐居行为于“养志”“养形”“致道”皆善莫大焉。

5. 粪土名利

与儒者不同，老庄哲学对世俗名利十分鄙视，认为是加之人身的名缰利锁，束缚人的自由、独立之形体及精神。《庄子·逍遥游》记载：尧让天下于许由时，许由曰：“子治天下，天下既已治也。而我犹代子，吾将为名乎？名者，实之宾也，吾将为宾乎？鹪鹩巢于深林，不过一枝；偃鼠饮河，不过满腹。归休乎君，予无所用天下为！庖人虽不治庖，尸祝不越樽俎而代之矣。”[④]一句“吾将为宾乎？”的反诘，道出老、庄对名利的真实态度。也是出于对名利的蔑视，《庄子·骈拇篇》中对儒家高度赞扬的伯夷，提出强烈的质疑：“伯夷死名于首阳之下，盗跖死利于东陵之上。二人者，所死不同，其于残生伤性均也。奚必伯夷之是而盗跖之非乎？”这里把伯夷与大盗盗跖相提并论，认为“二人者，所死不同，其于残生伤性均也。”在“庄子钓于濮水”，隐居之时，“楚王使大夫二人往先焉”，欲以仕途相累，“庄子持竿不顾，

---

① 《庄子集释·养生主》，第 126 页。
② 《庄子集释·养生主》，第 126 页
③ 《庄子集释·列御寇》，第 1062 页。
④ 《庄子集释·逍遥游》，第 24 页。

曰:‘吾闻楚有神龟,死已三千岁矣。王巾笥而藏之庙堂之上。此龟者,宁其死为留骨而贵乎?宁其生而曳尾于涂中乎?’二大夫曰:‘宁生而曳尾涂中。’庄子曰:‘往矣!吾将曳尾于涂中。’”①“宁其死为留骨而贵”,获得的是名利,而失却了在庄子看来最为宝贵的自由、独立;其“生而曳尾于涂中”,失去了名利,却获得了生命及与之相伴的这种生命存在下的自由、独立。两相比较,庄子毫不犹豫地选择了后者。

6. 内心的自信

老庄认为,隐逸的目的是为了“道”的实现,且有保全性命之利,故而,隐逸者不仅粪土名利,而且较之汲汲仕途之辈,有着强烈的自信,“古之得道者,穷亦乐,通亦乐。所乐非穷通也,道德于此,则穷通为寒暑风雨之序矣。故许由娱于颍阳,而共伯得乎共首”。② 基于这种道德自信,隐者对仕宦之士乃至君主时而予以诘难:“徐无鬼因女商见魏武侯,武侯劳之曰:‘先生病矣!苦于山林之劳,故乃肯见于寡人。’徐无鬼曰:‘我则劳于君,君有何劳于我!君将盈耆欲,长好恶,则性命之情病矣;君将黜耆欲,掔好恶,则耳目病矣。我将劳君,君有何劳于我!’武侯超然不对。”“徐无鬼见武侯,武侯曰:‘先生居山林,食芧栗,厌葱韭,以宾寡人,久矣夫!今老邪?其欲干酒肉之味邪?其寡人亦有社稷之福邪?’徐无鬼曰:‘无鬼生于贫贱,未尝敢饮食君之酒肉,将来劳君也。’君曰:‘何哉,奚劳寡人?’曰:‘劳君之神与形。’”③

徐无鬼面对君主“何哉!奚劳寡人?”之惊叹,不卑不亢,以深沉的道德自信,答曰:“劳君之神与形。”徐无鬼认为,作为君主,其实并不值得羡慕,在自己面前实在也骄傲不起来。故而,徐无鬼才以帝王师的口吻说:“我将劳君,君有何劳于我!”“劳君之神与形。”

通过对儒、道两家隐逸观的探讨,不难发现,两家隐逸观有同有异。在无道则隐,在隐者内心高度自信方面有相似之处;不同点在于道家更看重隐逸本身的作用,认为是实现道的最好手段,而儒家则不然,它认为只要能实现儒家道统,隐逸与否其实并不重要,对一些事情完全可以采取“无可无不可”的态度。

(三)司马迁的隐逸观

司马迁作为中国历史上的文化巨人,其思想,当然也包括隐逸思想,对

---

① 《庄子集释·秋水》,第603—604页。
② 《庄子集释·让王》,第983页。
③ 《庄子集释·徐无鬼》,第818、824—825页。

后世同样也产生过很大影响。其隐逸思想导源于儒家隐逸观，但与孔孟隐逸思想又不尽一致，很有单独提出的必要。司马迁虽未在《史记》中专立“隐逸传”，但他在《史记》中，仍分散记载不少隐者事迹。结合《史记》中的相关记载，及其与朋友的书信等资料，我们大致可以考见司马迁对隐逸的态度。

1. 不排斥事功

司马迁在《与挚峻书》中，阐述过自己对隐逸的理解，书曰：“迁闻君子所贵乎道者三：太上立德，其次立言，其次立功。伏维伯陵：材德绝人，高尚其志。以善厥身，冰清玉洁。不以细行荷累其名，固已贵矣，然未尽太上之繇也，愿先生少致意焉！”①司马迁认为，士人应以事功为人生的目标，即便由于社会动荡，个人生命受到威胁，或者易代之后，自己效忠的王朝不复存在，如此不堪的现实下，士人当然可以选择隐居。但这不是人生的目的。只要机会存在，士人还是应该走出山林，去实现“三不朽”的梦想。《史记》中的一些隐士如侯嬴、朱亥、毛公、薛公(《魏公子列传》)、鲁仲连(《鲁仲连邹阳列传》)、东方朔(《滑稽列传》)等，这些人身怀异能，在时机未到之时，隐忍于世，但当需要他们大显身手，建功立业之时，他们毅然挺身而出。如侯嬴：“魏有隐士曰侯嬴，年七十，家贫，为大梁夷门监者。公子闻之，往请，欲厚遗之。不肯受，曰：‘臣脩身絜行数十年，终不以监门困故而受公子财。’”由于信陵君的礼贤下士，“於是罢酒，侯生遂为上客”。而后，追随信陵君，在对抗强秦的战争中，立下赫赫功业。毛公之于平原君亦复如是。东方朔是武帝时的弄臣，但他的心中何尝没有叱咤仕途的欲望，“好古传书，爱经术，多所博观外家之语。朔初入长安，至公车上书，凡用三千奏牍”。② 积极用世之心态很是明显，后有《七谏》，乃“上书自述不得大官，欲求试用”③之作也。鲁仲连、张良等人则是“事了拂衣去，深藏身与名”。他们都曾建立过一番让时人侧目的伟业。在社会需要他们，有明主赏识之时，他们不会一味拒绝功业的召唤，而是适时一试。当然，他们对功名并不眷恋，当发现功名可能危机自身安危，或者束缚他们的洒脱不羁生活时，他们会坚决挣脱名缰利锁的羁绊，隐居起来。

2. 对隐者“忠义”“节烈”品行的称颂

《史记》世家之首《吴太伯世家》，所述吴太伯及“太伯弟仲雍”，“皆周太

① (清)严可均《全上古三代秦汉三国六朝文·全汉文》，中华书局 1958 年版，第 273 页。

② 《史记·滑稽列传》，第 2428 页。

③ (宋)洪兴祖《楚辞补注》(重印修订本)，中华书局 1983 年版，第 235—236 页。

王之子，而王季历之兄也”。为遂“太王欲立季历以及昌”之愿，“太伯、仲雍二人乃饹荆蛮，文身断发”，“以避季历”。[①] 这段记载，可以看出，司马迁是在肯定吴太伯兄弟“仁”“孝”品行的基础上，称颂他们的隐居避让行为的。其实，这种认识应该是司马迁对隐逸的基本态度。也即，司马迁认为，隐士应该有高尚的品行，品德为时人所颂扬。

孔子“去叶，反于蔡”时，看到“长沮、桀溺耦而耕”，“以为隐者”，遂“使子路问津焉”。一番交谈之后，“子路以告孔子”，“孔子怃然”，曰：“鸟兽不可与同群。”对长沮、桀溺的隐居行为多有羡慕之色。

《史记》列传之首《伯夷列传》，记述的也是两位隐者：伯夷、叔齐。其之所以受到司马迁如此肯定，主要是源于他们身上体现出的“忠”“义”等节气。《列传》首先介绍隐者许由的事迹，“而说者曰尧让天下于许由，许由不受，耻之逃隐”。[②] 侧重其推让王位之美德。接着，又叙述隐士卞随、务光的行为。卞随、务光历来为人称颂，人们“何以称焉”呢？司马迁夫子自道，曰：“余登箕山，其上盖有许由冢云。孔子序列古之仁圣贤人，如吴太伯、伯夷之伦详矣。余以所闻由、光义至高，其文辞不少概见，何哉?”孔子之所以肯定吴太伯，就是因为他们品行高洁，为“古之仁圣贤人”的代表。同样，伯夷也是“古之仁圣贤人”，而“由、光义至高”。司马迁也是从道德品行方面肯定这些著名隐士的。然后，司马迁着重记叙伯夷、叔齐的节义行为，他们隐于首阳山，“义不食周粟”，纵死犹闻侠骨香。

显然，司马迁的隐逸观主要受儒家思想的影响。在此后的悠悠岁月中，对那些身怀儒家理想，本想兼济天下，但又不得不无奈归隐的士人来说，司马迁笔下这些有着隐逸经历的人物，始终都是他们的榜样，一直在他们心头晃荡。

原始儒、道两家隐逸观是中国古代隐逸思想的源头，它不仅对此后层出不穷的隐士产生巨大影响，而且成为检验一切真正隐士的标尺。以此标尺衡量，真隐士自然受到社会的尊重，而一切虚伪的隐士只能受到人们的奚落、嘲讽，甚至谩骂。

二、先秦两汉隐逸文学概况

（一）先秦：隐逸文学的滥觞

与先秦隐逸思想的较为成熟相异，先秦隐逸文学并不发达，是隐逸文

① 《史记·吴太伯世家》，第 1221 页。

② 《史记·伯夷列传》，第 1687 页。

学的滥觞时期，隐逸诗在当时仅零星出现。如《诗经·卫风·考槃》：

考槃在涧，硕人之宽。独寤寐言，永矢弗谖。
考槃在阿，硕人之薖。独寤寐歌，永矢弗过。
考槃在陆，硕人之轴。独寤寐宿，永矢弗告。

小序曰："考槃，刺庄公也，不能继先公之业，使贤者退而穷处。"《孔丛子》曰："于《考槃》见士之遁世而不闷也。"[①]孔颖达《毛诗正义》曰："贤者志欲终处于此涧而不仕君朝，故云。"方玉润说得更明白："此美贤者隐居自乐之词。"[②]不难看出，该诗正是贤者自觉归隐，且"不闷"心态之表露，而且"这首诗创造了一个清淡闲适的意境，文字省静，辞兴婉惬，趣味幽洁"。[③]隐逸诗描写清幽淡雅的隐居环境，以及恬静的隐者心态，这势必影响作品的风格，这一风格在此后隐逸作品中更是常见。而《陈风·衡门》则是另一风格的隐逸诗：

衡门之下，可以栖迟。泌之洋洋，可以乐饥。
岂其食鱼，必河之鲂？岂其取妻，必齐之姜？
岂其食鱼，必河之鲤？岂其取妻，必宋之子？

方玉润曰："此贤者隐居甘贫而无求于外之诗。"[④]老莱子妻退却楚王之聘，引此诗"衡门之下，可以栖迟。泌之洋洋，可以乐饥"以明志，亦可旁证此诗确与隐逸有关。诗中的隐者乃没落贵族，昔日的荣华不复存在，剩下的只有栖身衡门及满腹的牢骚，这种心态与《考槃》迥异，是被迫归隐者的一般心态。诗的风格也少了清新静谧的气息，代之为哀怨的嗟叹！

先秦隐逸文学的代表人物有范蠡，《吕氏春秋·悔过篇》曰："箕子穷于商，范蠡流乎江。"高诱注曰："佐越王勾践灭吴，雪会稽之耻，功成而还，轻舟浮于江而去也。"[⑤]贾谊《新书·耳痹篇》亦云："事济功成，范蠡负石而蹈五湖。"[⑥]可见范蠡属于功成身退的隐者一类，隐居迁徙，作《自齐遗文种

① （清）王先谦《诗三家义集疏·卫风·考槃》，中华书局 1987 年版，第 274 页。
② （清）方玉润《诗经原始》，中华书局 1986 年版，第 174 页。
③ 程俊英、蒋见元《诗经注析》，中华书局 1991 年版，第 160 页。
④ 《诗经原始》，第 284 页。
⑤ （秦）吕不韦等编，王利器注疏《吕氏春秋注疏》，巴蜀书社 2002 年版，第 1836 页。
⑥ （汉）刘向著，阎振益、钟夏《新书校注》，中华书局 2000 年版，第 270 页。

书》：

吾闻天有四时，春生冬伐。人有盛衰，泰终必否。知进退存亡而不失其正，惟贤人乎？蠡虽不才，明知进退。高鸟已散，良弓将藏；狡兔已尽，良犬就烹。夫越王为人长颈鸟喙，鹰视狼步，可与共患难而不可共处乐，可与履危，不可与安。子若不去，将害于子，明矣。①

范蠡从自然现象的纷纭繁复得出人生选择的多重性，他劝导文种，要认识到“人有盛衰，泰终必否”，从而推论：“知进退存亡而不失其正，惟贤人乎？”范蠡的这种隐逸，表面上是为生存计，是一种现实人生的选择，实际上也符合道家的“功成身退，天之道”的隐逸哲学。先秦时期隐逸文学的作者，大都具有明显的隐逸事迹，隐逸文学创作是他们真实心迹的表露。

（二）西汉及东汉前中期：隐逸文学的曲折发展

西汉及东汉前中期，皇权异常强大，如此背景下，士人要么匍匐于皇权的脚下，低眉顺眼，甘心臣服，要么作消极抵抗。总的来说，积极进取，希冀为皇权赏识，为皇权所用，是士人的普遍共识。故而，此一阶段的隐逸文学，是一种皇权压抑下的副产品，在整个隐逸文学发展的潮流中，处于边缘化的位置。

1. 西汉的隐逸文学

汉初，承秦末战乱，社会动荡，不少士人退避山林，商山四皓即是其中的代表。崔琦《四皓颂》曰：“昔南山四皓者，盖角里先生、绮里季、夏黄公、东园公是也，秦之博士。遭世暗昧，道灭德消，坑黜儒术，诗书是焚，于是四公退而作歌”，曰：

莫莫高山，深谷灭哉。晔晔紫芝，可以疗饥。唐虞世远，吾将何归？驷马高盖，其忧甚大。富贵畏人兮，不如贫贱之肆志。②

四皓的归隐，是因为时局的动荡，所谓“唐虞世远”，从而产生“富贵畏人兮，不如贫贱之肆志”的退避思想，而当时局需要他们出来时，他们又义无反顾，帮太子继位。他们的出、处完全从现实利害着眼，而无关乎“道”的维系。

---

① （东汉）赵晔《吴越春秋·句践伐吴外传》，江苏古籍出版社 1999 年版，第 170—171 页。
② （宋）李昉等《太平御览》卷五百七十三引崔琦《四皓颂》，中华书局 1960 年版，第 2587 页。

东方朔，人们一般把他看做早期“朝隐”的代表人物，[1]在汉代隐逸文学发展历程中，占据着重要的位置。他的创作有以下明显的特征：其一，隐逸思想的一以贯之。或许东方朔天生就是“玩世不恭”之人，骨子里的幽默细胞使他很难适应正经刻板的官场生活，缘此，官场的失意也就在所难免，隐逸思潮深深烙在东方朔的创作中，且这种思潮始终存在，《史记·滑稽列传》记载：

> 朔行殿中，郎谓之曰：“人皆以先生为狂。”朔曰：“如朔等，所谓避世于朝廷间者也。古之人，乃避世于深山中。”时坐席中，酒酣，据地歌曰：“陆沉于俗，避世金马门。宫殿中可以避世全身，何必深山之中，蒿庐之下。”[2]

这种思想与庄子“世丧道矣，道丧世矣。世与道交相丧也，道之人何由兴乎世，世亦何由兴乎道哉！道无以兴乎世，世无以兴乎道，虽圣人不在山林之中，其德隐矣”[3]如出一辙。

其他如《七谏》《与友人书》《非有先生论》《答客难》等文中，隐逸思想亦是随处可见，其临终前所作《诫子书》中，仍谆谆告诫儿子：

> 明者处世，莫尚于中。优哉游哉，与道相从。首阳为拙，柳惠为工。饱食安步，以仕代农；依隐玩世，诡时不逢。是故才尽者身危，好名者得华，有群者累生，孤贵者失和。遗余者不匮，自尽者无多。[4]

其二，隐逸思想的新变。东方朔除了比较明显的“朝隐”行为及理论阐释外，其隐逸观还有比较明显的特点，他崇尚“与道相从”，即：在不违背“道”的前提下，如何处世？是“出”，是“处”，完全依照个人的爱好，所谓“圣人之道，一龙一蛇，形见神藏，与物变化，随时之宜，无有常家”。这与儒家“无可无不可”的隐逸观较为接近。至于自己心目中的“道”到底是什么？一方面，他认为“明者处世，莫尚于中”，这里的“中”，显然属于儒家的思想范畴，但另一方面，他又在《隐真论》中主张“处天地之先，不以为长；在万古

---

① “朝隐”能否归于隐逸的范畴，历史上及现代的研究者多有争议，笔者依据前次对隐逸文学的界定，对朝隐之人的作品进行严格评判，符合界定的即纳入讨论的范畴，反之，则摒弃之。

② 《史记·滑稽列传》，中华书局 2005 年版，第 2428 页。

③ 《庄子集释》，第 554 页。

④ 《全上古三代秦汉三国六朝文》，第 267 页。

之下，不以为久。随时应变，与物俱化”。[1] 这又是典型的道家思想。显然，隐逸思想在东方朔这里初步实现了儒、道的合流，这是东方朔对隐逸思想的贡献。

在西汉隐逸文学史上，淮南小山的《招隐士》更具有典型性。此篇始见于东汉王逸整理的《楚辞章句》中。对于文章写作的背景，说法不一。王逸说是小山之徒“闵伤屈原”[2]之作，王夫之《楚辞通释》中说，是淮南小山“为淮南召致山谷潜伏之士”“绝无悯屈子而章之之意”[3]，而不少研究者则以为是淮南小山思念淮南王的作品。[4] 不管这篇作品的主旨如何，其中显露出的招致隐者的意思，却是很明显的。[5]

文中极写隐居环境之幽暗、恐怖、寂寞、无赖，“块兮轧，山曲岪，心淹留兮恫慌忽，罔兮沕，憭兮栗，虎豹穴，丛薄深林兮人上栗”。从而发出“王孙兮归来，山中兮不可以久留”[6]的哀叹。这从另一层面也可看出，时人对隐逸的态度。正如王瑶先生所说：“(汉帝国)社会思想统一于儒术，士大夫自然也都抱着积极的态度。社会现象既然不必逃避，道家的思想又抬不起头来，而且隐居本身又的确是一种枯燥憔悴的生活，那么大家并不怎样地希企隐逸。”[7]即便是在如司马迁、董仲舒等人“士不遇”之类的“赋”中，虽不乏激愤之词。然而，这类作品依然透露着浓厚的积极进取的影子。如司马迁《悲士不遇赋》就云：“悲夫士生之不辰，愧顾影而独存。恒克己而复礼，惧志行之无闻。谅才韪而世戾，将逮死而长勤。虽有形而不彰，徒有能而不陈。何穷达之易惑？信美恶之难分。”[8]

《招隐士》想象丰富，多用双声叠韵，句式回环往复，音节铿锵浏亮，“音节局度，浏漓昂激，绍楚辞之余韵，非他词赋之比。虽志事各殊，自可嗣音屈宋”。[9] 自此以后，文学史上形成了招隐一类传统，如左思、陆机、王康琚等人之作，莫不渊源于此。

---

① 《全汉文》，第 266 页。

② 《楚辞补注》，第 232 页。

③ (清)王夫之《楚辞通释》，上海人民出版社 1975 年版，第 165 页。

④ 龚克昌《全汉赋评注》，花山文艺出版社 2003 年版，第 99 页。

⑤ 依王逸的说法，屈原“与隐处山泽无异”。(《楚辞补注》，第 232 页)

⑥ (梁)萧统编，(唐)李善注《文选》，中华书局 1977 年版，第 477 页。

⑦ 《王瑶全集》卷一之《论希企隐逸之风》，河北教育出版社 2000 年版，第 211 页。

⑧ 《全汉文》，第 270—271 页。司马迁在《悲士不遇赋》中，有不少反映自己隐逸思想的内容，如他主张：“无造福先，无触祸始。委之自然，终归一矣。”故而，我们仍把该文认定为隐逸文学作品。

⑨ 《楚辞通释》，第 165 页。

2. 东汉前期的隐逸文学

王莽之乱，造成两汉之交隐逸行为的勃兴。光武绍莽乱之弊，即位伊始，即下诏礼聘隐士，而其针对隐者周党的诏令很耐人寻味，《诏遗周党》(建武五年)曰：

许由不仕有唐，帝德不衰。夷齐不食周粟，王道不亏。不忍使党久逡巡于污君之朝。其赐帛四十匹，遣归田里。[①]

“举逸民，天下之民归心焉”，光武的这一诏令，虽则是“放隐”，实际上，作用与招隐殊途同归。都是以一种宽松的隐逸政策昭示本朝尊贤重才的努力。举古时“明王圣主”的实例，更明了“放隐”乃古已有之的现象，非独今之为然，而且这种行为本身有着巨大的示范效应，能够为本朝带来巨大的声誉，从而成为历代统治者常用的人才政策。

严光，字子陵，“少有高名，与光武同游学。及光武即位，乃变名姓，隐身不见。帝思其贤，乃令以物色访之。后齐国上言：‘有一男子，披羊裘钓泽中。’帝疑其光，乃备安车玄纁，遣使聘之。三反而后至”。[②] 其与光武的对话颇耐人回味，“帝即其卧所，抚光腹曰：‘咄咄子陵，不可相助为理邪？’光又眠不应，良久，乃张目熟视，曰：‘昔唐尧著德，巢父洗耳。士故有志，何至相迫乎！’帝曰：‘子陵，我竟不能下汝邪？’于是升舆叹息而去”。[③]

子陵虽同学天子，且受天子尊崇，应该有“兼善天下”之可能，然而，他却与同时的隐者周党一样，“不事王侯”，自愿挥一挥衣袖，不带走一片云彩，潇洒地伴着一轮明月，一缕清风而去。而光武还是那样的“宽宏大量”，挥一挥手，任他去吧！

东汉初期，士人要么积极进取，忙于建功立业，要么隐居避世，冷眼向洋看世界，无暇或不愿致力于文学创作，隐逸文学在这一阶段并不怎么发达。帝王的隐逸政策，完全是配合政治的需要，为了安慰、稳定天下隐或不隐士子跳动不安分之心。

3. 东汉中期的隐逸文学

比之东汉初期，这一时期的隐逸文学数量开始增多，表现领域也较为宽广。梁鸿不仅是一位著名隐士，也有一些隐逸作品流传。更主要的是，

① 《全后汉文》，第 477 页。
② 《后汉书・逸民列传》，第 1866 页。
③ 《后汉书・逸民列传》，第 1867 页。

在诗歌尤其是文人诗不占主导地位的东汉中叶，梁鸿可谓异军突起，不仅创作了一些诗歌，且以五言居多。梁鸿，《后汉书・逸民列传》记载：

> (梁鸿)后受业太学，……学毕，乃牧豕于上林宛中。……鸿不受而去，归乡里。……妻乃跪床下请曰："窃闻夫子高义，简斥数妇，妾亦偃蹇数夫矣。今而见择，敢不请罪。"鸿曰："吾欲裘褐之人，可与俱隐深山者尔。今乃衣绮缟，傅粉墨，岂鸿所愿哉?"妻曰："以观夫子之志耳。妾自有隐居之服。"乃更为椎髻，著布衣，操作而前。鸿大喜曰："此真梁鸿妻也。能奉我矣!"……居有顷，妻曰："常闻夫子欲隐居避患，今何为默默？无乃欲低头就之乎?"鸿曰："诺。"乃共入霸陵山中，以耕织为业，咏《诗》《书》，弹琴以自娱。

也就是说，梁鸿的隐逸意志一直很坚决，这从他年轻时对配偶的选择即可见一斑。他"仰慕前世高士，而为四皓以来四十四人作颂"。[①] 建武二十八年(52)，"梁鸿娶孟光，入霸陵山，作《安丘严平颂》等"。[②]《安丘严平颂》仅存两句：

> 无营无欲，澹尔渊清。[③]

"初，鸿友人京兆高恢，少好《老子》，隐于华阴山中。及鸿东游思恢，作诗曰：'鸟嘤嘤兮友之期，念高子兮仆怀思，想念恢兮爰集兹。'二人遂不复相见。恢亦高抗，终身不仕。"[④]诗首句用《诗经・小雅・伐木》中"嘤其鸣矣，求其友声"之典，开门见山，点出自己对高恢的倾慕，以及把高恢视为知己的情愫。后两句径用"高子""恢"，直接唤出朋友的名字，思念之情是那么强烈，不声声呼唤不得以宣泄自己对知己之念想。诗采用七言骚体形式，去掉其中无实际意义的"兮"字，实际上是一首六言诗，它继承《九歌》体而又有所创新。

所谓同声相应，同气相求，通过梁鸿为"四皓以来四十四人作颂"(安丘望之、严君平二人之颂，亦当为四十四人颂之一)[⑤]，以及为隐者高恢所作

① 《后汉书・逸民列传》，第 1868 页。
② 陆侃如《中古文学系年》，人民文学出版社 1985 年版，第 75 页。
③ 《全后汉文》，第 652 页。
④ 《后汉书・逸民列传》，第 1870 页。
⑤ 《全后汉文・安丘严平颂》严可均按语，第 652 页。

之诗，可见其是视安丘望之、严君平、高恢为知己的。而这恰恰表明了梁鸿自己的人生追求：想成为高恢那样“隐于华阴山中”“终身不仕”的“高抗”之士。

梁鸿所存诗除上述一首七言骚体外，其余两首亦有特色，其一为《五噫歌》：

> 陟彼北芒兮，噫！顾览帝京兮，噫！宫室崔嵬兮，噫！人之劬劳兮，噫！辽辽未央兮，噫！①

《后汉书·梁鸿传》记载：“因东出关，过京师，作《五噫之歌》。”②此诗作于章帝建初五年(80)，50岁左右，③已是梁鸿人生的暮年。“过京师”，登上北邙山，有感于自己一生的经历，不由发出一声沉重的叹息：“人之劬劳兮，噫！辽辽未央兮，噫！”诗基本属于四言体，带有楚骚意味，这是此诗在诗体上的贡献。而“噫”字五次出现在句末，更增强了情感的力度，从而自己厌恶仕途而向往隐逸的心态昭然若揭。

4. 张衡及其《归田赋》

张衡是这一时期又一位隐逸文学作家。“常从容恬静，不好交接俗人。永元中，举孝廉不行，连辟公府不就。”④张衡具有恬静、隐逸的心态底色。其《归田赋》作于顺帝永和三年戊寅(138)，时年61岁。“为河间相。作《归田赋》，上书乞骸骨。”⑤“盖自安顺以来，宦官当权，政治日非，衡年已老，无从挽救，故叹‘无明略以佐时’，而思‘纵心于域外也’。”⑥赋云：

> 游都邑以永久，无明略以佐时。徒临川以羡鱼，俟河清乎未期。感蔡子之慷慨，从唐生以决疑。谅天道之微昧，追渔父以同嬉。超埃尘以遐逝，与世事乎长辞。于是仲春令月，时和气清，原隰郁茂，百草滋荣。王雎鼓翼，鸧鹒哀鸣，交颈颉颃，关关嘤嘤。于焉逍遥，聊以娱

---

① 《后汉书·逸民列传》，第1869页。

② 《后汉书·逸民列传》，第1869页。

③ 刘跃进《秦汉文学编年史》，商务印书馆2006年版，第419页。另，陆侃如先生认为此诗作于章帝建初元年(76)(《中古文学系年》，第95页)。按：建武二十八年(52)，“梁鸿娶孟光，入霸陵山”(《中古文学系年》，第75页)。假设是年梁鸿20岁，至建初五年(80)，梁鸿50岁左右。

④ 《后汉书·张衡传》，第1281页。

⑤ (东汉)张衡著，张震泽校注《张衡诗文集校注·张衡年表》，上海古籍出版社2009年版，第386页。

⑥ 《张衡诗文集校注》，第242页。

> 情。尔乃龙吟方泽，虎啸山丘，仰飞纤缴，俯钓长流。触矢而毙，贪饵吞钩。落云间之逸禽，悬渊沉之鲨鰡。于时曜灵俄景，系以望舒。极般游之至乐，虽日夕而忘劬，感老氏之遗诫，将回驾乎蓬庐。弹五弦之妙指，咏周孔之图书，挥翰墨以奋藻，陈三皇之轨模。苟纵心于物外，安知荣辱之所如。[①]

《归田赋》是辞赋史上第一篇反映田园隐居生活的作品，《文选》李善注曰："《归田赋》者，张衡仕不得志，欲归于田，因作此赋。"[②]

赋篇幅短小，抒情言志，文辞清丽，虽多用典故，如"徒临川以羡鱼，俟河清乎未期"，分别引用了《淮南子·说林训》和《左传·襄公八年》的典故；"感蔡子之慷慨，从唐生以决疑"，引用《史记·范雎蔡泽列传》中的故事；"追渔父以同嬉"和"超埃尘以遐逝"，是从《楚辞·渔父》"渔父莞尔而笑，鼓枻而去"及"安能以皓皓之白，而蒙世俗之尘埃乎"两句化来的。但典故的运用，并不影响赋作的清新流利格调，这主要得益于作者能把前人的成句毫无痕迹地融入自己的作品之中，如盐洒水，泯化无迹。这种用法，一方面增添了作品的容量，增添了作品的厚度，也使作品不至滞涩难懂，从而作品托兴幽远，极具韵趣。

赋还用了一些叠韵、双关等修辞方法，如"关关嘤嘤""交颈颉颃"，形象地描绘了山水田园的自然和谐、令人心旷神怡的景色；而"仰飞纤缴，俯钓长流。触矢而毙，贪饵吞钩"，既反映了作者寄情山林、悠闲自得的心情，又颇含警戒之意。

赋中对隐逸之境的描写，充满诗情画意，与作者的心情浑然一体。这种心境在其《思玄赋》中亦有反映，"歌曰：天地烟煴，百卉含葩。鸣鹤交颈，雎鸠相和。处子怀春，精魂回移。如何淑明，忘我实多"，"收畴昔之逸豫兮，卷淫放之遐心。修初服之娑娑兮，长余佩之参参。文章奂以粲烂兮，美纷纭以从风。御六艺之珍驾兮，游道德之平林。结典籍而为罟兮，驱儒墨以为禽。玩阴阳之变化兮，咏《雅》《颂》之徽音。嘉曾氏之《归耕》兮，慕历阪之嵚崟。恭夙夜而不贰兮，固终始之所服也"。[③]《文选》卷十五仅录赋两篇，即张衡二赋，可见，《归田赋》与《思玄赋》的确在风格及内涵上有近似之处。

---

① 《文选》卷十五，第 223 页。

② 《文选》卷十五，第 223 页。

③ 《文选》卷十五，第 220、222 页。

纵读全文,清新雅致是它的总体风格,但文章入笔却微透沉重,以后渐渐疏脱,以至欢快,结末笔触又微沉,显示出内心的释然和平静,深入浅出地完成了思想上的转变。在这里,我们对作者那种不肯同流合污,决心隐退、洁身自好的精神,不禁油然而生敬意。同时,把隐逸之境由山水拉向田园,在以后田园文学发展历程中,亦功不可没。

总体而言,这一时期的隐逸文学并不兴盛。即便如此,仍有许多值得注意之处。首先是隐逸文学体裁的扩展,这在东方朔的创作上已有表现,除了“书”“论”“难”“七”体之外,还有“诗”“赋”“碑”“吊”等文体。而张衡《归田赋》的横空出世,如一股清新的微风,吹向汉末隐逸文坛,带给人们异样的感受,田园隐逸之作也成为隐逸文学园地常开不凋的奇葩。

第三节 魏晋南北朝隐逸文学研究概述

魏晋南北朝隐逸文学的研究,应该说已经进行得比较深入了。本世纪以来,不少硕士、博士论文围绕这一问题展开。此外,不少单篇论文也从不同的方面予以关注,视角涉及隐逸文学的各个方面,其中,对隐逸诗的研究最为充分。

隐逸文学研究的专著首推蒋星煜的《中国隐士与中国文化》,在“中国隐士与中国诗歌”部分中,特意提到阮籍、嵇康、陶渊明的隐逸诗歌。限于篇幅,对魏晋南北朝的其他隐逸作家、作品就没有涉及,即便是对阮籍、嵇康、陶渊明的隐逸诗歌,该书的研究也很不充分,但这一尝试却开启了后人对隐逸文学研究的兴趣。许建平在《山情逸魂》一书的第四章:“万物皆贱,惟人为贵——六朝隐士的人生觉醒”中,对这一时期隐逸思想的代表人物阮籍、嵇康、陶渊明、陶弘景有比较具体的阐释,分别为:“越名教而任自然——嵇康的超越与真率”“游刃于权势夹缝之中——阮籍的避世心态”“欲辨已忘言——陶渊明的田园隐趣”“山中宰相——逍遥于山林的帝友陶弘景”,但其着眼点并不在文学创作上,而侧重在隐逸思想上。此外从这一角度探讨隐逸现象的还有陈洪的《高山流水——隐逸人格》,张立伟的《归去来兮——隐逸的文化透视》,孙适民、陈代湘的《中国隐逸文化》,吴小龙的《适性任情的审美人生——隐逸文化与休闲》,这些著作在对隐士进行分类,隐逸思想的类型,隐逸现象形成的原因及隐士的贡献等方面,有比较深入的探讨。山东大学2002届张骏翚的博士论文《唐前隐逸文化论稿》,从隐逸文化与士文化、隐逸文化与政治文化、隐逸文化与宗教文化的关系出发，深入研究了隐逸文化的影响及社会作用，在此基础上，在该文的最后一章，概括了隐逸文化与文学的关系，共分两节：第一节：隐逸文化对文学内容的影响；第二节：隐逸文化对文学思想的影响。这是第一次对隐逸文化与文学关系进行正面阐释。但以上这些著作，因其立足点不在文学，尤其不在魏晋南北朝隐逸文学上，故而，就与本书论述的侧重点不尽相同。虽然如此，这些对隐士、对隐逸思想的探讨也为我们的研究提供了较好的条件，使我们的思路能在一个更坚实的基础上展开。

马华、陈正宏的《隐士生活探秘》与何鸣的《遁世与逍遥——中国隐逸简史》，分别在第七章“隐士与诗歌”、第五章第三节“隐士与山水田园诗”中，简要提及陶渊明的隐逸诗。张松如主编的《中国诗歌史》中的魏晋南北朝部分，对隐逸诗就更多涉及。该书除对隐逸诗人进行着重介绍外，对某些隐逸作品的主旨、艺术手法以及影响，也有进一步的研究，尤其是对西晋的几个诗人，如张载、张华、张翰隐逸诗的主旨就更多关注。对南朝颜延之、谢灵运、吴均、庾信等的隐逸赠答诗，隐逸言志诗也有较深入的讨论，对郭璞的游仙诗，肯定了其“咏仙兼咏隐遁”的实质。书中对隐逸诗与山水田园诗的关系也有自己的见解，“士大夫由避世隐逸而流连田园，吟咏山水，有力地促进了山水、田园诗的逐步成熟”。[①] 但因该书主要探讨的是隐逸诗，故而大量的其他体裁的隐逸作品就没有涉及。但就隐逸诗的研究而言，研究范围已大大拓展，涉及了魏晋南北朝各个时期的代表诗人及其诗作。郭预衡先生在其主编的《中国古代文学史》中，谈到西晋招隐诗与刘宋初期山水诗的联系，在第三编魏晋南北朝部分提到陆机的《招隐诗》，说它的写景很有特色，“山水描绘而外，篇末又缀以议论，这样的结构对后来谢灵运的山水诗，也是很有影响的”。[②] 葛晓音的《山水田园诗派研究》探讨了游仙诗从纯粹的求仙转变为讴歌隐逸的过程。这一过程始于曹操父子，到了郭璞，“将虚幻的仙境变成了实在的山林，创造出老庄理想的高蹈尘外，更超出于夷、齐这类避世之士的境界……从此为咏怀组诗开出借游仙咏隐逸，又入之以玄理的一种境界”。[③] 这些著作虽非研究隐逸文学的专题之作，但某些章节中对隐逸诗的探讨，却很独到，见解也很深刻，对我们的研究大有裨益。

单就隐逸诗的研究而言，二十世纪四五十年代王瑶先生有《论希企隐

---

① 张松如《中国诗歌史》，吉林大学出版社 1989 年版，第 169 页。

② 郭预衡《中国古代文学史》，上海古籍出版社 1998 年版，第 53 页。

③ 葛晓音《山水田园诗派研究》，辽宁大学出版社 1993 年版，第 19 页。

逸之风》一文，从“文人生活与文人创作”方面，讨论隐逸风尚对诗歌的影响，重点论述了隐逸形成的社会思想环境。洪顺隆先生的《由隐逸到宫体》，对六朝隐逸诗着墨较多，这主要体现在第一部分“论六朝隐逸诗”中，这里，洪先生分别对隐逸诗的定义、六朝隐逸诗的类型及特色进行归纳。在此基础上，洪先生得出六点结论：1.“六朝的隐逸诗的渊源，远较其他诗早，可远溯到诗经时代”；2.“六朝的隐逸诗的主题不外对隐逸的企慕与描述”；3.“六朝的隐逸诗大体可分为①隐逸生活的叙述。②隐逸人物的企念。③隐逸环境的描绘”；4.“六朝的隐逸诗形式受诗经陈风衡门和卫风扣盘以及淮南小山等汉人隐逸诗的影响，而发展、扩充”；5.“六朝隐逸诗内容受东汉风俗、思潮的影响”；6.“就内容、风格、形式的演变而言……”[①]台湾国立政治大学沈禹英的博士论文《六朝隐逸诗研究》，基本沿袭洪顺隆的思路，侧重对于隐逸诗的具体解读。

霍建波的《宋前隐逸诗研究》，在对魏晋南北朝隐逸诗的研究上，特别捻出游仙隐逸诗与山水隐逸诗及佛理隐逸诗，这种把游仙诗、山水诗、佛理诗与隐逸诗混而为一的做法，或许可以继续讨论。其实，以这种形式来进行讨论本身也是一种创新。在对陶渊明的隐逸文学进行归纳时，把隐逸诗、隐逸辞赋及隐逸散文放在一起，认为“不能忽视他的隐逸辞赋和隐逸散文对后代隐士与隐逸诗创作的浸润与滋养，笔者甚至认为这种浸润与滋养同他隐逸诗创作的功绩不相上下”。[②] 这种对隐逸文学各种体裁相互比较，在相互比较中揭示隐逸文学创作的特征及对作家心态影响的做法，理应引起我们的重视。胡大雷先生的《中古赋学研究》一书中，通过对隐逸诗、赋具有的共同特点——玄言色彩的分析入手，揭示了隐逸诗、赋所具有的某些本质特点。2005 年复旦大学许晓晴的博士论文《中古隐逸诗研究》，也有不少开拓，如对园林集会与隐逸诗关系的讨论，就是以前的研究所缺乏的。在第五章中古隐逸诗文本分析中，从“意象分类研究”“结构分析”“情感表现”三方面入手，对隐逸诗的艺术特色进行剖析，且分析比较深入，这是魏晋南北朝隐逸诗研究的新成就。

卢晓河的《中国古代隐逸文学研究》，对于当时的流行思潮如佛理思潮、神仙道教、玄学及修道求仙的活动对隐逸文学的影响多有阐释。李生龙的《隐士与中国古代文学》，亦有自己的贡献。该书共分两编，上编主要论述隐士与中国古代文化；下编才具体谈到隐士与中国古代文学的关系，

---

① 《由隐逸到宫体》，第 23 页。

② 《宋前隐逸诗研究》，第 171 页。

共分三章：第七章“隐士的文学创作”，主要从内容上对隐逸作品进行分类；第八章“文学作品中的隐士形象”；第九章“古今隐逸诗人之宗陶渊明”。看得出，该书对魏晋南北朝隐逸文学的把握比较全面，囊括了隐逸文学主题的各个方面，而且对作品中比较典型的隐士形象作了精到的分析。杨清之的《唐前隐逸文学研究》，代表了魏晋南北朝隐逸文学研究的最新成就。遗憾的是，这两部著作在对隐逸主题的把握上，罗列现象多，对各种隐逸文体之间的联系关注不多，对隐逸文学出现在具体作家身上的原因也没有探讨，更没有从作家生活背景入手，分析隐逸思潮与进取精神是如何对立统一在作家身上的。故而我们认为，魏晋南北朝隐逸文学的研究尚有不少空间。

自二十世纪开始，尤其是二十一世纪以来，公开发表的相关论文不胜枚举。郑训佐于 2001 年发表的《论魏晋南北朝的隐逸文学》及王小燕的《魏晋南北朝隐逸现象分析》，都是站在形而上的高度，揭示此期隐逸文学产生的原因。当然更多的研究还是集中在隐逸诗上，如漆娟《汉魏六朝隐逸诗时空叙写模式探究》，郭仁昭《六朝隐逸诗的风行及流变》，郭荣梅《略论魏晋南北朝隐逸现象及隐逸诗》，漆娟《人间与仙境：论汉魏六朝隐逸诗的意象归属》，丁晋、岳毅平《魏晋隐逸诗的流变及与士人园林之关系》，黄伦峰《〈文选〉隐逸诗及其逆反式抒情》，许晓晴《中古隐逸诗的情感表现》等，这些论文对隐逸诗产生的原因、隐逸诗的艺术特征等都做了多角度的探讨。对其他隐逸文体则关注较少。池万兴、林胜的《魏晋南北朝隐逸赋初探》，章沧授的《汉魏六朝隐逸赋略论》等，是对隐逸赋讨论的代表性论文，文中对隐逸赋的主旨类型及艺术特点进行了研究。王允亮的《招隐与遁世——“七”体和“设论”交映下的东汉文人心态》，虽在时间限定上不是着眼魏晋南北朝，但其论述“七”体隐逸文学的特征仍对我们有启发意义。

综上所论，魏晋南北朝隐逸文学研究，已有的成果主要集中在诗歌上，其他体裁要么较少涉及，要么仅仅从题材上进行归类，或分析其产生的原因。这样做当然是必要的，但这些研究，没有揭示各种隐逸文体之间的联系，也就不能从整体上把握这一时期隐逸文学的特点及其发展流变。同时，就某个作家而言，他可能写有大量隐逸文学作品，同时，他又有不少饱含进取精神的作品，两种矛盾的心态是如何集中在一个人身上的，这种研究也是以往所缺乏的。同时，这一时期隐逸文学创作与作家初始性格的关系如何？与其物质生活条件有何联系？时代主流思潮对隐逸思想进而作家创作的隐逸文学有何影响？这方面的研究也处于期待状态。故而，魏晋南北朝隐逸文学的研究还有继续深入的必要。

第一章　隐逸文学创作与社会思潮及作家初始个性之关系

文学创作必然受到两种因素的制约，即：社会大环境、周遭的小环境，以及自身的个性或曰自身的心态。不管外在的环境如何，最终总要通过作家心态的变化，才能作用于创作，所谓“气之动物，物之感人，故摇荡性情，形诸舞咏”者也。[①] 纵观隐逸文学发展历程，社会的动荡，引发士人的归隐行为，进而士人的心态发生变化，隐逸文学创作应运而生。不过，同样的社会环境，甚至同样的归隐行为，在不同的隐者身上引起的变化却不尽相同：有的一心归隐，心无旁骛，有的却把归隐作为暂时安身立命之手段，竞进之心不曾稍有收敛。个中原因，就必须联系作家本人的初始性格来进行分析。

第一节　社会动荡引发的两类思潮与隐逸文学创作

魏晋南北朝是历史上典型的乱世。乱世对士人心态的影响不外两个方面：一、士人兼济天下的心态居于主导地位，一心匡正乱世，使寰宇一统，这是乱世中典型的进取心态。此种心态支配下的士人，积极投身明主，希冀施展抱负，如建安七子中的多数人即是。而有进取心态的统治者，必然广招人才，一道道招隐、求贤令发出，企望天下才能之士为我所用，曹操即为代表；二、面对生命的朝不保夕，一部分士人不是积极进取，而是选择了退避，一方面是为了保全性命，更主要的是为了个人的自由、自尊，为了心中“道统”的实现。

---

① （梁）钟嵘著，曹旭笺注《诗品笺注·序》，人民文学出版社 2009 年版，第 1 页。

一、隐逸思潮：士人的主动引退及无奈归隐

汉初的商山四皓，西汉末年王莽之乱中龚胜诸人，皆是乱世归隐的代表。世乱而隐，这种现象在汉末、东晋一朝表现得更为突出。就归隐途径本身来说，可分为两类：主动引退和无奈归隐。以下分别就这两类的特点及文学创作的特征予以揭示。

1. 主动归隐及其心态

巢父、许由、善卷、范蠡、张良、张翰、戴逵、陶渊明等人，或有感于时局的动乱（或即将动乱），或有感于道统之沦丧而主动选择归隐。如两汉之交，“汉室中微，王莽篡位，士之蕴藉义愤甚矣。是时裂冠毁冕，相携持而去之者，盖不可胜数”。[①] 不可否认，这是一种智者的选择，是一种有准备、有追求的退避。一般而言，这类归隐者，退避之后，要么另有事业的追求，要么潜修道德，过着恬静、安适的生活。如范蠡退隐之后，“乃乘扁舟浮于江湖，变名易姓，适齐为鸱夷子皮，之陶为朱公。朱公以为陶天下之中，诸侯四通，货物所交易也。乃治产积居，与时逐而不责于人。故善治生者，能择人而任时。十九年之中三致千金，再分散与贫交疏昆弟。此所谓富好行其德者也。……故言富者皆称陶朱公”。[②]

建安文士中，最具隐逸气质的当属徐干，他也属于主动匿迹的一类。史载徐干“清玄体道，六行修备，聪识洽闻，操翰成章，轻官忽禄，不耽世荣。建安中，太祖特加旌命，以疾休息”。[③] 建安元年(196)，“徐干二十六岁，复归临淄，幽居隐迹，不应州郡礼命”。[④] 建安二十一年(216)，“徐干四十六岁，称疾避事，著《中论》，曹植有诗作赠”。[⑤]《中论》序中这样评论徐干：“君病俗迷昏，遂闭户自守，不与之群，以六籍娱心而已。……昼则研精经纬，夜则历观列宿，考混元于未形，补圣德之空缺，诞长虑于无穷，旌微言之将坠，何暇谨小学，治浮名，与俗士相弥缝哉？……故绝迹山谷，幽居研几，……不堪王事，潜身穷巷，颐志保真，淡泊无为，惟存正道。环堵之墙，以庇妻子，并日而食，不以为戚。养浩然之气，习羡门之术。”[⑥]时人对徐干的处事方式大为赞赏，曹丕文中多次提及之，“观古今文人，类不护细行，鲜

---

① 《后汉书·逸民列传》，第 1862 页。

② 《史记·货殖列传》，第 2464 页。

③ (西晋)陈寿撰 (南朝宋)裴松之注《三国志》卷二十一注引《先贤行状》，中华书局 1959 年版，第 599 页。

④ (魏)王粲等著，俞绍初编《建安七子集·年谱》，中华书局 2005 年版，第 396 页。

⑤ 《建安七子集·年谱》，第 451 页。

⑥ 《全三国文》，第 1360 页。

能以名节自立。而伟长独怀文抱质，恬淡寡欲，有箕山之志，可谓彬彬君子矣”。[1] 徐干的处世方式博得时人的一致赞誉，其人虽生命不永，却因此赢得生前身后名。这种绝世而不厌世的人生态度，是主动归隐者的普遍心态。这种心态在陶渊明身上的表现更为明显。陶渊明于义熙元年(405)四十一岁彻底归隐后，面对仕途的诱惑，物质的匮乏，疾病的折磨，却不曾有丝毫的动摇，归隐之志愈坚。愈是如此，愈发显出其人格的高洁，从而也为后代树立了一座精神的丰碑。

具体到文学创作，不难发现，这些隐者的创作，就作品本身的情感、气质言，大都具有安恬、静谧的氛围，一般都具冲净自然之特质。东汉后期的张衡，“虽才高于世，而无骄尚之情。常从容淡静，不好交接俗人。永元中，举孝廉不行，连辟公府不就”。“衡不慕当世。”[2]可见，张衡本人与徐干、陶渊明相类，对仕途不甚热衷，其气质既如此，一旦外在的环境违背自己内心追求时，便生主动归隐之念。《归田赋》作于顺帝永和三年戊寅(138)，是年张衡 61 岁，“为河间相。作《归田赋》，上书乞骸骨”。[3] “盖自安顺以来，宦官当权，政治日非，衡年已老，无从挽救，故叹‘无明略以佐时’，而思‘纵心于域外’也。”[4]从“衡年已老，无从挽救”，得知张衡的归隐有无奈的一面，但从其后的“叹‘无明略以佐时’”，而“思‘纵心于域外’也”来看，张衡的退隐又有心甘情愿的一面。结合前述张衡的性格特征及其屡次征辟而不就的行为分析，暮年张衡的归隐应更多是出于自愿。虽则张衡此次“上书乞骸骨”的愿望未能实现，接着即“征拜尚书”，第二年，“年六十二，永和四年卒”。[5] 然而，主观上，张衡的心思已眷恋田园，《归田赋》即为这种心态之表达：

> 游都邑以永久，无明略以佐时。徒临川以羡鱼，俟河青乎未期。感蔡子之慷慨，从唐生以决疑。谅天道之微昧，追渔父以同嬉。超埃尘以遐逝，与世事乎长辞。于是仲春令月，时和气清。原隰郁茂，百草滋荣。王雎鼓翼，鸧鹒哀鸣，交颈颉颃，关关嘤嘤。于焉逍遥，聊以娱情。尔乃龙吟方泽，虎啸山丘。仰飞纤缴，俯钓长流。触矢而毙，贪饵吞钩。落云间之逸禽，悬渊沉之魦鰡。于时曜灵俄景，系以望舒。极

---

① (魏)曹丕著，易建贤译《魏文帝集全译・又与吴质书》，贵州人民出版社 1998 年版，第 236 页。
② 《后汉书・张衡列传》，第 1281、1282 页。
③ 《张衡诗文集校注・张衡年表》，第 386 页。
④ 《张衡诗文集校注》，第 242 页。
⑤ 《后汉书・张衡列传》，第 1311 页。

> 般游之至乐，虽日夕而忘劬。感老氏之遗诫，将回驾乎蓬庐。弹五弦之妙指，咏周孔之图书。挥翰墨以奋藻，陈三皇之轨模，苟纵心于物外，安知荣辱之所如。[①]

赋中为我们描绘出一幅恬静的田家乐，这种田家乐在《诗经·君子于役》中已有描绘："鸡栖于埘，日之夕矣，羊牛下来。""鸡栖于桀，日之夕矣，羊牛下括。"不过，《君子于役》中的场景虽也是想象之词，但这是一位出征战士的乡思浓愁，诗中的场景是自己应然的劳作环境，这与《归田赋》中的隐者之思，心态不尽相同。《归田赋》中的"谅天道之微昧，追渔父以同嬉。超埃尘以遐逝，与世事乎长辞"明确了自己的归隐之志，这是一位有所追求的士人在污浊社会中的真切感受，"无明略以佐时"，看似无奈，实是自责，责备自己没有能力改变现状，于是只好"与世事乎长辞"，这是主动归隐者的自白。以下描绘的想象境界优美动人，充满着静穆、和谐的氛围。不过，也不是整篇的环境都是如此优美，"龙吟方泽，虎啸山丘"，则是另一形式的美——壮美。这显然是同期对隐者生活环境的一般认识，如淮南小山的《招隐士》中，对隐士生活的山中环境就有恐怖的渲染。《归田赋》的最后归结老庄思想，强化自己主动归隐后内心的恬静。

《归田赋》中这种心态，代表了一般主动归隐者的共同心态，如徐干，"闭户自守，不与之群，以六籍娱心而已。……故绝迹山谷，幽居研几，……不堪王事，潜身穷巷，颐志保真，淡泊无为，惟存正道。环堵之墙，以庇妻子，并日而食，不以为戚。养浩然之气，习羡门之术"。[②] 即是如此。如东晋时的戴逵亦复如是。戴逵，"字安道，谯国人也。少博学，好谈论，善属文，能鼓琴，工书画，其余巧艺靡不毕综。……性不乐当世，常以琴书自娱。……逵后徙居会稽之剡县。性高洁……孝武帝时，以散骑常侍、国子博士累征，辞父疾不就。郡县敦逼不已，乃逃于吴。吴国内史王珣有别馆在武丘山，逵潜诣之，与珣游处积旬。会稽内史谢玄虑逵远遁不反，乃上疏曰：'伏见谯国戴逵希心俗表，不婴世务，栖迟衡门，与琴书为友。虽策命屡加，幽操不回，超然绝迹，自求其志。……'"[③]其行为"策命屡加，幽操不回，超然绝迹"，乃是"自求其志"，其"志"为何？"性高洁""性不乐当世，常以琴书自娱"，实乃其本性之确切表达。可见，戴逵乃一典型隐者，其隐逸

---

① 《文选》卷十五，第 223 页。

② 《全三国文·〈中论〉序》，第 1360 页。

③ （唐）房玄龄等《晋书·戴逵传》，中华书局 1974 年版，第 2457—2459 页。

行为乃是与自身秉性相一致之主动为之，未见任何强迫之处。戴逵有《闲游赞》文，乍见“闲游”之标题，我们脑际似已浮现“就山泽，乐闲旷”，兀然自得者的洒脱身影。在实际的描写中，戴逵确实也向我们展示了一个“体绝风尘”者的形象，这形象实乃“翼顺资和，涤除机心，容养淳淑”之“自适者”。关于“自适”之内涵，文中认为：“物莫不以适为得，以足为至，彼闲游者，奚往而不适，奚待而不足？故荫映岩流之际，偃息琴书之侧，寄心松竹，取乐鱼鸟，则澹泊之愿，于是毕矣。”[①]享受这种“自适”生活的“山林之客”，心态之平和、安恬，自非“逃人患，避争门”[②]者可拟之者也。

陶渊明的隐逸作品，更以平淡、自然为千古不易之风格。前人虽从不同的角度论述过此种风格形成的原因，我们认为，陶渊明面对晋末的战乱，晋宋之交的尔虞我诈，源于自身初始性格之隐逸气质而主动选择归隐，怕当也是其诗风形成原因之一吧。

2. 无奈归隐者及其心态

正始诸文士归隐林下作竹林之游，潘岳、二陆、谢灵运、谢朓的隐逸之思等，都是无奈归隐的典型。这部分士人或为仕途显赫计，或为家族声誉驱使，都有强烈的功业欲望。然而，这部分士人在面对未卜的前途，面对眼前的刀光血影之时，为保全性命于乱世，只能选择退隐。退隐之后，心态自然不能平静，其中有嗟叹，有怨恨，有激愤，于是种种玩世不恭的，甚至荒唐的行为也出现了。从阮籍、嵇康正始年间及其后司马氏专权时期的种种依违表现，不难看出两人内心的冲突：欲有所为而不能的苦闷时刻萦绕心头。于是借酒浇愁反添愁，阮籍的任诞、嵇康的风流都不能消除内心的隐忧，暂时的退避也非解脱之道。终其一生，只能在苦闷中聊以度日。陆士衡兄弟一直享誉西晋文坛，受父祖功业的激发，二陆亦欲一展雄才，一飞冲天。然而，八王之乱前后危殆的政局，很难为士人提供演出的理想舞台，士人欲上演一幕威武雄壮的话剧绝非易事。不甘主动退隐的士衡兄弟，带着炽热的激情，不远千里，从家乡吴郡（今江苏苏州）[③]奔赴政治中心洛阳。几番宦海浮沉，仍混迹军阀阵营而无退避行为。然而，宦海的险恶陆机却是早已品味过了，永宁元年（301），机坐赵王伦罪而入狱，赖成都王颖等救之，出狱后，乡人顾荣等咸劝其还吴，陆机虽未还吴归隐，然经此巨变，物是人非，陆机对人生、对社会、对功业也就有了不一样的思索，永宁二年（302）

① 《全晋文》，第 2250 页。

② 《全晋文》，第 2250 页。

③ （西晋）陆机著，刘运好校注《陆士衡文集校注・前言》，凤凰出版社 2007 年版，第 6 页。

前后创作的《幽人赋》,[①]反映了这一时期陆机的典型心态:

> 世有幽人,渔钓乎玄渚。弹云冕以辞世,披宵褐而延伫。是以物外莫得窥其奥,举世不足扬其波;劲秋不能雕其叶,芳春不能发其华。超尘冥以绝绪,岂世网之能加?[②]

幽人即隐士,赋言隐士超然物外,兀然沉静,“诗人后期泥身世俗而无可抽身,归隐、游仙乃其诗意之遐想,精神之乐园,细究之则浸透现实之沉重,此赋风格轻盈,绝无尘世之累,然‘岂世网之能加?’亦超然之沉重也”。[③] 柳宗元《江雪》:“千山鸟飞绝,万径人踪灭。孤舟蓑笠翁,独钓寒江雪。”诗中钓翁在茫茫白雪中,持竿垂钓而不顾其余的孤寂心态,此种孤寂心态体现出的钓翁的深沉悲怆,正印证了隐者洒脱衮衣之下沉重的压抑,刘运好先生所言《幽人赋》,“浸透现实之沉重”,风格“亦超然之沉重也”,正是免除牢狱后惊悸不已的陆机的真实心态。幽人的远离人间,甚至诗意遐想之“游仙”,从而诗歌比较接近游仙诗之“坎壈咏怀”一类[④],恰好说明此赋情感的深沉、作家内心之压抑,“超沉冥以绝绪”,并非陆机的真实心态,故作旷达的背后,是陆机欲进而不能的悲愤吟哦。

谢灵运、谢朓叔侄在南朝宋、齐两朝的经历可谓五味杂陈。东晋一朝,谢氏与王氏作为士族门阀的代表,一时叱咤风云,甚或皇权也不得不礼让三分。庶族出身的刘裕势力崛起后,对高门大姓采取了两面派手法:一方面采取高压手段,打击高门势力的扩张;另一方面为政权巩固计,又不得不借助这些家族的影响,对之进行必要的笼络。这种既利用又打压的政策,对谢氏一门造成极大影响:家族辉煌的功业,自身的才智激起他们极大的进取激情,统治者的徘徊政策中的利用,又使他们觉得这种成功似乎唾手可得;一旦他们志得意满,意欲大展宏图之时,统治者的担心也随之而来,不可避免对之进行打压。如此,他们的心态也必然或踌躇满志或郁郁寡欢,一直徘徊犹疑。在行动上自然也就表现为依违于仕隐两端:条件顺利时,急欲一飞冲天;逆境时,不免情绪低落,退避之思不可遏制。“纵观灵运一生,他基本上处于仕与隐的矛盾之中,他隐而又仕,仕而复隐,仕不专,隐

---

① 《陆士衡文集校·注》,第 164 页。

② 《陆士衡文集校·注》,第 164 页。

③ 《陆士衡文集校注》,第 164 页。

④ 钟嵘评郭璞《游仙诗》认为,郭诗多为“坎壈咏怀”一类,非正宗“列仙之趣”(《诗品笺注》,第 145 页)。

难久，不满，反抗，直至酿成大悲剧。”[1]即便在具体的言行上，尤其是诗文创作上，有浓厚的退避之思。实际上，他虽有过短暂的归隐经历，但其内心却是炽热的，并没有自觉认同归隐，内心充满复杂的情愫。他于景平元年(423)，39岁，“是年冬”，作《会吟行》：[2]

> 六引缓清唱，三调伫繁音。列筵皆静寂，咸共聆《会吟》。《会吟》自有初，请从文命敷。敷绩壶冀始，刊木至江汜。列宿炳天文，负海横地理。连峰竞千仞，背流各百里。滮地溉粳稻，轻云暧松杞。两京愧佳丽，三都岂能似。层台指中天，高墉积崇雉。飞燕跃广途，鹢首戏清沚。肆呈窈窕容，路曜娊娟子。自来弥世代，贤达不可纪。句践善废兴，越叟识行止。范蠡出江湖，梅福入城市。东方就旅逸，梁鸿去桑梓。牵缀书土风，辞殚意未已。[3]

此年，“秋末，灵运回到故乡会稽始宁县，开始第一次隐居生活，与隐士王弘之、孔坦之等相游止。……”[4]灵运在第一次隐居时期，除有《会吟行》外，同时又有《述祖德二首》《与庐陵王义真笺》等。[5] 三篇作品既为一时之作，情感基调当不会相差太远。《述祖德二首》中，灵运先是极力铺陈祖先谢安、谢玄的功业，后来感慨：“贤相谢世运，远图因事止。高揖七州外……”，至此，诗歌对先祖的夸耀戛然而止，开始抒发自己目前的处境：“拂衣五湖里。随山疏浚潭，傍岩艺枌梓。遗情舍尘物，贞观丘壑美。”诗歌于此结束。前后两相比照，不难看出，作者内心的失落与悲愤。暂时的归隐并不能使他忘情物外，他想的更多的还是家族的荣耀，对不能重振家族声誉的愧疚，而暂时的归隐江湖却又面冷心热。《会吟行》中大禹的功绩，为后世久久仰慕。会稽壮观的城垣，便捷的交通，为有志于功业者提供了绝佳的机会，卧薪尝胆能屈能伸的勾践，时刻激励着自己去奋斗。会稽古来之范蠡、梁鸿类隐者，与此刻的谢灵运心有戚戚焉。然而，范蠡、梁鸿或是功成身退，或是本来就无意于仕进，退隐于他们来说，并不会给内心带来太大的冲突，而灵运则异于是。他的心情是矛盾的，退隐是不甘的，他“写

---

① (南朝宋)谢灵运著，顾绍柏校注《谢灵运集校注·前言》，中州古籍出版社1987年版，第2—3页。
② 《谢灵运集校注》，第428页。
③ 《谢灵运集校注》，第239页。
④ 《谢灵运集校注》，第428页。
⑤ 《谢灵运集校注》，第428页。

《会吟行》的目的，在于表扬会稽的乡土文物，并带有辞穷意长的感慨！”① 这“辞穷意长的感慨”不就是灵运无以言状的复杂心情的表露吗？

谢朓虽无隐逸之经历，但其建武二年(495)夏，出任宣城太守之后，隐逸诗歌创作明显增多，且内心的惊悸较之灵运更为剧烈。

不管士人是主动归隐还是无奈归隐，有一点是可以确定的，那就是都对现实表现出某种程度的失望，对自己在仕途中的前景感到迷茫，对自己跻身的仕途充满深深的忧虑，故而，只能向往或走向归隐一途。

二、进取思潮：招隐、尊隐及抑制竞进之隐逸文学

1. 招隐、尊隐与隐逸文学创作

社会动荡，一部分士人选择了归隐，更多的士人深受儒家“三不朽”思想的影响，动乱的社会，正好为他们提供了施展才智的舞台。这部分士人中的佼佼者执一时之牛角，他们深知欲在动乱的社会中实现寰内混一，必须尽最大可能延揽人才，而在当时，很大一部分士人却隐匿起来，于是征召这部分士人为己所用就是势所必须的了。刘宋承东晋战乱，武帝刘裕甫一即位即有《下书辟宗炳等》之作：

> 吾忝大宠，思延贤彦，而《兔罝》潜处，《考槃》未臻。侧席丘园，良增虚伫。南阳宗炳，雁门周续之，并植操幽栖，无闷巾褐，可下辟召，以礼屈之。②

南阳宗炳、雁门周续之，是当时隐士的代表，武帝“可下辟召，以礼屈之”的目的十分明显：为我所用。其后，明帝继续下《搜括隐逸诏》(五年九月)：

> 夫箕、颍之操，振古所贵，冲素之风，哲王攸重。朕属横流之会，接难晦之辰，龛暴翦乱，日不暇给。今虽关陇犹霭，区县澄氛，偃武修文，於是乎在。思崇廉耻，用静驰薄，固已物色载怀，寝兴伫叹。其有贞栖隐约，自事衡樊，凿坯遗荣，负钓辞聘，志恬江海，行高尘俗者，在所精加搜括，时以名闻。将贲园矜德，茂昭厥礼。群司各举所知，以时

---

① (南朝宋)谢灵运著，叶笑雪选《谢灵运诗选》，古典文学出版社1957年版，第11页。
② 《全宋文》，第2446页。

授爵。[1]

“群司各举所知，以时授爵”，统治者欲拉拢隐者出山为我所用之意图更为显豁。曹操也是典型的例子。为了廓清宇内，曹操曾先后三次下诏求贤，其中当然也包括对隐者的征召。建安十五年春，曹操发布《求贤令》：[2]

> 令：自古受命及中兴之君，曷尝不得贤人君子与之共治天下者乎！及其得贤也，曾不出闾巷，岂幸相遇哉？上之人不求之耳。今天下尚未定，此特求贤之急时也。“孟公绰为赵、魏老则优，不可以为滕、薛大夫。”若必廉士而后可用，则齐桓其何以霸世！今天下得无有被褐怀玉而钓于渭滨者乎？又得无有盗嫂受金而未遇无知者乎？二三子其佐我明扬仄陋，唯才是举，吾得而用之。[3]

“被褐怀玉而钓于渭滨者”，无疑是指隐居山野之高人。我们熟知，曹操对人才的渴望十分强烈，曾以“周公吐哺，天下归心”自勉。徐干，在投奔曹操之前，“幽居隐迹，不应州郡礼命”。[4] 在曹操求贤的感召下，也欣然加入邺下文人集团。聚天下之隐士为我所用，是曹操事业成功的重要保证。田畴，在投奔曹操之前，“遭值州里戎夏交乱，引身深山，研精味道，百姓从之，以成都邑。袁贼之盛，命召不屈……”[5]在曹操攻打三郡乌桓的战役中，发挥了至关重要的作用。鉴于此，曹操多次欲对田畴予以加封，都被拒绝，最后曹操只得尊重其选择，“其听畴所执”。[6] 从曹操对待田畴的态度，我们又可看出，在动乱的社会背景下，统治者对隐逸者不只是征召，有时也尊重他们的意愿，让隐者自由选择自己的路子。即便隐者不能为我所用，仍然坚持归隐山林、田园，统治者也不横加阻拦。其实，统治者这种行为的本身与招隐，是一个问题的两个方面，最终的目的同样都是为了争取更多的士人为己所用。招隐，固然是直接占有人才，而尊隐也是为了更大规模地占有人才。儒家既有“举逸民，而天下之人归心焉”的训诫，统治者更深知政策的导向作用，尊重隐者，就是尊重人才，尊重士人。在这方面，历代

---

① 《全宋文》，第 2482 页。
② 张可礼《三曹年谱》，齐鲁书社 1983 年版，第 111 页。
③ （魏）曹操撰《曹操集》，中华书局 1959 年版，第 40—41 页。
④ 《建安七子集・年谱》，第 418 页。
⑤ 《曹操集・爵封田畴令》，第 39 页。
⑥ 《曹操集・听田畴让封令》，第 38 页。

统治者多有具体的行为，曹操之于田畴如此，光武帝之于周党也是如此。光武帝扫除新莽政权后，连下两诏：其一《诏遗周党》（五年）：

许由不仕有唐，帝德不衰。夷齐不食周粟，王道不亏，不忍使党久逡巡于污君之朝，其赐帛四十匹，遣归田里。①

又一《以范升奏示公卿诏》：

自古尧有许由、巢父，周有伯夷、叔齐，自朕高祖有南山四皓。自古圣王，皆有异士，非独今也。太原周党，不食朕禄，亦各有志焉。（袁宏《后汉纪》五）

自古明王圣主，必有不宾之士。伯夷、叔齐，不食周粟，太原周党，不食朕禄，亦各有志焉。其赐帛五十匹。②

光武帝以古喻今，比周党以许由、巢父、伯夷、叔齐，就更多了一层意蕴。许由、巢父生活的尧世，伯夷、叔齐隐逸的周武世，都是备受士人礼赞的盛世典范。光武帝以周党与之比附，暗含着将自己比拟历史上贤君的意思。同时，周党的进退自如，似乎也显示出光武之世，社会环境的宽松，从而与嬴秦、新莽的酷政拉开了距离，自我标榜之意溢于言外。稍后的和帝也有搜求隐逸之诏令："昭岩穴，披幽隐，遣诣公车。"③

当然，自汉至魏晋南北朝，不少文士还有大量的招隐诗、赋，这类作品的主旨自不同于统治者的"招隐令"，但让隐士出山以"才尽其用"的初衷则是相似的。

2. 大乱之后的大治引发的竞进心态及抑制竞进之隐逸文学

乱世一统，百废待兴，士人精神昂扬，意欲博取功名利禄，本无可厚非。但如果这种进取的心态过了头，为博取功名利禄而不择手段，甚至人生全部的活动都围绕这一目的进行，从而心态由正常的奋斗，一变而为浮躁的甚至寡廉鲜耻的蝇营狗苟，一味的钻营而不及其余，一味的狂热躁进而不"三省其身"，一味地追逐外在的权势、财富而不重视自身的精神健康，不重视内在人格的修为，这样必然会导致人的严重异化，从而迷失自我，人将不

① 《全后汉文》，第 477 页。

② 《全后汉文》，第 477 页。

③ 《后汉书·和帝纪》，第 121 页。

人！这种状况的存废无疑关乎个人，关乎社会，关乎王朝的安危，从而有识之士不能漠然置之。感受到了，就必欲纠之而后快。光武帝重整河山之后，社会渐趋安宁、繁盛。然而，社会之浮华气息也同时开始滋生出来，因故，章帝就曾针锋相对下诏，曰："其以岩穴为先，勿取浮华。"[①]晋承汉魏之弊，武帝励精图治，于咸宁六年(280)灭东吴，一匡宇内。武帝时代，是整个魏晋南北朝少有的治世，社会呈现一片繁荣局面，"于时民和俗静，家给人足"。[②] 然而，一片歌舞升平的背后却也潜伏着严重的危机。我们知道，司马氏取代曹魏的过程本就是一场血腥的杀戮，一场毫无道德正义感的篡权夺位，耳濡目染甚至亲自参与这一过程的"肉食者"们，自会对这些肮脏丑陋的东西习以为常。加之长期的争斗造成的人心不古，儒学衰微，玄学的鼓噪也使儒学的根基更其摇动，虽则统治者不时提倡儒学，设置国学，但国学生源乃至师资质量都极度低下。魏甘露元年(256)四月丙辰，高贵乡公曹髦视察太学，问博士庾峻《周易》，要么，"俊不能答。"要么，"俊对曰：'古义弘深，圣问奥远，非臣所能详尽'"。而《尚书》义理，几个回合下来，也使庾峻十分狼狈，"峻对曰：'臣奉遵师说，未喻大义，至于折中，裁之圣思'"。"非臣愚见所能逮及。"[③]所谓博士宿儒，在年少天子的质询前竟然茫然不能回答。身为儒学太学博士，儒学修为尚且如此，整个社会儒学的衰微更易想见。儒学精神的缺失，自然地导致崇高精神的消解，这种对形而上追求的阙如，必然导致对形而下的狂热追求。于是我们看到西晋一朝对物质、对权势的追求似乎较历史上其他朝代更为肆无忌惮，历史上著名的石崇、王恺斗富一事更为人反复诟病。

晋武帝在度过了登基初期的社会繁荣之后，在一系列问题上，处置失当，"虽登封之礼，让而不为，骄泰之心，因斯而起。……居治而忘危，则治无常治。加之建立非所，委寄失才，志欲就于生平，行先迎于祸乱"。[④] 最高统治者的这种短视举措，更加深了社会的虚浮、躁进氛围。于是，社会自然而然有了杨骏、贾谧、贾后，汝南王司马亮、楚王司马玮等"八王"，以及潘岳、石崇等二十四友的种种狂热、浮华行为。

这种行为具有极大的危害，社会正义感的缺失造成的人心不古、道德沦丧，使一些具有儒家品格的士人，乃至非儒家士人都无法容忍这种社会气息。发之诗文，必然对之有所批判，这种批判在隐逸诗文中也大量存在。

---

① 《后汉书·章帝纪》，第196页。

② 《晋书·武帝纪》，第81页。

③ 《三国志·三少帝纪》，第136—138页。

④ 《晋书·武帝纪》，第81页。

王昶，魏甘露四年(259)卒，作《家诫》，诫中就一再申斥浮华之不可取：

浮华则有虚伪之累，朋党则有彼此之患。此二者之戒，昭然著明，而循覆车滋众，逐末弥甚，皆由惑当时之誉，昧目前之利故也。夫富贵声名，人情所乐，而君子或得而不处，何也？恶不由其道耳。患人知进而不知退，知欲而不知足，故有困辱之累，悔吝之咎。语曰："如不知足，则失所欲。"故知足之足常足矣。览往事之成败，察将来之吉凶，未有干名要利，欲而不厌，而能保世持家，永全福禄者也。欲使汝曹立身行己，遵儒者之教，履道家之言，故以玄默冲虚为名，欲使汝曹顾名思义，不敢违越也。

……

北海徐伟长，不治名高，不求苟得，澹然自守，惟道是务。其有所是非，则托古人以见其意，当时无所褒贬。吾敬之重之，愿儿子师之。①

"浮华则有虚伪之累""患人知进而不知退，知欲而不知足"是就个人立身层面，言浮华、竞进之危害。学习的对象：北海徐伟长，即建安七子之一的徐干，是建安诸文士中最具隐逸气质的一个。王昶要儿子学习其"不治名高，不求苟得，澹然自守，惟道是务"的品格，因是家诫文，故而，情感之真切自不待言。王昶生活的时代虽未进入严格意义上的晋朝，然甘露四年，司马氏已彻底掌控了政权，血雨腥风的斗争高潮基本过去，实质上已进入有晋一代。即便撇开魏世还是晋世不管，这种对于浮华、躁进风气的批判，也是振聋发聩的。

同样，魏末，围绕管宁的仕隐，也有过不少文章，其中有明帝曹睿的征召书，有管宁的答书，有士人的荐书，及围绕此事展开的种种议论，其中桓范的《荐管宁表》很具有代表性：

臣闻殷汤聘伊尹于畎亩之中，周文进吕尚于渭水之滨。窃见东莞管宁，束修著行，少有令称，州闾之名，亚故太尉华歆。遭乱浮海，远客辽东。于混浊之中，履洁清之节，笃行足以厉俗，清风足以矫世。以箪食瓢饮，过于颜子；漏室蔽衣，逾于原宪。臣闻唐尧宠许由，虞舜礼支父，夏禹优伯成，文王养夷齐，及汉祖高四皓之名，屈命于商洛之野，史籍叹述，以为美谈。陛下绍五帝之鸿烈，并三王之逸轨，膺期受命，光

① 《全三国文》，第 1256 页。

昭百代，仍有优崇之礼。于大夫管宁，宠以上卿之位，荣以安车之称，斯之为美，当在魏典。流之无穷，明世之高士也。臣以为既加其大，不受其细，可重之以玄纁，聘之殊礼矣。[①]

“笃行足以厉俗，清风足以矫世”，明确了荐举管宁的目的：为了净化社会环境，抑制社会的躁竞之心。此文作于魏政权尚较巩固之时，自然与晋世无涉，但就抑制尚且安定、繁华的魏世社会的躁竞之风来说，性质是一样的。

潘岳、石崇在晋世污浊的环境中涸泥扬波，是社会浮华风气的助澜者，然而，二人都有不少隐逸作品，潘岳《秋兴赋（并序）》作于咸宁四年(278)[②]，序言：

晋十有四年，余春秋三十有二，始见二毛。以太尉掾兼虎贲中郎将，寓直于散骑之省。高阁连云，阳景罕曜，珥蝉冕而袭纨绮之士，此焉游处。仆野人也，偃息不过茅屋茂林之下，谈话不过农夫田父之客，摄官承乏，猥厕朝列，夙兴晏寝，匪遑底宁。譬犹池鱼笼鸟，而有江湖山薮之思，于是染翰操纸，慨然而赋。于时秋也，故以《秋兴》命篇。其辞曰：……

咸宁四年(278)的武帝时期，是社会承平、表面繁华的时期，潘岳所处的“散骑之省”，“高阁连云，阳景罕曜，珥蝉冕而袭纨绮之士，此焉游处”，32岁之龄的潘岳，正处于人生的进取阶段，加之潘岳本人常怀躁进之心，“岳性轻躁，趋世利”。[③] 故而，我们完全有理由相信潘岳的这段自我表白，一方面是针对社会上的浮华氛围而发，另一方面也是有感于自己多年的宦海沉浮，意欲反省自己出于本性的“轻躁，趋世利”之性情，赋末，潘岳如此抒发一己情怀：

……

且敛衽以归来兮，忽投绂以高厉。耕东皋之沃壤兮，输黍稷之余

① 《全三国文》，第1258页。

② 《中古文学系年》，第681页；刘汝霖《汉晋学术编年》，华东师范大学出版社2110年版，第588页；（西晋）潘岳著，董志广校注《潘岳集校注》，天津古籍出版社2005年修订第一版，第277页。

③ 《晋书·潘岳传》，第1504页。

税。泉涌湍于石间兮，菊扬芳于崖澨。澡秋水之涓涓兮，玩游鯈之潎潎。逍遥乎山川之阿，放旷乎人间之世，优哉游哉，聊以卒岁。[①]

赋中潘岳一反"轻躁，趋世利"之本性，"敛衽归来"，"耕东皋沃壤"，"澡秋水之涓涓兮，玩游鯈之潎潎。逍遥乎山川之阿，放旷乎人间之世"。该是何其惬意，这种放达自适的生活理想，对自己追逐势利之心该是多大的反驳呀，"优哉游哉，聊以卒岁"，张铣注曰："悠游自乐，可以终其天年而已。"[②]一生一世如此而心无旁骛，果真如此，那世俗的牵挂自是可以摆脱。我们认为，这正是潘岳自身的矛盾之处，一方面，现实中的他追逐势利，为此不惜做出许多为后人不齿的，如"望尘而拜"这类有辱人格的事件；另一方面，我们依然认为，作为那一时代的著名文士，潘岳有其不得已的苦衷，究其内心而言，依然有保持自身纯洁，人格不遭污染的期待，正如潘啸龙先生所言："潘岳的内心保留着一片净土。"[③]赋中所言之种种超越世俗的美好场景、美好愿望都是潘岳自身浅层夙愿的自然表露，不存在什么伪饰的目的，这正如潘岳个人具有对亲友的真挚情感一样，我们不能因为潘岳的行为污点而一概抹杀其内心的纯良。和潘岳类似的石崇，亦当作如是观。

社会大治之年，引发士人的竞进心态，本无可厚非，只不过，当这种竞进心态严重扭曲，从而对整个社会的正常生活造成极大冲击，对社会道德伦理造成极大破坏之时，这种心态就成为有识士人反驳的对象。隐逸诗文的应运而生，就是适应这一反动的必然结果。

第二节　作家初始个性与隐逸文学创作

隐逸文学创作除受社会环境的制约外，作家的初始性格也极大地影响了隐逸文学的创作。这也就是为什么动荡的社会环境下，有的文士积极进取，有的则选择了隐逸。即便在承平的社会中，因作家初始性格使然，同样有大批文士选择了隐逸。

一、作家初始个性与隐逸趋向

《文心雕龙·体性》曰："夫情动而言形，理发而文见，盖沿隐以至显，因

① 《潘岳集校注》，第 85 页。
② （梁）萧统编，（唐）李善等注《大字本增补六臣注文选》，台北华正书局 1981 年版，第 248 页。
③ 潘啸龙、朱瑛《潘岳人品论》，《安徽师范大学学报》2006 年 05 期。

内而符外者也。然才有庸俊，气有刚柔，学有浅深，习有雅郑，并情性所铄，陶染所凝，是以笔区云谲，文苑波诡者矣。""吐纳英华，莫非情性"，"是以贾生俊发，故文洁而体清；长卿傲诞，故理侈而辞溢；子云沉寂，故志隐而味深"。[①] 刘勰此论强调了作品的风格与作家性格之间密切的关系。现代西方心理分析学也认为，性格与人的命运之关系最为密切，所谓"性格决定命运"[②]，在很大程度上是有道理的。"平静地回顾两千多年的中国文学史，我们不难发现，性格至少影响了作家的人生道路、创作心态与内容、审美趣味与创作风格以及作品的传播。"[③]

初始性格主要是指，源于家族或遗传而形成的个人最初的性格，1993年《科学》杂志发表了荷兰奈梅亨大学的遗传学家汉·布鲁纳的研究报告。这项研究的对象为一个荷兰家族，研究发现该家族的很多男性具有一些奇怪的攻击性，如裸露、纵火、强奸等。他们的愤怒阈值似乎非常低，一些常人看来不值一提的挫折和压力，都会激起他们莫名的疯狂，甚至会暴力殴打激怒他们的人。在对这一家族男性成员进行遗传分析后，汉·布鲁纳发现，这些男性体内缺少编码单胺氧化酶的基因。

此后，科学家不断发现基因与性格存在关联的证据。

不可否认，初始性格是人与生俱来的最初性格，这种性格特征一旦形成，便较为固执地存在人的生命始终，一般而言，是不会轻易改变的，即便后来受教育的或社会的外在环境的影响而发生变异，但我们认为，作为底色的这种性格特征依然强烈地存在，在关键时刻依然会显示出来，诚所谓江山易改本性难移者也。具体到隐逸文学创作中，这种初始性格对隐逸文学作家的影响就更为明显。

1. 典型隐逸作家初始个性特征

汉魏六朝隐逸作品较多者如扬雄、张衡、阮籍、嵇康、潘尼、张华、陶渊明、谢灵运、谢朓、江淹、何逊等人。这些人生活的时代固然都或是乱世，或是治世中潜伏着各种危机，但这些人的退隐之举或退隐之思，却不能完全归结于社会环境，而是与其初始性格密切相关。

扬雄五世祖扬季，"有田一廛，有宅一区，世世以农桑为业"。"雄少而好学，不为章句，训诂通而已，博览无所不见。为人简易佚荡，口吃不能剧谈，默而好深湛之思，清静亡为，少耆欲，不汲汲于富贵，不戚戚于贫贱，不

① （梁）刘勰著，范文澜注《文心雕龙注》，人民文学出版社 1958 年版，第 505、506 页。

② [瑞士]荣格著，刘烨译《荣格的智慧：荣格性格哲学解读》，中国电影出版社 2005 年版，第 1 页。

③ 沈金浩《作家性格：文学研究不应忽视的维度》，《文艺研究》2013 年 04 期。

修廉隅以徼名当世。家产不过十金，乏无儋石之储，晏如也。自有大度，非圣哲之书不好也；非其意，虽富贵不事也。顾尝好辞赋。”①扬雄先祖“世世以农桑为业”，无有为宦或从商之经历，且“有田一廛，有宅一区”，过着安恬自适的生活，这从一个侧面佐证：扬雄之家族门风中具有淳朴、简易风格，而这种风格与隐逸者的居住环境、心态较为接近，似可说明扬雄遗传基因中具有隐逸的潜质。而扬雄本人，“好深湛之思，清静亡为，少耆欲，不汲汲于富贵，不戚戚于贫贱，不修廉隅以徼名当世”。“家产不过十金，乏无儋石之储，晏如也。”隐逸者的素质，扬雄基本具备。故而，在其后的仕宦生涯中，扬雄一直保持着这种心态，“非其意，虽富贵不事也”。

张衡，“虽才高于世，而无骄尚之情。常从容淡静，不好交接俗人。……大将军邓骘奇其才，累召不应”。② 和扬雄相似，张衡的初始性格中的“无骄尚之情”，“从容淡静，不好交接俗人”，都显示出他恬淡自守，不慕荣利的基本性格，就是这种性格，使张衡在东汉中后期的压抑恐怖政治氛围下，常生退隐之思。

阮籍，其父阮瑀的隐逸经历，在建安时期颇为时人侧目，阮籍本人，“容貌瑰杰，志气宏放，傲然独得，任性不羁，而喜怒不形于色。或闭户视书，累月不出；或登临山水，经日忘归。博览群籍，尤好《庄》《老》。嗜酒能啸，善弹琴。当其得意，忽忘形骸。时人多谓之痴，惟族兄文业每叹服之，以为胜己，由是咸共称异”。③ “行己寡欲，以庄周为模则。”④其子阮浑亦“闲澹寡欲”⑤“有父风”，⑥阮籍侄子阮咸，“咸任达不拘，与叔父籍为竹林之游，……咸与籍居道南”。“贞素寡欲，深识清浊，万物不能移。”“虽处世不交人事，惟共亲知弦歌酣宴而已。”⑦阮咸之子阮瞻，“性清虚寡欲，自得于怀。……其夷退无竞如此”。⑧

嵇康，其兄嵇喜为康传曰：“不修名誉，宽简有大量。学不师授，博洽多闻，长而好老、庄之业，恬静无欲。……弹琴咏诗，自足于怀抱之中。……撰录上古以来圣贤、隐逸、遁心、遗名者，集为传赞，自混沌至于管宁，凡百

① (东汉)班固《汉书·扬雄传》，中华书局2005年版，第2607、2608页。
② 《后汉书·张衡传》，第1281页。
③ 《晋书·阮籍传》，第1359页。
④ 《三国志·王卫二刘傅传》，第604页。
⑤ 《三国志·王卫二刘傅传》注引《世语》，第605页。
⑥ 《晋书·阮籍传》，第1362页。
⑦ 《晋书·阮籍传》，第1362、1363页。
⑧ 《晋书·阮籍传》，第1363页。

一十有九人。”[①]“土木形骸，不自藻饰，人以为龙章凤姿，天质自然。恬静寡欲，含垢匿瑕，宽简有大量。学不师受，博览无不该通，长好《老》《庄》。”“撰上古以来高士为之传赞，欲友其人于千载也。”[②]在《与山巨源绝交书》中，嵇康夫子自道：“吾每读《尚子平、台孝威传》，慨然慕之，想其为人。”嵇康遇见隐者王烈后，《晋书》评论曰：“其神心所感，每遇幽逸如此。”[③]

阮籍、嵇康是魏晋之交具有隐逸气质的士人的代表，虽严格意义上，二人隐逸的经历都较为短暂，但从二人大量隐逸诗文，及二人依违仕途的行为来看，说二人具有浓厚的隐逸倾向，当不为过。阮籍祖孙三代都有隐逸经历或具有“寡欲”的性格特征，阮籍本人的初始性格也以“任性不羁”为特色，可见阮籍一生的隐逸情状与其初始性格之关系何其密切！嵇康同样如此，“恬静无欲”，“恬静寡欲”，这是隐者的基本性格特征，嵇康的初始性格中业已具备，且嵇康一生拳拳服膺的是其为之作传的“圣贤高士”。《圣贤高士传》作于甘露元年(256)，[④]时年嵇康 33 岁，刚过而立之年，就引“圣贤高士”为知己，这不能不说是其初始性格的本然反映。《与山巨源绝交书》作于景元四年(263)，[⑤]次年嵇康被杀。[⑥] 文有言曰：“吾每读《尚子平、台孝威传》，慨然慕之，想其为人。”尚子平即尚平，乃新莽时期的著名隐士，嵇康《圣贤高士传》《后汉书·逸民传》、皇甫谧《高士传》载之；台孝威即台佟，东汉著名隐士，《后汉书·逸民传》、皇甫谧《高士传》载之。嵇康生命的暮年，依然常读《尚子平、台孝威传》，且每每读之，都“慨然慕之，想其为人”。显然，嵇康是引这些著名隐士为同调的。这种伴随其一生的隐逸气质，与其“恬静无欲”“恬静寡欲”的初始性格一脉相承。

陶渊明，“少有高趣，尝著《五柳先生传》以自况……时人谓之实录”。[⑦]“渊明少有高趣，……脱颖不群，任真自得。”[⑧]“陶潜，……少怀高尚，著《五柳先生传》以自况……时以为实录。”[⑨]“少怀高尚，……脱颖不羁，任真自得。”[⑩]“少有高趣”。[⑪] 综上，这些记载在强调陶渊明的初始性格时，一般都

---

① 《三国志·王卫二刘傅传》注引嵇喜为嵇康所作之《传》，第 605 页。

② 《晋书·嵇康传》，第 1369、1374 页。

③ 《晋书·嵇康传》，第 1370 页。

④ 庄万寿《嵇康研究及年谱》，台湾学生书局 1990 年版，第 166 页。

⑤ 顾农《〈与山巨源绝交书〉作年考》，《江海学刊》1998 年 04 期。

⑥ 《〈与山巨源绝交书〉作年考》，《江海学刊》1998 年 04 期。

⑦ (梁)沈约《宋书·隐逸传》，中华书局 1974 年版，第 2286 页。

⑧ 《全梁文·萧统〈陶渊明传〉》，第 3068 页。

⑨ 《陶渊明资料汇编》引《汉魏丛书》本《莲社高贤传》，中华书局 1962 年版，第 10 页。

⑩ 《晋书·隐逸传》，第 2460 页。

⑪ (唐)李延寿《南史·隐逸传》，中华书局 1975 年版，第 1856 页。

是“少有高趣”，“少怀高尚”，“任真自得”，可以说，“高趣”“高尚”“任真自得”构成了陶渊明的初始性格特征。况且，陶渊明的这种初始性格还与家族门风密切相关，其叔父陶淡，“家累千金，僮客百数，淡终日端拱，曾不营问。颇好读《易》，善卜筮。于长沙临湘山中结庐居之，养一白鹿以自偶。亲故有候之者，辄移渡涧水，莫得近之。州举秀才，淡闻，遂转逃罗县埤山中，终身不返，莫知所终”。[①]

江淹，“少孤贫，常慕司马长卿、梁伯鸾之为人”。[②] 初始性格中的隐逸气质十分显豁。

以上对这一时期几个典型隐逸作家的初始性格进行了分析，我们认为，源于士人自身或家族遗传的初始性格对其是否成为隐逸作家具有十分重要的作用。

2. 初始性格对其一生及其隐逸文学创作之影响

初始性格是一个人源于血统的基本性格，既与遗传因素有关，也与个人的生物学血性有关，而且，这种初始性格伴随着人的生命的终始，不易改变。这种性格特征对其一生的思想、行为，自然也包括文学创作都有或隐或显的影响。

西晋隐逸文学创作中，张华、潘尼是比较重要的两位作家。张华，“初未知名，著《鷦鷯赋》以自寄。”其赋曰：

> 鷦鷯，小鸟也，生于蒿莱之间，长于藩篱之下，翔集寻常之内，而生生之理足矣。色浅体陋，不为人用，形微处卑，物莫之害，繁滋族类，乘居匹游，翩翩然有以自乐也。彼鷲鶚鹍鸿，孔雀翡翠，或凌赤霄之际，或托绝垠之外。翰举足以冲天，觜距足以自卫。然皆负矰婴缴，羽毛入贡。何者？有用于人也。夫言有浅而可以托深，类有微而可以喻大，故赋之云尔。
>
> 何造化之多端兮，播群形于万类。惟鷦鷯之微禽兮，亦摄生而受气。育翩翾之陋体，无玄黄以自贵。毛弗施于器用，肉弗登于俎味。鹰鹯过犹俄翼，尚何惧于罿罻。翳荟蒙笼，是焉游集。飞不飘扬，翔不翕习。其居易容，其求易给。巢林不过一枝，每食不过数粒。栖无所滞，游无所盘。匪陋荆棘，匪荣茝兰。动翼而逸，投足而安。委命顺理，与物无患。

---

① 《晋书·隐逸传》，第2460页。

② 《南史·江淹传》，第1447页。

伊兹禽之无知，何处身之似智。不怀宝以贾害，不饰表以招累。静守约而不矜，动因循以简易。任自然以为资，无诱慕于世伪。雕鹖介其觜距，鹄鹭轶于云际。鹍鸡窜于幽险，孔翠生乎遐裔。彼晨凫与归雁，又矫翼而增逝。咸美羽而丰肌，故无罪而皆毙。徒衔芦以避缴，终为戮于此世。苍鹰鸷而受紲，鹦鹉惠而入笼。屈猛志以服养，块幽絷于九重。变音声以顺旨，思摧翮而为庸。恋钟岱之林野，慕陇坻之高松。虽蒙幸于今日，未若畴昔之从容。

海鸟鶢鶋，避风而至。条枝巨雀，逾岭自致。提挈万里，飘飖逼畏。夫唯体大妨物，而形瑰足玮也。阴阳陶蒸，万品一区。巨细舛错，种繁类殊。鷦螟巢于蚊睫，大鹏弥乎天隅。将以上方不足，而下比有余。普天壤以遐观，吾又安知大小之所如?[①]

“《鷦鹩赋》依傍《庄子·逍遥游》而生发。”[②]赋作于高贵乡公正元元年(254)，是年张华二十三岁。[③] 赋既以鷦鹩自寄，则赋中之鷦鹩实即张华本人的化身。鷦鹩“翳荟蒙笼，是焉游集。飞不飘扬，翔不翕习。其居易容，其求易给。巢林不过一枝，每食不过数粒。栖无所滞，游无所盘。匪陋荆棘，匪荣茝兰。动翼而逸，投足而安。委命顺理，与物无患”。这种委运任命的处世态度，这种安恬自适的人生理想，正是“初未知名”，尚未品尝人生苦辣，尚未体味宦海风波的张华的初始性格之表露，赋中鷦鹩之人生态度是张华初始性格使然。陆侃如先生认为此赋作于景元二年(261)，张华三十岁时，《中古文学系年》中怀疑此赋不会作于二十三岁时认为:“赋中的牢骚不像二十左右的人所有的。”[④]殊不知，这一对世事的“消极”态度，正是张华初始个性的本然体现。持此个性，张华进入了西晋政坛。张华本就是孤门庶族，在门阀士族逐渐形成的时期，这一出身，对他极端不利，加之其时高层政治斗争正趋于白热化。故而，张华的这种初始性格中的退隐之思，一直伴随其始终，外在环境稍有变化时，他就唱出隐逸的调子，在《励志诗》中，他这样表白自己的理想:

安心恬荡，栖志浮云。体之以质，彪之以文。如彼南亩，力耒既

① 《文选》卷十三，第201—202页。

② 程章灿《魏晋南北朝赋史》，江苏古籍出版社2001年版，第156页。

③ 《姜亮夫全集》第二十二卷《张华年谱》，云南人民出版社2002年版，第423页。

④ 《中古文学系年》，第602页。

勤。蓆蓑致功，必有丰殷。[1]

“安心恬荡，栖志浮云”，与鷦鷯“静守约而不矜，动因循以简易。任自然以为资，无诱慕于世伪”，可谓异曲同工，都表达出一种对世俗世界尔虞我诈的厌恶，对栖身云表、安然恬淡生活的向往，这种情愫在其《归田赋》中亦有反映：

随阴阳之开阖，从时宜以卷舒，冬奥处以城邑，春游放于外庐。归郏鄏之旧里，托言静以闲居。育草木之蔼蔚，因地势之丘墟。丰蔬果之林错，茂桑麻之纷敷。用天道以取资，行药物以为娱。时逍遥于洛滨，聊相佯以纵意。目白沙与积砾，玩众卉之同异，扬素波以濯足，溯清澜以荡思。低徊住留，栖迟菴蔼，存神忽微，游精域外。藉纤草以为茵，援垂阴以为盖。瞻高鸟之陵风，临儵鱼于清濑。眇万物而远观，修自然之通会。以退足于一壑，故处否而忘泰。[2]

该赋收入《艺文类聚》卷三十六“人部·隐逸上”。《文选》注《鷦鷯赋》末句“吾又安知大小之所如”曰：“《归田赋》曰：安知荣辱之所如?”[3]可见，两赋不仅情感近似，就是句式亦有雷同之处，而《归田赋》作于太康年间(280—290)，[4]时离《鷦鷯赋》创作已 30 年左右了，这种“从时宜以卷舒”，“托言静以闲居”，“时逍遥于洛滨，聊相佯以纵意”，“退足于一壑，处否而忘泰”的心态一直未曾改变。

同时期的潘尼亦复如是。潘尼，“少有清才，与岳俱以文章见知。性静退不竞，唯以勤学著述为事。著《安身论》以明所守”。其辞曰：

……安身而不为私，故身正而私全；慎言而不适欲，故言济而欲从；定交而不求益，故交立而益厚；谨行而不求名，故行成而名美。止则立乎无私之域，行则由乎不争之涂，必将通天下之理，而济万物之性。天下犹我，故与天下同其欲；己犹万物，故与万物同其利。

夫能保其安者，非谓崇生生之厚而耽逸豫之乐也，不忘危而已。

---

① 逯钦立《先秦汉魏晋南北朝诗》，中华书局 1983 年版，第 614 页。

② (唐)欧阳询《艺文类聚》，第 645 页。

③ 《文选》，第 203 页。

④ 徐公持：“揆诸史传，(《归田赋》)约作于……太康年间”(《魏晋文学史》，人民文学出版社 1999 年版，第 275 页)。

> 有期进者，非谓穷贵宠之荣而藉名位之重也，不忘退而已。存其治者，非谓严刑政之威而明司察之禁也，不忘乱而已。故寝蓬室，隐陋巷，披短褐，茹藜藿，环堵而居，易衣而出，苟存乎道，非不安也。虽坐华殿，载文轩，服黼绣，御方丈，重门而处，成列而行，不得与之齐荣。用天时，分地利，甘布衣，安薮泽，沾体涂足，耕而后食，苟崇乎德，非不进也。虽居高位，飨重禄，执权衡，握机秘，功盖当时，势侔人主，不得与之比逸。遗意虑，没才智，忘肝胆，弃形器，貌若无能，志若不及，苟正乎心，非不治也。虽繁计策，广术艺，审刑名，峻法制，文辩流离，议论绝世，不得与之争功。故安也者，安乎道者也。进也者，进乎德者也。治也者，治乎心者也。未有安身而不能保国家，进德而不能处富贵，治心而不能治万物者也。……①

《晋书·潘尼传》曰："洛阳将没，携家属东出成皋，欲还乡里。道遇贼，不得前，病卒于坞壁，年六十余。"②洛阳于元嘉五年（311）陷于汉主刘聪之手，潘尼约卒于此年前后，"年六十余"，则潘尼应生于嘉平三年（251）左右。此文作于太始四年（268），③如此，潘尼作《安身论》时应不足二十岁，文中思想应是他尚未接触宦海风波时的初始思想，这与他"性静退不竞"的个性正相一致。五年之后的太始九年（273），"尼以父老归供养，居家十余年"。④ 如此长期的远离社会正常生活轨迹，而甘愿清约自守于父庐，怕不能仅仅归因于潘尼的尽孝。究其实质，潘尼的这种似乎反常的行为，正与其初始性格相表里，是本身初始性格支配下的正常行为。

南朝刘宋时之雷次宗，"少入庐山，事沙门释慧远，笃志好学，尤明《三礼》《毛诗》，隐退不交世务。本州辟从事，员外散骑侍郎征，并不就"。初始性格中已具有隐逸倾向。"元嘉十五年，征次宗至京师，开馆于鸡笼山，聚徒教授，置生百余人。……又除给事中，不就。久之，还庐山，公卿以下，并设祖道。""后又征诣京邑，为筑室于钟山西岩下，谓之招隐馆，使为皇太子诸王讲《丧服》经。次宗不入公门，乃使自华林东门入延贤堂就业。二十五年，卒于钟山。"⑤雷次宗于元嘉十二年（435），作《与子侄书》⑥，曰：

---

① 《晋书·潘尼传》，第 1508—1509 页。
② 《晋书·潘尼传》，第 1516 页。
③ 《中古文学系年》，第 635 页。
④ 《三国志·卫觊传》注引《尼别传》，第 613 页。
⑤ 《宋书·雷次宗传》，第 2293 页。
⑥ 《南北朝文学文学编年史》，第 114 页。

夫生之修短，咸有定分，定分之外，不可以智力求，但当于所禀之中，顺而勿率耳。吾少婴羸患，事钟养疾，为性好闲，志栖物表，故虽在童稚之年，已怀远迹之意。暨于弱冠，遂托业庐山，逮事释和尚。于时师友渊源，务训弘道，外慕等夷，内怀悱发，于是洗气神明，玩心坟典，勉志勤躬，夜以继日。爰有山水之好，悟言之欢，寔足以通理辅性，成夫亹亹之业，乐以忘忧，不知朝日之晏矣。自游道餐风，二十余载，渊匠既倾，良朋凋索，续以衅逆违天，备尝荼蓼，畴昔诚愿，顿尽一朝，心虑荒散，情意衰损，故遂与汝曹归耕垄畔，山居谷饮，人理久绝。

日月不处，忽复十年，犬马之齿，已逾知命。崦嵫将迫，前途几何，实远想尚子五岳之举，近谢居室琐琐之勤。及今耄未至惛，衰不及顿，尚可厉志于所期，纵心于所托，栖诚来生之津梁，专气暮年之摄养，玩岁日于良辰，偷余乐于将除，在心所期，尽于此矣。汝等年各成长，冠娶已毕，修惜衡泌，吾复何忧。但愿守全所志，以保令终耳。自今以往，家事大小，一勿见关，子平之言，可以为法。①

该书"以言所守"②，且为写给自己至亲之子侄，内中情感之真挚，固不容置疑。是书，披肝沥胆，历叙自己性格的一以贯之及与之相符之退守不竞行为，"为性好闲，志栖物表，故虽在童稚之年，已怀远迹之意"。点明了自己的初始性格，此后的"托业庐山，逮事释和尚"，遂乃"有山水之好，悟言之欢，寔足以通理辅性，成夫亹亹之业，乐以忘忧，不知朝日之晏矣"。这种"游道餐风"的生活，"二十余载"不曾中辍，又"日月不处，忽复十年"，及至"崦嵫将迫"之暮年，仍念念不忘"玩岁日于良辰，偷余乐于将除，在心所期，尽于此矣"。书末，再次申言，"自今以往，家事大小，一勿见关"。初始性格对其一生行为影响之巨，自是毋庸赘述。

举一以该其余，他如张衡、扬雄、阮籍、嵇康、陶渊明、江淹等人初始性格中的隐逸要素，在其一生的某些时段不断发酵，甚或成为一个时期居主导地位的思想或行为，初始性格对其一生行为之影响及隐逸文学创作之刺激可见一斑。

二、作家初始个性与作品中的隐逸要素

作家初始性格对其一生的行为及隐逸文学创作具有极大的影响，同

---

① 《全宋文》，第2597页。

② 《宋书·雷次宗传》，第2293页。

时，持此初始个性，作家漫长或短暂的人生历程中，不时在作品中显露这种个性。换句话说，有此初始性格之人，作品中或多或少，或在某一时期的作品中，总可以探出隐逸思想的气息。这种有意或无意的个性流露，正是作家创作中“文以气为主”的体现。《典论·论文》所云：“文以气为主，气之清浊有体，不可力强而致。譬诸音乐，曲度虽均，节奏同检，至于引气不齐，巧拙有素，虽在父兄，不能以移子弟。”这里的“气”，一般认为，“兼指才气、文气和语气的含义，尤以作家的气质才干为主”。[①] 这里的气质显然是包括初始个性在内的作者与生俱来的个性，这种个性既“不可力强而致”，“虽在父兄，不能以移子弟”，则其具有独特的属性是无疑的。大凡具有某一独特气质的作家，其气质总要在作品中或隐或显地表现出来。这种表现，在上面我们所举的张华、潘尼的例子中已有证明。一些不甚典型的隐逸作家，这种情况也甚是明了。

戴逵，“性不乐当世，常以琴书自娱。……逵后徙居会稽之剡县。性高洁，常以礼度自处，深以放达为非道”，“会稽内史谢玄虑逵远遁不反，乃上疏曰：‘伏见谯国戴逵希心俗表，不婴世务，栖迟衡门，与琴书为友。虽策命屡加，幽操不回，超然绝迹，自求其志。且年垂耳顺，常抱羸疾，时或失适，转至委笃。……”[②]戴逵的这种初始性格至“年垂耳顺”之时仍一以贯之。不仅生活如此，其创作也时见隐逸情愫，《竹林七贤论》中，对七人的赞赏主要侧重他们诗酒洒脱、任诞、风流的生活，如文中赞叹阮籍，一个主要方面就是其与隐士孙登的交往。对这种交往的礼赞，亦可看出戴逵对阮籍与隐士交往的态度。至于其他作品中的隐逸要素更是比比皆是，其《离兴赋》曰：“挟鸣琴于林下，理纤纶于长浦……”[③]《颜回赞》《尚长赞》更直接赞赏安贫守道之士，它如《闲游赞》：

> 昔神人在上，辅其天理，知溟海之禽，不以笼樊服养，栎散之质，不以斧斤致用，故能树之于广汉，栖之于江湖，载之以大猷，覆之以玄风，使夫淳朴之心，静一之性，咸得就山泽，乐闲旷，自此而箕岭之下，始有闲游之人焉。降及黄绮，逮于台尚，莫不有以保其太和，肆其天真者也。且夫岩岭高则云霞之气鲜，林薮深则萧瑟之音清，其可以藻玄莹素，疵其皓然者。舍是焉，故虽援世之彦，翼教之杰，放舞雩以发咏，闻

① 《魏文帝集全译·典论·论文》，第326页。

② 《晋书·隐逸传》，第2457、2458页。

③ 《全晋文》，第2249页。

乘桴而懔厉。况乎道乖方内，体绝风尘，理楫长谢，歌凤逡巡，荡八疵于玄流，澄云崖而颐神者哉？然如山林之客，非徒逃人患，避争门，谅所以翼顺资和，涤除机心，容养淳淑，而自适者尔。凡物莫不以适为得，以足为至。彼闲游者，奚往而不适，奚待而不足？故荫映岩流之际，偃息琴书之侧，寄心松竹，取乐鱼鸟，则澹泊之愿，于是毕矣。然奇趣难均，玄契罕遇，终古皆孤栖于一岩，独玩于一流，苟有情而未忘，有感而无对，则缀斤寝弦之叹，固已幽结于林中，骤感于遐心，为日久矣。我故遂求方外之美，略举养和之具，为杂赞八首，畅其所托，始欣闲游之遐逸，终感嘉契之难会，以广一往之咏，以抒幽人之心云尔。……①

此文收入《艺文类聚》卷三十六“人部・隐逸上”，此“就山泽，乐闲旷”之“闲游之人”，实际上就是“不乐当世”“高洁”的隐者，有戴逵的初始性格的影子。

具有隐逸初始性格之人，作品中或多或少总能找到这种性格的影子，这怕就是“文以气为主”中“气”的作用吧。

第三节　社会动荡、社会思潮、作家遭遇、初始个性与隐逸文学创作

作家的初始个性固然在隐逸文学创作中发挥着重要作用，但又不能单独起作用。也就是说，一个具有隐逸初始个性的人，能否创作出大量隐逸文学作品，还要看其以后的遭遇，具体而言，即是作家生活的社会环境、当时的社会思潮、作家自身的遭遇等，这些合力的共同作用，方可决定作家隐逸文学创作的数量及质量。

一、作家个性与社会思潮的碰撞及其隐逸文学创作

没有适合的社会环境，作家平时潜藏的初始个性不易充分展示。在社会急剧变动的时期，大浪淘沙，“岁寒，然后知松柏之后凋也”，作家的初始性格方才得以暴露。对这一问题，具体可从以下两个方面进行分析。

1. 作家个性与社会思潮的碰撞可能产生的结果

社会思潮与作家个性碰撞可能产生的结果，因人而异。有人不管外在

① 《艺文类聚》，第650页。

的社会环境如何变化，照自岿然不动，我行我素。建安时期的主流思潮是积极进取，是建功立业。然而，这一时期，却有两个人的行为较为另类，其一是阮瑀，“太祖雅闻瑀名，辟之，不应，连见偪促，乃逃入山中。太祖使人焚山，得瑀”。① 如果说阮瑀的这种隐逸行为，尚有保持自身尊严而有意为之的话，那么另一隐者徐干则不然。徐干是主动退避，这一点，我们以上已有论述。而这种主动退避，在当时显然是不合时宜的，与其时的主流社会思潮悖逆。东汉中后期的张衡，生活的时代，虽社会渐至污浊，但其时社会尚未形成大规模的隐逸潮流，进取思潮仍为一时主流。张衡《归田赋》《思玄赋》《应间》《七辩》中的隐逸情愫，无疑是其初始个性的显现及自身遭遇的投影，而与当时的主流思潮不甚合拍。

第二种情况是，初始性格与社会思潮正相合拍。作家本有隐逸潜质，社会隐逸思潮的影响更激发了这种潜质，遂使这种潜质开始表面化，更有甚者，会付诸行动，有隐逸之举。陶渊明乃这类人物的典型自不待言，晋初潘尼亦如是。潘尼，“性静退不竞”，这种性格正与时下洛阳流行的玄风相一致，这样的社会环境无疑进一步加强了潘尼的这一初始性格。故而，仕途一路走高的潘尼，在不少诗文中称赏自己的这种初始性格，《安身论》中有云：“虑退所以能进，惧乱所以保治，戒亡所以获存也。”如果说这还是未经宦海风波的年少的潘尼之思想，是其初始性格的体现的话，那么，作于永宁元年(301)的《答陆士衡诗》②，就参杂了较多社会因素的痕迹，诗云：

> 顾兹蓬蔚，厕根兰陂。膏泽虽均，华不足披。逮春不茂，未秋先萎。子濯鳞翼，我挫羽仪。愿言难常，载合载离。昔游禁闼，祗畏夕惕。今放丘园，纵心夷易。口咏新诗，目玩文迹。予志耕圃，尔勤王役。惭无琬琰，以詶尺璧。③

其时潘尼五十岁左右，耳顺之年依然如此思想，“昔游禁闼，祗畏夕惕。今放丘园，纵心夷易。口咏新诗，目玩文迹。予志耕圃，尔勤王役”。正是经历宦海滋味的潘尼的真实感受。可以说，潘尼的隐逸之志并不因仕途的顺当而变弱。让我们疑惑的是，一般而言，隐逸之思只是在作者仕途或人生不顺之时才产生的想法，为何潘尼在仕途顺利之时，也会如此愿望，且此

① 《三国志·阮瑀传》注引《文士传》，第 600 页。

② 《中古文学系年》，第 795 页。

③ 《先秦汉魏晋南北朝诗·晋诗》，第 764 页。

种情愫至老不衰？除了潘尼初始性格的原因外，我们还要联系潘尼时代的社会思潮及潘尼的交往环境来分析。我们知道，晋初的洛阳，玄风正炽。自王弼、何晏之徒于正始年间在洛阳首煽玄学之风以来，中经阮籍、嵇康等竹林名士的变本加厉，至中朝向秀、郭象对玄学理论上的深入阐释，玄学的影响愈益扩大，这在同时的张华等文士身上已有明显表现。主张不以物务婴心，以辨析名教、自然之关系等命题为主要任务的玄学，固然，不会汲汲于仕途，而主张生命的自由、洒脱，主张人生的适意。这些无疑会助扇隐逸之风，使得张华、潘尼之辈之隐逸潜质发酵起来。而潘尼交往之友好，如潘岳、陆机等人也时有隐逸之作，这对潘尼也当有所影响。

戴逵，“少博学，好谈论，善属文，能鼓琴，工书画，其余巧艺靡不毕综”。“性不乐当世，常以琴书自娱。”“性高洁，常以礼度自处。”初始性格对其子嗣亦有影响，“长子勃，有父风。义熙初，以散骑侍郎征，不起，寻卒”。[①] 隐逸特质一脉相承。初始性格即具有隐逸特质的戴逵父子，在隐逸风行的东晋一朝，自会顺势而为，乐于享受与自己性格相契合之隐逸行为。

南朝齐袁彖也是如此，其《赠庾易诗》作于建元元年（479），时为“萧映平西将军府长史”。[②] 诗前《小序》云：

> 南史曰：庾易，新野人。居江陵，志性恬静，不交外物。齐临川王映临州，表荐之，饷麦百斛，易辞不受，以文义自乐。安西长史袁彖钦其风，赠诗一首。
>
> 白日清明，青云辽亮。昔闻巢许，今睹台尚。[③]

初始性格与隐逸思想正相合拍。

第三种情况是，作家本身并无隐逸气质，但在时代风尚的左右下，在创作中也不可避免地渗进些许隐逸情愫。晋初的傅玄、傅咸父子生活的洛阳，玄学思潮兴盛，竹林七贤推波助澜，一时任诞、风流，自然也包括竹林之隐逸的生活方式为一时风向，甚为士人瞩目，而两傅因自身初始性格之“性刚劲亮直”[④]，“刚简有大节。风格峻整，识性明悟，疾恶如仇”[⑤]，这种初始个性中的儒家进取因素自然与隐逸无涉，但我们知道，儒家本就有隐逸的

---

① 《晋书·戴逵传》，第 2459 页。

② 曹道衡、刘跃进《南北朝文学编年史》，人民文学出版社 2000 年版，第 237 页。

③ 《先秦汉魏晋南北朝诗·齐诗》，第 1470—1471 页。

④ 《晋书·傅玄传》，第 1317 页。

⑤ 《晋书·傅咸传》，第 1323 页。

思想，信奉儒学的二傅，不可避免也会有某些隐逸思想，如傅玄的《墙上难为趋》："渭滨渔钓翁，乃为周所谘。颜回处陋巷，大圣称庶几。苟富不知度，千驷贱采薇。季孙由俭显，管仲病三归。夫差耽淫侈，终为越所围。遗身外荣利，然后享巍巍。"[①]这种隐逸思想显然是儒家的，然其《鸿雁生塞北行》："凤凰远生海西，及时昆山冈。五德存羽仪，和鸣定宫商。百鸟并侍左右，鼓翼腾华光。上熙游云日间，千岁时来翔。孰若彼龙与龟，曳尾泥中藏。非云雨则不升，冬伏春乃蘘。"[②]《杂诗三首》其一："安贫福所与，富贵为祸媒。金玉虽高堂，於我贱蒿莱。"[③]这些诗中的隐逸思想显然又不是纯粹儒家的，而更多是道家的，庄周"曳尾于途中"，更是玄学司空见惯的内容，显然，这种思想当和时下流行的玄风有关。

2. 作家个性与隐逸文学创作的双向互动

作家个性与隐逸文学创作的关系，一般而言是一种相互刺激、相互促进的良性循环过程。也就是说，作家初始性格中本有隐逸潜质，在自身遭际或社会思潮的作用下，会进行隐逸文学创作，而这种创作反过来又会促使其隐逸潜质的表面化，或者说促使这种隐逸潜质进一步扩大、发展。甚至，当这种隐逸文学创作渐至成为作家的主导风格时，更会促进作家自身隐逸特质的形成，久之，这种隐逸特质会附着于作家身上，成为其性格的一部分。

石崇，是西晋躁进、奢靡人物的代表之一，厕身贾谧"二十四友"之列，与潘岳望尘而拜的事迹，时时被后人诟病，原本无一点隐逸特质，"尝与王敦入太学，见颜回、原宪之象，顾而叹曰：'若与之同升孔堂，去人何必有间。'敦曰：'不知余人云何，子贡去卿差近。'崇正色曰：'士当身名俱泰，何至甕牖哉！'其立意类此"。[④] 元康元年(291)，石崇43岁，有《思归叹》(严可均以《思归引序》加在《思归叹》上，误)[⑤]。元康六年(296)，48岁，有《金谷集诗并序》[⑥]，诗中"肥遁"情结有了进一步增强，至元康七年(297)的《答曹嘉诗》《赠棘腆诗》[⑦]，石崇的肥遁心理已趋定型，其《答曹嘉诗》云：

昔常接羽仪，俱游青云中。敦道训胄子，儒化涣以融。同声无异

① 《先秦汉魏晋南北朝诗·晋诗》，第558页。
② 《先秦汉魏晋南北朝诗·晋诗》，第563页。
③ 《先秦汉魏晋南北朝诗·晋诗》，第570页。
④ 《晋书·石崇传》，第1007页。
⑤ 《中古文学系年》，第741页。
⑥ 《中古文学系年》，第761页；《汉晋学术编年》，第634页。
⑦ 《中古文学系年》，第767页。

> 响，故使恩爱隆。岂惟敦初好，欵分在令终。孔不陋九夷，老氏适西戎。逍遥沧海隅，可以保王躬。世事非所务，周公不足梦。玄寂令神王，是以守至冲。①

《赠棘腆诗》云：

> 久官无成绩，栖迟于徐方。寂寂守空城，悠悠思故乡。恂恂二三贤，身远屈龙光。携手沂泗间，遂登舞雩堂。文藻譬春华，谈话犹兰芳。消忧以觞醴，娱耳以名娼。博弈逞妙思，弓矢威边疆。②

诗中所谓："孔不陋九夷，老氏适西戎。逍遥沧海隅，可以保王躬。世事非所务，周公不足梦。""携手沂泗间，遂登舞雩堂。文藻譬春华，谈话犹兰芳。消忧以觞醴，娱耳以名娼。"这些思想无疑与《思归叹》《金谷集诗并序》一脉相承，也与他"入太学，见颜回、原宪之象"后的议论十分吻合。诗中，作者的那份洒脱，有这样一种心理的底子：一方面享受奢靡的物质生活，一方面又要摆脱莫测不定的世事的困扰。

然而，自元康八年(298)，石崇50岁，"以高诞事免官"之后，其"肥遁"个性就完全形成，其所作《思归引并序》(严可均以《思归引》即《思归叹》，误)③云："余(乐府作崇)少有大志，夸迈流俗，弱冠登朝，历位二十五。年五十以事去官。晚节更乐放逸，笃好林薮，遂肥遁於河阳别业。"④石崇"晚节更乐放逸。笃好林薮"，说明其性格中的隐逸情愫已很浓烈，而"遂肥遁於河阳别业"，则是这种浓烈情愫的必然结果：由朝思夜想进而落实到具体行为。这段话也很清楚地表明了石崇思想的一个转折："少有大志，夸迈流俗，弱冠登朝，历位二十五。"也就是说，年少的石崇受家庭环境的熏陶，较有"大志"，而"弱冠登朝"，更为其实现"大志"提供了通泰的机遇。然而，石崇却"晚节更乐放逸，笃好林薮"，这一转变当不是突兀而来，"年五十以事去官"，"以高诞事免官"，固然对其心理有冲击，然其"晚节更乐放逸，笃好林薮"，一个"更"字，说明在此之前石崇已对"放逸""林薮"之事感兴趣，只是"晚节"，具体地说就是在50岁，"以高诞事免官"之后，这种情愫才肆无忌惮地膨胀起来。其实，从我们之前所引几篇文章来看，石崇隐逸思想

① 《先秦汉魏晋南北朝诗·晋诗》，第644页。
② 《先秦汉魏晋南北朝诗·晋诗》，第645页。
③ 《中古文学系年》，第770页。
④ 《先秦汉魏晋南北朝诗·晋诗》，第643页。

发展的轨迹还是比较清晰的：元康元年(291)，《思归叹》；元康六年(296)，《金谷集诗并序》；元康七年(297)，《答曹嘉诗》《赠棘腆诗》，这些诗文中的肥遁思想就已很明确了。我们固然不能肯定就是这些诗文的创作，才引发了石崇的隐逸思想，但这些诗文的创作，一方面让我们清楚地看到石崇隐逸思想演变的轨迹，显示元康元年(291)后，石崇隐逸思想的一以贯之；另一方面也使石崇的隐逸思想得以固化，而这样一种固化，本身就有利于思想的强化与系统化。从这一意义上来说，我们认为，石崇这一系列的创作，必然会进一步激发、固化其初始性格中没有的隐逸思想，在其后期"肥遁"思想的形成过程中起着重要的作用。

再如陶渊明，固然，陶渊明初始性格中就有十分强烈的隐逸潜质，然而，人生几个重要阶段隐逸文学的不断创作，也会促使其本身的隐逸潜质不断强化，并在这一过程中经历仕与隐的冲突，而最终内化为陶渊明的自觉而笃定的行为。不可否认，不间断的隐逸文学创作实践对其隐逸思想的强化并定型功莫大焉。

二、隐逸文学创作的决定性因素：作家个性及个人遭际

作家个性与社会思潮的碰撞可能产生的结果，已如上述。当然，影响作家隐逸文学创作的最直接的外在因素还是作家的遭际。如果说，作家的初始性格是内在的隐性因素，它规定着作家在社会环境变化时的反应，社会思潮是作家创作隐逸文学的外在的非直接的因素，那么作家的个人遭遇则是作家创作的外在的最直接的刺激因素，应该说，这是作家能否创作隐逸文学的最主要的外在原因。舍此原因，则作家的初始性格因素不能独立起作用，舍此原因，社会思潮这一外在因素对作家的作用也就变得十分有限，甚至可以忽略不计了。

东汉顺帝阳嘉四年乙亥(135)，张衡 58 岁，作《思玄赋》[①]，该赋创作的起因，张衡夫子自道："衡常思图身之事，以为吉凶、倚伏，幽微难明，乃作《思玄赋》，以宣寄情志。"[②]也即，张衡因自身遭遇之故，一段时间，经常思索"图身之事"，"乃作《思玄赋》，以宣寄情志"。顺帝永和三年戊寅(138)，61 岁，"为河间相，作《归田赋》，上书乞骸骨"。[③] 该赋创作缘由，"盖自安顺以来，宦官当权，政治日非，衡年已老，无从挽救，故叹'无明略以佐时'，而

① 《中古文学系年》，第 171 页；《张衡诗文集校注·张衡年表》，第 386 页。
② 《后汉书·张衡传》，第 1293 页。
③ 《张衡诗文集校注·张衡年表》，第 386 页。

思‘纵心于域外也’”。[①]

顺帝永建元年(126),张衡49岁,作《应间》[②],《后汉书·张衡传》云此文创作缘由:“顺帝初,再转,复为太史令。衡不慕当世,所居之官,辄积年不徙。自去史职,五载复还,乃设客问,作《应间》以见其志云。”[③]“观者,观余去史官五载而复还,非进取之势也。唯衡内识利钝,操心不改。或不我知者,以为失志矣,用为间余。余应之以时有遇否,性命难求,因兹以露余诚焉,名之《应间》云。”[④]

张衡《应间》之作,乃“观者,观余去史官五载而复还”而生疑,认为“非进取之势也”,故张衡“应之以时有遇否,性命难求,因兹以露余诚焉”,当然,文中也明确“衡不慕当世,所居之官,辄积年不徙”的事实,因之,该文的创作实在是张衡初始个性与自身遭遇合力作用的结果的最明显例证之一。

潘岳《闲居赋》之作也是如此。赋作于元康六年(296),潘岳50岁。[⑤]《晋书·潘岳传》:“(岳)既仕宦不达,乃作《闲居赋》。”[⑥]《文选》李周翰注:“《礼记》有《闲居篇》,岳取以为赋名,言将不涉世事,自取闲逸。”[⑦]“此赋作于晋惠帝元康六年(296);因母患病去官,作者正闲居洛阳。”[⑧]此时的潘岳经历了几番宦海沉浮,原本“轻躁,趋世利”之心,也因“闲居”沉静而得以思索人生,从而有“将不涉世事,自取闲逸”之情。

江淹,“少孤贫好学,沉静少交游”[⑨],其《还故园诗》作于宋后废帝元徽五年,宋顺帝升平元年(477),是年,江淹34岁。“又自京还乡,作《还故园诗》。在家闲居。”在阐释该诗为何作于是年时,俞绍初先生论述如下:

> 《还故园诗》云……见其已萌归隐之心,故《自序》又云:“复还京师,值世道已昏,守志闲居,不交当轴之士。”[⑩]

① 《张衡诗文集校注》,第242页。
② 《秦汉文学编年史》,第480页;《张衡诗文集校注》,第273页。
③ 《后汉书·张衡传》,第1282页。
④ 《后汉书·张衡传》颜师古注引《衡集》,第1282页。
⑤ 《中古文学系年》,第759页;《汉晋学术编年》,第632页;《潘岳集校注》,第280页。
⑥ 《晋书·潘岳传》,第1504页。
⑦ 《大字本六臣注文选》,第287页。
⑧ 《潘岳集校注》,第72页。
⑨ 《梁书·江淹传》,第247页。
⑩ 刘跃进、范子烨编《六朝作家年谱辑要·俞绍初〈江淹年谱〉》,黑龙江教育出版社1999年版,第113页。

作家遭际是外在的催化剂，一方面可以激发本有隐逸潜质的士人的初始性格，另外，即便缺少隐逸潜质的，如潘岳、二陆等人，在自身遭遇的刺激下，在一定时间段也会产生隐逸倾向，也会有隐逸作品产生。

在分析作家隐逸文学创作的因素时，我们说过，作家的初始个性、社会环境、社会思潮及作家自身的遭遇是几个主要的因素，其中作家的初始个性是内因，其余皆为外因。就这几个因素而言，我们认为，若是作家的初始性格中具有隐逸的潜质，那么，在条件适合的环境下，比如社会隐逸思潮高涨、社会的动荡造成的人的生命的危浅等情况下，就会很容易产生隐逸文学创作。如张衡、嵇康、张华、潘尼、陶渊明等人皆是如此，而像潘尼，即便自身遭遇比较通泰，却依然有不少隐逸文学创作，这就更得力于初始性格中的隐逸气质了。

有些作家虽本身有隐逸气质，也生逢隐逸之风盛行的时代，社会也比较混乱，但他们却很少有隐逸文学创作，如《晋书·隐逸传》记载的孙登、夏统、硃冲、董养、霍原、郭琦、伍朝、任旭、瞿硎先生等人，个中原因涉及作家创作的心理机制问题，不属于本书探讨的范畴，这里只就这些人没有隐逸之作的原因做些说明：其一，这些人既然以隐者著名史册，则其本身也就主要以隐逸事迹为时人及后人瞩目，而不是其文学才华。进一步，我们完全可以这样推测：这些人或许根本就没有文学创作；其二，这些人即便有隐逸之作，也因其隐逸深山老林、人迹罕至之处，从而作品不易流传。

西晋山涛，“少有器量，介然不群。性好《庄》《老》，每隐身自晦。与嵇康、吕安善，后遇阮籍，便为竹林之交，著忘言之契”。① 然而山涛除去正始八年(247)“四十三岁，辞河南从事职，隐退”之外，②再无隐逸之举，也无隐逸文学创作，个中原因，主要在于其自身遭遇比较通泰。山涛于魏嘉平四年(252)，四十八岁，“(涛)与宣穆后有中表亲，是以见景帝”。③ “见司马昭，举秀才，除郎中。”④此后踏入仕途，泰始八年(272)，“六十八岁，迁尚书，以母老辞职，除议郎”。⑤ 这是山涛短暂的清闲，除此之外，山涛一直担任司马氏一朝的显要职位，直至太康三年(282)，“山涛七十八岁，拜司徒。……涛辞不受，舆疾归家”。⑥ 第二年，山涛就去世了。这一短暂的归

① 《晋书·山涛传》，第1223页。
② 韩格平《竹林七贤诗文全集译注·竹林七贤年表》，吉林文史出版社1997年版，第616页。
③ 《晋书·山涛传》，第1223页。
④ 《竹林七贤诗文全集译注·竹林七贤年表》，第618页。
⑤ 《竹林七贤诗文全集译注·竹林七贤年表》，第623页。
⑥ 《竹林七贤诗文全集译注·竹林七贤年表》，第625页。

家基本就是告老还乡，荣归故里，而非一般意义上的隐逸。这般遭遇，就不难理解为何山涛没有隐逸文学创作了，而是创作了大量的《启事》。

像山涛这样，自身虽有隐逸潜质，甚至在生命的前一阶段还有过隐逸行为，但因其后期的境遇，虽有大量作品，却没有隐逸之作，这里决定性的因素只能归结到其自身的遭遇，也就是说自身一直忙于"达则兼济天下"而无暇静心思索退隐之事，久之，原本的隐逸潜质也就慢慢消解了。

在影响隐逸文学创作的诸多因素中，作家的初始性格及自身遭遇是最为重要的两种因素，其余诸因素则处于从属地位。

第二章　物质生活与隐逸心态及隐逸文学创作

隐逸文学的创作固然与作家的初始个性、社会环境、家族门风、社会思潮等因素有密切关系，但最为密切者还是作家的初始个性与其自身遭遇，而自身遭遇中，较为突出的一方面就是其生活条件的变化，具体而言就是其自身的物质生活的变化，这种变化对作家的行为，对作家的心态均带来很大影响，从而不可避免地影响其隐逸文学创作。

第一节　物质生活条件与隐者创作的关系

物质生活条件对隐者的作用是多方面的，平滑流易的生活易于消磨人的意志，使人耽于物质的享受而生命难见闪光点。反之，困厄的境遇，物质的困乏会带给士人迥异的情感体验。有人在困厄中一蹶不振，自暴自弃，但就士人来说，这种心态是不多见的，士人在物质困乏时更多表现为：(1)安贫乐道。愈是困苦的外在环境愈是能激起他们内心对道的坚守，这也是儒、道隐逸观都重点强调的。(2)努力自救。既甘于贫贱的生活，但也要有基本的物质生活保障，于是这部分士人就努力依靠自身的力量来实现物质的自给，其中最主要的是从事农业生产及教授私塾子弟。从事农业以自给者如许由、善卷、老莱子、接舆、长沮、桀溺、荷篠丈人、郑朴、陶渊明等人；教授私塾子弟者如田何、韩福、安丘望之、任棠、贽恂、法真、郭太、姜肱等①；其余职业者，如陈仲子“为人灌园”②，严遵“卖卜于成都市”③，梁鸿“牧豕于上林苑中”④，台佟“采药自给”⑤，嵇康隐居时从事锻铁之类，但这一类

① 参见皇甫谧《高士传》之对应隐士记述，中华书局1989年版。
② 《高士传》，第13页。
③ 《高士传》，第16页。
④ 《高士传》，第19页。
⑤ 《后汉书》，第1871页。

毕竟不占主流，隐者最主要的应对手段还是以前两者为主。

综上，真正的隐者并不在乎物质条件的优劣，当然这也仅是针对真正的隐者而言，而当我们的视野扩展至整个隐逸文学创作时，我们就不能依然认为物质条件的优劣微不足道，因为从事隐逸文学创作者，非独隐士而然，还有相当多的非隐士，在对这些非隐士的隐逸文学创作进行考察时，我们就必须注意到物质生活条件的独特作用。

一、物质生活条件与士人心态

物质条件与士人心态的关系颇为复杂，确有不少士人能做到“不以物喜，不以己悲”。但就一般情况而言，完全的“不以物喜，不以己悲”是很难做到的，“不以物喜，不以己悲”更多是一种不能进入仕途“兼济天下”产生的激愤情绪，是一种平淡外表下的无奈。“古今隐逸诗人之宗”的陶渊明，初始心态有明显的隐逸倾向。然而，由于“亲老家贫”，于 29 岁时不得不出仕，“起州祭酒”。然而，仕途生活与其初始性格产生严重冲突，“不堪吏职，少日自解归。州召主簿，不就，躬耕自资”。这一行为，虽与初始性格相吻合，不过，他随即又面临着同样的问题：生活贫困，“遂抱羸疾”。没有办法，只得“复为镇军、建威参军”。[①] 很明显，此时的陶渊明隐逸之志并不坚定，很容易受外界力量的支配，只有到了他生命的后期，历经宦海沉浮，几次仕、隐反复之后，其隐逸之志才最终确立下来。虽然，他的物质生活依然艰苦，但却能坦然待之。宋文帝元嘉三年(426)，他 62 岁时，“江州刺史檀道济往候之”条下杨勇注引《萧传》曰：“……(陶渊明)偃卧瘠馁有日矣。道济谓曰：‘贤者处世，天下无道则隐，有道则至。今子生文明之世，奈何自苦如此？’对曰：‘潜也何敢望贤，志不及也！’道济馈以梁肉，麾而去之”。[②] 道济之“馈以梁肉”，应该说没有让渊明接受“嗟来之食”的主观愿望，因为道济对陶渊明的态度是真诚的，他对陶渊明也是十分敬重的，而渊明对道济“馈以梁肉”的反应十分耐人寻味。按说处于人生暮年的陶渊明，物质生活十分艰苦，同年所作的《乞食诗》[③]这样描述自己生活的窘迫：“饥来驱我去，不知竟何之。行行至斯里，叩门拙言辞。……感子漂母惠，愧我非韩才。衔戢知何谢，冥报以相贻。”[④]此时的陶渊明对“梁肉”固然十分渴望，

---

① 《晋书·隐逸传·陶潜传》，第 2461 页。

② (东晋)陶渊明著，杨勇校笺《陶渊明集校笺·陶渊明年谱汇订》，上海古籍出版社 2007 年版，第 464 页。

③ 《南北朝文学编年史》，第 95 页。

④ (东晋)陶渊明著，袁行霈校注《陶渊明集校注》，中华书局 2005 年版，第 103 页。

他也深知檀道济的施舍没有"嗟来之食"的意思，但他却毅然"麾而去之"，摆一摆手，让他径自拿去，一个"麾"字，渊明之不屑已跃然纸上。透过这一"麾"字，我们看到渊明内心深处无比的自信，也只有内心深处对隐逸求道理想的执著坚守，才可拒绝一切物质诱惑。

以上以陶渊明为例分析了物质生活与士人心态的关系，再如潘岳、潘尼、陆机、陆云、谢安、谢灵运、谢朓等人，在优裕的物质条件下，由于政治处境或时代风尚的原因而发隐逸之思，这种心态自不同于陶渊明之窘迫物质状态下的心态，也与阮籍、嵇康半仕半隐诸人，物质既不完全匮乏也非十分充裕下的心态拉开了距离。

二、物质生活条件与士人的隐逸文学创作

士人心态必然影响创作，试想一个困厄的隐者与一个衣食无忧的宦者创作的隐逸作品，其情感体验该有多大的差别呀！对这一问题，可作以下几方面的分析。

1. 隐逸作品中对物质生活的描绘

隐逸文学创作既与物质生活有密切的关系，这一密切关系首先表现在隐逸作品中对物质生活的描绘，如我们上举陶渊明元嘉三年(426)62岁时所作的《乞食诗》，就对自己生活的困苦状况有真切的描绘。淮南小山的《招隐诗》也是极力描写山中环境的艰苦，"桂树丛生兮山之幽，偃蹇连蜷兮枝相缭。山气巃嵸兮石嵯峨，溪谷崭岩兮水曾波。猿狖群啸兮虎豹嗥，攀援桂枝兮聊淹留"。"块兮轧，山曲岪，心淹留兮恫慌忽，罔兮沕，憭兮栗，虎豹穴，丛薄深林兮人上慄。"就是源于如此恶劣的生存环境，作者才高呼："王孙兮归来，山中兮不可以久留。"而扬雄于汉元帝建昭五年(前34)，20岁时作《逐贫赋》[1]，其中对贫困生活的描绘充满着滑稽、幽默的气息："扬子遁居，离俗独处。左邻崇山，右接旷野。""进不由德，退不受呵。久为滞客，其意谓何？人皆文绣，余褐不完。人皆稻粱，我独藜飧。贫无宝玩，何以接欢？宗室之燕，为乐不槃。""舍尔登山，岩穴隐藏。尔复我随，陟彼高冈。舍尔入海，泛彼柏舟。尔复我随，载沉载浮。我行尔动，我静尔休。岂无他人？从我何求？今汝去矣，勿复久留！"而"贫曰"的一段话更让人忍俊不禁：

---

① 《秦汉文学编年史》，第257页。关于此赋的作年，尚有不同的看法，陆侃如先生认为作于始建国四年(12)(《中古文学系年》，第43页)；张震泽："此赋盖以文为赋，作期不能确定。"((汉)扬雄著，张震泽校注《扬雄集校注》，上海古籍出版社1993年版，第148页)。

唯唯。主人见逐，多言益嗤。心有所怀，愿得尽辞。昔我乃祖，宗其明德。克佐帝尧，誓为典则。土阶茅茨，匪雕匪饰。爰及季世，纵其昏惑。饕餮之群，贪富苟得。鄙我先人，乃傲乃骄。瑶台琼榭，室屋崇高。流酒为池，积肉为崤。是用鹄逝，不践其朝。三省吾身，谓予无愆。处君之家，福禄如山。忘我大德，思我小怨。堪寒能暑，少而习焉。寒暑不忒，等寿神仙。桀跖不顾，贪类不干。人皆重蔽，子独露居。人皆怵惕，予独无虞。

言辞既罄，色厉目张。摄齐而兴，降阶下堂："誓将去汝，适彼首阳。孤竹二子，与我连行！"①

最终，"余乃避席，辞谢不直。请不贰过，闻义则服。长与汝居，终无厌极。贫遂不去，与我游息"。②

当然，隐者在这种贫困的物质生活条件下，心态倒是很乐观的，正如阮瑀《隐士诗》所说的那样，"四皓潜南岳，老莱窜河滨。颜回乐陋巷，许由安贱贫。伯夷饿首阳，天下归其仁。何患处贫苦？但当守明真"。③ 嵇康对此也有类似的描述，《重作四言诗七首》其一：

富贵尊荣，忧患谅独多。富贵尊荣，忧患谅独多。古人所惧，丰屋蔀家。人害其上，兽恶网罗。惟有贫贱，可以无他。歌以言之，富贵忧患多。④

其二：

贫贱易居，贵盛难为工。贫贱易居，贵盛难为工。耻佞直言，与祸相逢。变故万端，俾吉作凶。思牵黄犬，其计莫从。歌以言之，贵盛难为工。⑤

其五：

① 《扬雄集校注》，第147页。
② 《扬雄集校注》，第147页。
③ 《建安七子集·阮瑀集》，第161页。
④ 《嵇康集校注》，第46—47页。
⑤ 《嵇康集校注》，第47页。

绝智弃学，游心於玄默。绝智弃学，游心於玄默。遇过而悔，当不自得。垂钓一壑，所乐一国。被发行歌，和气四塞。歌以言之，游心於玄默。①

士人在隐逸之时秉持儒、道隐逸观的积极思想，把贫贱视为修道养生之一途。故而，就不会戚戚于贫贱，而是以一种乐观的心态对待之。如此，困厄也就不成其悲苦了，反而有了更积极的意义。

当然，隐逸作品中对物质生活条件的描述，绝非仅赤贫一种，还有更多是描绘优裕生活下的对隐逸生活的向往，如嵇康的《酒会诗》：

乐哉苑中游，周览无穷已。百卉吐芳华，崇台邈高跱。林木纷交错，玄池戏鲂鲤。轻丸毙翔禽，纤纶出鳣鲔。坐中发美赞，异气同音轨。临川献清酤，微歌发皓齿。素琴挥雅操，清声随风起。斯会岂不乐，恨无东野子。酒中念幽人，守故弥终始。但当体七弦，寄心在知己。②

该诗作于嘉平三年(251)，嵇康28岁。③ 诗的前半部分述说自己悠游消遣、美酒佳肴、歌妓在侧的物质生活。然而，作者并不满足于眼下的生活，"斯会岂不乐"，还有什么遗憾呢？"恨无东野子"，"东野子"，指阮侃，时往"东野"隐居。也就是说，此时嵇康虽有令人艳羡的物质享受，但其内心并不觉其然，却以无隐居高士在侧而遗憾。故而，接着嵇康就表述了此刻的真实心情，"酒中念幽人，守故弥终始。但当体七弦，寄心在知己"。"幽人"，韩格平认为是指"隐居在家未仕为官的人，此指东野子"。④ 不难看出，此时嵇康真正视为"知己"的是"东野子"之类的"幽人"，如有如此知己终日相伴，其他的美酒佳肴、歌妓在侧的物质生活也就不足为羡了。

潘岳三十二岁之时所作的《秋兴赋》，也有如此情愫，"且敛衽以归来兮，忽投绂以高厉。耕东皋之沃壤兮，输黍稷之馀税。泉涌湍于石间兮，菊扬芳于崖澨。澡秋水之涓涓兮，玩游鯈之潎潎。逍遥乎山川之阿，放旷乎人间之世。优哉游哉，聊以卒岁"。五十岁时所作《闲居赋》曰：

① 《嵇康集校注》，第49—50页。
② 《嵇康集校注》，第72—73页。
③ 《嵇康研究及年谱》，第116页。
④ 《竹林七贤诗文全集译注》，第342页。

爰定我居，筑室穿池；长杨映沼，芳枳树篱；游鳞瀺灂，菡萏敷披；竹木蓊蔼，灵果参差；张公大谷之梨，梁侯乌椑之柿，周文弱枝之枣，房陵朱仲之李，靡不毕殖。三桃表樱胡之别，二柰曜丹白之色。石榴蒲陶之珍，磊落蔓衍乎其侧。梅杏郁棣之属，繁荣丽藻之饰，华实照烂，言所不能极也。菜则葱韭蒜芋，青笋紫姜；堇荠甘旨，蓼荾芬芳。蘘荷依阴，时藿向阳；绿葵含露，白薤负霜。

于是凛秋暑退，熙春寒往。微雨新晴，六合清朗，太夫人乃御版舆，升轻轩，远览王畿，近周家园；体以行和，药以劳宣，常膳载加，旧痾有痊。席长筵、列子孙，柳垂阴，车结轨。陆摘紫房，水挂赪鲤。或宴于林，或禊于汜，昆弟班白，儿童稚齿，称万寿以献觞，或一惧而一喜。寿觞举，慈颜和。浮杯乐饮，丝竹骈罗。顿足起舞，抗音高歌。人生安乐，孰知其他？①

石崇在《思归叹》中描述自己："晚节更乐放逸，笃好林薮，遂肥遁于河阳别业"时的物质生活状况曰："其制宅也，却阻长堤，前临清渠。百木几于万株，流水周于舍下。有观阁池沼，多养鱼鸟。家素习技，颇有秦赵之声。出则以游目弋钩为事，入则有琴书之娱。""鱼瀺灂兮鱼缤翻，泽雉游㷉兮戏中园。""惟金石兮幽且清，林郁茂兮芳草盈。玄泉流兮萦丘阜，阁馆萧寥兮阴丛柳。吹长笛兮弹五弦，高歌凌云兮乐馀年。舒篇卷兮与圣谈，释冕投绂兮希彭聃。"②

谢灵运也在《山居赋》中描述了自己富裕的隐逸生活，而江淹则在《陶征君潜田居》中体模渊明的隐居生活：

种苗在东皋，苗生满阡陌。虽有荷锄倦，浊酒聊自适。日暮巾柴车，路暗光已夕。归人望烟火，稚子候檐隙。问君亦何为，百年会有役。但愿桑麻成，蚕月得纺绩。素心正如此，开径望三益。③

依江淹的物质生活状态言，他自然无法体会陶渊明的窘迫，他心目中的隐居生活只能如此，其在《自序传》中夫子自道："淹尝云：'人生当适性为乐，安能精意苦力，求身后之名哉！'……常愿幽居筑宇，绝弃人事，苑以丹

① 《潘岳集校注》，第71—72页。
② 《全晋文》，第1650页。
③ （南朝梁）江淹著，（明）胡之骥注《江文通集汇注》，中华书局1984年版，第156—157页。

林，池以绿水，左倚郊甸，右带瀛泽，青春爰谢，则接武平皋；素秋澄景，则独酌虚室。侍姬三四，赵女数人。不则逍遥经纪，弹琴咏诗，朝露几间，忽忘老之将至云尔。淹之所学，尽此而已矣。”一方面是绝弃人事，另一方面又“侍姬三四，赵女数人”。世俗的物质享受依然是他所向往的，只是这种向往带有比较纯粹的性质，是为了物质的享受而追求物质的享受，没有任何附加的主旨。具体来说，就是没有任何政治上的进取之心，所谓“人生当适性为乐，安能精意苦力，求身后之名哉!”“故自少及长，未尝著书，惟集十卷，谓如此足矣。”“仕，所望不过诸卿二千石，有耕织伏腊之资，则隐矣。”持此心态，江淹仕不积极进取，退要有物质保证，如此恬静的心态正与其初始性格一致。

嵇康、潘岳、石崇、谢灵运、江淹等人在相对富庶的物质条件下，过起了不以物务婴心的生活，这种心态下的隐逸，自不同于扬雄、陶渊明笔下的生活窘迫的隐者，后者于贫贱之中不改志向，为了“道”的实现而心无旁骛。这种人格的震撼力，当是潘岳、石崇之流无法比肩的。当然，宽裕的物质生活对于初始性格就具隐逸倾向的士人来说，也不失为一种抑制躁进心态的药方，使这类士人在公务之余可以尽享物质生活带来的美好体验，而不至于汲汲于竞进，从而更加强化其初始性格中的隐逸气质。

2. 隐逸文学中的物质生活与作家实际物质生活的关系

隐逸作品的心态与物质生活的关系大致而言不外三种情况：(1)关系密切。如上举扬雄、张衡、陶渊明、潘岳、石崇、谢灵运、江淹等人的某些隐逸作品，就与他们的物质处境紧密相连，文如其人，作品中物质环境的描写正与他们当时的物质生活环境相吻合；(2)有关系，但关系不甚明显者，如刘桢的《遂志赋》：

> 幸遇明后，因志东倾。披此丰草，乃命小生。生之小矣，何兹云当？牧马于路，役车低昂。怆恨恻切，我独西行。去峻溪之鸿洞，观日日于朝阳。释丛棘之馀刺，践槚林之柔芳。皦玉粲以曜目，荣日华以舒光。信此山之多灵，何神分之煌煌。聊且游观，周历高岑。仰攀高枝，侧身遗阴。磷磷硐硐，以广其心。伊天皇之树叶，必结根于仁方。梢吴夷于东隅，掣叛臣乎南荆。戢干戈于内库，我马絷而不行。扬洪恩于无涯，听颂声之洋洋。四寓奠以无为，玄道穆以普将。翼俊乂于上列，退仄陋于下场。袭初服之芜秽，托蓬庐以游翔。岂放言而云尔？

乃旦夕之可忘。[1]

刘桢先是叙说“幸遇明后”后，物质生活的安适及在这种生活下的恬静心情，由此安恬的心情出发，作者进而思自己的理想生活，“袭初服之芜秽，托蓬庐以游翔”，为显示自己意志的坚决，作者在赋末申言：“岂放言而云尔，乃旦夕之可忘”。至于刘桢理想的退隐后的生活：“袭芜秽之初服”，我们相信此当不是表明刘桢之初服真的很“芜秽”。屈原在《九章·涉江》中，深情地回忆“幼好此奇服兮”，而此象征屈原初始性格的“奇服”，是什么样的呢？屈原在《离骚》中作出了这样的回答：“退将复修吾初服。制芰荷以为衣兮，集芙蓉以为裳。不吾知其亦已兮，苟余情其信芳。高余冠之岌岌兮，长余佩之陆离。芳与泽其杂糅兮，唯昭质其犹未亏。”这里，屈原用夸张的笔墨，对自己高贵的品行，进行了无保留地渲染。应当说，屈原说的是实话，身为楚国贵族，家世之优越自不待言。嵇康《五言赠秀才诗》作于嘉平元年(249)，嵇康26岁，[2]诗中云：“吉凶虽在己，世路多崄巇。安得反初服，抱玉宝六奇。逍遥游太清，携手长相随。”此“反初服”类似于屈原的情感，更多地是指一种优越的道德自信。

而刘桢的家族也并非赤贫，《后汉书·刘梁传》记载，“刘梁，字曼山，……少孤贫，卖书于市以自资”。[3]“后为野王令，未行。光和中，病卒。孙桢，亦以文才知名。”[4]而《三国志》注引《文士传》曰：“桢父名梁，字曼山，一名恭。少有清才，以文学见贵，终于野王令。”[5]一曰刘桢乃刘梁之子，一曰为其孙。今人对之看法也是莫衷一是，或是前而非后，或是后而非前，或不置可否。[6] 刘梁“光和中，病卒”，即卒于178—183年之间。揣摩记叙语气，刘梁应非特别长寿或短寿之人，如否，史书或当应作可书之一笔而特意记载之。依据其时一般人平均寿命推测，当为45岁左右。而刘桢建安二十二年，即217年病卒，“刘桢约四十三岁”。[7] 卒年相差近40岁。完全是祖孙年龄之差距。同时，《文士传》成书在东晋后期，要早于范晔的《后汉

---

① 《建安七子集·刘桢集》，第203—204页。

② 《嵇康研究及年谱》，第106页。

③ 《后汉书·刘梁传》，第1779页。

④ 《后汉书·刘梁传》，第1782页。

⑤ 《三国志》卷二十一注引《文士传》，第601页。

⑥ 俞绍初认为刘桢乃刘梁之子，“今姑从《文士传》”(《建安七子集》，364页)。韩格平认为乃刘梁之孙，“暂从《后汉书》”(韩格平《建安七子综论》，东北师范大学出版社1998年版，第218页)。王廷鹏：“未详孰是”(王廷鹏《建安七子研究》，北京大学出版社2004年版，第36页)。

⑦ 《建安七子集·附录》，第456页。

书》。范晔写作《后汉书》时，当是读过《文士传》的。既然知道《文士传》的记载，却不予采纳，而要纠正其记载。个中原因，我们认为，当是范晔有更权威的资料，认为刘桢为刘梁之孙。《太平御览》卷385记载刘桢“幼智”事例时，特意征引《文士传》，曰：“刘桢字公干，少以才学知名，年八九岁……”[①]也未引述《文士传》记载的“桢父名梁……”。综上，我们基本可以判断刘桢乃刘梁之孙。

至于刘桢的幼年生活情况，谢灵运《拟魏太子邺中集八首并序·刘桢》有这样的描写：“贫居晏里闬，少小长东平。”[②]此时东平战火纷纭，刘桢少时生活之“贫”应是自然的。然而，其祖既“见贵”，最终为“野王令”，而刘梁去世时，刘桢八岁，[③]且“年八九岁，能诵《论语》、诗论及篇赋数万言”。[④]既然能接受如此良好的教育，其家境应该不会太差，至少不至于衣不遮体，食不果腹。故而其《遂志赋》中所说的“袭芜秽之初服，托蓬庐以游翔”之语，就不是真的生活境遇的反映，我们只能理解为这是刘桢自己的孤傲心理作祟。刘桢平视甄氏，被曹操罚“减死输作”之后，其以石为喻对曹操的回答，更彰显“真骨凌霜”之个性。如此倔强的个性，自然不愿意过一种平滑流易的生活，而宁愿过一种能保持独立人格，虽贫贱亦无怨无悔的生活。这或许就是刘桢一方面过着悠游自在的生活，一面又向往“贫贱”的自尊生活的原因吧。也就是说，这类隐逸作品中描写的物质生活与作者本身的物质处境不是完全对等，只是作者理想生活的剪影。而有的隐逸作品中的物质环境，则不易分辨，是一种作者隐形的真实生活的反映，如左思《咏史诗八首》其五、其八：

皓天舒白日，灵景耀神州。列宅紫宫里，飞宇若云浮。峨峨高门内，蔼蔼皆王侯。自非攀龙客，何为欻来游。被褐出阊阖，高步追许由。振衣千仞冈，濯足万里流。

习习笼中鸟，举翮触四隅。落落穷巷士，抱影守空庐。出门无通路，枳棘塞中涂。计策弃不收，块若枯池鱼。外望无寸禄，内顾无斗储。亲戚还相蔑，朋友日夜疏。苏秦北游说，李斯西上书。俯仰生荣华，咄嗟复凋枯。饮河期满腹，贵足不愿馀。巢林栖一枝，可为达

① 《太平御览》385卷，第1780页。
② 《谢灵运集校注》，第148页。
③ 《建安七子综论》，第218页。
④ 《太平御览》385卷，第1780页。

士模。[1]

组诗作于咸宁元年(275),左思二十余岁之时。[2] 泰始八年(272),“左思移师京师”。[3] 三年的京师生活,出身寒门细族的左思见惯了门阀制度造成的等级森严:“峨峨高门内,蔼蔼皆王侯。自非攀龙客,何为欻来游。”该诗的确是左思在亲身经历的基础上,有感而发。左思之孤门细族的出身,“貌寝”的外在条件,“口讷”“不好交游,唯以闲居为事”[4]的先天劣势,这些在看重门阀,崇尚风流,以清谈相标榜的西晋一朝无疑是非常不利的,他之一直沉沦下僚也就是很自然的了。故而,左思的物质生活不要说和石崇之流无法并论,有时甚至还在温饱线上挣扎。其《咏史》之一:“高眄邈四海,豪石何足陈。贵者虽自贵,视之若埃尘。贱者虽自贱,重之若千钧。”这种激愤之辞,正反映出左思本人的实际生活处境:比较贫困。上引第二首隐逸诗,虽没有明确说是自己的生活状况,但结合刚才我们对左思生活状况的分析,基本可以确定:隐逸诗中的描述正是左思本人生活的翻版,这是隐逸诗曲折反映作者物质生活的一例。当然,这样的例子是很多的,如庾阐的《闲居赋》:

> 于是宅邻京郊,宇接华郭。聿来忘怀,兹焉是托。鸟栖庭林,燕巢于幕。既乃青阳结荫,木槿开荣。森条霜重,绿叶云倾。阴兴则暑退,风来则气清。前临塘中,眇目长洲。晨渠吐溜,归潮夕流。顾有崇台高观,凌虚远游。若夫左瞻天宫,右眄西岳。甍飞彤素,岭敷翠绿。朝霞时清,沧浪靡浊。黄绮絜其云栖,渔父欣其濯足。至于体散玄风,神陶妙象。静因虚来,动率化往。萧然忘览,豁尔遗想。荣悴靡期,孰测幽朗。故细无形骸之狭,巨非天地之广。音兴乎万韵,理绝乎一响。[5]

庾阐,“永昌中为西阳王羕太宰掾,累迁尚书郎。咸和中,参司空郗鉴军事,拜彭城内史,进散骑常侍,领大著作。出补零陵太守,拜给事中,复领著作”。[6] 可见庾阐一直行走于仕途,且职位不低。于他而言,似乎衣食无

---

① 《先秦汉魏晋南北朝诗·晋诗》,第733、734页。

② 《中古文学系年》,第666页。还有人认为,该组诗作于左思晚年(张忠森《左思〈咏史〉诗创作时间考》,《齐齐哈尔大学学报》2009年05期)。

③ 《中古文学系年》,第653页。

④ 《晋书·文苑·左思传》,第2376页。

⑤ 《全晋文》,第1679页。

⑥ 《先秦汉魏晋南北朝诗·晋诗》,第872页。

忧，其《闲居赋》虽是抒发物我两忘的安恬心情，但就其间接反映的生活言，还是能够看出其物质生活的富庶：闹中有静的高大宅院，宅旁奇花异草、风清气爽，伴着鸟语花香、四时晨曦，宛如不食人间烟火之仙境。此时此刻，浮现于作者脑海中的形象是黄绮云栖、渔父濯足，“萧然忘览，豁尔遗想”的挣脱尘世烦扰的出世生活。这种隐逸生活是建立在高华的物质生活基础之上的，文中描述的这种物质生活基本就是庾阐现实生活的模版。

3. 基本与作家的物质生活状态无关。这类作品数量更多，这里涉及到作家创作中“文不如其人”的一面。一般认为，文品如人品，作品中的情感、心态、描写的内容与作家自身的心态、生活经历具有对应性，但就创作实际而言，这种论断却失之于片面。且不说，有些作家为了某种目的，有意在作品中文过饰非，就是为了某些特定的目的，或为了显露自己久藏内心的意愿，作者也有可能抛开自己现在的生活状态而去刻意描写心中理想的生活场景。我们当然可以认为，这样的描写正是反映了作者隐秘的心态，仔细分辨不难揭发出这种心态。诚哉斯言！但就作品具体描写的场景言，其对现实的背离也是不言自明的。隐逸文学创作同样也存在这种情况！有些作家身在仕途，物质生活极为充裕，却喜欢描写贫寒隐者的心态，以及支撑这种心态的隐者的生活环境，显然这样的贫困的物质生活环境只能属于作品中的隐者，而不属于作者本人。三国时的麋元讥讽隐士的代表许由，“潜居默静，隐于箕山。身在布衣，而轻天下。世人归其高行，学者以为美谈。夫际会之间，矫时所誉。至乃抽簪散发，背时逆命。隐于山林之中，以此自高，非以劝智能之士，入通达之教，故讥而责之曰……”[①]同时，他又有《吊夷齐文》：

> 少承洪烈，从戎于王，侧闻先生，饿于首阳。敢不敬吊，寄之山冈。呜呼哀哉！夫五德更运，天秩靡常。如有绝代之王，必有受命之王。故尧德终于虞舜，禹祚殄于成汤。且夏后之末祀，亦殷氏之所亡。若周武为有失，则帝乙亦有伤。子不弃殷而饿死，何独背周而深藏。是识春香之为馥，而不知秋兰之亦芳也。所在谁路？而子绝之。首阳谁山？而子匿之。彼薇谁菜？而子食之。行周之道，藏周之林。读周之书，弹周之琴。饮周之水，食周之苓。□谤周之主，谓周之淫。是诵圣之文，听圣之音。居圣之世，而异圣之心。嗟乎二子，何痛之深！[②]

① 《全三国文》，第1267页。
② 《全三国文》，第1267页。

《文心雕龙·哀吊》曰："吊者，至也。《诗》云：'神之吊矣'。言神至也。……吊之所设也：或骄贵而殒身，或狷忿以乖道，或有志而无时，或美才而兼累，追而慰之，并名为吊。"可见"吊"这种文体本有讥讽、惋惜之意。《吊夷齐文》中对夷齐也是多有指责，认为其人沽名钓誉，"居圣之世，而异圣之心"。最后，对二人之境遇，表示了深深的叹惋："嗟乎二子，何痛之深！"

"潜居默静，隐于箕山。身在布衣"，"抽簪散发，背时逆命。隐于山林之中"的许由与食嚼薇菜"饿于首阳"的夷齐，就物质生活条件而言，都是十分困厄，但麋元一个讥讽，一个叹惋，就其情感态度而言，麋元完全是站在政治功用的角度，审判二人之行为，而与自身的物质生活无涉。许由"潜居默静，隐于箕山"，他却"非以劝智能之士，入通达之教，故讥而责之"；而对夷、齐之"居圣之世，而异圣之心"的强烈不满，源于作者认为的"五德更运，天秩靡常。如有绝代之王，必有受命之王"。历史发展的进程是不以人的意志为转移的，判断王朝更替优劣与否的标准在于，新的王朝是否施行更加开明的，有利于人民休养生息的政策。就此而论，周之文、武之取代殷之暴纣，实在是历史发展的必然。就作者所秉持的五德终始论言，周之代殷，也是必然的。以此为逻辑出发点，作者展开了对夷齐的批判，而其批判夷齐的方法，是掀开他们思想与行为的背离：既然愿做商之民，既然不愿作周之新民，为何还要衣食住行，完全依仗周之供给！麋元的《讥许由》《吊夷齐文》中对著名隐士物质困厄的描写，完全是为着寄托自己对社会、对历史的认识，而无关自身的物质处境，其描写隐士的赞、颂、吊、论等文体的作品也大都如此。

第二节　彻底归隐之士的物质生活及其心态

彻底归隐者的物质生活大致可分为三类：(1)彻底的贫困；(2)生活较为优裕者；(3)奢华的物质享受。前一类大都是特立独行，且拙于生计，有着为"道"而献身的崇高理想。魏初的焦先、魏末的孙登是其中的代表。

焦先，"……然其行不践邪径，必循阡陌；及其捃拾，不取大穗；饥不苟食，寒不苟衣，结草以为裳，科头徒跣。……自作一瓜牛庐，净扫其中。营木为床，布草蓐其上。至天寒时，构火以自炙，呻吟独语。饥则出为人客作，饱食而已，不取其直。……至嘉平中，太守贾穆初之官，故过其庐。

……与食，不食”。[①] “……及魏受禅，常结草为庐于河之湄，独止其中。冬夏恒不着衣，卧不设席，又无草蓐，以身亲土，其体垢污皆如泥漆，五形尽露，不行人间。或数日一食，欲食则为人赁作，人以衣衣之，乃使限功受直，足得一食辄去，人欲多与，终不肯取，亦有数日不食时。……遗以食物皆不受。……其后野火烧其庐，先因露寝。遭冬雪大至，先袒卧不移，……或问皇甫谧曰：‘焦先何人？’曰：‘吾不足以知之也。考之於表，可略而言矣。夫世之所常趣者荣味也，形之所不可释者衣裳也，身之所不可离者室宅也，口之所不能已者言语也，心之不可绝者亲戚也。今焦先弃荣味，释衣服，离室宅，绝亲戚，闭口不言，旷然以天地为栋宇，闇然合至道之前，出群形之表，入玄寂之幽，一世之人不足以挂其意，四海之广不能以回其顾，妙乎与夫三皇之先者同矣。结绳已来，未及其至也，岂群言之所能仿佛，常心之所得测量哉！’……”[②]

孙登，“无家属，于郡北山为土窟居之，夏则编草为裳，冬则被发自覆。好读《易》，抚一弦琴，见者皆亲乐之”。“嵇康又从之游三年，问其所图，终不答，康每叹息。将别，谓曰：‘先生竟无言乎？’登乃曰：‘子识火乎？火生而有光，而不用其光，果在于用光。人生而有才，而不用其才，而果在于用才。故用光在乎得薪，所以保其耀；用才在乎识真，所以全其年。今子才多识寡，难乎免于今之世矣！子无求乎？’康不能用，果遭非命，乃作《幽愤诗》曰：‘昔惭柳下，今愧孙登。’或谓登以魏晋去就，易生嫌疑，故或嘿者也。竟不知所终。”[③]

就此彻底归隐之士的代表来分析：显然他们的物质生活都特别贫困，仅仅维持最低的生活水准，但同时他们又有强烈的自尊，一心以“道”为依归，在对社会、人生的认识上，也较常人更为胜出，以致当时的风流代表阮籍、嵇康都对孙登顶礼膜拜，“昔惭柳下，今愧孙登”。不仅是愧对孙登对自己的“火”“光”之喻示，而且对比自己和孙登的处世方式，亦觉惭愧：和孙登这类真正的隐者相较，自己的徘徊仕、隐两端而最终不能保全性命的羞愧。而焦先，“行不践邪径，必循阡陌；及其捃拾，不取大穗；饥不苟食，寒不苟衣”。源于道德优势基础上的自信、自尊，的确非常人所能理解。而当时文坛执牛角者皇甫谧的评价：“焦先……闇然合至道之前，出群形之表，入玄寂之幽，一世之人不足以挂其意，四海之广不能以回其顾，妙乎与夫三皇

① 《三国志·胡昭传》注引《魏略》，第 363—364 页。

② 《三国志·胡昭传》注引《高士传》，第 364—365 页。

③ 《晋书·隐逸·孙登传》，第 2426 页。

之先者同矣。结绳已来，未及其至也，岂群言之所能仿佛，常心之所得测量哉！”足以看出其“闇然合至道之前，出群形之表”的识见，是如何为时人钦羡！

西晋时的董京，“被发而行，逍遥吟咏，常宿白社中。时乞于市，得残碎缯絮，结以自覆，全帛佳绵则不肯受”。[①] 其《答孙楚诗》曰：“周道斁兮颂声没，夏政衰兮五常汨。便便君子，顾望而逝，洋洋乎满目，而作者七。岂不乐天地之化也？哀哉乎时之不可与，对之以独处。无娱我以为欢，清流可饮，至道可餐，何为栖栖，自使疲单？……”[②]《诗二首》其一：“……逝将去此至虚，归我自然之室。”其二：“……胡不遁世以存真？”[③]

和焦先、孙登一样，董京也是极端贫困，但却是“不改其乐”的隐者，而其对“遁世以存真”，对“至道可餐”的执着，亦不在焦先、孙登之下。应该说，这是这类彻底归隐者的具有身份符号的特点。

第二类是生活较好的彻底归隐者。他们虽不是大富大贵，但至少衣食无忧，这批隐逸者的物质来源主要是通过教授门徒，或靠亲属资助。霍原，“父友同郡刘岱将举之，……原山居积年，门徒百数”。[④] 杨轲，“少好《易》，长而不娶，学业精微，养徒数百，常食粗饮水，衣褐缊袍，人不堪其忧，而轲悠然自得，疏宾异客，音旨未曾交也。虽受业门徒，非入室弟子，莫得亲言。欲所论授，须旁无杂人，授入室弟子，令递相宣授”。“自归秦州，仍教授不绝。”[⑤]宋纤，“少有远操，沈靖不与世交，隐居于酒泉南山。明究经纬，弟子受业三千余人”。“上疏曰：‘臣受生方外，心慕太古。生不喜存，死不悲没。素有遗属，属诸知识，在山投山，临水投水，处泽露形，在人亲土。声闻书疏，勿告我家。今当命终，乞如素愿。’遂不食而卒，时年八十二，谥曰玄虚先生。”[⑥]顾欢，“母亡，水浆不入口六七日，庐于墓次，遂隐不仕。于剡天台山开馆聚徒，受业者常近百人”。[⑦]

陶渊明当然是比较贫困的隐士，生命的后期更是如此。但彻底归隐之初及其后的一段时间，在好友（主要是官宦）如颜延之、王弘等的馈赠下，却得以保持无忧的生活，如他在《归去来兮辞》中的描写：

---

① 《晋书·隐逸·董京传》，第 2427 页。
② 《先秦汉魏晋南北朝诗·晋诗》，第 601 页。
③ 《先秦汉魏晋南北朝诗·晋诗》，第 600 页。
④ 《晋书·隐逸·霍原传》，第 2435—2436 页。
⑤ 《晋书·隐逸·杨轲传》，第 2449、2450 页。
⑥ 《晋书·隐逸·宋纤传》，第 2453 页。
⑦ 《南史·隐逸·顾欢传》，第 1874 页。

乃瞻衡宇，载欣载奔。僮仆欢迎，稚子候门。三径就荒，松菊犹存。携幼入室，有酒盈樽。引壶觞以自酌，眄庭柯以怡颜。倚南窗以寄傲，审容膝之易安。园日涉以成趣，门虽设而常关。策扶老以流憩，时矫首而遐观。云无心以出岫，鸟倦飞而知还。景翳翳以将入，抚孤松而盘桓。归去来兮！请息交以绝游。世与我而相遗，复驾言兮焉求？悦亲戚之情话，乐琴书以消忧。农人告余以春及，将有事于西畴。或命巾车，或棹孤舟。既窈窕以寻壑，亦崎岖而经丘。木欣欣以向荣，泉涓涓而始流。善万物之得时，感吾生之行休。①

归隐之初，陶渊明的物质生活当是比较富庶的，食有酒肉，劳有仆役，自己的心情也是异常惬意、闲适。如此，才能发见“云无心以出岫，鸟倦飞而知还”“木欣欣以向荣，泉涓涓而始流”的乐趣。

西晋时的皇甫谧，“居贫，躬自稼穑，带经而农，……后得风痹疾，犹手不辍卷”。“或劝谧修名广交……”

“叔父有子既冠，谧年四十丧所生后母，遂还本宗。”

“城阳太守梁柳，谧从姑子也，当之官，人劝谧饯之。”“时魏郡召上计掾，举孝廉；景元初，相国辟，皆不行。其后乡亲劝令应命……”

“相国晋王辟余等三十七人，及泰始登禅，同命之士莫不毕至，皆拜骑都尉，或赐爵关内侯，进奉朝请，礼如侍臣。唯余疾困，不及国宠。宗人父兄及我僚类，咸以为天下大庆，万姓赖之，虽未成礼，不宜安寝，纵其疾笃，犹当致身。”

“其后武帝频下诏敦逼不已。”

“岁余，又举贤良方正，并不起。”

“初服寒食散，而性与之忤，每委顿不伦，尝悲恚，叩刃欲自杀，叔母谏之而止。”②

从上引《晋书·皇甫谧传》中的资料来分析，皇甫谧的物质生活并不富裕，但也绝不和第一类彻底归隐者一样赤贫，而是和第二类彻底归隐者类似。他的物质来源，主要是亲自稼穑，如此尚不足以保证生活的温饱。我们知道，皇甫谧是当时有很大影响的士人，官府，包括武帝都多次征召，如此人物在乡里，自然备受尊崇。加之，皇甫谧聚族而居，亲族之间的周济在所难免。上引史料中，亲族对其屡屡劝说，从另一个方面也说明了亲族之

① 《陶渊明集笺注》，第 460—461 页。

② 《晋书·皇甫谧传》，第 1409—1415 页。

间关系的密切。如此亲密的关系下，一介儒生，若不靠亲族的资助，断不会生活的如此顺当，也断不会轻易著书立说。

上列诸人乃以授生徒，亲族资助为其主要物质来源。应当说，他们的物质生活还是不错的，他们很少浑身污垢，穴居山林，他们是食人间烟火隐居乡里的士人，当然其中不乏名噪一时的大儒。他们以传道授业解惑的方式来实践“穷则独善其身”的理想，及广大儒家道统的神圣使命。因其教授的主要是儒家经典，这些隐者大都以儒家隐逸观为主导，行为举止也以儒家观念为依归，其人多为乡里敬重之。当然，这么说也并不是否认他们思想中的通达成分，如顾欢，“欢知将终，赋诗言志”。[①] 其《临终诗》云：

> 五途无恒宅，三清有常舍。精气因天行，游魂随物化。鹏鶠适大海，蜩鸠之桑柘。达生任去留，善死均日夜。委命安所乘，何方不可驾。翘心企前觉，融然从此谢。[②]

诗中《庄子·逍遥游》之典甚是显豁，其“达生任去留，善死均日夜。委命安所乘，何方不可驾”之委运任化的态度更是与陶渊明的“新自然主义”一脉相承。可见这部分隐者的思想也不尽恪守儒家一端，而有自由活泼的多元化趋向。

第三类隐者则有较为奢华的物质享受。其物质来源多为他人馈赠，其自身“努力”之获取或家族之遗留。严格意义上来说，这批隐士因与世俗世界接触密切，很大程度上已经失去了隐者自身的许多特点，如梁朝有“山中宰相”之称的陶弘景，其真实的身份应该是道士，但《梁书》又把他列入《处士传》(即《隐逸传》)中，与有梁一朝的著名隐士何点、何胤、阮孝绪、诸葛璩、沈顗、刘慧斐、范元琰、刘訏等同传，且其自号“华阳隐居”，可见陶弘景本人及时人是将其作为隐者来看待的。陶弘景因与梁武帝关系密切，“高祖(梁武帝)既早与之游，及即位后，恩礼逾笃，书问不绝，冠盖相望”。[③] 其贵盛可见一斑，其物质来源主要是皇帝的馈赠。

何点，“容貌方雅，博通群书，善谈论。家本甲族，亲姻多贵仕。点虽不入城府，而遨游人世，不簪不带，或驾柴车，蹑草屩，恣心所适，致醉而归，士大夫多慕从之，时人号为‘通隐’”。“从弟遁，以东篱门园居之，稚珪为筑室

① 《南史·隐逸·顾欢传》，第 1874 页。
② 《先秦汉魏晋南北朝诗·梁诗》，第 1381 页。
③ 《梁书·处士·陶弘景传》，第 743 页。

焉。园内有卞忠贞冢，点植花卉于冢侧，每饮必举酒酹之。”

“点既老，又娶鲁国孔嗣女，嗣亦隐者也。……及点后婚，融始为诗赠点曰：‘惜哉何居士，薄暮遘荒淫。’点亦病之，而无以释也。”

“高祖与点有旧，及践阼，手诏曰：‘……今赐卿鹿皮巾等。后数日，望能入也。’点以巾褐引入华林园，高祖甚悦，赋诗置酒，恩礼如旧。”

“天监三年，卒，时年六十八。诏曰：‘新除侍中何点，栖迟衡泌，白首不渝。奄至殒丧，倍怀伤恻。可给第一品材一具，赙钱二万、布五十匹。丧事所须，内监经理。’”①

何点维系其奢华的生活，甚至还一再婚娶的物质基础有二：(1)“家本甲族，亲姻多贵仕”；(2)帝王的赏赐。

雷次宗，“隐退不受征辟。宋元嘉十五年，征至都，开馆于鸡笼山，聚徒教授，……上留意艺文，……车驾数至次宗馆，资给甚厚。久之，还庐山，公卿以下并设祖道。后又征诣都，为筑室于锺山西岩下，谓之招隐馆，使为皇太子、诸王讲丧服经”。②

这批生活奢华的隐者，一方面有隐士清高、不屑俗务的逸行；另一方面，又因与世俗社会保有千丝万缕的联系，也就不可避免掺杂不少世俗的情感。陶弘景在梁武帝禅位之时，“义师平建康，闻议禅代，弘景援引图谶，数处皆成‘梁’字，令弟子进之”。如此，才能“恩礼逾笃，书问不绝，冠盖相望”。③ 这部分隐士中，有些太过世俗化，从而成为时人之笑柄。

第三节　半仕半隐者的物质生活与其隐逸文学创作

这类士人，对隐逸行为本身的认识与彻底归隐者存在巨大的差异，他们的归隐多数是无奈的，是不得已而为之的。或是由于社会的动乱，或是自身在仕途上深受排挤，心情压抑而无由伸展，当然也确有源于自身性情，或为着“弘道”的目的而主动选择归隐的。但他们与彻底归隐者又有较大的区别，这种区别在于：这类士人内心的隐逸之志并不坚定，在外在环境发生变化时，如社会由乱而治，或统治者对其屡次征召，或为更好的物质生活，这批士人往往就要改变初衷，由隐而仕了。如陶渊明，在义熙元年

① 《梁书・处士・何点传》，第732—734页。

② 《南史・隐逸・雷次宗传》，第1867—1868页。

③ 《梁书・处士・陶弘景传》，第743页。

(405)彻底归隐之前,就过着半仕半隐的生活。本来陶渊明的初始性格中就有隐逸的潜质,但却因物质生活的贫困而主动入仕,此后的短暂归隐时,也不断接受官员的馈赠,而且他认为时机一旦适合,就义无反顾地出仕,其隐逸之志并不坚定。

显然地,这部分士人的物质生活条件并不是很差,就此而言,这与彻底归隐者中的第二、第三类较为接近。他们的物质生活状况也可分为两种。

1. 生活稍好

这类隐者有时也要从事一些具体劳作,以为获取物质生活的手段,如嵇康在正始八年(247)隐居山阳,主导竹林之游,[①]魏甘露二年(257),"避居河东"开始又一次隐居。[②] 这次,嵇康"居贫,尝与向秀共锻于大树之下,以自赡给"。[③] 第二年(258),炙手可热的钟会,"前往嵇康隐居处试探虚实,嵇康'箕踞而锻',不予理睬"。[④] 嵇康之隐居,生活较为贫困,靠锻铁"以自赡给"。同样,义熙元年(405)之前的陶渊明亦是如此。半仕半隐的经历,使得他的生活维持在温饱线以上,隐逸之时"躬耕自资",短暂的仕途生活,亦不废劳作,"为彭泽令。在县,公田悉令种秫谷,曰:'令吾常醉于酒足矣。'妻子固请种粳。乃使一顷五十亩种秫,五十亩种粳"。[⑤] 这则史料固然主要是说明渊明之喜酒,但其不废劳作以资家用的行为亦表露无遗。陶渊明之生活与嵇康类似,生活谈不上大富大贵,但较大部分赤贫的自耕农、佃农无疑要好不少。

潘尼亦是西晋仕隐兼存的代表,"初应州辟,后以父老,辞位致养"。[⑥] 此次"辞位致养"在太始九年(273),"《三国志》卷二十一注引《尼别传》曰:'尼以父老归供养,居家十余年'"。[⑦] 十年家居,不肯出仕,不问政事,自然是隐居行为。"及赵王伦篡位,孙秀专政,忠良之士皆罹祸酷。尼遂疾笃,取假拜扫坟墓。""永嘉中,迁太常卿。洛阳将没,携家属东出成皋,欲还乡里。"[⑧]无论是"取假拜扫坟墓"也好,有感于京师陷落而"欲还乡里"也好,无不是念想摆脱使自己惴惴不安之仕途。于此,我们可以认为,潘尼的一生确是仕隐结合,而且一有机会,总想着归隐,"父老归供养,居家十余年",

① 《竹林七贤诗文全集译注・竹林七贤年表》,第 617 页。
② 《竹林七贤诗文全集译注・竹林七贤年表》,第 619 页。
③ 《晋书・嵇康传》,第 1373 页。
④ 《竹林七贤诗文全集译注・竹林七贤年表》,第 620 页。
⑤ 《晋书・隐逸・陶潜传》,第 2461 页。
⑥ 《晋书・潘尼传》,第 1510 页。
⑦ 《中古文学系年》,第 657—658 页。
⑧ 《晋书・潘尼传》,第 1516 页。

更是长期的隐居故乡。那潘尼的物质生活怎样呢？“性静退不竞，唯以勤学著述为事”，其初始性格中的这一特点，似乎表明潘尼纯乎一介书生，而非贪财好利之徒。如果这种分析不错的话，那么，潘尼此后虽官至“中书令”，“职居显要”，然潘尼似乎并不热衷操弄权柄，只是“从容而已。虽忧虞不及，而备尝艰难”。[①] 可以推断，其物质生活亦好不到哪里去。永宁元年(301)，仕宦中的潘尼作《答陆士衡诗》[②]，曰：“……昔游禁闼，祗畏夕惕。今放丘园，纵心夷易。口咏新诗，目玩文迹。予志耕圃，尔勤王役。惭无琬琰，以詶尺璧。”[③]其《钓赋》起首即言：“抗余志于浮云，乐余身于蓬庐。寻渭滨之远迹，且游钓以自娱。左援修竹，右纵飞纶。”[④]“乐余身于蓬庐”，潘尼的确在退隐之后生活于“蓬庐”之中，且自得其乐，由此可见其物质生活之一斑。

同样是仕、隐兼顾的阮籍也是如此，“(阮)咸与(阮)籍居道南，诸阮居道北，北阮富而南阮贫”。[⑤] 说明阮籍在物质生活上与嵇康、陶渊明接近，不属于特别奢华的一类，只是在出仕时，阮籍的生活才过得洒脱一些，“籍闻步兵厨营人善酿，有贮酒三百斛，乃求为步兵校尉”。[⑥] 此则史料，我们完全可以依照字面的意思理解，而不一定要过度解读：阮籍因物质生活的匮乏，嗜酒而无酒，尤其无美酒可饮，于是“求为步兵校尉”，主动出仕，去享用三百斛贮酒了。建安七子之一的徐干亦是如此，只是徐干的物质生活在那个战乱频仍的年代更为贫困罢了。徐干一生事迹大致为：中平六年(189)，19 岁，“已博览群籍，下笔成章；病时俗昏迷，遂闭门不出，以读书自娱”。初平元年(190)，20 岁，“避乱海表”。建安元年(196)，26 岁，“复归临淄，幽居隐迹，不应州郡礼命”。建安十二年(207)，37 岁，“应命归曹操，为司空军谋祭酒掾属”。建安十六年(211)，41 岁，“为五官将文学，有预邺中游宴事”。建安十九年(214)，44 岁，“为临淄侯文学”。建安二十一年(216)，46 岁，“称疾避世，著《中论》”。[⑦] 实为隐居。建安二十三年(218)卒。因初始性格使然，即便在为官之时，徐干也只是做诸如掾属、文学之类的清散官员，很少金戈铁马、纵横疆场，或主政一方、叱咤风云。因故，徐干的一生基本都较为清贫，其“避乱海表”“称疾避世”时，生活的艰辛自不待

---

① 《晋书·潘尼传》，第 1515—1516 页。

② 《中古文学系年》，第 795 页。

③ 《先秦汉魏晋南北朝诗·晋诗》，第 764 页。

④ 《全晋文》，第 1999 页。

⑤ 《晋书·阮籍传》，第 1362 页。

⑥ 《晋书·阮籍传》，第 1360 页。

⑦ 《建安七子集·建安七子年谱》，第 368、371、386、407、422、431、436 页。

言，曹植《赠徐干》云："顾念蓬室士，贫贱诚足怜。薇藿弗充虚，皮褐犹不全。"该诗作于建安二十一年(216)，"曹植所咏当在徐干称疾避世之后"。① 此时徐干刚从临淄侯文学位上退出，生活依然还是那么清贫，其生活之状况可见一斑。由此我们亦可推断，就是为官之时，他的生活也好不到哪里去，"摇荡箕濮情，穷年迫忧粟。末途幸休明，栖集建薄质。已免负薪苦，仍游椒兰室。……华屋非蓬居，时髦岂余匹。中饮顾昔心，怅焉若有失"。② 诗中自道，说自己参预五官中郎将之游宴，说自己"游椒兰室"，居"华屋"，我们固然不能否认徐干自身的说道，但结合前面曹植对其生活状态的评价，恐怕还是徐干自己感受的"已免负薪苦"，或曰仅免"负薪苦"，最为贴切。

2. 生活较为奢华、优渥

这部分士人的物质来源主要有二：(1)家族遗产；(2)个人为官时聚敛的财富。谢灵运是东晋最大的士族之一谢氏遗留到刘宋的代表，其优越的士族身份，卓越的才华，都使他念想在刘宋集团掌握政权后，得以大用。然而，刘宋一门出身庶族，对以谢氏为代表的门阀士族采取打压策略。因故，谢灵运一生都徘徊在仕隐两端，其主要经历如下：(1)居家时期：东晋太元十年(385)—义熙八年(412)；(2)在江陵、建康等地为官时期：东晋义熙八年(412)—南朝宋永初三年(422)；(3)第一次隐居故乡始宁时期：景平元年(423)—元嘉三年(426)；(4)在京任秘书监、侍中时期：元嘉三年(426)—元嘉五年(428)；(5)第二次隐居故乡始宁时期：元嘉五年(428)—元嘉八年(431)；(6)出守临川与流放广州时期：元嘉八年(431)—元嘉十年(433)。③ "袭封康乐公，食邑二千户"④，在第一次隐居故乡始宁时所作的《山居赋》中，对自己住所环境的叙写，其苑囿之广大，环境之优美，物产之富饶让人叹为观止。也难怪，灵运仕途失意后能在始宁隐居，且得以排遣失落之心绪。

石崇，"年二十余，为修武令，有能名"。⑤ 陆侃如具体化为咸宁元年(275)，27岁，"石崇为修武令"。⑥ "征为大司农，以征书未至擅去官免。""顷之，拜太仆，出为征虏将军，假节、监徐州诸军事，镇下邳。崇有别馆在河阳之金谷，一名梓泽，送者倾都，帐饮于此焉。至镇，与徐州刺史高诞争

① 《建安七子集·建安七子年谱》，第436页。
② 《谢灵运集校注·拟魏太子邺中集诗之徐干》，第146页。
③ 《谢灵运集校注·目录(诗之编年)》，第1—5页。
④ 《宋书·谢灵运传》，第1743页。
⑤ 《晋书·石崇传》，第1004页。
⑥ 《中古文学系年》，第665页。

酒相侮，为军司所奏，免官。”[1]此次免官为元康八年(298)，50岁，“石崇以高诞事免官”。[2]“及贾谧诛，崇以党与免官。”[3]此次免官在永康元年(300)，52岁，“石崇免官，亦被害”。[4] 综上，石崇的一生几起浮落，三次免官，其中两次在其生命的末期。我们固然不能认为这种免官就等同于隐逸，但，石崇在元康八年(298)第二次免官时，所作的《〈思归引〉并序》中透出的信息，或可看出事实的端倪，《序》云：

> 余(乐府作崇。——笔者注)少有大志，夸迈流俗，弱冠登朝，历位二十五。年五十以事去官。晚节更乐放逸，笃好林薮，遂肥遁於河阳别业。其制宅也，却阻长堤，前临清渠，柏木几於万株，江水周於舍下。有观阁池沼，多养鱼鸟，家素习技，颇有秦赵之声。出则以游目弋钓为事，入则有琴书之娱。又好服食咽气，志在不朽，傲然有凌云之操，欻复见牵羁，婆娑於九列，困於人间烦黩，常思归而永叹，寻览乐篇有思归引。傥古人之心有同於今，故制此曲。此曲有弦无歌，今为作歌辞以述余怀。恨时无知音者，令造新声而播于丝竹也。[5]

石崇自道，“少有大志，夸迈流俗”。其少时的“大志”，究竟为何？现在已不可得知，但从其后来的作为来看，我们可作以下分析：其“少敏惠，勇而有谋”。“伐吴有功，封安阳乡侯。在郡虽有职务，好学不倦。”[6]似乎其“大志”为一匡天下，立功扬名，以期实现“达则兼济天下”之宏愿，但石崇居官时，又有种种为儒家正统不齿的恶行，其一：贪财，且不择手段。“任侠无行检”，“在荆州，劫远使商客，致富不赀”。[7] 其二：斗富、炫富，且没有品行。“石崇每要客燕集，常令美人行酒，客饮酒不尽者，使黄门交斩美人。王丞相与大将军尝共诣崇，丞相素不能饮，辄自勉强，至于沉醉。每至大将军，固不饮，以观其变。已斩三人，颜色如故，尚不肯饮。丞相让之，大将军曰：‘自杀伊家人，何预卿事！’”[8]这则史料，固然侧重表现王敦之冷漠，但石崇之残忍、草菅人命更令人愤恨。其三：慕势，且没有底线。“与潘岳谄

① 《晋书·石崇传》，第1006页。
② 《中古文学系年》，第770页。
③ 《晋书·石崇传》，第1008页。
④ 《中古文学系年》，第785页。
⑤ 《先秦汉魏晋南北朝诗·晋诗》，第643页。
⑥ 《晋书·石崇传》，第1005页。
⑦ 《晋书·石崇传》，第1006页。
⑧ (南朝宋)刘义庆著，余嘉锡笺疏《世说新语笺疏·汰侈》，中华书局2007年第2版，第1028页。

事贾谧。谧与之亲善,号曰'二十四友'。广城君每出,崇降车路左,望尘而拜,其卑佞如此。"[①]其四:爱好珍禽、美人等异物玩好。"崇在南中,得鸩鸟雏,以与后军将军王恺。时制,鸩鸟不得过江,为司隶校尉傅祗所纠,诏原之,烧鸩于都街。"[②]其为美人绿珠而死的事迹更是广为人知。其五:对儒家楷模不恭。"尝与王敦入太学,见颜回、原宪之象,顾而叹曰:'若与之同升孔堂,去人何必有间。'敦曰:'不知余人云何,子贡去卿差近。'崇正色曰:'士当身名俱泰,何至甕牖哉!'其立意类此。"[③]如此,我们可以认为,石崇对儒家道统并不尊奉,其崇尚的只是自己内心的感受,内心的追求。其贪财也好,慕势也好,爱好珍禽、美人等异物玩好也好,对儒家楷模违反人性的刻意行为的不屑也好,其实都是石崇对人性私、贪、惰诸恶行的不加掩饰的追逐。这种追逐如不加以节制,很容易使人堕落,推扩到社会,就会使整个社会陷入一种如明末般的颓废,虽则如此,这种欲望也是符合人性的本能的。

或许暮年的石崇,在回顾自己的一生时,认为年少的自己颇有壮志,但实际上自己的一生并未沿着儒家的规范前行。由此,石崇一生的思想轨迹,我们只能另寻他途,从别的方面来找寻了。石崇自道:"年五十以事去官,晚节更乐放逸,笃好林薮,遂肥遁於河阳别业。"

五十去官,即石崇的第二次"以高诞事免官",此次去官,我们可作两方面分析:(1)"以高诞事免官",此点正与石崇的初始性格"夸迈流俗"契合,或可视为石崇贯穿一生的基本性格;(2)此次去官后,"更乐放逸,笃好林薮",换句话说,石崇以前及以后"免官"也比较热衷"放逸""林薮",或曰隐逸。在此我们不妨这样认为,石崇一生大部分时间都在仕途中度过,其中的几次免官,则热衷"林薮",尤其是第二次免官之后,更是"遂肥遁於河阳别业。""肥遁",《周易・遁卦》曰:"上九,肥遁,无不利。"孔颖达疏:"子夏传曰:肥,饶裕也。""河阳别业"的生活既为"肥遁",当然有充裕的物质享受,石崇为官多年之积蓄,也自然不会让"河阳别业"寒碜。实际上,石崇的河阳别业类似灵运之始宁别墅,都有充裕的物质基础。

第四节　朝隐、中隐之士的物质生活、心态及隐逸文学创作

朝隐、中隐之士的隐逸文学创作自有其本身的特殊性。严格意义上

① 《晋书・石崇传》,第1006—1007页。
② 《晋书・石崇传》,第1006页。
③ 《晋书・石崇传》,第1007页。

说，朝隐、中隐之士并非真正的隐士，当然，我们这里并不打算讨论其与真正隐士的差异，我们所关注的是，这批士人却创作出不少隐逸文学作品，且有较高的质量，在隐逸文学史上不容小觑。

朝隐、中隐之士的物质生活一般来说都比较优裕。当然，具体而言，他们的物质生活水平也不尽一致，以下我们分别讨论之。

一、身在魏阙心念山林田园者的物质生活与其隐逸心态

朝隐之士的物质生活不可一概而论，大多生活比较奢华，如谢安诸人，其物质来源主要是家族本身的财产，与其官员俸禄关系不大。

谢安，"初辟司徒府，除佐著作郎，并以疾辞。寓居会稽，与王羲之及高阳许询、桑门支遁游处，出则渔弋山水，入则言咏属文，无处世意"。"……遂栖迟东土。尝往临安山中，坐石室，临浚谷，悠然叹曰：'此去伯夷何远！'""及万黜废，安始有仕进志，时年已四十余矣。"

"安每镇以和靖，御以长算。德政既行，文武用命，不存小察，弘以大纲，威怀外著，人皆比之王导，谓文雅过之。尝与王羲之登冶城，悠然遐想，有高世之志。"

"及登台辅……又于土山营墅，楼馆林竹甚盛，每携中外子侄往来游集，肴馔亦屡费百金，世颇以此讥焉，而安殊不以屑意。"

"安虽受朝寄，然东山之志始末不渝，每形于言色。及镇新城，尽室而行，造泛海之装，欲须经略粗定，自江道还东。雅志未就，遂遇疾笃。……自以本志不遂，深自慨失。"①

谢安初始性格中即有隐逸潜质，加之当时以风流相尚的玄学及其他社会思潮的影响，谢安最初坚拒出仕，直到"年已四十余"，才迫于外在方方面面的压力进入仕途，为征西大将军桓温司马。此后，官越做越大，而其隐逸之志却始终不曾衰减。既然无法离开仕途，只好自己寻找隐逸的生活，遂有了谢安的朝隐。仕途如日中天之时，依然"登冶城，悠然遐想，有高世之志"，"又于土山营墅，楼馆林竹甚盛，每携中外子侄往来游集"，这些都是时下不以物务婴心思潮的投影。其朝隐既有思想基础，又有实际行为，是魏晋朝隐的代表人物。

当然，朝隐也非谢安一苗独秀，我们前面谈到亦仕亦隐的人物时，曾举阮籍、嵇康为例，其实，就是勉强进入仕途，二人也不是全身心扑进政务之中，而是不忘洒脱的个性，不忘喜爱的美酒、玄言，有人将这种行为称之为

① 《晋书·谢安传》，第2072—2076页。

“酒隐”,[①]但就其实质来说,依然是在朝为官却不全力政事,而是常思隐逸,甚至有具体隐逸行为,显然亦可作朝隐一类视之。

就张华的一生来说,我们固然不能认为其为朝隐,但若做具体分析,则情况也不能一概而论。张华,“华少孤贫”“华学业优博,辞藻温丽,朗赡多通,图纬方伎之书莫不详览。少自修谨……器识弘旷,时人罕能测之。初未知名,著《鹪鹩赋》以自寄”。

“华强记默识,四海之内,若指诸掌。武帝尝问汉宫室制度及建章千门万户,华应对如流,听者忘倦,画地成图,左右属目。帝甚异之,时人比之子产。”

这表明,张华虽在仕途,但相当精力却用在学术、文化上。

“朝议欲征华入相,……顷之,征华为太常。以太庙屋栋折,免官。遂终帝之世,以列侯朝见。”“惠帝即位,以华为太子少傅,与王戎、裴楷、和峤俱以德望为杨骏所忌,皆不与朝政。”

这表明,张华在朝之时,有一段时间过着闲淡的生活。

“贾谧与后共谋,以华庶族,儒雅有筹略,进无逼上之嫌,退为众望所依。”

“初,华所封壮武郡有桑化为柏,识者以为不详。又华第舍及监省数有妖怪。少子韪以中台星坼,劝华逊位。华不从,曰:‘天道玄远,惟修德以应之耳。不如静以待之,以俟天命。’”

显然,张华身为孤门细族,不可能势焰熏天。受初始性格支配,张华处理政务“静以待之,以俟天命”这一个性正与隐者一致。

“华性好人物,诱进不倦,至于穷贱候门之士有一介之善者,便咨嗟称咏,为之延誉。雅爱书籍,身死之日,家无余财,惟有文史溢于机箧。尝徙居,载书三十乘。秘书监挚虞撰定官书,皆资华之本以取正焉。天下奇秘,世所希有者,悉在华所。由是博物洽闻,世无与比。”[②]

张华为官不贪婪,俸禄所得之外已无余财。

以上种种似乎表明:张华为官之时,除本职工作之外,大部分时间“静以待之,以俟天命”。以学术为己任,打发时光,而非钻营弄权。就此点意义上说,张华这一行为与朝隐的典型谢安又有一致之处,当然,其物质的奢华是无法与谢安相比的。

---

① 何鸣《遁世与逍遥——中国隐逸简史》,敦煌文艺出版社 2006 年版,第 117 页。

② 《晋书·张华传》,第 1068—1074 页。

二、谢朓、江淹的中隐心态与其隐逸文学创作

“中隐”这一概念最早出现在白居易的《中隐》诗里：

> 大隐住朝市，小隐入丘樊。丘樊太冷落，朝市太嚣喧。不如作中隐，隐在留司官。似出复似处，非忙亦非闲。不劳心与力，又免饥与寒。终岁无公事，随月有俸钱。君若好登临，城南有秋山。君若爱游荡，城东有春园。君若欲一醉，时出赴宾筵。洛中多君子，可以恣欢言。君若欲高卧，但自深掩关。亦无车马客，造次到门前。人生处一世，其道难两全。贱即苦冻馁，贵则多忧患。唯此中隐士，致身吉且安。穷通与丰约，正在四者间。[①]

白居易对中隐的理解是：既要有固定的俸禄，不至于挨饿受苦，故而，要求入仕为官；同时，又不能有为官的繁冗事务，以致深陷其中，身心俱疲，无从感受“不劳心与力”“致身吉且安”的舒心，也不能享受“登临”“游荡”“一醉”“恣欢言”“高卧”的自由惬意。这种生活状态就是“中隐”。以此为依据，《辞源》给出了“中隐”的定义：“隐于闲官”，所举例亦为白居易这首《中隐》诗。作该诗时，白居易正外迁洛阳，做太子宾客分司，缘此，我们认为，对中隐的理解，实际上还应包括为官的地点。如是京官，很难在权力中心独善其身。当代几部有关隐逸的著作，如陈洪《高山流水——隐逸人格·隐于朝廷·中隐于外郡》（东方出版社 2009 年版）、许建平《山情逸魂·入朝荣剑履，退食乐琴书·不如做中隐》（东方出版社 1999 年版），对中隐的阐释，无一例外，都认为做地方官也是中隐的一个条件。

魏晋南北朝时期的中隐之士以谢朓、江淹最为典型。

谢朓，齐高帝建元四年(482)，十九岁，“解褐豫章王太尉行参军”，永明十年(492)，29 岁，“是年居荆州”；建武二年(495)，32 岁，该年 5 月后，“出任宣城太守”，建武三年(496)，33 岁，“居宣城郡”。建武四年(497)“去冬或今春”，“以选复为中书郎”。此后，谢朓除短暂守南东海郡、行南徐州事外，一直在京师。[②] 外放宣城，是谢朓生命中的一个重要时期，后人每以“谢宣城”而非“谢荆州”称他，不是没有原因的。谢朓的诗歌创作也在外放宣城时达到了高潮，尤其是其隐逸文学创作更是如此，如其《宣城郡内登望

---

① （唐）白居易著，顾学颉点校《白居易集》，中华书局 1979 年版，第 490 页。

② 《六朝作家年谱辑要·曹融南〈谢朓事迹诗文系年〉》，第 448—466。

诗》：[1]

借问下车日，匪直望舒圆。寒城一以眺，平楚正苍然。山积陵阳阻，溪流春谷泉。威纡距遥甸，巉岩带远天。切切阴风暮，桑柘起寒烟。怅望心已极，惝恍魂屡迁。结发倦为旅，平生早事边。谁规鼎食盛，宁要狐白鲜？方弃汝南诺，言税辽东田。[2]

“借问下车日，匪直望舒圆。”二句用张景阳《杂诗》中“下车如昨日，望舒四五圆”诗意，谓出守宣城，为时已久。“谁规鼎食盛，宁要狐白鲜？方弃汝南诺，言税辽东田。”“谁规”句用子路游楚列鼎而食故事，事见《孔子家语》。“宁要”句用景公被狐白之裘坐于堂侧故事，事见《晏子春秋》。“方弃”句用东汉宗资事。宗资为汝南太守，每事悉委功曹范滂，自己但唯诺而已。所以时人有谣曰：“汝南太守范孟博，南阳宗资主画诺。”“言税”句用魏时管宁之典，《魏志》曰：“管宁闻公孙度令行海外，遂……至于辽东。”[3]《高士传》曰：“人或有牛暴宁田者，宁为牵牛著凉处，自饮食也。”[4]四句意思是说：既已走上仕途，忝为一郡之守，那就要恪尽职守，施行良政，绝不能食肥衣裘，无所事事。谢朓在宣城的政绩如何呢？《宣城郡志·良吏列传》（万历初重修）云：“谢朓，……明帝时，以中书郎出为宣城内史。每视事高斋，吟啸自若，而郡亦告治。初，谢朓尝有言：‘烟霞泉石，惟隐遁者得之，宦游而癖此者鲜矣。’及领宣城，郡中多佳山水，双旌五马，游历殆遍，风流文采，飏炳一时。诗曰：‘高阁常昼掩，荒阶少铮词。’又云：‘既欢怀禄情，复协沧州趣。’其标志可想见之。人至今称谢宣城云。”[5]这段史料至少传递以下信息：(1)谢朓为官较为合格，不然不会入选《良吏列传》，这与谢朓自己“谁规鼎食盛，宁要狐白鲜？方弃汝南诺，言税辽东田”的愿望正相一致。(2)谢朓治理宣城之有政绩的主要原因，并不能归结于如其所称“方弃汝南诺，言税辽东田”，实际上恰恰相反。谢朓“视事高斋，吟啸自若，而郡亦告治”。其实行的是一种无为而治的施政方略，这条方略与谢朓本人的一贯精神十分契合，如自己尝言：“既欢怀禄情，复协沧州趣。”“高阁常昼掩，荒

---

① 该诗作于建元二年(495)，谢朓32岁(《南北朝文学编年史》，第314页；(南朝齐)谢朓著，曹融南校注《谢宣城集校注》，上海古籍出版社1991年版，第459页)。

② 《谢宣城集校注》，第225页。

③ 《三国志·魏志·管宁传》，第354页。

④ 《三国志·魏志·管宁传》注引皇甫谧《高士传》，第355页。

⑤ 《谢宣城集校注》引，第446页。

阶少铮词”，而“初，谢朓尝有言：‘烟霞泉石，惟隐遁者得之，宦游而癖此者鲜矣。’”更见出谢朓之隐遁思想由来已久，是其初始性格的重要组成部分，而宣城郡之“多佳山水”，更勾起了谢朓的“复协沧州趣”之兴致。故而，谢朓在宣城实际上是过着一种“中隐”的生活。

同作于宣城郡的《冬日晚郡事隙诗》曰：①

> 案牍时闲暇，偶坐观卉木。飒飒满池荷，翛翛荫窗竹。檐隙自周流，房栊闲且肃。苍翠望寒山，峥嵘瞰平陆。已惕慕归心，复伤千里目。风霜旦夕甚，蕙草无芬馥。云谁美笙簧，孰是厌薖轴？愿言追逸驾，临潭饵秋菊。②

一个冬日的傍晚，公事之余，谢朓纵目远眺，一缕愁绪涌上心头。最后作者直抒胸臆，意欲通过追求隐逸生活，摆脱这些愁丝恨缕。“云谁美笙簧，孰是厌薖轴？”《诗·小雅·鹿鸣》有句云：“吹笙鼓簧。”孔颖达疏，这是周天子召集臣下共行宴享之礼，要吹笙鼓簧以娱乐嘉宾。又《诗·卫风·考槃》云：“硕人之薖”“硕人之轴”，据郑玄笺：“薖，饥意；轴，病也。”这里化用经语，表达了自己既不羡慕作为王臣的种种享受，也不厌弃饥病交困的隐士生活。先用“云谁”，又用“孰是”，两句都用反诘语，表现了作者弃官从隐的意念的坚定。“愿言追逸驾，临潭饵秋菊。”再次申言归隐之志，足见其归隐之志的强烈！“云谁美笙簧，孰是厌薖轴”两句，一方面表明了作者的操行；同时，也隐约透出谢朓的物质生活状况：自己“并不羡有笙簧之听，亦不厌隐居困病之境”。③ 既然“不羡”“不厌”，我们完全可以理解为谢朓本人在宣城郡无笙簧之听，而有隐居困病之苦。如有笙簧之听，谢朓本人不会还说自己不羡慕这种生活，反之，如自己未有隐居困病之苦，一般常理而言，也不会夫子自道，说自己“不厌隐居困病之境”。这一隐约透漏出的信息表明：谢朓在宣城郡时的中隐生活，虽然在精神上纵恣肆意，而不必像在京师陪伴帝王那样战战兢兢，如履薄冰，但在物质生活上，远非中唐中隐的提倡者白居易那样洒脱、富裕，相反，他的物质生活实在较为艰辛。

---

① 诗作于建元二年(495)，谢朓32岁(《南北朝文学编年史》，第314页；《谢宣城集校注》，第459页)。

② 《谢宣城集校注》，第228页。“愿言追逸驾”之“追”，《诗纪》、张溥《汉魏百三家集》本作“税”，本人认为“税”字文意较畅。

③ 《谢宣城集校注·冬日晚郡事隙》之注释【9】，第229页。

同时的《高斋视事诗》曰：①

> 馀雪映青山，寒雾开白日。暧暧江村见，离离海树出。披衣就清盥，凭轩方秉笔。列俎归单味，连驾止容膝。空为大国忧，纷诡谅非一。安得扫蓬径，锁吾愁与疾！②

从诗中“列俎归单味，连驾止容膝”“安得扫蓬径，锁吾愁与疾”来看，谢朓追求的理想不是物质的奢靡，而是“锁吾愁与疾”。既然对物质的丰寡与否并不介怀，并不刻意求之，那么，其物质生活之并不奢华也是很自然的。同期所作《落日怅望》③诗亦有“情嗜幸非多，案牍偏为寡。既乏琅琊政，方憩洛阳社”④，也表达了同样的心情。

此外，谢朓在荆州时也有不少隐逸文学作品。就作品的内容看，谢朓的物质生活也只能说一般，很难像谢灵运、谢安那样，出则群仆如云，入则列鼎而食。

江淹，元徽三年(475)32 岁，“触怒建平王，被黜为吴兴令”；“冬，在吴兴。凿山楹为室”；元徽四年(476)33 岁，“在吴兴。居闲无事，唯读书问道，放浪山水，著文章以自娱”；元徽五年(477)、宋顺帝升平元年(477)34岁，“自吴兴回京”，“又自京还乡……在家闲居”。⑤ 除此之外，江淹的一生基本都在仕途上行走。元徽四年(476)外放吴兴。其时的生活，江淹曾自云：“予上国不才，黜为中山长史，待罪三载，究识烟霞之状。既对道书，官又无职，笔墨之势，聊为后文。(按江淹《自序》。‘中山’当作‘山中’)”⑥既为江淹自序，洵为不诬。序中所言，“待罪三载”，当指元徽三年、元徽四年、元徽五年。三年的生活，“究识烟霞之状”，过的基本是一种游山玩水，餐风饮露，吞吐烟霞的道士生活。但其并非真正的道士，只是借道士的生活方式而隐的士人。至于江淹的物质生活，一句“官又无职”，大致可以想见：江淹有官员的身份、俸禄，而没有官员的实际事务，或曰不愿或无法行使官员的实权。如此，江淹在吴兴显然不可能位高权重，不可能在权力结构中

---

① 曹融南认为诗作于建武二年(495)，32 岁之时(《谢宣城集校注》，第 459 页)；刘跃进先生认为诗作于建武三年(496)，33 岁时(《南北朝文学编年史》，第 321 页)。

② 《谢宣城集校注》，第 280 页。

③ 曹融南认为诗作于建武二年(495)，32 岁之时(《谢宣城集校注》，第 459 页)。

④ 《谢宣城集校注》，第 230—231 页。

⑤ 《六朝作家年谱辑要·俞绍初〈江淹年谱〉》，第 108、110、110、113 页。

⑥ 《先秦汉魏晋南北朝诗·梁诗·江淹〈杂三言五首〉序》，第 1587 页。

叱咤风云。既然无权、无势,“唯读书问道、放浪山水、著文章以自娱”为能事之人,物质生活想必也好不到哪里去,而“在吴兴,凿山楹为室”,就确凿地说明了其物质生活的简朴。

通过对各类隐者物质生活条件的剖析,我们大致可得出以下结论:物质条件与人的归隐心态密切相关:赤贫者因彻底归隐而赤贫,而赤贫的状况更激发隐者为“道”而隐的决心;而物质相对富裕的隐者,归隐更多是一种闲暇时的修身养性,是一种躲避仕途险恶而采取的暂时的退避之策。他们的退避之思更多是一种暂时的选择,是一种待时的韬光养晦的举动,如此平和的、安恬的心态下的隐逸文学创作,作品的面貌自是与赤贫者的创作大异其趣。

第三章　魏晋南北朝家族隐逸文学的独特价值

魏晋南北朝是门阀氏族在政治、经济、文化诸方面占优势的时期。家族文学的数量颇丰，有不少引人注目的特色，学者对此给予较多关注。家族文学中的隐逸文学，也较为兴盛，嵇康、嵇喜兄弟，潘岳、潘尼兄弟，陆云、陆云兄弟，陶渊明，谢灵运、谢朓叔侄等人都有不少创作。我们知道，这些作家一方面是隐逸文学创作的主力，同时，也是家族文学的主要代表。家族隐逸文学，顾名思义，作品一方面要符合隐逸文学的定义；另外，也要符合家族文学的定义。也就是说，是家族、家庭成员之间进行赠答的隐逸之作，或是针对家庭、家族问题进行创作的隐逸作品。那么，这一时期的家族隐逸文学创作的具体状况如何？有哪些较为特殊的价值？相较于同时的隐逸文学与家族文学，家族隐逸文学又有哪些特点？这些是本章讨论的重点。

第一节　魏晋南北朝家族隐逸文学风格之纷纭流变

家族隐逸文学既有家族文学的特点，又有隐逸文学的特质，这类作品在先秦就已零星出现，两汉也偶有出现，至魏晋南北朝渐趋增多，是一类引人侧目的存在。

一、先秦、两汉家族隐逸文学情感、风格之凝重

家族隐逸文学渊源有自，先秦柳下惠妻有《柳下惠诔》：

夫子之不伐兮，夫子之不竭兮。夫子之信诚，而与人无害兮。屈柔从俗，不强察兮。蒙耻救民，德弥大兮。虽遇三黜，终不蔽兮。恺悌君子，永能厉兮。嗟乎惜哉，乃下世兮。庶几遐年，今遂逝兮。呜呼哀

> 哉！魂神泄兮，夫子之谥，宜为惠兮。[①]

《列女传》卷二曰："柳下既死，门人将诔之。妻曰：'将诔夫子之德邪？则二三子不如妾之知也。'乃诔云云……门人从之以为诔，莫能窜一字。"[②]"嘤其鸣矣，求其友声"，柳下惠妻深知其夫之为人，对其性情、品格较他人，包括传道授业之弟子都更为熟稔。对其与世俯仰，洁然自励的操守也格外欣赏。因之，才会在诔文中，饱含深情地对柳下惠予以颂扬。汉世东方朔于武帝建元六年(公元前135年)[③]作有《诫子》文：

> 明者处世，莫尚于中。优哉游哉，与道相从。首阳为拙，柳惠为工。饱食安步，以仕代农；依隐玩世，诡时不逢。是故才尽者身危，好名者得华，有群者累生，孤贵者失和。遗馀者不匮，自尽者无多。圣人之道，一龙一蛇，形见神藏，与物变化，随时之宜，无有常家。[④]

东方朔自视甚高，不甘被人以"倡优"视之。然世事多艰，造化弄人，自己一生始终不能摆脱俳优之地位，心情之失落、痛楚可以想见。《诫子》文既是临终训诫子息，其态度之真诚，感情之真挚自不待言，"依隐玩世，诡时不逢"，"才尽者身危，好名者得华，有群者累生，孤贵者失和"，是自己一生朝隐，抑郁经历的沉痛反思，也是对晚辈的淳淳叮咛。东汉赵岐于建安六年(201)作有《遗令敕兄子》[⑤]：

> 大丈夫生世，遁无箕山之操，仁无伊、吕之勋，天不我与，复何言哉！可立一员石于吾墓前，刻之曰："汉有逸人，姓赵名嘉。有志无时，命也奈何！"[⑥]

《遗令》更多对自己一生行为的深刻反省，作者虽为"逸人"，却也未曾忘却兼济天下之理想，然汉末干戈纷扰的现实，不由他发出一声长长的喟叹："有志无时，命也奈何！"文由此愈发显得沉重悲怆。它如冯衍《与妇弟

---

① 《全先秦文》，第85页。
② (汉)刘向《古列女传》，中华书局1985年版，第49—50页。
③ 《秦汉文学编年》，第140页。
④ 《全汉文》，第267页。
⑤ 《秦汉文学编年》，第636页。
⑥ 《全后汉文》，第814页。

任武达书》,“论其妻忌”。[①] 妻子的凶悍让他如芒在背,痛不欲生,“不去此妇,则家不宁;不去此妇,则家不清;不去此妇,则福不生;不去此妇,则事不成。自恨以华盛时不早自定,至于垂白家贫,身贱之日,养痈长疽,自生祸殃。”排比句的运用,使文章排山倒海,气势凌厉,从而把他对悍妻的怨恨之情表露得淋漓尽致。之后,作者笔锋一转,“衍以室家纷然之故,捐弃衣冠,侧身山野,绝交游之路,杜仕宦之门,阖门不出,心专耕耘,以求衣食,何敢有功名之路哉!”冯衍之绝世归隐,既非传统士人的“无道则隐”,也非出于弘扬道统的“独善其身”计,而是为了躲避悍妻的“家暴”,此中因由,真是让人大跌眼镜。这种迫于现实无奈的选择,确是让人生起无限的怜悯,甚或掬起晶晶泪水。

进入魏晋南北朝,家族隐逸文学的风格却发生了不小的变化,情感固然仍是那么地真挚、深沉,然风格或凝重、深情,或明净、飘逸,屡屡迁延流转。

二、魏晋家族隐逸文学风格之转变

(一)建安家族隐逸文学之清新风格

建安时期,“世积乱离,风衰俗怨”,“辞不离于哀思”[②],悲慨、感伤为这一时期文学的主题,慷慨悲凉乃建安诗风的总体特征。而在家族隐逸文学中,情况却不尽如此,诗风有了些许不同,曹丕建安十三年(208),于邺城作有《於玄武陂作诗》:

> 兄弟共行游,驱车出西城。野田广开辟,川渠互相经。黍稷何郁郁,流波激悲声。菱芡覆绿水,芙蓉发丹荣。柳垂重荫绿,向我池边生。乘渚望长洲,群鸟欢哗鸣。萍藻泛滥浮,澹澹随风倾。忘忧共容与,畅此千秋情。[③]

诗歌描写曹丕、曹植兄弟与邺下文士畅游玄武陂时看到的明丽景色,及由此引发的欣喜之情。陈祚明评此诗曰:“垂柳有色,色美在重;群鸟有声,声美非一。水光泛滥,与风澹荡。佳处全在生动。”[④]王夫之评曰:“亦

① 《秦汉文学编年》,第 382 页。
② 《文心雕龙义证·乐府》,第 243 页。
③ (三国魏)曹丕著,易健贤译注《魏文帝集全译》,贵州人民出版社 1998 年版,第 458 页。
④ (清)陈祚明《采菽堂古诗选》,上海世纪出版股份有限公司、上海古籍出版社 2008 年版,第 147 页。

野望，亦田园，自不入王、孟，岂不在气体之间？”①两位诗学方家之评断，有一共同之处，即都认为该诗“生动”、清新，大类王孟山水田园一派。此一家族隐逸诗之风格与汉之风格悬若云泥。我们知道，建安二十二年曹丕立为太子前，曹丕、曹植兄弟基本还能和睦相处，尤其建安十三年，兄弟两人更是毫无芥蒂。此时，邺下文人集团呈彬彬之盛，文士常诗酒唱和，“乘辇夜行游，逍遥步西园。”“遨游快心意，保已终百年。”不知今夕何夕，乍一脱离如惊弓之鸟般让人恓惶难定的战乱日子，他们聚集在相对安定的邺下，过着一种准隐逸的生活。这些浪漫、洒脱的年轻人，有理由，也应该暂时放下沉重的军国大政，而肆力于遨游，沉湎于诗酒快意之中。如此环境，如此心态下，创作的写给同宗兄弟及终日厮守的好友的作品，心情之轻松，用语之明快也就是因之固然的了。

（二）正始家族隐逸文学风格之飘逸与凝重

嵇康有《五言赠秀才诗》《四言赠兄秀才入军诗》（十八章）等写给其兄的家族隐逸诗，这些诗的风格如何呢？我们先看其《五言赠秀才诗》：

> 双鸾匿景曜，戢翼太山崖。抗首漱朝露，晞阳振羽仪。长鸣戏云中，时下息兰池。自谓绝尘埃，终始永不亏。何意世多艰，虞人来我疑。云网塞四区，高罗正参差。奋迅势不便，六翮无所施。隐姿就长缨，卒为时所羁。单雄翻独逝，哀吟伤生离。徘徊恋俦侣，慷慨高山陂。鸟尽良弓藏，谋极身心危。吉凶虽在己，世路多崄巇。安得反初服，抱玉宝六奇。逍遥游太清，携手长相随。②

诗作于嘉平元年（249），嵇康26岁之时。③ 这一年，高平陵之变发生，时局波荡无定。大批文士被杀，空气中弥漫着浓浓的血腥味。嵇康身为曹魏姻亲，且“有奇才”，同时，嵇康又为士人领袖，如此条件，都使他欲在仕途上大展宏图，但“世路多崄巇”，“卒为时所羁”。万般无奈之际，嵇康也只能“戢翼太山崖”，“抱玉宝六奇”。诗歌一方面透露出其欲罢不能的隐忧，司马氏血腥杀戮下的颤栗，但个中也有明显的超脱情怀，如“双鸾匿景曜，戢翼太山崖。抗首漱朝露，晞阳振羽仪。长鸣戏云中，时下息兰池。自谓绝尘埃，终始永不亏。”用绝出尘埃的“双鸾”起兴，而在作者的笔下，此“双鸾”

---

① （清）王夫之《船山全书》第十四册《古诗评选》，岳麓书社1996年版，第662页。

② 《嵇康集校注》，第4—5页。

③ 《嵇康研究及年谱》，第106页。

之行为又不仅仅表现为“绝尘埃”，它吮吸之物为晶亮寒凉之“朝露”，栖息之地为馨香馥郁之“兰池”。同时，“抗首”“振羽”“戏云中”等语句，真切地向我们展示了一只孤傲而又轻捷、灵动的鸾鸟形象，随着这只鸾鸟翅膀的扇动，诗歌的风格也由此有了几分飘逸，而不单纯是凝重。

再看其《四言赠兄秀才入军诗》之十五：

> 息徒兰圃，秣马华山。流磻平皋，垂纶长川。目送归鸿，手挥五弦。俯仰自得，游心太玄。嘉彼钓叟，得鱼忘筌。郢人逝矣，谁与尽言。①

《四言赠兄秀才入军诗》之十六：

> 闲夜肃清，朗月照轩。微风动袿，组帐高褰。旨酒盈樽，莫与交欢。瑟琴在御，谁与鼓弹。仰慕同趣，其馨若兰。佳人不存，能不永叹。②

两诗都作于嘉平四年(252)③，该年“春，正月，癸卯，以司马师为大将军。”“夏，四月，吴主殂。……太子亮即位。”④政坛风云波诡云谲，作为士人领袖，嵇康必然会受到新崛起的政治势力的拉拢。然而，嵇康本人“岩岩若孤松之独立”，“龙性难驯”，他极度憎恶司马氏以杀伐为工具，获得权力的卑劣行为。故而，这一时期写给同胞兄弟嵇喜的诗歌，看似云山雾罩，实则是自己痛定思痛之后，对人生的另一种感悟。我们知道，嵇康本人“远迈不群”，“土木形骸，不自藻饰”，“天质自然，恬静寡欲，含垢匿瑕，宽简有大量。”⑤而嵇喜此时“年约三十”，“可能此时应司马家的征召，出任军职。”⑥对于嵇喜的行为，嵇康是不满的，嵇康认为这是“弃此荪芷，袭彼萧艾。”“所亲安在，舍我远迈。”一想到至亲兄弟即将踏上前途未卜“变故在须臾”的军营，一种对亲人的责任感，使他不得不披肝沥胆，对乃兄谆谆劝诫。这些诗歌打动了刚刚从军入仕的嵇喜，他也写下了几首四言诗回赠嵇康：

---

① 《嵇康集校注》，第 15—16 页。
② 《嵇康集校注》，第 17—18 页。
③ 《嵇康研究及年谱》，第 122 页。
④ （宋）司马光编著 （元）胡三省音注《资治通鉴》魏纪七，中华书局 1956 年版，第 2395 页。
⑤ 《晋书·嵇康传》，第 1369 页。
⑥ 《嵇康研究及年谱》，第 106 页。

华堂临浚沼，灵芝茂清泉。仰瞻青禽鸟，俯察绿水滨。逍遥步兰渚，感物怀古人。李叟寄周朝，庄生游漆园。时至忽蝉蜕，变化无常端。

君子体变通，否泰非常理。当流则义行，时游则鹊起。达者鉴通塞，盛衰为表里。列仙徇生命，松乔安足齿？纵躯任世度，至人不私已。

达人与物化，世俗安可论？都邑可优游，何必栖山原？孔父策良驷，不云世路难。出处因时资，潜跃无常端。保心守道居，视变安能迁。

饰车驻驷，驾言出游。南厉伊渚，北登邙丘。青林华茂，春鸟群嬉。感悟长怀，能不永思？永思伊何？思齐大仪。凌云轻迈，托身灵螭。遥集芝圃，释辔华池。花木夜光，沙棠离离。俯漱神泉，仰叽琼枝。结心皓素，终始不亏。[1]

诗中对嵇康清逸高洁的人生追求十分欣赏，他自己也表示要努力做到"终始不亏"。但同时，嵇喜又主张"托身灵螭"，也即像灵螭那样"食乎清而游乎浊"，他并不准备接受嵇康的劝说，辞官回归。

关于嵇康第一首诗的风格，范希文评曰："古人句法极多，有相袭者，若嵇叔夜'目送归鸿，手挥五弦。俯仰自得，游心太玄'，则运思写心，迥不同矣。"[2]王士祯曰："'手挥五弦，目送归鸿'，妙在象外。"[3]陈祚明评曰："高致超超，顾盼自得，竟不作三百篇语，然弥佳。"[4]于光华曰："直会心语，非泛然为佳句者。"[5]所引嵇康第二首诗的风格，陈祚明评曰："别绪缠绵，言情深至；如此结颇悠然有余致，不须下文。"[6]

前贤对嵇康这两首诗的诸多品评，基本都认为这些家族隐逸诗乃嵇康"运思写心"的"会心语"，实在是"别绪缠绵，言情深至"。因是家族兄弟之间的赠答，情感之真挚，深沉，固其自然者也；然又"妙在象外"，"高致超超"，"悠然有余致"，风格之悠远飘逸，读之自是不难品味。我们知道，正始时期，玄风开始吹拂，且有渐至迅猛之势，影响到文学创作，自然"诗杂仙

---

① 《竹林七贤诗文全集译注》，第 299 页。

② （宋）范希文《对床夜语》，光绪二十二年（1896）钱塘丁氏八千卷楼刻本。

③ 《嵇康集校注》引《文选评》，第 17 页

④ 《采菽堂古诗选》，第 225 页。

⑤ 《嵇康集校注》引王士祯《古夫亭杂录》，第 17 页。

⑥ 《采菽堂古诗选》，第 225 页。

心”。即便是嵇喜的答诗，也没有通常家族文学常见的凝重风格，而是深深地染上了时代文学风格的烙印，这是当时玄风影响的必然结果。

（三）西晋家族隐逸诗文风格之凝重

西晋王昶有《家诫》文，节录如下：

夫人为子之道，莫大于宝身，全行，以显父母。此三者，人知其善，而或危身破家，陷于灭亡之祸者，何也？由所祖习非其道也。夫孝敬仁义，百行之首，行之而立身之本也。孝敬则宗族安之，仁义则乡党重之，此行成于内，名著于外者矣。人若不笃于至行，而背本逐末，以陷浮华焉，以成朋党焉；浮华则有虚伪之累，朋党则有彼此之患。此二者之戒，昭然著明，而循覆车滋众，逐末弥甚，皆由惑当时之誉，昧目前之利故也。……患人知进而不知退，知欲而不知足，故有困辱之累，悔吝之咎。语曰：“如不知足，则失所欲。”故知足之足常足矣。览往事之成败，察将来之吉凶，未有干名要利，欲而不厌，而能保世持家，永全福禄者也。欲使汝曹立身行己，遵儒者之教，履道家之言，故以玄默冲虚为名，欲使汝曹顾名思义，不敢违越也。……

若夫山林之士，夷、叔之伦，甘长饥于首阳，安赴火于绵山，虽可以激贪励俗，然圣人不可为，吾亦不愿也。今汝先人世有冠冕，惟仁义为名，守慎为称，孝悌于闺门，务学于师友。吾与时人从事，虽出处不同，然各有所取。颍川郭伯益，好尚通达，敏而有知。其为人弘旷不足，轻贵有余；得其人重之如山，不得其人忽之如草。吾以所知亲之昵之，不愿儿子为之。北海徐伟长，不治名高，不求苟得，澹然自守，惟道是务。其有所是非，则托古人以见其意，当时无所褒贬。吾敬之重之，愿儿子师之。东平刘公干，博学有高才，诚节有大意，然性行不均，少所拘忌，得失足以相补。吾爱之重之，不愿儿子慕之。乐安任昭先，淳粹履道，内敏外恕，推逊恭让，处不避污，怯而义勇，在朝忘身。吾友之善之，愿儿子遵之。若引而伸之，触类而长之，汝其庶几举一隅耳。及其用财先九族，其施舍务周急，其出入存故老，其论议贵无贬，其进仕尚忠节，其取人务道实，其处世戒骄淫，其贫贱慎无戚，其进退念合宜，其行事加九思，如此而已。吾复何忧哉？[①]

王昶字文舒，太原晋阳人也，“文帝践阼，徙散骑侍郎，为洛阳典农。时

① 《全三国文》，第1255页。

都畿树木成林，昶斫开荒莱，勤劝百姓，垦田特多。""昶虽在外任，心存朝廷，以为魏承秦、汉之弊，法制苛碎，不大釐改国典以准先王之风，而望治化复兴，不可得也。乃著治论，略依古制而合於时务者二十馀篇，又著兵书十馀篇，言奇正之用。""其为兄子及子作名字，皆依谦实，以见其意，故兄子默字处静，沈字处道，其子浑字玄冲，深字道冲。""嘉平初，太傅司马宣王既诛曹爽，乃奏博问大臣得失。昶陈治略五事。"①由以上记载可知，王昶为人"谦实"，身上弥漫着儒学熏染的气息，有治国理政的优异才能。家诫乃作者临终，总结一生荣辱沉浮后对家族成员的肺腑之言，一般言之，情感真挚，语气敦敦。此文也不例外。首先，王昶从"夫人为子之道，莫大于宝身，全行，以显父母。"这一为人之根本着眼展开讨论，语气之凝重，神情之庄重自不待言。而后，作者又语重心长地指出，造成"危身破家，陷于灭亡之祸"的原因在于，"由所祖习非其道也"。以下对所谓的习之正道，王昶也给出了自己的答案："北海徐伟长，不治名高，不求苟得，澹然自守，惟道是务。其有所是非，则托古人以见其意，当时无所褒贬。吾敬之重之，愿儿子师之"。徐干乃是建安时期最有隐逸气质，也是最有隐逸行为的文士，在当时就获良多赞誉。此一家诫并没有对徐干的隐逸事迹进行过多的渲染，而是从自己的"敬之重之"的态度出发，谆谆告诫，"愿儿子师之"。通篇弥漫着悠长至深之真情，语气凝重，感情深沉，读之令人心有戚戚然。

虽然，魏晋易代之际，玄风劲吹，但这不意味着儒学业已丧失了市场。何晏、王弼、竹林名士、郭象等为代表的名士，固然深受玄风浸染，但朝中重臣却多为信奉儒学之人。他们痛恨清谈之误国，并努力摒弃之。王昶即为此类臣子之一员。嘉平初，司马懿诛曹爽后，问治国之要，王昶"陈治略五事：其一，欲崇道笃学，抑绝浮华，使国子入太学而脩庠序；……其四，欲约官实禄，励以廉耻，不使与百姓争利。"②秉持这种思想、这一处事原则，王昶对至亲之要求，自然不会偏向玄学虚诞一路。我们知道，儒家主导的文学思想，一直以来都不离毛诗大序的范畴，无外乎"温柔敦厚""发乎情，止乎礼义"之类说教，王昶的《家诫》就是具体体现，作品中没有当时流行的玄学的痕迹。

西晋文学的代表人物有"两潘"，潘岳、潘尼虽为叔侄，但两人的性格却有很大差异。潘岳"性轻躁，趋世利"，而潘尼却"性静退不竞"③。两人性

① 《三国志·王昶传》，第 749 页。
② 《三国志·王昶传》，第 749 页。
③ 《晋书·潘岳传》，第 1507 页。

格看似判若云泥。实际上，仔细辨析，又不难发现，两人性格中的这种差异只是表象，实质上，两人性格还是有一致之处的。潘岳的“趋世利”，固然为人所非议，但我们认为，人们非议的恐怕更多的是潘岳为人不齿的“与石崇等谄事贾谧，每候其出，与崇辄望尘而拜”诸类事迹。儒家一贯认为，“君子疾没世而名不称焉”，显扬声名，光耀门楣，一直是儒家所肯定的君子的奋斗目标。因故，潘岳的这种行为，其实与王昶的行为一样，都是深受儒家思想影响的产物，只不过一个途径被人认可，一个为人所厌恶而已。同样，潘尼性格的“静退不竞”，也不是说他“太上忘情”，从他“唯以勤学著述为事”的日常行为来看，其不甘无名一世，有所追求的心态还是很明显的。其《安身论》云：“无私莫深乎寡欲。是以君子安其身而后动，易其心而后语，定其交而后求，笃其志而后行。然则动者，吉凶之端也；语者，荣辱之主也；求者，利病之几也；行者，安危之决也。故君子不妄动也，动必适其道；不徒语也，语必经于理；不苟求也，求必造于义；不虚行也，行必由于正。”[①]“无私莫深乎寡欲”，本就是孟子“养心莫善于寡欲”之化用；其他诸如“安其身而后动”等亦是儒家的行为指南。由此可知，潘尼的主导思想还是儒家的，虽然他由于本性使然，性情中有不少隐逸的特质，但我们认为这种隐逸的特质属于且只能属于儒家的隐逸范畴，而非道家的隐逸观。潘尼于太始九年(273)作有《赠司空掾安仁诗》十章，其中两首如下：[②]

桓桓上宰，穆穆四门。投纶沧海，结网昆仑。迅翼争赴，游鳞竞奔。美哉逸轨，放辔无前。

发采故乡，扬辉蓬宇。文绣煌煌，衣裳楚楚。何以会宾，荜门环堵。何以备肴，杀鸡为黍。[③]

潘尼乃潘岳“从子”，“以父老归供养，居家十余年。”[④]十余年脱离宦途隐居期间，写给族人潘岳的这一组诗，有不少是标准的隐逸诗，上列两首即是。其实，潘尼本就有隐逸潜质，“性静退不竞，唯以勤学著述为事。”偶有出仕经历，也是“在任宽而不纵……励公平而遗人事。”[⑤]曾“著《安身论》以

① 《全晋文》，第 1987 页。
② 《中古文学系年》，第 657—658 页。
③ 《先秦汉魏晋南北朝诗》，第 762 页。
④ 《三国志》卷二十一注引《尼别传》，第 613 页。
⑤ 《晋书・潘岳传附潘尼传》，第 1507 页。

明所守。”[①]“无私莫深乎寡欲”[②]是其信奉的处世哲学。加之，此时潘尼正远离宦途，过着与其本性相符的家居不竞的散淡生活。因之，诗中所写之“扬辉蓬宇”“荜门环堵”云云，显然是其真实生活及这种生活下真实心态的折射，个中情感断然是真实的。同时，从诗中“何以会宾，荜门环堵。何以备肴，杀鸡为黍”等句子来看，诗歌显示出来的风格无疑也是儒家温柔敦厚之一路，而与道家之洒脱飘逸之风格渐行渐远。它如张翰之《赠张弋阳诗（七章）》：

时道玄旷，阶轨难寻。散缨放冕，负剑长吟。
昆弟等志，托兹幽林。玄墨澄气，虚静和心。
惟我友爱，缠绵往昔。易尚去俗，携手林薄。
轻露给朝，遗英饱夕。逍遥永日，何求何索。
潜光重阴，抱悴如荣。绝路既续，舍我遐征。
束带皇域，升降都城。爰赖爰慕，忡予中情。
负薪弗克，耕者妨力。仲仪弹弦，顾瞻先职。
遗其绵绵，忧心惨恻。乃抗乃拔，释我绕邑。
将逝命驾，陟彼郊圻。和鸾摇响，载驱载驰。
言告分别，言告言归。心怨辞苦，张高弦哀。
杨柳可卷，去在斯时。流液可折，岂云旋归。
行役必偕，伤我长离。借喻孤禽，矜翼翩栖。
昔我惟乐，群居多跱。今我斯怀，缠绵万里。
人亦有分，或通或否。行矣免致，我诚永已。[③]

从诗中“昆弟”等用语判断，张弋阳应是张翰之同宗兄弟。张翰，“有清才”，“纵任不拘”，时人号为“江东步兵”。“冏时执权，翰谓同郡顾荣曰：‘天下纷纷，祸难未已。夫有四海之名者，求退良难。吾本山林间人，无望于时。子善以明防前，以智虑后。’荣执其手，怆然曰：‘吾亦与子采南山蕨，饮三江水耳。’翰因见秋风起，乃思吴中菰菜、莼羹、鲈鱼脍，曰：‘人生贵得适志，何能羁宦数千里以要名爵乎！’”“翰任心自适，不求当世。或谓之曰：‘卿乃可纵适一时，独不为身后名邪？’答曰：‘使我有身后名，不如即时一杯

① 《晋书·潘岳传附潘尼传》，第1512页。
② 《全晋文·潘尼〈安身论〉》，第1987页。
③ 《先秦汉魏晋南北朝诗》，第736页。

酒。’时人贵其旷达。”“性至孝，遭母忧，哀毁过礼。”[1]不难看出，一方面张翰为典型的魏晋名士，旷达自适；另一方面，张翰身上又浸染着极深的儒家思想的烙印，他的“至孝”，母丧时的极度哀伤都是儒家思想的典型体现。明乎此，我们再看张翰的这组家族隐逸诗，就不难知晓其情感、风格之一斑了。组诗对张弋阳“托兹幽林”“轻露给朝，遗英饱夕”“逍遥永日”的高旷行为十分赞赏，但这组诗更多写出他们分别时的感伤，写他们对往昔深厚情谊的眷恋。“惟我友爱，缠绵往昔。易尚去俗，携手林薄”，“行役必偕，伤我长离。借喻孤禽，矜翼翩栖。”情感深沉真挚，情绪低沉忧伤，没有一丝飘逸的超脱色彩。这种风格与张翰的一首非家族隐逸诗就有明显的区别，我们看其《杂诗三首》：

> 暮春和气应，白日照园林。青条若总翠，黄华如散金。嘉卉亮有观，顾此难久耽。延颈无良涂，顿足托幽深。荣与壮俱去，贱与老相寻。观乐不照颜，惨怆发讴吟。讴吟何嗟及，古人可慰心。
>
> 东邻有一树，三纪栽可拱。无花复无实，亭亭云中竦。隟禽不为巢，短翮莫肯任。
>
> 忽有一飞鸟，五色杂英华。一鸣众鸟至，再鸣众鸟罗。长鸣摇羽翼，百鸟互相和。[2]

诗中的情感是欢快的，景物是清新的，用语诸如“和气”“青条”“嘉卉”“云中”“飞鸟”“英华”“百鸟互相和”等，也是轻盈明快的。显然，诗歌的风格较为清新飘逸。

三、陶渊明家族隐逸文学的至情与超脱

东晋玄风弥漫，佛影重重，受这些形而上思潮的影响，东晋文人士子的言谈、行为，创作的文学作品等就有一种与现实柴米油盐酱醋茶隔膜的空灵感。作为“古今隐逸诗人之宗”，陶渊明的家族隐逸文学也是这一时期之“宗”。作品的风格是这一时期家族隐逸文学的突出代表。一般认为，陶渊明有着浓浓的家族情结，《命子》诗中，一再强调先祖的不世功业，所谓“於赫愍侯，运当攀龙。抚剑风迈，显兹武功。书誓山河，启土开封。亹亹丞相，允迪前踪。”“浑浑长源，郁郁洪柯。群川载导，众条载罗。时有语默，运

---

① 《晋书·张翰传》，第 2384 页。

② 《先秦汉魏晋南北朝诗》，第 737 页。

因隆窊。在我中晋，业融长沙。”“桓桓长沙，伊勋伊德。天子畴我，专征南国。”先祖显赫的事功一直萦绕在陶渊明心头，始终挥之不去。故而，他在不少作品中，一再提及家族的人和事，如其《赠长沙公族孙并序》：

余于长沙公为族祖，同出大司马。昭穆既远，以为路人。经过浔阳，临别赠此。

同源分流，人易世疏。慨然寤叹，念兹厥初。礼服遂悠，岁月眇徂。感彼行路，眷然踌躇。

於穆令族，允构斯堂。谐气冬暄，映怀圭璋。爰采春华，载警秋霜。我曰钦哉！寔宗之光。

伊余云遘，在长忘同。笑言未久，逝焉西东。遥遥三湘，滔滔九江。山川阻远，行李时通。

何以写心，贻兹话言。进篑虽微，终焉为山。敬哉离人，临路凄然。款襟或辽，音问其先。①

据《晋书·陶侃传》记载，陶侃五世孙为陶延寿，诗中陶渊明以族祖自居，则所遇之长沙公自为陶延寿之子。陶渊明对由于时光流逝，战乱纷纭，从而导致关系疏远，而已为路人的族孙，顾影徘徊，而未便遽然相认。在唏嘘慨叹的同时，也为有这样能继承先祖事业的，能让家族门楣生辉的祖孙感到自豪，并用孔子“堆土成山”的教导，勉励族孙，希望其懂得为仁由己的道理。对族人的眷恋和真情溢于言表。“观此诗，渊明宗族意识颇深。”②这一时期门阀制度高度发达，陶渊明也始终不曾忘记自己先祖如陶侃等建立的功业，自然地，他也有戮力进取的志向。元兴三年(404)陶渊明作《停云诗》(四章)，“从春至夏，作《停云》《时运》《荣木》诗及《连雨独饮》诗。”③诗题解云：“停云，思亲友也。樽湛新醪，园列初荣，愿言不从，叹息弥襟。”可知组诗乃对家族成员及友朋展露胸襟，聊寄相思之情的作品，诗如下：

霭霭停云，濛濛时雨。八表同昏，平路伊阻。静寄东轩，春醪独抚。良朋悠邈，搔首延伫。

停云霭霭，时雨濛濛。八表同昏，平陆成江。有酒有酒，闲饮东

① 《陶渊明集笺注》，第18页。
② 《陶渊明集笺注》，第23页。
③ (东晋)陶渊明撰　逯钦立整理《陶渊明集·事迹诗文系年》，中华书局1979年版，第213页。

窗。愿言怀人，舟车靡从。

东园之树，枝条再荣。竞用新好，以怡余情。人亦有言，日月于征。安得促席，说彼平生。

翩翩飞鸟，息我庭柯。敛翮闲止，好声相和。岂无他人，念子寔多。愿言不获，抱恨如何。[①]

陶渊明虽心向隐逸，厌恶污浊的官场，但这并不意味着他欲脱离现实，追求一种不食人间烟火，绝出尘世的超脱生活。相反，陶渊明对生活非常热爱，对友朋、对亲人有一种特别亲切的感情，袁行霈先生尝云："渊明虽然性情高远，但对友人自有一片热肠"，而本组诗"以舒缓平和之四言写来，又有一种深情厚意见诸言内，溢于言表。王夫之以'深远旷大'四字评之(《古诗评选》卷二。——笔者注)，实为有见。"[②]就本诗言之，"良朋悠邈，搔首延伫"，亲友之思，常驻其心，须臾不可忘怀，一时不能相见，亦望穿秋水，"搔首延伫"，这其中浓烈的情怀大类热恋中的情人，一日不见，如三秋兮！感情之深切、浓厚自是不难看出。其他如"安得促席，说彼平生"，"岂无他人，念子实多。愿言不获，抱恨如何"等，更可看出陶渊明对亲友故旧潜隐于内心的一种眷眷深情。就诗歌风格析之，诗中所用意象多为时流时止之"云"，"濛濛"之"雨"，"再荣"之"枝条"及"翩翩飞鸟"，从而营造出一种轻盈灵动而又遥不可及的场景，也即王夫之所谓"深远旷大"之范式，这是陶渊明家族隐逸诗与西晋同类作品相异之处。

义熙二年(406)，陶渊明作《命子诗》十章[③]：

悠悠我祖，爰自陶唐。邈为虞宾，历世重光。御龙勤夏，豕韦翼商。穆穆司徒，厥族以昌。

纷纷战国，漠漠衰周。凤隐于林，幽人在丘。逸虬绕云，奔鲸骇流。天集有汉，眷余愍侯。

於赫愍侯，运当攀龙。抚剑风迈，显兹武功。书誓山河，启土开封。亹亹丞相，允迪前踪。

浑浑长源，郁郁洪柯。群川载导，众条载罗。时有语默，运因隆窊。在我中晋，业融长沙。

① 《陶渊明集笺注》，第1页。

② 《陶渊明集笺注》，第7页。

③ 《陶渊明集·事迹诗文系年》，第216页。

桓桓长沙，伊勋伊德。天子畴我，专征南国。功遂辞归，临宠不忒。孰谓斯心，而近可得。

肃矣我祖，慎终如始。直方三台，惠和千里。於穆仁考，淡焉虚止。寄迹风云，置兹愠喜。

嗟余寡陋，瞻望弗及。顾惭华鬓，负影只立。三千之罪，无后为急。我诚念哉，呱闻尔泣。

卜云嘉日，占亦良时。名汝曰俨，字汝求思。温恭朝夕，念兹在兹。尚想孔伋，庶其企而。

厉夜生子，遽而求火。凡百有心，奚特于我。既见其生，实欲其可。人亦有言，斯情无假。

日居月诸，渐免於孩。福不虚至，祸亦易来。夙兴夜寐，愿尔斯才。尔之不才，亦已焉哉。[1]

"魏晋士大夫重门阀，多有言及祖德并自励者……渊明《命子》追述先祖功德，颇以家族为荣，亦属此类。然渊明于其曾祖陶侃特拈出'功遂辞归，临宠不忒'；于其祖特拈出'直方''惠和'；于其父特拈出'淡焉虚止'；于其子特以'俨'命之，又以福祸由己诫之，虽望其成才而亦不强求。淡泊功名，乐天知命，又非一般炫耀家族者可比也。"[2]对命脉相沿之子息，渊明之真情随处流淌，用心之殷切也是昭然如日。然而，渊明对子息也并不求全责备，他并非不想让子息如耀眼的先祖那样放射出更为耀眼的光辉。然而，时也，命也，很多时候，人生的福祸荣辱，绝不是自己所能够支配的，"尔之不才，亦已焉哉"，又能有什么办法呢？还是随顺自然，由他去吧的好。

义熙十一年(415)，陶渊明 51 岁，作有《责子诗》[3]：

白发被两鬓，肌肤不复实。虽有五男儿，总不好纸笔。阿舒已二八，懒惰故无匹。阿宣行志学，而不好文术。雍端年十三，不识六与七。通子垂九龄，但觅梨与栗。天运苟如此，且进杯中物。[4]

杜甫《遣兴》诗云："陶潜避俗翁，未必能达道。观其著诗集，颇亦恨枯

① 《陶渊明集笺注》，第 40—42 页。
② 《陶渊明集笺注》，第 53 页。
③ 《陶渊明集·事迹诗文系年》，第 222 页。
④ 《陶渊明集笺注》，第 304 页。

槁。达生岂是足，默识盖不早。有子贤与愚，何其挂怀抱。”[①]袁行霈先生评曰：“先生期望于诸子甚高，然诸子非黾勉于学，盖事实也。然渊明并不过分责备之。失望之中，见其谐谑；谐谑之余，又见其慈祥。一切顺乎自然，有所求而不强求，求而得之固然好，不得亦无不可。渊明处世盖如是而已。”[②]一面是肺腑之真情，一面又有乐天知命之洒脱。

义熙十三年(417)，陶渊明又有家族隐逸诗一首[③]，即《悲从弟仲德诗》：

> 衔哀过旧宅，悲泪应心零。借问为谁悲，怀人在九冥。礼服名群从，恩爱若同生。门前执手时，何意尔先倾。在数竟不免，为山不及成。慈母沉哀疚，二胤才数龄。双位委空馆，朝夕无哭声。流尘集虚坐，宿草旅前庭。阶除旷游迹，园林独馀情。翳然乘化去，终天不复形。迟迟将回步，恻恻悲襟盈。[④]

“渊明与仲德虽非同胞，但恩爱非同一般，痛惜之情尤为沉重。‘慈母’以下八句，从细处落笔，睹物思人，平淡之语，感人至深。”[⑤]在品味世道险巇、人情冷暖之后，陶渊明在义熙十一年(415)，51岁之时，预作《拟挽歌辞三首》[⑥]。“挽歌”乃古人送葬之时，执绋挽丧车前行之人，所唱的哀悼死者的乐歌。产生于春秋战国时期的《薤露》《蒿里》，可视为挽歌之权舆。其内容多为“鬼伯一何相催促，人命不得少踟蹰”之类，多鄙俗质木。然而，从东汉后期开始，挽歌逐步走出送死悼亡的巢穴，应用范围越来越广泛。渐渐引起士林名流的重视，他们开始接受并偏爱挽歌。《风俗通义·服妖》云：“灵帝时，京师宾婚嘉会，皆作魁櫑，酒酣之后，续以挽歌。魁櫑，丧家之乐；挽歌，执绋相偶和之者。……”[⑦]《后汉书》卷六一《周举传》云：“(永和)六年三月上巳日，商大会宾客，燕于洛水，举时称疾不往。商与亲暱酣饮极欢，及酒阑倡罢，继以《薤露》之歌，坐中闻者，皆为掩涕。太守张种时亦在焉，会还，以事告举。举叹曰：‘此所谓哀乐失时，非其所也。殃将及乎！’”[⑧]至魏晋南北朝，此风更为盛行，“张湛好于斋前种松柏；时袁山松出

① (唐)杜甫著 (清)仇兆鳌注《杜诗详注》，中华书局1979年版，第563页。
② 《陶渊明集笺注》，第306页。
③ 《陶渊明集笺注》，第178页。
④ 《陶渊明集笺注》，第175页。
⑤ 《陶渊明集笺注》，第178页。
⑥ 《陶渊明集·事迹诗文系年》，第222页。
⑦ (东汉)应劭著，王利器校注《风俗通义校注》，中华书局1981年版，第568—569页。
⑧ 《后汉书》，第1370页。

游，每好令左右作挽歌。时人谓‘张屋下陈尸，袁道上行殡。’”[①]“张驎酒后，挽歌甚苦。桓车骑曰：‘卿非田横门人，何乃顿尔至致？’”此类率性洒脱之举，在当日是很受人推崇的。而挽歌的欣赏者，多有精湛的音乐修为及敏锐的鉴赏力。如袁山松“衿情秀远，善音乐。”[②]桓伊，晋代最杰出的音乐家之一。《世说新语·任诞》四三刘孝标注引《续晋阳秋》曰：

> 袁山松善音乐。北人旧歌有《行路难曲》，辞颇疏质。山松好之，乃为文其章句，婉其节制。每因酒酣，从而歌之，听者莫不流涕。初，羊昙善唱乐，桓伊能挽歌，及山松以《行路难》继之。时人谓之“三绝”。[③]

又《宋书·范晔传》：

> 晔与司徒左西属王深宿广渊许，夜中酣饮，开北牖听挽歌为乐。义康大怒，左迁晔宣城太守。……少好学，博涉经史，善为文章，能隶书，晓音律。……善弹琵琶，能为新声……[④]

这些人物对挽歌表现出特别的赏爱，一个重要原因就在于，挽歌所具有独特的美学特质。《毛诗序》云：“情动于中而形于言，言之不足，故嗟叹之，嗟叹之不足，故永歌之，……情发于声，声成文谓之音。”咏歌之美是无限的，它能够淋漓尽致地表现精神世界的惊涛骇浪，也能细致入微再现人类情感的轻漪微澜。同时，挽歌的抒情性特别强，尤其长于抒发低沉悲凉的情感，这种情调正与士人尤其是魏晋士人以悲为美的审美情趣相一致。因故，这一时期，士人特别喜爱挽歌，创作者多有，作品优异者也不在少数，《文选》也特辟“挽歌”类，卷二十八收有缪袭五言《挽歌诗》一首、陆机五言《挽歌诗》三首、陶渊明五言《挽歌诗》一首。缪袭《挽歌诗》云：

> 生时游国都，死没弃中野。朝发高堂上，暮宿黄泉下。白日入虞渊，悬车息驷马。造化虽神明，安能复存我？形容稍歇灭，齿发行当

---

① 《世说新语笺疏·任诞》，第 890 页。

② 《晋书》卷八三《袁瓌传》附《袁山松传》，第 2169 页。

③ 《世说新语笺疏·任诞》，第 890 页。

④ 《宋书·范晔传》，第 1820 页。

> 堕。自古皆有然，谁能离此者。[1]

陆机有《庶人挽歌辞》《王侯挽歌辞》，又有《挽歌辞》：

> 在昔良可悲，魂往一何感。念我平生时，人道多拘役。五常侵轨仪，夕气牵徽墨。随和乏良聘，枝骈或鸩毒。[2]

诗歌沉痛真挚，气韵沉潜，读之，令人唏嘘不已。陶渊明的《拟挽歌辞三首》，是对自己一生荣辱沉浮、是是非非反思后的心绪剖白，也同样凄恻哀感，诗歌如下：

> 有生必有死，早终非命促。昨暮同为人，今旦在鬼录。魂气散何之，枯形寄空木。娇儿索父啼，良友抚我哭。得失不复知，是非安能觉。千秋万岁后，谁知荣与辱。但恨在世时，饮酒不得足。
>
> 在昔无酒饮，今但湛空觞。春醪生浮蚁，何时更能尝。肴案盈我前，亲旧哭我傍。欲语口无音，欲视眼无光。昔在高堂寝，今宿荒草乡。一朝出门去，归来良未央。
>
> 荒草何茫茫，白杨亦萧萧。严霜九月中，送我出远郊。四面无人居，高坟正嶕峣。马为仰天鸣，风为自萧条。幽室一已闭，千年不复朝。千年不复朝，贤达无奈何。向来相送人，各自还其家。亲戚或馀悲，他人亦已歌。死去何所道，托体同山阿。[3]

“晋人慕清虚，尚旷达，诸所为《挽歌辞》，皆一时习尚使然。然撰于闲暇宴游，相率而为放诞之举。若如靖节于属纩时，犹能作此达语，非生平有定力定识，乌能得此！宜祁氏许其于昼夜之道了然，继孔、曾之后而始有斯人也。”“三篇中末篇尤调高声绝，千百世下如闻其声，如见其情也。孙氏乃云只是浅语，但以自挽为奇。岂知以浅语写深思，更耐人咀味不尽尔。且叠句每易流于轻剽，看其‘千年不复朝，贤达无奈何’二语，幽凄俯仰欲绝。周青轮谓其叠语一句更惨，良然。孙氏反取其自在，又云‘不落哀境’，甚

---

① 《文选》卷二十八，第406页。

② （西晋）陆云著，刘运好校注《陆士龙文集校注》，凤凰出版传媒集团、凤凰出版社2010年版，第1203页。

③ 《陶渊明集笺注》，第420、423、424页。

矣，说诗之难也。”[①]陶渊明之挽歌固然沉痛欲绝，然又“不落哀境”，诗歌用语清浅，不少词汇如“饮酒”等，都透漏出士人超脱生死的达观。因之，诗中饱含一片至情，但也有一种旷达的情怀在。

四、南朝家族隐逸作品风格之新异

南朝家族隐逸作品较多者为谢灵运、谢朓叔侄。两人不仅是南朝文学的杰出代表，而且也是当时家族文学成就最突出的作家。二人的家族隐逸诗固然有其诗歌惯常的特点，如谢灵运多山水清音，谢朓之山水与情思之吻合且风格“圆美流转如弹丸”等。但仔细辨析，不难发现，他们的家族隐逸诗又有一些不同于前代的新的特点。

景平元年(423)，谢灵运 39 岁，“是年春至秋，灵运在永嘉郡，作品有……暮秋返故乡。”[②]离郡时作《归途赋》：

> 昔文章之士，多作行旅赋，或欣在观国，或怵在斥徒，或述职邦邑，或羁役戎阵。事由於外，兴不自己。虽高才可推，求怀未惬。今量分告退，反身草泽，经途履运，用感其心。赋曰：
>
> 承百世之庆灵，遇千载之优履，匪康衢之难践，谅跬步之易局。践寒暑以推换，眷桑梓以缅邈，褫簪带於穷城，反巾褐於空谷。果归期於愿言，获素念於思乐。於是舟人告办，伫楫在川，观鸟候风，望景测圆。背海向溪，乘潮傍山，凄凄送归，愍愍告旋。时旻秋之杪节，天既高而物衰，云上腾而雁翔，霜下沦而草腓。舍阴漠之旧浦，去汤景之芳蕤，林承风而飘落，水鉴月而含辉。发青田之枉渚，逗白岸之空亭。路威夷而诡状，山侧背而易形。停余舟而淹留，搜缙云之遗迹。漾百里之清潭，见千仞之孤石。历古今而长在，经盛衰而不易。[③]

“时灵运挂冠离郡，买舟北上，准备回故乡始宁隐居，以偿宿愿。”[④]谢灵运在仕途受阻，不得不辞官归隐的时刻，作此赋用以自剖。虽说他归隐之意常潜于心，但真要离开京师，离开自己欲展宏图的仕途，他还是心有不甘的，这种矛盾的心绪在诗中是显而易见的。

元嘉六年(429)，谢灵运 45 岁，这年“九月，灵运带随从数百，由始宁伐

---

① 《陶渊明资料汇编》下册引清温汝能纂集《陶诗汇评》卷四，第 312—313 页。
② 《谢灵运集校注》，第 427 页。
③ 《谢灵运集校注》，第 304 页。
④ 《谢灵运集校注》，第 304 页。

木开径，至会稽与临海二郡交界之天姥山”[①]，作有《登临海峤，初发疆中作，与从弟惠连，见羊、何共和之》四章：

杪秋寻远山，山远行不近。与子别山阿，含酸赴修轸。
中流袂就判，欲去情不忍。顾望脰未悁，汀曲舟已隐。
隐汀绝望舟，骛棹逐惊流。欲抑一生欢，并奔千里游。
日落当栖薄，系缆临江楼。岂惟夕情敛，忆尔共淹留。
淹留昔时欢，复增今日叹。兹情已分虑，况乃协悲端。
秋泉鸣北涧，哀猿响南峦。戚戚新别心，凄凄久念攒。
攒念攻别心，旦发清溪阴。暝投剡中宿，明登天姥岑。
高高入云霓，还期那可寻。傥遇浮丘公，长绝子徽音。[②]

元嘉五年(428)春灵运离职，从建康回到故乡始宁东山，与惠连、何长瑜、荀雍、羊璇之“以文章赏会，共为山泽之游”。元嘉六年(429)秋，谢灵运“自始宁南山伐木开径，直到临海”。[③] “此诗即作于这次往临海郡的途中。”[④]史载谢惠连“幼而聪敏，年十岁，能属文，族兄灵运深相知赏……本州辟主簿，不就。……早亡，且轻薄多尤累，故官位不显”。[⑤] 与谢灵运关系密切，为其“四友”之一。组诗第一章推出初秋往游临海，和谢惠莲别于山角水涯的画面。因离别的难舍难分，不觉“顾望脰未悁”。然而，人有情而舟不知，很快，一叶扁舟隐入溪流曲折处，再也寻它不得。第二章，舟在湍急浪花中急驶，灵运在舟中飘然自得，任意东西，颇有以游览而终老的想法，日暮便于临江之楼停泊。“岂惟夕情敛，忆尔共淹留”二句，很委婉地表达了别后的惜别情绪。此章，作者对仕途风波的艰危，对绿水青山的眷恋及自己愿就此隐居的想法，都表达得十分清楚。第三章，写晚宿临江楼时，蓦然想起昔日友朋觥筹交错时的欢快，这一欢快更平增了现时离别的悲凉。何况这泉鸣猿哀的境况，更使人别情缠于心，离愁紊于斯！第四章，诗人因禁不住别绪的缠绕，便以预计游程自遣：天亮时从这儿出发，晚上就可到剡中，明天便登天姥山。天姥山是高入云霄仙人居住的名山，倘若遇到浮丘公一流的高人，便不顾念再回尘世了。诗在凄苦的离愁中，又翻出

---

① 《谢灵运集校注》，第 441 页。
② 《谢灵运集校注》，第 166 页。
③ 《宋书·谢灵运传》，第 1775 页。
④ 《谢灵运集校注》，第 167 页。
⑤ 《宋书·谢方明传》，第 1524—1525 页。

了白日升仙的绮想！诗中作者的隐逸之思是那么的浓烈，在离开宦途，寓居故乡的闲暇时光中，一再向血脉相连的族人倾吐如此衷肠。可见，此种想法应一直横亘于灵运内心深处。此种情怀是灵运用来对抗危机四伏的政治生态，慰藉心灵，安身立命的一副药方。一年前的元嘉五年(428)，谢灵运横遭宦途风浪，愤然辞职回乡。[①] 辞归乡居期间，灵运的生活也并不平静。树欲静而风不止，灵运想归隐而过宁静生活的愿望依然难以实现。关于这一时期灵运的生存处境，《宋书》本传是这样记载的：

> 既自以名辈，才能应参时政，初被召，便以此自许，既至，文帝唯以文义见接，每侍上宴，谈赏而已。王昙首、王华、殷景仁等，名位素不逾之，并见任遇，灵运意不平，多称疾不朝直。穿池植援，种竹树堇，驱课公役，无复期度。出郭游行或一日百六七十里，经旬不归，既无表闻，又不请急。上不欲伤大臣，讽旨令自解。灵运乃上表陈疾，上赐假东归。[②]

如此境遇下，灵运的心态自是不能完全平静，故而，诗中一面有向往隐逸的情愫，同时，又不免忧心忡忡的不安，两种心绪交织，诗歌的风格当然也不可能如陶渊明诗歌那样平和、自然了。

元嘉七年(430)，谢灵运 46 岁时，“灵运从弟惠连于春间离始宁赴京，行至永兴西陵，为风波所阻，不能渡浙江，作《西陵遇风献康乐诗》”，灵运作《酬从弟惠连诗》五章以答之[③]，诗之五曰：

> 暮春虽未交，仲春善游遨。山桃发红萼，野蕨渐紫苞。鸣嘤已悦豫，幽居犹郁陶。梦寐伫归舟，释我吝与劳。[④]

元嘉七年(430)春，“惠连离始宁往建康，灵运送行，‘饯饮野亭’……灵运这首诗是答赠，也是五章。”[⑤]此时谢灵运已然隐归故土，“潇洒度日月”两年了，乍一遇到自己“深相知赏”的同宗兄弟，欣喜之情自然溢于言表。此诗对自己所居环境的美妙描写，如此让人痴迷、神往。他的用意很明显，

---

① 《谢灵运集校注》，第 440 页。
② 《宋书·谢灵运传》，第 1772 页。
③ 《谢灵运集校注》，第 443 页。
④ 《谢灵运集校注》，第 170 页。
⑤ 《谢灵运集校注》，第 170—180 页。

就是想用隐逸之地的美景及自己惬意的生活来吸引同宗兄弟，希望他能和自己一样，隐居起来。如此，他们便可以朝夕游赏，这岂不是人生一大快事！诗歌的情感真挚、深邃。但诗歌的格调却少了东晋此类诗歌的洒脱、旷达，而是充满着一股因思念而生成的沉重。自然地，作品的风格也没有东晋陶渊明的自然、清新，更多带上了一种因心绪不佳而产生的隐忧，以及此种心绪导致的些许滞重。三年后的元嘉十年(433)，谢灵运49岁之时，因自己在临川"不异永嘉"，为有司检举，司徒刘义康遣使随江州从事郑望生拘捕谢灵运，灵运兴兵抗拒。终被擒，诏降罪一等，徙往广州。不久，被人诬陷，"诏于广州行弃市刑"[1]，死前作《临终诗》，诗曰：

龚胜无馀生，李业有穷尽。嵇公理既迫，霍生命亦殒。悽悽陵霜柏，纳纳冲风菌。邂逅竟几时，修短非所愍。恨我君子志，不获岩下泯。送心正觉前，斯痛久已忍。唯愿乘来生，怨亲同心朕。[2]

诗对历史上忠于王朝正统的人物表达了由衷的崇敬，对自己深受刘宋王朝的迫害，也表达了极端的愤慨，对自己不能隐居山岩而终老，也流露出深深的叹惋。

谢灵运的家族隐逸诗，固然不乏真挚之亲情，但由于其内心潜藏的家族荣誉感及不甘彻底归隐的心态，因之，他的家族隐逸诗也就不可能如陶渊明那样，具有超脱的气质了。

第二节　魏晋南北朝家族隐逸文学的价值

家族隐逸文学具有鲜明的特点，这类作品的语言往往较为本色自然，感情真挚深沉；同时，因内容涉及到隐逸，又不免有种超脱的气质。这与正宗的隐逸作品是有差别的。家族隐逸中浓浓的温情，对作家苦闷心灵的慰藉有很大的作用，作品中吐露的真性情也使我们能更准确地把握作家的真实心态，这些是如何在家族隐逸文学中体现出来的？这是本节要探讨的主题。当然，家族隐逸文学创作与其他作品之间的关系，也有不少值得探讨的地方。

---

① 《宋书·谢灵运传》，第1777页。

② (南朝宋)谢灵运著，李运富编注《谢灵运集》，岳麓书社1999年版，第112页。

一、家族隐逸文学风格多变的文学史意义

魏晋南北朝家族隐逸文学的风格处于经常性的变动之中，几乎每一个文学史上独特的时期，如建安文学、正始文学、西晋文学、陶渊明及以谢氏家族为代表的南朝隐逸文学，家族隐逸文学的风格都有不同的特点，这种不同，我们在上节已具体讨论过。这部分我们将关注造成这种风格繁复多变的原因及这种现象本身的意义。

（一）风格多变的原因

这一时期家族隐逸文学的风格迭经变化，建安时期多清新明快，正始家族隐逸文学的风格为之一变，多有飘逸与凝重的调子。至西晋，风格又趋于沉重，而陶渊明这类作品的风格，一方面有其一贯的自然超脱的特点，但又多了几分凝重的深情。到了南朝，谢灵运某些写给族兄的隐逸诗，轻快明丽的外衣下，又多了几分躁动不安。

这一时期社会最大的特点是干戈日寻，社会处于经常的动乱之中，很少有超过50年的和平稳定期。如此环境下，文士纷纭聚散，从而文学创作的题材、风格屡经变迁。同时，这一时期，源于社会的动荡，大一统思想的难以维系，从而思想呈现活泼纷纭的局面，这也对文学创作风格的多元化予直接影响。当然，魏晋南北朝时期门阀制度高度发达，社会一切现象，固然也包括文学创作，也必然与这一社会特点有着千丝万缕的联系。

门阀制度下，家族成员的一个主要心理特点是，他们往往对家族荣耀念念不忘，失去的想恢复，如二陆兄弟对父祖在东吴挥斥方遒，指挥千军万马的英姿一直追慕不已，他们不仅在作品中一再念及父祖的辉煌，也在实际行动上进行过不懈的努力，当然，世事变迁，二陆兄弟的努力并没有成功。陶渊明虽非世家大族，但也一再对先祖陶侃的功业铭记于心，时时会发之言语。南朝的谢氏家族亦复如是。至于那些没有辉煌荣耀的庶族寒门，他们一面哀叹世事的不公，一再发出“郁郁涧底松，离离山上苗。以彼径寸茎，荫此百尺条。世胄蹑高位，英俊沉下僚”的愤慨，一面也妄念家族的崛起。这些心理在这一时期的文学作品中，是普遍存在着的。

门阀制度下，士人普遍向往家族的兴旺发达，而隐逸则是有意或被迫放弃“兼济天下”，从而放弃振兴门楣的责任。这种行为，在这一时期，按说是不被社会接受的，如谢安，最初“寓居会稽，与王羲之及高阳许询、桑门支遁游处，出则渔弋山水，入则言咏属文，无处世意”。[①] 直到家族的支柱谢

---

① 《晋书·谢安传》，第2072页。

万被废黜,“安始有仕进意,时年已四十余矣。”[①]如再不出仕,门第很有可能面临衰败的危险,为了家族的整体利益计,谢安毅然放弃自己一直以来践行的隐逸行为。

家族隐逸文学风格的多元流变,一方面与文学自身发展的大趋势相关,此外,也与门阀制度的影响有关。西晋家族隐逸文学风格之凝重,就与这一时期门阀家族对自身的期许紧密相连。西晋一朝,玄学的影响越来越大。但在关于家族兴盛的问题上,士人还是秉持儒家敦厚自守的原则,而不是崇尚虚淡浮夸的清谈之风。这一心理在他们家族隐逸文学创作中就有明显体现。潘尼初始性格中有很浓厚的隐逸因子,自己也有很长时间的隐逸经历。但他在写给从叔潘岳的诗中,却完全是另一种风格。诗中“桓桓上宰,穆穆四门”“文绣煌煌,衣裳楚楚”“发采故乡,扬辉蓬宇”等句子,无一不是立身扬名、辉耀门第之思想。因了大量这类句子的描写,诗歌的风格自然变得严肃凝重起来。

陶渊明家族隐逸诗歌的超脱气质,固然源于其初始性格中固有的隐逸潜质,但陶渊明家族隐逸诗中尚渗透着浓浓的深情,以致诗歌的风格也就不单单是超脱飘逸了。陶渊明初始性格中本有隐逸特质,加之成长环境的促使,战乱污浊社会的逼迫,从而形成其田园诗超脱、自然的气息。而这并非陶渊明诗歌的全部,其写给儿子及家族其他成员的诗歌,情感就不再是那样轻快飘逸,而是有几分凝重。这种凝重主要源于诗中情感的真挚,也源于其对家族振兴的焦灼,对目前门第衰落的无奈和忧虑。

谢灵运家族隐逸诗内在情感的复杂,也是其欲进无望、欲退不甘纠结心态的折射。这种情绪在他的隐逸文学创作中,当然也有表现,在写给同宗亲戚的作品中,这种心态尤为明显。关于这一问题,前此已有分析,此处不赘。

(二)风格繁复的文学史价值

家族隐逸文学风格的纷纭多变,一方面是隐逸文学风格多样化的体现。一般言之,隐逸文学因描写环境的清幽,及作家自身的超脱气质,从而易于形成清新、飘逸的风格。如阮籍、嵇康及陶渊明大量的隐逸文学作品,都是如此。但家族隐逸文学因多写给至亲之子侄或同宗之亲属,作品有在乱世中对隐逸的想往,或对隐居生活的诗意描写,如嵇康写给兄长嵇喜的五言诗,即是;更多却是对至亲前途的忧虑,或对家族利益的焦灼,披肝沥胆,语语沉痛。因之,家族隐逸文学的风格更为纷纭。透过这繁多的风格,

---

① 《晋书·谢安传》,第2073页。

我们可以感受到隐逸文学风格的不主一端、不断流变的事实。同时，通过深入探寻这多样的风格形成的原因，我们也不难感知到作家真感情的投入，这种真情感是我们认识隐逸作家真实面貌的重要参照。如王微元嘉三十年(453)，39 岁时所作的《以书告弟僧谦灵》：①

弟年十五，始居宿於外，不为察慧之誉，独沉浮好书，聆琴闻操，辄有过目之能。讨测文典，斟酌传记，寒暑未交，便卓然可述。吾长病，或有小间，辄称引前载，不异旧学。自尔日就月将，著名邦党，方隆夙志，嗣美前贤，何图一旦冥然长往，酷痛烦冤，心如焚裂。

寻念平生，裁十年中耳，然非公事，无不相对，一字之书，必共咏读，一句之文，无不研赏，浊酒忘愁，图籍相慰，吾所以穷而不忧，实赖此耳。奈何罪酷，茕然独坐。忆往年散发，极目流涕，吾不舍日夜，又恒虑吾羸病，岂图奄忽，先归冥冥。反覆万虑，无复一期，音颜仿佛，触事历然，弟今何在，令吾悲穷。昔仕京师，分张六旬耳，其中三过，误云今日何意不来，锺念悬心，无物能譬。方欲共营林泽，以送馀年，念兹有何罪戾，见此夭酷，没於吾手，触事痛恨。吾素好医术，不使弟子得全，又寻思不精，致有枉过，念此一条，特复痛酷。痛酷奈何。吾罪奈何，弟为志，奉亲孝，事兄顺，虽僮仆无所叱咄，可谓君子不失色於人，不失口於人。冲和淹通，内有皂白，举动尺寸，吾每咨之。常云："兄文骨气，可推英丽以自许，又兄为人矫介欲过，宜每中和。"道此犹在耳，万世不复一见，奈何！唯十纸手迹，封埏俨然，至於思恋不可怀。及闻吾病，肝心寸绝，谓当以幅巾薄葬之事累汝，奈何反相殡送！

弟由来意，谓"妇人虽无子，不宜践二庭。此风若行，便可家有孝妇"。仲长《昌言》，亦其大要。刘新妇以刑伤自誓，必留供养，殷太妃感《柏舟》之节，不夺其志。仆射笃顺，范夫知礼，求得左率第五儿，庐位有主。此必何益，冥然之痛，为是存者意耳。

吾穷疾之人，平生意志，弟实知之，端坐向窗，有何慰适，正赖弟耳。过中未来，已自悁望，今云何得立，自省惛毒，无复人理。比烦冤困惫，不能作刻石文，若灵响有识，不得吾文，岂不为恨。傥意虑不遂谢能思之如狂，不知所告诉，明书此数纸，无复词理，略道阡陌，万不写一。阿谦！何图至此！谁复视我，谁复忧我！他日实者三光，割嗜好以祈年，今也唯速化耳。吾岂复支，冥冥中竟复云何？弟怀随、和之

① 《南北朝文学编年史》，第 162 页。

宝，未及光诸文章，欲收作一集，不知忽忽当办此不？今已成服，吾临灵，取常共饮杯，酌自酿酒，宁有仿像不？冤痛冤痛！①

显然，作品没有惯常隐逸文学作品的那种飘逸、洒脱的风格，而代之以沉郁为主。内中有王微无尽的伤感、忧郁，也就是因为情绪太过低落，心理负担太过沉重，“僧虔卒后四旬而微终。”②史载，“微少好学，无不通览，善属文，能书画，兼解音律、医方、阴阳术数。年十六，州举秀才，衡阳王义季右军参军，并不就。”③《宋书》本传说“微素无宦情”④，“微常住门屋一间，寻书玩古，如此者十余年。”⑤可见王微本人初始性格中即有隐逸特质，后来这一潜质在此后不算漫长的岁月中也一再表现出来，以致帝王都知晓他的这一性情，“太祖以其善筮，赐以名蓍。”⑥关于《以书告弟僧谦灵》的创作背景，《宋书》曰：“弟僧谦，亦有才誉，为太子舍人，遇疾，微躬自处治，而僧谦服药失度，遂卒。微深自咎恨，发病不复自治，哀痛僧谦不能已，以书告灵曰……”⑦此时王微正闲居在家，“寻书玩古”，弟“遇疾，微躬自处治”，后因服药不当而殒命。王微与弟感情甚笃，加之弟之死，多少也与自己有点关系，故而心中充满内疚、悔恨之情。当然，文中更多是对弟弟品行的颂扬，对两人兴趣、爱好的评述，如两人“方欲共营林泽，以送馀年”，共同的对超脱庸碌世俗的生活之追慕，朝夕相处时光中建立起的深厚情谊，都非常人所能感知。哪知言犹在耳，影犹在侧，而共誓之人已为阴间一魂。文饱含血泪，字字饮血，声声欲泣，“使人想起韩愈名篇《祭十二郎文》。”⑧哀哉！家族隐逸文的此种风格一方面改变了我们对隐逸文学风格的惯常认识，此外，我们也从这些风格中触摸到作家的最真实的感情，我们也因之对作家有更为全面真切的认识。

二、亲情对作家苦闷孤寂心灵的慰藉

魏晋南北朝时期，风云际会，烽烟四起，人命如朝露，“白骨露于野，千里无鸡鸣”“出门无所见，白骨蔽平原”是经常遇到的惨状，如此背景下，士

① 《全宋文》，第 2538 页。
② 《宋书·王微传》，第 1672 页。
③ 《宋书·王微传》，第 1664 页。
④ 《宋书·王微传》，第 1665 页。
⑤ 《宋书·王微传》，第 1670 页。
⑥ 《宋书·王微传》，第 1670 页。
⑦ 《宋书·王微传》，第 1670 页。
⑧ 《南北朝文学编年史》，第 162 页。

人内心多敏感而忧郁。体现到文学创作中，感伤成为这一时期文学的基本色调。为了抚慰士人这种栖栖遑遑的生命忧思，必须要有一种合适的方式来调适他们紧张、不安的生命感受。用何种方式来调适呢？方法当然因人而异，有人选择用酒精麻醉自己，如《古诗十九首》的不少作者，如阮籍、嵇康、陶渊明等人；也有人躲进当时已经广为流布的梵音佛影中去，如谢灵运诸人；当然，也有人乐天知命，用委运顺化的态度对待现实的种种纷扰；当然，也有不少士人或钻进高山密林，或白发渔樵江渚上，或大隐隐于世，在喧嚣的朝市中，"心远地自偏"。我们知道，这一时期门阀制度高度发达，这种制度的形成原因及这种制度存在的种种价值及弊端，目前已有深入的研究。我们认为，乱世中，个体生存能力的弱化，生命的脆弱，促使他们积极主动投身于亲族的怀抱，他们特别重视来自亲族的情感慰藉。应该说，这种社会现实带来的士人的心理期待，也是门阀制度根深蒂固且一直延续下来的一个重要因素吧。温馨的亲情对士人心灵的抚慰，至关重要，这在这一时期的家族隐逸文学创作中有特别的体现。

嵇康在其兄嵇喜从军之时，曾有多首诗赠送之，剖析自己的心志、情感，同时，也对嵇喜谆谆诱导。此种情感的倾诉，虽不能改变恐怖不安的现实，但也给身处其中之人莫大的情感慰藉。嵇康在甘露二年(257)，34 岁之时[①]，自明心绪，作《述志诗二首》：

> 潜龙育神躯，濯鳞戏兰池。延颈慕大庭，寝足俟皇羲。庆云未垂景，盘桓朝阳陂。悠悠非我匹，畴肯应俗宜。殊类难遍周，鄙议纷流离。轗轲丁悔吝，雅志不得施。耕耨感甯越，马席激张仪。逝将离群侣，杖策追洪崖。焦鹏振六翮，罗者安所羁。浮游太清中，更求新相知。比翼翔云汉，饮露餐琼枝。多念世间人，夙驾咸驱驰。冲静得自然，荣华安足为。
>
> 斥鷃擅蒿林，仰笑神凤飞。坎井蝤蛙宅，神龟安所归。恨自用身拙，任意多永思。远实与世殊，义誉非所希。往事既已谬，来者犹可追。何为人事间，自令心不夷。慷慨思古人，梦想见容辉。愿与知己

---

① "有以为本诗是嵇康被杀前入狱之时所作，因为诗中有'轗轲丁悔吝。雅志不得施……恨自用身拙。任意多永思。远实与世殊。义誉非所希。往事既已谬。来者犹可追'。其实这里只是很含蓄地说自己坎坷不如意，目的是向司马昭表白自己要追求新的开始，要脱离政治、社会，去过一个与世俗隔绝的仙道生活，也就是要司马昭放心，所以《魏氏春秋》说有'绝世之言'。而且文句平和与狱中作的真诚期待的《家诫》，和激愤绝望的《忧愤诗》皆然不同。可能《述志诗》是嵇康在时局紧张，拒绝应召，躲到河东避免嫌疑的表白诗，叙述自己向往山野自然的志向，所以叫《述志诗》。"(《嵇康研究及年谱》，第 177 页)

遇，舒愤启其微。岩穴多隐逸，轻举求吾师。晨登箕山巅，日夕不知饥。玄居养营魄，千载长自绥。①

嵇康在仕途艰危之时，很知道急流勇退的道理。这一年，司马氏对异己力量进行更为血腥的屠杀，“是年四月，征东大将军诸葛诞在淮南起兵，反对司马昭。七月，司马昭率大军征讨。”如此形势下，嵇康审时度势，决定“避居河东”②。此时所作《述志诗二首》，展现了嵇康在惊魂未定状态下自己人生历程的曲折轨迹，反映了作者对自己以往经历的清醒认识。

陶渊明于元兴二年(403)，39 岁之时，作有《癸卯岁十二月中作与从弟敬远诗》③：

寝迹衡门下，邈与世相绝。顾盼莫谁知，荆扉昼常闭。凄凄岁暮风，翳翳经日雪。倾耳无希声，在目皓已结。劲气侵襟袖，箪瓢谢屡设。萧索空宇中，了无一可悦。历览千载书，时时见遗烈。高操非所攀，谬得固穷节。平津苟不由，栖迟讵为拙。寄意一言外，兹契谁能别。④

该年“春，正月，卢循使司马徐道覆寇东阳；二月，辛丑，建武将军刘裕击破之”。“丁巳，玄杀冀州刺史孙无终。”“泰山贼王始聚众数万，自称太平皇帝，署置公卿。”“刘裕破卢循于永嘉，追至晋安，屡破之，循浮海南走。何无忌潜诣裕，劝裕于山阴起兵讨桓玄。”“丙子，册命玄为相国，总百揆，封十郡，为楚王，加九锡，楚国置丞相以下官。”“诏楚王玄行天子礼乐，妃为王后，世子为太子。丁丑，卞范之为禅诏，使临川王宝逼帝书之。”“辛亥，桓玄迁帝于寻阳。”⑤显然，这一年东晋政权愈发动荡，各方势力攻伐无已，尤其严重的是，桓玄加快了篡逆的步伐并最终禅位登基，“卞范之为禅诏，使临川王宝逼帝书之”，晋帝不得不迁往寻阳。寻阳即浔阳，是陶渊明的故乡。这一系列的变故，陶渊明是亲身感受到的，晋室之辱带给陶渊明的冲击，无

① 《嵇康集校注》，第 35—38 页。

② 《竹林七贤诗文全集译注》，第 619 页。

③ 张可礼《东晋文艺系年》，山东教育出版社 1992 年版，668 页；逯钦立《陶渊明集・事迹诗文系年》，第 21 页。

④ 《陶渊明集笺注》，第 206—207 页。

⑤ 《资治通鉴》卷 113，第 3549—3555 页。

疑是巨大的。加之，当时“陶渊明居忧”①，国事、家事的烦扰，让陶渊明时时有“凄凄岁暮风，翳翳经日雪”“劲气侵襟袖”的悲苦感受。陶渊明与其从弟陶敬远，情谊深厚，他曾有《祭从弟敬远》文，文曰：“余尝学仕，缠绵人事，流浪无成。惧负素志，敛策归来。尔知我意，常愿携手，置彼众议。每忆有秋，我将其刈，与汝偕行，舫舟同济。三宿水滨，乐饮川界。静月澄高，温风始逝。”显然，陶渊明和他的这位宗族亲人，不仅血脉相连，而且两人也志同道合，灵犀相通。故而，在陶渊明欲有为而不可得，遂退而隐居，不预世事的日子里，他是“颇有难言之隐”的，如许苦闷的日子，如许彷徨的处境，“顾盼莫谁知”，然“唯敬远能得其心”②，“寄意一言外，兹契谁能别。”志气相投的亲友之间的晤谈，让渊明顿感人性之温暖，这敦厚的情谊是陶渊明得以度过凄苦岁月的抚慰剂。

谢灵运之从弟谢惠连，“幼而聪敏，年十岁，能属文，族兄灵运深相知赏。”③谢灵运于元嘉六年（429），45岁时，作《登临海峤，初发疆中作，与从弟惠连，见羊、何共和之》（四章）④：

杪秋寻远山，山远行不近。与子别山阿，含酸赴修畛。
中流袂就判，欲去情不忍。顾望脰未悁，汀曲舟已隐。
隐汀绝望舟，骛棹逐惊流。欲抑一生欢，并奔千里游。
日落当栖薄，系缆临江楼。岂惟夕情敛，忆尔共淹留。
淹留昔时欢，复增今日叹。兹情已分虑，况乃协悲端。
秋泉鸣北涧，哀猿响南峦。戚戚新别心，凄凄久念攒。
攒念攻别心，旦发清溪阴。暝投剡中宿，明登天姥岑。
高高入云霓，还期那可寻。傥遇浮丘公，长绝子徽音。⑤

谢灵运初秋往游临海，和谢慧连别于山崖水角，可离别的情感也如同这迷人的山水一样，实在让人难以割舍，“中流袂就判，欲去情不忍。顾望脰未悁，汀曲舟已隐。”延颈相望，人已远，情未了，个中滋味实在酸楚。诗人心中这酸楚的滋味，叠加上四周恍如仙境之美景，顿使诗人产生“欲抑一

① 《东晋文艺系年》，第668页。
② 《陶渊明集笺注》，第210页。
③ 《宋书》卷五十三，第1524页。
④ 《谢灵运集校注》：“九月，灵运带随从数百，由始宁伐木开径，至会稽与临海二郡交界之天姥山，作……”，第441页。
⑤ 《全宋诗》，第1176页。

生欢，并奔千里游”的念头。这念头是那样的强烈，以致诗人自剖心志，要“攒念攻别心，旦发清溪阴。瞑投剡中宿，明登天姥岑。高高入云霓，还期那可寻。傥遇浮丘公，长绝子徽音。”意欲彻底摒弃尘世的嚣乱。

谢灵运于元嘉七年(430)46岁时，“从弟惠连于春间离始宁赴京，行至永兴(今浙江萧山县)西陵，为风波所阻，不能渡浙江(今钱塘江)，作《西陵遇风献康乐诗》，灵运作……以答之。”[①]《酬从弟惠连诗》(五章)之五曰：

> 暮春虽未交，仲春善游遨。山桃发红萼，野蕨渐紫苞。
> 嘤鸣已悦豫，幽居犹郁陶。梦寐伫归舟，释我吝与劳。[②]

谢灵运此时正隐居故乡始宁，虽时值仲春，日光骀荡，大自然桃红柳绿，莺歌燕舞，“一生爱好是天然”的谢灵运本应徜徉在大自然的怀抱中，舒心肆意安享大自然的恩赐才是。然而，这一时期谢灵运却因宦途失意，心情非常苦闷。如此，“物皆着我之色彩”，大自然的美景于他而言，也黯然凄然。我们知道，谢慧连和谢灵运关系极为密切，以致《诗品》引《谢氏家录》云：“康乐每对惠连，辄得佳语。後在永嘉西堂，霞诗竟日不就。寤寐间忽见惠连，即成‘池塘生春草’。故尝云：‘此语有神助，非吾语也。’”[③]曹旭评这段话曰：“堂上晤谈得嘉语事，恐非空穴来风。盖庄惠于濠梁之上，钟牙于流水之间，大小谢于西堂之中，风流千载相承。”[④]直把谢灵运与其从弟谢慧连之情谊相投，互相欣赏之关系，比作庄子、惠子，比作伯牙、钟子期，视为莫逆知音的典范。在谢灵运仕途崚嶒、精神苦闷之时，听闻心有戚戚的亲友因风波所阻，不得前行，赠己诗以寄情感后，谢灵运展卷读之，自会更增对同宗亲人的怀恋。这一赠一答之间，流淌着血浓于水的亲情，凭借这浓浓之亲情，仕途苦闷引发的忧郁心绪得以舒缓，一句“梦寐伫归舟，释我吝与劳”，看得出谢灵运对同宗亲族的思念，谢惠连的归来，该给他带来多大的快慰呀！

三、家族隐逸文学中倾吐的作家真性情

上面我们讨论过，从家族隐逸文学多样的风格中，可以触摸到作家的真性情。窥之事实，确也如此。这一部分，我们抛开诗歌的风格，以一个更

① 《谢灵运集校注》，第443页。
② 《全宋诗》，第1175页。
③ 《诗品笺注》，第171页。
④ 《诗品笺注》，第173—174页。

为开阔的视角，来审视家族隐逸文学中包含的作家的真性情，以及这种真性情的意义。我们知道，中国是一个特别看重伦理亲情的国家，政治治理上也是特别重视同宗血亲的拱卫。周王朝因了分封同姓血亲，且经常有目的地联络宗亲情感，如《诗经·大雅·行苇》中的记载，“敦彼行苇，牛羊勿践履。方苞方体，维叶泥泥。戚戚兄弟，莫远具尔。或肆之筵，或授之几。肆筵设席，授几有缉御。或献或酢，洗爵奠斝。醓醢以荐，或燔或炙。嘉肴脾臄，或歌或咢。”毛序曰：“《行苇》，忠厚也。周家忠厚，仁及草木，故能内睦九族……”故而，周王朝得以屹立八百年而不倒，秦王嬴政反其道而行之，导致十五年后，就发生“一夫作难，而七庙隳，身死人手，为天下笑者”的悲剧。这种对比强烈的事实，给专制王朝以极大的教训：政治治理必须依托血缘亲族。魏晋南北朝是中国历史上门阀制度高度发达的一个时期，高门大族在政治、经济、文化上与孤门细族悬若云泥。为了长久维系这种特权，高门大族特别重视宗族内部的团结，特别重视宗族间的亲情。上有所好，下必甚焉，作为社会的统治阶层，他们的举手投足，顾盼效颦，无疑会像一面大纛，引领社会风习。因之，这一时期描写家族成员真挚情感的作品，数量就非常之多。而家族隐逸文学，作为家族文学的一部分，自然也弥漫着浓浓的亲情，会对家族成员倾吐最为诚挚、真切的感情。嵇康有较多隐逸作品传世，其隐逸作品就有不少吐露心曲、剖析家庭伦理、教育后辈的作品，这些作品情感真挚、沉痛，给人印象极为深刻。景元元年(260)，嵇康37岁[①]，时“嵇康住在山阳”[②]。无官一身轻，然而，家庭却遭遇大的变故：母亲突然离他而去。嵇康年幼失祜，全赖母亲、兄长抚育，其对母亲的情感可想而知。乍闻此消息，如五雷击顶，周遭颤栗，长久以来的理想未能实现的苦闷，失去至亲的悲痛，种种情感都在这首《思亲诗》中滔滔奔洩而出：

奈何愁兮愁无聊，恒恻恻兮心若抽。愁奈何兮悲思多，情郁结兮不可化。奄失恃兮孤茕茕，内自悼兮啼失声。思报德兮邈已绝，感鞠育兮情剥裂。嗟母兄兮永潜藏，想形容兮内摧伤。感阳春兮思慈亲，欲一见兮路无因。望南山兮发哀叹，感机杖兮涕汍澜。念畴昔兮母兄在，心逸豫兮寿四海。忽已逝兮不可追，心穷约兮但有悲。上空堂兮廓无依，睹遗物兮心崩摧。中夜悲兮当告谁，独抆泪兮抱哀戚。日远迈兮思予心，恋所生兮泪流襟。慈母没兮谁与骄，顾自怜兮心忉忉。

---

① 《嵇康研究及年谱》，第185页；童强《嵇康评传》，南京大学出版社2006年版，第537页。

② 《嵇康研究及年谱》，第184页。

诉苍天兮天不闻，泪如雨兮叹青云。欲弃忧兮寻复来，痛殷殷兮不可裁。[①]

嵇康“刚肠疾恶，轻肆直言，遇事辄发”，是“性情中人”[②]，在突遭大难的打击下，再也抑制不住情感的闸门，诗思汩汩奔涌，如大江东去，发之于诗，必然沉郁伤感，言辞恳切，哀情浓烈。此诗抒发了母亲亡没的极度悲恸和悼念亡亲的一片真情。有人认为这首诗是“至情的”[③]，洵为不诬。

我们知道，嵇康与阮籍一样，是魏晋风流、竹林名士的代表，行为一向不寻常轨，潇洒自恣。然而，嵇康在《家诫》一文中，在对至亲后辈的敦敦告诫后，却又是另一番情怀，文曰：“夫人为子之道，莫大于宝身，全行，以显父母。此三者，人知其善，而或危身破家，陷于灭亡之祸者，何也？由所祖习非其道也。夫孝敬仁义，百行之首，行之而立身之本也。孝敬则宗族安之，仁义则乡党重之，此行成于内，名著于外者矣。人若不笃于至行，而背本逐末，以陷浮华焉，以成朋党焉；浮华则有虚伪之累，朋党则有彼此之患。此二者之戒，昭然著明，而循覆车滋众，逐末弥甚，皆由惑当时之誉，昧目前之利故也。”所言完全是儒家立身扬名、敦睦亲族之类思想。为了在当时浑浊纷纭的乱世中，保全生命，嵇康举伏波将军马援戒其兄子之例，告诫子息，“闻人之恶，当如闻父母之名；耳可得而闻，口不可得而言也。”“夫言语，君子之机。机动物应，则是非之形著矣。故不可不慎。若於意不善了，而本意欲言，则当惧有不了之失，且权忍之。”“不须离搂，强劝人酒。不饮自已，若人来劝，己辄当为持之，勿诮勿逆也。见醉薰薰便止，慎不当至困醉，不能自裁也。”这些言论与嵇康平日所为相距甚远，“我们就此看来，实在觉得很希奇：嵇康是那样高傲的人，而他教子就要他这样庸碌。”其实，这才是嵇康内心的真实想法，“因此我们知道，嵇康自己对于他自己的举动也是不满足的。”“因为他们生于乱世，不得已，才有这样的行为，并非他们的本态。”[④]翻阅这类文章，作家的真性情一览无余。

陶渊明义熙十一年(415)，51岁时有《责子诗》一首[⑤]：

---

① 《嵇康集校注》，第53—54页。

② 《嵇康研究及年谱》，第184页。

③ 《嵇康研究及年谱》，第184页。

④ 《鲁迅全集》第三卷《魏晋风度与文章及药与酒之关系》，人民文学出版社2005年版，第537页。

⑤ 《陶渊明集·事迹诗文系年》，第222页。

白发被两鬓，肌肤不复实。虽有五男儿，总不好纸笔。阿舒已二八，懒惰故无匹。阿宣行志学，而不好文术。雍端年十三，不识六与七。通子垂九龄，但觅梨与栗。天运苟如此，且进杯中物。[1]

黄庭坚《书渊明责子诗后》曰："观渊明之诗，想见其人岂弟慈祥，戏谑可观也。俗人便谓渊明诸子皆不肖，而渊明愁叹见于诗，可谓痴人前不得说梦也。"[2]陶渊明并非不食人间烟火，弃绝人事之仙人，他不仅对世事、对政局密切关注，同时，也和常人一样，有着浓烈的儿女亲情。他在诗中不止一次提到自己的子息，无不饱含浓浓的亲情。《责子诗》固然流露出陶渊明乐天知命、委运任化的一以贯之的思想，但常人所有的舐犊之情，还是很明显体现出来的。虽然自己的几个孩子，要么"不好纸笔""不好文术""不识六与七"，要么"懒惰故无匹"，但自家的孩子自家爱，对自己的这些不成气候的孩子，陶渊明并无谩骂、指责，而是无奈也是自然地接受了这种现实。一种如山的父爱浓情，也就在字里行间自然而然传达出来。与其其他诗歌相较，展示了他思想中的另外的真实的一面，这对完整了解陶渊明，有着不可或缺的作用。

雷次宗，南朝著名隐者，《宋书·隐逸传》说他，"少入庐山，事沙门释慧远，笃志好学，尤明《三礼》《毛诗》，隐退不交世务。本州辟从事，员外散骑侍郎征，并不就。"[3]他于元嘉十二年(435)，50 岁之时，作有《与子侄书》[4]，书曰：

夫生之修短，咸有定分，定分之外，不可以智力求，但当於所禀之中，顺而勿率耳。吾少婴羸患，事锺养疾，为性好闲，志栖物表，故虽在童稚之年，已怀远迹之意。暨于弱冠，遂托业庐山，逮事释和尚。于时师友渊源，务训弘道，外慕等夷，内怀悱发，于是洗气神明，玩心坟典，勉志勤躬，夜以继日。爰有山水之好，悟言之欢，寔足以通理辅性，成夫亹亹之业，乐以忘忧，不知朝日之晏矣。自游道餐风，二十馀载，渊匠既倾，良朋凋索，续以衅逆违天，备尝荼蓼，畴昔诚愿，顿尽一朝，心虑荒散，情意衰损，故遂与汝曹归耕垄畔，山居谷饮，人理久绝。

日月不处，忽复十年，犬马之齿，已踰知命。崦嵫将迫，前途几何，

---

① 《陶渊明集笺注》，第 304 页。

② (宋)黄庭坚《豫章黄先生文集》卷二十六，《四部丛刊》影印宋刊本。

③ 《宋书·隐逸传》，第 2292—2293 页。

④ 《南北朝文学编年史》，第 114 页。

> 实远想尚子五岳之举，近谢居室琐琐之勤。及今耄未至惛，衰不及顿，尚可厉志于所期，纵心于所托，栖诚来生之津梁，专气暮年之摄养，玩岁日于良辰，偷馀乐于将除，在心所期，尽于此矣。汝等年各成长，冠娶已毕，修惜衡泌，吾复何忧。但愿守全所志，以保令终耳。自今以往，家事大小，一勿见关，子平之言，可以为法。[①]

雷次宗为当时著名隐者，初始性格中本就有隐逸特质。在以后的人生旅程中，也一直秉持静默自守之本性。《诫子书》中，先叙说自己生平遭遇及内心所向，之后，便告诫子息："汝等年各成长，冠娶已毕，修惜衡泌，吾复何忧。但愿守全所志，以保令终耳"，实乃源于自身之经历而对后代的谆谆告诫，言之切，语之诚，实在是因之固然。

第三节　魏晋南北朝家族隐逸文学的地位

魏晋南北朝是门阀制度高度发达的时期，种种政治、经济、文化、军事现象都与此有密切关系，文学创作自然也会打上深深的门阀制度的烙印，家族文学、文化现象特别发达，自然地，隐逸文学的创作也不能置身度外，也必然与这一时代特征密切关联。家族隐逸文学属于这一时期隐逸文学大河中的一条支流，只有把它放到整个创作大背景下去分析，才能更清楚地认识家族隐逸文学的地位。

一、家族隐逸文学在隐逸文学中的地位

这一时期是隐逸文学的繁盛时期，同时，也是门阀制度高度发达的时期，如此背景下，家族隐逸文学的出现就显得较为引人注目。隐逸文学向以抒发个人的隐逸情怀，或表达对隐逸的态度，对隐逸人物、事迹进行评论为目的，一般来说，这与提倡家族伦理亲情的思想是相悖的，但有不少隐逸文学作品是写给家族成员的，在这些作品中，有的剖析自己的隐逸动机，描写自己对隐逸的感受，有的在抒发隐逸情怀之时，兼及对家族亲情的抚慰或对同辈的劝解、对后辈的告诫，耳提面命，真情弥漫，千载而下，依然让人能真切感受他们的存在。

隐逸文学作品中，固然有不少无病呻吟为文而造情，隐逸只是他们获

---

① 《全宋文》，第 2597 页。

取通达仕途的终南捷径。然而，魏晋南北朝时期，士人思想通脱，多率性之举。故而，多数作品毋须刻意掩饰他们的真性情，这在家族隐逸文学作品中的表现尤其明显。

稍早的东汉时，家族隐逸文学的这一特点，就已有表现，如冯衍的创作。"冯衍字敬通，京兆杜陵人也。祖野王，元帝时为大鸿胪。衍幼有奇才，年九岁，能诵《诗》，至二十而博通群书。王莽时，诸公多荐举之者，衍辞不肯仕。"[①]两汉之交，政争纷纭，干戈日寻，明枪暗箭随时会从某个角落射来，如此环境下，冯衍自会有退避之思。仕途之外，冯衍的家庭生活也是不幸的，"衍娶北地任氏女为妻，悍忌，不得畜媵妾，兒女常自操井臼，老竟逐之，遂坎壈于时。"[②]一般来说，中国古人多秉持家丑不可外扬的规则，不会在公开场合言说自己家庭的是非，尤其不会诉说自己在家中遭到妻子的"家暴"。中国古代是一个男权社会，讲究夫为妻纲，女子是丈夫的依附物，尤其是在汉代，《女诫》《列女传》等宣扬女子柔弱、贞顺思想的文章纷纷出现，大肆宣扬之。在这种背景下，冯衍却在晚年，即约汉光武帝建武中元二年(57)，写出了让人震惊的《与妇弟任武达书》[③]：

天地之性，人有喜怒，夫妇之道，义有离合。先圣之礼，士有妻妾，虽宗之眇微，尚欲逾制。年衰岁暮，恨入黄泉，遭遇嫉妒，家道崩坏，五子之母，足尚在门。五年已来，日甚岁剧，以白为黑，以非为是，造作端末，妄生首尾，无罪无辜，谗口嗷嗷。乱匪降天，生自妇人。青蝇之心，不重破国，嫉妒之情，不惮丧身。牝鸡之晨，维家之索，古之大患，今始于衍。醉饱过差，辄为桀、纣，房中调戏，布散海外，张目抵掌，以有为无。痛彻苍天，毒流五脏，愁令人不赖生，忿令人不顾祸。入门着床，继嗣不育，纺绩织纴，了无女工，家贫无僮，贱为匹夫，故旧见之，莫不凄怆，曾无悯惜之恩。唯一婢，武达所见，头无钗泽，面无脂粉，形骸不蔽，手足抱土。不原其穷，不揆其情，跳梁大叫，呼若入冥，贩糖之妾，不忍其态。计妇当去久矣，念儿曹小，家无它使，哀怜姜、豹，常为奴婢。恻恻焦心，事事腐肠，詾詾籍籍，不可听闻。暴虐此婢，不死如发，半年之间，脓血横流。婢病之后，姜竟舂炊，豹又触冒泥涂，心为怆然。缣谷放散，冬衣不补，端坐化乱，一缕不贯。既无妇道，又无母仪，忿见

① 《后汉书》卷二十八，第644页。
② 《后汉书》卷二十八，第673页。
③ 《秦汉文学编年史》，第382页。

侵犯，恨见狼籍，依倚郑令，如居天上。持质相劫，词语百车，剑戟在门，何暇有让？百弩环舍，何可强复？举宗达人解说，词如循环，口如布谷，县幡竟天，击鼓动地，心不为恶，身不为摇。宜详居错，且自为计，无以上书告诉相恐。狗吠不惊，自信其情。不去此妇，则家不宁；不去此妇，则家不清；不去此妇，则福不生；不去此妇，则事不成。自恨以华盛时不早自定，至于垂白家贫，身贱之日，养痈长疽，自生祸殃。衍以室家纷然之故，捐弃衣冠，侧身山野，绝交游之路，杜仕宦之门，阖门不出，心专耕耘，以求衣食，何敢有功名之路哉！[①]

冯衍在文中表达了自己遭"家暴"后的愤慨及无奈，也流露出强烈的弃绝功名、归隐农野的愿望，这种思想确实新人耳目，展示出那时仕宦之人私人生活中不为人所熟悉的一面，这与公开场合指点江山，挥斥方遒，谈笑间樯橹灰飞烟灭的凌云豪气形成极大反差。然而，我们认为，形象的如此一面的显现，才使人成其立体的人，成为没有被刻意包装过的活生生的人。

陶渊明乃隐逸诗人之宗，一般言之，他乐天知命，"性本爱丘山"，似为一置身山野田园之隐居高人。后世谈到他，也多把他与隐士等同。然而，陶渊明的内心真的平和吗？朱自清先生认为陶渊明本有二元人格，"本来《宋书》本传已说他'耻复屈身异代'等等。经了真德秀诸人重为品题，加上汤汉的注本，渊明的二元的人格才确立了。"[②]鲁迅先生也曾指出："自己放出眼光看过较多地作品，就知道历来的伟大作者，是没有一个'浑身是静穆'的。陶潜正因为并非'浑身是静穆，所以他伟大'。现在之所以往往被尊为'静穆'是因为他被选文家和摘句家所缩小，凌迟了。"[③]若是只看到陶渊明《归园田居》类的作品，我们就会觉得陶渊明是一个置身事外，全然归隐之士。事实上，这是一种偏见，完全考察陶渊明的作品后，就可以对陶渊明的思想有一个更为准确的理解。当然，陶渊明的真实思想状况，在他的家族隐逸文学作品中，有着更为直接、更为准确的体现，如其《悲从弟仲德诗》：

衔哀过旧宅，悲泪应心零。借问为谁悲，怀人在九冥。礼服名群从，恩爱若同生。门前执手时，何意尔先倾。在数竟不免，为山不及

---

① 《全后汉文》，第582页。

② 《陶渊明研究资料汇编》上册引朱自清《陶诗的深度》，中华书局1962年版，第288页。

③ 《鲁迅全集》第六卷之《题未定草》之七，第444页。

> 成。慈母沉哀疚，二胤才数龄。双位委空馆，朝夕无哭声。流尘集虚坐，宿草旅前庭。阶除旷游迹，园林独馀情。翳然乘化去，终天不复形。迟迟将回步，恻恻悲襟盈。[①]

诗歌一方面饱含浓浓的亲情，看得出家族观念在陶渊明心中的重要地位。另一方面，诗歌也有着功业未竟的遗憾，“在数竟不免，为山不及成”句，明显看得出，陶渊明对从弟功名未建而早早离世的无尽叹惋。这其实也是陶渊明内心一直潜藏着的一个愿望：建立盖世功业，恢复家族的赫赫声威。尽管东晋末年的社会环境，陶渊明家族的客观实际都不太可能成就他的这一理想，但这一理想却一刻不曾消失，在面对血浓于水的同宗亲人时，陶渊明毫无遮拦地表露了自己的这一渴望。其实，这正是陶渊明内心的真实情感。当然，这首诗的最后，陶渊明也表达了他一以贯之的委运任化思想。

二、家族隐逸文学在家族文学中的地位

家族隐逸文学固然属于隐逸文学的一分支，然而，它也属于家族文学高山中的一条支脉，因故，它也有着家族文学的一些共性。当然，它又有别于一般的家族文学，在家族文学的广阔天幕中，它并不会泯然众星之中。家族文学一般是家族成员间交通往来，这一特定前提下创作的作品，当然，也包括遗令、遗训、家训等让家族更健康发展，能够维护家族声誉，延续家族利益的作品。家族文学是家族文化的重要组成部分，在维系家族团结，促进家族成员形成积极、乐观向上的生活方面，起着不可替代的作用，某种程度上来说，是大家心灵的皈依。我们熟知的《世说新语・言语》记载的一则故事：

> 谢太傅寒雪日内集，与儿女讲论文义。俄而雪骤，公欣然曰：“白雪纷纷何所似？”兄子胡儿曰：“撒盐空中差可拟。”兄女曰：“未若柳絮因风起。”公大笑乐……[②]

此则史料我们固然可以认为，是颂扬谢道韫的文学才华的。但我们试着还原当时的场景，就会发现，家族成员其乐融融，氛围和谐，正自由地进

---

① 《陶渊明集笺注》，第 175 页。
② 《世说新语笺疏》，第 155 页。

行着文艺创作,“公大笑乐”,极富感染力。家族成员也就在类似的文学活动中,一方面提高了自身的文化修养,另一方面,他们之间的关系也愈发亲密起来,家族敦睦,善莫大焉。家族文学的内容无所不包,举凡与家族利益有关的政治、经济、军事、文化等事件,皆可奔入笔端。当然,家族文学更多叙写家族亲情、友情,有时不厌其烦,不避巨细。但是,不管论及何种内容,总是披肝沥胆,态度极真诚、恳切,情感当然也总是不加掩饰的,绝少无病呻吟,为文而造情的东西。就语言来说,因了情感的真实,它一般排斥佶屈聱牙,晦涩难解,而偏好质朴平易。家族隐逸文学总体言之,也是态度真诚、情感真挚,语言也较为平易浅近,这些都是它们的共性。然而,一般而言,家族隐逸文学所关注的多是超越世俗的主题,语言较为清新,其风格既有凝重、真切的一面,也有飘逸的一面。以下举例分析之。

汉末赵岐的家族隐逸文学创作就已如此。建安六年(201),其“年三十余”,“有重疾,卧蓐七年,自虑奄忽,”[①]乃为遗令敕兄子曰:“大丈夫生世,遁无箕山之操,仕无伊、吕之勋,天不我与,复何言哉!可立一员石于吾墓前,刻之曰:‘汉有逸人,姓赵名嘉。有志无时,命也奈何!’”[②]

《遗令》语言质朴自然,流畅清浅,流露出对造化弄人、命运多蹇的无奈。当然,其中也有汉末名士特有的洒脱与旷达。南朝谢朓于建武三年(496),33岁之时[③],作有《移病还园示亲属诗》:

> 疲策倦人世,敛性就幽蓬。停琴伫凉月,灭烛听归鸿。凉薰乘暮晰,秋华临夜空。叶低知露密,崖断识云重。折荷葺寒袂,开镜眄衰容。海暮腾清气,河关秘栖冲。烟衡时未歇,芝兰去相从。[④]

诗人因病告假回乡,首句却说自己因为“疲”于人世应对而离官,做官虽是尊荣富贵,但遭逢祸乱时必然栖栖遑遑。次句写“还园”隐居,“敛性”二字承上启下,由“人世”官场转到“幽蓬”家园,生活环境和自己的地位都变了,原来为追逐名利而俯仰官场的贪欲邪念,此刻也随之而收敛,以适应“幽蓬”新环境。前句“倦”字以示无意于“人世”。下句之“就”,紧承“倦”字,点示“幽蓬”对诗人的无限吸引力。一“倦”一“就”,诗人厌恶“人世”,向往“幽蓬”之情表露无遗。谭元春评该诗云:“‘疲策倦人世’:‘疲策’字新。

---

① 《后汉书》卷六十四,第1434页。
② 《全后汉文》,第814页。
③ 《南北朝文学编年史》,第321页。
④ 《先秦汉魏晋南北朝诗》,第1434页。

‘敛性就幽蓬’：五字渊然静者之言，下无数幽秀，皆从此出。‘折荷葺寒袂’：森细滴沥，便是移病还园矣，下句明说反减。‘开镜眄衰容。海暮腾清气，河关秘栖冲’：奥。‘烟衡时未歇’：同一未歇，落韵即妙，如此即庸常矣。”评曰：“‘凉薰’二句，六朝语之倩者，‘乘暮’字、‘空’字佳。‘叶低’二句隽。”[①]方东树曰：“此诗甚平，但句法清新而已。‘凉薰乘暮晣’，‘晣’读如‘明星晢晢’之‘晢’，言当晚暮而仍见秋花，月下如空也。此二句写月光实妙。通身写园中景，而栖冲不脱疾。”[②]谢朓本来就主张“好诗圆美流转如弹丸”，其诗歌也同样清新流美。此诗一方面写景如画，情感剖析历历如在眼前，这是一般家族文学惯常的情感特征，但因诗所写之景的清新如洗，用语之清浅流美，因之，诗歌也少了凝重的色彩，而多了飘逸的特质。

家族隐逸文学使家族文学的色彩更为斑斓，使家族文学的格调于凝重之上多了一丝轻灵，这抹清淡的色调对促进家族文学风格的多样化，无疑是有裨益的。

---

① 《采菽堂古诗选》，第 656 页。

② （清）方东树《昭昧詹言》，人民文学出版社 1962 年版，第 200 页。

下编

隐逸文学在魏晋南北朝特别发达，是这一时期为人瞩目的文学现象。而这种独特的现象在这一时期的各个不同的发展阶段，又各有自己的特点。这种特点一方面与文学自身发展的进程息息相关；同时，也与不同时期的社会思潮、哲学思潮，具体而言，与这一时期流行的玄学、道教、佛教思想的影响有关。为了突出每个阶段独具特色的隐逸现象及隐逸文学创作，本书下编拟以点带面，以一个时期隐逸文学创作的主要特点或主要作家为中心，整体统摄该时期隐逸文学创作的全貌。

第一章　汉末、建安隐逸文学创作之低迷及原因

就隐逸文学的发展历史考察，汉末、建安时期，有它独特的特点。这种独特主要表现在：这一时期正值社会动荡，隐逸思潮较为盛行，汉末尤其如此。然而，与之相关的隐逸文学创作却并不兴盛，其中的原因何在？汉末、建安时期隐逸文学创作的情况到底怎样？各有何特点？两个时期隐逸文学创作又有哪些变化？这些是本章讨论的重点。

第一节　时代隐逸思潮与文学创作的不对称

一般而言，社会动荡易于产生隐逸行为，从而产生隐逸文学。秦末汉初的动乱，产生了商山四皓、张良等隐逸色彩浓厚的人物；两汉之交的动乱，"汉室中微，王莽篡位，士之蕴藉义愤甚矣。是时裂冠毁冕，相携持而去之者，盖不可胜数。"[①]出现了如梅福、龚胜、严光等著名隐士。汉末，随着社会动荡的加剧，隐逸之士大量出现，隐逸思潮也随之开始兴盛起来。

隐逸文学创作与时代思潮息息相关，一般言之，隐逸思潮的兴盛必然会促使隐逸文学创作的兴盛，如东晋隐逸思潮的勃兴，就带来了隐逸文学创作的繁荣，出现了"古今隐逸诗人之宗"的陶渊明。然而，汉末、建安时期的情况却并非如此，隐逸思潮的兴盛与隐逸文学创作的低迷同时并存，这种现象确是令人费解。

一、汉末：隐逸思潮之兴盛与隐逸文学创作之低迷

1. 汉末的社会现实及隐逸思潮

汉末安帝到灵帝，皇帝大都幼年继位，外戚和宦官交替专权，政治异常黑暗。其实，"汉自中世以下，阉竖擅恣，故俗遂以遁身矫洁放言为高。士

① 《后汉书·逸民列传》，第1862页。

有不谈此者，则芸夫牧竖已叫呼（李贤注：“叫呼，讥笑之也。”）之矣。故时政弥惛，而其风愈往。”[①]也就是说，自东汉中叶以后，士人之隐逸逐渐成为一种风尚，以致与隐逸无涉者会被讥笑。这种情况虽说出现在东汉中叶以后，但因汉末社会动荡更剧，政治尤为黑暗，这种状况也更为突出。《后汉书·逸民列传》就认为，自肃宗以后，“帝德稍衰，邪孽当朝，处子耿介，羞与卿相等列，至乃抗愤而不顾，多失其中行焉。盖录其绝尘不反……”[②]显然，汉末，因政局的污浊，大批士人选择了不与统治者合作，或干脆在野的道路。《后汉书·郭泰传》载郭泰回答友人的劝仕时说：“吾夜观乾象，昼察人事，天之所废，不可支也。”[③]遂不入仕途。袁宏《三国名臣颂》云：“夫时方颠沛，则显不如隐；万物思治，则默不如语。”[④]所描述的虽是三国时的社会状态，但汉末也同样如此。《世说新语·言语篇》记载：“南郡庞士元闻司马德操在颍川，故二千里候之。至，遇德操采桑，士元从车中谓曰：‘吾闻丈夫处世，当带金佩紫，焉有屈洪流之量，而执丝妇之事。’德操曰：‘子且下车，子适知邪径之速，不虑失道之迷。昔伯成耦耕，不慕诸侯之荣；原宪桑枢，不易有官之宅。何有坐则华屋，行则肥马，侍女数十，然后为奇？此乃许、父所以慷慨，夷、齐所以长叹。虽有窃秦之爵，千驷之富，不足贵也！’……”刘注引司马徽《别传》曰：“徽字德操，颍川阳翟人。有人伦鉴识，居荆州。知刘表性暗，必害善人，乃括囊不谈议时人。有以人物问徽者，初不辨其高下，每辄言佳。其妇谏曰：‘人质所疑，君宜辨论，而一皆言佳，岂人所以咨君之意乎？’徽曰：‘如君所言，亦复佳。’其婉约逊遁如此。”[⑤]郭泰、司马德操是汉末有隐逸倾向者的典型。

在野士人的人生选择不外三条道路：一是人在江湖而心存魏阙，利用清议的力量向权贵挑战，如李膺、陈藩诸人。

这类在野的士人因不愿与污浊的宦官、外戚同流，遂发起了规模浩大的清议活动，“自公卿以下，莫不畏其贬议，屣履到门。”[⑥]活动因危及到统治者的利益，遭到残酷镇压，先后发生了两次党锢之祸。一时血雨腥风，社会弥漫着恐怖的氛围。于是，不少士人，“或隐居以求其志，或回避以全其道，或静已以镇其躁，或去危以图其安，或垢俗以动其概，或疵物以激其

---

① 《后汉书·荀韩钟陈列传》，第1398页。
② 《后汉书·逸民列传》，第1862页。
③ 《后汉书·郭泰传》，第1503页。
④ 《全晋文·袁宏〈三国名臣颂〉》，第1786页。
⑤ 《世说新语笺疏·言语》，第79—81页。
⑥ 《后汉书·党锢列传》，第1477页。

清。”[①]开始了自己的避世生涯，这无疑更促使隐逸之风的兴盛。当然，范晔指出的隐逸条件，未必都是针对汉末而言，然而，在汉末，士人隐逸的因素却几乎都可以找到。

这些被打压的士人，因以天下为己任，密切关注国家安危，自然与隐逸无涉。然而，就其作为一种在野的社会力量来说，身份上又与隐逸有共同之处。范晔在《后汉书》中，归纳东汉隐逸现象产生的原因时，其中的两种“或垢俗以动其概，或疵物以激其清”隐逸因素，其实与清流之士的行为方式如出一辙。故而，我们认为，汉末的清流之士在他们较少干预政治时，过的基本就是一种隐居生活，这从他们的文学创作中也可以反映出来。

我们知道，汉末经学的学风发生了很大的转变，注经的方式更倾向于通脱、圆融，这固然是对古文经学皓首穷经注解方式的反动，但另一方面，这种注经方式也为才华横溢的士人提供了一条“隐居以求其志”的道路。当然，这种学风的自由、通脱，也会启发士人阶层思索自己积极仕进道路的正确性。结果，他们发现，除晋身仕途之外，士人完全可以以学术为己任，而非一定走事功的路子。于是，以保存文化为己任的在野士人日渐增多。这种经由立言的方式，使声名自传于后的隐逸者，以郑玄、法真为代表，这是社会在野力量的第二条道路。

这类正宗的儒生，在天下大乱之时，以保存儒家经典为己任，纷纷退避林薮，著书立说，聚众讲学，“昔王莽、更始之际，天下散乱，礼乐分崩，典文残落。及光武中兴，爱好经术，未及下车，而先访儒雅，采求阙文，补缀漏逸。先是四方学士多怀协图书，遁逃林薮。”[②]正反映天下大乱，人命危卵之时不少士人的选择，除郑玄、法真外，尚有为数众多的儒者走上了依此为目的而隐逸的道路，如任安。任安，“字定祖，广汉绵竹人也。少游太学，受《孟氏易》，兼通数经。又从同郡杨厚学图谶，究极其术。时人称曰：‘欲知仲桓问任安。’又曰：‘居今行古任定祖。’学终，还家教授，诸生自远而至。初仕州郡。后太尉再辟，除博士，公车征，皆称疾不就。”[③]

何休，“为人质朴讷口，而雅有心思，精研《六经》，世儒无及者。以列卿子诏拜郎中，非其好也，辞疾而去。不仕州郡。进退必以礼。太傅陈蕃辟之，与参政事。蕃败，休坐废锢，乃作《春秋公羊解诂》，覃思不窥门，十有七年。又注训《孝经》《论语》、风角七分，皆经纬典谟，不与守文同说。……”[④]

---

① 《后汉书·逸民列传》，第1861页。
② 《后汉书·儒林列传上》，第1717页。
③ 《后汉书·儒林列传上》，第1721页。
④ 《后汉书·儒林列传下》，第1742—1743页。

颍容，“博学多通，善《春秋左氏》，师傅太尉杨赐。郡举孝廉，州辟，公车征，皆不就。初平中，避乱荆州，聚徒千余人。刘表以为武陵太守，不肯起。著《春秋左氏条例》五万余言，建安中卒。”①

这些隐居乡里不肯出仕，唯以传道授业解惑为能事之儒者，多为一时著名学者，且品行为人仰慕，其社会影响力自不可小觑，“若乃经生所处，不远万里之路，精庐暂建，赢粮动有千百，其耆名高义开门受徒者，编牒不下万人。”②这些士人的影响力主要表现在两个方面：(1)在野身份的示范效应，也就是说，即便不出仕，照样可以有所作为，可以实现兼济与独善的理想，这种影响主要指向退隐的一面；(2)就这种影响的进取面来说，这些退居乡里的儒者大都关注社会变化，且依靠门生鼓噪，而形成巨大影响力，有时朝廷也不得不侧目。这种影响与党人的清议力量就相当接近，单就此点来说，对他们不能以隐者目之。但因其巨大的影响及在野的身份，其积极参与社会，影响社会，及培养大批门生的一面被人津津乐道的同时，其在野的身份，其不肯出仕而愿终老乡间、林薮的生活本身也为时人关注，从而他们的行为带来两方面的影响。这种影响中的隐逸一面被人为地夸大之时，他们隐逸行为的影响就成为占主导地位的一面，从而对整个社会隐逸之风具有淈泥扬波之效。

还有一种，即所谓正统的隐士，纯以隐逸为目的，如汉阴父老、陈留老父、庞公等人。汉阴老父，“不知何许人也。桓帝延熹中，幸竟陵，过云梦，临沔水，百姓莫不观者，有老父独耕不辍。尚书郎南阳张温异之，使问曰：‘人皆来观，老父独不辍，何也？’老父笑而不对。温下道百步，自与言。老父曰：‘我野人耳，不达斯语。请问天下乱而立天子邪？理而立天子邪？立天子以父天下邪？役天下以奉天子邪？昔圣王宰世，茅茨采椽，而万人以宁。今子之君，劳人自纵，逸游无忌。吾为子羞之，子何忍欲人观之乎！’温大惭。问其姓名，不告而去。”③

陈留老父，“不知何许人也。桓帝世，党锢事起，守外黄令陈留张升去官归乡里，道逢友人，共班草而言。升曰：‘吾闻赵杀鸣犊，仲尼临河而反；覆巢竭渊，龙凤逝而不至。今宦竖日乱，陷害忠良，贤人君子其去朝乎？夫德之不建，人之无援，将性命之不免，奈何？’因相抱而泣。老父趋而过之，植其杖，太息言曰：‘吁！二大夫何泣之悲也？夫龙不隐鳞，凤不藏羽，网罗

① 《后汉书·儒林列传下》，第1743页。

② 《后汉书·儒林列传下》，第1747页。

③ 《后汉书·逸民列传》，第1874页。

高县，去将安所？虽泣何及乎！'二人欲与之语，不顾而去，莫知所终。"①

庞公，"南郡襄阳人也。居岘山之南，未尝入城府。夫妻相敬如宾。荆州刺史刘表数延请，不能屈，乃就候之。谓曰：'夫保全一身，孰若保全天下乎？'庞公笑曰：'鸿鹄巢于高林之上，暮而得所栖；鼋鼍穴于深渊之下，夕而得所宿。夫趣舍行止，亦人之巢穴也。且各得其栖宿而已，天下非所保也。'因释耕于垄上，而妻子耘于前。表指而问曰：'先生苦居畎亩而不肯官禄，后世何以遗子孙乎？'庞公曰：'世人皆遗之以危，今独遗之以安。虽所遗不同，未为无所遗也。'表叹息而去。后遂携其妻子登鹿门山，因采药不反。"②

这些隐居之士品格醇厚，特立独行，有很强的社会洞察力，加之与皇帝或地方大员交接时让人侧目的表现，必然引起强烈的社会反响，使他们获得广泛的赞誉。榜样的力量无疑是巨大的，他们也成为时人倾慕的对象。显然，他们的行为对隐逸之风的兴盛也会起到重要的促进作用。一时隐者众多，成为一种必须重视的力量，如建安十五年(200)春，曹操发布的《求贤令》，就表达了对隐者的尊崇与渴求。

2. 士人的退避之思及其隐逸文学创作

汉末的社会现实，导致隐逸思潮的兴盛，这种思潮无疑对士人、文士产生巨大的影响，以致不少文士有较强的隐逸之思，这种隐逸思想与作家的初始性格相结合，对文学创作自然也会产生影响。张衡就是其中的代表，其《归田赋》中对田园生活的美化，对"将回驾乎蓬庐。弹五弦之妙指，咏周孔之图书。挥翰墨以奋藻，陈三皇之轨模，苟纵心于物外，安知荣辱之所如"愿望的渴求，都显示了内心的隐逸之思。

蔡邕是汉末大儒，其文学创作荦荦可观，碑文更是历来受人激赏，"自后汉以来，碑碣云起。才锋所断，莫高蔡邕。观《杨赐》之碑，骨鲠训典，《陈》《郭》二文，词无择言。《周》《胡》众碑，莫非清允。其叙事也该而要，其缀采也雅而泽；清词转而不穷，巧义出而卓立；察其为才，自然而至矣。孔融所创，有慕伯喈。"③此论蔡邕碑文之成就及影响，固然侧重文采，但其为清高、有着在野经历的党人作传，也无疑是其碑文得以声名大振的原因之一。蔡邕，"六世祖勋，好黄老，……叹曰：'吾策名汉室，死归其正。昔曾子不受季孙之赐，况可事二姓哉？'遂携将家属，逃入深山，与鲍宣、卓茂等同

① 《后汉书·逸民列传》，第1874—1475页。

② 《后汉书·逸民列传》，第1875页。

③ (南朝梁)刘勰著，詹锳义证《文心雕龙义证·诔碑》，上海世纪出版有限公司、上海古籍出版社1989年版，第450页。

不仕新室。”[①]此论蔡邕家风即有骨鲠个性，且为了儒家道统的保存而隐居。蔡邕，“少博学，……闲居玩古，不交当世。”[②]蔡邕初始性格中即有退避不竞成分，在汉末的社会现实及隐逸思潮的影响下，其隐逸之思也发酵起来，光和二年(179)47岁，[③]“亡命江海，远迹吴会，往来依太山羊氏，积十二年[④]，在吴。”[⑤]“中平六年，灵帝崩，董卓为司空，闻邕名高，辟之。称疾不就。卓大怒，詈曰：‘我力能族人，蔡邕遂偃蹇者，不旋踵矣。’又切敕州郡举邕诣府，邕不得已，到，署祭酒……”[⑥]浪迹江湖期间所作《九惟文》，备述生活的艰辛：[⑦]

> 八惟困乏，忧心殷殷。天之生我，星宿值贫。六极之厄，独遭斯勤。居处浮漂，无以自存。冬日栗栗。上下同云。无衣无褐，何以自温。六月徂暑，炎赫来臻。无絺无绤，何以蔽身？无食不饱，永离欢欣。[⑧]

如此状态下，蔡邕依然不改初衷，不肯进入堂皇魏阙，其隐逸之心态可见一斑。以文人名世的侯瑾，“字子瑜，敦煌人也。少孤贫，依宗人居。性笃学，恒佣作为资，暮还辄然柴以读书。常以礼自牧，独处一房，如对严宾焉。州郡累召，公车有道征，并称疾不到。作《矫世论》以讥切当时，而徙入山中，覃思著述。以莫知于世，故作《应宾难》以自寄。又案《汉记》撰中兴以后行事，为《皇德传》三十篇，行于世。余所作杂文数十篇，多亡失。河西人敬其才而不敢名之，皆称为侯君云。”[⑨]此外，祢衡也是汉末一位较多隐逸作品者，从其被时人称为“祢处士”(“处士者，隐居放言也”)的情况来看，[⑩]祢衡应有隐逸经历，而史书上只记载，“兴平中，避难荆州。建安初，来游许下。始达颍川，乃阴怀一刺，既而无所之适，至于刺字漫灭。”[⑪]此

---

① 《后汉书·蔡邕传》，第1337页。
② 《后汉书·蔡邕传》，第1338页。
③ (东汉)蔡邕著，邓安生校注《蔡邕集编年校注》，河北教育出版社2002年版，第607页。
④ 《三国志·董卓传》注引张璠《汉纪》作“十年”，第180页。
⑤ 《后汉书·蔡邕传》，第1354页。
⑥ 《后汉书·蔡邕传》，第1355页。
⑦ 《蔡邕集编年校注·蔡邕年谱》光和二年(179)，第610页；《蔡邕集编年校注》：“据文意，亦当光和二年后亡命江海时所作”，第303页。
⑧ 《全后汉文》，第855页。
⑨ 《后汉书·文苑传》，第1788页。
⑩ 该称呼见于孔融《荐祢衡表》、祢衡《鹦鹉赋》；此处“处士”的注解见于《文选·鹦鹉赋》李善注。
⑪ 《后汉书·文苑传·祢衡传》，第1790页。

后，祢衡便因孔融的推荐而进入曹操集团，再后投刘表、黄祖，直至被杀。看来，祢衡的“处士”身份，即隐逸经历，是在荆州避难时留下的。祢衡的这一隐逸个性一直伴随终生。建安三年(198)，作《鹦鹉赋》[①]，赋中托鹦鹉微禽以寄意：“顺笼槛以俯仰，窥户牖以踟蹰。想昆山之高岳，思邓林之扶疏。顾六翮之残毁，虽奋迅其焉如。心怀归而弗果，徒怨毒于一隅。”[②]祢衡对自己不慎进入仕途，非常懊悔，他最向往的还是“昆山高岳”“邓林扶疏”。此外，祢衡有《书》：“训夷、皓之风。”[③]对伯夷、商山四皓顶礼膜拜。又有《颜子碑》：

> 禀天地之纯和，锺岳渎之休灵，睿哲之姿，诞自初育，英绝之才，显乎婴孩。在束修之齿，入宣尼之室，德行迈于三千，仁风横于万国。知微知章，闻一觉十。用行舍藏，与圣合契。名为四友之冠，实尽疏附之益。尔乃安陋巷，挹清风，甘箪瓢以充饥，虽屡空而不忧。于时河不出图，周祚未讫，仲尼无舜、禹之功，先生抱元凯之烈。乃刊玄石而旌之，(此句从《文选·褚渊碑》注、《头陀寺碑》注补。——笔者注)其辞曰：
>
> 亚圣德，蹈高踪。游洙泗，肃礼容。备懿体，心弥冲。秀不实，振芳风。配圣馈，图辟雍。纪德行，昭罔穷。[④]

碑文中，对颜回“安陋巷，挹清风，甘箪瓢以充饥，虽屡空而不忧”的隐逸行为推崇备至。祢衡推崇的颜回的品行正与自身的行为、心态相一致，可认为是祢衡自我情愫的表露。

3. 隐逸文学创作低迷的原因

汉末隐逸之风较为兴盛，但其隐逸文学创作并不兴盛，上举祢衡隐逸作品，乃《后汉书·文苑传》中的孤例。跳出《后汉书·文苑传》中的记载，我们考察严可均《全后汉文》、逯钦立《汉诗》中所列汉末作家，发现有较多隐逸作品者，除蔡邕外，基本无人。零星作品仅有如赵岐作于建安六年(201)的《遗令敕兄子》、仲长统不明作年的《见志诗》二首、陈蕃于桓帝延熹二年(159)所作《荐徐稚等疏》[⑤]、高彪灵帝光和七年中平元年(184)作的

---

① 《中古文学系年》，第332页。
② 《全后汉文》，第942页。
③ 《全后汉文》，第942页。
④ 《全后汉文》，第942页。
⑤ 《秦汉文学编年史》，第527页。

《清诫》[①]、荀爽桓帝延熹十年永康元年十二月(167)所作《贻李膺书》[②]、建安年间荀彧《田畴让官议》、郭泰《答友劝仕进者》、徐稚《与郭林宗书》、无名氏桓帝元嘉元年七月(151)《从事武梁碑》、灵帝熹平三年正月(174)《玄儒先生娄寿碑》[③]等。

不可否认的事实是,这一时期隐逸文学创作并不发达,较之于魏晋、南朝大为逊色,而与同时期隐逸思潮的高涨也适成鲜明的对比。这一反常的现象该如何理解呢?我们认为,原因如下:

A. 隐者身份与文士身份的疏离。我们知道魏晋之后很多隐者如陶渊明、王维、孟浩然等人的隐者身份与文学之士的身份是统一的,这些隐者主要以文学之士的身份著称,因故他们的文学创作蔚为大观,但因其隐逸的身份及心态,某一时期多数作品都带上浓厚的隐逸色彩,他们隐逸文学作品数量众多也就在情理中了。而汉末的情况却非如此。我们上面说过,列在《后汉书·文苑传》中而又较多隐逸作品的只有祢衡一人,而严格意义上,祢衡的不少隐逸作品的创作时间已在建安年间,如《鹦鹉赋》就作于建安三年(198),而建安时期虽从历史年代的归属上看,属于汉末,但在政治史,尤其是文学史的划分来看,几无例外地归于魏晋文学的范畴。蔡邕也有较多隐逸作品,但在汉末蔡邕并不以文士著称,而是以大儒、史家身份为时人推崇的。董卓之严征蔡邕看重的是其儒家大儒的高名,蔡邕为司徒王允所杀后,大儒郑玄闻而叹曰:"汉世之事,谁与正之!"[④]看中的是其史家的才能。后世为人所重视之文采,尤其是碑文成就,在当时似未为人侧目,这在《后汉书·蔡邕传》的记载中可见端倪。至于赵岐、荀爽更是以儒家的身份名世。赵岐在《后汉书》中与大儒吴祐、延笃、史弼、卢同传,其《孟子章句》流转后世,一直是孟子注释史上不可忽视的经典。荀爽《隋书·经籍志》记载其《周易》十卷、《周易荀爽九家注》十卷;《后汉书》载有《尚书正经》《诗传》《论语》等儒家经典注释。荀爽在易学发展史上具有举足轻重的地位,关于汉代易学之变迁,清代唐晏有段话概括得比较明晰:

> 汉兴易学,开自田何。何盖齐人也。施、孟、梁丘皆传此派,……若鲁学则费氏易、孔氏书、申公诗、春秋、高堂生礼,尚不失孔氏之故。顾费易则不立学官……昔刘向以中古文《易经》校施、孟、梁丘经,或脱

① 《秦汉文学编年史》,第 590 页。
② 《秦汉文学编年史》,第 550 页。
③ 无名氏碑文之作年分别见《全后汉文》,第 1004、1026 页。
④ 《后汉书·蔡邕传》,第 1356 页。

> 去“无咎”“悔亡”，唯费氏易与古文同，以此见鲁学之足重。而且费氏但以十翼解经，此必亦孔门之旧法。顾当时不立于学官，至东汉遭郑、贾始大行，而荀氏为集大成。①

《后汉书》卷六十二《荀爽传》记载：“（荀爽）后遭党锢，隐于海上，又南遁汉滨，积十余年，以著述为事，遂称为硕儒。”荀爽有过长时期的隐居经历，且“南遁汉滨”，而当时的汉滨正是荆州学派的集中地，刘表、宋忠一批儒者在进行着革新儒家经典的工作，荀爽自不可独身其外，而是“著述为事，遂称为硕儒”。显示其所著述当为儒家经典，不然不可能说在这些著述之后，荀爽即以硕儒名世。

陈蕃、郭泰、徐稚等以党人身份为时人称道，而荀彧更是曹操最为重要的谋士，其所作《田畴让官议》曰：

> 君子之道，或出或处，期于为善而已。故匹夫守志，圣人各因而成之。钟繇以为原思辞粟，仲尼不与，子路拒牛，谓之止善，虽可以激清励浊，犹不足多也。畴虽不合大义，有益推让之风，宜如世子议。②

此论田畴之让官，着眼点依然在于政治方面，认为田畴之行为“有益推让之风”，对社会风气的好转，对政治施治大有裨益。

而《后汉书·逸民列传》记载的隐士，也少以文采为人称赏者。汉阴老父、陈留老父、庞公等人皆以特立独行，不慕权势，或对社会有敏锐的洞察力而声名远播。《后汉书》的记载无一字提及其文采如何，甚至连其有无创作也无从得知。

综上，汉末隐逸作家之文士之身份与隐者是疏离的，这些作者并不以文学之士闻名，而那些正宗的隐士却又不曾或不善于创作。这种身份的疏离，必然造成隐逸文学创作之不甚兴盛。

B. 儒家进取精神的影响。我们知道，对于个人的参与社会，儒家固守两种原则：达则兼济天下，穷则独善其身。汉末的动乱虽使第一种具有外向进取意义的精神有所减弱，然，汉代是儒家大一统精神确立的时代，自武

---

① （清）唐晏《两汉三国学案》，中华书局 1982 年版，第 52—53 页。

② 《全后汉文》，第 844 页。笔者按：查《三国志·田畴传》注引《魏书》：“载荀彧议，以为：‘君子之道，或出或处，期于为善而已。故匹夫守志，圣人各因而成之。’钟繇以为：‘原思辞粟，仲尼不与，子路拒牛，谓之止善，虽可以激清励浊，犹不足多也。畴虽不合大义，有益推让之风，宜如世子议’”。疑文出荀彧、钟繇二人，而非独出荀彧一人，夫如是，则严氏摘录有误。

帝“罢黜百家、独尊儒术”以来，儒家意识形态牢牢占据思想领域的统治地位，而没有随着今古文经学之争的深入而退出历史舞台。儒家虽也谈“穷则独善其身”，但我们知道，其实这是一种无奈的选择，就儒家的主导面来说，依然希望“达则兼济天下”，以赢得生前身后名，《左传・襄公二十四年》谓：“豹闻之，‘太上有立德，其次有立功，其次有立言’，虽久不废，此之谓三不朽。”“三不朽”之说，一直牢固地确立在历代儒生乃至中国人的心头。汉末的党人在社会如此动乱的时候，也没有选择退避，而是以一种在野的身份，利用清议的力量，或选择与朝中正义力量合作，奋起抗争。我们在前面谈到汉末的隐逸思潮时就说过，隐逸思潮的示范主要来源于三种力量，正宗的隐士除外，一是人在江湖而心存魏阙，利用清议的力量向权贵挑战的党人，二是以保存文化为己任的乡里大儒。同时，我们还谈到这两种力量的影响具有双面性，当其进取的一面，对社会进程积极参与的一面占据主导时，这种影响就更多体现在“兼济”方面，而且究实质来说，这种影响也确实占据主导地位，以致我们一提到汉末的党人、汉末动辄上万门生的大儒时，我们的主要印象仍然为他们是积极参与社会，与宦官、外戚集团斗争的中流砥柱，而非其隐者品格，这是当时占统治地位的儒学思想影响的必然结果。在这种思潮的作用下，具有隐逸思想的士人多是待时而隐，他们的隐逸思想也主要是儒家的隐逸思想。这里又涉及到汉末隐逸思想的另一个重要问题——道家隐逸观向儒家隐逸观的转化。

我们知道，与儒家隐逸思想一样，老庄隐逸思想是中国隐逸思想的另一来源，先秦时期两者共同作用于士人的隐逸行为。汉初，这两种隐逸思潮大有合流的趋势。然而，到了东汉末年，这种情况发生了较大变化。

汉末的隐逸思潮，主要源于政局的恶化，社会的浑浊，士人的隐逸更多出于保全性命之考虑。而汉末的士人更深受儒家思想之沾溉，卫道色彩十分强烈。实质上，这批士人的隐逸，固然有保全性命的考虑，但他们也确有维护儒家道统的真诚愿望。李庸、陈蕃、郑玄、蔡邕、法真、张俭等人，既是当时儒家的代表人物，又有在野的隐者身份。他们的隐逸更多是一种权宜之计，所谓“穷则独善其身”，一旦机会适宜，他们还是要“兼济天下”的。我们看他们一次次抗争，是那么地刚正不阿，哪里有一点道家的影子！《后汉书・隐逸传》中记载的隐士，汉末之前的如严光、台佟、韩康、矫慎、马瑶等皆为道家隐逸的代表人物。而汉末的隐逸者，如法真，“为关西大儒。弟子自远方至者，陈留范冉等数百人。”[①]汉阴老父，“尚书郎南阳张温异之……

① 《后汉书・逸民列传》，第1873页。

老父曰‘……请问天下乱而立天子邪？理而立天子邪？立天子以父天下邪？役天下以奉天子邪？昔圣王宰世，茅茨采椽，而万人以宁……’”[1]《后汉书》卷五十三《申屠蟠传》记载，申屠蟠，“家贫，佣为漆工……”同郡大儒蔡邕“深重蟠，及被州辟，乃辞让之曰：‘申屠蟠禀气玄妙，性敏心通，丧亲尽礼，几于毁灭。至行美义，人所鲜能。安贫乐潜，味道守真，不为燥湿轻重，不为穷达易节……’后郡招为主薄，不行。遂隐居精学，博贯五经，兼明图纬。”[2]显然，这些人一方面是隐逸者，另一方面，他们的主导思想又是儒家的，故而，他们的隐逸也深受儒家隐逸观的支配。

这类人即便在待时而隐时，依然关注着社会的变化，不然他们也不会对社会有那么敏锐的洞察力。由于骨子里的参与意识，故而，他们要么不把创作当作人生的第一要务，而是把立德、立功作为主要追求的目标。即便不得不发出声音进行创作时，也多是对社会的针砭、批判或建言，而不是高唱隐逸的调子。

二、建安：隐逸文学创作之衰微

1. 昂扬奋发社会思潮下的隐逸之思

建安时期社会思潮的主流，无疑是昂扬进取。社会久经战乱，人命朝不保夕，一些雄才大略之士乘势而起，曹操、孙权、刘备、诸葛亮无疑是其中的杰出代表。即便那些政治、军事才能较为逊色者，也不甘寂寞，也欲在混乱的时局中施展抱负。如曹植，本是典型文人，这种气质决定了其政治、军事才能的底下，但曹植自己并不如此认为，他的最高理想在作于建安二十一年的《与杨德祖书》中有着清晰地表述：“犹庶几戮力上国，流惠下民，建永世之业，流金石之功，岂徒以翰墨为勋绩，辞赋为君子哉！”[3]建安七子中的不少文士亦是如此，如王粲、刘桢、应玚等人，与曹植同样，较少治国理政之才能，但都发出积极进取，为一匡天下而献身的声音。显然，这种声音是建安时期的主旋律。我们在承认建安时代的这种主旋律的同时，亦不可否认，汉末以来的隐逸思潮在此时并没有消失。相似的社会环境，相似的文化背景，决定了这一时期的隐逸思潮依然不绝如缕，甚至一度还较为兴盛。

汉末，社会的动荡使士人对儒家经世致用的教条，产生怀疑，他们开始重新审视生命的意义，审视的结果之一是，他们发现了人存在的本质意义：

---

① 《后汉书·逸民列传》，第 1874 页。

② 《后汉书·申屠蟠传》，第 1181 页。

③ （魏）曹植著，赵幼文校注《曹植集校注》，人民文学出版社 1984 年版，第 154 页。

退隐以存身，存真实的本我。这在具有独立精神的党人身上体现的最为明显，“桓、灵之世，若陈蕃之徒，咸能树立风声，抗论惛俗。而驱驰崄厄之中，与刑人腐夫同朝争衡，终取灭亡之祸者，彼非不能洁情志，违埃雾也。愍夫世士以离俗为高而人伦莫相恤也。以遁世为非义，故屡退而不去；以仁心为己任，虽道远而弥厉。及遭际会，协策窦武，自谓万世一遇也。懔懔乎伊、望之业矣！功虽不终，然其信义足以携持民心。汉世乱而不亡，百余年间，数公之力也。”[①]“孔子曰：‘性相近也，习相远也。’言嗜恶之本同，而迁染之涂异也。夫刻意则行不肆，牵物则其志流。是以圣人导人理性，裁抑宕佚，慎其所与，节其所偏，虽情品万区，质文异数，至于陶物振俗，其道一也。叔末浇讹，王道陵缺，而犹假仁以效己，凭义以济功。举中于理，则强梁褫气；片言违正，则厮台解情。盖前哲之遗尘，有足求者。”[②]对个体生命意义的重视及由此形成的退隐之风在魏晋南北朝愈演愈烈。建安前期，也是社会大分裂、大动荡的时期，其时士人出于自身的安全，部分更为敏感的士人出于个体生命意义的深刻认识，主动采取了退隐的行动。不仅如此，他们还屡次拒绝当权者的征辟，以终老山林为幸事。胡昭“辞袁绍之命，遁还乡里……乃转居陆浑山中，躬耕乐道，以经籍自娱。闾里敬而爱之。”[③]《三国志・田畴传》载：“畴得北归，……遂人徐无山中，营深险平敞地而居，躬耕以养父母。百姓归之，数年间至五千馀家。……又制为婚姻嫁娶之礼，兴举学校讲授之业，班行其众，众皆便之，至道不拾遗。北边翕然服其威信，乌丸、鲜卑并各遣译使致贡遗，畴悉抚纳，令不为寇。袁绍数遣使招命，又即授将军印，因安辑所统，畴皆拒不(当)【受】。绍死，其子尚又辟焉，畴终不行。”[④]不久，为助曹操平定天下，随曹操使者归顺之，“即举茂才，拜为蓨令，不之官，随军次无终。”[⑤]随后，因军功屡被曹操封赏，曹操有《表论田畴功》，此后又有《爵封田畴令》。虽然曹操一再要求加封田畴，然而，田畴对封赏并无兴趣，而是“自以始为居难，率众循逃，志义不立，反以为利，非本意也，固让。”“太祖知其至心，许而不夺。”[⑥]后曹操专门作《下田畴令》曰：“田子泰非吾所宜吏者。”[⑦]

曹丕也对这一事件发表过看法，其《有司劾田畴不受封宜免官加刑议

① 《后汉书・陈蕃传》，第 1467 页。
② 《后汉书・党锢列传传》，第 1475 页。
③ 《三国志・胡昭传》，第 362 页。
④ 《三国志・田畴传》，第 341—342 页。
⑤ 《三国志・田畴传》，第 342 页。
⑥ 《三国志・田畴传》，第 342 页。
⑦ 《三国志・田畴传》，第 342 页。

（建安十五年）》曰：

昔蘧敖逃禄，《传》载其美，所以激浊世，励贪夫，贤于尸禄素餐之人也。故可得而小，不可得而毁。至于田畴，方斯近矣。免官加刑，于法为重。①

直到东晋的陶渊明，在其《拟古诗》之二中对田畴的行为依然倾慕不已：

辞家夙严驾，当往志无终。问君今何行？非商复非戎。闻有田子春（一作泰），节义为士雄。斯人久已死，乡里习其风。生有高世名，既没传无穷。不学狂驰子，直在百年中。②

阮籍之父，建安七子之一的阮瑀也有过隐逸的经历。《三国志·阮瑀传》注引《文士传》曰："太祖雅闻瑀名，辟之，不应，连见偪促，乃逃入山中。太祖使人焚山，得瑀，送至，召入。""臣松之案：鱼氏典略、挚虞文章志并云瑀建安初辞疾避役，不为曹洪屈。得太祖召，即投杖而起。不得有逃入山中，焚之乃出之事也。"③裴松之的辩解只在于阮瑀是否有"逃入山中，焚之乃出之事"，但不管是《文士传》的记载，还是裴松之的辩解都承认这样一个事实：阮瑀有过隐逸的经历，只是方式不同，一个认为是逃入深山，一个认为是"辞疾避役"。阮瑀亦作有《隐士诗》："四皓隐南岳，老莱窜河滨。颜回乐陋巷，许由安贱贫。伯夷饿首阳，天下归其仁。何患处贫苦？但当守明真。"④诗中四皓、老莱、颜回、许由、伯夷，都是历史上著名的隐士，他们求仁得仁的事迹，他们的精神品质一直为阮瑀膜拜。

建安七子之一的徐干亦是具浓厚隐逸色彩的人物，本书上编"第二章"有关隐者的物质生活情况时已论述，兹不赘。

建安时期，具有隐逸品质而为人称道者还有焦先、袁涣、邴原、张范、凉茂、国渊、王脩、张臶、胡昭等。"袁涣、邴原、张范躬履清蹈，进退以道，盖是贡禹、两龚之匹。凉茂、国渊亦其次也。张承名行亚范，可谓能弟矣。田畴抗节，王脩忠贞，足以矫俗；管宁渊雅高尚，确然不拔；张臶、胡昭阖门守静，

① 《三国志·田畴传》注引《魏书》，第 344 页。
② 《陶渊明集笺注》，第 320 页。
③ 《三国志·阮瑀传》，第 600 页。
④ 《建安七子集·阮瑀集》，第 161 页。

不营当世：故并录焉。”[①]几十年后陈寿创作《三国志》时，虽未特立“隐逸”或“逸民”传，但从其《魏志》卷十一所记人物袁涣、邴原、张范、凉茂、国渊、田畴、王脩、管宁、张䜣、胡昭，及陈寿对这些人物的评价来看，这一传记无疑可称为《三国志》之“隐逸传”。

2. 隐逸文学创作低谷中的蓄势待发

建安时期的隐逸思潮在其时昂扬进取的大背景下，依然较为兴盛。而隐逸文学创作的情况如何呢？按常理分析，似乎也应较为兴盛，至少不至于很衰微吧，但实际情况却恰恰相反，建安时期的隐逸文学创作情况并不乐观，说处于衰微状态也不为不实。

仅有的一些隐逸文学作品，大致可分为以下几类：(1)关乎政治、社会治理方面的。如曹操关于田畴的令、表，曹植《七启》及“并命王粲作焉”之《七释》。关于曹植的《七启》，虽则曹植本人在《七启序》中自言：“昔枚乘作《七发》，傅毅作《七激》，张衡作《七辩》，崔骃作《七依》，辞各美丽，余有慕之焉！遂作《七启》，并命王粲作焉。”[②]但关于该文的创作意图，后人早就指出其明确的政治目的性，“曹植以统治集团成员立场，热烈歌颂求贤措施的必要性，而且极力阐述国家对此的决心。并借献帝刘协的号召，期求鼓舞在野士族参加政治之积极情绪，从而创建国富民康的理想社会，通过玄微、镜机问答，更深刻指出不愿为当前政治服务的思想，是错误的，这就配合曹操的政治意图作了有力的宣传，显示文学与政治具着密切的联系性。文中称曹操为圣宰，是在曹任丞相时，故疑此文作于《求贤令》之后，即建安十五年左右。”[③](2)对古代隐士的凭吊、赞颂。如阮瑀之《吊伯夷》、王粲之《吊夷齐文》，曹植《画赞》之《巢父许由池主》《卞随》《商山四皓》《辅臣论》。阮瑀之《吊伯夷》、王粲之《吊夷齐文》作于建安十六年(210)，[④]是年作者随曹操西征马超、韩遂及汉中张鲁，途中经京师洛阳，遥瞻首阳，而生敬慕之情。阮瑀之《吊伯夷》云：

> 余以王事，适彼洛师，瞻望首阳，敬吊伯夷，东海让国，西山食薇，重德轻身，隐景潜晖。求仁得仁，报之仲尼，没而不朽，身沉名飞。[⑤]

---

① 《三国志·袁张凉国田王邴管传》，第366页。

② 《曹植集校注》，第6页。

③ 《曹植集校注·七启》后赵幼文之评述，第28—29页。

④ 《建安七子集·年谱》，第436页。

⑤ 《建安七子集·阮瑀集》，第170页。

王粲之《吊夷齐文》曰：

> 岁旻秋之仲月，从王师以南征。济河津而长驱，逾芒阜之峥嵘。览首阳于东隅，见孤竹之遗灵。心於悒而感怀，意惆怅而不平。望坛宇而遥吊，抑悲古之幽情。知养老之可归，忘除暴之为世。洁己躬以骋志，愆圣哲之大伦。忘旧恶而希古，退采薇以穷居。守圣人之清概，要既死而不渝。厉清风于贪士，立果志于懦夫。到于今而见称，为作者之表符。虽不同于大道，合尼父之所誉。①

两文都首先明确创作的背景："余以王事"，"从王师以南征"，战事紧张之余的创作，不可能从容、过度宣扬退避、低沉的情绪，故之，两文在赞叹了夷齐之行为后，最终都归结到合乎"尼父之所誉"的儒家传统。故两文的政治倾向性还是很明显的。至于曹植的几篇赞颂，我们从《画赞》之序中就可看出其创作目的，曰："盖画者，鸟书之流也。昔明德马后美于色，厚于德。帝用嘉之！尝从观画，过虞舜庙，见娥皇、女英。帝指之，戏后曰：'恨不得如此人为妃！'又前见陶唐之像。后指尧曰：'嗟乎！群臣百僚恨不得戴君如是。'帝顾而笑。故夫画，所见多矣。上形太极混元之前，却列将来未萌之事。""观画者见三皇五帝，莫不仰戴……见高节妙士，莫不忘食，……是知存乎鉴者何如也。"②(3)抒发自己的隐逸之志的。主要有刘桢的《赠徐干诗》《赠徐干》《杂诗》《遂志赋》《处士国文甫碑》，阮瑀的《隐士诗》，徐干的《七喻》，曹植《赠徐干诗》《玄畅赋》《潜志赋》《蝉赋》《辩问》等。

严格意义上而言，建安隐逸之作中的第一第二类因与现实政治的关系过于密切，是否属于真正意义上的隐逸文学作品，尚可商榷。故而，依照严格的标准裁量，建安时期的隐逸作品就只有第三类，如此，建安隐逸文学作品数量之不丰，是很显然的。

就第一、第二类作品作辩证分析，我们又会引出其他结论。建安文学之后的正始文学，其代表作家阮籍、嵇康都有较多的隐逸文学作品，放在隐逸文学发展的历史长河中去衡量，其创作成绩不容小觑。正始隐逸文学创作的成绩固然与社会环境、社会思潮的变化有关。但我们知道，任何文学创作都是踏着前人的足迹继续前行的，不可能横空出世，一跃而达顶峰。那么，正始隐逸文学高潮的文学因素何在呢？向前，与之关系最为密切的

---

① 《建安七子集·王粲集》，第 142 页

② 《曹植集校注》，第 67—68 页。

当然是黄初文学[①]、建安文学。而建安隐逸文学整体却处于低潮，黄初隐逸文学较之建安已有了不少发展。我们认为黄初隐逸文学的发展也好，正始隐逸文学的兴盛也好，都与建安隐逸文学直接相关。建安隐逸文学中的第一、第二类作品虽与政治关系密切，虽与第三类隐逸作品相距较远，但这类有浓郁政治背景的隐逸作品若是再深化、发展一步，就会向阮籍、嵇康所创作之带有浓厚政治意味，且又有强烈个人隐逸情感的方向发展，这种发展的结果就使得建安时期身份还不是那么显豁的第一、第二类隐逸作品，因加入了作者的个人隐逸情愫，而身份确立，毫无疑问进入到隐逸文学的大家庭。所以就此而言，我们说建安时期，占较多数量的前两类隐逸作品，为此后隐逸文学的发展提供了较好的温床，是隐逸文学发展历程中不可或缺的一环。建安隐逸文学处于隐逸文学大发展的前夜，处于蓄势待发的状态。

第二节　汉末、建安隐逸文学的状况及特点

第一节我们对汉末、建安时期隐逸文学的创作从数量上、创作兴盛与否方面作出回答，认为都处于不甚发达的阶段。这些是属于外部形态的考察，这固然是必要的，但若要更深入认识两阶段创作在文学方面的种种特质，我们还要深入到文学创作的内部，作进一步研究。

一、汉末：隐逸文学内在情感之剧烈冲突

汉末，社会动荡的一个主要源头在于统治阶级内部的火拼，而不少文士都加入了这场你死我活的搏杀，加之党人的骨鲠之气，不愿也不屑向龌龊群小屈服的刚烈之气，使得亲历其中的文士，用笔作武器发出的声音，无疑具有铿锵之声，而少了几分平和静穆的色彩。

（一）汉末隐逸文学创作的类型

就现存汉末隐逸作品考察，从文体方面可划分若干类型，以下我们就每一类型的划分及其隐逸特质提出自己的看法。

---

① 黄初文学，在文学史上并没有被明确提出，但“黄初体”，却屡屡进入文学批评史及当今研究者的视野（如《沧浪诗话·诗体》：“以时而论，则有建安体、黄初体。”（宋）严羽撰、郭绍愚校注《沧浪诗话校注》，人民文学出版社 1961 年版，第 52 页）。以黄初时期的文学为研究对象的论文也不鲜见。可见，黄初时期的文学自有其本身鲜明的特点，是为建安文学与正始文学之间的过渡。本书中，为行文对称、论述醒目而将黄初时期的文学冠之以“黄初文学”。

1. 诗歌中的隐逸因素

汉末，诗歌的发展趋势是文人诗开始大量出现。文人诗最初并不具有隐逸色彩，如班固的《咏史诗》等，但随着乐府诗如《箕山操》《归耕操》《南风操》等作品中隐逸色彩的增强，文人诗中的隐逸因素也随之增多。

乐府隐逸诗的渐次增多，对初创时期的文人诗自然会有启发，文人模拟乐府而创作时，自然也会把隐逸元素带入诗歌，如《李陵录别诗》中有所谓的："许由不洗耳，后世有何徵"，"吕望尚不希，夷齐何足慕。"[①]它如赵岐所唱之《歌》：

国有逸民，姓赵氏名嘉。有志无时，命也奈何。[②]

仲长统的《见志诗》：

大道虽夷，见几者寡。任意无非，适物无可。古来绕绕，委曲如琐。百虑何为，至要在我。寄愁天上，埋忧地下。叛散五经，灭弃风雅。百家杂碎，请用从火。抗志山西，游心海左。元气为舟，微风为柂。敖翔太清，纵意容冶。[③]

蔡邕作《释悔》，设为胡老援琴而歌曰：

练余心兮浸太清，涤秽浊兮存正灵。和液畅兮神气宁，情志泊兮心亭亭。嗜欲息兮无由生，踔宇宙而遗俗兮眇，翩翩而独征。[④]

显然，在文人受乐府诗的影响开始创作时，五言隐逸诗也同时出现了，虽然，有些隐逸诗中的隐逸成分还不是太浓，但这确也昭示了诗歌题材发展的一个方向。

2. 隐逸碑文的兴盛

碑铭、墓志，早已有之，然"自后汉以来，碑碣云起"，而"才锋所断，莫高蔡邕。""孔融所创，有慕伯喈……辨给足采，亦其亚也。"[⑤]也就是说，这种

① 《先秦汉魏晋南北朝诗·汉诗》，第340、342页。
② 《先秦汉魏晋南北朝诗·汉诗》，第195页。
③ 《先秦汉魏晋南北朝诗·汉诗》，第205页。
④ 《先秦汉魏晋南北朝诗·汉诗》，第193页。
⑤ 《文心雕龙注义证·诔碑》，第454页。

文体，只有到了蔡邕、孔融手里才真正发扬光大，《文选》卷五十八“碑文”，首列蔡邕《郭有道碑文(并序)》《陈太丘碑文(并序)》。而蔡邕、孔融的碑文，所描写的对象，多是隐逸之士，或有着隐逸经历的党人，《文心雕龙·诔碑》中评论蔡邕的碑文认为，“观《杨赐》之碑，骨鲠《训》《典》，《陈》《郭》二文，词无择言；周乎众碑，莫非清允。其叙事也该而要，其缀采也雅而泽。清词转而不穷，巧义出而卓立。察其为才，自然而至。”其所举《太尉杨赐碑》《陈寔碑》《郭泰碑》《汝南周勰碑》，除《太尉杨赐碑》外，其余碑文皆为有隐逸经历的党人所作，这些碑志当为隐逸文学作品。而孔融的碑志作品，刘勰认为，“孔融所创，有慕伯喈。《张》《陈》两文，辨给足采，亦其亚也。”“《张》《陈》两文”，《张》指孔融的《卫尉张俭碑铭》，《陈》文已无考。张俭，与陈寔、郭泰、周勰等人一样，是汉末党人的代表。虽然，张俭自身没有什么隐逸事迹，《卫尉张俭碑铭》也没有论及隐逸的内容，自然不能算是隐逸文学作品，但文中赞美张俭，“君禀乾纲之正性，蹈高世之殊轨，冰絜渊清，介然特立”，“州宰争命，辟大将军幕府，公车特就家拜少府，皆不就也”，“桓桓我君，应天淑灵。皓素其质，允迪忠贞。肆志直道，进不为荣。赴戟骄臣，发如震霆。凌刚摧坚，视危如宁。”[①]张俭的特立独行，作者高度认同。张俭的这种品性与隐逸的党人相当一致。故而，这篇碑文也可称为准隐逸文学作品。其余，如祢衡的《鲁夫子碑》《颜子碑》以及无名氏的《从事武梁碑》《玄儒先生娄寿碑》等，都是这一时期隐逸文学的代表。

“碑”这一文体，原是为帝王、先祖等旌表事迹，以期留名不朽的，所谓“上古帝皇，纪号封禅，树石埤岳，故曰碑也。周穆纪迹于弇山之石，亦古碑之意也。又宗庙有碑，树之两楹，事止丽牲，未勒勋绩。而庸器渐缺，故后代用碑，以石代金，同乎不朽，自庙徂坟，犹封墓也。”[②]但在汉末这一特定的背景下，树碑立传，备受褒奖的对象变成了特立独行的党人。由于党人自身的在野及隐逸特征，故而，以他们为歌颂对象的文学自然就具有了隐逸文学的特质。如果，歌颂党人的隐逸特质占较大比重的话，那么，这种文学就是完全意义上的隐逸文学了。显然，在汉末隐逸之风的吹拂下，碑文这种文体具有更多的隐逸特质，碑文借助党人这一中介，与隐逸文学联上了姻，这是汉末文学在隐逸思潮影响下的一大变化。

3. 其他隐逸文体的增多

汉末隐逸文学在“诏”“颂”“赞”“吊”“论”“书”“敕”“疏”“诫”“议”“疏”

---

① 《建安七子集·孔融集》，第32—33页。

② 《文心雕龙义证·诔碑》，第443—444页。

等文体中也大量存在。隐逸题材在某些文体中第一次出现，如“吊”“诫”“颂”等。兹举例说明如下：

崔琦《四皓颂(序)》曰：

昔有南山四皓者，盖角里先生、绮里季、夏黄公、东园公是也。秦世道灭德消，坑黜儒术，于是乃退而作歌曰：“漠漠商洛，深谷逶迤。晔晔紫芝，可以疗肌。皇虞邈远，吾将安归？驷马高盖，其忧甚大。富贵而畏人，不如贫贱而轻世。”①

胡光《吊夷齐文》：

遭亡辛之昏虐，时缤纷以芜秽，耻降志于污君，溷雷同于荣势。抗浮云之妙志，遂蝉蜕以偕逝，徼六军于河渚，叩王马而虑计。虽忠情而指尤，匪天命之所谓，赖尚父之戒慎，镇左右而不害。

援翰录吊，以舒怀兮。②

高彪有《清诫》：

天长而地久，人生则不然，又不养以福禄，全其寿年。饮酒病我性，思虑害我神，美色伐我命，利欲乱我真。神明无聊赖，愁毒于众烦，中年弃我逝，忽若风过山。形气各分离，一往不复还。上士愍其痛，抗志凌云烟。涤荡弃秽累，飘邈任自然。退修清以净，吾存玄中玄。澄清萌思虑，泰清不受尘。恍惚中有物，希微无形端。智虑赫赫尽，谷神绵绵存。③

《四皓颂(序)》《吊夷齐文》歌颂历史上的隐逸人物，高彪《清诫》抒发自己的隐逸之思。而其他文体或就某一隐逸现象发表看法，或对隐逸之士表达倾慕之情。不管怎么说，这些隐逸文体在汉末的出现，表明在汉末这样一个特定时期，受隐逸思潮的影响，文学领域出现了新的变化。

---

① 《全后汉文》，第720页。
② 《全后汉文》，第783页。
③ 《全后汉文》，第833页。

（二）作品内在情感的剧烈动荡

汉末隐逸之士受儒家思想及党人的影响，面对当时社会的剧烈斗争，内心之激愤可以想见。发之文学作品，也多镗鞳之音。这样的作品以党人或类似党人之创作最为典型。如蔡邕的《释悔》、郭泰的《答友劝仕进者》、徐稚的《与郭林宗书》、祢衡的《鹦鹉赋》等。

郭泰《答友劝仕进者》：

> 吾昼察人事，夜看乾象，天之所废，不可支也。方今运在《明夷》之爻，值勿用之位，盖盘桓潜居之时，非在天利见之会也。虽在原陆，犹恐沧海横流，吾其鱼也，况可冒冲风而乘奔波乎！未若岩岫颐神，娱心彭、老，优哉游哉，聊以卒岁。①

徐稚《与郭林宗书》：

> 大木将颠，非一绳所维，何为栖栖，不遑宁处？②

郭泰、徐稚皆为汉末党人，他们在出处问题上的态度是很明确的，而这种决绝的态度源于他们对社会现实的清醒认识。就两篇书信内在的情感而言，也明显具有党人的锋芒：语言简洁明快，不拖泥带水。论述上，先指出社会“沧海横流”“大木将颠”的危殆现实，事实陈述的同时，作者内心的激愤亦蕴含其中，而后，作者虽发裂眦冲冠之怒火，但一句冷峻的“未若岩岫颐神，娱心彭、老，优哉游哉，聊以卒岁”，“何为栖栖，不遑宁处？”看似旷达，实则是极度痛楚后的无奈，是强忍激愤下之的压抑。

祢衡的《鹦鹉赋》，是一篇激情饱满，充溢情感张力的佳作。史载祢衡“少有才辩，而尚气刚傲，好矫时慢物。”③《鹦鹉赋》作于江夏太守黄祖太子射宾客大会时，其时“有献鹦鹉者，举酒于衡前曰：‘祢处士（《文选》李善注引应劭《风俗通》曰：“处士者，隐居放言也。”——笔者注），今日无用娱宾，窃以此鸟自远而至，明慧聪善，羽族之可贵，愿先生为之赋，使四坐咸共荣观，不亦可乎？’衡因为赋，笔不停缀，文不加点。”作品既作于大庭广众之下，自然容不得平心静气地精雕细刻，只能是任由情感喷薄而出，所谓“笔

---

① 《全后汉文》，第 848 页。

② 《全后汉文》，第 849 页。

③ 《后汉书・文苑列传》，第 1790 页。

不停缀，文不加点”者也。祢衡本就有“尚气刚傲”的个性，加之其时祢衡正当盛年，故而，文章写得有气势，自己郁积的愤懑也借机涌泄而出。如在文章的结尾，祢衡感慨自己的命运时说：“感平生之游处，若壎篪之相须。何今日之两绝，若胡越之异区。顺笼槛以俯仰，窥户牖以踟蹰。想昆山之高岳，思邓林之扶疏。顾六翮之残毁，虽奋迅其焉如。心怀归而弗果，徒怨毒于一隅。苟竭心于所事，敢背惠而忘初。托轻鄙之微命，委陋贱之薄躯。期守死以报德，甘尽辞以效愚。恃隆恩于既往，庶弥久而不渝。”[①]以鹦鹉的隐忍顺从为喻，慨叹自己生不逢时的偃蹇命运，冥想自己退处后的安适生活，内在情感之冲突十分强烈，这也正契合祢衡彼时的心境。

蔡邕乃汉末大儒，党人之一员，“邕性笃孝，……母卒，庐于冢侧，动静以礼。……与叔父从弟同居，三世不分财，乡党高其义。……桓帝时，中常侍徐璜、左悺等五侯擅恣，闻邕善鼓琴，遂白天子，敕陈留太守督促发遣。邕不得已，行到偃师，称疾而归。”[②]这段记载说明，蔡邕为一正统儒者，行为举止一以儒家道统行事，而对不符合儒家道统之行为则深恶痛绝，对于气焰正炽的擅恣“五侯”，极为反感。当“五侯”赏识蔡邕才艺，欲于擢用时，“邕不得已”，勉为应付，但随即“称疾而归”，其党人骨鲠之气节实令人肃然起敬。三十岁左右时，“闲居玩古，不交当世。感东方朔《客难》及扬雄、班固、崔骃之徒设疑以自通，乃斟酌群言，韪其是而矫其非，作《释诲》以戒厉云尔。”[③]三十岁左右的蔡邕，有着年轻人特有的方刚之气，虽意欲“闲居玩古，不交当世”，然声名远播之蔡邕，仍不免受“五侯”之流的腌臜之气，内心之不满是很正常的。蔡邕自述自己作文之缘由：有感于东方朔、扬雄、班固、崔骃之“设论”文“设疑以自通”。我们知道，东方朔、扬雄、班固、崔骃之《客难》《解嘲》《宾戏》《达旨》乃至张衡《应间》、崔寔《客讥》都是“乃发愤以表志，身挫凭乎道胜，时屯寄于情泰；莫不渊岳其心，麟凤其采，此立本之大要也。”[④]一句“发愤以表志”，明确了这种文体情感上的特点：作者感于现实的种种污浊，郁积于胸之愤懑不得不发。如此特点就决定了此种文体内

① 《文选》卷十三，第200—201页。

② 《后汉书·蔡邕传》，第1337—1338页。

③ 关于此文的作年，有以下几种代表性的看法：《蔡邕集编年校注·蔡邕年谱》：延熹三年之后(160)28岁，第594页；《中古文学系年》：延熹六年(163)，31岁，第228页；《秦汉文学编年史》：延熹二年(159)，27岁，第528页；《蔡邕集编年校注》：“本传‘桓帝时，中常侍徐璜、左悺等五侯擅恣，闻邕善鼓琴，遂白天子，敕陈留太守督促发遣。邕不得已，行到偃师，称疾而归。闲居玩古，不交当世。感东方朔《客难》及杨雄、班固、崔骃之徒设疑以自通，乃斟酌群言，韪其是而矫其非，作《释诲》以戒厉云尔。’据此，本篇当桓帝延熹中所作”，第54页。上列几家观点虽有分歧，但都认为此文作于延熹年间，其时，蔡邕30岁左右。

④ 《文心雕龙义证·杂文》，第506页。

在情感之冲突不会弱化，只会强化。蔡邕之《释诲》既为此种文体，且感于前人之遭遇而作，其情感当也不会平庸，而作者自言该文创作之目的：“韪其是而矫其非，作《释诲》以戒厉云尔。”既是“戒厉”，是其是而非其非，那么作者的是非倾向也就十分鲜明，内在情感中美与丑、是与非的对立自是不可避免。关于此文的情感冲突，龚克昌在谈到该赋的主旨时有着较为准确的阐释：“赋约作于桓帝延熹六年(163)前后，[①]当时徐璜、左悺等五侯把持朝政，恣意妄为，蔡邕又目睹了民间的悲惨景象，深感现实的黑暗与险恶，故作此赋以自宽。赋中流露出的畏害全身和退隐守道的思想，实质上是他想用世而怨其不为世所用、想用世而又懑时世恶浊的矛盾心态的曲折反映。”[②]

二、建安：隐逸文学内在情感基调的平和

建安时期隐逸文学创作的环境与汉末已有较大不同，汉末隐逸文学的作者多是游离于统治集团之外的士人，与统治集团的关系十分紧张，故而，作品中内在的情感冲突也十分剧烈，而建安时期隐逸文学的作者多是统治集团营垒之内的士人。他们在未进入曹操集团之前也有过隐逸之思，如徐干等。但我们知道，徐干的初始性格十分恬淡，即便对现实有所不满，发之于文，也仅止于哀怨，而不会像有着刚烈个性的汉末党人那样，情感外露、张扬、激烈。而在进入曹操统治集团之后，他们的情感就更不会激越、高亢了，更多是为隐逸唱赞歌，以求为当时的政治服务。

1. 政治需求与隐逸文学创作

建安十三年(208)之后，曹操网罗文士的工作暂告一段落。这些成为曹氏集团一份子的士人，偶一隐逸文学创作也多是配合政治需要而为，少见作者基于敌我矛盾冲突而发的激荡情感。曹操几篇针对田畴隐退或求贤的诏令、表文，自然无多情感色彩，看不出情感的冲突。就是曹植《七启》及王粲之《七释》，也是以劝说的口吻，鼓励玄微子、潜虚丈人出山入仕。最后，玄微子攘袂而兴，曰：“韡哉，言乎！近者吾子，所述华淫。欲以厉我，祇搅予心。至闻天下穆清，明君莅国。览盈虚之正义，知顽素之迷惑。今予廓尔，身轻若飞。愿反初服，从子而归。”最后，玄微子接受了镜机子的劝说，全文在一片和谐安乐的气氛中结束。

那些对古代隐士进行凭吊、赞颂的隐逸文，主要抒发对隐者品行的赞

① 此观点与其师陆侃如先生《中古文学系年》中的看法一致。

② 龚克昌《全汉赋评注》，花山文艺出版社 2003 年版，第 885—886 页。

美，也少内在情感之冲突，阮瑀之《吊伯夷》、王粲之《吊夷齐文》是如此，曹植《画赞》之《巢父许由池主》《卞随》《商山四皓》《辅臣论》亦复如是。因少情感因素的渗入，故而，作品的基调呈现出叙述、品评语言的冷静与理性。

2. 隐逸文学情感的平和基调

建安隐逸文学中抒发自己的隐逸之志的，主要有刘桢的《赠徐干》《杂诗》《遂志赋》《处士国文甫碑》，阮瑀的《隐士诗》，徐干的《七喻》，曹植的《赠徐干诗》《玄畅赋》《潜志赋》《蝉赋》《辩问》等。这些作品中，作者的个性、情感有充分的表露，但这种感情，主要是自己一时劳累、苦闷之余的反思，并没有对社会问题作过多的批判，这类情感仅限于自己，或劝说友朋如何正确处理理想与现实的矛盾。故而，这类作品的情感基调也不甚激烈，而如潺潺溪流，只看到朵朵细小浪花，却从未有卷起千堆雪之惊涛骇浪。如刘桢的《杂诗》：

职事相填委，文墨纷消散。驰翰未暇食，日昃不知晏。沉迷簿领书，回回自昏乱。释此出西城，登高且游观。方塘含白水，中有凫与雁。安得肃肃羽，从尔浮波澜。①

《遂志赋》：

幸遇明后，因志东倾。披此丰草，乃命小生。生之小矣，何兹云当？牧马于路，役车低昂。怆恨恻切，我独西行。去峻溪之鸿洞，观日月于朝阳。释丛棘之馀刺，践槚林之柔芳。皦玉粲以曜目，荣日华以舒光。信此山之多灵，何神分之煌煌！聊且游观，周历高岑。仰攀高枝，侧身遗阴。磷磷硐硐，以广其心。伊天皇之树叶，必结根于仁方。梢吴夷于东隅，掣叛臣乎南荆。戢干戈于内库，我马絷而不行。扬洪恩于无涯，听颂声之洋洋。四寓奠以无为，玄道穆以普将。翼俊乂于上列，退仄陋于下场。袭初服之芜秽，托蓬庐以游翔。岂放言而云尔？乃旦夕之可忘。②

无论是羡慕徐干的退隐情怀及恬然行为，而遗憾自己未能像徐干那样，得以摆脱俗务羁縻，还是在知事劳累之余产生的退隐安恬之思，以及

① 《建安七子集》，第193页。
② 《建安七子集》，第203—204页。

《遂志赋》中表露的随曹操征战胜利后，“翼俊乂于上列，退仄陋于下场。袭初服之芜秽，托蓬庐以游翔”的愿望，都有一种与自己的初始性格相契合的因素作祟，而非出于对“明后”的不满。故而，这种情感就基本没有与现实的冲突。刘桢重点强调自己的隐逸之思，“岂放言而云尔，乃旦夕之可忘”，也不是缘于与社会的冲突，从而自己在当时的社会环境下无法忍受，更多地还是羡慕徐干等人的安恬体道的行为。加之，刘桢性格中的倔强因素，可能他对官场中的迎来送往、繁文缛节也不太适应，才有坚定的归隐之思。

曹植有《潜志赋》：

潜大道以游志，希往昔之遐烈。矫贞亮以作矢，当苑囿乎呈艺。驱仁义以为禽，必信忠而后发。退隐身以灭迹，进出世而取容。且摧刚而和谋，接处肃以静恭。亮知荣而守辱，匪天路以为通。(《艺文类聚》三十六《隐逸》上)①

敷陈儒家人生观，而曹植自己则退居作品之后，作者的情感也不易显露，就更不要说剧烈的冲撞了。再如《蝉赋》：

唯夫蝉之清素兮，潜厥类乎太阴。在盛阳之仲夏兮，始游豫乎芳林。实澹泊而寡欲兮，独怡乐而长吟。声皦皦而弥厉兮，似贞士之介心。内含和而弗食兮，与众物而无求。栖高枝而仰首兮，漱朝露之清流。隐柔桑之稠叶兮，快闲居而遁暑。……皎皎贞素，侔夷节兮。帝臣是戴，尚其洁兮。②

该赋夸耀蝉的品行，“实澹泊而寡欲兮，独怡乐而长吟。”“隐柔桑之稠叶兮，快闲居以遁暑”，帝臣选择戴此帽是为了“尚其洁兮！”显然，曹植创作该赋的主要目的是要劝诫，有很强的政治意图。

第三节　两阶段隐逸文学的隐、显变化

汉末、建安隐逸文学创作的环境有相似之处：社会都比较动荡，其时

---

① 此文《曹植集校注》失收，引文见傅亚庶《三曹诗文全集译注》，吉林文史出版社 1997 年版，第 806 页。

② 《曹植集校注》，第 92—93 页。

隐逸思潮尤其在汉末都较为兴盛，而两阶段的隐逸文学创作却不甚兴盛。除却这些形似之处外，两阶段隐逸文学创作也发生了不少变化，有些变化还是较明显的。

一、显性变化：由长篇碑文、长赋至诗、小赋、短论

此处所论显性变化，主要是指外表显现出来的不同，不需要深入作品内部就可觉察出来的变化。这种显性变化，主要表现在两个方面。

汉末隐逸文学的体裁以长篇碑文及赋居多，如蔡邕的《琅琊王傅蔡朗碑》《汝南周勰碑》《郭泰碑》《处士圈典碑》等，动辄近千字，尤其是《陈寔碑》900余字。而建安时期的隐逸碑文仅有刘桢的一篇《处士国文甫碑》，300余字。

汉末隐逸赋多为长篇大论，如张衡的《七辩》、崔瑗《七厉》；张衡《思玄赋》《应间》、崔寔《答讥》、蔡邕《释悔》[①]、祢衡《鹦鹉赋》等，而建安时期的隐逸赋则多为短篇小制。建安时期的隐逸赋主要有刘桢《遂志赋》、王粲《七释》、徐干《七喻》、应瑒《释宾》、曹植《玄畅赋》《潜志赋》《蝉赋》《七启》《辨问》、曹睿《游魂赋》等，就数量而言，并未减少，相反，还有增多的趋势。但就容量而言，建安时期的隐逸赋，除曹植《七启》、王粲《七释》外，[②]基本都是抒情小赋，尤其是与汉末的同类赋作比较，更是明显的变化。这固然是文学自身时代变化的缩影，反映了建安时期与汉末不同的文学风尚。

建安时期的隐逸文学在两类体裁上较汉末为发达：(1)诗歌；(2)短论。汉末隐逸诗歌仅张衡、蔡邕、仲长统少数文人的有限的几首，而建安时期则不然。诗歌数量是大大增加了，“三祖陈王”“建安七子”之刘桢、徐干、阮瑀、陈琳以及焦先等都有隐逸诗，其中曹植、刘桢各三首，共计10余首，数量上远远超过汉末。

建安时期的隐逸短论如曹植的《玄俗颂》《辅臣论》及《画赞》中的《黄帝三鼎》《巢父许由池主》《卞随》《商山四皓》等；荀彧的《田畴让官议》、阮瑀的《吊伯夷》、王粲的《吊夷齐文》、曹丕的《有司劾田畴不受封宜免官加刑议》及曹操、曹睿针对隐士田畴、管宁所作的几篇表、令等。这类作品较之汉末多以书信文的形式作隐逸文，明显不同，就是在建安时期，与其他隐逸文体

---

① 《应间》《释悔》，《文心雕龙》归入“杂文”类，《文选》归入“设论”类。“七体”，《文心雕龙》归入“杂文”类，而《文选》则单独归类。今人多有以“七体”“设论”归入赋体者，如龚克昌《全汉赋评注》（花山文艺出版社2003年版），费振刚主编《全汉赋》（北京大学出版社1993年版）等，皆以“七体”“设论”为“赋”类。

② 王粲《七释》、徐干《七喻》多有残缺，无由窥其真实面目，今姑且认为其篇幅不甚其大。

相比较,这类文体的数量也相当可观。

二、隐形变化:隐逸的追求由外在的不得已渐至内心的倾慕

汉末、建安隐逸文学最大的不同在于作家的创作态度、创作心态。汉末文士在动荡的社会环境下,骨子里的进取精神只能暂时屈从无奈的现实,他们不得已选择退避。因故,隐逸作品中的情感较为激烈,有一种不甘退隐而与命运抗争的激愤。内心的进取精神越强,这种抗争就越激烈,作品的情感就越尖锐。这一尖锐的情感冲突,在建安时期的隐逸作品中,较为少见。这与建安时期的环境变化密切相关。建安文学的第一阶段,即建安十三年(208)前,[①]社会特点与汉末较为接近。北中国广袤的区域内,各路军阀彼此混战,以致生灵涂炭,"出门无所见,白骨蔽平原。""白骨露于野,千里无鸡鸣。"在这种环境下,文士有的为生存计,疲于奔命,如王粲,因董卓之乱,被迫离开长安,远奔荆州刘表,一路饥寒交迫,触目所及,"路有饥妇人,抱子弃草间。"如此背景下,王粲自然难生隐逸之思。及至荆州刘表处,王粲本想借助与刘表通家之友情,加之自己的才华,希冀得到刘表的重用,但王粲的这种想法却只能是本人的一厢情愿,他依然得不到刘表的信任、重用。在这种情况下,王粲当然也有苦闷,也有矛盾,但王粲的这种对现实的苦闷,并没有使他产生隐逸的想法,骨子里的"躁竞"个性,使得王粲在暂时的不得意的环境下,想到的是家乡的沃土,想到的是家乡或许有赏识自己才华、重用自己的伯乐吧。他的这种复杂的情愫,在其著名的《登楼赋》中有着清晰的表述。然而,我们在《登楼赋》中却看不到隐逸思想的影子。王粲的思想不是孤例。我们考察建安时期的创作,可以发现,文士在建安文学的第一期较少隐逸文学创作。他们的创作多集中在第二期:建安十三年至二十四年(208—219)。[②] 这一时期,文士多为曹操麾下成员,多数时间生活在社会环境趋于安定的北方政治、文化中心邺下。这些文士原本就有建功立业的抱负,邺下生活中与曹氏公子的朝夕相处,及曹操对文化事业的重视,对人才的赏识,都使他们看到了实现理想的可能。故而,就主导方面来说,这批士子的精神风貌是昂扬向上的,即便他们也有矛盾,挫折,如王粲,"魏国既建,为侍中,……粲强识博闻,故太祖游观出入,多得骖乘,至其见敬不及洽、袭。袭尝独见,至于夜半。粲性躁竞,起坐曰:'不知公对杜袭道何等也?'洽笑答曰:'天下事岂有尽邪?卿昼侍可矣,

---

① 《魏晋文学史》,第3页。

② 《魏晋文学史》,第3页。

悒悒於此，欲兼之乎！'"[①]这种对人事的猜忌、狐疑，完全是进取心态的扭曲折射，主要源于王粲"躁竞"的初始性格。他如陈琳、阮瑀、应瑒等人的欲望也是在仕途上叱咤风云。这种心态作用下，他们的隐逸作品多是有目的地配合政治而作，如王粲的《七释》《吊夷齐文》、阮瑀的《吊伯夷》、曹植的《七启》及《画赞》中的几篇，乃至曹操、曹丕、曹睿的一些诏令、表文的创作，亦出于同一目的。应瑒有《释宾》一篇，残存文字见于《文选·七命》注，曰："圣人不违时而遁迹，贤者不背俗而遗功。"[②]就此分析，《释宾》当亦如《七启》《七释》一类，都是配合曹操的人才政策，劝导隐逸者出山而作。这些隐逸文的创作，完全是出于作者的自觉自愿，文中对隐者品行的赞美，更多是出于政治、或社会教化的目的，文中的情感也较为平和。这一创作态度与汉末大异其趣。这些热衷政治的士人，在知事之余创作的充满隐逸之思的作品，如阮瑀的《隐士诗》：

> 四皓潜南岳，老莱窜河滨。颜回乐陋巷，许由安贱贫。伯夷饿首阳，天下归其仁。何患处贫苦？但当守明真。[③]

诗中表露出安贫乐道的心理，情感直视无碍，毫无两种对立情愫的冲突。

由于个性使然，徐干自少至长，对仕途都不甚热衷，其隐逸行为及隐逸文学创作固然是其自觉自愿之行为，外在的压力对其创作影响甚小。刘桢个性中的孤傲、倔强、自尊的因素使他在仕途上很难游刃有余，故而，常有隐逸之思，其与徐干惺惺惜相惜，彼此诗歌应答，一首、两首，乃至多首，所谓物以类聚。于此可见，其隐逸品格与徐干的相通。故而，其《遂志赋》《处士国文甫碑》中对隐逸思想的激赏，对隐逸品格的倾慕，就不是无病呻吟，也非如汉末隐逸作品的刻意而为，而是刘桢真实心态的折射。

建安文学第二期，由于环境的改变，士人的隐逸创作不管是关乎政治的，抑或是抒发自得之情愫的，无不是自觉自愿之行为，非外在压力强迫下不得不发之的镗鞳之音。这种创作由自发走向自觉的过程，预示着隐逸文学以后兴盛的必然趋势。

---

① 《三国志·杜袭传》，第 666 页。
② 《建安七子集·应瑒集》，第 184 页。
③ 《建安七子集·阮瑀集》，第 161 页。

第二章　阮籍、嵇康隐逸文学创作与其个性之关系

就隐逸文学创作而言，正始时期较之汉末、建安，有了长足进步，且在风格上有了明显变化。正始隐逸文学的代表作家是阮籍、嵇康，正是二人的创作，才使隐逸文学出现大的飞跃，从而使隐逸主题在文学史上为人瞩目。魏正始及以后，社会上玄风大倡，受此影响，隐逸思潮也出现了新的变化：表现之一在于隐者对道家“至人”人格的推崇，文学创作领域，“至人”乃至“逸民”形象的塑造也有了新特点；同时，受郭象《〈庄子〉注》思想的影响，出现了各愉其志的人生观。随着郭象“独化论”思想对士人影响的渐趋扩大，隐逸文学创作中对“安身”意义、“安身”途径的探讨进一步深入。

阮籍、嵇康隐逸文学创作与其个性之间的关系较为有趣：两人在正始及稍后司马氏当政时期，面对政治上的高压，心情都比较苦闷，但源于两人初始性格的差异，一个洒脱，一个刚烈，个性的不同，使得两人在选择隐逸文学纾解内心苦闷时，其文学风格也必然会有差异。这种差异是如何统一的？两人诗歌风格与隐逸精神间又有怎样的关系？同时，两人创作的隐逸文学，诗、文、赋皆有，这些文体是如何在精神实质上相摩相荡，相互贯通的？这些，都是本章研究的重点。

第一节　玄风煽动下的隐逸思潮

玄学是魏晋哲学的主流。玄学主要通过对三玄——《老子》《庄子》和《周易》的注释、阐扬，通过对“有”和“无”、“本”和“末”以及自然和名教的论争，建立形而上的本体论，探究宇宙万物之外或之上的更根本的存在。玄学的主题主要是名教与自然之辩论。此所论之“自然”，“即魏晋时期玄学所讲的总规律(道)，包括自然观和人生观。”①我们知道，自然活泼的心性，

① 任继愈《中国哲学史》第二册，人民出版社1996年第四版，第190页。

随顺自然的生存状态正是隐者努力追求的生活目标。就此而言，玄学与隐逸思想、与隐者的生活目标之间是有着内在的联系的。

一般认为，魏晋玄学的发展可分为三个阶段：(1)"正始玄学"。以何晏、王弼为代表，主张"名教出于自然"。(2)"竹林玄学"。代表人物为阮籍、嵇康，更强调"越名教而任自然"。(3)中朝玄学。代表人物为郭象，基本哲学观点为"独化"论，主张"名教"即是自然。[①] 显然，在玄学发展的每一阶段中，都有对"自然"理念的阐释，这必然会影响到当时的隐逸思想、隐逸行为。

何晏、王弼是曹魏王朝中曹爽集团的干将，虽然二人都对玄学较为热衷，但二人的实际行为却与"虚静""玄远"几无瓜葛。他们在权力中心叱咤风云，炙手可热，玄学只是他们清谈的对象。故而，实际上，虽则"正始玄学"也提出了"名教出于自然"的论题，这种对"自然"的重视，固然会为隐逸思想的形成提供较好的环境，但玄学代表人物对仕途的热衷，却不可能为隐逸思想、隐逸行为提供现实的标杆。因之，这一时期，隐逸思想、隐逸行为并没有随着玄学的渐起而相应地滋长起来。倒是这一时期隐居苏门山、汲郡北山、宜阳山的孙登，以其对隐逸的执着而闻名当时，且对"竹林玄学"的代表人物阮籍、嵇康的隐逸思想、隐逸行为有直接影响。

一、孙登的隐逸思想及影响

《晋书·隐逸传》记载："孙登，字公和，汲郡共人也。无家属，于郡北山为土窟居之，夏则编草为裳，冬则被发自覆。好读《易》，抚一弦琴，见者皆亲乐之。……文帝闻之，使阮籍往观，既见，与语，亦不应。嵇康又从之游三年，问其所图，终不答，康每叹息。将别，谓曰：'先生竟无言乎？'登乃曰：'子识火乎？火生而有光，而不用其光，果在于用光。人生而有才，而不用其才，而果在于用才。故用光在乎得薪，所以保其耀；用才在乎识真，所以全其年。今子才多识寡，难乎免于今之世矣！子无求乎？'康不能用，果遭非命，乃作《幽愤诗》曰：'昔惭柳下，今愧孙登。'或谓登以魏晋去就，易生嫌疑，故或嘿者也。竟不知所终。"[②]

关于孙登其人的志趣，《太平御览》引《孙登别传》曰："登清净无为，其情志悄如也。好读书、弹琴，颓然自得，观其风神，若游六合之外者。"[③]《水

---

① 对玄学发展阶段的划分，学术界的看法不尽一致，有三段论、四段、五段乃至六段论，此不详述。

② 《晋书·孙登传》，第 2426 页。

③ （宋）李昉等编《太平御览》卷三百九十二，中华书局 1960 年版，第 1813 页。

经·清水注》引《竹林七贤传》曰:“弹一弦琴,而五声和。”[①]《太平御览》五百十引袁淑《真隐传》曰:“苏门曰:‘汝将以是终乎?哀哉!’薪者曰:‘以是终者,我也,不以是终者,我也。且圣人无怀,何其为哀?圣人以道德为心,不以富贵为志’,因歌二章,莫知所终。”[②]

不难看出,名列《晋书·隐逸传》开端的孙登是一个非常纯粹的隐者,是一个有着“仙风道骨”气质的不食人间烟火的隐者。然而,实际上他又没有纯然超脱现实之外,而是对现实政治中的是是非非洞若观火。他的形象大类道家推崇的“至人”,以至他的事迹,被葛洪选入其《神仙传》中,亦被载入《太平广记》卷九《神仙传》中,“籍尝于苏门山遇孙登,与商略终古及棲身导气之术,登皆不应,籍因长啸而退。至半岭,闻有声若鸾凤之音响于岩谷,乃登之啸也。”[③]

虽则是一“纯粹”的隐者,但孙登在当时的名声却非常大,以致当时士人的代表阮籍、嵇康都亲至其门,意欲一见。正元二年(255)嵇康因欲应毌丘俭反,避居河东,从孙登游[④],甫一见之,即“执弟子礼而师焉”[⑤],“从游三年”[⑥]。而阮籍的前往却是奉了文帝司马昭之命,“文帝闻之,使阮籍往观。”[⑦]由此可见孙登的时望,他对皇朝新贵及士人吸引力之一斑。

在与孙登密切交往过程中,阮籍、嵇康自觉不自觉受其影响,《晋书·阮籍传》记载:

> 籍尝于苏门山遇孙登,与商略终古及棲身导气之术,登皆不应,籍因长啸而退。至半岭,闻有声若鸾凤之音响于岩谷,乃登之啸也。遂归著《大人先生传》,其略曰……。此亦籍之胸怀本趣也。[⑧]

阮籍见过孙登后,即创作出《大人先生传》,这篇文章中的“大人先生”之思想,“亦籍之胸怀本趣也”。《世说新语·棲逸》刘孝标注引《竹林七贤论》记载:

---

① (北魏)郦道元著,陈桥驿校证《水经注校证》,中华书局2007年版,第226页。
② 《太平御览》卷五百十,第2322页。
③ 《晋书·阮籍传》,第1362页。
④ 《中古文学系年》,第577页。
⑤ 《世说新语笺疏·棲逸》注引王隐《晋书》,第764页。
⑥ 《晋书·孙登传》,中华书局1974年版,第2426页。
⑦ 《晋书·孙登传》,第2426页。
⑧ 《晋书·阮籍传》,第1362页。

籍归，遂著《大人先生论》，所言皆胸怀间本趣，大意谓先生与己不异也。观其长啸相和，亦近乎目击道存矣。[①]

“长啸相和”，“亦近乎目击道存”，也只有孙登与阮籍才有如此之举动。可见，阮籍与孙登思想意趣非常一致。孙登是一个典型的道教徒，好老庄，喜服食求仙，而阮籍的身上也有浓厚的道教的影子。陈伯君指出：

道家的思想到了东汉之末，已经和方士的道术合流，成为所谓的“道教”，阮籍的思想，也不免受了这个影响，他的思想已经不限于庄子的哲理范围。试看他的《达庄论》的末段：“且庄周之书何足道哉！犹未闻乎太始之论，玄古之微言乎！”可见他是并不以庄周的思想为满足的。他的《通易论》也羼杂了一些五行家言在内。再看他的《清思赋》和《大人先生传》，那种飘飘云际，神游八表不是一个神仙世界吗？比起庄子的所谓“乘彼白云，归于帝乡”，又不知迈出了多少步。[②]

显然，陈伯君认为阮籍的思想受当时流行的道教的影响，孙登恰是当时著名的道士，两人又有密切交往，显然，阮籍的道教思想直接来源于孙登。

而嵇康尽管认为神仙“非积学所能致也”[③]，但事实上他已经相信有神仙存在的这个前提，同时，他也相信金丹等药石是可以养生的，而且积极付诸实践。从嵇康虔诚地拜孙登为师，从游三年，学养生之术的经历中可以看出嵇康的道教思想主要也是源于孙登。“嵇康与阮籍都学于孙登，竹林七贤的其他人物，虽缺乏师承的资料，但恐怕都是教徒”[④]。或许，这种推论尚可商榷。但说阮籍、嵇康深受道教的影响，应不为过，这种影响当来自孙登。

孙登主要是以隐者名世。其道士的身份很大程度上亦是与隐者的身份重叠。故而，阮籍、嵇康既与孙登有如此亲密的接触，又受孙登多方面的影响，那么，作为孙登最主要特征的隐逸思想、行为也必然会在阮籍、嵇康身上留下烙印。

---

① 《世说新语笺疏·棲逸》刘孝标注引《竹林七贤论》，第 762 页。

② （三国魏）阮籍著，陈伯君校注《阮籍集校注·序》，中华书局 1987 年版，第 3 页。

③ 《嵇康集校注·养生论》卷三，第 144 页。

④ 《嵇康研究及年谱》，第 161 页。

二、阮籍、嵇康的隐逸思想

受隐士孙登及愈演愈烈的玄风的影响，处在“天下多故”时代的阮籍、嵇康的隐逸思想也有了新的变化。处于司马氏集团制造的恐怖社会环境下，处于极度绝望和激愤状态下的阮籍、嵇康，已不可能像正始玄学家们那样为名教寻找存在的合理性，于是乎，他们便采取一种激烈的态度，公开抨击名教礼法，去揭露礼法君子的虚伪性，进而提出“越名教而任自然”的主张。在嵇、阮看来，天地万物皆生于自然，“天地生于自然，万物生于天地。自然者无外，故天地名焉。天地者有内，故万物生焉。当其无外，谁谓异乎？当其有内，谁谓殊乎？”[1]也即万事万物与自然本是一体的，原本就没有什么差异，本来都同样处于一种合乎自然之道的状态下，故“至道之极，混一不分，同为一体，得失无闻。”[2]“天地合其德，日月顺其光，自然一体，则万物经其常，入谓之幽，出谓之章，一气盛衰，变化而不伤。”[3]而“人生天地之中，体自然之形”[4]，在本质上与自然并无不同。因此，嵇康、阮籍认为，人生应当“混乎与万物并行”，追求一种自由、恬静、飘逸、不受外在束缚的生活。理想的人生，应该是一种“至人”的状态，他“恬于生而静于死。生恬则情不惑，死静则神不离。故能与阴阳化而不易，从天地变而不移。生究其寿，死循其宜。心气平治，消息不亏”。[5] 完全以人性的自然舒展为依归。推而广之，他们还幻想着有一种完全随顺自然、处于和谐状态的社会，在这样的社会中，“至人无宅，天地为客，至人无主，天地为所；至人无事，天地为故；无是非之别，无善恶之异，故天下被其泽，而万物所以炽也”。[6]

对洒脱生活的追求，对舒张人性的渴望，是以阮籍、嵇康为代表的竹林名士的本然要求，这种追求在他们的《大人先生传》《卜疑》及大量的隐逸作品中都有体现，在他们的具体行为上也多有表露。我们知道，阮籍的内心是极端苦闷的，然而，他解脱苦闷的方式却十分洒脱，而不似中国古代一些文人如屈原、司马迁、韩愈、柳宗元那样背负着沉重的心理包袱。阮籍、嵇康都嗜酒，都有种种不拘礼法，甚至狂放的行为，阮籍“志气宏放，傲然独得，任性不羁”，“当其得意，忽忘形骸。”嵇康则“远迈不群……有风仪，而土

---

① 《阮籍集校注·达庄论》，第 138 页。
② 《阮籍集校注·达庄论》，第 150 页。
③ 《阮籍集校注·达庄论》，第 138—139 页。
④ 《阮籍集校注·达庄论》，第 140 页。
⑤ 《阮籍集校注·达庄论》，第 144 页。
⑥ 《阮籍集校注·大人先生传》，第 173 页。

木形骸，不自藻饰，人以为龙章凤姿，天质自然”。“常修养性服食之事，弹琴咏诗，自足于怀。”嵇康，“尝采药游山泽，会其得意，忽焉忘反。时有樵苏者遇之，咸谓为神。至汲郡山中见孙登，康遂从之游。登沉默自守，无所言说。康临去，登曰：‘君性烈而才隽，其能免乎！’康又遇王烈，共入山，烈尝得石髓如饴，即自服半，余半与康，皆凝而为石。又于石室中见一卷素书，遽呼康往取，辄不复见。烈乃叹曰：‘叔夜志趣非常而辄不遇，命也！’其神心所感，每遇幽逸如此。”①“又闻道士遗言，饵术黄精，令人久寿，意甚信之。游山泽，观鱼鸟，心甚乐之。”②这些行为，都可以从他们的隐逸思想中找到答案。

阮籍、嵇康的隐逸思想完全以自然、顺适个性为依归，无论是其作品中出现的“至人”形象也好，其日常生活中种种不拘礼法的行为也好，其实都是这种思想的体现，当然在当时的现实中，完全实现这种理想几无可能。

三、郭象《〈庄子〉注》思想对士人生活方式的影响

魏晋玄学发展到西晋时期，理论上有了进一步的发展，名教与自然的关系得到进一步调和。一般认为，西晋玄学代表人物是向秀、郭象，关于玄学的理论阐释主要体现在《〈庄子〉注》上，而《〈庄子〉注》的作者，到底是向秀，还是郭象？学术界一直存有争议。我们知道，向秀在郭象之前曾有《〈庄子〉注》，但由于《晋书·郭象传》和《向秀传》以及《世说新语·文学》等史料记载上的矛盾，导致《〈庄子〉注》的作者晦暗难明。《晋书·向秀传》曰：“向秀……清悟有远识，少为山涛所知，雅好老庄之学。庄周著内外数十篇，历世才士虽有观者，莫适论其旨统也，秀乃为之隐解，发明奇趣，振起玄风，读之者超然心悟，莫不自足一时也。惠帝之世，郭象又述而广之，儒墨之迹见鄙，道家之言遂盛焉。”③这段记载既向我们展示了向秀和郭象二人在注解《庄子》方面的关系，又显示出他们的注解给当时思想界带来的重要影响，应该说这是较为可信的资料。《庄子》在魏晋时期大为流行，引起很多人研究的兴趣，向秀先为之作注，稍后郭象又“述而广之”，终于导致“儒墨之迹见鄙，道家之言遂盛”局面的出现。一般而言，后出者转精，郭象既博采之前众家《〈庄子〉注》之所长，又加上自己认真的研究，其《〈庄子〉注》的成就当会高出之前向秀等人的注释。唯其如此，尽管在唐代向秀、郭

---

① 《晋书·嵇康传》，第1370页。

② 《晋书·嵇康传》，第1371页。

③ 《晋书·向秀传》，第1374页。

象二注并存，然而，初唐陆德明所作《〈庄子〉音义》仍以郭象注本为基本参照标准。陆德明认为："唯(郭)子玄所注，特会庄生之旨，故为世所贵。"①

郭象《〈庄子注〉》向来被视为注解《庄子》的范本，《注》中郭象认为："彼，自然也。自然生我，我自然生。故自然者，即我之自然，岂远之哉！"②以此为基础，郭象得出："是以涉有物之域，虽复罔两，未有不独化于玄冥者也。故造物者无主，而物各自造。"③这种观点认为万物乃是自生、自尔、独化的，其生不资于道，不待于"有"(物)，"物各自生，无所出焉"，"任其自成"④，"物之生也，莫不块然而自生"⑤。"块然"一词，成玄英疏曰："大块者，造物之名，亦自然之称也。"⑥也就是说，事物的生灭变化是事物内部随顺自然变化的结果，完全不受外界的干预。既然如此，万物之间的大小、美丑、好坏、是非等等的分别也就完全没有必要过多强调，"夫以形相对，则大山大于秋毫也。若各据其性分，物冥其极，则形大未为有余，形小不为不足。[苟各足]于其性，则秋毫不独小其小而大山不独大其大矣。"⑦更进一步，郭象对事物的认识，不讲也不要客观的标准，他认为只要主观的安其性命，任何事物就都是"自得"的，都是按照本身自然的、本然的状态存在着，如此就会达到自我的满足。

对老子哲学中的"无为"思想，郭象也给予了新的阐释。他认为"无为"不是和"有为"相对立的概念，"无为"自身就包含着有为，"无为者，非拱默之谓也。直各任其自为，则性命安矣。"⑧郭象认为，"无为"并非如泥塑菩萨，只是拱手静坐，沉默不言。就根本上来说，"无为"的本质乃是发乎本性，顺乎自然，不需矫情妄为，"夫工人无为于刻木，而有为于用斧；主上无为于亲事，而有为于用臣。臣能亲事，主能用臣；斧能刻木，而工能用斧。各当其能，则天理自然，非有为也。""率性而动，故谓之无为也。"⑨只要合乎天理，出于自然，顺其本性，这样的有为，也就是无为。"无为"和"有为"是统一的，"夫王不材于百官，故百官御其事，而明者为之视，聪者为之听，知者为之谋，勇者为之扞。夫何为哉？玄默而已。而群材不失其当，则不

① (唐)陆德明编，黄焯汇校《经典释文汇校·序录》，中华书局2008年版，第28页。
② 《庄子集释·齐物论》注，第56页。
③ 《庄子集释·齐物论》注，第111—112页。
④ 《庄子集释·人世间》注，第162页。
⑤ 《庄子集释·齐物论》疏，第46页。
⑥ 《庄子集释·齐物论》注，第46页。
⑦ 《庄子集释·齐物论》注，第81页。
⑧ 《庄子集释·在宥》注，第369页。
⑨ 《庄子集释·天道》注，第466页。

材乃材之所至赖也。”[1]本于此，郭象认为自然界以及社会上的万事万物，凡是存在的都是合理的。社会上的每个人，都应该各安其位，以他自己的生活方式、存在方式尽他的本分，这样就是自足其性，这种自足其性的生存方式才是合理的，值得颂扬的：

天性所受，各有本分，不可逃，亦不可加。[2]

性各有分，故知者守知以待终，而愚者抱愚以至死，岂有能中易其性者也！[3]

故天地万物，凡所有者，不可一日而相无也。[4]

如此，郭象对人、自然、社会的要求必然是“物安其分”，“庖人尸祝，各安其所司；鸟兽万物，各足于所受；帝尧许由，各静其所遇。此乃天下之至实也。各得其实，又何所为乎哉？”[5]厨子、巫师，各安己之所为；自然界的屑屑微物，各各“含哺而熙，鼓腹而游”；帝王、隐士，皆能怡愉自己的境遇，这就是天下最理想的局面，“夫大小虽殊，而放于自得之场，则物任其性，事称其能，各当其分，逍遥一也，岂容胜负于其间哉！”[6]在对《庄子》中《逍遥游》的注解时，郭象认为：“夫大鹏之上九万，尺鷃之起榆枋，小大虽差，各任其性。苟当其分，逍遥一也。”[7]郭象由此推论：“若夫任自然而居当，则贤愚袭情而贵贱履位，君臣上下，莫非尔极，而天下无患矣。”[8]在郭象看来，社会各色人等，都应有自己的随顺心性的生活方式，尊卑贵贱，各在其位，“臣妾之才，而不安臣妾之任，则失矣。故知君臣上下，手足内外，乃天理自然，岂真人之所为哉！”[9]我们知道，隐逸生活的为人推崇，固不始于郭象。郭象此论对时代隐逸思潮的意义在于：他系统阐释了隐者生活与入世者生活的关系，认为他们都是作为个体的人的自然而然的生存状态，“夫任自然而忘是非者，其体中独任天真而已，又何所有哉！”[10]就“各适其性”这一

---

① 《庄子集释·人世间》注，第177页。
② 《庄子集释·养生主》注，第128页。
③ 《庄子集释·齐物论》注，第59页。
④ 《庄子集释·大宗师》注，第225页。
⑤ 《庄子集释·逍遥游》注，第26页。
⑥ 《庄子集释·逍遥游》注，第1页。
⑦ 《世说新语笺疏·文学》刘孝标注引，第260页。
⑧ 《庄子集释·在宥》注，第376页。
⑨ 《庄子集释·齐物论》注，第58页。
⑩ 《庄子集释·齐物论》注，第44页。

点来说，都是一种自然的选择，一种自然的生活状态，不是欲走"终南捷径"之流的刻意为之。这些隐者虽身处西晋后期的乱世，某些士人迫于现实之动乱而欲退避自保，但就他们的心理定位而言，这种退避自保也不是一种痛苦的无奈之举。既然社会各色人等应"各适其性"，那么入世的追求既无法满足，自然就要随顺心性，过着与世无争，逍遥自在的归隐生活了。同时，郭象理论的意义还在于，既然人的生活应"各适其性"，那么，"适性"就是生活的目标，而非去刻意判别出世、入世生活的孰优孰劣。

我们知道，理论的从提出到被士人接受再到内化为士人精神的一部分，进而在行动上不自觉地践行，有一个渐进的过程，而这个渐进过程的时间可长可短。故而，在西晋一朝，郭象虽已然提出"独化"论及根植于"独化"论基础上的人的"各适其性""体任逍遥"的行为模式，这为隐逸者摆脱现实种种名缰利锁之羁绊，摆脱战乱对人的生命的摧残，无疑是大有裨益的。更主要的是，郭象这种理论学说以"适性"为归宿，那么，"按此逍遥理论，人不必非得遁世，非得到山林中去求得精神的自由，只要满足了自己的性分，即在庙堂之上，亦可获得精神的自由。"[①]在士人自身安危无虞之时，在仕途中，只要"适性"，也是可以隐一隐的，即在仕途上不过多过问劳神伤身之俗事，完全可以过着"不以物务婴身"的超然物外的洒脱生活，"近在剡，如入官舍"[②]，"然贤人君子，虽居庙堂之上，无异于山林之中，斯穷理尽性之妙，岂有识之者邪！是故不婴于祸难者，非为避之，但冥心至趣，而与吉会耳。"[③]就是这种生活方式的极好说明。这种生活方式实际上是一种朝隐、中隐。这种路子，在汉代东方朔那里已躬行实践过，但东方朔的实践是一种缺少理论支撑的不自觉为之。郭象此论，在他生活的战乱频仍的西晋一朝，因缺少实践的环境，加之，理论的被士人普遍接受到内化为自觉的行为，尚需一过程。故而，这一理论的付诸实践是直到东晋、南朝才开始的，"受这种体任逍遥人格理想的左右，晋宋时期掀起一股尚隐之风"[④]，而"体任逍遥的人格理想"，"实际上就是'适性'。"[⑤]陶渊明及朝隐的谢安，中隐的谢朓是这种行为模式的代表。

---

① 詹福瑞《南朝诗歌思潮》，河北大学出版社 2005 年版，第 22 页。

② 《全晋文·辛谧〈遗冉闵书〉》，第 2148 页。

③ 《全晋文·戴逵〈与所亲书〉》，第 2249 页。

④ 《南朝诗歌思潮》，第 24 页。

⑤ 《南朝诗歌思潮》，第 79 页。

第二节　阮籍隐逸文学的情感、风格特征及其成因

正始时期隐逸文学创作较之此前，有了长足的进步，隐逸文学的代表作家无疑是阮籍、嵇康，正是二人的创作，才使隐逸文学的创作出现大的飞跃，从而使隐逸主题在文学史上引人注目。一般认为，在司马氏淫威下，阮籍内心十分苦闷，虽其行为多率性、洒脱之举，但这种行为主要是为着移开司马氏的疑忌目光，是极度苦闷心态下的矫作为之。但当我们重新考察文献后，对这种惯常认识，却会产生不同的认识。这种认识也会自然地启发我们对阮籍隐逸文学创作的特征与其性格之关系，以及与时代思潮——玄学之关系，作更深入地思考。

一、阮籍的洒脱与苦闷

现实中的阮籍多违拗礼法之率性、洒脱行为，《晋书·阮籍传》云："籍容貌瑰杰，志气宏放，傲然独得，任性不羁，而喜怒不形于色。或闭户视书，累月不出；或登临山水，经日忘归。博览群籍，尤好《庄》《老》。嗜酒能啸，善弹琴。当其得意，忽忘形骸。时人多谓之痴……""籍嫂尝归宁，籍相见与别。或讥之，籍曰：'礼岂为我设邪！'邻家少妇有美色，当垆沽酒。籍尝诣饮，醉，便卧其侧。籍既不自嫌，其夫察之，亦不疑也。兵家女有才色，未嫁而死。籍不识其父兄，径往哭之，尽哀而还。其外坦荡而内淳至，皆此类也。"[①]其实，阮籍的个性，同时期的嵇叔良在《魏散骑常侍步兵校尉东平相阮嗣宗碑》中，盖棺定论："得意忘言，寻妙于万物之始；穷理尽性，研几于幽明之极。和光同略，群生莫能属也；确不可拔，当途莫能贵也。或出或处，与时升降；或默或语，与世推移。望其形者犹登岳涉海，荡然无以究其高、测其深；览其神者，犹旁璞亲珪，肃然无不钦其宝而伟其奇也。不屑夷、齐之洁，故其清不可尚也；不履惠、连之污，故其道不可屈也。""峨峨先生，天挺无欲。玄虚恬淡，混齐荣辱。荡涤秽累，婆娑山足。胎胞造化，韬韫光烛。鼓棹沧浪，弹冠峤岳。颐神大素，简迈世局。澄之不清，溷之不浊。翱翔区外，遗物庶俗。隐处巨室，反真归漠。……"[②]

这些记载，一方面向人们展示了阮籍洒脱不羁的风流举止。同时，也

---

① 《晋书·阮籍传》，第1359—1361页。

② 《全晋文》，第1351页。

说明了阮籍这种行为的原因。“博览群籍，尤好《庄》《老》”云者，说明阮籍对“委曲周旋仪”之行为极为反感，这种完全一准名教之行为，确实“姿态愁我肠”。相反地，他对老庄“宁游戏污渎之中自快，无为有国者所羁”的不受拘束、洒脱随性生活就极为推重。嵇叔良为阮籍所作碑铭，重点指出阮籍不拘礼法行为的学理根据：“得意忘言，寻妙于万物之始；穷理尽性，研几于幽明之极。”阮籍因其精湛的老庄哲学素养，故而，才会在时事纷纭的魏晋易代之际有如此不蹈常轨的行为。

“籍本有济世志，属魏、晋之际，天下多故，名士少有全者，籍由是不与世事，遂酣饮为常。”[①]《晋书》这一记载认为，阮籍的“酣饮为常”等风流任诞作为，完全是时势使然，是其不得不为之的。但实际上，在对阮籍的一生行为进行更全面考察后，我们认为，这种认识却不尽然。魏晋风流的形成，固然与当时政治的黑暗有关，但玄学的影响却更为直接。当正始年间王弼、何晏诸人于洛阳大肆煽动玄风之时，此时并未出现由于大肆杀戮异己而造成的恐怖局面，尤其是何晏等人，当时炙手可热，是曹爽很是倚重的股肱，生命不可能受到威胁，如不是司马懿不显山露水之老谋深算，高平陵之变是否得以发生，实在是难以预料的事。故而，我们认为，阮籍的风流洒脱的个性，一方面源于自身“博览群籍，尤好《庄》《老》……”；另外，其父阮瑀作为建安七子之一，本身就有洒脱不受拘束之本性，《三国志·阮瑀传》注引《文士传》曰：“太祖雅闻瑀名，辟之，不应，连见偪促，乃逃入山中。太祖使人焚山，得瑀，送至，召入。”阮籍的侄子阮咸，“任达不拘”。阮咸之子阮瞻，“性清虚寡欲，自得于怀。读书不甚研求，而默识其要。”[②]另一子阮孚，“蓬发饮酒，不以王务婴心。……不以事任处之。转丞相从事中郎。终日酣纵。”[③]阮籍之子阮浑，“字长成，有父风。少慕通达，不饰小节。籍谓曰：‘仲容已豫吾此流，汝不得复尔！”[④]家族传统既如此，阮籍之风流任诞当为渗入血脉里的家族遗传及后天自觉的学养所致。《晋书》曰：“籍容貌瑰杰，志气宏放，傲然独得，任性不羁。”这段记载，完全是一种中立的叙述，是对阮籍平时表现及性格的客观描述。又云其“当其得意，忽忘形骸。时人多谓之痴……”认为其“忽忘形骸”之洒脱风流之举止，完全是“当其得意”，摆脱外在羁绊后的不自觉行为，而这种行为已然内化为阮籍日常行为之中，成为其性格的一部分，以致被外人以“痴”目之。我们固然承认，阮籍的嗜

① 《晋书·阮籍传》，第1360页。
② 《晋书·阮籍传》，第1363页。
③ 《晋书·阮籍传》，第1364页。
④ 《晋书·阮籍传》，第1362页。

饮有为逃避现实的考虑，但其骑驴追女，醉卧邻女之侧，为兵家女祭奠，母亲亡殁时的表现等事迹，都使人无法从逃避现实政治方面寻找缘由。合理的解释，只能认为这是阮籍本身真率、洒脱个性的表现，是时代风流的体现。

阮籍个性中本有真率、洒脱的一面。当然，在其时司马氏以名教为幌子的高压胁迫下，自身的尊严、自由，乃至生命都受到严重的威胁。此种情况下，阮籍内心深处，肯定十分苦闷，个中详情，前人多有论述，此不赘。

二、阮籍隐逸文学创作与其性格关系发微

阮籍不同隐逸作品的情感特征有很大差异，有些一派愁苦之音，内在有着剧烈的情感振荡；有些则较为平和，较少情感的剧烈冲突。这种差别形成的因由，当与阮籍的性格有密切关系。

（一）阮籍隐逸文的情感风貌

就情感表现言之，阮籍隐逸文大致可分为两类。一类如《老子赞》等。《老子赞》云："阴阳不测，变化无伦，飘飖太素，归虚反真。"[①]阮籍在对隐逸人物、隐逸思想的看似客观的描述中，却笔底有情，不自觉流露出对这一行为、这种思想的欣赏。另一类如《首阳山赋》等，则呈现别样一种风貌。《首阳山赋》节录如下：

> 在兹年之末岁兮，端旬首而重阴。风飘回以曲至兮，雨旋转而纤襟。蟋蟀鸣乎东房兮，鹈鴂号乎西林，时将暮而无俦兮，虑凄怆而感心。振沙衣而出门兮，缨委绝而靡寻。步徙倚以遥思兮，喟叹息而微吟。将修饬而欲往兮，众蠢蠢而笑人。静寂寞而独立兮，亮孤植而靡因。怀分索之情一兮，秽群伪之乱真。信可宝而弗离兮，宁高举而自傧。聊仰首以广頫兮，瞻首阳之冈岑。树丛茂以倾倚兮，纷萧爽而扬音。下崎岖而无薄兮，上洞彻而无依。凤翔过而不集兮，鸣枭群而并栖。飏遥逝而远去兮，二老穷而来归。实囚轧而处斯兮，焉暇豫而敢诽。嘉粟屏而不存兮，故甘死而采薇。彼背殷而从昌兮，投危败而弗迟；此进而不合兮，又何称乎仁义。肆寿夭而弗豫兮，竞毁誉以为度。察前载之是云兮，何美论之足慕。苟道求之在细兮，焉子诞而多辞。且清虚以守神兮，岂慷慨而言之。[②]

① 《阮籍集校注》，第 193 页。
② 《阮籍集校注》，第 27 页。

此赋作于正元元年(254),“本年十月高贵乡公即位前。”[1]陈伯君校注引范陈本文末注云:“嗣宗当魏晋交代,志郁黄屋,情结首阳,托言于夷、齐,其思长,其旨远,其词隐。”[2]此时曹魏政权大势已去,司马氏更加肆无忌惮杀戮异己。此年九月,司马师将其政敌李丰等夷灭三族,废黜齐王曹芳,其时作者正为司马师府从事中郎,亲历了这场事变。十月,立曹髦为帝,改元正元。政局纷纭,司马氏磨刀霍霍。血腥屠戮的过程,如黎明前之暗夜,漆黑一团,阴森逼人。阮籍既为士人领袖,敏锐地感受到时代风云的激荡。赋“志郁黄屋”,对现实政治的失望是很明显的。赋首先描绘出一幅低沉阴森的秋景,这令作者“虑凄怆而感心”。如此压抑的气息下,作者自然有了“宁高举而自傧”之隐逸情愫。既有此想法,仰首远眺,目光不经意间,落到隐者伯夷叔齐的墓葬之地。由此,引发作者对这两位隐者事迹的感喟:“凤翔过而不集兮,鸣枭群而并栖。飚遥逝而远去兮,二老穷而来归。”一反历代对这两位隐士的美誉之词,而把他们放到了和“鸣枭”同类的位置。我们知道,在古代文学意象中,“枭”多是恶鸟的代称,《诗·大雅·瞻卬》云:“懿厥哲妇,为枭为鸱。”郑玄笺曰:“枭鸱,恶声之鸟。”《汉书·郊祀志》记载:“后人复有言‘古天子常以春解祠,祠黄帝用一枭、破镜……’”对于该句,颜师古注引张晏曰:“枭,恶逆之鸟。”注引孟康曰:“枭,鸟名,食母。破镜,兽名,食父。黄帝欲绝其类,使百吏祠皆用之。”注引如淳曰:“汉使东郡送枭,五月五日作枭羹以赐百官。以其恶鸟,故食之也。”白居易《凶宅诗》亦云:“枭鸣松桂枝,狐藏兰菊丛。”可见,“枭”之恶声,已成传统文学之定论。此鸟“群而并栖”于伯夷叔齐墓地之上,作者对两位隐者的情感态度,是不言自明的。与之对应,那些清高芳洁的“凤凰”之类,却远离伯夷叔齐墓地而“远去”。阮籍为何如此丑化两位隐者呢?原来,阮籍认为他们“彼背殷而从昌兮,投危败而弗迟;此进而不合兮,又何称乎仁义?肆寿夭而弗豫兮,竞毁誉以为度。察前载之是云兮,何美论之足慕。苟道求之在细兮,焉子诞而多辞。”进,既不符合儒家“仁义”之标准;退,也不符合隐者“清虚以守神”之要求。如此之人,当然不能获得阮籍之青眼!阮籍希望在如此恐怖,让人不堪的环境下,做一位真正的,能“清虚自守”的隐者,这是阮籍的真实想法。以此为标准,那些沽名钓誉,既选择隐居又“竞毁誉以为度”,“诞而多辞”之人,必然引起阮籍的不满。于是,愤懑之情油然而起,发之于文,也必然是满纸不平之气了。

---

① 《中古文学系年》,第571页。

② 《阮籍集校注》,第28页。

此外，类似的隐逸文还有《大人先生传》。此文首先不吝笔墨，刻画出一位特立独行的高士："大人先生盖老人也。不知姓字。陈天地之始，言神、黄帝之事，昭然也。莫知其生平年之数。尝居苏门之山，故世或谓之。问养性延寿，与自然齐光，其视尧舜之所事若手中耳。以万里为一步，以千岁为一朝。行不赴而居不处，求乎大道而无所寓。先生以应变顺和，天地为家，运去势隤，魁然独存，自以为能足与造化推移，故默探道德，不与世同。……遗其书于苏门之山而去，天下莫知其所如往也。"此后，又具体描写大人先生与君子、隐士、薪者的对话，最后大人先生感叹："呜呼！时不若岁，岁不若天，天不若道，道不若神。……必超世而绝群，遗俗而独往，登乎太始之前，览乎沕漠之初，虑周流于无外，志浩荡而自舒。飘飖于四运，翻翱翔乎八隅。欲纵而仿佛，洸漾而靡拘，细行不足以为毁，圣贤不足以为誉，变化移易，与神明扶。廓无外以为宅，周宇宙以为庐，强八维而处安，据制物以永居：夫如是则可谓富贵矣。是故不与尧舜齐德，不与汤武并功；王许不足以为匹，阳丘岂能与比踪，天地且不能越其寿，广成子曾何足与并容。激八风以扬声，蹑元吉之高踪；被九天以开除兮，来云气以驭飞龙。专上下以制统兮，殊古今而靡同；夫世之名利胡足以累之哉！故提齐而蹴楚，挈赵而蹈秦，不满一朝而天下无人，东西南北莫之与邻。悲夫！子之修饰，以余观之，将焉存乎？"[①]其实，这一高士就是阮籍自己洒脱个性的真实折射，"此亦籍之胸怀本趣也"。[②] 但在与君子、隐士、薪者的不同对话中，作者对现实的批判也一览无余，尤其对"怀欲以求多，诈伪以求名"，"假廉以成贪，内险而外仁"的正人君子更是厌恶至极，将他们比作裤裆里的群虱，指出"汝君子之礼法，诚天下残贼、危乱、死亡之术耳"。文中两种情感之冲突自不待言。

史载，"籍能属文，初不留思。"[③]就是因为"不留思"，不是有意为之，更能反映阮籍的真实性格。其不经意间流露出的对不受拘束，特立随性人物的颂扬，对隐逸思想的推崇，不正是阮籍自己洒脱个性的反映吗？在其《达庄论》《通老论》中，阮籍更是对老庄自然、放达的处世哲学极力称赞，对虚伪造作的儒法之士大加鞭挞。

（二）阮籍隐逸诗的情感风貌

阮籍隐逸诗也和其隐逸文一样，有些较为平和，内心较为恬静；有些却

---

① 《阮籍集校注》，第185—186页。
② 《晋书·阮籍传》，第1362页。
③ 《晋书·阮籍传》，第1361页。

是一派闪烁其词的愁苦之音，内在有着剧烈的感情振荡。兹举例如下：

《咏怀诗十三首》之十一：

我徂北林，游彼河滨。仰攀瑶干，俯视素纶。隐凤栖翼，潜龙跃鳞。幽光韬影，体化应神。君子迈德，处约思纯。货殖招讥，箪瓢称仁。夷叔采薇，清高远震。齐景千驷，为此埃尘。嗟尔后进，茂兹人伦。荜门圭窦，谓之道真。①

诗中，阮籍有感于现实的压抑而自愿逃避，但其中确也有作者对高隐生活的真切向往，"'君子迈德，处约思纯'一语，正是作者立身行事的基本信条。全诗明为劝进后学，实亦含有作者自勉。"②这种生活当是阮籍一直向往的，而不管外在环境如何。也就是说，在这些诗中，阮籍内心的冲突不是很强烈，诗中没有两种世界观的激烈对抗。

阮籍"为世所重"的八十二首《咏怀诗》中，有不少隐逸诗，这些诗中情感的激荡就十分剧烈了，下举诗例及后人有代表性的评论，讨论之。

一日复一朝，一昏复一晨。容色改平常，精神自飘沦。临觞多哀楚，思我故时人。对酒不能言，凄怆怀酸辛。愿耕东皋阳，谁与守其真。愁苦在一时，高行伤微身。曲直何所为？龙蛇为我邻。（三十四）③

陈祚明曰："'高行伤微身'，可知亦以贫贱为伤矣。然有所不顾者，高行不可失也。"④黄节引蒋师瀹曰："此言酸辛之怀，有蛰以存身而已。亦不能俯仰而从人也。"⑤黄侃曰："故人皆已徂谢，此身愧然独存，忧生之余，但思隐退。终日愁苦，不救于死亡；高行自修，徒苦其形体；是非得失，何事纷纭？龙蛇屈伸，所以存身而无害也。"⑥

危冠切浮云，长剑出天外。细故何足虑，高度跨一世。非子为我

① 《阮籍集校注》，第 439 页。
② 《竹林七贤诗文全集译注》，第 186 页。
③ 《阮籍集校注》，第 313—314 页。
④ 《采菽堂古诗选》，第 247 页。
⑤ 黄节《曹子建诗注　阮步兵咏怀诗注》，中华书局 2008 年版，第 369 页。
⑥ 《阮籍集校注》，第 315 页。

御，逍遥游荒裔。顾谢西王母，吾将从此逝。岂与蓬户士，弹琴诵言誓。(五十八)[①]

陈祚明曰："此与'鸿鹄相随飞'一章略同。彼云'网罗孰能制'，故知乡曲士言彼徒也。此云：'弹琴诵言誓'，似蓬户士亦有志而无权者。志异辞同，隐士也。思之计之，而不得复欲置之，直以为细故矣。"[②]黄节引蒋师瀹曰："此即嗣宗所谓大人先生也。谢西王母，仙亦不足学矣。"[③]黄侃曰："远游负俗，阮公所以见嫉于礼法之士，殆以此欤？"[④]

猗欤上世士，恬淡志安贫。季叶道陵迟，驰骛纷垢尘。甯子岂不类？杨歌谁肯殉？栖栖非我偶，徨徨非己伦。咄嗟荣辱事，去来味道真。道真信可娱，清洁存精神。巢由抗高节，从此适河滨。(七十四)[⑤]

曾国藩曰："'甯子'二句，谓甯戚非全不知道者，而饭牛之歌果为何事而肯以身殉之也。薄甯戚而慕巢由，阮公之志事著矣。咄嗟犹须臾也。言荣来辱去，不过须臾间事，吾但味吾道真而已。"[⑥]黄侃曰："不能合于道真而驰骛于尘俗者，虽如甯戚之讴歌求用于世，栖栖皇皇，犹羞与偶。必若巢、由抗节，乃获我也。"[⑦]

这些诗中有对"采薇士"的艳羡，有对高山幽林生活的向往，有对"流泛轻舟"的追慕，但阮籍在展开这些情愫的前后，无不是以相对的人物或场景作为陪衬的。如"步出上东门，北望首阳岑。下有采薇士，上有嘉树林"之后，就是"良辰在何许，凝霜沾衣襟。寒风振山冈，玄云起重阴。"在"愿登太华山，上与松子游。渔父知世患，乘流泛轻舟"之前，却是"朝阳不再盛，白日忽西幽。……人生若尘露，天道邈悠悠。齐景升丘山，涕泗纷交流。""愿耕东皋阳，谁与守其真"愿望的前提，是因为"一日复一朝，一昏复一晨。容色改平常，精神自飘沦。""甘彼藜藿食，乐是蓬蒿庐"之后，就是"朝生衢路旁，夕瘗横术隅。欢笑不终宴，俯仰复欷歔"的苦闷。"猗欤上世士，恬淡志安贫。""道真信可娱，清洁存精神。巢由抗高节，从此适河滨。"而这些愿望

① 《阮籍集校注》，第360页。
② 《采菽堂古诗选》，第250页。
③ 《曹子建诗注　阮步兵咏怀诗注》，第403页。
④ 《阮籍集校注》，第361页。
⑤ 《阮籍集校注》，第389页。
⑥ 《阮籍集校注》，第391页。
⑦ 《阮籍集校注》，第392页。

却是与“季叶道陵迟，驰骛纷垢尘。”“栖栖非我偶，徨徨非己伦”相关联的，“咄嗟荣辱事，去来味道真”应是阮籍的无奈之举。诗后的评论更具体指出诗人的苦闷因缘。而阮籍笔下的神仙世界，也不似曹操、曹植的那般明快、爽朗，而是充满着一种压抑、阴郁的气息，“昔有神仙者，羡门及松乔。噏习九阳间，升遐叽云霄”之后，就发出“人生乐长久，百年自言辽。白日陨隅谷，一夕不再朝”的哀叹。

（三）隐逸诗文情感差异与性格之关系

如果我们认为阮籍在部分诗歌及隐逸文中，所表露的心迹是真实的。那么，其他部分隐逸文及《咏怀诗》中的隐逸作品，是否也是如此呢？我们认为，阮籍与此后的潘岳诸人“心画心声总失真”[①]不同，作为被后世公认的魏晋风流的代表，真率、自然是其个性的显著特点，其为诗、为文并不存在伪饰的问题。两类隐逸作品都是阮籍心迹的真实表露。阮籍本性率真、风流，有着“潇洒送日月”的心态。因之，他在文中表现这种思想，包括对隐逸生活的向往，给隐士唱赞歌，都是非常正常的。而另一类有着剧烈情感冲突的隐逸诗、文，该如何理解呢？我们认为主要源于阮籍两种性格的冲突。

一方面，阮籍思想放达，行为放旷、率真；另一方面，又有强烈的功名欲望。《咏怀诗》十五云：“昔年十四五，志尚好诗书。被褐怀珠玉，颜闵相与期。”《晋书》也说：“籍本有济世志。”只是因“属天下多故，名士少有全者。”才不得不收敛强烈的功名欲望。即便如此，阮籍内心对儒家功名的热望也未曾消歇，他一生都与著名儒者袁孝尼有密切来往，儒家自强不息、建功立业、实现人生抱负等基本价值取向，不可能不对阮籍产生影响。同时，他一生一直徘徊于权力中心——司马氏周围，甚至在司马炎逼魏自禅的关键时刻，还为其起草了《为郑冲劝晋王笺》。

然而，司马氏的高压却决定了阮籍即便跻身仕途，也很难长久过上一种真正随性、率真的生活。且不说司马氏在篡夺政权的过程中，是怎样地制造杀戮，使名士终日惴惴不安；也遑论崇尚名教的政策是怎样地压抑人性。即便没有这两个前提，阮籍本身的性格也很难适应循规蹈矩的仕途生活。风流洒脱的天性与汲汲进取的热望，这两种对立的矛盾一直在阮籍内心搏斗，而进取的热望又与现实的恐怖气氛格格不入，这是阮籍内心苦闷的根源。其《达庄论》虽崇尚庄子的“等是非”“齐万物”等思想，但同时，仍认为“六经之言，分处之教也；庄周之云，致意之词也。大而临之，则至极无

① 郭绍虞主编《中国历代文论选》，上海古籍出版社 2001 年版，第 449 页。

外；小而理之，则物有其制。”[①]阮籍与嵇康一样，内心一直都有儒家思想的影子，至死也不例外。而愈是受儒家思想的影响，其进取的欲望愈发强烈，与现实的碰撞也就愈激烈，如此，苦闷也就更深沉。可以这么认为，阮籍思想的底色是相当模糊的，儒、道两家交替左右——受老庄思想影响较深时，作品的调子就比较明朗，爽静。反之，当儒、道二家在其内心冲突而儒家进取精神占据上风，而现实的污浊却又无法摆脱时，作品就多剧烈的冲突，从而作品的面貌呈现出忧郁的气息，也就更多愁苦之音了。

当然，阮籍一直想调和这两种矛盾的个性，后期某些故作的刻意的任诞、放达，从某种意义上讲，就是想以此种行为来消弭内心解不开的愁苦。当然，这种消弭并没有成功，甚至更增其痛苦，《咏怀诗》中弥漫天地的暗淡氛围就宣布了阮籍这种努力的失败。

三、阮籍隐逸诗的风格与隐逸精神及玄学之关系

上面专就阮籍诗文的情感与其性格之关系进行阐发，此一部分专就其诗歌风格与隐逸精神及玄学之关系立论。所谓隐逸精神，是指士人身上具有的对隐逸的认同、向往等意识、思维活动和一般心理状态。这种精神有些是士人初始性格本就具有的，有些是受时代隐逸思潮浸染而形成的。我们知道，诗歌的风格固然和诗歌的内容有关，但更主要的是与诗人的个性，与诗人的精神气质相关。也与一个时代的思潮相关，尤其是当这种思潮被诗人接受，内化为诗人气质的一部分时，这种社会思潮也必然深刻地影响到作品的风格，隐逸诗当然也不会例外。

（一）阮籍隐逸诗的自然悠远风格与隐逸精神之关系

阮籍不少隐逸诗一派愁苦之音，这是就内容而言。至于其诗歌的风格特色，前人多有论述，如《诗品》认为：“其源出于小雅，无雕虫之功。而《咏怀》之作，可以陶性灵，发幽思。言在耳目之内，情寄八荒之表。洋洋乎会于风雅，使人忘其鄙近，自致远大，颇多感慨之词。厥旨渊放，归趣难求。颜延之注解，怯言其志。”[②]《文心雕龙·明诗》云：“阮旨遥深，故能标焉。”[③]强调了阮籍诗歌悠远的风格。关于阮籍诗歌的“遥深”这一特点，刘师培在《中国中古文学史讲义》中指出：“……彦和所谓‘遥深’，即阮诗之旨言，非阮诗之体也。”[④]对刘师培的判断，詹锳先生认为：“其实‘遥深’即是《体性》

---

① 《阮籍集校注》，第 142 页。

② 《诗品笺注》，第 69 页。

③ 《文心雕龙义证》，第 199 页。

④ 刘师培《中国中古文学史讲义》，上海古籍出版社 2000 年版，第 42 页。

篇所列八体之一‘远奥’的风格。‘阮旨遥深’是说阮籍为了避祸，写诗多用象征手法来表现他对现实的不满，很难理解……”[①]就阮籍的隐逸诗而言，以上论述，同样适合。我们固然承认，阮籍诗歌多用象征手法，这是造成其诗“遥深”风格的主要原因，其旨意的“遥深”“晦涩”，以致到了刘宋时代的颜延之为之注解，即“怯言其志”。其实，我们在谈论阮籍诗歌的特点时，强调“遥深”，固然没有问题，但我们也不应该忽视阮籍诗歌的另一特点，即“自然”。钟嵘评阮籍诗曰：“无雕虫之功”，曹旭对“雕虫之功”笺注云：“此指刻意雕琢，追求的文学技巧。”他认为：“阮籍诗，神到兴致，直抒胸臆，无雕虫之巧，琢磨之迹。”[②]徐公持先生也持同样观点，且具体分析如下：

> 《咏怀诗》在风格上有二显著特点：含蓄蕴藉，自然飘逸。
>
> 蕴藉含蓄，亦即……
>
> 自然飘逸，亦诗歌品格。……《咏怀诗》取材随意，往往偶然意念，信手拈来，便成篇章；其命意旷远萧散，多在若即若离之间，不执着凿实；其结构亦不紧密，张弛适度；其章句如行云流水，宛转无方，而委顺畅达；其文字既含采润，又颇浑朴，不作刻意雕琢。要之《咏怀诗》在表现风格方面亦任情适性，体现自然精神。……王夫之曰：“步兵《咏怀》，自是旷代绝作，远绍《国风》，近出入于《十九首》，而以高朗之怀，脱颖之气，取神似于离合之间，大要如晴云出岫，舒卷无定质。”（《古诗评选》）其说极是，道出《咏怀诗》自然飘逸风格要谛。[③]

含蓄蕴藉，体现在风格上，以“悠远”为主，“自然飘逸”之“飘逸”，也与“悠远”接近。而“自然”则是徐先生重点强调的。徐先生对“自然”的分析鞭辟入里，指出阮籍《咏怀诗》自然特质的内涵。关于这八十二首《咏怀诗》的创作情况，臧荣绪《晋书》认为：“……籍属文初不苦思，率而使作，成陈留八十余篇。”[④]此与《晋书》中的记载“籍能作文，初不留思，作《咏怀诗》八十余篇，为世所重”[⑤]基本一致。“初不留思”“初不苦思”“率而使作”云云，是就创作态度、过程而言的，指出阮籍的创作多是率性而为，自然而然地创作，而非呕心沥血的苦吟式创作。如此，阮籍作品中的情感及其使用的风

① 《文心雕龙义证》，第201页。
② 《诗品笺注》，第71页。
③ 《魏晋文学史》，第183—184页。
④ 《魏晋南北朝正史订补文献汇编(2)·晋书辑本》，北京图书馆出版社2004年版，第703页。
⑤ 《晋书·阮籍传》，第1361页。

格、意象之自然，而非矫揉造作，也就很容易明白了。再回到徐先生的论证过程，其多举前人如钟嵘、刘勰、司空图、刘师培、王夫之等人的论述，在此基础上引发、深化，而没有对《咏怀诗》，尤其是其中的隐逸之作进行具体分析。或许徐先生认为此点无须说明，前人的论述即为明证。

就本书的论证而言，因立足于隐逸文学的讨论，持此立足点，再来剖析《咏怀诗》的风格，或可丰富徐先生的观点，或在此基础上，得出较为厚实的论断。如《咏怀诗》其九：

> 步出上东门，北望首阳岑。下有采薇士，上有嘉树林。良辰在何许？凝霜沾衣衿。寒风振山冈，玄云起重阴。鸣雁飞南征，鶗鴂发哀音。素质游商声，凄怆伤我心。①

此诗，“因乱极而思首阳以寄慨。”②阮籍因时局的不堪而想起殷、周之际的伯夷、叔齐，二人不食周粟而死的事迹，于阮籍心有戚戚焉。事实确也如此。诗中的情感是真挚、自然的。然而，“此篇托言出望首阳，想夫伯夷叔齐采薇而隐者，得其所矣。今我遭此风霜侵迫，阴云拥蔽之时，而贤者避去，如飞雁之南征；馋邪得志，如鶗鴂之先鸣者焉，远近所闻莫非若此，则我心之悽伤岂得已哉！夫夷齐之隐当商周革命之际，而嗣宗以此兴叹，意亦远矣。”③就此诗悠远的风格而言，固然得之于“辞多隐晦”。但我们认为，这也与诗中作者的隐逸情感密切相关。诗中的隐逸意象——夷、齐，一直贯穿全诗，正如王夫之所言：“（‘良辰在何许’）以下四十字，字字有夷、齐在，呼之欲出。虽然，如此评唱，犹恐阮公笑人。”④我们知道，隐逸气质的一个重要标志，在于对世俗的超脱，隐逸意象在诗中的浓烈与否，直接影响诗歌的风格。就此诗而言，作者在司马氏的高压下，出于对现实的忧惧，出于对现实血雨腥风、尔虞我诈的厌恶，加之本身洒脱、风流性格使然，隐逸之思常存之于心，发之于文，固然有所超脱。这应该是造成其诗风悠远的原因之一。又如《咏怀诗》之四十二：

> 王业须良辅，建功俟英雄。元凯康哉美，多士颂声隆。阴阳有舛错，日月不常融。天时有否泰，人事多盈冲。园绮遁南岳，伯阳隐西

① 《阮籍集校注》，第240页。
② 《昭昧詹言》，第86页。
③ 《阮籍集校注》，第245页。
④ 《阮籍集校注》，第245页。

戎。保身念道真，宠耀焉足崇。人谁不善始，尠能克厥终。休哉上世士，万载垂清风！[①]

陈德文曰："时有否泰，事有盈乖，故欲思园、绮南岳，伯阳西戎，为保哲之计，进说于上世清风之士，意远词悲矣。"[②]黄侃曰："时运启之自天。虽有圣哲，逢时则为元凯多士，失时则为园、绮、伯阳。而世之人矜其智力，以为荣枯自己；岂知善始者之不必善终哉！上士清风，于斯为美矣。"[③]两人的论说，更明白指出，因了"思园、绮南岳，伯阳西戎"，故而，本诗"意远词悲矣"。也就是说，阮籍诗歌的悠远风格与诗中充塞的隐逸意象密切相关。

至于自然的风格与隐逸精神的关系，我们认为，主要源于隐逸精神率真的一面。一般而言，隐者与混迹于庙堂之上的士人的一大区别，就在于他们的真率、洒脱，一任真性情自然流露。既然抱定了隐逸的决心，那么现实的荣辱、现实利害等外在的算计，似乎就可以暂时抛开了。于是乎，隐逸之作纯乎一片天然，也是题中应有之义。这样的作品，排斥虚伪造作，排斥无病呻吟。就阮籍的隐逸作品言，一方面在当时的社会环境下，阮籍不像嵇康那样刚烈，遇事辄发，嬉笑怒骂行之于色，他虽采取"文多隐晦"的方式，来倾诉自己的情思。然草蛇灰线，或明或暗，我们总能在诗中体会到诗人的真性情。因之，后人才多认为正始诗风与建安、乃至《诗经》的"风雅"精神相一致。

（二）风格与玄学精神之关系

关于阮籍隐逸诗的悠远自然风格，刘运好先生指出："竹林玄学援老释庄，彻底完成了'清'由哲学范畴向审美范畴的转换。阮籍论清，通《易》学而取庄老之旨，重在论澄澈的心性。《达庄论》曰：'故至人清其质而浊其文，死生无变而未始有云。'……"[④]正始文学的一个重要特点是开始沾染玄学风气。固然，这种玄风还不似东晋的"诗必柱下之旨归，赋乃漆园之义疏"[⑤]般严重，但在阮籍的诗文尤其是隐逸诗中，这种风尚已露端倪，有的篇章还比较严重，"正始明道，诗杂仙心，……唯嵇志清峻，阮旨遥深，故能标焉。"[⑥]正是指出了，正始文学因杂"仙心"，故而有超脱的气质，有悠远、

---

① 《阮籍集校注》，第 329 页。
② 《阮籍集校注》，第 331 页。
③ 《阮籍集校注》，第 331 页。
④ 《陆士龙文集校注》，第 59 页。
⑤ 《文心雕龙义证》，第 1710 页。
⑥ 《文心雕龙义证》，第 199 页。

高旷的格调。其实，这种杂有“仙心”的因素，在某种程度上是特指隐逸因素。阮籍的不少诗歌就是因了对现实的不满，而企图逃避，现实的逃避之途只能是山林，是田园，乃至江湖，而当这种逃避的欲望仅仅是一种欲望，而没有付诸践行之时，此时逃避之地或许就只能是一种虚幻的理想之地，这种理想之地固然可以是山林、田园、江湖，是一切远离现实污浊的世外桃源。推扩言之，人间世外桃源幻化，投射的天阙自然也可以是逃避的对象。就此而言，统而论之，不做严格的区分的话，阮籍诗歌中的杂有“仙心”的诗歌，也是隐逸诗。既如此，那么刘勰认为的“嵇志清峻，阮旨遥深，故能标焉”，立论的出发点就根源于对两人诗歌，尤其是隐逸诗的考察。

徐公持先生在论述阮籍诗歌含蓄蕴藉、自然飘逸的特点时，认为：“决定因素在于诗人性格气质。而《咏怀诗》中所运用手法亦助长了此种诗风的形成。在诸多艺术手法中，比兴的运用最为突出。”①此外，徐先生也指出此一时期流行的玄学思潮对二人创作风格的影响，他认为：

> 阮籍自少“博览群籍，尤好老、庄”（《晋书》本传），正始以后，更对玄学产生浓厚兴趣。此既为时代风尚所趋，亦出于文士自身需要。玄学标举“玄远”“虚胜”，讨论诸如“圣人体无”“言义之辩”“才性之论”等问题，皆具抽象思辨非世俗性质，可以显示清高神韵风致；同时对部分士人而言，玄学亦可起到规避现实矛盾超脱现实厉害作用，为全身远害一逋逃薮。此外，玄学以道家思想为基干，老庄道家向有批判现实既存秩序，否定仁义、礼制等传统，此亦予一些不满现实者提供理论批判武器。阮籍（以及嵇康等）正是从此点出发，致力于玄学。②

徐先生的这一论述专门针对阮籍的创作而言的，这段论述，值得注意者有三：(1)玄学的超越世俗的精神与隐逸精神的一致性；(2)玄学的逃避现实与隐者行为的相似性。对于玄学与隐逸的关系，王瑶与胡大雷两位先生均有精辟的阐释，王瑶先生认为：“魏晋文人希企隐逸之风，也深受着当时玄学的影响。玄学标榜老庄，而老庄哲学本身就是由隐士行为底理论化出发的。玄者玄远，宅心玄远则必然主张超乎世俗，不以物务营心；而同时既注重自然，则当然会希求隐逸。”③胡大雷先生认为：“玄学的时代，玄学

---

① 《魏晋文学史》，第 184 页。

② 《魏晋文学史》，第 176 页。

③ 《王瑶全集・中古文学史论・论希企隐逸之风》，第 216 页。

思想作为社会主流思想而影响广泛，隐逸思想与隐逸诗、赋都有玄学色彩，这是毫不奇怪的。”[①](3)玄学的精神实质导致文学创作风格的“清高神韵风致”。至此，我们愈发清晰地感觉，玄风的影响，是导致阮籍隐逸文学风格形成的一个重要原因。

第三节 嵇康隐逸文学之风格与其个性及隐逸精神之关系

阮籍、嵇康隐逸文学创作与其个性之间的关系较为有趣：两人在正始及稍后司马氏当政时期，面对政治上的高压，心情都比较苦闷，但源于两人初始性格的差异，一个洒脱，一个刚烈，两种个性在选择隐逸文学纾解内心苦闷时，其文学风格也必然会有差异。上节对阮籍隐逸文学创作的风格与其个性及玄学的关系，展开了讨论，本节特就嵇康隐逸文学创作的风格与其个性及时代隐逸精神之间的关系，进行探究。

一、嵇康内心的苦闷与其个性之关系

一般认为，嵇康与曹氏有姻亲关系，如此，他必然同情曹魏政权，而与司马氏之间有不可调和的矛盾，这一矛盾，自然地导致嵇康的常态苦闷心理。这种看法当然没有问题，但我们在阅读文献时，尤其是在对嵇康隐逸文学作深入考察后，对造成嵇康常态苦闷心理原因的认识，会有更多的思考。

嵇康与阮籍一样，都是魏晋风流的代表，而嵇康在两晋时期更为人推崇，[②]这不仅是因为他“有奇才，远迈不群。身长七尺八寸，美词气，有风仪，而土木形骸，不自藻饰，人以为龙章凤姿。”[③]也不仅是因为其优雅的谈吐，是魏晋清谈的表率，更重要的是其率真的行为，尊重自己情感的处世态度，“天质自然”“高情远趣，率然玄远”。[④]

现实中的嵇康与阮籍虽都比较苦闷，但实际生活中阮籍更多洒脱之举，而嵇康却经受更多的苦难。其与曹魏的姻亲关系，导致司马氏一直把他视为异己。而嵇康既为士人领袖，其备受司马氏瞩目，无法超然身外，一

---

① 胡大雷《中古赋学研究·论两晋隐逸赋的玄学色彩》，广西师范大学出版社 2011 年版，第 147 页。

② 徐公持《理极滞其必宣——论两晋人士的嵇康情结》，《文学遗产》1998 年 04 期。

③ 《晋书·嵇康传》，第 1369 页。

④ 《晋书·嵇康传》，第 1369、1374 页。

直处在司马氏的高压威慑之下，也是理所固然，精神倍受煎熬，内心之苦闷可以想见。

嵇康“早孤”，“土木形骸，不自藻饰”，直至竹林之游，他的生活基本还是洒脱的，嵇康性格中“宽简有大量”的一面充分展示出来。这种洒脱的生活也与他“长好老庄”的自修有关，故而，他能“弹琴咏诗，自足于怀。”其后，嵇康的处境开始不妙，因与向秀在大树下锻铁，“颍川钟会，贵公子也，精练有才辩，故往造焉。康不为之礼，而锻不辍。良久会去，康谓曰：‘何所闻而来？何所见而去？’会曰：‘闻所闻而来，见所见而去。’会以此憾之。”导致钟会，“言于文帝曰：‘嵇康，卧龙也，不可起。公无忧天下，顾以康为虑耳。’”[①]这一政治上高压势必会增加嵇康内心的恐惧。

此后，因炙手可热的钟会谮嵇康：“欲助毌丘俭，赖山涛不听。昔齐戮华士，鲁诛少正卯，诚以害时乱教，故圣贤去之。康、安等言论放荡，非毁典谟，帝王者所不宜容。宜因衅除之，以淳风俗。”“帝既昵听信会，遂并害之。”[②]加之中间的山涛让官，嵇康在《绝交书》中的激烈言辞，最后的吕安事件之刺激，嵇康的一生应该说是极度苦闷的。其临终前所作的《幽愤诗》中虽也有“凭宠自放，抗心希古。任其所尚，托好老庄。贱物贵身，志在守朴。养素全真”，“仰慕严郑，乐道闲居。与世无营，神气晏如”之类的想法，甚至还“常修养性服食之事”。我们认为，嵇康这种行为，其实正是内心苦闷的宣泄，是内心极度苦闷状态之下的有意为之，是寄身庄、老，学玄故作洒脱的结果。

嵇康现实中的苦闷，不仅源于其与曹氏家族的姻亲关系，也与其刚烈的个性直接相关。吕安时间发生后，“安引康为证，康义不负心，保明其事，安亦至烈。”[③]“安亦至烈”从反面印证了嵇康性情之“亦”有刚烈的一面。“(康)至汲郡山中见孙登，康遂从之游。登沉默自守，无所言说。康临去，登曰：‘君性烈而才隽，其能免乎！’”“此等语，皆从康性情根本处发。”[④]孙登对其的评价得到了嵇康的高度认同。颜延之咏《嵇中散》诗云其：“鸾翮有时铩，龙性谁能驯？”[⑤]可见其本性之刚烈。他的这种刚烈的性格，在对待炙手可热的钟会时，在写给好友山涛的《与山巨源绝交书》中，在临终弹奏《广陵散》的洒脱外表下的激愤表现上，甚至在其子嵇绍临终时的表现中

① 《晋书·嵇康传》，第1373页。

② 《晋书·嵇康传》，第1373页。

③ 《三国志·王卫二刘傅传》，第606页。

④ (南朝宋)刘义庆撰，杨勇校笺《世说新语校笺》，中华书局2006年版，第463页。

⑤ 《先秦汉魏晋南北朝诗》，第1235页。

都有体现。嵇绍位列《晋书》卷八十九《忠义传》,“绍以天子蒙尘……值王师败绩于荡阴,百官及侍卫莫不散溃,唯绍俨然端冕,以身捍卫,兵交御辇,飞箭雨集,绍遂被害于帝侧。”[①]忠烈之表现,仍有乃父嵇康之身影。嵇康刚直的个性,使他在外压下很容易折断,“君性烈而才隽,其能免乎!”[②]孙登言犹在耳,嵇康已走上了断头台。嵇康的这种源于初始性格之刚烈个性,使他很难在司马氏集团的高压下,从容应对,从而,更增其在现实生活中的苦闷。

二、嵇康隐逸文学中的苦闷及刚烈个性下的恬淡

现实中的嵇康既如此,其隐逸诗文必然有着内在的激烈的冲突,如作于甘露二年(257)的《答二郭诗》:[③]

> 详观凌世务,屯险多忧虞。施报更相市,大道匿不舒。夷路值枳棘,安步将焉如。权智相倾夺,名位不可居。鸾凤避尉罗,远托昆仑墟。庄周悼灵龟,越稷嗟王舆。至人存诸己,隐璞乐玄虚。功名何足殉,乃欲列简书。所好亮若兹,杨氏叹交衢。去去从所志,敢谢道不俱。[④]

陈祚明曰:“倾夺可憎,功名不足重。深讥‘典午’。语取快意,不能含蓄,固已罔虑其祸。”[⑤]诗中隐遁的愿望,是与现实的苦闷相纠结的,外在环境的瞬息万变,使得刚烈的嵇康无法适应这种变化,从而极有可能遭遇意想不到的变故。故而,他只得退守以避,“隐璞乐玄虚”。诗中明确表达了“名位不可居”“远托昆仑墟”的出世情感,但这种情感的产生确是与“权智相倾夺”“鸾凤避尉罗”的现实直接联系在一起的,而更大的原因则是“大道匿不舒”的浑浊,可怖的环境,诗中情感之苦闷可见一斑。《五言赠秀才诗》中,“安得反初服,抱玉宝六奇。逍遥游太清,携手长相随”的愿望,也是因为“吉凶虽在己,世路多崄巇。”“何意世多艰,虞人来我维”[⑥],有此恐惧心

① 《晋书·忠义传》,第 2300 页。

② 《晋书·嵇康传》,第 1370 页。

③ 《嵇康研究及年谱》,第 178 页。

④ 《嵇康集校注》,第 64—65 页。

⑤ 《采菽堂古诗选》,第 230 页。

⑥ 诗作于嘉平元年(249)(《嵇康研究及年谱》,第 106 页)。诗之所以有如此恐惧的心理,当是刚刚经历过高平陵之变这一对士人心理有极大影响的事件,该诗是嵇康前期作品中仅有的内有剧烈冲突的,弥漫着恐惧气氛的隐逸诗。

理，自然不得不退守隐居了。作于同年的《述志诗》之二：①

斥鹦檀蒿林，仰笑神凤飞；坎井蝤蛙宅，神龟安所归。恨自用身拙，任意多永思，远实与世殊，义誉非所希，往事既已谬，来者犹可追，何为人事间，自令心不夷？慷慨思古人，梦想见容辉，愿与知己遇，舒愤启其微，岩穴多隐逸，轻举求吾师，晨登箕山巅，日夕不知饥。玄居养营魄，千载长自绥。②

陈祚明曰："登山不饥，明明首阳之志矣。通首并直遂。"③"直遂"的表达方式与嵇康肆口而出的个性正相吻合，而"首阳之志"的产生确是由于"人事间"之"令心不夷"。缘于嵇康内心之躁动、激愤，才会有"慷慨思古人"，"轻举求吾师"之举，该诗"亦是求新相知意。"④"舒愤启其微"句对嵇康此时心理的微妙的变化，表达得更为准确："启其微"的目的是为了"舒愤"；而对隐者的追求，则是为着"舒愤"的需要，是"舒愤"的结果。诗中，嵇康苦闷的情感表达得很是显豁。

嵇康有作于正元二年(255)的《卜疑》文：⑤

有弘达先生者，……曰："吾有所疑，愿子卜之。"

"……将如箕山之夫，颍水之父，轻贱唐、虞，而笑大禹乎？……宁如老聃之清净微妙，守玄抱一乎？将如庄周之齐物，变化洞达，而放逸乎？宁如夷吾之不吝束缚，而终在霸功乎？将如鲁连之轻世肆志，高谈从俗乎？……"太史贞父曰："吾闻至人不相，达人不卜。若先生者，文明在中，见素表璞，内不愧心，外不负俗，交不为利，仕不谋禄，鉴乎古今，涤情荡欲，夫如是吕梁可以游，汤谷可以浴。方将观大鹏于南溟，又何忧于人间之委曲！"⑥

在对各种方式的功名表达怀疑后，该文以反诘的语气表达对隐逸生活的肯定，对历史上隐逸者、隐逸行为给予赞赏。语气峻切，格调谨严，虽对

① 《嵇康研究及年谱》，第177页。
② 《嵇康集校注》，第37—38页。
③ 《采菽堂古诗选》，第232页。
④ 《嵇康研究及年谱》，第39页。
⑤ 《嵇康研究及年谱》，第153页。
⑥ 《嵇康集校注》，第134—142页。

汲汲功名者有否定之情，但文中内在的情感冲突却不甚强烈，内心痛苦的表现也不深切。

他的部分隐逸诗文也具某些静穆色彩，有的全是如此，兹举例如下：

作于正元二年(254)的《重作四言诗七首》其一：①

富贵尊荣，忧患谅独多，富贵尊荣，忧患谅独多。古人所惧，丰屋蔀家，人害其上，兽恶网罗，惟有贫贱，可以无他。歌以言之，富贵忧患多。②

陈祚明曰：“既称达者之言，乃未知贫贱亦能致患。”③诗中既有达者的通脱，但也有对“富贵尊容”的忧虑，诗中情感基调大类上举《卜疑》。

作于正元元年(254)的《重作四言诗七首》其四：④

绝智弃学，游心于玄默，绝智弃学，游心于玄默，遇过而悔，当不自得，垂钓一壑，所乐一国，被发行歌，和者四塞。歌以言之，游心于玄默。⑤

陈祚明曰：“‘遇过而悔。当不自得’，名言也。言纵使可悔，已不自得也！‘所乐一国’，谓随遇而安。‘和者四塞’，无人处不可与群也。”⑥诗虽也有少许的激愤，少许的不甘，但主导倾向确是对“垂钓一壑”洒脱生活的向往。

作于嘉平四年(252)的《兄秀才公穆入军赠诗十九首》之九：⑦

携我好仇，载我轻车，南凌长阜，北厉清渠，仰落惊鸿，俯引渊鱼，盘于游畋，其乐只且。⑧

刘履曰：“此诗盖叔夜于秀才从戎后所寄，故首述其军中骄勇之情，及

① 《嵇康研究及年谱》，第148页。
② 《嵇康集校注》，第46—47页。
③ 《采菽堂古诗选》，第219页。
④ 《嵇康研究及年谱》，第148页。
⑤ 《嵇康集校注》，第49—50页。
⑥ 《采菽堂古诗选》，第220页。
⑦ 《嵇康研究及年谱》，第122页。
⑧ 《嵇康集校注》，第11页。

盘游于田之乐也。”①

之十三：

> 息徒兰圃，秣马华山，流磻平皋，垂纶长川，目送归鸿，手挥五弦，俯仰自得，游心太玄。嘉彼钓叟，得鱼忘筌。郢人逝矣，谁与尽言。②

刘履曰：“此言秀才从军多暇，既无事于战斗，惟以弋钓自娱，或目送归鸿，或手挥五弦，而俯仰之间，游心道妙，如彼钓叟，得鱼而忘筌，其自得如此，故可嘉也。然在军旅之中，谁可与论此者，正犹庄子之意，既无郢人之质，则匠石虽有运斤斫鼻之巧，而无所施也。”③陈祚明曰：“高致超超，顾盼自得。竟不作三百篇语，然弥佳。”④于光华曰：“直会心语，非泛然为佳句者。”⑤

作于嘉平三年(251)的《四言诗》：⑥

> 淡淡流水，沦胥而逝。泛泛柏舟，载浮载滞。微啸清风，鼓楫容裔。放棹投竿，优游卒岁。⑦

三首诗歌叙说自己的恬静心态，安闲之思，给人一种轻松愉悦的感觉，“息徒兰圃，秣马华山，流磻平皋，垂纶长川，目送归鸿，手挥五弦，俯仰自得，游心太玄。嘉彼钓叟，得鱼忘筌。郢人逝矣，谁与尽言。”意境之高远，场境之优美，与《洛神赋》中，曹植在“车怠马烦”之时，停息小憩时见到的场景类似，都是那么让人神迷，后人对嵇康诗歌的品评也更多针对此类作品。

嵇康隐逸诗中的忧愤、激愤情绪，是嵇康对现实不满的反映，是其刚烈性格在不平环境下的自然表现。其隐逸作品中的恬淡、清远氛围该如何理解呢？一般认为这是嵇康崇尚风流的态度使然，是其老庄、玄学的造诣使然，魏晋人(当然也包括嵇康)“真正将庄子的‘逍遥游’由理想化为实境”⑧，这固然是不错的。然而，按照我们的理解，魏晋风流的一个重要特

---

① 《嵇康集校注》，第 11 页。
② 《嵇康集校注》，第 15—16 页。
③ 《嵇康集校注》，第 16—17 页。
④ 《采菽堂古诗选》，第 225 页。
⑤ 《嵇康集校注》，第 17 页。
⑥ 《嵇康研究及年谱》，第 118 页。
⑦ 《鲁迅辑录古籍丛编》第四卷，人民文学出版社 1999 年版，第 26 页。
⑧ 薛富兴《魏晋自然审美概观》，《西北师大学报》(社科版)2005 年 03 期。

点在于人格的率真、自然，其他特点都是由此引发出来的。[①] 嵇康峻烈的个性，使他不善于作伪，他身上就更多真率、自然的行为。这也是后人认为嵇康较之阮籍更为魏晋风流的代表的原因之一。现实中的嵇康既如此苦闷，为何又有如此静谧、平和的隐逸诗呢？

其实，人都是一个复杂的多面体，再刚烈的人也有柔弱的一面，再激愤的人也有安恬平和的时候。有时个性的双方恰似一枚硬币的的两面，一面的光亮更反衬出另一面的暗淡。也就是说，嵇康个性的刚烈是其本性使然，但在这刚烈的背后，嵇康却又有浓浓的玄远情趣，有着对平和心态的努力追求。《忧愤诗》中在对自己惨遭囹圄的命运进行总结时认为，"匪降自天，寔由顽疏"，自己的惨境不是外力作用的结果，而是源于自己遇事而发，肆口而出的性格，这点，嵇康是十分清楚的。对自己"惟此褊心，显明臧否"的个性，嵇康表示出深沉的内省，所谓"内负宿心，外恧良朋"是也。实际上，嵇康的确也在不断修正这种个性，想努力学习如阮籍那样，作一个"至慎"之人。嵇康的矛盾主要体现在这里：一方面他的本性是率真的，刚烈的；另一方面，却又努力使自己"仰慕严郑，乐道闲居。与世无营，神气晏如。""庶勖将来，无馨无臭。采薇山阿，散发严岫。永啸长吟，颐性养寿"是嵇康毕生追求的理想生活。为协调这两者的矛盾，嵇康选择了老庄哲学。老庄哲学一方面推崇率真的个性，这正与嵇康的本性符合。此外，老庄哲学更讲求平和、静谧的艺术人生，强调齐万物、一死生的处世态度。为了摆脱外在严酷的环境压迫，为了在乱世中保全性命，嵇康对老庄哲学中的这一思想汲汲自修，《卜疑》一文，嵇康在自问自答中，明确阐释了自己的人生观：

> "宁如伯奋、仲堪，二八为偶，排摈共、鲧，令失所乎？将如箕山之夫，颍水之父，轻贱唐、虞而笑大禹乎？宁如泰山之隐德潜让，而不扬乎？将如季札之显节义慕，为子臧乎？宁如老聃之清净微妙，守玄抱一乎？将如庄周之齐物，变化洞达，而放逸乎？宁如夷吾之不吝束缚，而终在霸功乎？将如鲁连之轻世肆志，高谈从俗乎？"
>
> ……
>
> 太史贞父曰："吾闻至人不相，达人不卜。若先生者，文明在中，见

① 冯友兰认为构成魏晋风流的条件是：玄心、洞见、妙赏、深情。（参见冯友兰《论风流》，原载《哲学评论》第9卷第3期，1944年版；后收入《三松堂学术论集》，北京大学出版社1984年版，第609—617页）"魏晋风流表现在外的特点可以概括为：颖悟、旷达、真率。"（袁行霈、罗宗强主编《中国文学史》第二卷，高等教育出版社1999年版，第15页）

素表璞。内不愧心，外不负俗；交不为利，仕不谋禄。鉴乎古今，涤情荡欲。夫如是，吕梁可以游，汤谷可以浴。方将观大鹏于南溟，又何忧于人间之委曲！"①

在《四言赠兄秀才入军诗》中，嵇康理想的嵇喜的生活也是："息徒兰圃，秣马华山，流磻平皋，垂纶长川，目送归鸿，手挥五弦，俯仰自得，游心太玄。嘉彼钓叟，得鱼忘筌。郢人逝矣，谁与尽言。"其实这也正是嵇康自己朝思暮想的生活。只是由于个性使然，这种生活在嵇康身上要不断地自修，或许假以时日，嵇康的生命得以久长的话，嵇康的个性会有较大改观，能在自己追求的理想个性下生活，到那时，作为魏晋风流代表的嵇康怕也不复存在了，或许，假以时日也无济于事，毕竟本性是不易改变的。

嵇康诗歌中的恬淡因素，一方面源于后天的汲汲自修，后天努力追求的玄远情趣及平和心态；同时，嵇康本性中亦隐藏着自然安恬的成分，《晋书》本传记载他："土木形骸，不自藻饰，人以为龙章凤姿，天质自然。恬静寡欲，含垢匿瑕，宽简有大量。""戎自言与康居山阳二十年，未尝见其喜愠之色。""康善谈理，又能属文，其高情远趣，率然玄远。"其兄嵇喜，亦有高情远趣，嵇康在《兄秀才公穆入军赠诗十九首》中，已有表露。这种初始性格中的"恬淡寡欲"与刚烈的一面交织于嵇康一身，在面对不同的环境时会有不同的表现。当然，就这两种性格言，刚烈的一面无疑占据主流，在大是大非面前，嵇康往往肆口而出，明白显明自己的爱憎，这也体现嵇康性格中率真的一面，更看出嵇康的真性情，倘若不是如此，嵇康也就不会获得如此高的时望了。

当然，嵇康刚烈、悲愤却又"恬淡"的性格，也有一个此消彼长，不断变化的过程，这与外在环境的变化息息相关。早年的嵇康虽亦有刚烈之性，但在玄风的浸染下，在老庄哲学的熏陶中，加之他的处境相对较为平和，他的这一性格基本无从显露，正始七年(246)，嵇康 23 岁，作有《琴赋》《声无哀乐论》等文，②文中渗透着浓郁的道家自然理念，情感较为安恬自适。不久的竹林之游，诗酒赏会，使嵇康的心境更为安恬。因故，分别作于嘉平三年(251)、嘉平四年(252)、正元元年(254)的《四言诗》("泛泛流水")、《四言赠兄秀才入军诗》("携我好仇""息徒兰圃")、《代秋胡歌诗》③等隐逸作品

① 《嵇康集校注》，第 139—142 页。
② 《嵇康研究及年谱》，第 96、100 页。
③ 《嵇康研究及年谱》，第 117、122、148 页。

中的情感与嵇康一生的主导之刚烈情感不一致，是可以理解的。直到魏正元二年(255)，嵇康实质性参与了当时的政治斗争："欲应毌丘俭反"①，虽因山涛等人的劝说，没有真正付诸行动，但其对司马氏政权的不满却也表面化了。此后，随着司马氏篡权阴谋步步逼近，社会上之恐怖、压抑的气息更让人不能承受，此种现实下，嵇康性格的刚烈一面渐渐显露出来。正元三年(256)，作《管蔡论》，此文表面上是在为管叔、蔡叔翻案，其实，针对司马氏的意图十分显豁。甘露二年(257)他再一次避居河东，临行前与郭遐周、郭遐叔兄弟赠诗话别，诗共三首。第一首，抒发"众衅"相逼而寄身他域时的无奈之情；第二首阐明自己"遗物弃鄙累，逍遥游太和"的人生追求；第三首，在猛烈抨击浊世多艰、大道隐匿的基础上，再次申明自己"远托昆仑墟"的高洁志向。全诗情感浓烈，在依依惜别的亲情中，隐含着难以克制的悲愤；在低沉抑郁的语调中，倾诉着清逸高洁的心声，感伤与自信交织，厚重与明快辉映，衬托出作者刚毅不屈的人格。诗中，两种情感交互存在，显示出其主导情感向刚烈一面转变的轨迹。也是同年所作的《述志诗》，因嵇康处境的变化，调子同样是明快与抑郁并存，在对神仙世界、对"岩穴多隐逸"的追求中，一种"坎壈"之气亦充溢其中。第二年，甘露三年(258)，"钟会前往嵇康隐居处试探虚实……钟会衔恨而归。"②这一事件不仅又一次把原本欲远离政治舞台的嵇康拉回来，而且更深刻地触动、刺激着嵇康的神经。钟会原就是司马氏的心腹，其不惮辛劳，亲自跑到嵇康处所，原初的目的就不纯洁。嵇康也对钟会之小人行径异常鄙薄，无论从政治上，还是人格上，钟会之流都为嵇康所厌恶，如此，嵇康之冷落钟会也是势所必然。然而，得罪了炙手可热的钟会，却不是要着玩的，而是随时会遭遇不测。这无疑更加深了嵇康的恐怖心理，嵇康心中刚烈、正直的一面也被彻底激发出来。再往后，山涛的荐举、吕安事件的刺激，越发逼近的司马氏的强权造成的心理威压，都使他不能忍受，也不再忍受，于是乎，发之诗文，就不可能再是一派平和之音，隐逸诗文也难觅恬静的气息了。

三、隐逸精神与嵇康隐逸诗歌风格

嵇康诗的风格，钟嵘认为："其源出于魏文。过为峻切，讦直露才，伤渊雅之志。然托喻清远，良有鉴裁。"③关于嵇康诗与魏文帝曹丕诗的"颇似"

---

① 《中古文学系年》，第577页。

② 《竹林七贤诗文全集译注·附录一：竹林七贤年表》，第620页。

③ 《诗品笺注》，第118页。

之关系，陈廷杰认为："叔夜有超绝尘世之想，其遨游快志，亦颇似魏文焉。"[①]曹旭认为："嵇康'讦直'，魏文帝曹丕'鄙直'；嵇康'讬喻清远，良有鉴裁。'曹丕部分诗'殊美赡可玩'，意思相近，故曰'其源出于魏文'。"[②]陈廷杰、曹旭二人都从嵇康、曹丕诗歌风格的相似处来梳理两人之间的渊源关系。陈廷杰关于"叔夜有超绝尘世之想"，指明了嵇康身上的隐逸气质，窥诸嵇康为人、为文实际，确也如此。至于曹旭的评说，我们认为稍嫌牵强："讦直""鄙直"虽都有"直露"的弊端，但"鄙直"确是直接贬抑其诗成就，与"讦直"之评判似不可等而划之。而嵇康"'讬喻清远，良有鉴裁。'曹丕部分诗'殊美赡可玩'，意思相近"也者，一针对诗歌风格言，一针对诗歌语言形式言，两者"意思相近"，也颇为人费解。倒是曹旭在钟嵘对嵇康诗歌的整体笺说中，作出了精确的论断：

> 钟品多用历史批评法，溯其师承源流。嵇康龙性难训，故"过为峻切，讦直露才，伤渊雅之志。"《与山巨源绝交书》诸篇是也；"峻切""露才""伤渊雅之志"之五言诗未见，或以上评语，连人品而及。嵇康源出曹丕，曹丕诗"鄙直"，嵇康"讦直"，即其"源出魏文"处耶？[③]

此处曹先生的论述就较为谨慎，持论也较为中和。而且指出了后世一般认为的"峻切""露才""伤渊雅之志"诸种风格，主要是针对其文而言的。"师心以遣论"[④]，并不适合嵇康的五言诗，这是符合实际的。至于嵇康五言诗的特色，上引陈廷杰的论述，已见一斑。《文心雕龙·体性》认为："叔夜隽侠，故兴高而采烈。"《文心雕龙·明诗》认为："嵇志清峻。""叔夜含其润。"关于"清峻"，詹锳有如下解说："'清'是清远，'峻'是峻烈。所谓清远，就是一种空灵高洁的境界。从《赠秀才入军十九首》之十六及《酒会诗七首》之一这两首中可以看出来。峻烈的诗可以《幽愤诗》为代表，这一篇是他入狱所作，心境愤慨，情不能已，秉笔直书，自然就脱去了清远之气，而入于峻烈一途了。"[⑤]而詹锳先生所举《赠秀才入军十九首》之十六"闲夜肃清，朗月照轩。……"及《酒会诗七首》之一"乐哉苑中游，周览无穷已。……"恰都是隐逸诗。

---

① (南朝梁)钟嵘著，陈廷杰注《诗品注》，人民文学出版社1961年版，第33页。
② 《诗品笺注》，第119页。
③ 《诗品笺注》，第120页。
④ 《文心雕龙义证》，第1807页。
⑤ 《文心雕龙义证》，第200页。

综合陈廷杰、曹旭、詹锳诸先生的分析，我们似可确定，嵇康诗歌风格之“清”，应特指为数不少的隐逸诗。

《酒会诗七首》之一作于嘉平三年(251)，是年，嵇康28岁，[1]诗云：

> 乐哉苑中游，周览无穷已，百卉吐芳华，崇基邈高跱，林木纷交错，玄池戏鲂鲤，轻丸毙翔禽，纤纶出鳣鲔，坐中发美赞，异气同音轨。临川献清酤，微歌发皓齿，素琴挥雅操，清声随风起。斯会岂不乐，恨无东野子。酒中念幽人，守故弥终始，但当体七弦，寄心在知己。[2]

陈祚明曰：“酒中二句，致淡情长。”又曰：“风格介在魏、晋之间，去汉益远。”[3]“风格在乎魏、晋之间”，照我们的理解，应该是指诗既有建安诗歌的深情，又有晋诗的华茂，至于“去汉益远”的论断，似乎是说，嵇康诗的风格少有汉诗的质直，而多了“致淡情长”的气质，这种气质与嵇康受时代风气的浸染，对玄学的热衷及由此带来的隐逸精神有关。

《赠秀才入军十九首》之十六作于嘉平四年(252)，嵇康29岁。[4] 诗云：

> 闲夜肃清，朗月照轩，微风动袿，组帐高褰，旨酒盈樽，莫与交欢，鸣琴在御，谁与鼓弹，仰慕同趣，其馨若兰。佳人不存，能不永叹。[5]

“他一生中主要是与七贤集团、吕安、孙登等来往最多，而不是嵇喜，对于前者不可能没有吟咏，这十二首，正是与友人交往、唱和之作，有因思友而感人生短促的如……”[6]陈祚明评曰：“别绪缠绵，言情深至。如此结，颇悠然有余致，不应复须下文。”[7]此一评判，亦是强调诗的清远境界。

《答二郭诗三首》之二，作于甘露二或三年(257或258)，34或35岁时。[8] 刘汝霖在“魏嵇康避居河东”条下注云：“初，魏扬州都督毌丘俭、刺史文钦起兵讨司马昭，康与有力，且欲起兵应之，以问山涛，涛曰：‘不可。’

---

① 《嵇康研究及年谱》，第116页。
② 《嵇康集校注》，第72—73页。
③ 《采菽堂古诗选》，第228页。
④ 《兄秀才公穆入军赠诗》(也即《赠秀才入军十九首》)“其中后十二首约本年前后(嘉平四年)作。”(《嵇康研究及年谱》，第122页)
⑤ 《嵇康集校注》，第17—18页。
⑥ 《嵇康集校注》，第122页。
⑦ 《采菽堂古诗选》，第225页。
⑧ 《嵇康研究及年谱》，第178页；刘汝霖《汉晋学术编年》，华东师范大学出版社2010年版，第547页。

俭等旋已失败。至是，司马昭上书，请嵇康为博士，康因避居于外。康与郭遐周、郭遐叔友善，至是避世，二郭赋诗送之，康亦赋诗答之，以明己避世之意……”[①]明白指出了嵇康创作该诗的隐逸背景，诗曰：

昔蒙父兄祚，少得离负荷，因疏遂成懒，寝迹北山阿，但愿养性命，终已靡有他，良辰不我期，当年值纷华，坎凛趣世教，常恐婴网罗，羲农邈已远，拊膺独咨嗟。朔戒贵尚容，渔父好扬波，虽逸亦已难，非余心所嘉，岂若翔区外，餐琼漱朝霞。遗物弃鄙累，逍遥游太和，结友集灵岳，弹琴登清歌，有能从此者，古人何足多。[②]

陈祚明曰：“慨世甚深，故决意高蹈，不能随俗浮沉，虽逸亦已难，盖欲矫拂本性，此事诚甚难也。‘羲皇已远’，与‘非薄汤、武’同意。”[③]此诗于清虚之外别有高旷之氛围。刘汝霖、陈祚明的评论都认为这种诗歌创作与嵇康的隐逸行为及相应的隐逸精神有密切关系。嵇康诗歌之清虚高旷，于《赠兄秀才入军诗》之十四中表现尤为明显：

息徒兰圃，秣马华山，流磻平皋，垂纶长川，目送归鸿，手挥五弦，俯仰自得，游心太玄。嘉彼钓叟，得鱼忘筌。郢人逝矣，谁与尽言。[④]

王士祯曰：“‘目送归鸿，手挥五弦’，妙在象外。”[⑤]陈祚明曰：“高致超超，顾盼自得。竟不作三百篇语，然弥佳。”[⑥]庄子文论精神的一大特点在于追求得鱼忘筌，意在言外之妙境。这一精神实质在魏晋时代的玄学家那里，被很好地继承着。作为魏晋风流、玄学的代表，嵇康诗歌之受玄学的影响自不待言。玄学之清虚高旷，与隐逸气质之超脱玄远正相辅相成，共同作用于诗歌创作，必然使诗歌呈现出“清”“远”“旷”的面目。

当然，嵇康这些具有浓郁“安恬”气息的诗歌大多作于生命的前期，其时，嵇康尚未直接参与司马氏的政争，这些，前面已有论述。其性格更多为后天修为的玄风所主导，而“学玄”“慕玄”毕竟改变不了源于初始底色之刚

① 《汉晋学术编年》，第547页。
② 《嵇康集校注》，第62—64页。
③ 《采菽堂古诗选》，第230页。
④ 《嵇康集校注》，第15—16页。
⑤ 《嵇康集校注》，第17页。
⑥ 《采菽堂古诗选》，第225页。

烈之性，故而在这些诗中依然有隐晦的悲凉的影子，尤其是在甘露二年(255)所作的《答二郭诗三首》中，其初始性格中刚烈的一面也蕴含其中。

第四节　阮籍、嵇康隐逸诗、文、赋之比较

就阮籍、嵇康隐逸文学创作的整体成就而言，诗歌无疑是主流，但其隐逸文、赋也自有鲜明的特色。嵇康的隐逸文、赋主要有《琴赋》《卜疑》《圣贤高士传》；阮籍的隐逸文、赋主要有《首阳山赋》《大人先生传》。这些文、赋以道家隐逸观为主导，以表达自己的隐逸思想或通过对隐者的评介，反映自己对隐逸的认识，充满着明朗、超脱的氛围。

一、阮籍隐逸诗、赋中的苦闷与文、赋旷达格调的关系

阮籍隐逸诗一派愁苦之音，读之倍感沉重、压抑，这种情感在阮籍的隐逸赋中也是如此，如《首阳山赋》：

> 正元元年秋，余尚为中郎，在大将军府，独往南墙下北望首阳山，作赋曰：
>
> ……
>
> 蟋蟀鸣于东房兮，鹈鴂号乎西林。时将暮而无俦兮，虑凄怆而感心。振沙衣而出门兮，缨委绝而靡寻。步徙倚以遥思兮，喟叹息而微吟。将修饬而欲往兮，众蓊蓊而笑人。静寂寞而独立兮，亮孤植而靡因。怀分索之情一兮，秽群伪之乱真。信可宝而弗离兮，宁高举而自傧。聊仰首以广頫兮，瞻首阳之冈岑。树丛茂以倾倚兮，纷萧爽而扬音。下崎岖而无薄兮，上洞彻而无依。凤翔过而不集兮，鸣枭群而并栖。飏遥逝而远去兮，二老穷而来归。实囚轧而处斯兮，焉暇豫而敢诽。嘉粟屏而不存兮，故甘死而采薇。彼背殷而从昌兮，投危败而弗迟；此进而不合兮，又何称乎仁义。肆寿夭而弗豫兮，竟毁誉以为度。察前载之是云兮，何美论之足慕。苟道求之在细兮，焉子诞而多辞。且清虚以守神兮，岂慷慨而言之。①

范陈本于文末注云："嗣宗当魏晋交代，志郁黄屋，情结首阳，托言于

① 《阮籍集校注》，第25—27页。

夷、齐,其思长,其旨远,其词隐。”[①]此赋作于正元元年(254),陈伯君认为,“据其语气,此文似为以后补作。”[②]就此赋的情感氛围言,无疑充满着一片哀苦的气息,赋中沉重的情愫与其隐逸诗其三“驱马舍之去,去上西山趾。一身不自保,何况恋妻子”较为接近。阮籍隐逸文的代表作无疑是《大人先生传》,其所歌颂的隐士孙登,《晋书·隐逸传》有传曰:

孙登字公和,汲郡共人也。无家属,于郡北山为土窟居之,夏则编草为裳,冬则被发自覆。好读《易》,抚一弦琴,见者皆亲乐之。性无恚怒,人或投诸水中,欲观其怒,登既出,便大笑。时时游人间,所经家或设衣食者,一无所辞,去皆舍弃。尝住宜阳山,有作炭人见之,知非常人,与语,登亦不应。文帝闻之,使阮籍往观,既见,与语,亦不应。嵇康又从之游三年,问其所图,终不答,康每叹息。将别,谓曰:“先生竟无言乎?”登乃曰:“子识火乎?火生而有光,而不用其光,果在于用光。人生而有才,而不用其才,而果在于用才。故用光在乎得薪,所以保其耀;用才在乎识真,所以全其年。今子才多识寡,难乎免于今之世矣!子无求乎?”康不能用,果遭非命,乃作《幽愤诗》曰:“昔惭柳下,今愧孙登。”或谓登以魏晋去就,易生嫌疑,故或嘿者也。竟不知所终。[③]

此段叙述,向我们展示了一位具有道家精神、且识见高卓的异人形象。就孙登本人来说,其隐逸行为是自觉自愿的,他有着强烈的道德及识见的自信,在与君子、隐士、薪者的不同对话中,作者对现实的批判锋芒一览无余,尤其对“怀欲以求多,诈伪以求名”“假廉以成贪,内险而外仁”的正人君子进行了辛辣的讽刺和尖锐的批判。文章的情感氛围及行文格调是外向的,作者丝毫不掩饰自己的是非,自己对“资制度”之“洪生”“委曲周旋仪”之厌恶,传文充满着睥睨一切的豪气。据《晋书·阮籍传》的记载:

籍尝于苏门山遇孙登,与商略终古及栖神导气之术,登皆不应,籍因长啸而退。至半岭,闻有声若鸾凤之音,响乎岩谷,乃登之啸也。遂归著《大人先生传》,其略曰:……此亦籍之胸怀本趣也。[④]

---

① 《阮籍集校注》引,第28—29页。
② 《阮籍集校注》,第26页。
③ 《晋书·隐逸传》,第2426页。
④ 《晋书·阮籍传》,第1362页。

《竹林七贤论》记载:“籍归,遂著《大人先生论》,所言皆胸怀间本趣,大意谓先生与己不异也。观其长啸相和,亦近乎目击道存矣。”[①]也就是说,文中的孙登虽实有其人,但就其反映的思想来说,无疑也应该是阮籍的。如果这种论断成立的话,我们接下来又会产生这样的疑问:为何在隐逸诗中,阮籍隐晦曲折地展露自己性格中的苦闷,而在文、赋中却又一任真情肆意宣泄呢?两种文体为何在反映阮籍的情感时出现这样的差异?其中的原因何在?

就情感基调而言,阮籍的《首阳山赋》无疑与隐逸诗相当的接近,他们共同反映着阮籍思想中苦闷的一面,这与诗歌是抒写自己苦闷的真性情,从而不宜洒脱有关。而《大人先生传》则反映了阮籍个性中的另一面:真率、洒脱。《大人先生传》作于正元二年(255)前后,[②]正是司马氏势力如日中天之时,阮籍47岁,已到了人生的暮年(7年后的景元四年[263],阮籍卒)。我们知道:“籍本有济世志”[③],少年时“被褐怀珠玉,颜闵相与期。”[④]面对当时的局势,阮籍愈发感觉无能为力,愈发感觉夙志的无由实现,内心之苦闷愈发强烈,而这种苦闷在现实中既无法排解,于是乎,阮籍走出了两条解脱的法子:(1)现实生活中的以酒买醉,佯狂似痴,以换取别人对自己的忽视,从而保全性命;(2)意欲归隐。这条路子,阮籍在正始年间参与竹林之游时尝试过,于阮籍而言,这是一段美好的回忆,他与嵇康、山涛、王戎、刘伶契若金兰。之后,时局变动,七贤亦聚散纷纭,往日的隐居聚合固然不会重现,但这种深入骨髓的情感体现却一直萦绕心头,须臾不曾离去,一旦条件适合,躬自践行也不是不可能,即便不能付诸实践,对这种行为的愈发强烈的追慕,应该是再正常不过的了。阮籍在创作《大人先生传》的前一年即正元元年(254),就作有隐逸赋《首阳山赋》。同年,张华创作出具有浓郁隐逸色彩的《鹪鹩赋》,“(华)初未知名,著《鹪鹩赋》以自寄。其词曰:……陈留阮籍见之,叹曰:‘王佐之才也!’由是声名始著。”[⑤]阮籍欣赏张华的《鹪鹩赋》,固然是因为其文采的华茂,但我们认为,文艺欣赏带有很大的

① 韩格平《〈竹林七贤论残句辑注〉——兼论〈竹林七贤论〉的文献价值》,《古籍整理研究学刊》,1992年06期。

② 刘汝霖、高晨阳认为《大人先生传》作于甘露二年(257)(《汉晋学术编年》,第546页;《阮籍评传·阮籍年表》,南京大学出版社1997年版,第353页);陆侃如定为正元二年(255)(《中古文学系年》,第575页);韩格平认为作于正元三年(256)(《竹林七贤诗文全集译注·竹林七贤年表》,第619页)。

③ 《晋书·阮籍传》,第1360页。

④ 《阮籍集校注·〈咏怀诗〉之十五》,第266页。

⑤ 《晋书·张华传》,第1069页。

主观个人色彩，如果阮籍对《鹪鹩赋》的隐逸思想完全排斥，断不会给予张华“王佐之才”般高的评价。应该说，阮籍对《鹪鹩赋》的欣赏更多是出于其本身的隐逸精神，阮籍从中看出张华沉稳、静默、不浮华、粪土名利的人格，而这些品格，对于成就大事尤为重要，也就是在此点上，阮籍才肯替年少的无名小子张华延誉，从中亦可反映出，这一时期，阮籍本身的隐逸之思。

司马氏势力如日中天之时，阮籍的隐逸之思愈发强烈，隐逸之志虽由于现实的种种羁绊，不能成行，但阮籍的隐逸之志却是愈发地坚定了。《首阳山赋》虽有苦闷之音，但其对隐逸行为，隐逸人物的欣赏是很明显的，而《大人先生传》则更显明阮籍隐逸之志的坚决。他是引孙登为同调，孙登隐逸行为、隐逸生活的自得，其实就是阮籍对隐逸的态度，当然，假托其时的著名隐士孙登也有阮籍不得已的苦衷，其曲微的内蕴可作以下两点解析：(1)托他人以明己志，本身就有对现实妥协的意味，就此而言，这与《咏怀诗》“言在耳目之内，情寄八荒之表”之手法，异曲同工；(2)托名人以寄托，亦有显明己志之功效，其对“君子”的辛辣讥讽，情感固然激烈，固然反映出阮籍洒脱、真率的一面。但也就是假他人以寄托，这种讥讽，就阮籍而言，其实并无大碍，不至对阮籍构成现实的危险。“知我者谓我心忧，不知我者谓我何求”，是也，非也，个中况味，如鱼饮水，冷暖自知，非亲历者无以知晓。

二、嵇康隐逸诗中的人生体验与文、赋中内含的隐逸精神的关系

嵇康隐逸诗的风格呈清虚高旷貌，就内容言，其隐逸诗有对自得生活的诗意描述及高远感悟，如《兄秀才公穆入军赠诗十九首》：

携我好仇，载我轻车，南凌长阜，北厉清渠，仰落惊鸿，俯引渊鱼，盘于游畋，其乐只且。（十一）

轻车迅迈，息彼长林，春木载荣，布叶垂阴。习习谷风，吹我素琴。交交黄鸟，顾俦弄音。感悟驰情，思我所钦，心之忧矣，永啸长吟。（十三）

闲夜肃清，朗月照轩，微风动袿，组帐高褰，旨酒盈尊，莫与交欢，琴瑟在御，谁与鼓弹，仰慕同趣，其馨若兰。佳人不存，能不永叹。（十六）

琴诗自乐，远游可珍，含道独往，弃智遗身，寂乎无累，何求于人，

长寄灵岳，怡志养神。（十八）[1]

其中有“携我好仇”，“仰落惊鸿，俯引渊鱼”的自得，有琴酒交欢的愉悦，有“目送归鸿，手挥五弦，俯仰自得，游心太玄”的洒脱。这部分隐逸诗似乎没有什么人生反省，有的只是对美好生活的憧憬。但我们知道，这部分情感体验又渊源有自，主要来源于竹林隐居生活的经历，也许可以认为，这部分诗亦含有嵇康人生反省的成分，只是这种反省不是那么显著而已。而其更多的隐逸诗则内含鲜明的人生反省成分，如《述志诗二首》之二：

斥鷃檀蒿林，仰笑神凤飞；坎井蝤蛙宅，神龟安所归。恨自用身拙，任意多永思，远实与世殊，义誉非所希，往事既已谬，来者犹可追，何为人事间，自令心不夷？慷慨思古人，梦想见容辉，愿与知己遇，舒愤启其微，岩穴多隐逸，轻举求吾师，晨登箕山巅，日夕不知饥。玄居养营魄，千载长自绥。[2]

是诗作于甘露二年(257)，嵇康34岁。[3] 关于此诗写作的前前后后，庄万寿先生认为：“有以为本诗是嵇康被杀前入狱之时所作，因为诗中有‘轗轲丁悔吝，雅志不得施……恨自用身拙，任意多永思，远实与世殊，义誉非所希，往事既已谬，来者犹可追’。其实这里只是很含蓄地说自己坎坷不如意，目的是向司马昭表白自己要追求新的开始，要脱离政治、社会，去过一个与世俗隔绝的仙道生活，也就是要司马昭放心，所以《魏氏春秋》说有‘绝世之言’。而且文句平和与狱中作的真诚期待的《家诫》，和激愤绝望的《忧愤诗》截然不同。可能《述志诗》是嵇康在时局紧张，拒绝应召，躲到河东避免嫌疑的表白诗，叙述自己向往山野自然的志向，所以叫《述志诗》。”[4]“自己向往山野自然的志向”，其实是一种无奈的选择。自前年因欲起兵响应毌丘俭后，其与司马氏的矛盾即已表面化，嵇康性格中刚烈的一面已居于上风，故而此诗虽有“向往山野自然的志向”，但透过此种现象，我们更多体味到嵇康无可奈何的激愤。关于此诗意旨，陈祚明云：“登山不饥，明明首阳之志矣。”[5]诗中“恨自用身拙，任意多永思，远实与世殊，义誉非所希，往

① 《嵇康集校注》，第11、12—13、17—18、19页。
② 《嵇康集校注》，第37—38页。
③ 《嵇康研究及年谱》，第177页。
④ 《嵇康研究及年谱》，第177页。
⑤ 《采菽堂古诗选》，第232页。

事既已谬，来者犹可追，何为人事间，自令心不夷。”意在强调自己的个性与社会现实的矛盾，嵇康34岁之年，早已觉察到自己刚烈个性之危害，故而，此诗的调子是明快与抑郁并存，在对神仙世界、对“岩穴多隐逸”的追求中，一种“坎壈”之气亦充溢其中。嵇康认为唯有“轻举求吾师”，回到陈祚明解说的“首阳之志”上来，方才免除灾祸，但这种反思的背后，却也有一种深沉的无可奈何的悲愤。这种情感体验在其临终前所作的《幽愤诗》中表现得更为直接、深刻，诗云：

> 嗟余薄祜，少遭不造，哀茕靡识，越在襁褓；母兄鞠育，有慈无威，恃爱肆姐，不训不师。爰及冠带，凭宠自放，抗心希古，任其所尚，托好老庄，贱物贵身，志在守朴，养素全真。曰余不敏，好善闇人，子玉之败，屡增惟尘。大人含弘，藏垢怀耻，民之多僻，政不由己，惟此褊心，显明臧否。感悟思愆，怛若创痏。欲寡其过，谤议沸腾，性不伤物，频致怨憎。昔惭柳惠，今愧孙登，内负宿心，外恧良朋。仰慕严郑，乐道闲居，与世无营，神气晏如。咨予不淑，婴累多虞，匪降自天，寔由顽疏。理弊患结，卒致囹圄，对答鄙讯，絷此幽阻，实耻讼免，时不我与，虽曰义直，神辱志沮，澡身沧浪，岂云能补。嗈嗈鸣雁，奋翼北游，顺时而动，得意忘忧。嗟我愤叹，曾莫能俦，事与愿违，遘兹淹留，穷达有命，亦又何求。古人有言：“善莫近名。”奉时恭默，咎悔不生，万石周慎，安亲保荣，世务纷纭，祗搅予情，安乐必诫，乃终利贞。煌煌灵芝，一年三秀，予独何为，有志不就，惩难思复，心焉内疚，庶勖将来，无馨无臭；采薇山阿，散发岩岫，永啸长吟，颐性养寿。①

《晋书·嵇康传》曰：“东平吕安服康高致，每一相思，辄千里命驾，康友而善之。后安为兄所枉诉，以事系狱，辞相证引，遂复收康。康性慎言行，一旦缧绁，乃作《幽愤诗》，曰……”②诗虽是为好友伸冤而系狱后，激于“义”而直言。嵇康是事件的见证者、参与者，不管出于什么样的原因，嵇康都应挺身而出。这于嵇康言，是正常的选择，若不如此，那嵇康必然会遭种种非议。应该说，嵇康被杀，与这件事的关系并不很大，此事仅是幌子。嵇康被杀的真正原因，还是因了得罪了当权的司马氏及炙手可热的钟会之流。

---

① 《嵇康集校注》，第26—32页。

② 《晋书·嵇康传》，第1372页。

诵读全诗我们发现，诗中有嵇康深刻的人生反思，且这种反思是纵览一生后而发，并非单独针对此一事件而为。前面，我们分析过嵇康的性格与其行为方式之间存在着距离，嵇康一生都在努力摆脱这种初始性格给自己带来的灾难，最后时刻的痛定思痛，自然也是最深刻的反省——认为在时下，如能“采薇山阿，散发岩岫，永啸长吟，颐性养寿”，就是最大的满足。这种反省意识，始终贯穿于嵇康的隐逸诗歌创作，时隐时显，不曾中辍。

然而，诗既为“幽愤”，则此诗在深深的忏悔、反省后面，其实是隐藏着极深的愤激、不满的情绪的，“欲寡其过，谤议沸腾，性不伤物，频致怨憎。……咨予不淑，婴累多虞，匪降自天，寔由顽疏。理弊患结，卒致囹圄，对答鄙讯，絷此幽阻，实耻讼免，时不我与，虽曰义直，神辱志沮，澡身沧浪，岂云能补。”“性不伤物，频致怨憎”也者，“时不我与”也者，“虽曰义直，神辱志沮”也者，就明显流露出对无辜而惨遭迫害的愤慨。

诗中人生反省之下深深的激愤，究竟是出于一种什么样的心理呢？应该说，是与嵇康学玄的人生选择联系在一起的。我们前面说过，嵇康的初始性格的主导方面是刚烈，受时代玄学风气的沾溉，当然也出于保全身家性命的考虑，嵇康竭力学玄，想改变自己刚烈的个性，从而形成一种安恬的，不至于“遇事辄发”的性格。然而，这里的问题是，学玄并不一定真正能够改变嵇康的个性，且不说初始个性是如此地根深蒂固，难以撼动，而当时的环境又是如此地不堪，很难让人平心静气地修为与道冥一的“心斋”“坐忘”。而更重要的是，即便是玄学本身，也并非完全“静穆”，道家的不少思想，实出于对现实之愤懑、绝望，而非真的超脱。故而，嵇康的学玄，也就不可能真的忘怀现实的一切利害冲突，不可能真的“坐忘”。于此，我们就可以理解，为何嵇康的不少隐逸诗，尤其是后期的隐逸诗，在看似安恬的外表下，总是藏着深沉的悲愤。也就是说，在当时的社会现实下，学玄并不能真正解决现实人生的苦闷，或许只能使人生更加委屈、无奈。这怕也是生命的最后，嵇康对自己一生的诸多反思中的一种情感吧！

对自己的初始性格深刻反省，而将生活的归宿指向“采薇山阿，散发岩岫”，在其隐逸文、赋中依然存在，当然这种存在不似诗歌中表现的那么直白。嵇康在隐逸文、赋中，一再对隐者的处世态度，隐者的品行表示欣赏，《琴赋》中，嵇康首先从琴音谈起，认为：“余少好音声，长而玩之，以为物有盛衰，而此无变；滋味有猒，而此不倦。可以导养神气，宣和情志，处穷独而不闷者，莫近于音声也！是故复之而不足，则吟咏以肆志；吟咏之不足，则寄言以广意。然八音之器，歌舞之象，历世才士并为之赋颂，其体制风流，莫不相袭。称其材干，则以危苦为上；赋其声音，则以悲哀为主；美其感化，则以垂涕为贵。丽则丽矣，然未尽其理也。推其所由，似元不解音声；览其旨趣，亦未达礼乐之情也。众器之中，琴德最优，故辍叙所怀，以为之赋。其辞曰……”接下来，嵇康认为，只有隐遁之士，才是最懂得这种音乐的精微之妙的，“于是遁世之士，荣期、绮季之畴，乃相与登飞梁，越幽壑，援琼枝，陟峻崿，以游乎其下。”“然非夫旷远者，不能与之嬉游，非夫渊静者，不能与之闲止，非夫放达者，不能与之无吝，非夫至精者，不能与之析理也。”①

嵇康的《卜疑》作于正元二年(255)，时年32岁，②作于本年前后的作品有《代秋胡歌》(七章)(正元元年[254]，31岁)③、《答二郭诗三首》(甘露二年[257]，34岁)④、《述志诗二首》(甘露二年[257]，34岁)⑤、《六言诗十章》(甘露元年[256]，33岁)⑥。《卜疑》先以一世外高人的迷惑起首，曰：“有弘达先生者，恢廓其度，寂寥疏阔。方而不制，廉而不割。超世独步，怀玉被褐。交不苟合，仕不期达。常以为忠信笃敬，直道而行之，可以居九夷，游八蛮。浮沧海，践河源。甲兵不足忌，猛兽不为患。是以机心不存，泊然纯素，从容纵肆，遗忘好恶，以天道为一指，不识品物之细故也。然而大道既隐，智巧滋繁。世俗膠加，人情万端。利之所在，若鸟之追鸾。富为积蠹，贵为聚怨。动者多累，静者鲜患。尔乃思丘中之隐士，乐川上之执竿也。于是远念长想，超然自失。郢人既没，谁为吾质?”其实，这一世外高人就是嵇康自己的写照，他是如此迷茫，“圣人吾不得见，冀闻之于数术”，于是“乃适太史贞父之庐而访之……”最后，经过一番问答，太史贞父曰：“吾闻至人不相，达人不卜，若先生者，文明在中，见素表璞，内不愧心，外不负俗，交不为利，仕不谋禄，鉴乎古今，涤情荡欲，夫如是吕梁可以游，汤谷可以浴。方将观大鹏于南溟，又何忧于人间之委曲!”⑦这篇文章中，嵇康对隐逸之高士是倾慕的，而对自己生活的污浊现实是厌恶的，在对现实的批判中，嵇康也在寻找着自己的生存答案。同时的诗歌也表达了对隐逸生活的向往，只是，诗歌中更多体现自己人生反省下的激愤，而文中则更多自己的人生追求。

嵇康的《圣贤高士传》，作于甘露元年(256)，33岁。⑧ 其兄嵇喜所作传

---

① 《嵇康集校注》，第104—105页。
② 《嵇康研究及年谱》，第153页。
③ 《嵇康研究及年谱》，第148页。
④ 《嵇康研究及年谱》，第178页；《竹林七贤诗文全集译注》，第619页。
⑤ 《嵇康研究及年谱》，第177页。
⑥ 《嵇康研究及年谱》，第168页。
⑦ 《嵇康集校注》，第142页。
⑧ 《嵇康研究及年谱》，第166页。

曰:“撰录上古以来圣贤、隐逸、遁心、遗名者,集为传赞,自混沌至于管宁,凡百一十有九人,盖求之于宇宙之内,而发之乎千哉之外者矣。故世人莫得而名焉。”[①]“今检群书,得五十二《传》五《赞》,凡六十一人。”[②]嵇康虽名其篇为《圣贤高士传》,就严可均搜集的这六十一人而言,多为具有浓厚道家思想之隐遁之士,而少有儒家之圣贤。就此亦可看出嵇康本人的隐逸思想底色。对隐逸之士的欣赏,是当时嵇康的主导思想。在隐逸文中,嵇康看似站在冷静、客观的视角,审视历史上的或虚拟的隐逸之士,其实,这些正是嵇康自己心理的映射,他折射出嵇康在甘露元年前后,极度苦闷的内心世界,与这一时期的诗歌创作正相一致。

---

① 《三国志·王粲传》注引《嵇氏谱》,第605页。

② 《全三国文·嵇康〈圣贤高士传〉》严可均之案语,第1344页。

第三章　西晋隐逸诗、文、赋的特点及相互影响

西晋隐逸文学在阮籍、嵇康创作的基础上，又有了新的进展。虽然这一时期以隐逸文学名家的并不多，但隐逸文学创作却全面开花，如繁星闪烁，装点着西晋文学的夜空。整体而言，这一时期的创作是正始隐逸文学与东晋隐逸文学之间的过渡，在隐逸诗、文、赋等文体上都有自己的特色。西晋隐逸文学创作以其自身的成就，在隐逸文学史上占据一席之地。

第一节　论西晋隐逸诗

西晋隐逸诗的创作就形式言，更多对阮籍、嵇康的继承，也是四言、五言并存，且各有千秋。我们知道，四言诗自《诗经》之后，至魏晋除曹操、嵇康、陶渊明有部分创作外，逐渐退出诗坛。然而，我们在考察西晋隐逸诗时，却发现这一时期隐逸四言诗的创作却相对较多，这一特殊的现象究竟有何意义？四言隐逸诗有何特点？它与同时的五言隐逸诗有何区别？这是我们将要讨论的主要问题。同时，这一时期，五言招隐诗歌不绝如缕，也有自己的鲜明特色。

一、论西晋招隐诗的出现及其体现的时代精神

西晋隐逸诗的一大主题是招隐诗。典型的作品有张华《招隐诗》二首、陆机《招隐诗》、左思《招隐诗》二首、张载《招隐诗》、闾丘冲《招隐诗》等，陆云的《赠郑曼季诗四首》实际上也是招隐诗。如果加上傅玄的《七谟》、成公绥的《七唱》、陆机的《七微》（又作《七徵》。案：此假通微大夫以为说，疑作"微"是[①]）、张协的《七命》等七体准招隐之作，如此，招隐主题真可谓西晋隐逸文学中之荦荦大者。

---

① 《全晋文·七微》严可均之案语，第2019页。

我们知道,招隐作品肇始于西汉淮南小山《招隐士》,其主要通过描写山中令人恐怖的自然环境,来恫吓王孙,劝其放弃归隐而从新入仕。自此以后,这类作品绵绵不绝,主要是体现在“七体”文中。当然其主旨也在不断演化,由《招隐士》中以恶劣的环境的恫吓一变而为用清明政治力量来诱导。应该说,这对那些存有儒家思想的隐者,有相当大的吸引力,招隐的屡次成功就是明证。

西晋一朝,政治并不清明,常理分析,士人应该是成群结队钻入山林或浪迹江湖才对,那么,为何又会出现如许多的招隐之作呢?出现这种情况的原因何在?这些作品有何特色?以下我们分别讨论之。

闾丘冲《招隐诗》,主题与传统招隐一脉相承,诗云:“大道旷且夷,蹊路安足寻。经世有险易,隐显自存心。嗟哉岩岫士,归来从所钦。”[①]细读该诗,明显发现,此诗虽是招隐,但招隐之心却不是那么的强烈,而有仕、隐悉听尊便的味道,一句“经世有险易,隐显自存心”,足以看出闾丘冲对隐逸的态度:即便出来,也未必一定要沉溺宦途,亦可朝隐、中隐,而“归来从所钦”说得就更为明白了——归来只是一种形式,“从所钦”才是目的,至于“所钦”若是隐逸,亦悉听尊便,勉强不得。而其余招隐诗,也大致如此,诗虽冠以招隐之名,实质上却是歌颂隐逸的,如左思《招隐诗二首》:

杖策招隐士,荒涂横古今。岩穴无结构,丘中有鸣琴。白雪停阴冈,丹葩曜阳林。石泉漱琼瑶。纤鳞亦浮沉。非必丝与竹,山水有清音。何事待啸歌,灌木自悲吟。秋菊兼糇粮,幽兰间重襟。踌躇足力烦,聊欲投吾簪。

经始东山庐,果下自成榛。前有寒泉井,聊可莹心神。峭茜青葱间,竹柏得其真。弱叶栖霜雪,飞荣流馀津。爵服无常玩,好恶有屈伸。结绶生缠牵,弹冠去埃尘。惠连非君屈,首阳非吾仁。相与观所尚,逍遥撰良辰。[②]

诗作于太始八年(272),[③]左思举家迁居京师。初入京师,一切都是新奇的,但京师繁华表面下的种种浮华、奢靡及社会潜伏着的危机,士人所受的压抑,左思也是切身感受到了。关于此诗主旨,刘良曰:“思苦天下浑浊,

---

① 《先秦汉魏晋南北朝诗·晋诗》,第750页。
② 《文选》,第309—310页。
③ 《中古文学系年》,第653页。

故将招寻隐者欲以退不仕。”[①]也就是说，此诗招隐的目的并非传统认为的欲招寻隐者出山入仕，而是反其道而行之，招寻隐者的目的在于“欲以退不仕”，此点颇让人费解。仔细分析诗的内容，主要是赞美隐居之乐，及隐者泯是非、齐万物，“潇洒送日月”之心态。故而我们认为刘良的观点可以这样理解：左思的目的在于引隐者以为同志，增强自己“退不仕”的决心。

下面再看陆机的《招隐诗》，诗曰：

> 明发心不夷，振衣聊踯躅。踯躅欲安之，幽人在浚谷。朝采南涧藻，夕息西山足。轻条像云构，密叶成翠幄。激楚伫兰林，回芳薄秀木。山溜何泠泠，飞泉漱鸣玉。哀音附灵波，颓响赴曾曲。至乐非有假，安事浇淳朴。富贵苟难图，税驾从所欲。
>
> 驾言寻飞遁，山路郁盘桓。芳兰振蕙叶，玉泉涌微澜。嘉卉献时服，灵术进朝餐。寻山求逸民，穹谷幽且遐。清泉荡玉渚，文鱼跃中波。[②]

黄侃先生认为：“招隐之名，出于淮南之招隐士，然则彼文正此中所云反招隐耳，故谓招其来隐，为招隐者，殊为士衡辈之误也。”[③]刘运好先生评该诗曰：“此诗题为招隐，实是颂隐……疑作于遭齐王冏诬枉之后也。”[④]其实陆云《赠郑曼季诗四首》，实际上也是招隐诗，但最后随着赠答的反复往来，陆云诗的招隐目的也是愈发微弱，颂隐的成分愈发增多。张载《招隐诗》亦申说“去来捐时俗，超然辞世伪。得意在丘中，安事愚与智”[⑤]的情愫。

傅玄的《七谟》、成公绥的《七唱》，因散逸太甚，主旨无从明确，而陆机的《七微》、张协的《七命》都是招隐成功的例子，但实际情况仍要具体分析。二陆兄弟的出身、才能决定了其竞进的心态，而陆机尤甚，其《七微》暗含自己汲汲仕途的欲望，这不奇怪。而张协的《七命》作于永康元年（300），[⑥]“于时天下已乱，所在寇盗，协遂弃绝人事，屏居草泽，守道不竞，以属咏自娱。拟诸文士作《七命》。其辞曰……”[⑦]则此文创作的背景昭昭如日，张

---

① 日本足利学校藏宋刊明州本《六臣注文选》，人民文学出版社 2008 年版，第 1326 页。
② 《陆士衡文集校注》，第 307—308、311—312 页。
③ 黄侃《文选评点》（重辑本）上，中华书局 2006 年版，第 213 页。
④ 《陆士衡文集校注》，第 307 页。
⑤ 《先秦汉魏晋南北朝诗·晋诗》，第 740 页。
⑥ 《中古文学系年》，第 789 页。
⑦ 《晋书·张协传》，第 1519 页。

协既然“弃绝人事，屏居草泽，守道不竞”，只是以“属咏自娱”，那么其创作之《七命》，完全可以文字游戏视之，而不可理解成作者真的想为统治者摇旗呐喊，劝勉士人出山卖命，《文选》选录该文，也主要是看中其“文采华茂”之特点。

西晋招隐诗及“七体”的“颂隐”主题，实质上与当时社会动乱导致的隐逸之风的盛行有关，招隐的实质是为隐逸，更说明其时隐逸之风愈刮愈烈的现实。

二、论西晋隐逸四言诗、五言诗之不同

1. 主题的差异

就形式而言，隐逸四言诗主要是赠答诗，作者以陆云、郑丰、张翰、曹摅、潘尼、郭璞等人为代表，而陆云与郑丰之间的赠答诗更为人侧目。陆云有《赠郑曼季四首》，且每首各有五章或四章不等，计 18 章，而郑丰亦有《答陆士龙诗四首·南山（五章）》《答陆士龙诗四首·中陵（四章）》，计 9 章。数量不可谓不多。郑丰其人，《晋书》无传，《三国志·吴志·吴主传第二》“赤乌二年”注引《文士传》曰：“（郑胄）子丰，字曼季，有文学操行，与陆云善，与云诗相往反。司空张华辟，未就，卒。”[①]“丰有文学操行，与陆云善。吴亡入晋，司空张华辟，未就，卒。事见郝经《续后汉书·郑胄传》。”[②]也就是说，自吴亡，郑丰入晋，[③]或者其本有入仕之抱负，但进入京师洛阳后，发现北方的京师，并没有为身为亡国之士的自己提供施展抱负的舞台，或者其洞见了西晋朝廷奢华、浮糜背后潜伏着的种种暗流，于是乎打消了入仕的念头，故而，虽有张华之征辟，也“未就”，并以隐逸终老。可以这么认为，郑丰在西晋一朝，就是一标准隐者，这不仅从其未曾入仕的行为上判断，从其与陆士龙诗歌的思想倾向上亦可以看出，陆云组诗“所思之对象是不仕于世栖迟衡门者也。”[④]陆士龙《赠郑曼季诗四首·谷风（五章）》其序及之二、之四云：

《谷风》，怀思也。君子在野，爱而不见。故作是诗，言其怀思之也。

---

① 《三国志·吴志·吴主传第二》，第 1144 页。

② 《陆士龙文集校注》，第 421 页。

③ 郑丰入晋具体年月无考。据其与陆云善，且被张华征辟的史诗推测，其入晋时间与二陆兄弟入晋或同时，甚至一同为张华征召，也未可知。

④ 《陆士龙文集校注》，第 422 页。

习习谷风，载穆其音。流莹鼓物，清尘拂林。霖雨嘉播，有渰凄阴。归鸿逝矣，玄鸟来吟。嗟我怀人，其居乐潜。明发有想，如结予心。

习习谷风，其集惟高。嗟我怀人，於焉逍遥。鸾栖高冈，耳想云韶。拊翼坠夕，和鸣兴朝。我之思之，言怀其休。①

这一大型组诗作于元康六年(296)，②序言说得很清楚，这是思念自己隐逸的朋友郑丰的。然而，之所以对郑丰如此情意绵绵，源于郑丰高洁的品格，"君子在野，爱而不见"，刘运好先生认为："君子在野，谓君子未出仕也"，"爱而不见，谓避世而不见。"③而郑丰的人生态度，一如嵇康，也是"於焉逍遥。鸾栖高冈，耳想云韶。拊翼坠夕，和鸣兴朝。"陆云的倾慕，也可看出当时的社会氛围及陆云的处境。当时氐族首领齐万年称帝，围晋之泾阳；晋室内部，矛盾重重，朝廷危机四伏，大批文士被排挤出中央。也就在这一年，陆云曾回到故乡吴郡吴县。④ 故乡再度重逢，勾起陆云无限的遐思：当初的踌躇满志在现实的逼迫下，更多呈现出无奈的惆怅，而怀想好友郑丰超然尘外的洒脱，不禁百感交集——既有对好友人生选择的倾慕，对好友清高随性生活的礼赞，也有对自己人生无奈处境的焦虑。其时陆云基本赋闲在家，实际上也是过着一种隐居生活，郑丰于陆云此诗之后的答诗《鸳鸯六章》之序云："《鸳鸯》，美贤也。……其兄已显登清朝，而弟中渐，婆娑衡门。……"⑤

《赠郑曼季诗四首·鸣鹤(四章)》序：

《鸣鹤》，美君子也。太平之时，君子犹有退而穷居者，乐天知命，无忧无欲。收硕人之考槃，伤有德之遗世，故作是诗也。⑥

序言化用《周易》《诗经》之典，对郑丰之品行进行美化的同时，也为郑丰之未能出仕而遗憾。于此，更可见陆云自己的矛盾心态：一方面称赞郑丰之品行，欣赏其自由无羁之生活，另一方面又为其"遗世"而感伤，这也正

① 《陆士龙文集校注》，第421、424、428页。
② 《中古文学系年》，第764页；《陆士龙文集校注》，第420页。
③ 《陆士龙文集校注》，第422页。
④ 刘运好："……此亦可证云于是年曾回故乡也。"(《陆士龙文集校注·陆士龙年谱》，第1476页)
⑤ 《陆士龙文集校注》，第433页。
⑥ 《陆士龙文集校注》，第437页。

如同时的陆云一样，“遭时暂否，蓄德衡门”①。而后一种情感，正是此时陆云对时事认识的折射：陆云虽已看到西晋一朝面临的内忧外患，然自视甚高的二陆兄弟，并没有抽身而退的决心，他们还想在朝廷一显身手，希冀立身扬名，重振家风。然时过境迁，二陆的一腔热血在迥异于孙吴的西晋时代，是断无成功的希望的，陆氏一心竞进而不能冷静思索当时的客观实际，对顾荣、张翰等好友的劝说，亦未置可否，最后只能落得个身首异处的下场。按说，暂时退隐时的陆云在与郑丰的交接中，更能冷静思索人生的意义，然而，陆云躁进之心不敛。

《赠郑曼季诗四首・南衡（五章）》序及之二、之四曰：

《南衡》，美君子也。言君子遁世不闷，以德存身。作者思其以德来仕，又愿言就之宿。感《白驹》之义，而作是诗焉。

穆穆休音，有来而雍。沉波涌奥，渊芳馥风。傃虚养恬，照日遗踪。考槃遵渚，思乐潜龙。我之怀矣，寘尔华宫。

风云有作，应通山渊。清琴启弹，宫商乘絃。类族知感，有命自天。夷叔希世，犹谓比肩。矧我与子，姤会斯年。我之怀居，其好缠绵。②

此章矛盾心态较前一章又有发展：在反复申说郑丰“言君子遁世不闷，以德存身”的优长后，表达了对郑丰目前惬意生活的赞赏。既如此，却又一再劝其出仕，看得出，陆云自己对于有德而出仕，是否一定是正途，也怀有深深的疑虑。而郑丰的答诗《南山（五章）》则表明了截然不同的立场：“南山，酬至德也。有退仕衡门，修道以养和，弃物以存神。民思其治，士怀其德。或思置之列位，或思从之信宿。诗人嘉与此贤，当年相遇，又屡获德音。情欢心至，故作是诗焉。”③

《赠郑曼季诗四首・高冈（四章）》之一、之二曰：

瞻彼高冈，有猗其桐。允也君子，实宝南江。员规启俗，沉矩履方。泳此明流，清澜川通。陟彼衡林，味其回芳。

幽居玩物，顾景自颐。发愤潜帷，彷佛有思。予美忘此，终然胥

① 郑丰答陆士龙《鸣鹤四章》之《兰林（五章）》之序（《陆士龙文集校注》，第448—449页）。

② 《陆士龙文集校注》，第452—453、457、460—461页。

③ 《陆士龙文集校注》，第465页。

来。企予与言，惟用作诗。[1]

陈祚明评其四云："是招隐之作。'予美忘此'，不同宦游，期以胥来也。'幽居'四句，有蕴旨。通篇琢句，生处有态。"[2]虽是亦如前几首一样，含有"招隐"之意，但这种意思已从前面的显豁转为隐晦，从中亦可看出陆云自己对仕隐态度的幽微变化。而郑丰在答诗《中陵（四章）》中，对陆云的劝说，未给予正面回应。然退隐之志弥坚的郑丰在五次循环往复的赠答中，亦明白了陆云对仕途的热衷，于是，在最后一次答诗中，郑丰也乐得顺水推舟，顺着陆云的思路，认为陆云完全应该进入仕途，"王犹未泰，彝伦错违。皋门重管，係尔启扉。庶绩适斁，非尔焉绥？翼翼京宇，俟尔攸睎。民之胥望，如渴如饥。"[3]即便如此，郑丰作为好友的殷殷之心亦显露其间：在尊重陆云入仕愿望的同时，亦不忘提醒陆云，西晋时期的政治、社会生态较之孙吴迥然有别，为了自身的安危，在入仕时应保持原有之美德。最后，郑丰亦申言两人友情之弥足珍贵，表达了一直友好下去的愿望。

通过解剖一只麻雀，我们大致明了西晋四言赠答诗之一斑。就内容言，宾主双方在对隐逸生活表达礼赞的同时，在对对方品行肯定的前提下，依照自己对社会的理解，依照自己的世界观，来劝说对方接受自己的人生选择，当对方表白了自己的坚定意志后，宾主都能尊重对方选择的道路，当然，双方又都站在朋友的立场上劝慰对方谨慎对待仕途的风浪，在保持美好德性的同时，保持友谊之不辍。

而西晋五言隐逸诗的情况怎样呢？

西晋五言隐逸诗就诗体形式来说，无疑要比四言隐逸诗丰富，不仅有赠答诗，亦有招隐诗、咏物诗、咏史诗、"杂诗"、乐府诗等。就赠答诗来说，也不似四言隐逸诗那样呈鸿篇巨制，动辄十首以上。

就内容言，四言隐逸诗主要是与赠答之人探讨对隐逸、隐士的看法，或表达对隐逸生活的理解。而五言隐逸诗主要抒发自己的隐逸思想和对隐逸生活的感受。当然，我们作这样的区分，其间的界限并非判若云泥，而是就其主要方面来说的。四言隐逸诗，如陆云与郑丰之间的赠答诗，陆云的赠诗尤其是郑丰的答诗都有自己对隐逸生活的理解，对隐逸生活的惬意感受，但我们依然认为，"招隐"及"反招隐"是这组赠答诗的主旨，而不是其

---

① 《陆士龙文集校注》，第 468、474 页。

② 《采菽堂古诗选》，第 325 页。

③ 《陆士龙文集校注·郑曼季〈中陵〉四章》之三，第 478 页。

他。相反，五言隐逸诗亦不乏探讨对隐逸、隐士的看法，对隐逸生活的理解，如石崇《赠棘腆诗》，诗云：

> 久官无成绩，栖迟于徐方。寂寂守空城，悠悠思故乡。恂恂二三贤，身远屈龙光。携手沂泗间，遂登舞雩堂。文藻譬春华，谈话犹兰芳。消忧以觞醴，娱耳以名娼。博弈逞妙思，弓矢威边疆。①

是诗作于元康七年(297)，石崇49岁。② 主要抒发“久官无成绩，栖迟于徐方”的感受，在“寂寂守空城”的现实下，“悠悠思故乡”是在所难免的，但作者的思绪很快又回到现实中来，故乡既不可回，只有过好当下的日子，怎样打发当下的日子呢？石崇认为人应当以声色赏玩为依归，肥遁于声色犬马之中，同时又不忘与三五友好切磋文艺，“携手沂泗间”，“咏而归”，岂不快哉！就此诗的主旨来说，很显然地道出对隐逸的看法：在现实的无奈下，肥遁于文艺、声色玩好之中，不失为人生一种不错的选择。

然而，五言隐逸诗的主导倾向却在于申说生活的哲理以及隐逸生活带给人的非一般的体验，更真切反映出作者的隐逸情思，这种主旨是隐逸四言赠答诗所欠缺的。嵇喜有《答嵇康诗四首》，其之一、之二、之三曰：

> 华堂临浚沼，灵芝茂清泉。仰瞻春禽翔，俯察绿水滨。逍遥步兰渚，感物怀古人。李叟寄周朝，庄生游漆园。时至忽蝉蜕，变化无常端。
>
> 君子体变通，否泰非常理。当流则蚁行，时逝则鹊起。达者鉴通机，盛衰为表里。列仙狥生命，松乔安足齿。纵躯任世度，至人不私己。
>
> 达人与物化，无俗不可安。都邑可优游，何必栖山原。孔父策良驷，不云世路难。出处因时资，潜跃无常端。保心守道居，睹变安能迁。③

此诗与嵇康的答诗相似，都沾溉有玄学的汁液，在对人生玄理化的阐释中，带有浓厚的隐逸色调。无论是“李叟寄周朝，庄生游漆园。时至忽蝉

① 《先秦汉魏晋南北朝诗・晋诗》，第645页。

② 《中古文学系年》，第767页。

③ 《先秦汉魏晋南北朝诗・晋诗》，第550页。

蜕,变化无常端”也好,“君子体变通,否泰非常理。当流则蚁行,时逝则鹊起。达者鉴通机,盛衰为表里”也好,“达人与物化,无俗不可安。……保心守道居,睹变安能迁”也好,都是对隐逸生活的一种哲理化阐释,或者反过来说,正是对生活的这种哲理化阐释,才强化了作者向往的隐逸生活,才将生活的目的拉向隐逸。

潘岳的《金谷集作诗》作于元康六年(296),50 岁之时,[1]诗云:

> 王生和鼎实,石子镇海沂。亲友各言迈,中心怅有违。何以叙离思,携手游郊畿。朝发晋京阳,夕次金谷湄。回溪萦曲阻,峻阪路威夷。绿池泛淡淡,青柳何依依。滥泉龙鳞澜,激波连珠挥。前庭树沙棠,后园植乌椑。灵囿繁石榴,茂林列芳梨。饮至临华沼,迁坐登隆坻。玄醴染朱颜,但愬行杯迟。扬桴抚灵鼓,箫管清且悲。春荣谁不慕,岁寒良独希。投分寄石友,白首同所归。[2]

《世说新语·品藻》注引石崇《金谷诗·叙》曰:“余以元康六年从太仆卿出为使持节,监青、徐诸军事、征虏将军。有别庐在河南县界金谷涧中……时征西大将军祭酒王诩当还长安,余与众贤共送往涧中……遂各赋诗,以叙中怀。”[3]既是“遂各赋诗,以叙中怀”,一般是侧重叙说当时的感受,而少有更深的引发,然潘岳此诗不然,他不仅描述了当时的场景及感受,还对这种生活进行了哲理的阐发,“春荣谁不慕,岁寒良独希”,哀叹月盈则亏,水满则溢的常理,而自己所能做到的只有抓紧这难得的良辰美景,在诗酒流觞中享受人生的乐趣。最后的“投分寄石友,白首同所归”,一语成谶,似有先见之明,也增强了诗歌的情感厚度。

左思是西晋才华横溢的作家,《三都赋》一时洛阳纸贵,其自身“貌寝”“口讷”的生理条件及寒族的出身,决定了其不可能在西晋一朝手握权杖,叱咤一时,而只能如扬子云般“门无卿相舆。寥寥空宇中,所讲在玄虚。”揆诸史实,左思确有隐居的经历:永宁元年(301)“齐王冏命左思为记室督,不就……”[4];永康元年(300)“左思退居”。[5] 其《咏史》之八云:

---

[1] 《中古文学系年》,第 760 页;《潘岳集校注》,第 280、241 页。
[2] 《潘岳集校注》,第 241 页。
[3] 《世说新语笺疏·品藻》,第 628 页。
[4] 《汉晋学术编年》,第 650 页。
[5] 《中古文学系年》,第 788 页。

> 习习笼中鸟，举翮触四隅。落落穷巷士，抱影守空庐。出门无通路，枳棘塞中涂。计策弃不收，块若枯池鱼。外望无寸禄，内顾无斗储。亲戚还相蔑，朋友日夜疏。苏秦北游说，李斯西上书。俯仰生荣华，咄嗟复凋枯。饮河期满腹，贵足不愿馀。巢林栖一枝，可为达士模。[①]

诗作于咸宁元年(275)，[②]左思之《咏史》实为咏怀，这些诗歌在粪土贵胄门阀的同时，也对自己隐士般生涯进行了哲理的反思，认为这种生活凭借人格及道德的力量足以使人立万而不朽。

这一时期的“招隐诗”也多为五言诗，个中反映的作者对社会问题的认识，对人命危浅的体味，这些也都是隐逸四言诗所缺乏的。

2. 风格的差异

四言隐逸诗的风格，清新峭拔是其主要特色。我们知道，隐逸文学因描写环境的清新以及人物的超脱品行，风格易于呈现出清新的一面，这在阮籍、嵇康的隐逸诗中就已显现；而四言诗因句式的短促，易于形成峭拔的特色。当然具体到西晋四言隐逸诗清新峭拔风格特点及其成因，尚须具体分析。

我们知道，西晋是中国历史上比较特殊的时期，不仅是因为社会的动乱，也不仅是因为其儒学精神的式微从而导致的玄学精神的高涨，西晋社会的一个显著特点是文士精神的矮化。这种矮化一方面表现在躁竞心态的炽热，甚至不惜牺牲生命；其次表现在对崇高精神的不屑，这在石崇观颜回画像时的言论中表露无遗；再次也表现在文学创作上的士庶之别及由此带来的文学创作的家族世俗化倾向。与此种创作氛围关联，西晋四言隐逸诗的创作也充满着两种思想倾向：一是主动归隐，以求摆脱躁竞的社会环境；二是创造出不少抑制躁进之风的隐逸作品，这些，我们在本书上编的第一章已有较为详细的阐释。就这一时期隐逸四言诗的创作而言，两种思想并存。在我们上面所举陆云与郑丰的赠答诗中，郑丰的答诗显然是主动归隐者的宣言，而陆云的赠诗虽是“招隐”，却有一种清新自然的格调，就《谷风》其二观之，亦可见一斑。首先是诗中出现的物象：“谷风”“霖雨”“归鸿”“玄鸟”就给人一种清新悠远的感觉，而“习习”之“谷风”，“霖雨”之“嘉播”，给人的感觉不仅是自然界的风吹雨拂，更似这清风、这细雨洒在人之心田

---

① 《先秦汉魏晋南北朝诗·晋诗》，第 734 页。

② 《中古文学系年》，第 666 页。

一般，让人舒适，让人心中有种凉凉的、清新的感觉。同时诗里还有“流芳鼓物”，有“有渰凄阴”的描写，更衬托出作者心境的纯净，而一句“嗟我怀人，其居乐潜”，不仅是对郑丰的评价，同时也带给读者一种强烈的情感认同。乐之人，不仅是郑丰，亦是作者，乃至读者；乐之物，实为清新浏亮之大自然之“谷风”“霖雨”“归鸿”“玄鸟”，缘此，此诗之清新之风格亦跃然纸上。

张华《励志诗（九章四言）》之六：

> 安心恬荡，栖志浮云。体之以质，彪之以文。如彼南亩，力耒既勤。藨蓘致功，必有丰殷。①

诗之描写肆意游荡的闲暇，“安心恬荡，栖志浮云”之清虚旷达，“如彼南亩，力耒既勤”之心无挂碍，无不给人以清新自然的感受，从而诗之风格亦呈现出清新的特色。

西晋四言隐逸诗大都具有此种风格。

至于峭拔的特色，我们前面说过，四言诗因其句式简短，音节急促，句中皆为实词，少有虚词或起到调节音节作用的助词，这种诗体，一般而言，易于形成峭拔、高抗的特色。当然，这也仅就一般分析而言，事实上，很多四言诗并非皆如此。如《诗经》中的诗歌，句式多为四言，但这些诗歌并不以峭拔为其风格特色。这里就涉及到诗歌风格形成的其他要素，如词汇的选择，句式的复沓情况，意象的营造，作者的心境等等。在后面这诸多因素的影响下，《诗经》的四言诗并没有形成峭拔的特色；曹操的四言诗，更多慷慨悲凉的风格，也与“峭拔”之风相异；嵇康的四言隐逸诗有清虚高旷的特点，这一“高旷”，其实和“峭拔”就有了某种联系，甚至可说是较为接近的风格。

其实，仔细分析，不难发现，四言诗自曹操至嵇康再至西晋诸文士创作之隐逸诗，其风格之“慷慨悲凉”至“清虚高旷”再至“清新峭拔”，其间有一条合乎逻辑的演变轨迹。四言隐逸诗清新之特色，我们不再作详细谈论，以下就其“峭拔”特色演进之轨迹作一番梳理。“慷慨悲凉”就情绪上来说，含有一种较为饱满的张力，一种虽有悲凉的意绪但不沉沦，相反却给人向上一路之情感激发。就主导情感言之，它依然有种亢奋的激发人心的力量。就其中一点来说，这种情感的状态呈现出向上，向高处冲击的趋势。这与“高旷”之“高”就具有了相同的情感内涵。而“峭拔”之“拔”，自然也是

---

① 《先秦汉魏晋南北朝诗·晋诗》，第 615 页。

向上挺立之意。综上，不难发现四言诗的风格的发展是在这种诗体自身特点的基础上，在时代文学风气的左右下与时俱进的必然结果。以下我们就西晋四言隐逸诗之“峭拔”特色作具体分析。

程晓《赠傅休奕诗》，前已全诗引出，“茕茕独夫，寂寂静处”，一种孤寂乃至孤傲之高人形象扑面而来，而“许由巢父”两位高士，无论时间的久远，还是品行的高洁，都是遥不可及的。如此，我们说此诗有种高远、孤高之氛围当是不错的。然而此诗“峭拔”之格调却不甚明显。

张华《励志诗（九章四言）》之一、之三、之五、之七：

> 大仪斡运，天回地游。四气鳞次，寒暑环周。
> 星光既夕，忽焉素秋。凉风振落，熠耀宵流。
> 仁道不遐，德輶如羽。求焉斯至，众鲜克举。
> 大猷玄漠，将抽厥绪。先民有作，贻我高矩。
> 养由矫矢，兽号于林。蒲芦萦缴，神感飞禽。
> 末伎之妙，动物应心。研精耽道，安有幽深。
> 水积成川，载澜载清。土积成山，歊蒸郁冥。
> 山不让尘，川不辞盈。勉尔含弘，以隆德声。①

这些诗歌用语古拙，这种古拙的文风使诗歌显出一种峭的趋势，若是全诗又有一种向上的格调，则诗的风格就与“峭拔”相距不远了。张华这些诗既为“励志”，按说没有必要写得那么古拙，因为诗歌发展的总趋势是从汉魏质朴古拙向南朝新体诗乃至此后唐诗之风华圆润方向发展，而张华的这些诗歌之古拙，一方面与其使用的诗体有关，因为四言体本就是以《诗经》为代表之古体，作者在创作时不自觉因袭古拙之模式也是很自然的；同时，张华本人是一位学识渊博的学者，“朗赡多通，图纬方伎之书莫不详览。少自修谨，造次必以礼度。”②其知识结构虽无所不包，但显然其拳拳服膺的依然是儒家的礼仪。故而，在披露心迹的“励志”诗中，采用古拙的文风自是很合适的。当然这些诗亦不乏清新之风格，是清新与峭拔结合较好的四言隐逸诗。或许张华此诗的风格是由自身特殊的因素造就，但西晋四言隐逸诗的风格多为“清新峭拔”，却大致合乎实际，如石崇之《答棘腆诗》：

---

① 《先秦汉魏晋南北朝诗·晋诗》，第614页。

② 《晋书·张华传》，第1068页。

言念将别，睹物伤情。赠尔话言，要在遗名。惟此遗名，可以全(《诗纪》作长。——笔者注)生。[①]

亦有“清新峭拔”之色彩，应该说，这是西晋一朝隐逸四言诗的总的风格特点。

五言隐逸诗的风格则稍有不同，前举“招隐诗”及张华、潘岳、左思等人的哲理、生活感悟等诗，则更多倾向于隐逸诗的一般特色——清新自然。

造成两类诗歌风格区别的主要原因在于诗体形式的不同，从而导致诗歌风格选择上的不同倾向。

第二节　西晋隐逸文的时代特点

西晋隐逸文的主要体裁为“颂”“赞”“传”“论”等。“颂”“赞”主要是对隐者品行及行为方式的欣赏，而为隐者作“传”，实际上也是赞赏隐者的行为，“论”则是对隐逸现象的看法。应该说，这几种体裁形成一种相辅相成的逻辑关系，他们一起构成了西晋隐逸文的有机整体。

一、“颂”“赞”“传”对隐者的倾慕及其时代意义

西晋一朝由于玄风继续飘荡，尤其是郭象《〈庄子〉注》“适性”思想的蔓延，且当时社会危机更其深重，故士人对隐者行为表现出强烈的认同，虽然他们由于社会躁进风气的影响，其中的多数人没有具体的隐逸行为。但在他们的不少“赞”“颂”“传”中，却对隐者表现出由衷的仰慕，当然，这种对隐者的仰慕又受玄风及时代的躁竞气息、压抑氛围的影响，表现出对自由、洒脱的风神，对心与道冥理想人格的追求。如潘岳的《许由颂》：

邈哉许公，执真履贞，辞尧天下，抱朴隐形。川停岳峙，澹泊无营。栖迟高山，与世靡争。虚薄忝任，来宰斯城。愧无惠化，豹产之政。峨峨治所，乐慕景名，登箕逍遥，来过墓庭。逼于时宪，顷筐不盈。恨无旨酒，奠公之灵，死而不朽，公有其荣。聊述雅美，存公馨声。[②]

---

① 《先秦汉魏晋南北朝诗·晋诗》，第 645 页。

② 《潘岳集校注》，第 139 页。

颂文主要通过评述许由的事迹及品行，来赞美许由"执真履贞""抱朴隐形，川停岳峙，澹泊无营，栖迟高山，与世靡争"的洒脱、自由人格。嵇喜的《嵇康传》赞美嵇康也主要突出其"长而好老、庄之业。恬静无欲"，"弹琴咏诗，自足于怀抱之中"，"超然独达，遂放世事，纵意于尘埃之表"[①]之品行。它如夏侯湛的《范蠡赞》《庄周赞》也都是突出传主"退弘妙理……逸群远游"[②]"迈迈庄周，腾世独游……望风寄心，托志清流"[③]的风神。对隐者这些品行的欣赏，一方面是其时玄风吹拂的结果；同时，也与社会的浮华、躁进环境有关。士人内心深处都想保有自己独立的人格，都想给自己的内心留存一方不受外界染指的净土，在这方面陆云的《荣启期赞》可为代表，《赞》曰：

> 荣启期者，周时人也。值衰世之季末，当王道颓凌，遂隐居穷处，遗物求己。泝怀玄妙之门，求意希微之域。天子不得而臣，诸侯不得而友。行年九十，被裘鼓琴而歌。孔子过之，问曰："先生何乐？"答曰："吾乐甚多。天生万物，唯人为贵，吾得为人矣，是一乐也；以男为贵，吾又得为男，是二乐也；或皆不免于襁褓，而吾行年九十，是三乐也；夫贫者士之常也，死固命之终也。居常待终，当何忧乎？"孔子听其音，为之三日悲。常被裘带索，行吟于路曰："吾著裘者何求，带索者何索。"遂放志一丘，灭景榛薮。居真思乐之林，利涉忘忧之沼，以卒其天年。荣华溢世，不足以盈其心；万物兼陈，不足以易其乐。绝景云霄之表，濯志北溟之津，岂非天真至素，体正含和者哉！友人有图其象者，命为之赞，其辞曰：
>
> 芒芒至道，天启德心。自昔逸民，遁志山林。邈矣先生，如龙之潜。夷明收察，灭迹在阴。傲世求己，遗物自钦。景遁琼辉，响和绝音。恋彼丘园，研道之微。思乐寒泉，薄采春蕤。鸣弦清泛，抚节高徽。有圣戾止，永言伤悲。天造草昧，负道实嘉。於铄先生，既体斯和。熊罴作祥，黄发皤皤。耽此三乐，遗彼世华。翼翼彼路，行吟以游。的的黻冕，陋我轻裘。永脱乱世，受言一丘。媚兹常道，聊以忘忧。[④]

---

① 《全晋文》，第1828页。

② 《全晋文》，第1857页。

③ 《全晋文》，第1857页。

④ 《陆士龙文集校注》，第931—935页。

荣启期其人，同时的皇甫谧的《高士传》中亦有记载：

荣启期者，不知何许人也。鹿裘带索，鼓琴而歌。孔子游于泰山，见而问之曰："先生何乐也?"对曰："吾乐甚多。天生万物，唯人为贵，吾得为人矣，是一乐也。男女之别，男尊女卑，故以男为贵，吾既得为男矣，是二乐也。人生有不见日月，不免襁褓者，吾既已行年九十矣，是三乐也。贫者，士之常也，死者，民之终也。居常以待终，何不乐也。"①

稍前的嵇康的《圣贤高士传赞》中亦有荣启期其人的事迹：

荣启期者，不知何许人也，披裘带索，鼓琴而歌。孔子曰："先生何乐也?"对曰："天生万物，唯人为贵，吾得为人，是一乐也。以男为贵，吾得为男，二乐也；人生有不免于襁褓，吾行年九十五矣，是三乐也；贫者士之常，死者民之终，居常以待终，何不乐也?"②

可以看出，嵇康与皇甫谧的传记本着对传主荣启期的客观记载，在叙述荣启期的事迹时并无多少感情色彩，对荣启期事迹的意义也没有多少阐发，只是对其超然物外，怡然自得之行为进行了交代。而陆云的《荣启期赞》则不然。《赞》文在前面的叙述中就已着重突出荣启期的"遗物求己""放志一丘"之行为，所谓"值衰世之季末，当王道颓凌，遂隐居穷处，遗物求己。泝怀玄妙之门，求意希微之域。""遂放志一丘，灭景榛薮。居真思乐之林，利涉忘忧之沼，以卒其天年。"在后面具体的赞颂中，陆云对荣启期这种品行的意义进行了深入的阐发，所谓"傲世求己，遗物自钦。景遁琼辉，响和绝音。恋彼丘园，研道之微。……耽此三乐，遗彼世华。翼翼彼路，行吟以游。的的黻冕，陋我轻裘。永脱乱世，受言一丘。媚兹常道，聊以忘忧"者是也。对这种精神气质的强调，是时代玄风及时代环境影响的自然反映。

左棻的《狂接舆妻赞》：

---

① 《高士传》，文渊阁四库全书本。

② 《嵇康集校注・附录〈圣贤高士传赞〉》，第405页。

接舆高洁，怀道行谣。妻亦冰清，同味玄昭。遗俗荣津，志远神辽。①

《巢父惠妃赞》：

泱泱长流，沔沔清波。思文巢惠，载咏载歌。垂纶一壑，万象匪多。神乎畅矣，缅同基阿。②

为女性隐者唱赞歌，是西晋隐逸文学中的特例。其所赞叹的品行，亦不外隐者遗世独立，“垂纶一壑”之类，这种对隐者的倾慕，其时代意义却自不待言。

二、“论”文对隐逸精神及隐者意义的深入探讨

“论”主要是对当时的隐逸现象、历史上的隐逸人物的行为发表看法，是对“赞”“颂”“传”等隐逸文中的隐逸事迹认识的深化，亦可看出西晋一朝对隐逸现象的一般理解。

石崇有《许巢论》：

客有问于余曰：“昔许由巢父，距尧之让，逍遥颐神，宝己贵世。司马迁以假托之言，必无此实，窃以为然。”余答之曰：“是何言欤？盖闻圣人在位，则群材必举，官才任能，轻重允宜。大任已备，则不抑大材，使居小位；小材已极其分，则不以积久而合处过材之位。然则稷播嘉谷，契敷五教。皋陶夔龙，各己授职，其联属之官，必得其材，则必不重载兼置，斯可知也。巢许则元凯之俦，大位已充，则宜敦廉让以励俗，崇无为以化世，然後动静之教备，隐显之功著，故能成巍巍之化。民莫能名，将何疑焉？”③

《艺文类聚》三十七《隐逸下》选录此文。这是对一则历史公案作出的适合现实政治的回答，石崇认为“许由巢父，距尧之让”，确有其事，无可怀疑，而许、巢之事的意义在于“敦廉让以励俗，崇无为以化世，然後动静之教

① 《全晋文》，第 1534 页。
② 《全晋文》，第 1534 页。
③ 《全晋文》，第 1651 页。

备，隐显之功著，故能成巍巍之化”，这在西晋一朝尤其具有针对性，是对西晋一朝躁竞、浮华风气的反驳，是抑制竞进隐逸文学的典型。

潘尼于太始四年（268）作《安身论》[①]，论曰：

> 盖崇德莫大乎安身，安身莫尚乎存正，存正莫重乎无私，无私莫深乎寡欲。是以君子安其身而后动，易其心而后语，定其交而后求，笃其志而后行。……忧患之接，必生于自私，而兴于有欲。自私者不能成其私，有欲者不能济其欲，理之至也。……
>
> 君子则不然。知自私之害公也，然后外其身；知有欲之伤德也，故远绝荣利；知争竞之遘灾也，故犯而不校；知好伐之招怨也，故有功而不德。安身而不为私，故身正而私全；慎言而不适欲，故言济而欲从；定交而不求益，故交立而益厚；谨行而不求名，故行成而名美。止则立乎无私之域，行则由乎不争之涂，必将通天下之理，而济万物之性。天下犹我，故与天下同其欲；己犹万物，故与万物同其利。
>
> 夫能保其安者，非谓崇生生之厚，而耽逸豫之乐也，不忘危而已。有期进者，非谓穷贵宠之荣，而藉名位之重也，不忘退而已。存其治者，非谓严刑政之威，而明司察之禁也，不忘乱而已。故寝蓬室，隐陋巷，披短褐，茹藜藿，环堵而居，易衣而出，苟存乎道，非不安也。虽坐华殿，载文轩，服黼绣，御方丈，重门而处，成列而行，不得与之齐荣。用天时，分地利，甘布衣，安薮泽，沾体涂足，耕而后食，苟崇乎德，非不进也。虽居高位，飨重禄，执权衡，握机秘，功盖当时，势侔人主，不得与之比逸。遗意虑，没才智，忘肝胆，弃形器，貌若无能，志若不及，苟正乎心，非不治也。虽繁计策，广术艺，审刑名，峻法制，文辩流离，议论绝世，不得与争功。故安也者，安乎道者也。进也者，进乎德者也。治也者，治乎心者也。未有安身而不能保国家，进德而不能处富贵，治心而不能治万物者也。
>
> ……[②]

这段议论，理论色彩特浓，对安身的意义、安身途径的论述深切著明，时代意义甚是显豁，时至今日依然让吾等警醒。潘尼从“寡欲”“无私”“存正”“崇德”这一逻辑顺序出发，开出了一副抑制社会躁竞的药方。隐居应

---

① 《中古文学系年》，第635页。

② 《全晋文》，第2003页。

该从“道”“德”“心”三方面着眼，方可“保国家”“处富贵”“治万物”。认为真正的君子必是“安身而不为私”“慎言而不适欲”“定交而不求益”“谨行而不求名”之人。依此推理，那些“寝蓬室，隐陋巷，披短褐，茹藜藿，环堵而居，易衣而出”之隐居之人，“苟存乎道，非不安也”。他们对社会稳定，对国家治理，都有很大帮助，比起那些身居高位但却乏道、无德之衮衮诸公，不知要有益多少！我们知道，潘尼是西晋一朝少有躁竞之心，且仕途亨通之人，其初始性格中即有隐逸特质，一生也创作出不少隐逸作品，应该说，《安身论》中的议论是潘尼深思熟虑的结果。潘尼本人对这一安身原则是真正的领会并实践着，这在当时是不多见的，或许，这是其有别于多数文士得以在西晋一朝善终的原因吧。

此外，皇甫谧的《释劝论》《笃终论》《高士传·焦先论》，或以“一明一昧，得道之概；一弛一张，合礼之方；一浮一沉，兼得其真。故上有劳谦之爱，下有不名之臣；朝有聘贤之礼，野有遁窜之人”，此明显受郭象“独化”论所提倡的随顺自然思想的影响，以此来反驳劝仕之人的“子独栖迟衡门，放形世表，逊遁丘园，不睨华好，惠不加人，行不合道，身婴大疢，性命难保。”[①]皇甫谧有时以“玄晏先生”自许，阐释生死之理，或借焦先而申论，“焦先弃荣味，释衣服，离室宅，绝亲戚，闭口不言，旷然以天地为栋宇，暗然合至道之前，出群形之表，入玄寂之幽，一世之人不足以挂其意，四海之广不能以回其顾，妙乎与夫三皇之先者同矣。结绳以来，未及其至也，岂群言之所能仿佛，常心之所得测量哉！”[②]对焦先行为的评价，一来是为匡正时人对焦先隐逸意义的疑惑，二来也是借此提摄隐逸之于自己的意义。如此，就把一件看似与己无关的事情的意义深化、扩大化了，对抑制社会的躁竞气息是有益的，同时亦可看出此一时期玄风的浸润。

第三节　思归、“嘉遁”主题统摄的隐逸赋

西晋隐逸赋，就主题而言，思归、“嘉遁”较为突出，这与此时社会环境、社会思潮有密切的关系。虽然这样的主题在隐逸文学发展史上并非首次出现，但其在西晋的出现仍有不可忽视的意义。同时，就赋体文学自身的特点言，西晋隐逸赋也有不少醒目的特点。

---

① 《晋书·皇甫谧传》，第1414、1412页。

② 《三国志·魏志·管宁传》注引《高士传》，第365页。

一、思归主题的继承、深化与发展

隐逸文学中的思归主题，自张衡《归田赋》始，开始明确并逐步发展。《归田赋》作于顺帝永和三年戊寅(138)，赋中对隐逸之境的描写，充满诗情画意。为士人在庸碌、危殆的宦途中提供了一处可以舒展身心的归宿。此后汉末至建安，由于隐逸文学本身的衰微，士人深受儒家思想的影响，意欲在昏乱的时局中建功立业，士人即便有退隐之思，如徐干等，一来毕竟不占主流，二来即便有此思，也无非是退出仕途，而不是真正的归隐山林、田园，只是暂时摆脱案牍之劳形而已。正始隐逸文学相对较为发达，阮籍、嵇康最初都有强烈的仕进之心，只是在司马氏的高压下，理想无由实现，才思退避之事。但其思想的底色是苦闷的，退避实属无奈之举，在这种心理状态下，正始文学不可能出现从容、明净的思归主题。到了西晋，由于社会环境的进一步恶化，社会伦理的进一步退化，而随着玄学思想的高涨，老庄思想的流行，“独化”理念的衍溢，士人更崇尚一种适性的、自由随意的生活。在这种情势下，隐逸文学中的思归主题也再次出现了，并呈初步兴盛之势。

张华有《归田赋》一篇，载《艺文类聚》卷三十六“隐逸上”，赋云：

> 随阴阳之开阖，从时宜以卷舒，冬奥处于城邑，春游放于外庐。归郏鄏之旧里，托言静以闲居。育草木之蔼蔚，因地势之丘墟。丰蔬果之林错，茂桑麻之纷敷。用天道以取资，行药物以为娱。时逍遥于洛滨，聊相佯以纵意。目白沙与积砾，玩众卉之同异，扬素波以濯足，溯清澜以荡思。低徊住留，栖迟菴蔼，存神忽微，游精域外。藉纤草以为茵，援垂阴以为盖。瞻高鸟之陵风，临鲦鱼于清濑。眇万物而远观，修自然之通会。以退足于一壑，故处否而忘泰。[1]

此文与张衡的《归田赋》不惟赋题相同，而且内容、结构也基本相似，都是先敷述田园生活的清新惬意，最后加上一点玄理化的评述。这与张华、张衡二人初始性格及经历、身处的社会环境相似有关，赋作更多是对思归主旨的继承。潘尼有《怀退赋》一篇，文曰：

> 伊畴昔之怀愤，思天飞以远迹。望循涂而投轨，溯翔风以理翮。翼云雾之可凭，希天路之开辟。何时愿之多违？奄就羁以服役。困吴

① 《全晋文》，第1789页。

坂之峻岨，畏盐车之严策。嗟游处之弗遇，奚郁悒之难任？背宇宙之寥廓，罗网罟之重深。常屏气以敛迹，焉游豫以娱心。傅释板以亮殷，望投竿而相姬。穷独善以全质，达兼利以济时。聃安志于柱史，由抗迹于嵩箕。理殊涂而同归，虽百虑其何思？敢因虚以托谈，遂逡巡而造辞。

岂遁世之独立兮，庶北门之在兹。归幽岩之潜穴兮，托峻岳之崇基。①

潘尼生于魏嘉平二年(250)，“初应州辟，后以父老，辞位致养。太康中，举秀才，为太常博士”②，关于“后以父老”一事，《三国志》记载更为具体：“尼以父老归供养，居家十余年。”③“十余年”即太始九年(273)至太康三年(283)，这一时期，因潘尼在闲居服丧期间，本就是归隐乡间，故而，不会创作《怀退赋》之类的作品。如此，此赋只能作于太康三年之后。具体何事触发了潘尼的创作，我们无从具体考察，但太康三年之后，西晋政局的愈发不堪确是很明显的(八王之乱爆发于惠帝永平元年[291])，初始性格中既有隐逸潜质的潘尼，在面对危殆的社会环境时，引起“怀归”之思应在情理之中。与张衡及张华的同类赋相较，此赋更多对社会现实黑暗及正直文士在如此黑暗现实下的无奈，而援史以明志更增添了文章的厚度及悲愤的深沉。

石崇的《思归叹》、潘岳的《闲居赋》、陆机的《思归赋并序》分别作于元康六年(296)与元康八年(298)。④ 此时“八王之乱”已爆发5年有余，社会生产遭到极大破坏，内忧引发的外患更使社会动荡不安。元康六年至元康八年之间，是八王之乱暂告平息的时段，但，自然灾害却是异常频繁，元康六年“关中饥、疫”。元康七年，“秋，七月，雍、秦二州大旱，疾疫，米斛万钱。”元康八年，“秋，九月，荆、豫、徐、扬、冀五州大水。”⑤这些自然灾害自然不会威胁到潘岳、陆机、石崇等人的生命，但刚从楚王司马玮、汝南王司马亮的残杀中回过神的诸文士，此时方有心思静下心来思考自己的出处大事，一连串的自然灾害导致的饿殍遍地，“白骨露于野”的惨状，使他们感觉到“繁华有憔悴，堂上生荆杞”的惶恐。故而，这批文士虽受西晋浮华、躁进

① 《全晋文》，第1999页。

② 《晋书·潘岳传》，第1510页。

③ 《三国志·王卫二刘傅传》注引《尼别传》，第613页。

④ 《中古文学系年》，第759、762、770页。

⑤ 《资治通鉴·晋纪四》，第2616、2618、2621页。

风气的影响（当然具体到每个人，情况又不尽相同，潘岳本身就“性轻躁，趋世利”，石崇早年亦是以追逐世俗的享受为生活的目标，对儒家奉为典范的颜回甚是不恭，而陆机更是为了家族荣誉，不惜生命奋力拼搏），不太可能彻底归隐林下，但内心的惊悸却是避免不了的，产生“思归”的想法也是正常的，如潘岳“《闲居赋》中的隐逸之思并非凭空而出，而已有相当一段时间潜伏在他的内心之中”。[①] 但，他们在“思归”类作品中增强了情感深度，对黑暗现实带给人心的惶恐的描写增多，而不仅仅是之前思归类作品对田园生活的诗意描绘，如陆机的《思归赋（并序）》：

余牵役京室，去家四载，以元康六年冬取急归。而羌虏作乱，王师外征，职典中兵，与闻军政。惧兵革未息，宿愿有违，怀归之思，愤而成篇。

节运代序，四气相推。寒气肃杀，白露沾衣。嗟行迈之弥留，感时逝而怀悲。绝音尘于江介，托影响于洛湄。彼离思之在人，恒戚戚而无欢，悲缘情以自诱，忧触物而生端。昼辍食而发愤，宵假寝而兴言。羡归鸿以矫首，挹谷风而如兰。岁靡靡而薄暮，心悠悠而增楚。风霏霏而入室，响泠泠而愁予。既遨游乎川沚，亦改驾乎山林。伊我思之沉郁，怆感物而增深。叹随风而上逝，涕承缨而下寻。冀王事之暇豫，庶归宁之有时。候凉风而警策，指孟冬而为期。顾灵晖之促景，恒立表以望之。[②]

序中对背景的交待：“羌虏作乱，王师外征，……惧兵革未息，宿愿有违，怀归之思，愤而成篇。”已流露出愤懑的情感，正文的描述：“感时逝而怀悲”“恒戚戚而无欢”“怆感物而增深”“涕承缨而下寻”都是满怀忧伤，时局动乱的惶恐、归期难料的无奈、生命危浅的焦虑交集于心，欲抛弃一切彻底隐居，又有违宿志，心有不甘，欲前进却前途难卜，心中重重情感纠结在一起，从而，赋的氛围大异于张衡、张华的“怀归”类赋作。

二、“嘉遁”“应嘉”赋中“至人”形象的塑造

西晋隐逸赋还有一大主题：“嘉遁”“应嘉”。《周易・遁卦》：“九五，嘉遁，贞吉。”孔颖达《周易正义》曰：“嘉，美也。”嘉遁，顾名思义就是美化隐

---

① 潘啸龙、朱瑛《潘岳人品论》，《安徽师范大学学报》2006 年 05 期。

② 《陆士衡文集校注》，第 146—147 页。

逸，而应嘉，则是回应嘉遁之作，如陆机的《应嘉赋》，序云："友人有作《嘉遁赋》与余者，作赋应之，号曰《应嘉》云……"①也就是说，"嘉遁""应嘉"都是嘉遁，都是对隐者行为、隐者生活环境的欣赏。约同时稍后的葛洪对"嘉遁"评述曰："世有隐逸之民，而无独立之主者，士可以嘉遁而无忧，君不可以无臣而致治。"②然而，就西晋"嘉遁"赋创作的实际看，其意义却又不仅是对隐士、隐逸行为的一般赞美，赋中有突出的、具有道家人格的"至人"形象在。

孙承《嘉遁赋》，《艺文类聚》卷三十六"隐逸上"收录，文曰：

> 有嘉遁之玄人，含贞光之凯迈。靡薜荔于苑柳，荫翠叶之云盖。挥脩纶于洄澜，临峥嵘而式坠。泝清风以长啸，咏九韶而忘味。若乃御有抚生，应物宅心，曜应春圃，凋叶秋林，振藻阳波，清景玄阴，形犹与以徙靡，神旷寂而难寻，浑无名于域外，和丘中以草音。于是混心齐物，遨翔容与，薄言采薇，收萝中野，朝观夷陆，夕步兰渚，仰弋鸣雁，俯钓鲂鲉，游无方之内，居无形之域，咏休遁之贞亨，察天心而观复，委性命于玄芒，任吉凶而靡录。③

赋中"嘉遁之玄人"，不仅是一般意义上的隐者，更是一位浸染着道家思想，混一宇内之"至人"，应该说，这是一种更为理想化的隐居状态，"至人"有一种超脱人间局限的本领，有一种超脱人间烦恼的洒脱。

陆机的《应嘉赋（并序）》是为回应孙承《嘉遁赋》而作，文曰：

> 傲世公子，体逸怀遐。意邈澄霄，神夷静波。仰群轨以遥企，顿骏羽以婆娑。寄冲气于大象，解心累于世罗。袭三闾之奇服，咏南荣之清歌。濯下泉于浚涧，泝凯风于卷阿。指千秋以厉响，俟寂寞之来和。怀前修之仿佛，觌幽人之所过。抱玄景以独寐，含芳风而寤语。发兰音以清唱，操玉怀而喻予。

> 于是葺宇中陵，筑室河曲。轨绝千途，而门瞻百族。假妙道以达观，考贲龟而贞卜。苟形骸之可忘，岂投簪其必谷。方介丘于尺阜，托云林乎一木。伫鸣条以招风，聆哀音其如玉。穷览物以尽齿，将弭迹

① 《陆士衡文集校注》，第156页。

② （西晋）葛洪著，杨明照校笺《抱朴子外篇校笺》，中华书局1991年版，第312页。

③ 《艺文类聚》卷三十六，第646页。

于馀足。①

刘运好先生对此赋有精道的分析:"此赋情感与《招隐诗》相近,乃歌颂隐士之作。然诗重在写境——幽人所居环境澄澈清幽之美,而赋则重在写人——隐者傲世绝俗之美。《艺文类聚》卷三十六有孙承《嘉遁赋》,机赋盖因此而作。孙承即孙拯,吴人,与机交谊深厚。永宁元年(公元三〇一),机坐赵王伦罪而入狱,赖成都王颖等救之。出狱后乡人顾荣等咸劝其还吴,孙赋或寓劝隐之意,当作于是年。"②

陆机《幽人赋》,亦是此类作品,赋曰:

世有幽人,渔钓乎玄渚。弹云冕以辞世,披宵褐而延伫。是以物外莫得窥其奥,举世不足扬其波。劲秋不能雕其叶,芳春不能发其华。超沉冥以绝绪,岂世网之能加?③

此赋《艺文类聚》卷三十六收录,"此亦为隐士之歌。言隐士超然物外,兀然心静,不随波逐流,绝世俗之业,无世网所婴之忧。诗人后期泥身世俗而无可抽身,归隐、游仙乃其诗意之遐想,精神之乐园,细究之则浸透现实之沉重,此赋风格轻盈,绝无尘世之累,然'岂世网之能加?'亦超然之沉重也。或与《应嘉赋》时间差近。"④刘先生的评论不惟指出赋作之年,指出了其与《应嘉赋》情感上的近似处,同时在对此赋主旨的分析中,让我们看到了一位遗世独立,不食人间烟火之"至人"形象。应该说,这类赋作,是隐逸文学中较为特殊的一类,是对隐逸文学题材的开拓。

就赋之风格而言,这些赋因描写"至人"之超脱形象,赋作亦呈轻盈、飘逸之风格,这也是隐逸赋的风格在西晋渐趋多样化的表现。

第四节 "逸民"意象分析

西晋隐逸文学中,"逸民"是一个比较重要的意象,在诗、文、赋中皆大量存在。孔子称:"举逸民,天下之民归心焉。"又称:"逸民伯夷、叔齐、虞

① 《陆士衡文集校注》,第 156 页。
② 《陆士衡文集校注》,第 156 页。
③ 《陆士衡文集校注》,第 164 页。
④ 《陆士衡文集校注》,第 164 页。

仲、朱张、柳下惠、少连。"《论语》何注曰:"逸民,节行超逸也。""此处逸民略同于逸材,逸品,逸格,逸作超凡不群解。"①《后汉书·逸民列传》:"尝以讲道余隙,寓乎逸士之篇。"②颜师古注《汉书·律历志》曰:"逸民,谓有德而隐处者。"③朱熹注《论语》曰:"逸,遗逸,无位称。"此处逸民作逸居之民,"逸居"语见《孟子·滕文公上》:"逸居而无教,则近于禽兽。""其实,何晏与朱熹的看法并无冲突:节行超逸是逸民的主观条件,而无位则是逸民的客观条件。但还是颜师古的定义兼有何晏、朱熹之长,较为完善。"④也就是说,"逸民"是隐士之一类,但又是"有德"、有"节行"的一类,如"伯夷、叔齐、虞仲、朱张、柳下惠、少连"等是也。

一、陆云的逸民情结

二陆入洛后,一直汲汲于仕途,但这并不能说明二陆心中没有隐逸之思,尤其是陆云,其性格较之于陆机是平和了许多,从其刚到洛阳,回答卢毓的责难时的表现中就可看出。二陆兄弟性格上的差别,"议者疑二陸优劣,谢公以此定之",此句,余嘉锡引叶梦得《避暑录话》上曰:"……云爱士不竞,真有过机者,不但此一事。……"⑤这也就是陆云虽在进入西晋朝廷后,怀有着强烈的家族荣誉感,意欲重振家风,故而汲汲进取,但内心深处,陆云常思出处大事,西晋一朝不同于东吴的政治生态他是十分清楚的,郑曼季答陆云诗《鸳鸯六章序》云:"其兄已显登清朝,而弟中渐,婆娑衡门。……"陆云赠诗也表达了对隐者郑曼季行为的理解、尊重、乃至倾慕之情,这些都清楚地表明,入洛之后,陆云心底时常泛起退避的涟漪。陆云有《逸民赋》一篇,又有"以戒反正"之《逸民箴》。我们知道,"有德""节行"是逸民的重要身份特征,陆云《逸民赋》中的逸民到底又是怎样一种形象呢?赋及序曰:

> 富贵者,是人之所欲也。而古之逸民,或轻天下,细万物,而欲专一丘之欢,擅一壑之美,岂不以身胜于宇宙,而恬贵于纷华者哉!故天地不易其乐,万物不干其心,然後可以妙有生之极,享无疆之休也。乃为赋曰:世有逸民兮,栖迟乎于一丘。委天刑之外心兮,淡浩然其何

① 《中国隐士与中国文化》,第3页。
② 《后汉书·逸民列传》,第1870页。
③ 《汉书·律历志》,第831页。
④ 《中国隐士与中国文化》,第3页。
⑤ 《世说新语笺疏·方正》,第358页。

> 求。陋此世之险隘兮，又安足以盘游？杖短策而遂往兮，乃枕石而漱流。载营抱魄，怀元执一。傲物思宁，妙世自逸。静芬响于永言，灭绝景于无质。相荒土而卜居，度山阿而考室。
>
> ……
>
> 玄微载晏，何思何欲。漂若行云之浮，泊若穷林之木。咨有得之必丧兮，盖居宠之召辱。彼贪夫之死权兮，固遗生以要禄。竦战兢而履冰兮，祇肃怀以临谷。亮据鼎之无惈兮，在颠沛其必渥。
>
> ……
>
> 乱曰：乘白驹兮皎皎，游穹谷兮蔼蔼。寻峻路兮峥嵘，临芳水兮悠裔。盘丘园兮暇豫，翳翠叶兮重盖。瞻洪崖兮清辉，纷容与兮云际。欲凌霄兮从之，恨穹天兮未泰。咏欢友兮清唱，和尔音兮此世。①

我们看到，这里的逸民形象仍是隐者一类，但要说其“有德”、有“节行”就不那么让人信服了。文中之“逸民”，显然严重道家化了，与上节《嘉遁赋》《幽人赋》中的形象相当接近，这也是逸民在西晋玄学化背景下与时俱进的结果吧。

陆云自述创作《逸民箴》的原委曰：“余昔为《逸民赋》，大将军掾何道彦，大府之俊才也。作《反逸民赋》，盛称官人，美宠禄之华靡，伟名位之大宝，斐然其可观也。夫名者实之宾，位者物之寄，穷高有必颠之吝，溢美有大恶之尤，可不慎哉。故为《逸民箴》，以戒反正焉。”箴曰：

> 浩浩太素，制为两仪。经始君臣，朝有俊弼，野有逸民，各有攸届，而后品物有伦。……
>
> ……自古在昔，逸民有作。相彼宇宙，方之委舄。夫岂无不休，而好是冲漠？是故名利之灾，至人攸恪。谓予未信，无宁监于桑霍。天明既畏，神道无亲。善在求己，庆由积仁。无念尔本，聿修厥淳。执盈如虚，乃反天真。……②

“箴者，针也，所以攻疾防患，喻鍼石也。”③陆云对这种文体的使用十

① 《陆士龙文集校注》，第 2、4—5、20、31 页。

② 《陆士龙文集校注》，第 37、48 页。

③ 《文心雕龙义证・铭箴》，第 409 页。

分合格，其从逸民古已有之及逸民之“相彼宇宙，方之委舄”之超脱，来说明逸民存在的合理性。就其所说自从“浩浩太素，制为两仪”以来，即“朝有俊弼，野有逸民”的判断而言，指出“逸民”是与“俊弼”相对的人物，还是点出了逸民的特征的——逸民是隐士之一类，但又是“有德”、有“节行”的一类。当然，总体而言，其认为的逸民仍然给人以模糊的印象，我们从陆云的判断，无由得出这里的逸民到底是真正的“逸民”，还是笼统的隐者。或许，陆云自已有意无意模糊了二者的界限吧！因为当时真正模范儒家“德”“节”之隐士微乎其微，更多的士人当然也包括隐士已深受老庄玄学思潮的影响了，两晋之交葛洪的《抱朴子外篇》有《逸民篇》，我们来看一下其中的逸民形象：

……唐尧非不能致许由、巢父也，虞舜非不能胁善卷、石户也，夏禹非不能逼柏成子高也，成汤非不能录卞随、务光也，魏文非不能屈干木也，晋平非不能吏亥唐也，然服而师之，贵而重之，岂六君之小弱也？诚以百行殊尚，默默难齐，慕尊贤之美称，耻贼善之丑迹，取之不足以增威，放之未忧于官旷，从其志则可以阐弘风化，熙隆退让，厉苟进之贪夫，感轻薄之冒昧；虽器不益于旦夕之用，才不周于立朝之俊，不亦愈于胁肩低眉，谄媚权右，提贽怀货，宵征同尘，争津竞济，市买名品，弃德行学问之本，赴雷同比周之末也？彼六君尚不肯苦言以侵隐士，宁肯加之锋刃乎！圣贤诚可师者，吕尚居然谬矣。汉高帝虽细行多阙，不涉典艺，然其弘旷恢廓，善恕多容，不系近累，盖豁如也。虽饥渴四皓，而不逼也。及太子卑辞致之，以为羽翼，便敬德矫情，惜其大者，发《黄鹄》之悲歌，杜宛妾之觊觎，其珍贤贵隐，如此之至也。宜其以布衣而君四海，其度量盖有过人者矣。……①

葛洪处于两晋之交，其时社会更为混乱，儒家人伦更为式微。此《逸民篇》中的逸民，就是传统意义上的有德（主要是儒家的德行）且在野的士人，葛洪大力赞扬逸民，引古代圣君对“逸民”的种种优容，可以看出他对清明社会秩序的期盼。东晋江逌亦有《逸民箴》：

至人应务，是统是营，乃制上下，以牧群生，君位孰在，匪圣伊明，贤愚相奉，臣主以成，如彼百节，各役天形，率分委质，仰应一情，心膂

① 《抱朴子外篇校笺·逸民》，第72—76页。

有位，股肱有经，岂以处下？为戚为荣。各安其所，举体用平。夫设爵列土，悬弓垂旌，卑尊之级，贵贱之名，匪以恣物之役，实大猷而是经。处遁之士，奚眷于时。行矣先觉，捐俗长辞。明乎忧患，故超尔不疑，解发灵崖，被褐弦丝，飘飘台上，轻举高之。穆穆二仲，携策相期，盘幽隐寂，与物无治。凡厥後来，顺乃所往，鉴兹俗累，戒于颠荡，无殉外物，心烦技养，无弃恬旷，忧勤是掌，林人司箴，敢进善党。①

此处的“逸民”是作为“应务”的“至人”的对立面出现的，所举“逸民”的代表“二仲”，《初学记》卷十八引汉赵岐《三辅决录》：“蒋诩字元卿，舍中三径，唯羊仲、裘仲从之游。二仲皆推廉逃名。”后用以泛指廉洁隐退之士。可见江逌《逸民箴》中的“逸民”形象是正格，较之陆云心中的“逸民”是稍有不同的。

二、潘尼《逸民吟》、束皙《近游赋》中自我形象

潘尼《逸民吟》曰：

我顾傲世自遗，舒志六合。由巢是追，沐浴池洪迅羽衣。陟彼名山，采此芝薇。朝云叆叇，行露未晞。游鱼群戏，翔鸟双飞。逍遥博观，日晏忘归。嗟哉世士，从我者谁。②

又曰：

我愿遁居，隐身岩穴。宠辱弗荣，谁能羁绁。③

潘尼的两首《逸民吟》，是其初始性格及其一生一以贯之的隐逸精神的自然流露，只是这里的逸民与陆云作品中的逸民形象一致，并不讲究什么“德”“节”，只是看重自身行为的洒脱、自由，一句“我愿遁居，隐身岩穴。宠辱弗荣，谁能羁绁”更是道出潘尼乃至西晋文士在现实的逼迫下，内心的无奈、痛苦。我们知道中国传统文士尤其看重自身的功业，“三不朽”的观念深入骨髓。然而西晋一朝，由于种种原因，文士对崇高精神的追求受到遏

① 《全晋文》，第 2074 页。
② 《先秦汉魏晋南北朝诗·晋诗》，第 769 页。
③ 《先秦汉魏晋南北朝诗·晋诗》，第 770 页。

制，他们精神更多庸俗化倾向，更多追求名、利及物质享受。当然，从某种意义上来说，这种对名、利、物质的追逐亦是摆脱政治牵累的手段，是借追求一己私欲及物质享受来逃避现实的无奈。还有一些士人不愿追逐这些庸俗的名、利，或者对这些的追逐只是一时的行为而非一生的行为时，就有可能产生对另外的超脱社会现实的追逐，即对隐逸生活的向往。当然这种对隐逸生活的向往、追逐又与在现实中对名、利的追逐，有某种程度的联系：都不讲究儒家提倡的“德”“节”，而侧重对现实的超越，对现实束缚的反驳。于是乎，对隐逸的追求，也更多向道家隐逸观靠拢，而去儒家隐逸观渐行渐远。

潘尼《逸民吟》中超越现实的“至人”形象正是潘尼自己在西晋时期内心念想的投影。枣据《逸民赋》云：“沐甘露兮馀滋，握春兰兮遗芳”[①]中逸民的高洁形象亦是此类。

束皙《近游赋》中的逸民形象较之陆云、潘尼、枣据文中的逸民有较大不同，文曰：

> 世有逸民，在乎田畴。宅弥五亩，志狭九州。安穷贱于下里，寞玄澹而无求。乘筚辂之偃蹇，驾兰单之疲牛。
>
> 连捶索以为鞅，结断梗而作鞦。攀荜门而高蹈，朅徘徊而近游。井则两家共一，园则去舍百步。贯鸡毂于岁首，收缕缡于物互。其男女服饰，衣裳之制。名号诡异，随□迭设。系明襦以御冬，胁汗衫以当热。帽引四角之缝，裙有三条之杀。儿昼啼于客堂，设杜门以避吏。妇皆卿夫，子呼父字。及至三农间隙，遘结婚姻。老公戴合欢之帽，少年著蕞角之巾。
>
> 著紫裙之裨簁。
>
> 多盐少豉，脔皆秽闪。
>
> 格饼正于三播，棋炙不过两机。[②]

“束皙字广微，……博学多闻，与兄璆俱知名。……还乡里，察孝廉，举茂才，皆不就。……性沉退，不慕荣利。”“皙才学博通，所著《三魏人士传》《七代通记》《晋书·纪》《志》，遇乱亡失。其《五经通论》《发蒙记》《补亡

---

① 《全晋文》，第1845页。

② 《全晋文》，第1962页。

诗》、文集数十篇，行于世云。”[1]“永康元年(300)，‘束晳辞疾归，教授门徒，寻卒。’”[2]可见，束晳此人有隐逸潜质，主导思想却是儒、道的混合，其《读书赋》云：“耽道先生，澹泊闲居。藻练精神，呼吸清虚。抗志云表，戢形陋庐。垂帷帐以隐几，被纨扇而读书。抑扬嘈嚷，或疾或徐。优游蕴藉，亦卷亦舒。颂《卷耳》则忠臣喜，咏《蓼莪》则孝子悲。称《硕鼠》则贪民去，唱《白驹》而贤士归。是故重华咏《诗》以终己，仲尼读《易》于终身。原宪潜吟而忘贱，颜回精勤以轻贫。倪宽口诵而芸耨，买臣行吟而负薪。圣贤其犹孳孳，况中才与小人。”[3]赋中“耽道先生”的形象，实在是儒道隐逸观的合体，这实际上也是束晳自身的形象。《近游赋》中的逸民，一方面“志狭九州”“寞玄澹而无求”，而“安穷贱于下里”“三农间隙，遘结婚姻。老公戴合欢之帽，少年著蕞角之巾。”又明显具儒家做派。当然“妇皆卿夫，子呼父字”又是对儒家的讥讽。束晳赋中的自我形象由两种因素促成：(1)时代思潮；(2)束晳自身的儒学修养，这是西晋“逸民”形象的另一类别。

这里的“逸民”很容易让人想起阮籍笔下的“大人先生”，他们之间有何区别呢？我们认为主要的区别在于，虽然“大人先生”以现实人物孙登为原型，但作品中的“大人先生”更显得神秘，显得虚无缥缈，是一不食人间烟火的至人形象，而潘尼、束晳乃至陆云作品中的“逸民”却是人间“高士”的形象，尤其束晳《近游赋》中的逸民，更是周旋在我们身边的“高士”，一方面使我们感到崇高，却也使我们感到亲切，有一种跳一跳就可摸得着的感觉。当然这也与西晋一朝崇高精神的矮化，士人“委曲周旋仪”于俗世之中，像潘尼、陆云、束晳、张华这样有着隐逸初始性格之人都不曾想过真的逃离现实社会，那么，他们心中的“逸民”也必然是粘着于俗世，被浓浓的人间烟火气熏染着，从而作品与现实的距离也更近些。

第五节 西晋各体隐逸文学的关系

西晋隐逸文学中诗、赋、文皆有，且数量亦在伯仲之间，难分轩轾。上几节我们分别就西晋隐逸诗、赋、文的特点进行了讨论，以下我们把眼光聚焦在这些文体之间的关系上，看看这些文体之间有何影响？以期对西晋隐

① 《晋书·束晳传》，第1427—1428、1434页。

② 《中古文学系年》，第791页。

③ 《全晋文》，第1962页。

逸文学有更深入的理解。

一、意象的渗透、内涵的变化及其原因

通过上面的分析，我们知道，西晋隐逸诗的主要内容是表达对隐逸行为、隐逸思想的理解，以及大量打着招隐招牌实际劝人隐逸的“招隐诗”。而西晋隐逸文主要在于对隐逸人物的礼赞，甚至自己也化为作品中的隐逸人物。表面上看，隐逸诗、文的意象有很大的相异性，但仔细比较，不难发现这些意象之间有着密切的联系，意象之间相互渗透，相互影响，彼此密不可分，是西晋隐逸文学天然织锦上的彼此呼应的两面。

我们先看嵇喜的《答嵇康诗四首》，诗云：

华堂临浚沼，灵芝茂清泉。仰瞻春禽翔，俯察绿水滨。逍遥步兰渚，感物怀古人。李叟寄周朝，庄生游漆园。时至忽蝉蜕，变化无常端。

君子体变通，否泰非常理。当流则蚁行，时逝则鹊起。达者鉴通机，盛衰为表里。列仙徇生命，松乔安足齿。纵躯任世度，至人不私已。

达人与物化，无俗不可安。都邑可优游，何必栖山原。孔父策良驷，不云世路难。出处因时资，潜跃无常端。保心守道居，睹变安能迁。

饰车驻驷，驾言出游。南厉伊渚，北登邛丘。青林华茂，春[1]

诗的意象氛围与嵇康赠诗十分接近，以致有人认为像嵇喜这样被人目以白眼的俗人，怎能有如此情趣？据此判断这些答诗非嵇喜所作。其实这是一种误解，阮籍之母去世时，嵇喜亦急忙前去吊唁，虽遭白眼之辱，但亦可看出嵇喜对当时名士的追慕，嵇康赠诗中的高远情趣，我们就不能仅仅看作是嵇康本人情趣的反映，从他对嵇喜的劝慰看，嵇喜的情趣、品位也当与此差距不远。嵇喜在《嵇康传》中，充满深情以赞赏的心态叙述嵇康的事迹及思想，文曰：

家世儒学，少有俊才，旷迈不群，高亮任性，不修名誉，宽简有大量。学不师授，博洽多闻，长而好老、庄之业。恬静无欲，性好服食，常

① 《先秦汉魏晋南北朝诗·晋诗》，第550页。

采御上药。善属文论，弹琴咏诗，自足于怀抱之中。以为神仙者，禀之自然，非积学所致。至于导养得理，以尽性命，若安期生、彭祖之伦，可以善求而得也。著《养生篇》，知自厚者，所以丧其所生，其求益者必失其性。超然独达，遂放世事，纵意于尘埃之表。撰录上古以来圣贤、隐逸、遁心、遗名者，集为传赞，自混沌至于管宁，凡百一十有九人，盖求之于宇宙之内，而发之乎千载之外者矣。故世人莫得而名焉。[①]

此传言简意赅，嵇康一生的主要思想清晰地呈现在我们面前。就嵇喜的论述而言，我们明显感觉到他对嵇康"好老、庄之业。恬静无欲，性好服食"思想的欣赏，嵇康一生著作颇丰，但嵇喜重点谈到的却是《养生篇》《圣贤高士传》这样具有浓厚隐逸色彩的篇章，从某种意义上来说这不正是嵇喜自己情趣及思想的反映吗？故而，嵇喜《答嵇康诗四首》隐逸诗中的情感就与其文《嵇康传》有了某种联系。就意象而言，诗中"李叟""庄生""君子""至人""达人""夷齐"都是具有隐逸思想的人物，虽然，诗歌主要是借此抒发自己的隐逸之思，自己对隐逸的看法，但这种思想却是借助隐逸人物言说的。故而，诗歌的意象应为具有隐逸思想的人物，这与《嵇康传》中的传主是相同的。也就是说，嵇喜隐逸诗、文中的意象一是以思想确立人物，一是以人物为主导，辅之以人物的隐逸事迹及思想，这两种意象一侧重人物之隐逸志趣，一侧重隐逸思想充塞之人，虽侧重点不同，但两者的相似点还是很明显的。

张华的《励志诗》《答何劭诗三首》《杂诗三首》《拟古诗》《赠挚仲治诗》《招隐诗》二首、《荷诗》等隐逸诗与其《归田赋》《鷦鷯赋》等隐逸赋之意象比较，也颇为有趣。其诗之意象主要是或浓或淡的隐逸情思，如《赠挚仲治诗》："君子有逸志，栖迟于一丘。仰荫高林茂，俯临渌水流。恬淡养玄虚，沉精研圣猷。"[②]诗歌的意象主要就是这种隐逸情思，人物退隐到很次要的位置，甚至看不到隐逸人物的存在，只有一片隐逸之情。而赋中的隐逸意象则不然，《归田赋》主要叙说归田之乐，其中明显有作者的影子。而《鷦鷯赋》虽是以鷦鷯为描写对象，但显然，鷦鷯就是张华的化身。故而，张华的隐逸赋的主要意象依然是具有隐逸思想的人。

通过以上分析，大致可见西晋各体隐逸文学意象的互渗及转化之一斑。

---

① 《全晋文》，第1828页。

② 《先秦汉魏晋南北朝诗·晋诗》，第621页。

二、各体隐逸文学隐逸精神的统一

就作品内含的隐逸精神而言，诗、文基本是一致的。张华的隐逸诗、赋中的隐逸情愫与自身的隐逸特质密切相关，与张华其人的初始性格相统一。潘岳亦有不少隐逸诗文。就其隐逸诗、文而言，隐逸精神也是一致的。其隐逸诗只有《金谷集作诗》《东郊诗》，都是抒发历经宦海风波后的偶一隐逸情愫，隐逸赋、颂亦复如此，只是这些赋、颂的隐逸色彩更为浓厚，隐逸情愫的抒发更为深沉，对隐逸的看法也更为深刻。但我们在本书下编第一章曾论述过，潘岳其人初始性格与其隐逸作品之间存在着疏离的现象，但就其隐逸作品内部诗、赋、颂而言，隐逸精神还是统一的。

有些作家的情况则要具体分析，表面看来，隐逸精神是疏离的，实则不然，其作品内部的隐逸精神还是一致的。如陆云隐逸之《赠郑曼季》组诗，是劝说郑曼季出仕的“招隐诗”，但在第一节中，我们分析过陆云的赠诗在与郑曼季几个回合的来回之后，态度已慢慢发生变化，已开始对隐逸行为采取一种认同的或至少是尊重的态度，而其《答孙显世诗（十章）》《失题（八章）》《失题（六章）》却是标准的阐发隐逸之思的隐逸诗，作于永宁元年（301）的《赠孙显世》[①]曰：“制动以静，秘景在隆。云根可栖，乐此隈岑。”亦是隐逸的赞歌。其《逸民赋（并序）》《寒蝉赋（并序）》《与陆典书书》《荣启期赞》《逸民箴》，就是反“招隐”的主题，尤其是《荣启期赞》：

> 荣启期者，周时人也。值衰世之季末，当王道颓凌，遂隐居穷处，遗物求己。泝怀玄妙之门，求意希微之域。天子不得而臣，诸侯不得而友。行年九十，被裘鼓琴而歌。孔子过之，问曰：“先生何乐？”答曰：“吾乐甚多。天生万物，唯人为贵。吾得为人矣，是一乐也；以男为贵，吾又得为男，是二乐也；或皆不免于襁褓，而吾行年九十，是三乐也。夫贫者士之常也，死固命之终也，居常待终，当何忧乎？”孔子听其音，为之三日悲。常被裘带索，行吟于路，曰：“吾著裘者何求？带索者何索？”遂放志一丘，灭景榛薮。居真思乐之林，利涉忘忧之沼，以卒其天年。荣华溢世，不足以盈其心；万物兼陈，不足以易其乐。绝景云霄之表，濯志北溟之津，岂非天真至素，体正含和者哉！友人有图其象者，命为之赞，其辞曰：
>
> 芒芒至道，天启德心。自昔逸民，遁志山林。邈矣先生，如龙之

① 《中古文学系年》，第764页。

潜。夷明收察，灭迹在阴。傲世求己，遗物自钦。景遁琼辉，响和绝音。恋彼丘园，研道之微。思乐寒泉，薄采春蕤。鸣弦清泛，抚节高徽。有圣戾止，永言伤悲。天造草昧，负道实嘉。於铄先生，既体斯和。熊罴作祥，黄发皤皤。耽此三乐，遗彼世华。翼翼彼路，行吟以游。的的轍冕，陋我轻裘。永脱乱世，受言一丘。娟兹常道，聊以忘忧。[①]

其《逸民箴》更是为隐逸张目，而对仕进之“大将军掾何道彦”，“作《反逸民赋》，盛称官人，美宠禄之华靡，伟名位之大宝”之行为进行猛烈之批驳，陆云认为：“夫名者实之宾，位者物之寄，穷高有必颠之吝，溢美有大恶之尤，可不慎哉。故为《逸民箴》，以戒反正焉。”[②]

此种隐逸精神的统一反映了在隐逸精神渐趋高涨的大背景下，士人不论初始性格是否具有隐逸潜质都有附庸隐逸的现实。

① 《陆士龙文集校注》，第931—932、934—935页。
② 《陆士龙文集校注》，第35页。

第四章　时代隐逸精神与陶渊明之隐逸文学创作

东晋一朝之思想较之西晋，有了更大的变化：玄学的影响依然很大；佛教的流行愈益广泛；道教经葛洪理论化、系统化后，对士人的影响也愈发明显；同时，由于佛教翻译“格义”之法的广泛运用，玄佛渐趋合流，名士、高僧频繁往来，成为一时风尚。当然，作为统治基础的儒学在这一期依然有牢固基础。这些纷纭的思想共同作用于士人，决定着他们的行为。隐逸者，尤其是这一时期产生的大隐者陶渊明自然也不会例外。

陶渊明乃“古今隐逸诗人之宗”，其人、其诗赋创作无不带有浓浓的隐逸气息，此点前人甚是明了。对陶渊明，一般研究者也会重点关注其隐逸思想，也会从其隐者身份出发审视其文学创作，对其隐逸诗、隐逸文自然也会投下深情的一瞥。就我们的研究而言，陶渊明隐逸思想与时代思潮、时代隐逸思潮有何关联？其出、处的内在冲突如何？其是否完全达到“静穆”，这些问题，我们依然认为有再深入探究的必要。最后，本章拟对陶渊明隐逸文学创作的两个主要意象“菊”与“酒”，再进行讨论，以期对陶渊明隐逸文学创作有一个更为深入的理解。

第一节　道教影响渐趋扩大、玄释渐趋合流背景下的隐逸思想

东晋由于皇权衰落，社会动荡，思想文化呈现出多元并存，且各各自由发展的活泼局面。道教思想自两晋之交葛洪系统化、理论化后，以其较高的文化品味及浓厚的贵族化的气息，在士人尤其是上层贵族中间逐步流行起来。同时，佛教迅猛发展，影响愈益扩大，且与当时占主导地位的玄学互相渗透，互相借鉴，高僧谈玄，玄学者论佛，成为一时为人侧目之风尚。当然，我们这里所说的玄佛合流，固是当时学术发展之大势，但借玄论佛者终究是佛，借佛谈玄者终究是玄，所以玄学和佛学的合流，并未达到水乳交融，泯化无迹之程度。故而，我们认为它们的合流，只是一种初步的融合，

还是两张皮。而且，有些玄学家继续承袭正始以来之玄学流风，自身并未与佛学合流或援佛以论玄，玄学在这些人身上依然保持自身的个性而独立存在。

一、葛洪的道教思想、隐逸思想

生活在两晋之交的葛洪，以其第一次对当时的道教思想和神仙方术，进行系统总结和理论阐发而闻名道教史。其最重要的著作为《抱朴子》，该书分《内篇》和《外篇》。《内篇》谈神仙丹药，偏于论道；《外篇》论经世儒术，侧重入世。《内篇序》云：

> 世儒徒知服膺周孔，桎梏皆死，莫信神仙之事，谓为妖妄之说，见余此书，不特大笑之。又将谤毁真正，故不以合于余所著子书之数，而别为此一部，名曰《内篇》，凡二十卷……虽不足以藏名山石室，且欲缄之金匮，以示识者。[①]

《内篇》总结了战国以来的神仙长生思想，使道教信仰和炼修方术系统化、理论化，是集神仙道教之大成的著作。书中从本体论的高度论述了体“道”、思“玄”和得“一”的重要性。以此为基础，葛洪提出孔、老皆为圣人，人们应儒、道兼修，“仲尼，儒者之圣也；老子，得道之圣也。儒教近而易见，故宗之者众焉。道意远而难识，故达之者寡焉。”[②]但同时，葛洪依然秉持内道外儒，道本儒末的观点，这实际上是适应当时上层社会的需求，对民间道教进行适应时代发展的改革，以使之成为“帝王师”。

《内篇》对人的寿命长短等问题，也提出了自己的看法。葛洪认为人的寿命非由上天决定，“命之修短，实由所植。受气结胎，各有星宿。天道无为，任物自然，无亲无疏，无彼无此也。命属生星，则其人必好仙道。好仙道者，求之亦必得也。……”[③]这一论述一反儒家传统“积善之家，必有余庆，积不善之家，必有余殃”的寿夭观，认为人的生死与人现世的贤愚善恶并没有必然之关联，“贤不必寿，愚不必夭，善无近福，恶无近祸，生无定年，死无常分，盛德哲人，秀而不实，窦公庸夫，年几二百，伯牛废疾，子夏丧明，盗跖穷凶而白首，庄蹻极恶而黄发。”“天之无为，于此明矣。”“由兹论之，夭

① （晋）葛洪著，王明校释《抱朴子内篇校释 · 序》，中华书局 1985 年第 2 版，第 368 页。

② 《抱朴子内篇校释 · 塞难》，第 138 页。

③ 《抱朴子内篇校释 · 塞难》，第 136 页。

寿之事，果不在天地。”[①]天地虽不能决定一个人的生死寿夭，但好生却是天地之大德。生命可贵但亦短暂脆弱，岁月倏忽而逝，“凌晷飙飞，暂少忽老，迅速之甚，谕之无物，百年之寿，三万馀日耳。幼弱则未有所知，衰迈则欢乐并废，童蒙昏耄，除数十年，而险隘忧病，相寻代有，居世之年，略消其半，计定得百年者，喜笑平和，则不过五六十年，咄嗟灭尽，哀忧昏耄，六七千日耳，顾眄已尽矣，况於全百年者，万未有一乎？”[②]既然生命“凌晷飙飞，暂少忽老，迅速之甚，谕之无物……计定得百年者，喜笑平和，……六七千日耳，顾眄已尽矣，况於全百年者，万未有一乎？”人们就更应该加倍珍惜现世的有限的寿命，关注全身养生之术。而欲全身养生，就必须抛弃那些与全身养生之术相悖之劳心费神之行为，“苟我身之不全，虽高官重权，金玉成山，妍艳万计，非我有也。是以上士先营长生之事……”[③]葛洪进一步指出：“古人有言曰：生之于我，利亦大焉。论其贵贱，虽爵为帝王，不足以此法比焉。论其轻重，虽富有天下，不足以此术易焉。故有死王乐为生鼠之喻也。夫治国而国平，治身而身生，非自至也，皆有以致之也。”[④]长生有术，仙学可致，“如黍稷之可播种得，甚炳然耳。然未有不耕而获嘉禾，未有不勤而获长生度世也。”[⑤]葛洪鼓励人们勤奋修炼，提出：“《龟甲文》曰：我命在我不在天，还丹成金亿万年，古人岂欺我哉！”[⑥]前此如曹操诸人对人生命能否长久，是颇为怀疑的，所谓“神龟虽寿，犹有竟时”是也。葛洪此论一出，给频遭战乱的人们带来极大的抚慰，使他们相信只要按照一定的方法修炼，遵循合理的方式生活，生命完全可以一直延续，直至永远。

就葛洪的养生观来说，与稍前的嵇康的《养生论》《答难养生论》中的观点较为接近，都认为只要“导养得理”，则“庶可与羡门比寿，王乔争年”。[⑦]只不过，嵇康强调养生的关键在于静心，同时辅之于服药；而葛洪更强调炼丹、服食的作用。葛洪吸收了魏晋养生家“形神互峙”的思想，认为“形须神而立”，又认为“形者，神之宅也”，“身劳则神散，气竭则命终”。[⑧]“形须神而立”，强调精神对肉体的统率作用，“形者，神之宅也”，“形劳而神散，气竭则命终”强调精神对肉体的依附。而葛洪的神仙道教理论讲求不死长生，

① 《抱朴子内篇校释·塞难》，第138、138、137页。
② 《抱朴子内篇校释·勤求》，第253页。
③ 《抱朴子内篇校释·勤求》，第254页。
④ 《抱朴子内篇校释·勤求》，第259页。
⑤ 《抱朴子内篇校释·勤求》，第260页。
⑥ 《抱朴子内篇校释·黄白》，第287页。
⑦ 《嵇康集校注》，第157页。
⑧ 《抱朴子内篇校释·至理》，第110页。

肉体飞升，所以对“形”“神”二者同样看重。葛洪将“形须神而立”和“形者，神之宅也”，看似对立的两个命题统一在其仙道长生思想中，又进而提出“形神相卫”的思想，从而在凡人和仙人之间搭起了一座桥梁。这种理论显然与初具道教思想的嵇康有些许不同。在魏晋这一空前混乱的时代，士人普遍感到生命的脆弱，生命的无常。如此，出于人之本能的延长生命的渴望，士人的退避山林，过一种摆脱物累、摆脱俗务牵绕的生活，应该说是一种自然或曰必然的选择。即便不能彻底摆脱官场生活的羁绊，他们也可以一种超脱的心态依违于仕宦之途，过着一种身在官场心却悠然的生活，即所谓的朝隐、中隐。而为了更好地延长肉体的生命，这些隐士，不管是躬自践行传统意义上的隐逸也好，还是朝隐、中隐之类也好，都可在实际生活中，按照葛洪的提倡，倾力于炼丹实践，服食金丹玉液。

就本章的定义而言，道士并非我们所言的隐者，但道士的某些行为、某些思想却又与隐者较为接近。故而，道教领袖葛洪的理论也必然会对隐者的行为产生影响。我们知道，保全生命进而延长生命是隐逸者选择隐逸的最初的动机之一。在葛洪的理论没有出现之前，隐逸者的养生更多是信奉老子的“罪莫大于可欲，祸莫大于不知足，咎莫大于欲得”“知足之足，常足矣”“知足不辱，知止不殆，可以长久”，孟子的“养心莫过于寡欲”。直到具有道士、隐士双重身份的嵇康在阐扬自己的养生论时，还秉持养心为主的观点。但嵇康的养生已开始注重服药的作用，“善养生者则不然也。清虚静泰，少私寡欲。知名位之伤德，故忽而不营，非欲而强禁也。识厚味之害性，故弃而弗顾，非贪而后抑也。外物以累心不存，神气以醇白独著，旷然无忧患，寂然无思虑。又守之以一，养之以和，和理日济，同乎大顺。然后蒸以灵芝，润以醴泉，晞以朝阳，绥以五弦，无为自得，体妙心玄，忘欢而后乐足，遗生而后身存。若此以往，庶可与羡门比寿，王乔争年，何为其无有哉？”[①]到了葛洪，虽然仍然看中“寡欲”对养生的重要作用，“有怀冰先生者，薄周流之栖遑，悲吐握之良苦。让膏壤于陆海，爰躬耕乎斥卤。秘六奇以括囊，含琳琅而不吐。谧清音则莫之或闻，掩辉藻则世不得睹。背朝华于朱门，保恬寂乎蓬户。绝轨躅于金张之间，养浩然于幽人之仵。谓荣显为不幸，以玉帛为草土。抗灵规于云表，独违今而遂古。庇峻岫之巍峨，藉翠兰之芳茵。漱流霞之澄液，茹八石之精英。思眇眇焉若居乎虹霓之端，意飘飘焉若在乎倒景之邻。万物不能搅其和，四海不足汩其神。”[②]“濯裘

① 《嵇康集校注・养生论》，第156—157页。

② 《抱朴子外篇校释・嘉遁》，第1页。

布被，拔葵去织，犹不掩豆，菜肴粝餐，又获逼下邀伪之讥，树塞反坫，三归玉食，穰侯之富，安昌之泰，则有僭上涔浊之累。未若游神典文，吐故纳新，求饱乎耒相之端，索缊乎杼轴之间，腹仰河而已满，身集一枝而余安，万物芸芸，化为埃尘矣。馇粥糊口，布褐缊袍，淡泊肆志，不忧不喜，斯为尊乐，喻之无物也。”[①]但通过上面的分析，我们又可明显看到葛洪是更强调金丹玉液之类方药对延年养生的作用，这对当时的隐者的行为有很大影响，如《晋书·隐逸传》记载的大隐士张忠：

> 张忠字巨和，中山人也。永嘉之乱，隐于泰山。恬静寡欲，清虚服气，餐芝饵石，修导养之法。冬则缊袍，夏则带索，端拱若尸。无琴书之适，不修经典，劝教但以至道虚无为宗。[②]

隐士张忠之行为，很大程度上与道士相类。我们知道，隐逸者所服金丹玉液之类方药，显非普通寒门子弟所能获取，只有士人，尤其是魏晋这一门阀制度高度发达的时代，也只有高门氏族至少中门出身的士人方可有条件实践之。故而，东晋一朝，不少高门氏族，如东晋王氏家族，虽在朝为官，但却过着少问政事，“寡心”的朝隐生活。同时，这一家族又特多天师道徒，[③]多躬行炼丹服食之举，以期能延年益寿，最好飞升成仙。

受葛洪道教神仙理论的影响，游仙诗也开始从纯粹的求仙变为讴歌隐逸了，与葛洪同时稍前的郭璞，“将虚幻的仙境变成了实在的山林，创造出老庄理想的高蹈尘外，更超出于夷、齐这类避世之士的境界……从此为咏怀组诗开出借游仙咏隐逸，又入之以玄理的一种境界。”[④]

二、玄释合流及其对士人隐逸思想的影响

东晋一朝，一方面南迁的士人把在西晋流行的玄谈风气、玄学思想带到江南，从而玄学依旧盛行；另一方面，佛教自两汉之际传入中土以来，经过东汉三国西晋的缓慢传播、发展，到东晋一朝越发兴盛，而此时“佛教的学说是以魏晋玄学为基础的，佛教徒所宣传的佛教般若学说，基本上是用

---

① 《抱朴子外篇·逸民》，第 96 页。

② 《晋书·隐逸传》，第 2451 页。

③ 陈寅恪《天师道与滨海地域之关系》一文论之甚详（《金明馆丛稿初编》，生活·读书·新知三联书店 2001 年版）。

④ 《山水田园诗派研究》，第 19 页。

魏晋玄学的理论去理解的。”[①]“两晋之际，释迦具清谈者之风趣尤为显著。”[②]早在汉魏之际，安世高就译出佛教禅学经典《安般守意经》，此经主要在于修炼精神，守意而明心。经中认为“心”是极端微妙的，康僧会《安般守意经序》云：

> 夫安般者，诸佛之大乘，以济众生之漂流也。其事有六以治六情……心之溢荡，无微不浃，恍惚仿佛，出入无间，视之无形，听之无声，逆之无前，寻之无后，深微细妤，形无丝发。梵释仙圣所不能照明默种子，此化生乎。[③]

这种对“心”的描述，带有本体论的性质，和道家对“道”的描述非常接近，显示出玄释合流的讯息。两晋时期，玄释进一步合流，高僧多有善言玄理者，往往也善清谈，他们的风姿也更接近于玄学清谈之中人。如竺法雅“风采洒落，善知枢机”。支遁：“幼有神理，聪明秀彻。初至京师。太原王蒙甚重之，曰：‘造微之功，不减辅嗣。’”[④]而且就所谈内容言，亦大类其时清谈名流家：

> （竺叔兰）性嗜酒，饮至五六斗方畅，尝大醉卧于路旁，仍入河南郡门唤呼，吏录送河南狱，时河南尹乐广与宾客共酣，已醉，谓兰曰：“君侨客，何以学人饮酒？”叔兰曰：“杜康酿酒，天下共饮，何问侨旧？”广又曰：“饮酒可尔，何以狂乱乎？”答曰：“民虽狂而不乱，犹府君虽醉而不狂。”广大笑。……于是宾主叹其机辩，遂释之。[⑤]
>
> 支公好鹤，住剡东岇山，有人遗其双鹤，少时翅长欲飞，支意惜之，乃铩其翮，鹤轩翥不复能飞，乃反顾翅，垂头视之，如有懊丧意。林曰：“既有陵霄之姿，何肯为人作耳目近玩？”养令翮成，置使飞去。
>
> 僧意在瓦官寺中，王苟子来与共语，便使其唱理。意谓王曰：“圣人有情不？”王曰：“无。”重问曰：“圣人如柱邪？”王曰：“如筹算，虽无情，运之者有情。”僧意云：“谁运圣人邪？”苟子不答而去。

---

① 《中国哲学史》第二册，第 260 页。

② 孙尚扬主编《汤用彤选集・汉魏两晋南北朝佛教史・两晋际之名僧与名士》，吉林人民出版社 2005 年版，第 31 页。

③ 《全三国文》，第 1459 页。

④ （梁）释慧皎《高僧传・支遁传》，中华书局 1992 年版，第 159 页。

⑤ （梁）僧祐《出三藏记集》卷十三，中华书局 1995 年版，第 520 页。

道壹道人好整饰言辞，从都下还东山，经吴中，已而会雪下，未甚寒，诸道人问在道所经，壹公曰："风霜固所不论，乃先集其惨澹，郊邑正自飘瞥，林岫便已皓然！"①

这些高僧的行为更多体现着"风神超迈"的玄谈风流名士的风范。缘于东晋名僧与名士在风姿、言谈、行径诸方面的一致，他们往往过从甚密，互为知音，如：

康僧渊："初过江，未有知者，恒周旋市肆，乞索以自营，勿往殷渊源许，值盛有宾客，殷使坐，粗与寒温，遂及义理，语言辞旨，曾无愧色，领略粗举，一往参诣，由是知之。"②

支遁："王洽、刘惔、殷浩、许询、郗超、孙绰、桓彦表、王敬仁、何次道、王文度、谢长遐、袁彦伯等，并一代名流，皆著尘外之狎。"③

名僧、名士往来密切遂为一时引人侧目之现象，以致孙绰以竹林七名士拟配七高僧，"（孙绰）撰《道贤论》云：'此西竺七贇，比竹林七贤。以法护匹山巨源，法祖比嵇康，竺潜比刘伯伦，于法兰比阮嗣宗，竺法乘比王浚冲，于道邃比阮咸，支遁比向子期。凡此七贤匹于七僧，皆察其气槩，较道量德。'著其论文盛传于时。"④"这种看法，在当时是具有代表性的，它表明了一个重要的事实，即名僧与名士乃是同一类型的人物。"⑤他们不仅行为方式接近，学问修养亦多一致之处：

竺法雅："外典佛经，递互讲说。""以经中事数，拟配外书，为生解之例，谓之格义。"⑥

慧远："少为诸生，博综六经，尤善庄老。……年二十四，便就讲说，尝有客听讲，难实相义，往复移时，弥增疑昧。远乃引庄子义为连类，于惑者晓然。"⑦

支遁："庄子逍遥篇，旧是难处，诸名贤所可钻味，而不能拔理于

---

① 《世说新语笺疏·言语》，第173页。
② 《世说新语笺疏·文学》，第274页。
③ 《高僧传·支遁传》，第159—160页。
④ 《续藏经》710部《释氏蒙求》。
⑤ 侯外庐等著《中国思想通史》第三卷，人民出版社1957年版，第424页。
⑥ 《高僧传·竺法雅传》，第152页。
⑦ 《高僧传·慧远传》，第211页。

郭、向之外。支道林在白马寺中，将冯太常共语，因及逍遥。支卓然标新理于二家之表，立异义于众贤之外，皆是诸名贤寻味之所不得，后遂用支理。”①

“支语王（逸少）曰：‘君未可去，贫道与君小语’，因论庄子逍遥游。支作数千言，才藻新奇，花烂映发。王遂披襟解带，留连不能已。”②

这些高僧不仅熟知佛学内典，对儒家学说也深有探究，且一般也具颇高的玄学修养，支道林甚至成为庄学的权威，其对《庄子·逍遥游》的新解“才藻新奇，花烂映发”，以致“王遂披襟解带，留连不能已”。这些高僧重点研讨的对象是般若妙理，如支孝龙“常披味小品，以为心要……叔兰初译《放光经》，龙既素乐无相，得即披阅，旬有余日，便就开讲”。③ 由于对佛教般若“本无”理解的不同，自然地，在当时就出现了不同的般若学派。汤用彤先生对此详加考证，把当时纷纭的般若派别分本无、即色、幻化等六家七宗。为什么会出现如此纷纭多歧的般若派别呢？我们认为原因有二：(1)由于人们对般若经义理的翻译不甚准确，导致义多暧昧；(2)由于方言殊音、文质从异而难以定论，导致般若疑议纷呈。虽则，东晋以后《般若经》的各种译本大量增多，但人们对般若内涵的研究也一直未曾间断：或经由“格义”，或经由“合本”的途径，以期能更为准确把握般若精义，但般若真正的义旨仍晦暗难明。而在对般若精义的探寻过程中，佛教般若与玄学却不期然密切联系了起来，“般若经译本的粗率与暧昧，概念传译上的比附与不确切，固然造成研究上的困难，但另一方面，也大大地便利了玄学与佛学思想的合流，这种暧昧性与不确切性为各种比附与发挥洞开了门户。”④这么多的互有差异的比附与发挥，必然有其所依据的理论基础、理论参照物。因由当时玄风炽盛，玄佛互融，因此，诸多般若学者也自然而然会从当时流行的，他们又非常熟悉的玄学的角度去理解般若学。用玄学的概念、玄学的思维方式去探究般若义理。由于考察视角的不同，各人天资禀赋、知识结构、成长环境的差异，以致在用玄学理论解释般若思想时，自会形成不同的对般若内涵的理解，“他们实际上是以玄学作为理解般若学的钥匙，而且当般若学的本义还封锁于暧昧性与不确切性的迷雾中时，他们除了用玄学作为辨别方向的指示器外，实在也没有更可靠的、更有效的办法。这样，他

① 《世说新语笺疏·文学》，第260页。

② 《世说新语笺疏·文学》，第264页。

③ 《高僧传》，第149页。

④ 《中国思想通史》第三卷，第428页。

们的出发点便是玄学的，因而当时玄学中论点的分歧也必然反映到他们对般若学的研究中来。我们甚至可以说：当时般若学各派的分歧，本质上乃是玄学各派的分歧。”[①]综上，不难看出，“在两晋之世，不仅名僧与名士同类，而且，般若之学更以玄学来缘饰。”[②]

玄学自王、何发展到嵇、阮再到向、郭，对各种问题都进行了深入的讨论，几无理论创新的余地，而此时，般若学的输入，却使玄学从中得到了新的启示。于是，玄学的发展似也洞开了一片新的天地。可以说，般若学扩大了玄学的领域，玄学的发展也促成了般若学的繁荣，并且“通过二者的合流，般若学最后成为玄学的支柱”。[③] 玄释合流成为当时学界的主流。如支道林在对庄子《逍遥游》中“至人”理想人格的解说：

> 夫逍遥者，明至人之心也，庄生建言大道，而寄指鹏鷃，鹏以营生之路旷，故失适于体外，鷃以在近而笑远，有矜伐于心内。至人乘天正而高兴，游无穷于放浪，物物而不物于物，则遥然不我得，玄感不为，不疾而速，则逍然靡不适，此所以为逍遥也。若夫有欲，当其所足，足于所足，快然有似天真，犹饥者一饱，渴者一盈，岂忘蒸尝于糗粮，绝觞爵于醪醴哉！苟非自足，岂所以逍遥乎？[④]
>
> 夫至人也，览通群妙，凝神玄冥，灵虚响应，感通无方，建同德以接化，设玄教以悟神，述往迹以搜滞，演成规以启源，或因变以求通，事济而化息，适任以全分，分足则教废，故理非乎变，变非乎理，教非乎体，体非乎教，故千变万化，莫非理外，神何动哉，以之不动，故应变无穷。[⑤]
>
> 夫以万声钟响，响一以持之，万物感圣，圣亦寂以应之。[⑥]

这样的“至人”之“心”，一方面冥然静默，一方面又应变无穷，“物物而不物于物”，则“胡可得而累邪？”此也正是色色而不滞于色之意。“色不能自色，物不能自物，至人之心正可以色色，也可以物物。当‘心’与‘物’相应而动，无有执滞时，这种‘动’也就是‘寂’，也就是‘冥’。”[⑦]“因此，支道林主

① 《中国思想通史》第三卷，第 428 页。
② 《中国思想通史》第三卷，第 425 页。
③ 《中国思想通史》第三卷，第 429 页。
④ 《世说新语笺疏・文学》刘孝标注引支遁《逍遥论》，第 260 页。
⑤ 《全晋文・支遁〈大小品对比要钞序〉》，第 2366—2367 页。
⑥ 《全晋文・大小品对比要钞序》，第 2367 页。
⑦ 《中国思想史》第三卷，第 441 页。

张，‘寂’不必也不可能离开了‘动’来求得，‘无’不必也不可能离开了‘有’而求得。这样的‘寂’只能‘应’，而至人便是‘寂以应之’。这样的‘至人’更玄化了向郭的冥于内而游于外的至人，故又说：‘夫至人也，览通群妙，凝神玄冥，灵虚响应，感通无方’”。[①]

支道林的即色义在当时佛学六家七宗中，是最富现实色彩的，他谈到的“述往迹以搜滞，演成规以启源，或因变以求通”[②]的至人，完全不是宅心世外的高僧，而是与晋时清谈的名士一样，表现为关心世道的俗人。同时，支遁还把自己对佛教般若学的理解通过山水文学的形式表现出来，孙昌武曾说：“支遁把佛理引入文学、用文学形式来表现，他有开创之功……他融玄言佛理于山水之中，开模山范水之风，功迹是不可灭的。”[③]这对东晋后期慧远及稍后谢灵运的山水隐逸诗创作都有直接启发。

玄释合流，尤其是佛教禅法、般若学说、色空观念渗入玄学，无疑促进了玄学自身理论的深化，这种思想与郭象《〈庄子〉注》中对人应当“适性”的强调结合在一起，共同作用于士人身上。究其对士人的具体影响而言，它使士人更能以一种凝心静虑的方式体悟人生。如此，士人无论是躬行传统意义上的隐逸生活也好，在朝为宦也好，都能以一种洞彻宇宙的洒脱、随缘自足的人生态度对待生活中的是是非非。既不会执着于名色，自不被外物拘牵从而扰乱内心的宁静。这种生活在支遁稍后的陶渊明身上就有明显表现。当然，由于这种思想在东晋流行时间还不是很长，士人受儒家入世思想根深蒂固的影响，尤其在东晋这样一个门阀制度高度发达的时代，如陶渊明之类的士人源于家族的荣誉感，使他们不可能完全忘怀事功。传统文化的浸润，使陶渊明有时有意识对外来佛教文化采取排斥的态度，这也是许多人认为陶渊明的思想没有受佛教影响的原因。但我们认为，刻意的排斥其实也是一种影响，处处以之为标杆来规范自己的行为，在潜意识中，其实还是有佛教的影子存在。当然，这种时代玄释合流的思想对陶渊明的隐逸心态、隐逸文学创作的影响是初步的，玄佛并未在陶诗中如盐入水，浑化无迹，而更多的还是玄是玄，佛是佛，同时的慧远有《与隐士刘遗民等书》：

每寻畴昔游心世典，以为当年之华苑也。及见老、庄，便悟名教，

---

① 《中国思想史》第三卷，第441—442页。

② 《全晋文・大小品对比要钞序》，第2367页。

③ 孙昌武《佛教与中国文学》，上海人民出版社1996年版，第56页。

是应变之虚谈耳。以今而观，则知沉冥之趣，岂得不以佛理为先？苟会之有宗，则百家同致。君诸人并为如来贤弟子也，策名神府，为日已久，徒积怀远之兴，而乏因籍之资，以此永年，岂所以励其宿心哉？意谓六斋日宜简绝常务，专心空门，然后津寄之情笃，来生之计深矣。若染翰缀文，可托兴于此，虽言生于不足，然非言无以畅一诣之感，因骥之喻，亦何必远寄古人！①

“君诸人并为如来贤弟子也，策名神府，为日已久，徒积怀远之兴，而乏因籍之资，以此永年，岂所以励其宿心哉？”陶渊明的好友、隐士刘遗民对佛教的态度，似可看出此一时期一般隐士对佛教的态度：身有向往，而心未冥融。但玄佛已开始作用于他们，具体言之：共存于陶诗中，确也是不争之事实。以下我们结合陶渊明的思想实际，来分析他隐逸诗文中玄释合流共存的情况。胡适在其《白话文学史》中这样评述过陶渊明的思想：

陶潜是自然主义的哲学的绝好代表者。他的一生只行得“自然”两个字。

他的意境是哲学家的意境，而他的言语却是民间的言语。他的哲学又是他实地经验过来的，平生实行的自然主义，并不像孙绰、支遁一班人只供挥尘清谈的口头玄理。所以他尽管做田家语，而处处有高远的意境；尽管做哲理诗，而不失为平民的诗人。②

容肇祖在其《魏晋的自然主义》一书中，引述了胡适的论述后，认为“陶潜的思想，是在世乱的时代，亲作农民的生活，由此体认而得的自然主义以及乐天主义的理解。”并认为，陶氏在这两点上“较之一些清谈家，真是认识较真，较为切实的”。③

陈寅恪则认为陶渊明的思想为“新自然说”，具体论述如下：

渊明之思想为承袭魏晋清谈演变之结果及依据其家世信仰道教之自然说而创改之新自然说。惟其为主自然说者，故非名教说，并以自然与名教不相同。但其非名教之意仅限于不与当时政治势力合作，

① 《全晋文》，第2390页。

② 胡适《白话文学史》，上海古籍出版社1999年版，第81页。

③ 容肇祖《魏晋的自然主义》，东方出版社1996年版，第97页。

而不似阮籍、刘伶辈之佯狂任诞。盖主新自然说者不须如主旧自然说之积极抵触名教也。又新自然说不似旧自然说之养此有形之生命，或别学神仙，惟求融合精神于运化之中，即与大自然为一体。因其如此，既无旧自然说形骸物质之滞累，自不致与周孔入世之名教说有所触碍。故渊明之为人实外儒而内道，舍释迦而宗天师者也。推其造诣所极，殆与千年后之道教采取禅宗学说以改进其教义者，颇有近似之处。然则就其旧义革新，"孤明先发"而论，实为吾国中古时代之大思想家，岂仅文章品节居古今之第一流，为世所共知者而已哉！[①]

所论陶渊明受玄学思想之影响，甚是明了，袁行霈先生就明确指出："在玄学的各个流派中，他（陶渊明）倾向嵇康、阮籍，以自然对抗名教，这是显而易见的。"[②]至于陈寅恪论中所说"千年后之道教采取禅宗学说以改进其教义者"，我们认为，应是指南宋金元时期在中国北方兴起的全真教。全真教的创始人王喆曾公开提倡三教归一："释道从来是一家，两般形貌理无差。"[③]陈寅恪认为，在"陶集中诗文实未见赞同或反对能仁（释氏）教义之单词只句"，诚哉斯言！但我们却不能据此认为陶渊明的思想中没有佛教的某些观点。他的"新自然主义"在摆脱"形骸物质之滞累"，"惟求融合精神于运化之中"，明显地有着某些佛教思想的影响。如《归园田居》一诗："人生似幻化，终当归空无"，这两句显然化入了佛教的"幻""空"之根本理念。朱光潜在《陶渊明》一文中说："至于陶渊明是否受佛家的影响呢？寅恪先生说他绝对没有，我颇怀疑……我只是说明他的意识或下意识中可能有一点佛家学说的种子，而这一点种子，可能就是熔铸成就他心灵许多金属物中的寸金片铁，在他的心灵焕发中，这一点小因素也可能偶尔流露出来。"[④]赵朴初先生也曾说过："般若和禅宗的思想影响了陶渊明。"[⑤]李泽厚认为："陶渊明把玄学以及佛学所追求的人生，解脱到了门阀氏族名士不屑一顾的日常最平凡的农村田园生活之中。"[⑥]明确指出玄佛合流的时代大潮对陶渊明诗歌创作的作用。

陶渊明在一些诗中对人生空幻感的描写与佛教对空幻思想的阐释有

① 《金明馆丛稿初编·陶渊明之思想与清谈之关系》，第 228—229 页。
② 袁行霈《陶渊明研究》（增订本），北京大学出版社 2009 年第二版，第 57 页。
③ 《中华道藏》第 26 册《重阳全真集》卷一"答战公问先释后道"，华夏出版社 2004 年版。
④ 朱光潜《诗论·陶渊明》，上海世纪出版集团 2005 年版，第 182 页。
⑤ 赵朴初《佛教常识答问》，北京出版社 2003 年版，第 130 页。
⑥ 李泽厚、刘纲纪《中国美学史》第二卷上，中国社会科学出版社 1987 年版，第 395 页。

很大相似之处。佛教解说“万法皆空”之理时，用了许多譬喻，如《金刚经》中的偈语：“一切有为法，如梦幻泡影，如露亦如电，应作如是观。”而陶渊明也常用“如梦”“如电”来表达他对人生空幻的认识。其《饮酒诗二十首》其三云：“一生复能几，倏如流电惊。”其八云：“吾生梦幻间，何事绁世羁。”可见，陶渊明的思想受到了当时流行的大乘佛教般若学的影响。如前所述，般若学的主旨是“空”，和玄学的本体“无”接近，二者在方法论、认识论上也基本一致。由于受到玄佛合流、贵无尚空思想的影响，陶渊明能自觉拒绝外在世界的纷扰，而趋于追求一种带有深刻佛家烙印的宁静的精神境界。

其实，陶诗的平淡也与佛学的“空”有密切关系。众所共知，平淡、自然是陶渊明诗文的基本风格。其诗文往往选取日常生活常见的和风、柳树、鸡鸣、狗吠、炊烟、农舍、醇酒等景物，以一种素淡清新的画面反映农家生活，描绘自己的心境。其实，这里面何尝没有佛学的影子？佛学的主要思想“空”，“色即是空”，一切物质现象和精神现象都归结为空，三千世界中的一切都是因缘和合而生，都依一定的条件而存在着，因故，都是虚空的。既如此，人就不必执着于有，也不必执着于无。人们应当顺应自然进而回归自然。受这种思想的影响，东晋士人多追求一种宁静平和的心态，追求一种“不以物务婴心”的生活。生活在这一时期的陶渊明的最终回归自然、走向田园，固然有玄学的因素，其实也离不开在当时士人中广为传布的佛教思想的影响。我们知道，陶公家居九江柴桑，陶渊明和当时佛教莲社领袖慧远关系密切，《莲社高贤传》云：“远法师与诸贤结莲社，以书招渊明，渊明曰：‘若许饮则往。’许之，遂造焉，忽攒眉而去。”[①]又李元中《莲社图记》亦云：“道士陆修静，居简寂观，亦常来社中，与远相善。远自居东林，足不越虎溪，一日送陆道士，忽行过溪，相持而笑。又常令人沽酒，引渊明来，故诗人有‘爱陶长官醉兀兀，送陆道士行迟迟。沽酒过溪俱破戒，彼何人斯师如斯。’”由以上所载之陶公轶事中，可得知陶公对慧远法师本人十分敬佩，他还曾向人称扬远公的议论说：“令人颇发深省。”[②]

鲁迅就曾说过，“到东晋，风气变了，社会思想平静得多，各处都夹入了佛教的思想。再至晋末，乱也看惯了，篡也看惯了，文章便更和平。代表和平的文章的人有陶潜。他的态度是随便饮酒，乞食，高兴的时候就谈论和作文章，无尤无怨，所以现在有人称他为‘田园诗人’，是个非常和平的‘田

---

① （清）王谟《增订汉魏丛书·莲社高贤传》，西南师范大学出版社、东方出版社2001年版。

② 《庐山慧远法师文钞》引《杜诗注》：“陶渊明闻远公议论，谓人曰：‘令人颇发深省’”，庐山东林寺1989年印，第103页。

园诗人’。”[①]这段话很好地说明了陶渊明自然平淡的诗风与佛学的关系，既然“各处都夹入了佛教的思想”，陶渊明作为晋末著名隐士，文学创作数量之多，在晋末也是首屈一指，其人在晋末当也是为人瞩目的，那么，其行为、其创作之受佛教影响，在鲁迅看来是再自然不过的了。“采菊东篱下，悠然见南山”，采菊东篱，物我两忘，心境平和。无心插柳柳成荫，无心栽花花自开，无心见山山自见，平淡的诗风和宁静的心态自然冥合、融合为一，其中佛学的影响显而易见。

陶渊明是“古今隐逸士人之宗”，其隐逸思想一直是人们关注的重点，我们认为，玄、释思想对陶渊明的隐逸思想、文学创作都有影响，当然有些影响较为直观，一望便知，有些较为隐秘，不仔细品味，较难以把握。

三、隐逸思潮高涨的时代

陶渊明生活的时代，社会动乱更其剧烈，上层统治者之间的争权夺利更为公开化、白热化，加之佛教的日益兴盛，这些都给士人带来极大的冲击。我们知道，隐逸思潮自汉末至魏晋之交一直在发展，尤其是到了东晋，隐逸思潮在玄学及佛教的影响下，影响越来越大，加之偏安的环境及由此造成的偏安心态，“偏安心态之一重要表现，便是东晋士人追求一种宁静的精神天地。”[②]就是在朝的士人，也追求一种超脱的，近似隐逸的“不以物务婴心”的生活。朱熹曾说过：“晋、宋人物，虽曰尚清高，然个个要官职，这边一面清谈，那边一面招权纳货。陶渊明真个能不要，此所以高于晋、宋人物。”[③]此论固然赞誉陶渊明是真的隐士，真的清高，但朱熹却也指出“晋、宋人物”“曰尚清高”的事实，固然，这一“尚清高”很多是虚伪的，是表面的，“当然，东晋士人中，一生栖迟于山野，‘心迹双寂寞’的真隐士并不太多。”[④]但就是这表面的“尚清高”，我们依然可以看出当时的社会风气，当时以隐逸为高的思潮。

（一）“尊隐”成为一时之风尚

陶渊明生活的东晋后期，隐逸成为一种普遍为人“尊尚”的行为。《晋书·谢安传》言其“寓居会稽，与王羲之及高阳许询、桑门支遁游处，出则渔弋山水，入则言咏属文，无处世意。……尝往临安山中，坐石室，临浚谷，悠

---

① 《鲁迅全集》第三卷《魏晋风度及文章与药及酒之关系》，第 537 页。

② 罗宗强《玄学与魏晋士人心态》，天津教育出版社 2005 年版，第 234 页。

③ （宋）朱熹撰，朱杰人、严佐之、刘永翔主编《朱子全书》，上海古籍出版社、安徽教育出版社 2002 年版，第 1226 页。

④ 《南朝诗歌思潮》，第 25 页。

然叹曰：‘此去伯夷何远！’”[①]谢安、王羲之、许询、支遁或为高门大族代表人物，或为一时名士、名僧，他们的思想情趣、审美好恶无疑为一时社会风尚树立了标杆，引领天下士人，所以谢万“叙渔父、屈原、季主、贾谊、楚老、龚胜、孙登、嵇康四隐四显为《八贤论》，其旨以处者为优，出者为劣，以示孙绰。绰与往反，以体公(《世说新语・文学》注引《中兴书》：“公”作“玄”。笔者注：作“玄”似较胜)识远者则出处同归”。[②] 这种调和出处的论调，看似是对孙绰进行反驳，实际上是为隐逸张目，是隐逸思想高涨环境下的产物。当然，西晋时士人的“政无准的与士无特操”[③]也助长了这种出处统一论，后来，东晋初期的葛洪又对这种思想进行了具体阐释，所谓“君子藏器以有待也，蓄德以有为也，非其时不见也，非其君不事也，穷达任所值，出处无所系。其静也，则为逸民之宗；其动也，则为元凯之表。或运思于立言，或铭勋乎国器。殊途同归，其致一焉。”[④]“在朝者陈力以秉庶事，山林者修德以厉贪浊，殊途同归。”[⑤]这种调和出处的理论，其实是郭象“适性”论在隐逸思想领域的具体化，为士人既想保有隐逸之名，又想占有入仕好处之行为扫清了心理障碍。这种思潮在扩大隐逸的流行方面，起了很大作用。越往后发展，士人乃至一般大众对隐逸的看法更趋于肯定，对那些首鼠仕隐两端者开始采取一种嘲讽的态度。这种情况下，一般人的心目中，自然隐胜于显，“处”胜于“出”了。《世说新语・排调篇》云：

> 谢公始有东山之志，后严命屡臻，势不获已，始就桓公司马。于时人有饷桓公药草，中有“远志”。公取以问谢：“此药又名‘小草’，何一物而有二称？”谢未即答。时郝隆在坐，应声答曰：“此甚易解：处则为远志，出则为小草。”谢甚有愧色。桓公目谢而笑曰：“郝参军此过乃不恶，亦极有会。”[⑥]

“嘉锡案：据此，则远志之与小草，虽一物而有根与叶之不同。叶名小草，根不可名小草也。郝隆之答，谓出与处异名，亦是分根与叶言之。根埋土中为处，叶生地上为出。既协物情，又因以讥谢公，语意双关，故为妙对

---

① 《晋书・谢安传》，第2072页。

② 《晋书・谢万传》，第2086页。

③ 《玄学与魏晋士人心态》之第三章第一节“政失准的与士无特操”，第133页。

④ 《抱朴子外篇校笺・任命篇》，第480—481页。

⑤ 《抱朴子校笺・逸民篇》，第100页。

⑥ 《世说新语笺疏・排调》，第944页。

也。”[①]又《晋书·孙绰传》载:“绰字兴公。博学善属文,少与高阳许询俱有高尚之志。居于会稽,游放山水,十有余年,乃作《遂初赋》以致其意。尝鄙山涛,而谓人曰:‘山涛吾所不解,吏非吏,隐非隐,若以元礼门为龙津,则当点额暴鳞矣。’所居斋前种一株松,恒自守护,邻人谓之曰:‘树子非不楚楚可怜,但恐永无栋梁日耳。’绰答曰:‘枫柳虽复合抱,亦何所施邪!’绰与询一时名流,或爱询高迈,则鄙于绰,或爱绰才藻,而无取于询。沙门支遁试问绰:‘君何如许?’答曰:‘高情远致,弟子早已伏膺;然一咏一吟,许将北面矣。’”[②]我们以前曾说过,山涛一度参与竹林之游,其本身亦有隐逸特质,即便此后因与司马氏的姻亲关系而身居显职,但他还是一直企慕隐逸的,如此人物,在孙绰的时代都被奚落,这从一个侧面亦可看出,其时的社会以隐为高的风气。《晋书·郗超传》言其“性好闻人栖遁,有能辞荣拂衣者,超为之起屋宇,作器服,畜仆竖,费百金而不吝。又沙门支遁以清谈著名于时,风流胜贵,莫不崇敬,以为造微之功,足参诸正始。而遁常重超,以为一时之俊,甚相知赏。”“自己不能摆脱世情,但却愿别人如此,重视隐逸的风气,可见一斑了。而且所以重视,是因为隐逸本身就是理想的,高尚的,并没有什么明哲保身一类的外在目的。”[③]“可知以隐为高的思想,是普遍地存在于一般士大夫间的。”[④]也就是说,到了东晋,隐逸之风由汉末、魏建安、正始、西晋的自发状态,发展到东晋中后期的自觉归隐,这里的隐逸行为少有外在的胁迫(当然,东晋中后期的社会环境还是一如汉末、建安、正始、西晋时的动荡,但士人对隐逸已从动乱的社会环境造成的胁迫中麻木了,更多是一种习惯而成的自觉意识),《世说新语·言语篇》载:“刘真长为丹阳尹,许玄度出都就刘宿。床帷新丽,饮食丰甘。许曰:‘若保全此处,殊胜东山。’刘曰:‘卿若知吉凶由人,吾安得不保此!’王逸少在坐曰:‘令巢、许遇稷、契,当无此言。’二人并有愧色。”[⑤]一句“令巢、许遇稷、契,当无此言”,足见当时社会对隐逸的一般态度。“隐的目的即寄托于隐的本身。”[⑥]《晋书·桓玄传》云:“玄以历代咸有肥遁之士,而己世独无,乃征皇甫谧六世孙希之为著作,并给其资用,皆令让而不受,号曰高士,时人名为‘充隐’。”[⑦]桓玄攻破京师建康,准备登基之前,来一出招隐的闹剧,此事本身

① 《世说新语笺疏·排调》,第944页。
② 《晋书·孙绰传》,第1544页。
③ 《王瑶全集·中古文学史论·论希企隐逸之风》,第218—219页。
④ 《王瑶全集·中古文学史论·论希企隐逸之风》,第218页。
⑤ 《世说新语笺疏·言语》,第150页。
⑥ 《王瑶全集·中古文学史论·论希企隐逸之风》,第219页。
⑦ 《晋书·桓玄传》,第2593—2594页。

固然可笑，但我们也可看出，这样的事情也只有在隐逸之风被一个时代普遍尊尚的背景下，统治者才会做出如此令人发笑的举动。

当然，社会风气的以隐逸为高，并不见得人人都要去隐逸，这里强调的是社会的风尚：普遍崇拜隐逸，尤其是对那些真的忘却世俗、逃脱名缰利索羁绊的隐者的赞赏。思想的崇拜与具体的实践之间往往隔着一堵厚墙，真要安心隐逸，首先要面对物质条件的困苦，面对锦衣玉食生活的丧失，而对深受儒学浸染的士人来说，还要面对“兼济天下”理想的不能实现。于是，在这些顾虑面前，真正践行隐逸者是少之又少，荀子早就指出有假隐士的存在，“今之所谓处士者，无能而云能者也，无知而云知知者也，利心无足而佯无欲者也，行伪险隘而强言谨悫者也，以不俗为俗，离纵而跂訾者也。”[①]东晋实际流行的隐逸更多是这种伪隐逸，“晋、宋人物，虽曰尚清高，然个个要官职，这边一面清谈，那边一面招权纳货。”[②]故而，陶渊明的真心隐逸才更受人尊崇，“隐逸之宗”的称呼或也与此有关吧！

（二）隐逸诗与玄言诗、田园诗

隐逸诗与玄言诗、山水诗有密切的联系，当然亦有较大的区别。玄言诗是一种以阐释老庄哲理为主要内容的诗歌。其特点是以玄理入诗，以诗为老庄哲学的说教和注解。东晋是玄言诗兴盛的时代，“诗必柱下之旨归，赋乃漆园之义疏。”[③]当时著名诗人孙绰、许询、王羲之、庾亮、桓温等人都有大量创作。这些人在诗中进行玄理阐发之时，也多少表露出他们的情感：对老庄退避思想的推崇。而隐逸作家则多受老庄思想的影响，尤其是在东晋，道家隐逸思想兴盛，隐逸作品更是或多或少要受到老庄思想的影响。就此而言，玄言诗与隐逸文学之间有某种联系。但我们知道，隐逸作品是“以歌咏穷约生活，企慕古时的高士、隐者、逸民，向往山林、江海、农耕、渔钓等世外幽境，甚至以宦达为俗累，以隐逸为高尚的思想等作品”。[④]而玄言诗则侧重阐发老庄玄理，这是玄言诗与隐逸文学的最大区别。

东晋后期的陶渊明开始创作大量的田园诗，此后田园诗成为古代文学苑囿中的一朵美艳的花朵。田园诗当然是以描写农村田园生活为主要内容的诗作，田园诗中的一部分反映农民生活的艰难，或反映农民劳动的场景，甚至侧重反映农民所受的剥削为主要内容，则就必然与隐逸无涉；而隐

① （战国）荀子著，沈啸寰、王星贤点校，王先谦集解《荀子集解·非十二子》，中华书局 1988 年版，第 101 页。

② 《朱子全书》，上海古籍出版社、安徽教育出版社 2002 年版，第 1226 页。

③ 《文心雕龙义证·时序》，第 1710 页。

④ 《由隐逸到宫体》，第 4—5 页。

逸诗写的隐逸环境如是山林、湖泽而非田园，则这类隐逸诗与田园诗无涉，也是很明显的。而大量的田园诗如以表现田园生活为主，未必多抒写“退隐”之思，那么，此类作品就是正格的田园诗，亦非隐逸诗。以上是田园诗与隐逸诗的区别，秉此标准，我们才可对田园诗人兼“古今隐逸诗人之宗”的陶渊明作品进行准确的判断。只有明了陶渊明哪些作品是正格的隐逸诗，我们的论述才能更精确。

陶渊明多数时间都是隐者，这种心态下，创作的大量的田园诗，诗中更多“歌咏穷约生活，企慕古时的高士、隐者、逸民，向往……农耕……等世外幽境，甚至以宦达为俗累，以隐逸为高尚的思想”。此时，田园诗与隐逸诗就更多出现了重合，如其主导意旨是反映隐逸之思的，我们固然也应把其视为隐逸诗。

第二节　陶渊明家族的隐逸传统及个人交往、学习的隐逸背景

上节我们说过，陶渊明的时代，尊隐成为人们崇尚的风气。就陶渊明隐逸思想的形成来说，这些固然是重要的，但“一个人的性格成就和他所往来的朋友亲戚们很有关系”。[①] 对陶渊明隐逸思想有更直接影响的依然是陶渊明的家风及与其交结的人物的思想、他学习的知识背景等。

一、陶渊明家族的隐逸品格

渊明曾祖父陶侃，是东晋中期显赫一时的人物，其汲汲进取，身上体现着儒家士人的严正作风，“侃性聪敏，勤于吏职，恭而近礼，爱好人伦。终日敛膝危坐，阃外多事，千绪万端，罔有遗漏。远近书疏，莫不手答，笔翰如流，未尝壅滞。引接疏远，门无停客。常语人曰：‘大禹圣者，乃惜寸阴，至于众人，当惜分阴，岂可逸游荒醉，生无益于时，死无闻于后，是自弃也。’诸参佐或以谈戏废事者，乃命取其酒器、蒱博之具，悉投之于江，吏将则加鞭扑，曰：‘樗蒱者，牧猪奴戏耳！《老》《庄》浮华，非先王之法言，不可行也。君子当正其衣冠，摄其威仪，何有乱头养望自谓宏达邪！’”[②]“侃早孤贫，为县吏。鄱阳孝廉范逵尝过侃，时仓卒无以待宾，其母乃截发得双髲，以易酒肴，乐饮极欢，虽仆从亦过所望。及逵去，侃追送百余里。逵曰：‘卿欲仕郡

① 《诗论·陶渊明》，第 178 页。

② 《晋书·陶侃传》，第 1773—1774 页。

乎?'侃曰:'欲之,困于无津耳。'"①就陶侃及其母亲的行为言,作为孤门小户的陶家欲逃脱受人轻辱的处境,进入仕途,甚至竭其所能进入仕途,实在是一种积极的选择。但陶侃性格中不只有进取的一面,亦有隐逸的潜质,渊明曾自述曾祖曰:"桓桓长沙,伊勋伊德。天子畴我,专征南国。功遂辞归,临宠不忒。孰谓斯心,而近可得。"②"功遂辞归,临宠不忒"之鲁仲连式的行为,反映出陶侃在东晋隐逸之风的影响下,从自身安危出发作出的选择。当然,这些家风对渊明的影响是弱小的、潜在的。

渊明叔祖陶淡,"字处静,太尉侃之孙也。……年十五六,便服食绝谷,不婚娶。家累千金,僮客百数,淡终日端拱,曾不营问。颇好读《易》,善卜筮。于长沙临湘山中结庐居之,养一白鹿以自偶。亲故有候之者,辄移渡涧水,莫得近之。州举秀才,淡闻,遂转逃罗县埤山中,终身不返,莫知所终。"③父陶某,渊明在《命子诗》中这样评述父亲,"于穆仁考,淡焉虚止。寄迹风云,置兹愠喜。"可见,较之曾祖、祖叔,其父的隐逸潜质有了进一步的发展。尤其是父亲"淡焉虚止。寄迹风云,置兹愠喜",生性淡泊,对仕宦并不热衷,实际也是如此,《晋书·陶侃传》不载父名④,看来确实在仕途上并不显赫,其"淡焉虚止"的个性对陶渊明有着更直接的影响。然而渊明年幼时,家庭衰微,八岁丧父,与母妹三人度日。孤儿寡母,都在外祖父孟嘉家中生活。这种生活经历,使得陶渊明受外族家的影响可能更深,尤其是其外祖孟嘉、孟陋兄弟的影响,更是不能低估。逯钦立先生尝云渊明"存心处世,颇多追仿其外祖辈者"。而其外祖孟嘉,据杨勇引梁启超编订年谱之说,"'集中有《征西大将军长史孟府君传》,称嘉娶大司马长沙桓公陶侃第十女;是先生之外王母,亦即祖姑,其父母中表为亲也。'其说是。"⑤

孟嘉是当代名士,"行不苟合,言无夸矜,未尝有喜愠之容。好酣酒,逾多不乱;至于任怀得意,融然远寄,傍若无人。"⑥"后为征西桓温参军,温甚重之。九月九日,温燕龙山,僚佐毕集。时佐吏并著戎服,有风至,吹嘉帽堕落,嘉不之觉。温使左右勿言,欲观其举止。嘉良久如厕,温令取还之,命孙盛作文嘲嘉,著嘉坐处。嘉还见,即答之,其文甚美,四坐嗟叹。""嘉好酣饮,愈多不乱。温问嘉:'酒有何好?而卿嗜之?'嘉曰:'公未得酒中趣

① 《晋书·陶侃传》,第1768页。

② 《陶渊明集笺注·命子诗》,第41页。

③ 《晋书·隐逸·陶淡传》,第2460页。

④ 逯钦立《陶渊明集·陶渊明事迹诗文系年》引李公焕注引陶茂麟《家谱》谓陶父名逸,此一名字似蕴含陶父品格之深意,第202页。

⑤ 《六朝作家年谱辑要·杨勇〈陶渊明年谱汇订〉》,第162页。

⑥ 《陶渊明集笺注·晋故征西大将军长史孟府君传》,第492页。

耳。'又问:'听妓,丝不如竹,竹不如肉,何谓也?'嘉答曰:'渐近使之然。'一坐咨嗟。"[①]其"不以物务婴心"的魏晋风度,虽非正宗隐逸行为,但对世俗的超脱、对自由人格的追求,依然与隐士有近似之处,谢安是魏晋风流的代表,亦是朝隐之士的表率即为明证。孟嘉的弟弟孟陋,是当时著名隐士,"陋少而贞立,清操绝伦,布衣蔬食,以文籍自娱。口不及世事,未曾交游,时或弋钓,孤兴独往,虽家人亦不知其所之也……由是名著海内。""简文帝辅政,命为参军,称疾不起。桓温躬往造焉。或谓温曰:'孟陋高行,学为儒宗,宜引在府,以和鼎味。'温叹曰:'会稽王尚不能屈,非敢拟议也。'陋闻之曰:'桓公正当以我不往故耳。亿兆之人,无官者十居其九,岂皆高士哉!我疾病不堪恭相王之命,非敢为高也。'由是名称益重。"[②]

"潜少怀高尚"[③],少时形成的"高趣",一方面来自父族的影响,另一方面,也应是更主要的方面来自其少时成长的外祖家的环境。日后,渊明的个性、修养,更多外祖父家的遗风,他的嗜酒就大类外祖孟嘉。

陶渊明于 32 岁那年,继娶翟氏,"《晋书·隐逸传》有翟汤,汤子庄,庄子矫,矫子法、赐,世有隐行,亦浔阳人,翟氏或出其族也?"[④]而且翟氏与渊明情投意合,"其妻翟氏,志趣亦同,能安苦节,夫耕于前,妻锄于后。"[⑤]如是,则渊明之隐逸受家族、家庭之巨大影响当是必然的。

二、陶渊明本人读书的驳杂及其隐逸好友

渊明读书甚为驳杂,一句"好读书"隐约暗示我们,其读书不主一家,读书"不求甚解",只求适意,"每有会意,欣然忘食。"[⑥]事实确也如此。外祖父家里藏书甚多,给他提供了阅读古籍和了解历史的条件,在学者以《庄》《老》为宗而黜《六经》的两晋时代,他不仅像一般的士大夫那样学了《老子》《庄子》,而且还学了儒家的《六经》和文、史以及神话之类的"异书"。时代思潮和家庭环境的影响,使他接受了儒家和道家两种不同的思想,培养了"猛志逸四海"和"性本爱丘山"的两种不同的志趣。

渊明之友好如周续之、刘遗民、张野、颜延之等人,都是当时的名士,且都以隐逸闻名,周续之、刘遗民与陶渊明合称"浔阳三隐"。[⑦] 渊明有《示周

---

① 《晋书》卷九十八《桓温传》附《孟嘉传》,第 2581 页。
② 《晋书·隐逸·孟陋传》,第 2442—2443 页。
③ 《晋书·陶潜传》,第 2460 页。
④ 《六朝作家年谱辑要·杨勇〈陶渊明年谱汇订〉》,第 177 页。
⑤ (宋)王质等《陶渊明年谱·吴仁杰〈陶靖节年谱〉》,中华书局 1986 年版,第 13 页。
⑥ 《陶渊明集笺注·五柳先生传》,第 502 页。
⑦ 《宋书·隐逸·周续之传》,第 2280 页。

续之祖企谢景夷三郎时三人共在城北讲礼校书诗》《和刘柴桑诗》《酬刘柴桑》等，张野为渊明同乡友好，“其乡亲张野及周旋人羊松龄、宠遵等或有酒要之，或要之共至酒坐，虽不识主人，亦欣然无忤，酣醉便反。”[①]《莲社高贤传·张野传》曰：“张野，字莱民，居浔阳柴桑，与渊明有婚姻契。野学兼华梵，尤善属文。……州举秀才、南中郎府功曹、州治中，征拜散骑常侍，俱不就，如庐山依远公，与刘、雷同尚净土……”[②]颜延之，“为刘柳后军功曹，在寻阳，与潜情款。”“后为始安郡，经过，日日造潜，每往必酣饮致醉。临去，留二万钱与潜……”[③]“延之少孤贫，居负郭，室巷甚陋。好读书，无所不览，文章之美，冠绝当时。饮酒不护细行……”[④]“好酒疏诞，不能斟酌当世……作《五君咏》以述竹林七贤，山涛、王戎以贵显被黜，咏嵇康曰：‘鸾翮有时铩，龙性谁能驯。’咏阮籍曰：‘物故可不论，途穷能无恸。’咏阮咸曰：‘屡荐不入官，一麾乃出守。’咏刘伶曰：‘韬精日沉饮，谁知非荒宴。’此四句，盖自序也。”可见在好读书，喜饮酒，对高士的欣赏方面，颜延之确与陶渊明相似，“延之与仲远世素不协，屏居里巷，不豫人间者七载。中书令王球名公子，遗务事外，延之慕焉；球亦爱其材，情好甚款。延之居常罄匮，球辄赡之。……闲居无事，为《庭诰》之文。”“居身清约，不营财利，布衣蔬食，独酌郊野，当其为适，傍若无人。”[⑤]此述颜延之爱好隐逸，与渊明更为接近。

渊明之交游多为具隐逸气质之隐者、高士，这些也必然强化陶渊明自身的隐逸潜质。

三、湛方生的隐逸文学创作与陶渊明文学创作的关系

陶渊明在东晋末的出现，不是毫无依傍，凭空而来，不仅其家庭出身、当时社会的现实，玄、释合流的时代思想对其创作影响至巨，而且陶渊明同时或稍前文士的努力，也已为陶渊明的创作作了一定程度的铺垫，从而陶渊明得以在一片较为丰沃的土壤上继续自己的开垦。陶渊明同时或稍前进行隐逸文学创作的文士首推湛方生。

湛方生，生平不见正史记载，从散见资料推知其“才秀人微，取湮当代”[⑥]，“然人代冥灭，而清音独远。”[⑦]东晋后期人，与陶渊明同时而略早。

---

① 《晋书·陶潜传》，第 2462 页。
② 《莲社高贤传·张野传》，《增订汉魏丛书》本。
③ 《宋书·陶潜传》，第 2288 页。
④ 《宋书·颜延之传》，第 1891 页。
⑤ 《宋书·颜延之传》，第 1902—1903 页。
⑥ 《诗品笺注·鲍照条》，第 175 页。
⑦ 《诗品笺注·古诗条》，第 45 页。

和陶渊明一样，湛方生在仕途上似乎很不得意，常有“归欤”之叹。作为一介寒士，湛方生对抱朴适性的生活极为向往，故此，他也有过隐居衡门，与至亲朝夕相聚的生活。源于此种性情，他也与陶渊明一样，最终选择了放弃仕宦，归隐乡园，《后斋诗》即是写这种隐居生活的，诗云：

> 解缨复褐，辞朝归薮。门不容轩，宅不盈亩。茂草笼庭，滋兰拂牖。抚我子侄，携我亲友。茹彼园蔬，饮此春酒。开棂攸瞻，坐对川阜。心焉孰托，托心非有。素构易抱，玄根难朽。即之匪远，可以长久。[①]

这是作者退出官场、归隐田园之后的真切感受。同为田园隐逸诗，与陶渊明的诗作比较，思想境界差可比肩。该诗表现诗人甘心回归田园，并且在田园世界里寄托生命的热望。“解缨复褐，辞朝归薮”以后，其心情是喜悦的，宁静的。很显然，诗人不是以旁观者的姿态面对田园，而是身归田园，心入田园，表现了与田园打成一片的和谐统一，分不出心物的界限，诗人的一片心绪，不知着落在何处，仿佛宇宙原本就应如此。如果说，在他的山水诗里所表现的，是诗人与山林湖泽融为一体，回归自然怀抱的欣喜，那么，回归田园就是安放自己的肉体和精神，使自己的身境和心境皆有所托，这种生活与尔虞我诈、让人惶惶不可终日的仕宦生活当然不可同日而语。这是文人对个体生活的一种改造，也是对田园生活的一种改造。先秦的农事诗，比如《诗经》的《豳风·七月》，主要用来描写农事生活，在手法上侧重写实，在内容上侧重写农夫生活之苦，没有能够广泛挖掘田园世界的生活内容，特别是缺乏作者或者诗中人物对于田园生活的诗意感受。应该说湛方生的《后斋诗》是真正发现了田园之趣的诗歌，从而把田园世界与诗人的日常生活联系起来，诗人与大自然之间已经没有了距离，他成了自然的一员，不是旁观者，不是欣赏者，更不是占有者，而是完全生活在大自然之中，自己也与自然达到了和谐统一。因此，不用刻意去描写田园风光，而田园风光就自然而然地存在于他的喜怒哀乐里。

从艺术上来说，《后斋诗》描写田园风光，语言质朴，风格省净，表现了后世田园隐逸诗的一贯风格。它以四言的形式来表现田园生活，除去后边四句使用玄言，前边十二句更是开了后来正宗田园诗艺术风格的先河。简朴、亲切、凝炼的语言，描写田园风物和村居生活，把田园生活描写得极其

---

① 《先秦汉魏晋南北朝诗·晋诗》，第943页。

恬淡、宁静、亲切、美好。东晋的四言诗，是一种古雅的形式，语言上常常艰涩古奥，湛方生此诗在语言上正是对传统四言诗的改造。这种改造，应该说得力于田园的题材，得力于隐逸的心境。首先，田园的题材不需要古奥艰涩的语言形式，同时，也正是这种田园隐逸题材，改变了作者使用语言的观念，使他对质朴通俗、自然的语言掬一瓣心香。

陶渊明的田园隐逸诗在此基础上有了长足的进展。

第三节　隐逸视角下陶渊明出处之矛盾心态

陶渊明是“隐逸诗人之宗”，这里包含两方面的意思：(1)在古往今来的隐逸诗人之中，陶渊明的成就是最突出的；(2)陶渊明就是正宗的隐逸诗人，其诗歌就是隐逸文学创作的典范。第一方面，窥诸隐逸文学史的实际，无疑是正确的。但第二个方面的意思，就不那么让人信服了，因为这与陶渊明本人的实际情况并不完全相符。

一、陶渊明始终存在的隐逸之思及隐逸行为

陶渊明初始性格里即有隐逸潜质，这点我们在上节已有论述，而且这种隐逸潜质与前此初始性格里具有隐逸潜质的张衡、张华、潘尼等人相比，又是十分的突出，以致这种隐逸潜质成为陶渊明甚为显豁的一种性情，在他此后生活的各个阶段不断出现并付诸行动，就此而言，后人多目陶渊明为隐者，很有道理。

陶渊明幼年丧父，家道并不殷实，随着子息的相继出世，陶渊明的生活愈发困难，于是太元十八年(393)，“以亲老家贫，起为州祭酒。”此时，陶渊明已近而立之年。可见，当时陶渊明确实对仕途兴趣不大，故而，“不堪吏职，少日自解归。州召主簿，不就，躬耕自资，遂抱羸疾。”[①]他宁可忍受病痛、饥饿的煎熬也不愿进入仕途，而且“这次辞官后，在家闲居了六、七年”。[②] 直到隆安四年(400)，36 岁之时，“才又到荆州，在州府里做属吏，职务不明。”[③]这次出仕，陶渊明似乎很是后悔，作于隆安四年(400)的《庚子

① 《晋书》卷九十四《陶潜传》，第 2461 页。

② 吕慧娟、刘波、卢达《中国历代著名文学家评传・陶渊明》第一卷，山东教育出版社 1997 年版，第 395 页。

③ 《中国历代著名文学家评传・陶渊明》第一卷，第 396 页。

岁五月中从都还阻风於规林诗二首》曰：[①]

行行循归路，计日望旧居。一欣侍温颜，再喜见友于。鼓棹路崎曲，指景限西隅。江山岂不险，归子念前途。凯风负我心，戢枻守穷湖。高莽眇无界，夏木独森疏。谁言客舟远，近瞻百里馀。延目识南领，空叹将焉如！

自古叹行役，我今始知之。山川一何旷，巽坎难与期。崩浪聒天响，长风无息时。久游恋所生，如何淹在兹！静念园林好，人间良可辞。当年讵有几？纵心复何疑。[②]

隆安五年(401)所作《辛丑岁七月赴假还江陵夜行涂中诗》[③]曰：

闲居三十载，遂与尘事冥。诗书敦宿好，林园无俗情。如何舍此去，遥遥至西荆。叩枻新秋月，临流别友生。凉风起将夕，夜景湛虚明。昭昭天宇阔，皛皛川上平。怀役不遑寐，中宵尚孤征。商歌非吾事，依依在耦耕。投冠旋旧墟，不为好爵萦。养真衡茅下，庶以善自名。[④]

写作这三首诗时，他明明在桓玄手下做着官，当着差，诗里却对官事只字未提，而"如何舍此去，遥遥至西荆？"对出仕桓玄似有无穷的悔恨。"久游恋所生，如何淹在兹。""怀役不遑寐，中宵尚孤征。"对俯仰由人的宦途生活，也发出了深长的叹息。结尾更表示了他不贪恋爵禄荣利，打算辞官归田的决心。"大约隆安五年(401)冬天，他就因母丧辞职回家了。"[⑤]其实他这次辞官的时间或许更早，"是年(隆安五年)自荆请假返家。至七月赴假还江陵……""冬，母孟氏卒。"[⑥]这次在庐山脚下隐居的时间近三年，元兴三年(404)，"东下赴京口，为刘裕镇军参军。"[⑦]途中有《始作镇军参军经曲阿》诗[⑧]：

① 参考张可礼、逯钦立、王瑶、杨勇等所编年谱。
② 《陶渊明集笺注》，第187、191—192页。
③ 参考张可礼、逯钦立、王瑶等所编年谱。
④ 《陶渊明集笺注》，第194页。
⑤ 《中国历代著名文学家评传·陶渊明》第一卷，第396页。
⑥ 逯钦立《陶渊明集·陶渊明事迹诗文系年》，第209页。
⑦ 逯钦立《陶渊明集·陶渊明事迹诗文系年》，第213页。
⑧ 参考张可礼、逯钦立、王瑶、杨勇等所编年谱。

弱龄寄事外，委怀在琴书。被褐欣自得，屡空常晏如。时来苟冥会，宛辔憩通衢。投策命晨装，暂与园田疏。眇眇孤舟逝，绵绵归思纡。我行岂不遥，登降千里馀。目倦川途异，心念山泽居。望云惭高鸟，临水愧游鱼。真想初在襟，谁谓形迹拘。聊且凭化迁，终返班生庐。①

从"目倦川途异，心念山泽居。望云惭高鸟，临水愧游鱼。真想初在襟，谁谓形迹拘。聊且凭化迁，终返班生庐"看，陶渊明入刘裕幕府为时不久，就又有了辞职归家的打算。此后，陶渊明又转任刘敬宣的建威参军，时在义熙元年(405)，"三月，……陶衔命使都，作《乙巳岁三月为建威参军使都经钱溪》诗。"②诗中曰："伊余何为者，勉励从兹役。一形似有制，素襟不可易。园田日梦想，安得久离析。终怀在壑舟，谅哉宜霜柏。"身在宦途，心想田园的情调仍然在继续回旋荡漾。八月，为彭泽令，十一月，"解印去县"，从此，再未踏入官场，直至终老。

可见，陶渊明的一生，虽有着短暂的进入仕途的行为，但一来进入仕途的时间确实短暂，二来，在这短暂的为宦时间里，他依然系念田园，不时唱出归隐的曲子，义熙二年(405)彻底归隐后，直至刘宋元嘉四年(427)，计22年的漫长时期，其间虽遍尝艰辛，"冻馁故缠己"，但隐逸之志不坠。如此看来，隐逸之念确乎萦绕陶渊明一生，隐逸行为也确实相伴陶渊明的一生。

二、陶渊明一以贯之的"有为"心理

陶渊明虽有隐逸潜质，且一生一直与隐逸息息相关，但，陶渊明并非不问世事，对世事毫不介怀的"高士"，他也有着济世的情怀，有着浓烈的"有为"心态。这种心态的形成一方面源于父族的功业，也源于儒家思想的影响，同时也与隐逸风气表面兴盛而实质上真正归隐的士人少之又少的时代现实有关。

东晋是门阀制度的鼎盛期，渊明曾祖陶侃一生的彪炳伟业，足以使渊明仰慕不已，陶渊明在《命子诗》里对曾祖顶礼膜拜不已：

---

① 《陶渊明集笺注》，第180页。

② 逯钦立《陶渊明集·陶渊明事迹诗文系年》，第215页，张可礼、王瑶、杨勇等所编年谱同。

在我中晋，业融长沙。

桓桓长沙，伊勋伊德。天子畴我，专征南国。功遂辞归，临宠不忒。孰谓斯心，而近可得。[①]

“陶侃……应该给陶渊明极大极深的影响。事实上也确是如此。”“这种影响可分两方面说，一方面是性格、爱好；一方面就是政治态度。”[②]“悠悠我祖，爰自陶唐。邈为虞宾，历世重光。御龙勤夏，豕韦翼商。……”“於赫愍侯，运当攀龙。抚剑风迈，显兹武功。书誓山河，启土开封。”《命子》诗对先祖荣耀的夸赞，可能有溢美之词，但就是这种充满自豪感的溢美之词，恰好表露出渊明自身对先祖功业的向往、追慕。其祖陶茂，官至“武昌太守”，“肃矣我祖，慎终如始。直方三台，惠和千里。……寄迹风云。”曾祖、祖父的风云际会，在当时极重门阀的社会里，无疑会给渊明带来极大的刺激，二陆兄弟就是为了重振父祖的勋业，入洛之后汲汲奔走，最后非命黄泉的。当然，陶渊明的初始性格与二陆大不相同，这决定了陶渊明不可能像二陆一样躁进、奔竞，但对先人功业的仰慕，进而思想重振家风的愿望当是共同的。陶渊明一句“嗟余寡陋，瞻望弗及”看似消极无奈颓废语，但也正好道出其追慕先祖的心理。

少年时期，陶渊明不仅像当时一般士大夫那样学习了《老子》《庄子》，而且由于家庭影响，他还学习了儒家的《六经》，在“少年罕人事，游好在六经”“历览千载书，时时见遗烈”（《癸卯岁十二月中作于从第敬远》）的浸染中养成了其奋发有为的性格之另一面。“陶渊明少年时代的主导思想来自当时的儒家经学，这决定了他的从政理想和事业心，乃至决定了他一生的伦理道德观点。”[③]少年时的渊明即有鸿鹄之志，“少时壮且厉，抚剑独行游。谁言行游近，张掖至幽州。饥食首阳薇，渴饮易水流。”（《拟古九首》之七）“忆我少壮时，无乐自欣豫。猛志逸四海，骞翮思远翥。”（《杂诗八首》之五）可见他不仅有壮士的胸怀，而且有豪侠的热血。身在江南的匡庐、彭蠡的山水田园里，却向往着胡马铁蹄下的张掖、幽州的边塞和原野，向往着怒发上指冠的侠客荆轲。从这些豪迈的诗句中，我们可以联想到陶侃不忘“致力中原”的遗志，也可以联想起他十九岁到二十一岁时，东晋王朝在淝水之战中，以劣势的军队打败了苻秦近百万大军南侵并收复了徐、兖、青、

① 《陶渊明集笺注》，第 41 页。

② 李长之《陶渊明传论》，天津人民出版社 2007 年版，第 5 页。

③ 逯钦立《汉魏六朝文学论集》，陕西人民出版社 1984 年版，第 246 页。

司、豫、梁六州的巨大胜利。故而，“他青少年时代，志趣并不固定。”[①]这种意欲有所作为的精神一直根深蒂固地盘旋在陶渊明的心头，渊明最早的诗作《命子》，作于太元十六年(391)，时年27岁，[②]为自己孩子取名时，亦透漏出该及时努力、奋发有为的志向，“名汝曰俨，字汝求思。温恭朝夕，念兹在兹。尚想孔伋，庶其企而。”四十岁时所作的《荣木诗》曰：

> 荣木，念将老也。日月推迁，已复九夏，总角闻道，白首无成。
>
> ……
>
> 先师遗训，余岂之坠。四十无闻，斯不足畏。脂我行车，策我名骥。千里虽遥，孰敢不至？[③]

“先师遗训”，无疑是儒家的兼济天下之理想，是渊明一直未曾忘怀于心的壮志，然而不惑之年的陶渊明，回首往昔，不仅感慨系之，慨叹自己愧对孔子的训诫，愧对自己先人的功业，愧对自己心中的壮志，“靖节当年抱经济之器，藩府交辟，遭时不竞，将以振复宗国为己任；回翔十载，卒屈于戎幕佐吏，用是志不获骋，二良图弗集……”[④]“陶公具圣贤经济学问，岂放达饮酒所能窥测！”[⑤]“人皆知靖节之清高旷达，岂知其隐居求志如此哉！”[⑥]《杂诗》其一曰：“盛年不重来，一日难再晨。及时当勉励，岁月不待人。”其二：“日月掷人去，有志不获骋。念此怀悲凄，终晓不能静。”其三：“丈夫志四海”。其四：“古人惜寸阴，念此使人惧。”这些诗作于义熙十四年(418)，50岁时，[⑦]陶渊明依然对“有志不获骋”深感遗憾，故而才用“古人惜寸阴”的警句勉励自己，这种时不我待的急迫感，正反映出陶渊明“隐居求志”的理想，当然这里的“志”是儒家最看重的功业。53岁时，陶渊明还在《赠羊长史诗》中表示：“九域甫已一，逝将理舟舆。”对“闻君当先迈，负痾不获俱”也深感惋惜。58岁时作的《读山海经》诗十三首中对精卫、夸父生命不休、奋斗不止的精神给予极高的礼赞，59岁时所作《咏荆轲》，对荆轲“提剑出

① 《中国历代著名文学家评传·陶渊明》第一卷，第394页。

② 杨勇《陶渊明集校笺》，第413页；王瑶认为作于太元十八年(393)，29岁(《王瑶全集·陶渊明集(编注)》，384页。

③ 《陶渊明集笺注》，第13页。

④ 《陶渊明研究资料汇编》下册《荣木》集评引元李公焕《笺注陶渊明集》卷一引赵泉山语，第12页。

⑤ 《陶渊明研究资料汇编》下册《荣木》集评引清吴瞻泰辑《陶诗汇注》卷一引程崟语，第14页。

⑥ 《陶渊明研究资料汇编》下册《荣木》集评引清李光地《榕村诗选》卷三，第14页。

⑦ 参见王瑶、杨勇所编《陶渊明年谱》。

燕京”的豪情，亦是掬一瓣心香，“其人虽已没，千载有余情。”这些英雄的精神，不正是陶渊明“烈士暮年，壮心不已”胸怀的流露吗？

陶渊明二十九岁那年，释褐，任江州祭酒，时在太元十八年(393)，出仕原因，陶渊明自言“亲老家贫”，但考察史实，这一年前后，东晋政权相对平静，内外皆无战事，陶渊明的出仕未尝没有实现理想、意欲接续家族功业的考虑，当然“不堪吏职，少日自解归”。官场生活与陶渊明初始性格中的洒脱、自由的一面发生了矛盾，故而，来不及调整，渊明就自行离去。

隆安三年(399)，渊明再一次出仕，“为桓玄官吏”，按照李长之先生的说法，桓玄，“就他的豪气论，有点像项羽。但他又有些书呆子气，又像王莽。他爱艺术，能写作，也擅长清谈。”[①]因故，深受当时文人的爱慕，“事实上，当时一般文人也多半集中在桓温、桓玄父子底下，例如孟嘉、袁宏、伏滔、罗含、顾恺之等都是。”“因此，陶渊明如果……倾向桓氏，是一点也不奇怪的了。”“桓玄的失败，陶渊明一定会很惋惜的。”[②]加之桓玄当时实力强大，势头正盛，渊明的加入桓玄集团，一来是出于对桓氏父子的感情认可，二来也是想在桓玄的手下实现自己心里的夙愿。但是，世事难料，桓玄势力倏起倏灭。而陶渊明在隆安五年(401)冬，因母亲孟氏离世而离开仕途，第二年二月就发生了桓玄的引兵东下，攻陷京师之事，陶渊明自然不可能此时出仕，旋即，桓玄兵败被杀。

元兴三年(404)、义熙元年(405)，渊明分别为刘裕镇军参军、江州刺史刘敬宣建威参军、彭泽令，“气吞万里如虎”的北府军将领，确实给暮气沉沉的东晋政坛带来不少生气，而此时刘裕野心未彰，渊明似乎又看到实现壮志的希望，于是乎，渊明加入了这一新兴的力量。至于彭泽令八十余日即自行离去，原因亦见仁见智，多有认可渊明自语的“吾不能为五斗米折腰，拳拳事乡里小人邪！”但窥诸当时实际，也有不少人认为，渊明离职的主要原因在于为其妹程氏奔丧，“寻程氏妹丧于武昌，情在骏奔，自去免职。”(《归去来兮辞》)“晋、宋二史皆载陶渊明不肯束带见乡里小儿，遂弃彭城归，意谓淡于荣利，足名高隐，不知适所以訾之也。古之达人胜士，语默隐显如固有，渊明襟量如止水，澄之挠之，未易清浊，岂以把板屈腰婴意，遽违初心哉！以陶集考之，程氏妹新嫠居，急于抚亲，故在官才六旬遽归尔。”[③]廖仲安亦云：“正在犹豫之际，妹妹死在武昌的消息传来，于是他马上就辞

① 《陶渊明传论》，第56页。
② 《陶渊明传论》，第56、57页。
③ 胡不归《读陶渊明札记》引葛胜仲《丹阳集》，华东师范大学出版社2007年版，第43页。

职了。”①

“须知他是一位极热烈极有豪气的人”②，有自己的功业追求，有强烈的“有为”理想，这是我们必须清楚的陶渊明之性格之另一侧面，“倘要论文，最好是顾及全篇，并且顾及作者的全人……要不然，是很容易近乎说梦的。”③

三、平静外表下的激愤

这里涉及到作家的品格及作品的风格。关于陶渊明作品的风格，早在上个世纪三十年代，朱光潜和鲁迅先生就有过争论，朱先生认为：“陶潜浑身是静穆，所以他伟大。”而鲁迅先生则针锋相对地指出：“自己放出眼光看过较多地作品，就知道历来的伟大作者，是没有一个‘浑身是静穆’的。陶潜正因为并非‘浑身是静穆，所以他伟大’。现在之所以往往被尊为‘静穆’是因为他被选文家和摘句家所缩小，凌迟了。”④1948 年，朱光潜写了《陶渊明》的长文，删去了“浑身”二字，并认为陶潜也有矛盾和痛苦；经过思想斗争，长期涵养，终于使其诗达到了“静穆”的境界。这是朱先生吸取鲁迅批评后所作的修正，结论固然是比以前严谨得多了。其实，鲁迅在其他一些场合也说过和朱光潜类似的话，如在《魏晋风度及文章与药与酒之关系》一文中，鲁迅就说：“到东晋，风气变了。社会思想平静得多，各处都夹入了佛教的思想。再至晋末，乱也看惯了，篡也看惯了，文章便更平和。代表平和的文章的人有陶潜。他的态度是随便饮酒，乞食，高兴的时候就谈论和作文章，无尤无怨。所以现在有人称他为‘田园诗人’，是个非常和平的田园诗人。”⑤朱先生的观念，似乎为学界所公认，“已完全是正确的一家之言。”⑥我们认为，陶渊明直到生命的最后，依然不能平静，作品依然不能说是完全的“静穆”，更不能一概说他是个“非常和平的田园诗人”。

陶渊明固然有非常平和的“悠然见南山”类的诗，但，我们知道，陶渊明本有二元人格，“本来《宋书》本传已说他‘耻复屈身异代’等等。经了真德秀诸人重为品题，加上汤汉的注本，渊明的二元的人格才确立了。”⑦陶渊明的二元人格不仅在其初始性格里存在，而且一直贯穿陶渊明一生，对此，

---

① 《中国历代著名文学家评传·陶渊明》第一卷，第 399 页。
② 《陶渊明研究资料汇编》引梁启超《陶渊明之文艺及其品格》，第 271 页。
③ 《鲁迅全集》第六卷之《题未定草》之七，第 444 页。
④ 《鲁迅全集》第六卷之《题未定草》之七，第 444 页。
⑤ 《鲁迅全集》第三卷之《魏晋风度及文章与药及酒之关系》，第 537 页。
⑥ 吴云主编《魏晋南北朝文学研究》，北京出版社 2001 年版，第 333 页。
⑦ 《陶渊明研究资料汇编》引朱自清《陶诗的深度》，第 288 页。

前面我们已经做过分析。

既然陶渊明人格是二元的，其作品的风格也就不可能仅有一种风格，“陶潜正因为并非浑身是静穆，所以他伟大。”风格的多元化也往往是伟大作家之为伟大作家的一个重要特征。我们以隐逸文学的眼光观之，陶渊明内心的不平、激愤始终存在，直至生命的最后一刻，他也没有做到真正的达观，不可能真正做到忘却世事、忘却自己初始性格中“有为”的一面，也正因为其初始性格中“有为”的一面在外在环境的变化下的时而发酵，使得渊明的作品一直存在着“一种深藏的孤独感，一种虽然不张扬但却隐约然而执著存在的孤独感。”①

《杂诗十二首》中的后四首，作于隆安五年(401)，37岁②，其十一曰：

> 我行未云远，回顾惨风凉。春燕应节起，高飞拂尘梁。边雁悲无所，代谢归北乡。离鹍鸣清池，涉暑经秋霜。愁人难为辞，遥遥春夜长。③

“以春景衬托忧愁，一种徘徊不定难以言说之情，蕴含其中。”④这种“徘徊不定难以言说之情”到底是什么？诗里没有明说，但从组诗的其他内容来看，我们大致可作这样的理解：渊明一方面苦闷于“闲居执荡志，时驶不可稽。”从而“驱役无停息，轩裳逝东崖。泛舟拟董司，寒气激我怀”(《杂诗十二首》之十)，也就是说闲居固然可以享受大自然的清新惬意，享受人与道冥的超脱境界，但这种生活与渊明性格中“有为”的一面必然发生冲突，如此，渊明内心深处的不甘就会潜滋暗长起来，故而，渊明要自觉自愿地“泛舟拟董司”，追随生气勃发的刘裕集团。然而，如此行为又与渊明热爱大自然的一面产生矛盾，此行的前途到底如何？渊明不得而知，要是能有个好的结局，在仕宦途中不违个性的生活得以保全，如此，渊明当然是乐于“驱役无停息”的，但这一切真的能在现实中出现吗？显然，答案更多是不能。这是渊明在矛盾中产生的苦闷，从而作品带上了不平的激愤色彩。

渊明的这种不平、激愤在他以后的作品中不断重复出现，一直未曾间断。

---

① 《玄学与魏晋士人心态》，第278页。

② 《王瑶全集·陶渊明集(编注)》，第390页；杨勇《陶渊明集校笺》：“后四首”作于义熙元年(405)，第199页。

③ 《陶渊明集笺注》，第361页。

④ 《陶渊明集笺注》，第362页。

《和郭主簿诗二首》作于元兴二年(403年),渊明38岁[①],诗曰:

蔼蔼堂前林,中夏贮清阴。凯风因时来,回飚开我襟。息交游闲业,卧起弄书琴。园蔬有馀滋,旧谷犹储今。营己良有极,过足非所钦。舂秫作美酒,酒熟吾自斟。弱子戏我侧,学语未成音。此事真复乐,聊用忘华簪。遥遥望白云,怀古一何深!

和泽周三春,清凉素秋节。露凝无游氛,天高风景澈。陵岑耸逸峰,遥瞻皆奇绝。芳菊开林耀,青松冠岩列。怀此真秀姿,卓为霜下杰。衔觞念幽人,千载抚尔诀。检素不获展,厌厌竟良月。[②]

田园生活的惬意、安恬中,渊明忽生出"检素不获展"的哀伤,如许心态下,惬意、静谧、平和的田园生活也就涂抹上一层忧伤的底色,"厌厌竟良月"之"厌厌"乃"情绪不佳貌"[③],岁月是"良月",而这并不能消除渊明"厌厌"之情绪,诗有诗意的田园生活画面,当然在这种诗意的田园生活画面下我们亦看到了渊明忧伤、烦乱的内心情愫。作于次年的《和胡西曹示顾贼曹诗》亦复如此,诗云:

蕤宾五月中,清朝起南飔。不驶亦不迟,飘飘吹我衣。重云蔽白日,闲雨纷微微。流目视西园,晔晔荣紫葵。於今甚可爱,奈何当复衰。感物愿及时,每恨靡所挥。悠悠待秋稼,寥落将赊迟。逸想不可淹,猖狂独长悲。[④]

诗写"盛年难得,盛世难再,写得酸楚"。[⑤]"渊明尚欲及时有为,且恨无发挥能力机会",以致"猖狂独长悲"[⑥]之愤懑心态极为显豁。渊明之不甘于苟全性命于田园之心理底色昭然若揭。义熙十年(414)的《杂诗》之二:"日月掷人去,有志不获骋。念此怀悲凄,终晓不能静。"此时渊明已彻底归隐九年,想到自己志向的不能实现,彻夜难眠,忧伤之深沉实难想象!

义熙五年,渊明隐居五年之久了,照理说,自己的心绪该平静了,该在

① 《王瑶全集·陶渊明集(编注)》,第392页;杨勇《陶渊明集校笺》,第425页。
② 《陶渊明集笺注》,第145—146、147—148页。
③ 《王瑶全集·陶渊明集(编注)》,第393页。
④ 《陶渊明集笺注》,第172页。
⑤ 《陶渊明资料汇编》引清张潮、卓尔堪、张师孔同阅《曹陶谢三家诗·陶集》卷二,第111页。
⑥ 《王瑶全集·陶渊明集(编注)》,第396页。

田园安恬的生活里，在“翼彼新苗”的微风吹拂下，在醇酒的浇灌下找到心灵的皈依了，然而，渊明没有，该年所作有《己酉岁九月九日》，诗云：

靡靡秋已夕，凄凄风露交。蔓草不复荣，园木空自凋。清气澄余滓，杳然天界高。哀蝉无留响，丛雁鸣云霄。万化相寻绎，人生岂不劳？从古皆有没，念之中心焦。何以称我情？浊酒且自陶。千载非所知，聊以永今朝。[①]

此非功业未成之慨叹，而是对生死的探究及由此引发的对死之恐惧、忧伤，“念之中心焦”，这深沉的喟叹，包含着陶渊明多少的无奈及惶恐呀！“可知渊明非无心于世者也。”[②]同样的情感在义熙十四年(418)，他54岁时，所作的《岁暮和张常侍》诗中亦有反映：

市朝凄旧人，骤骥感悲泉。明旦非今日，岁暮余何言！素颜敛光润，白发一已繁。阔哉秦穆谈，旅力岂未愆。向夕长风起，寒云没西山。厉厉气遂严，纷纷飞鸟还。民生鲜长在，矧伊愁苦缠。屡阙清酤至，无以乐当年。穷通靡攸虑，憔悴由化迁。抚己有深怀，履运增慨然。[③]

“老去增感，达人不免，况憔悴愁苦耶！明知化迁，又复慨然，然表里之言，故自无欺。”[④]“此等衷曲，恒见于言，而力不逮，志不遂，付之长叹而已。”[⑤]渊明的感慨主要是功业未建而年岁冉冉老将至，从而产生的悲伤，这种心理在渊明的暮年依然未曾减弱、消失。58岁时的《感士不遇赋》，有感于“真风告逝，大伪斯兴，闾阎懈廉退之节，市朝驱易进之心。怀正志道之士，或潜玉于当年；洁己清操之人，或没世以徒勤”的现象，“故夷皓有‘安归’之叹，三闾发‘已矣’之哀。悲夫！寓形百年，而瞬息已尽，立行之难，而一城莫赏。此古人所以染翰慷慨，屡伸而不能已者也。夫导达意气，其惟文乎！抚卷踌躇，遂感而赋之。”渊明引屈原以同调，在当时污浊的现实下自己的理想无由实现，故而，满腔悲愤，不得已只有走躬耕退隐之路。

① 《陶渊明集笺注》，第223—224页。
② 《陶渊明资料汇编》引清方宗诚《陶诗真诠》，第145页。
③ 《陶渊明集笺注》，第167页。
④ 《陶渊明资料汇编》引清蒋薰评《陶渊明诗集》卷二，第108页。
⑤ 《陶渊明资料汇编》引清张潮、卓尔堪、张师孔同阅《曹陶谢三家诗・陶集》卷二，第109页。

元嘉四年(427),渊明去世前夕作有《拟挽歌辞三首》《自祭文》一篇,“人生实难,死如之何!”《自祭文》结尾的这两句话,“其实是一条通向他内心深处的隐约小径,循此以往,我们不惟可窥知他旷达、静穆的心境背后有多么浓重的苦恼与悲伤,而且可以窥知他写《挽歌》与《自祭文》的更深层次的动机。他是怀着对于人生的深深遗憾或者不满甚至愤慨才起了自挽、自祭的念头的。”[①]的确,诗文中反复纠缠着一个“死”字,气氛凄惨、悲凉,没有一点超脱及超脱后的安恬、静穆的气息。

陶渊明的隐居,并不像一般的名士那样,隐于高山密林、隐于人迹罕至的浩渺烟波,而是隐于庐山脚下,附近就是渊明时代各种重大事件发生的场所,渊明不可能不感受着时代的气息,不可能对现实充耳不闻。由隐居之地的选择,我们或许亦可窥见渊明之良苦用心吧! 他一生的各个时期的作品都有不平、愤慨的气息,有时这种气息还是相当的浓厚,弥漫在字里行间,也弥漫在渊明及读者的心头,读之戚戚然,泪亦为之而坠下。

陶渊明的一生并没有,也不可能做到真正的超脱,“他一生始终为现实人生的不如意事所纠缠,他的超脱只是暂时的。”[②]诚哉斯言!

四、伪隐逸风气下的进取精神

陶渊明的二元性格决定了他始终有关注现实的品格,但现实的污浊、无奈又使他的夙愿无由实现,故而作品时发悲怆的调子。同时,当时的隐逸环境也对陶渊明的行为有影响。

我们在第一节说,这一时期的隐逸之风很是兴盛,但仔细分析,这种盛行的隐逸之风实在是一种虚假的风。这阵风表面是吹得比较旺盛,但内里,真正愿意隐居的人是很少的。因为这种风气表面上盛行,就产生了《晋书·桓玄传》记载的:“玄以历代咸有肥遁之士,而己世独无,乃征皇甫谧六世孙希之为著作,并给其资用,皆令让而不受,号曰高士,时人名为‘充隐’。”[③]此事本身固然荒唐,但我们也可看出,这样的事情也只有在隐逸之风盛行的背景下,统治者才会做出如此令人发笑的举动。当然,从另一方面分析,此时之所以没有符合征召条件的高隐之士,而必须搞一套虚假的把戏来掩人耳目,也正说明,真正愿意归隐的人是不多的。在这样一个表面隐逸之风劲吹,实际上大家并不真心隐逸的奇怪环境下,陶渊明的首鼠

① 《玄学与魏晋士人心态》,第280页。
② 《玄学与魏晋士人心态》,第280页。
③ 《晋书·桓玄传》,第2593—2594页。

两端，隐逸之时内心的焦虑、内心有对功业的向往之情也就更容易理解了。朱熹认为："晋、宋人物，虽曰尚清高，然个个要官职，这边一面清谈，那边一面招权纳货。陶渊明真个能不要，此所以高于晋、宋人物。"[①]其实，陶渊明不是"真个能不要"，只是不想要东晋末年及刘宋一朝的有违自己夙愿的官而已。

第四节　"菊"与"酒"：隐逸意象之再分析

陶渊明诗歌中的酒与菊就是他性情的象征意象，属于他独特的品格。陶诗中几乎篇篇有酒，而写菊则比较少，总共只有六处，但却因为他那一句"采菊东篱下，悠然见南山"实在是太著名了，因此，菊也成为了他最具代表性的一个意象。这些意象前人及当代学者分别从不同的侧面进行过探讨，有些较为深入，有些浅尝辄止，总的来说大都侧重酒与菊中体现的陶渊明的性情及人格，此种分析当然不错，且意义重大。我们这里意欲从酒与菊的文学意象的发展演变的角度出发，分析渊明对这两种意象的贡献，以期有新的东西展示出来。

一、"菊"意象的陶渊明意义

菊花的原初文化意义是"候时之草。"《礼记·月令》载："季秋之月，菊有黄花。"最早将菊花引入文学领域且赋予其象征意义的是屈原。屈原笔下，菊花出现凡三处："朝饮木兰之坠露兮，夕餐秋菊之落英"(《离骚》)；"成礼兮会鼓，传葩兮代舞。姱女倡兮容与。春兰兮秋菊，长无绝兮千古"(《九歌·礼魂》)；"播江离与滋菊兮，愿春日以为糗粮。"(《九章·惜颂》)这里的菊花是类似香草的植物，是一种高洁品行的象征。此后，菊花的这种象征意义一直延续下来，曹丕在《与钟繇九日送菊书》中有云："惟芳菊纷然独荣，非夫含乾坤之纯和，体芬芳之淑气，孰能如此？故屈平悲冉冉之将老，思餐秋菊之落英。辅体延年，莫斯之贵。"[②]依然是从菊花的可食进而以菊花象征人格之高洁的。自此以后，出现较多吟咏菊花的专题文，如钟会《菊花赋》，赋曰：

① 《朱子全书》，上海古籍出版社、安徽教育出版社 2002 年版，第 1226 页。

② 《魏文帝集全译》，第 251—252 页。

何秋菊之可奇兮，独华茂乎凝霜。挺葳蕤于苍春兮，表壮观乎金商。延蔓蓊郁，缘坂被岗。缥幹绿叶，青柯红芒，华实离离，晖藻煌煌。□□规圆，芳颖四张。微风扇动，照曜垂光。于是季秋九月，日数将并。顺阳应节，爰锺福灵。置酒华堂，高会娱情。百卉凋瘁，芳菊始荣，纷葩晔晔，或黄或青。乃有毛嫱西施，荆姬秦嬴。妍姿妖艳，一顾倾城。擢纤纤之素手，宣皓腕而露形。仰抚云髻，俯弄芳荣。

掇以纤手，承以轻巾。揉以玉英，纳以朱唇。服之者长生，食之者通神。

故夫菊有五美焉：圆花高悬，准天极也；纯黄不杂，后土色也；早植晚登，君子德也；冒霜吐颖，象劲直也；流中轻体，神仙食也。[①]

钟会总结的菊花之五美，兼顾菊之形态、色泽、食用价值及象征意义。其申说菊花的象征意义较之屈原、曹丕有了进一步发展，他侧重菊花的"早植晚登""劲直"之品格，而非笼统言之之高洁。成公绥《菊颂》与之相类。稍后之潘岳有《秋菊赋》，在对菊花象征意义的阐发上并无新的突破。东晋中后期袁宏的《采菊诗》、袁崧的《菊诗》着意于菊花的自然美，孙楚的《菊花赋》言及此物"飞金英以浮旨酒，掘翠叶以振羽仪，伟兹物之珍丽兮，超庶类而神奇"。[②] 稍后与陶渊明同时的嵇含有《菊花铭》、辛萧有《菊花颂》，对菊花意义的申说，亦不出自然美感、"以介眉寿"之实用价值，"诜诜仙徒"青睐之诱惑，此外别无更新的阐释。

到了陶渊明，也只有到了陶渊明，菊意象才在文学的园地里大放异彩，成为后人醉心的意象。

自周敦颐一篇《爱莲说》"晋陶渊明独爱菊"以来，菊成为了陶渊明隐逸品格的一种独特表征。陶集里写菊的诗句总共只有六处。但这并不妨碍菊成为陶渊明品格的意象表征，六处分别胪列如下：

(1)《归去来兮辞》："三径就荒，松菊犹存。携幼入室，有酒盈樽"；(2)《和郭主簿》其二："陵岑耸逸峰。遥瞻皆奇绝。芳菊开林耀，青松冠岩列。怀此贞秀姿，卓为霜下杰"；(3)《问来使》："客从山中来，早晚发天目。我屋南窗下，今生几丛菊。蔷薇叶已抽，秋兰气当馥。归去来山中，山中酒应熟"[③]；(4)《饮酒》其五："采菊东篱下，悠然见南山"；(5)《饮酒》其七："秋

① 《全三国文》，第1188页。
② 《全晋文》，第1801页。
③ 有以此诗非渊明作者，详袁行霈《陶渊明集笺注・外集》，第601—602页。

菊有佳色，邑露掇其英。泛此忘忧物，远我遗世情。一觞虽独进，背尽壶自倾。日入群动息，归鸟趣林鸣。啸傲东轩下，聊复得此生”；(6)《九日闲居并序》：“余闲居爱重九之名。秋菊盈园。而持醪靡由。空服其华。寄怀於言。……酒能祛百虑，菊为制颓龄。如何蓬庐士，空视时运倾。尘爵耻虚罍，寒华徒自荣。敛襟独闲谣，缅焉起深情。栖迟固多娱，淹留岂无成。”

从发展的意义上来说，渊明对菊意象的贡献在于：(1)把菊与酒联系起来，陶诗写菊，往往和酒并联，一起作为自己摆脱卑琐世俗的对抗物；(2)把菊与松联系起来，一起作为卓尔不群的高洁品行之象征；(3)把菊尤其是采菊作为自然心境、平和心态的外在寄托，从而引起后世文士的追莫，“采菊东篱下，悠然见南山”遂成为后人醉心的高雅情趣之象征。

二、“酒”意象的继承、发展与陶渊明的“酒”中真趣

“酒”与中国文学有着天然的联系，《诗经》305 篇中，涉及到酒及人们饮酒时的心情的篇章总计 48 篇，占总篇幅的 15．7%，《楚辞》也有写酒的篇幅，但相对较少。两汉至建安三曹、七子皆有大量关乎酒及饮酒的诗文，这些作品中酒的作用不外借酒抒怀，酒中较少哲理内涵。正始时期的阮籍、嵇康有大量的饮酒诗篇，他们本人也有大量的饮酒行为。但我们知道，嵇、阮二人之饮酒，包括竹林之游，更多地是借酒逃避现实的恐怖，以酒佯狂。虽则竹林之游时，很多清谈活动，很多玄理的阐发与酒有不解之缘，但酒也还只是一种媒介物，其本身并无多少内涵。到了刘伶，情况发生了不少变化，其《酒德颂》是一篇关乎酒的千古名文，文如下：

> 有大人先生者，以天地为一朝，万期为须臾，日月为扃牖，八荒为庭衢。行无辙迹，居无室庐，幕天席地，纵意所如。止则操卮执瓢，动则挈榼提壶，唯酒是务，焉知其馀。有贵介公子，缙绅处士，闻吾风声，议其所以，乃奋袂攘襟，怒目切齿，陈说礼法，是非锋起。先生于是方奉罂承槽，衔杯漱醪，奋髯箕踞，枕麴藉糟。无思无虑，其乐陶陶，兀尔而醉，慌尔而醒。静听不闻雷霆之声，熟视不见太山之形，不觉寒暑之切肌，利欲之感情。俯观万物之扰扰，如江汉之载浮萍。二豪侍侧，焉如蜾蠃之与螟蛉。①

① 《全晋文》，第 1835 页。

刘伶著《酒德颂》，实乃“意气所寄。”[1]刘孝标注《世说新语》引《名士传》曰：“伶字伯伦，沛郡人。肆意放荡，以宇宙为狭。常乘鹿车，携一壶酒，使人荷锸随之，云：‘死便掘地以埋。’土木形骸，遨游一世。”[2]余嘉锡笺疏曰：“《文选集注》九十三公孙罗《文选钞》引臧荣绪《晋书》曰：‘刘灵父为太祖大将军掾，有宠，早亡。灵长六尺，貌甚丑悴，而志气旷放，以宇宙为狭也。与阮籍、嵇康为友，相遇欣然，怡神解裳。乘鹿车，携一壶酒，使荷锸自随，以为死便埋之。留连于酒中之德，乃著酒德颂。’”[3]也就是说，刘伶之著《酒德颂》，乃是有“意气”之所寄。或曰其洞察了“酒中之德”，而又“留连于酒中之德”，乃有《酒德颂》之创获。那么刘伶所谓的酒德又是什么呢？从《酒德颂》文本出发，我们可以作以下几点分析：(1)思想及行为的绝对自由，“幕天席地，纵意所如”；(2)睥睨一切世俗的名位，尤其是针对当时礼法之士看重的“贵介公子，缙绅处士”的不屑；(3)追求内心情感的满足，“无思无虑，其乐陶陶。”

此后的魏晋之世，世多乱离，饮酒更成风尚。王瑶《中古文学史论集》中总结了魏晋名士饮酒的原因：“一是饮酒可以达到物我两泯的自然境界，是求得一种超越境界的实践。陶诗言‘酒中有真味’，饮酒是达到任真，达到欢乐境界的手段。二是魏晋人借饮酒来逃避现实，保全生命。把酒变成享乐的工具，尽情纵欲。”[4]酒是一种媒介，在酒的半醉中，使得作为个体的人回归本真自我，达到美与自由统一，这就是《世说新语》中卫将军王荟所说的“胜地”(“酒，正自引人著胜地。”[5])所谓的“胜地”就是美妙的境界，究竟是怎样美妙的一个境界，只可意会而不可言传也。

酒是陶渊明诗歌中频繁出现的意象，不仅有题为饮酒的诗篇二十首，还有如《读〈山海经〉》之类的述仙之作：“我欲因此鸟，具向王母言。在世无所须，惟酒与长年”(其五)的描述，在《杂诗》之类的抒愤之作中有“得欢当作乐，斗酒聚比邻。盛年难再来，一日难再晨”的及时行乐的思想，在《拟挽歌辞》中甚至有“但恨在世时，饮酒不得足”的歌咏。但陶渊明诗歌中，我们可以发现言酒者甚多，言醉者却无几。正如萧统在《陶渊明集序》里说的一样，“有疑陶渊明之诗，篇篇有酒，吾观其意不在酒，亦寄迹为酒也。”结合陶渊明关于酒的诗句“泛此忘忧物，远我遗世情。一觞虽独进，杯尽壶自倾”

① 《世说新语笺疏·文学》，第296页。
② 《世说新语笺疏·文学》，第296页。
③ 《世说新语笺疏·文学》，第298页。
④ 《王瑶全集·中古文学史论集·文人与酒》，第191页。
⑤ 《世说新语笺疏·任诞》，第893页。

(《饮酒》其七)分析,酒作为消解烦忧的意象在陶渊明的诗歌里就表层的意义言,有忘忧和纵情两个作用;就深层意义言,实则,渊明接过刘伶《酒德颂》的主旨,更进一步发展了"酒德"。渊明因政治前途暗淡而隐逸,而沉醉于酒中,《饮酒》第二十曰:"羲农去我久,举世少复真。汲汲鲁中叟,弥缝使其淳。凤鸟虽不至,礼乐暂得新。洙泗辍微响,漂流逮狂秦。诗书复何罪,一朝成灰尘。区区诸老翁,为事诚殷勤。如何绝世下,六籍无一亲。终日驰车走,不见所问津。若复不快饮,空负头上巾。但恨多谬误,君当恕醉人",可以看出作为隐者的陶渊明,心中依然有因理想不得实现而形成的忧伤。现实世界与心中理想不相符合,无奈中只能以酒消解,以酒来麻醉人性中敏感而脆弱的成分。渊明既与其时乱世里名士们及时行乐的心态一样,也追求纵酒忘情,《饮酒》其十三云:"有客常同止,取舍邈异境。一士长独醉,一夫终年醒。醒醉还相笑,发言各不领。规规一何愚,兀傲差若颖。寄言酣中客,日没烛当秉",诗人直把通宵达旦的欢饮作为人生的价值目标。纵情欢乐,而且一旦要停止饮酒,就会千难万难。其《止酒》诗曰:"……平生不止酒,止酒情无喜。暮止不安寝,晨止不能起。日日欲止之,营卫不止理……",一止酒,便有不喜之情产生,这里的不喜之情可能就是酒中欲忘之忧吧。从陶诗中也可以看出,陶渊明以酒纵情之情,是有着特定内容的情。如《饮酒》其三:"道丧向千载,人人惜其情。有酒不肯饮,但顾世间名。所以贵我身,岂不在一生。一生复能几,倏如流电惊。鼎鼎百年内,持此欲何成。"以人生的短促、功名的难成而主张饮酒纵情,这里体现了一定的纵情意识,但同时也体现了新的人格因素新的生存状态。这就是对酒的理想寄托,"悠悠迷所留,酒中有真味。"(《饮酒》之十四)最终纵情与忘忧是联系在一起的,正如他的一首《述酒》诗中所言,"秋草虽未黄,融风久已分",一切都还在草昧之中,但模糊中有改变,新的情性正在生成。黄庭坚曾经评价此诗说:"《述酒》一篇盖阙,此篇似是读异书所作,其中多不可解",而这一句恐怕就是陶渊明对于自己人格转变的连接者——酒的一种独特体验吧。

或许渊明最初的嗜酒有来自外祖孟嘉、孟陋的影响,但渊明此后的嗜酒成性,固然有来自社会污浊,自己又看不到出路,从而如嵇康、阮籍借酒以浇愁、借酒以逃避的影子,但后来渊明的饮酒就不可一概如此认为了。我们知道,渊明的最终思想是所谓的新自然观,从渊明的嗜酒但不沉醉,就可看出,渊明之对酒的态度绝不同于嵇、阮诸人。陈寅恪先生尝言刘伶等人之思想实乃旧自然说。[1] 而渊明寄托于酒之思想实乃新自然观，这从渊明对刘伶酒德之发展亦可看出其思想之进展，“新自然观之要旨在委运任化。夫运化亦自然也，即随顺自然，与自然混同，则认己身亦自然之一部，而不须更别求腾化之术，如主旧自然说者之所为也。但此委运任化，混同自然之旨自不可谓其非自然说，则所以别称之为新自然说也。考陶公之新解仍从道教自然说演进而来，与后来道士受佛教禅宗影响所改革之教义不期冥合。”[2]

渊明对酒德之发展实与当时玄释合流思想潜在之影响有关，从此，酒意象在文学中的地位愈发崇高起来，成为与文人挥之不去须臾不可分离之粘合剂。文人之爱酒之深层意蕴未尝不是从酒中寻求与自然冥合无间的体验，增加文士委运任化，不受世俗羁绊之洒脱、自由之情感。

---

① 陈寅恪《金明馆丛稿初编·陶渊明之思想与清谈之关系》，第222页。

② 《金明馆丛稿初编·陶渊明之思想与清谈之关系》，第225页。

第五章　谢氏家族的隐逸思想及隐逸文学创作

谢氏家族是东晋门阀贵胄的代表，自南朝始，却门第渐落，然其家族的文学创作却不绝如缕，从而形成东晋南朝文学家族创作的特例。谢氏家族的文学创作固然可从不同的角度进行研探，但当我们的目光聚焦于隐逸文学创作时，不难发现，这一创作不仅绵远流长，贯穿谢氏家族文学创作的始终，而且这一创作也与这一时期的整体创作密切关联。同时，谢氏家族自南朝后的隐逸文学创作也与宋、齐“俗人”当权、佛教的流行等时代政治、思想文化的影响息息相关。

第一节　宋、齐隐逸思想、隐逸行为的新变

两晋是高门氏族势力最为鼎盛之时，他们势焰熏天，一度比肩皇室。然而进入南朝后，情况却发生了较大改变。南朝刘宋开国皇帝刘裕出身寒门，凭借军功践祚，甫一立宋，为了巩固本阶层的利益，即特别重用寒门庶族。这一政策的转变，无疑会使高门大族之心态产生变化。较之此前，这一时期的隐逸思想、隐逸行为的一大变化在于家族隐逸行为的普遍，如戴颙，“父逵，兄勃，并隐遁有高名。”[①]同时，不少隐逸之士深受佛学净土、般若思想的影响，如谢灵运、宗柄、周续之等，从而，这一时期的隐逸思想更为驳杂。

一、宋、齐“俗人”当权对士人隐逸思想的影响

“自东晋以来，就有两种社会力量在社会上激荡：一种是世家大族的势力，他们依靠门第的优越，在政治上享有特殊的地位。另一种是寒门将帅的势力，他们由军队起家，或由寒门入仕。这两种势力，在统治阶级内部

---

① 《宋书·隐逸传》，第 2276 页。

互为消长。”[①]南朝的几代皇族及诸多将帅多为寒族出身，可见，当时的寒门实力已非同小可。固然，就当时的实际看，世家大族相对于寒门庶族，仍然有着文化心理上的优势，有着一种源于先世的优越感，齐世王敬则与王俭同拜开府，徐孝嗣戏俭以为“连璧”，俭曰：“不意老子遂与韩非同传。”[②]然而，“军人的势力实际上已凌驾于世家大族之上而不容轻忽了。”[③]

刘宋王朝为了改变“晋自社稷南迁，王纲弛紊，朝权国命，递归台辅，君道虽存，主威久谢”[④]的情况，建立权归朝廷的新格局，立国之初，便采取了两项措施：(1)重用寒人；(2)排挤世家大族。这种政策对巩固刚建立的寒族政权固然起到应有的作用。但刘宋王朝并没有从根本上改变魏晋以来的世家大族占据优势的社会格局。由于当时还是一个庄园经济、部曲制为主的社会，朝代的更替多由“禅让”取得，而这种“禅让”，如若没有世家大族的参与则往往名不正言不顺。宋、齐朝廷对高门世族的打压，其根本目的是要改变高门士族左右朝政，独揽大权的格局，并不是要消灭高门世族本身。他们只是希望世家大族为己所用，在治平之时能成为自己政治的羽翼；在危机未萌之时，可以利用他们的影响，消泯危机于无形。一句话，只要世家大族能够安分守己，不故意捣乱，不为朝廷制造麻烦，宋、齐朝廷还是非常乐意尊崇他们，维护他们政治、经济上的既得利益的。世家大族当然也明白：朝廷既掌握着政治、军事上的绝对权利，公然与朝廷对抗只能自取灭亡。与其对抗而灭亡，那还不如安分守己，坐享富贵的好。因故，在危机四伏的宋、齐两朝，高门氏族多采取委屈以自保全的路子，来适应这样一个特定的社会。例如谢晦之兄谢瞻对谢晦的敦诫：

> 弟晦时为宋台右卫，权遇已重，于彭城还都迎家，宾客辐辏，门巷填咽。时瞻在家，惊骇谓晦曰：“汝名位未多，而人归趣乃尔。吾家以素退为业，不愿干预时事，交游不过亲朋，而汝遂势倾朝野，此岂门户之福邪?”乃篱隔门庭，曰：“吾不忍见此。”[⑤]

谢弘微也深知此理，“居身清约”[⑥]，“口不言人短长”[⑦]，“东宫始建，领

---

① 王仲荦《魏晋南北朝史》(上)，中华书局 2007 年版，第 404 页。
② 《南史·王敬则传》，第 1130 页。
③ 《魏晋南北朝史》(上)，第 406 页。
④ 《南史·宋本纪上》，第 31 页。
⑤ 《宋书·谢瞻传》，第 1557 页。
⑥ 《宋书·谢弘微传》，第 1592 页。
⑦ 《宋书·谢弘微传》，第 1593 页。

中庶子，又寻加侍中。弘微志在素宦，畏忌权宠，固让不拜，乃听解中庶子。每有献替及论时事，必手书焚草，人莫之知。上以弘微能营膳羞，尝就求食。弘微与亲故经营，既进之后，亲人问上所御，弘微不答，别以余语酬之，时人比汉世孔光。”①世家大族的这种行为方式、处事态度在齐代也是如此，如谢朏就力图谦退自保，给任吏部尚书的弟弟谢义洁写信叮嘱“可力饮此，勿豫人事。”②而谢义洁在齐明帝废齐废帝自立之时，只管下棋，下棋毕后，对皇帝废立之大事一句不问，径直回房睡觉。后人往往非议南朝的世家大族对国事、政事的漠不关心，只是以门第相标榜。其实，这种局面的形成确有着不得不如此的现实原因，是受到朝廷的逼迫和鼓励的结果，是他们在血的教训面前唯一可以采取的保全家世的做法。

南朝刘宋和萧齐朝廷对于世家大族采取的既打击又笼络的两手并用的策略：为了消除他们对朝廷的威胁，当然要打击；而为了利用他们的牌子来装点门面，于是又要笼络。如此首鼠两端的政策，使得世家大族一方面常有在仕途一展雄心之心态，但另一方面，他们又畏畏缩缩，不能全力如此，更甚者，只能边仕边隐。谢氏家族的不少成员如谢灵运、谢朓的隐逸思想、隐逸行为就更多源于现实政治的逼迫，是不得已而为之的结果，当然，他们隐逸思想的形成及特点，也与当时流行的佛教思想密不可分。

二、佛性渐至弘扬下时代隐逸思想的变化

较之两晋思想的玄释合流，到了南朝，佛教的理论自觉大为增强，佛性也大大地弘扬起来，这对这一时期士人的隐逸思想有直接的影响。就对南朝宋、齐隐逸文学的发展而言，慧远、谢灵运、萧子良、沈约的佛学思想尤其值得重视。慧远虽是东晋末期人，但他与南朝刘宋初的文士谢灵运及不少隐士有密切关系，其思想的影响首先也主要体现在刘宋初。故而，慧远的佛学思想我们放在这里论述，而不是放在东晋陶渊明一章。以下我们先看慧远及晋宋之交谢灵运的佛学思想。萧子良、沈约因是“竟陵八友”之一，与谢朓的关系更为密切，其佛学思想及其对隐逸思潮的影响，我们在论及谢朓时再作具体分析。

（一）慧远的佛学思想及对隐逸思潮的影响

慧远，东晋末期佛教界领袖，其佛学对当时及以后中国思想的方方面面都有极其深远的影响。他少时对传统儒家、道家经典很是痴迷。《高僧

---

① 《宋书・谢弘微传》，第1593页。

② 《梁书・谢朏传》，第262页。

传》记其“少为诸生，博综六经，尤善老庄”，“虽宿儒英达，莫不服其深臻。”[①]这种学习经历，使他打下了扎实的儒学和老庄的基础，也深刻影响了以后他对佛教的理解。

东晋穆帝永和十年(354)，慧远二十一岁，开始师事当时的佛教领袖道安，自此以后，他一直追随道安左右，达二十五年之久，“以为真吾师也”[②]。其间，他刻苦精研佛教经典，“常欲总持纲维，以大法为己任，精思讽持，以夜继昼。”[③]“藉解于前因，发胜心于旷劫，故能神明英越，机鉴遐深。”[④]慧远对佛教禅学和般若学尤为痴迷，且有自己的独特的认识：他能在道安学说的基础上，提出自己对这些热点问题的理解，“无生实相之玄，般若中道之妙，即色空慧之理，缘门寂观之要，无微不析，无幽不畅。”[⑤]

慧远的后半生“卜居庐阜三十余年，影不出山，迹不入俗。每送客游履，常以虎溪为界”。[⑥] 这一时期，他领导了庐山僧团，在庐山僧团周围，有一个以文人士大夫为主体的居士群，彭城刘遗民、豫章雷次宗、雁门周续之和南阳宗炳等人皆“弃世遗荣，依远游止”。[⑦] 这一团体的一项主要工作就是宣扬佛教净土信仰。净土信仰构筑的美妙的境界，与污浊的现实形成很大反差，这与隐者向往的单纯明净的环境不谋而合，这与此后谢灵运建构的幽美的诗歌世界一脉相承，前后绍继之进程显而易见。

慧远融合了佛教和儒学思想，使外来的佛教逐渐中国化，将佛教出世与儒学入世的实践相糅合，发挥了佛教在现实生活中的作用，使佛教的流传愈益广泛，在当时产生了极大影响。

慧远的佛学思想中，最重要的是其关于法性本体的论述，“先是中土未有泥洹常住之说，但言寿命长远而已。远乃叹曰：‘佛是至极，至极则无变，无变之理，岂有穷耶？’因著《法性论》。”[⑧]虽则《法性论》原文已湮灭无闻，但我们从残存的只言片语中仍可窥知法性论的要旨，中曰：“至极以不变为性，得性以体极为宗。”[⑨]可见，在慧远的思想中，“法性”乃是宇宙万物真实的本性和本体，只有把握了不变的法性，就能达到涅槃境界。慧远认为，宇

---

① 《高僧传·慧远传》，第 211 页。
② 《高僧传·慧远传》，第 211 页。
③ 《高僧传·慧远传》，第 211 页。
④ 《高僧传·慧远传》，第 211—212 页。
⑤ 《高僧传·慧远传》，第 566 页。
⑥ 《高僧传·慧远传》，第 221 页。
⑦ 《出三藏记集》卷十五《莲社始祖庐山远法师传》，第 567 页。
⑧ 《高僧传·慧远传》，第 218 页。
⑨ 《高僧传·慧远传》，第 218 页。

宙本体与人的本性在本质上是相通的，通过“返本求宗”的修行，体悟法性，众生本性就与法性冥然合一，人就能获得大解脱。

同时，慧远也系统阐述了佛教的因果报应学说。他把因果报应说成是变化的必由之道，亦即宇宙自然的必然规律，“是故失得相推，祸福相袭，恶积而天殃自至，罪成则地狱斯罚。此乃自然之数，无所容疑矣。”①“慧远因果报应说的最大特点，是突出内因论。即认为，报应不是由上天赏罚，也不是幽司罪福，而是由每人自己的内心情感、思想意识和行为操持而引起的自然而然的、无可逃避的结果”②，“会之有本，则理自冥对。兆之虽微，势极则发。是故心以善恶为形声，报以罪福为影响。本以情感而应自来，岂有幽司?”“然则罪福之应，惟其所感，感之而然，故谓之自然。自然者，即我之影响耳。于夫主宰，复何功哉?”③罪福报应是自然而然的，并不是什么外在的主宰者的作用。“同时，慧远强调个人的愚昧无明，贪欲爱恋是一切灾难的渊薮”④，“无明为惑网之渊，贪爱为众累之府。二理俱游，冥为神用，吉凶悔吝，唯此之动。无明掩其照，故情想凝滞於外物。贪爱流其性，故四大结而成形。形结，则彼我有封。情滞，则善恶有主。有封于彼我，则私其身而身不忘。有主于善恶，则恋其生而生不绝。于是甘寝大梦，昏于同迷，抱疑长夜，所存唯着。”⑤此之报应论对于士人清净自心，对于在污浊官场周旋的士人来说，不啻振聋发聩。欲在当时污浊、肮脏的官场上下其手，必然会有不少“不善”之举动，而此不善之举动，又会遭到现世或来世的报应，既如此，就不如归隐山林，去清净自心。即便是如谢灵运、谢朓之流，心恋魏阙，但迫于现实政治的恐怖而不得不退避山林的士人而言，暂时的归隐，也给他们来带一丝的安慰：归隐可以为自己来世的福禄积累资本，何乐而不为呢！如此心态下的退避，自会减少他们归隐的心理障碍，使他们归隐之时，可以静心宁虑去思索自己的人生，去欣赏大自然幽深、静谧的山山水水。

（二）谢灵运与名僧的交往及其佛学思想

与慧远同时稍后的谢灵运，自幼皈依三宝。年长之后又遍访高僧，与许多高僧来往密切，尤其对庐山慧远最为服膺，“陈郡谢灵运负才傲俗，少

---

① 《全晋文》，第2397页。

② 孙述圻《六朝思想史》，南京出版社1992年版，第152页。

③ （梁）僧祐《弘明集》卷五《三报论》，上海古籍出版社1991年版，第35页。

④ 《六朝思想史》，第153页。

⑤ 《弘明集》卷五《三报论》，第35页。

所推崇，及一相见，肃然心服。”①

晋宋之交，宣扬大乘般若空观思想的《道行般若经》《般若三昧经》在中土较为流行。由于当时中国人对印度佛教“空”的意义难以把握，所以往往以玄学的“本无”来解释“性空”。因为与玄学的这种形似关系，般若学从魏晋始，越来越受到思想界的重视。但般若之“空”与玄学之“无”在根本上是不同的。概言之，玄学认为“无”是世间诸有的最高本体，而佛教认为，“空”非有非无，它只是世间诸有的本性而已。按照般若学“缘起性空”“诸法性空”的理论，世间一切事物总处在迁流不居的刹那变化过程中，都要经历成、住、坏、空（或曰生、住、异、灭）的循环演变的过程，所以是“无常住”的。这样“无常”生灭变化的性质，决定了事物在本质上的不实在，也就是“性空”。而从空间上来看，世间一切事物都必须依赖各种不同的因缘相互和合才能产生，所以都没有自性。换言之，也就是“自性本空”。由于世间一切事物都具有性空的性质，所以是“诸法性空”。由于般若学的盛极一时，魏晋许多文人既谈玄又奉佛，一时间，名士与名僧相与往还，共研经论，甚至出现了两晋时期中国佛教般若学“六家七宗”共擅盛场的局面。般若空观又认为：“万象虽殊，而不能自异，故知象非真象；象非真象故，则虽象非象。”②也就是说，事物从有或曰存在这一方面来看，是空的，但这种空并非不存在，所以不是虚空而只是“真空”，亦即现象虽有但本性为空的这样一种空；反之，事物从无或曰非这一方面看，是有的，但这种有并非实有，而是必须依赖众缘和合才得以形成，并且形成之后也处在变动不居的过程中，所以事物本性虽空但现象却又是有的。般若空观乃是一种同时看到事物“真空”“妙有”的两方面的认识论。

晋宋易代之际，佛学界对般若学的研习到达了繁盛的阶段。元嘉年间，北凉昙无谶译出的《大般涅槃经》传入建业，是书因不符合南朝人的阅读习惯，故而，南朝慧严、慧观和谢灵运等人一起对之进行了修订。谢灵运是文学大家，又是当时少有的懂梵文的人，他为这部《涅槃经》的定稿作出了巨大贡献，使《涅槃经》的文辞更加优美。新译《大般泥洹经》与般若学对一切事物持完全否定的态度不同，是书不但肯定有涅槃成佛境界的存在，而且将这种境界描绘得非常美好，认为在这种境界中，人们能够悟知生命的真谛。

少帝景平元年（423）秋，谢灵运称病去职，后移居会稽。有高僧昙隆居

---

① 《高僧传·慧远传》，第221页。

② 《全晋文·僧肇〈不真空论〉》，第2415页。

住匡山石门香炉峰，六年不曾下岭。后来昙隆在上虞徐山与谢灵运相遇，两人情趣相投，大有相见恨晚之感，此后，便常一起游历山水，探讨佛理。两年之后，昙隆圆寂，谢灵运作有《昙隆法师诔》，诔云：

缅念生平，同幽共深。相率经始，偕是登临。开石通涧，剔柯疏林，远眺重叠，近瞩岖嵚。事寡地闲，寻微探赜，何句不研，奚疑弗析。帙舒轴卷，藏拔纸襞，问来答往，俾日余夕。①

文中谢灵运回忆了与昙隆法师的交情。二人一起登山临水，劈开山石，疏通溪流。矗立山上，远望重叠的山峦，近观崎岖的山路，探寻幽深的去处。两人又共同研讨佛经，解释疑难，直至夕阳傍山亦无倦意。从这段描写中，可以看出他们在游山玩水时是更热心于探讨佛理的。因谢灵运的不少山水诗是在与高僧游山玩水、探讨佛理之时创作出来的，既如此，个中渗入某些佛教思想也是因之固然。

谢灵运作为南朝最著名的山水诗人，其不少山水隐逸作品渗透了深厚的佛教思想和自己独特的修行体验。对于这类诗歌，中唐皎然曾说："康乐公……所作诗，发皆造极，得非空王之道助邪！"②他的这些诗歌对弘扬佛法起到了重要的推动作用。《登石门最高顶》即是其中之一，诗云：

晨策寻绝壁，夕息在山栖。疏峰抗高馆，对岭临回溪。长林罗户穴，积石拥阶基。连岩觉路塞，密竹使径迷。来人忘新术，去子惑故蹊。活活夕流驶，噭噭夜猿啼。沉冥岂别理，守道自不携。心契九秋干，目玩三春荑。居常以待终，处顺故安排。惜无同怀客，共登青云梯。③

诗歌描写了石门最高峰周围的风景，沉浸于深幽迷人的景致，使人难觅轨辙，以至于很多人找不到返回的路径。夜幕降临，随处听闻哀转无绝之猿啼，然，猿啼山更幽。这幽静的夜晚，使人没有心思理会他情，只思一心守护道业。此情此景，诗人感到些许淡淡的遗憾，因为没有志同道合的人一起参观石门绝壁。

---

① 《谢灵运集校注》，第352页。
② （唐）皎然著，李壮鹰校注《诗式校注》，人民文学出版社2003年版，第118页。
③ 《谢灵运集校注》，第178页。

谢灵运还作有《石壁立招提精舍》：

> 四城有顿踬，三世无极已。浮欢昧眼前，沉照贯终始，壮龄缓前期，颓年迫暮齿。挥霍梦幻顷，飘忽风电起。良缘殆未谢，时逝不可俟。敬拟灵鹫山，尚想祇洹轨。绝溜飞庭前，高林映窗里。禅室栖空观，讲宇析妙理。①

诗中，诗人表达对时光易逝、人生无常、浮生如梦的感叹。面对人生的苦短，诗人在自己的禅室中认真研读佛经，从事禅观修道。从中可以感受到一个潜心研修佛法的佛教信徒的身影。

谢灵运有很多诗歌都描述了他的佛教情结。他的《过瞿溪石室皈僧》"望岭眷灵鹫，延心念净土，若乘四等观，永拔三界苦"表达了虔诚修行净土法门，希望超脱轮回之苦的愿望。

《临终诗》表达了晚年的心境："……恨我君子志，不得岩上泯。送心正觉前，斯痛久已忍。唯愿乘来生，怨亲同心朕。"是有感于生不得志，以佛教希求来世解脱。他的《山居赋》，细致地描写了自己的山居生活，其中也流露了对佛教的倾心和对修道的体验。"安居二时，冬夏三月。远僧有采，近众无阙。法鼓即响，颂偈清发。散华霏蕤，流香飞越。析旷劫之微言，说像法之遗旨。乘此心之一豪，济彼生之万理。启善趣于南倡，归清畅于北机。非独惬于予情，谅佥感于君子。山中兮清寂，群纷兮自绝。周听兮匪多，得理兮俱悦。寒风兮搔屑，面阳兮常热。炎光兮隆炽，对阴兮霜雪。愒曾台兮陟云根，坐涧下兮越风穴。在兹城而谐赏，传古今之不灭。（众僧冬夏二时坐，谓之安居，辄九十日。众远近聚萃，法鼓、颂偈、华、香四种，是斋讲之事。析说是斋讲之议。乘此之心，可济彼之生。南倡者都讲，北机者法师，山中静寂，实是讲说之处。兼有林木，可随寒暑，恒得清和，以为适也。）"②

三、士人隐逸思想、隐逸行为的新变

受这一时期统治者用人政策的变化及佛教某些流行观念的影响，士人的隐逸思想、隐逸行为也发生了很大改变。具体言之，主要有三：

1. 隐者身上比较明显的佛、道痕迹

不少隐士倾心于佛学，或与名僧、道士有密切往来，或研读佛典，或躬

---

① 《谢灵运集校注》，第 110 页。

② 《谢灵运集校注》，第 332 页。

行服食炼丹之事，隐者身上较多佛、道痕迹。如《宋书・隐逸传》记载的几位隐士：孔淳之，“遇沙门释法崇，因留共止，遂停三载。”①龚祈，“中书郎范述见而叹曰：‘此荆楚仙人也。’”②沈道虔，“好《老》《易》”，“累世事佛，推父祖旧宅为寺。至四月八日，每请像。请像之日，辄举家感恸焉。”③关康之，“尝就沙门支僧纳学，妙尽其能。”④江淹，一般把他归于梁朝，但他于刘宋元徽二年(474)作有《与交友论隐书》：⑤

> 淹者，海滨窟穴，弋钓为伍。自度非奇力异才，不足闻见于诸侯。每承梁伯鸾卧于会稽之墅，高伯达坐于华阴之山，心尝慕之，而未及也。尝感子路之言，不拜官而仕，无青组、紫绂、龟纽、虎符之志，但欲史历巫卜，为世俗贱事耳。而彯然十载，竟不免衣食之败。何则？性有所短，不可韦弦者五：一则体本疲缓，卧不肯起；二则人间应修，酷懒作书；三则宾客相对，口不能言；四则性甚畏动，事绝不行；五则愚婞妄发，辄被口语。有五短而无一长，岂可处人间耶？知短而不可易者，所谓轮推分定也。犹如鸡鹜之有毛，不能得鸾凤之光采矣。况今年已三十，白发杂生。长夜辗转，乱忧非一。以溘(奄)至之命，如星殒天，保光半路，不攀长意，徒自欺取。筋驽髓冷，殊多灾恙。心顽质坚，偏好冥默。既信神农服食之言，久固天竺道士之说，守清净，炼神丹，心甚爱之；行善业，度一世，意甚美之。今但愿拾薇藿，诵诗书，乐天理性，敛骨折步，不践过失之地耳。犹以妻孥未夺，桃李须阴。望在五亩之宅，半顷之田。鸟赴檐上，水匝阶下；则请从此隐，长谢故人。若乃登峨眉，度流沙，餐金石，读仙经，尝闻其验，非今日之所言也。谁谓难知，青鸟明之，贵布笔墨，然亦焉足道哉！⑥

“既信神农服食之言，久固天竺道士之说，守清净，炼神丹，心甚爱之；行善业，度一世，意甚美之……若乃登峨眉，度流沙，餐金石，读仙经……”明确自己隐居生活主要的行为，即：既览道教“仙经”、躬行道教服食之事，而“久固天竺道士之说”，“行善业”又明显透漏出江淹本人的佛学素养，至

① 《宋书・隐逸传》，第 2284 页。
② 《宋书・隐逸传》，第 2285 页。
③ 《宋书・隐逸传》，第 2292 页。
④ 《宋书・隐逸传》，第 2296 页。
⑤ 《南北朝文学编年史》，第 219 页。
⑥ 《江文通集汇注》，第 349—350 页。

于所“行”之“善业”是儒家之“善”还是佛家之“善”，抑或兼而有之，我们难以指明，但，江淹的隐逸思想儒释道兼有，当是无疑的。

再看《南齐书・高逸传》记载的几位隐士：何求，“时寄住南涧寺，不肯诣台，乞于寺拜受，见许。”[①]刘虬，“精信释氏，衣粗布衣，礼佛长斋。注《法华经》，自讲佛义……其冬虬病，正昼有白云徘徊檐户之内，又有香气及磬声，其日卒。”[②]徐伯珍，“好释氏、老庄，兼明道术。……宅南九里有高山，班固谓之九岩山，后汉龙丘苌隐处也。山多龙须柏，望之五采，世呼为妇人岩。二年，伯珍移居之。门前生梓树，一年便合抱；馆东石壁夜忽有赤光洞照，俄尔而灭；白雀一双栖其户牖；论者以为隐德之感焉。”[③]“同郡楼惠明，有道术。居金华山，禽兽毒螫者皆避之。”[④]隐逸思想或以儒为主，或以道、以佛为主，或两者、三者兼而有之。

《南史・隐逸传》记载的宋齐时期的几位隐士的隐逸行为、隐逸思想亦是如此，如宗少文，“乃下入庐山，就释慧远考寻文义。……谓沙门释慧坚曰：‘死生之分，未易可达，三复至教，方能遣哀。’”[⑤]周续之，“闲居读老、易，入庐山事沙门释慧远。时彭城刘遗民遁迹庐山，陶渊明亦不应徵命，谓之寻阳三隐。……武帝北讨，世子居守，迎续之馆于安乐寺，延入讲礼，月馀复还山。”[⑥]雷次宗，“少入庐山，事沙门释慧远。”[⑦]刘凝之，“采药服食，妻子皆从其志。”[⑧]褚伯玉，“僧达答曰：‘褚先生从白云游旧矣。古之逸人，或留虑儿女，或使华阴成市，而此子索然，唯朋松石，介于孤峰绝岭者，积数十载。近故要其来此，冀慰日夜。比谈讨芝桂，借访荔萝，若已窥烟液，临沧洲矣。知君欲见之，辄当申譬。’”[⑨]顾欢，“晚节服食，不与人通。每旦出户，山鸟集其掌取食。好黄、老，通解阴阳书，爲数术多效验。……会稽孔珪尝登岭寻欢，共谈四本。……初，欢以佛道二家教异，学者互相非毁，乃着夷夏论曰：……”[⑩]“自克死日，自择葬时，卒于剡山，时年六十四。身体香软，道家谓之尸解仙化焉。”[⑪]僧岩，“……后忽爲沙门，栖迟山谷，常以一

---

① （梁）萧子显《南齐书・高逸传》，中华书局 1972 年版，第 938 页。
② 《南齐书・高逸传》，第 939 页。
③ 《南齐书・高逸传》，第 945—946 页。
④ 《南齐书・高逸传》，第 946 页。
⑤ 《南史・隐逸传上》，第 1860 页。
⑥ 《南史・隐逸传上》，第 1865 页。
⑦ 《南史・隐逸传上》，第 1867 页。
⑧ 《南史・隐逸传上》，第 1869 页。
⑨ 《南史・隐逸传上》，第 1873 页。
⑩ 《南史・隐逸传上》，第 1874—1875 页。
⑪ 《南史・隐逸传上》，第 1880 页。

壶自随。”[1]当然，就隐士受道、佛二家之影响言，又是佛家优于道家，隐士身上的佛教之印迹更为明显，受佛教影响的隐士，不仅在数量远超受道教影响的隐士，而且隐逸思想上，佛教的思想对隐士的影响也更大，虽有顾欢著《夷夏论》为道教张本，但为佛教张本的思潮更为兴盛，如《南齐书·高逸传》最后的“史臣曰”：

顾欢论夷夏，优老而劣释。佛法者，理寂乎万古，迹兆乎中世，渊源浩博，无始无边，宇宙之所不知，数量之所不尽，盛乎哉！真大士之立言也。探机扣寂，有感必应，以大苞小，无细不容。若乃儒家之教，仁义礼乐，仁爱义宜，礼从乐和而已；今则慈悲为本，常乐为宗，施舍惟机，低举成敬。儒家之教，宪章祖述，引古证今，于学易悟；今树以前因，报以后果，业行交酬，连璅相袭。阴阳之教，占气步景，授民以时，知其利害；今则耳眼洞达，心智他通，身为奎井，岂俟甘石。法家之教，出自刑理，禁奸止邪，明用赏罚；今则十恶所坠，五及无间，刀树剑山，焦汤猛火，造受自贻，罔或差贰。墨家之教，遵上俭薄，磨踵灭顶，且犹非吝；今则肤同断瓠，目如井星，授子捐妻，在鹰庇鸽。从横之教，所贵权谋，天口连环，归乎适变；今则一音万解，无待户说，四辩三会，咸得吾师。杂家之教，兼有儒墨；今则五时所宣，于何不尽。农家之教，播植耕耘，善相五事，以艺九谷；今则郁单粳稻，已异阎浮，生天果报，自然饮食。道家之教，执一虚无，得性亡情，凝神勿扰；今则波若无照，万法皆空，岂有道之可名，宁余一之可得。道俗对校，真假将雠。释理奥藏，无往而不有也。能善用之，即真是俗。九流之设，用藉世教，刑名道墨，乖心异旨，儒者不学，无伤为儒；佛理玄旷，实智妙有，一物不知，不成圆圣。若夫神道应现之力，感会变化之奇，不可思议，难用言象。而诸张米道，符水先验，相传师法，祖自伯阳。世情去就，有此二学，僧尼道士，矛盾相非。非唯重道，兼亦殉利。详寻两教，理归一极。但迹有左右，故教成先后。广略为言，自生优劣。道本虚无，非由学至，绝圣弃智，已成有为。有为之无，终非道本。若使本末同无，曾何等级。佛则不然，具缚为种，转暗成明，梯愚入圣。途虽远而可践，业虽旷而有期。劝慕之道，物我无隔。而局情浅智，鲜能胜受。世途揆度，因果二门。鸡鸣为善，未必余庆；脍肉东陵，曾无厄祸。身才高妙，郁滞而靡达；器思庸卤，富厚以终生。忠反见遗，诡乃获用。观此而论，近无

---

[1] 《南史·隐逸传下》，第1888页。

罪福，而业有不定，著自经文，三报开宗，斯疑顿晓。史臣服膺释氏，深信冥缘，谓斯道之莫贵也。[①]

论纵论百家思想与佛教的关系，申论佛教优于诸家之处，显然，是此一时期流行的佛教思想，对隐逸思想影响的具体体现。

2. 隐逸士人发现了山水之美

士人的隐逸思想、隐逸行为发生改变的第二点表现，在于受佛寺多建在名山风景秀美之处，高僧多喜静谧幽深之山水美景影响，山水之美也被隐逸士人发现了。《宋书·隐逸传》记载的几位隐士：孔淳之，“居会稽剡县，性好山水，每有所游，必穷其幽峻，或旬日忘归。当游山，遇沙门释法崇，因留共止，遂停三载。法崇叹曰：‘缅想人外，三十年矣，今乃倾盖于兹，不觉老之将至也。”[②]沈道虔，“居县北石山下。……还石山精庐，与诸孤兄子共釜庾之资，困不改节。”[③]

再如《南齐书·高逸传》中记载的一些隐士：沈驎士，“隐居馀不吴差山，讲经教授，从学者数十百人，各营屋宇，依止其侧。”[④]徐伯珍，“宅南九里有高山，班固谓之九岩山，后汉龙丘苌隐处也。山多龙须柏，望之五采，世呼为妇人岩。二年，伯珍移居之。”[⑤]“同郡楼惠明……居金华山。”[⑥]

《南史·隐逸传》也载有宋齐时期的不少这样的隐士：宗少文，“每游山水，往辄忘归。征西长史王敬弘每从之，未尝不弥日也。”“好山水，爱远游，西陟荆、巫，南登衡岳，因结宇衡山，欲怀尚平之志。有疾还江陵，叹曰：‘老疾俱至，名山恐难遍睹，唯澄怀观道，卧以游之。’凡所游履，皆图之于室，谓之‘抚琴动操，欲令衆山皆响’”。[⑦] 宗测，“性同鳞羽，爱止山壑，眷恋松云，轻迷人路。纵宕岩流，有若狂者，忽不知老至。而今鬓已白，岂容课虚责有，限鱼鸟慕哉。”“永明三年，诏征太子舍人，不就。欲游名山，乃写祖少文所作尚子平图于壁上。”[⑧]戴颙，“谯郡铚人也。父逵，兄勃，并隐遁有高名。……会稽剡县多名山，故世居剡下。”“桐庐县又多名山，兄弟复共游之，因留居止。……桐庐僻远，难以养疾，乃出居吴下。吴下士人共爲筑

---

① 《南齐书·高逸传》，第 946—948 页。
② 《宋书·隐逸传》，第 2283—2284 页。
③ 《宋书·隐逸传》，第 2291 页。
④ 《南齐书·高逸传》，第 943 页。
⑤ 《南齐书·高逸传》，第 946 页。
⑥ 《南齐书·高逸传》，第 946 页。
⑦ 《南史·隐逸传上》，第 1860 页。
⑧ 《南史·隐逸传上》，第 1861 页。

室，聚石引水，植林开涧，少时繁密，有若自然。”“……止黄鹄山，山北有竹林精舍，林涧甚美，颙憩于此涧。”[①]雷次宗，“少入庐山，事沙门释慧远。……久之，还庐山，公卿以下并设祖道。后又征诣都，爲筑室于锺山西岩下，谓之招隐馆。”[②]刘凝之，“性好山水，一旦携妻子泛江湖，隐居衡山之阳，登高岭，绝人迹，爲小屋居之。”[③]朱百年，“少有高情，亲亡服阕，携妻孔氏入会稽南山，伐樵采箬爲业，每以樵箬置道头，辄爲行人所取。”[④]渔父者，“曰：‘仆山海狂人，不达世务，未辨贱贫，无论荣贵。’”“乃歌曰：‘竹竿籊籊，河水㴋㴋。相忘爲乐，贪饵吞鈎。非夷非惠，聊以忘忧。’于是悠然鼓棹而去。”[⑤]褚伯玉，“遂往剡，居瀑布山。性耐寒暑，时人比之王仲都。在山三十馀年，隔绝人物。……甯朔将军丘珍孙与僧达书曰：‘闻褚先生出居贵馆，此子灭景云栖，不事王侯，抗高木食，有年载矣。自非折节好贤，何以致之。……’僧达答曰：‘褚先生从白云游旧矣。……此子……唯朋松石，介于孤峰绝岭者，积数十载……’”[⑥]僧岩，“后忽爲沙门，栖迟山谷。”[⑦]沈麟士，“隐居余不吴差山。”[⑧]

“性喜山水”者，在融入山水的过程中，体味一种禅意，一种空灵的不滞于物的佛意。“夫独往之人，……岩壑闲远，水石清华，虽复崇门八袭，高城万雉，莫不蓄壤开泉，仿佛林泽。故知松山桂渚，非止素玩，碧涧清潭，翻成丽瞩。挂冠东都，夫何难之有哉！”[⑨]当然，对山水之美的喜爱，在中国文士中由来已久，而山水之美的真正被发现则始于魏晋南北朝时期，士人在山水中悟解“道”之真谛，“元嘉山水诗正是在诗人体玄悟道的创作意图下发展起来的。”[⑩]而这里的“道”，一般理解为玄思。其实，我们知道，东晋时，玄释合流，玄学已经大大佛学化，“般若学最后成为玄学的支柱”[⑪]，因之，南朝有着较大佛学修养的隐士在徜徉山水之中，体悟宇宙真谛之时，所悟之“道”，就绝非仅仅玄学之“道”，而且包含着，有时甚至主要是佛学之真谛。窥诸实际，亦是如此。如中国山水文学的奠基者谢灵运的诸多山水

① 《南史·隐逸传上》，第 1866 页。
② 《南史·隐逸传上》，第 1867—1868 页。
③ 《南史·隐逸传上》，第 1869 页。
④ 《南史·隐逸传上》，第 1870 页。
⑤ 《南史·隐逸传上》，第 1872—1873 页。
⑥ 《南史·隐逸传上》，第 1873 页。
⑦ 《南史·隐逸传下》，第 1888 页。
⑧ 《南史·隐逸传下》，第 1891 页。
⑨ 《宋书·隐逸传》，第 2297 页。
⑩ 《南朝诗歌思潮》，第 43 页。
⑪ 《中国思想通史》，第 429 页。

诗，在对永嘉自然山水之美的客观描写中，固然在诗歌末尾往往拖着一条玄言的尾巴，彰明诗歌的玄言意味，但仔细品味，我们也不难发现，个中确也渗透出一种浓浓的禅意，一种源于般若空观的不滞于物的“空”的静寂。如《登江中孤屿》：“江南倦历览，江北旷周旋。怀新道转迥，寻异景不延。乱流趋正绝，孤屿媚中川。云日相辉映，空水共澄鲜。表灵物莫赏，蕴真谁为传……”诗人通过对白云辉映红日、碧水连接蓝田等清新秀美景色的观照，悟得的是“表灵物莫赏，蕴真谁为传”的妙理。所谓“表灵”，是说眼前这一派澄鲜美丽的景象，体现的只是“真空”“妙有”的真如佛法；所谓“蕴真”，也是说如此灵山秀水本身就蕴含着佛法真理，它乃是“寻异景不延”的，亦即时时处在变异不居、迁流不息的过程中，这就是所谓“色即是空，空即是色，色不异空，空不异色”，既即色即空，又非色非空，景色本身就是“真空”“妙有”之圆融显现也。

3．隐者多追求优美、恬静的隐居环境

此外，这一时期的隐者在对隐居环境的要求上，也更追求一种优美、恬静的处所，这与之前的隐士较为不同。其实，这也与佛教思想的影响有关。我们知道，此时稍前的慧远大力宣扬弥陀净土信仰，弥陀净土信仰吸引芸芸众生的最大魅力首先来自于，它给人们描绘出的一种尘世间难以实现的美妙境界。这里园林处处、宫殿林林，金光珠色，交相辉映，天乐声声、梵音缭绕：

> 佛告长老舍利弗：“从是西方，过十万亿佛土，有世界名曰极乐。其土有佛，号阿弥陀，今现在说法。舍利弗，彼土何故名为极乐？其国众生，无有众苦，但受诸乐，故名极乐。又舍利弗，极乐国土，七重栏循、七重罗网、七重行树，皆是四宝，周匝围绕，是故彼国，名为极乐。又舍利弗，极乐国土，有七宝池、八功德水充满其中，池底纯以金沙布地。四边阶道，金、银、琉璃、玻璃合成，上有楼阁，亦以金、银、琉璃、玻璃、砗磲、赤珠、玛瑙而严饰之。池中莲花，大如车轮，青色青光，黄色黄光，赤色赤光，白色白光，微妙香洁。舍利弗，极乐国土，成就如是，功德庄严。又舍利弗，彼佛国土，常作天乐，黄金为地，昼夜六时，雨天曼陀罗华。”①

慧远所依持的佛寺，《高僧传》描绘曰：“远创造精舍，洞尽山美，却负香

① 《中华大藏经》第18册《阿弥陀经》。

炉之峰，傍带瀑布之壑，仍山垒基，即松栽构，清泉环阶，白云满室。复于寺内别置禅林，森树烟凝，石筵苔合。凡在瞻履，皆神清而气肃焉。”[①]慧远本人的一些诗歌，也钟情于这种“悬濑险峻，人兽迹绝，径回曲阜，路阻行难”[②]之境，人所未睹之“奇观”。如慧远《庐山东林杂诗》：“崇岩吐清气，幽岫栖神迹。希声奏群籁，响出山溜滴。有客独冥游，径然忘所适……”[③]环境清幽，静谧。我们知道，与慧远关系密切的谢灵运曾参与佛教《南本涅槃经》修订整理，这部经典为了引导众生去除世俗邪见，坚定奉佛的信念，曾把世间的污秽不堪、地狱的恐怖可怕和天国的庄严美妙作对照描写，从而引起人们对肮脏尘世及世俗生活的厌恶，对涅槃境界的向往追求。如《南本涅槃经》中写佛祖在世间说法已毕，涅槃之时的情景曰：

> 亦如晨朝日初出时，为欲荼毗如来故，人人各取香木万束，旃檀沉水牛头旃檀天木香等，是一一木纹理及附，皆有七宝，微妙光明，譬如种种杂彩画饰，以佛力故，有是妙青、黄、赤、白，为诸众生之所乐见。诸木皆以种种香涂，郁金沉水及胶香等，散以诸花而为庄严，尤钵罗花、拘物头花、波头摩花、芬陀利花；诸香木上悬五色幡，柔软微妙犹如天衣。……是诸山上皆有宝账垂诸璎珞，诸娑罗树悉悬种种微妙幡盖，种种好香以涂树身；种种名花以散树间……[④]

然后，《南本涅槃经》又继续写到：

> 如来不久当般涅槃，是时大众一切悉见无边身菩萨及其眷属，是菩萨身一一毛孔各出生一大莲花，一一莲花各有七万八千城邑，纵广正等如毗耶离城，墙壁诸堑七宝杂厕，多罗宝树七重行列，人民炽盛安稳、丰乐，阎浮檀金以为却故，一一却故各有这种七宝林树，花果茂盛，微风吹动出微妙音，其声和雅犹如天乐，城中人民闻是音声，即得受无上妙快乐，是诸堑中妙水满盈，清净香洁如真琉璃。是诸水中有七宝船，诸人乘之游戏澡浴，共相娱乐快乐无极。复有无量杂色莲花、尤钵罗花、拘物头花、波头摩花、芬陀利花，其花纵广犹如车轮。其堑岸上多有园林，一一园中有五泉池，是中复有诸花，……香气馥郁，甚可

① 《高僧传》，第 212 页。
② 《全晋文 · 庐山诸道人〈游石门山诗 · 序〉》，第 2437 页。
③ 《先秦汉魏晋南北朝诗 · 晋诗》，第 1085 页。
④ 《中华大藏经》第 14 册谢灵运整理《涅槃经》。

爱乐。

不难看出,《涅槃经》在对天国美妙境界的描述时,不遗余力地夸张它的洁净、鲜艳、光明、美妙、清澈、芬芳。这种境界如圣洁的莲花,清澈的泉池,明净的琉璃,晶莹的露珠,让人珍爱、痴迷,留恋其间者自然生出长住此处的欲望。

佛教经典对弥陀净土世界的描写为我们绘出了一副优雅圣洁、妙不可言的境界。这些极具美感特征的涅槃境界正是厌恶尘世的谢灵运等诗人、隐者所朝思暮想的,而受佛经影响,当他们浸润在这种高华、朗洁、妙丽的境界中时,就会不自觉对他们隐逸之地的选择,对他们的隐逸归宿的追求,有直接的诱发。《南史·隐逸传》记载戴颙兄弟的隐居环境时说,“桐庐县又多名山,(戴颙——笔者注)兄弟复共游之,因留居止……吴下士人共爲筑室,聚石引水,植林开涧,少时繁密,有若自然……止黄鹄山,山北有竹林精舍,林涧甚美,颙憩于此涧。”①东晋时期的郗超,“每闻欲高尚隐退者,辄为办百万资,并为造立居宇。在剡为戴公起宅,甚精整。戴始往旧居,与所亲书曰:‘近至剡,如官舍。’郗为傅约亦办百万资,傅隐事差互,故不果遗。”②这一史实,一方面说明东晋时期,社会对隐逸的重视,但从隐逸处所“造立居宇”“起宅,甚精整”等居处环境来看,隐逸者是非常讲究隐居环境的修洁美好的。这种对隐居环境的要求必然影响到隐者的心态,进而对他们的隐逸文学创作都有直接的影响。谢灵运本人有《无量寿佛颂》:“法藏长王宫,怀道出国城。愿言四十八,弘誓拯群生。净土一何妙,来者皆清英。颓年欲安寄,乘化好晨征。”③弥陀净土境界是何等的美妙,而发愿往生者,皆为清净英达之士。而谢灵运的隐居之地永嘉本就是幽深、美不胜收之地,“顾长康从会稽还,人问山川之美。顾云:‘千岩竞秀,万壑争流。草木蒙笼其上,若云兴霞蔚。’”④“会稽境特多名山水,峰崿隆峻,吐纳云雾,松栝枫柏,擢干竦条。潭壑镜澈,清流泻注。王子敬见之曰:‘山水之美,使人应接不暇。’”⑤他在部分隐居诗文中对这些山水的描绘,也充满着因艳羡而发自内心的激赏。他的《石门新营所住,四面高山,回溪石濑,茂林修竹》诗,单就题目“四面高山,回溪石濑,茂林修竹。”我们就可以想象他

---

① 《南史·隐逸传上》,第1866页。

② 《世说新语笺疏·棲逸》,第778页。

③ 《艺文类聚》卷七十六,第1300页。

④ 《世说新语笺疏·言语》,第170页。

⑤ 《世说新语笺疏·言语》刘孝标注引《会稽郡记》,第172页。

"钟情幽深"①,精心营造着怎样的一个世界。"跻险筑幽居,披云卧石门。苔滑谁能步,葛弱岂可扪。……俯濯石下潭,仰看条上猿。早闻夕飙急,晚见朝日暾。岸倾光难留,林深响易奔。感往虑有复,理来情无存。"这是诗人辞官回到永嘉后重新营造的庄园:四面高山,修竹茂林环绕。在这幽深的所在,他与泉水、猿猴为伴,去"感往虑有复,理来情无存"。类似这样的描写,谢诗中还有不少。在他眼里,这种境界是"异观也",而这"北倚近峰,南眺南岭,四山周回,溪涧交过,水石林竹之美,岩岫隈曲之好,备尽之矣"②的"异观"世界,与佛教经典中描绘的西方极乐世界"极乐国土,七重栏楯,七重罗网,七重行树,皆是四宝周匝环绕,极乐国土有七宝池,八功德水充满其中"是极其相似的。无疑,谢灵运隐逸诗中借山水构筑起来的世界是他心中极乐净土的外化,是佛经中反复描绘的天国灵光的折射。谢诗中反复咏唱的山水诗世界与他的《净土咏》之类的咏唱佛理的诗作一样,都表达了诗人对佛国境界的向往。

第二节　谢氏家族门风及文风的变迁

谢氏文学家族的成员最早可上溯到东晋初的谢鲲,自此以后,谢氏一门以文名家者众,尤其是谢灵运、谢朓,被后人称为"大小谢",更在文学史上占据崇高的地位。谢氏一门之所以出现众多的文学之士,除了当时门阀大族重视文学创作,甚至以文学创作标榜自己的门阀身份之外,还与其一以贯之的门风有密切的关系。

一、谢氏家族一以贯之的门风:任诞风流与放达

东晋初的谢鲲,是东晋南朝谢氏文学家族的奠基者,"少知名,通简有高识,不修威仪,好《老》《易》,能歌善鼓琴。"③成年后"任达不拘","鲲不徇功名,无砥砺行,居身于可否之间,虽自处若秽,而动不累高。……乃优游寄遇,不屑政事,从容讽议,卒岁而已。每与毕卓、王尼、阮放、羊曼、桓彝、阮孚等纵酒,敦以其名高,雅相宾礼。"④其羡慕竹林七贤之为人,尝自言:

① 《采菽堂古诗选》,第 519 页。

② 《谢灵运集校注·〈山居赋〉自注》,第 330 页。

③ 《晋书·谢鲲传》,第 1377 页。

④ 《晋书·谢鲲传》,第 1377、1377—1378 页。

“若遇七贤，必自把臂入林。”[①]刘孝标注引《江左名士传》曰：“鲲通简有识，不修威仪。好迹逸而心整，形浊而言清。居身若秽，动不累高。邻家有女，……其不事形骸如此。”[②]

其子谢尚，“脱略细行，不为流俗之事。……袭父爵咸亭侯。始到府通谒，导以其有胜会，谓曰：‘闻君能作鸲鹆舞，一坐倾想，宁有此理不?’尚曰：‘佳。’便著衣帻而舞。导令坐者抚掌击节，尚俯仰在中，傍若无人，其率诣如此。”[③]

侄子谢安更是魏晋风流的代表，其风流、放达之作为成为一时之楷模。

谢安之兄谢奕，“初为剡令，有老人犯法，奕以醇酒饮之，醉犹未已。……在温坐，岸帻笑咏，无异常日。桓温曰：‘我方外司马。’奕每因酒，无复朝廷礼，尝逼温饮，温走入南康主门避之。主曰：‘君若无狂司马，我何由得相见！’奕遂携酒就听事，引温一兵帅共饮，曰：‘失一老兵，得一老兵，亦何所怪。’温不之责。”[④]

谢奕之放达可见一斑。

谢安之弟谢万，“才器隽秀，虽器量不及安，而善自衒曜，故早有时誉。工言论，善属文，叙渔父、屈原、季主、贾谊、楚老、龚胜、孙登、嵇康四隐四显为《八贤论》，其旨以处者为优，出者为劣，以示孙绰。绰与往反，以体公识远者则出处同归。尝与蔡系送客于征虏亭，与系争言。系推万落床，冠帽倾脱。万徐拂衣就席，神意自若，坐定，谓系曰：‘卿几坏我面。’系曰：‘本不为卿面计。’然俱不以介意，时亦以此称之。”[⑤]倾心历代高士，以“处者为优，出者为劣”，同时，作风放达，不为流俗所羁。

谢方明，“尚书仆射景仁从祖弟也。”“深达治体，不拘文法，阔略苛细，务存纲领。”[⑥]

谢惠连，谢方明子，“轻薄多尤累，故官位不显。……”[⑦]

谢灵运，一生行为放达，不检点，最后亦因此而被杀。

谢超宗，灵运之孙，“为人仗才使酒，多所陵忽。”袁彖奏曰：“……谢超宗，根性浮险，率情躁薄……少无士行，长习民慝。狂狡之迹，联代所疾；迷

① 《世说新语笺疏·赏誉篇》，第563页。
② 《世说新语笺疏·赏誉篇》，第563页。
③ 《晋书·谢尚传》，第2069页。
④ 《晋书·谢奕传》，第2080页。
⑤ 《晋书·谢万传》，第2086页。
⑥ 《宋书·谢方明传》，第1522、1524页。
⑦ 《宋书·谢惠连传》，第1525页。

慠之衅，累朝兼触。刬容扫辙，久埋世表。……”[①]

超宗之任性放达，桀骜不驯大类其祖灵运。

谢瀹，“祖弘微……父庄……瀹四兄飏、朏、颢、嵸，世谓谢庄名儿为风、月、景、山、水。颢字仁悠，少简静。”“孝武召见于稠人广众之中，瀹举动闲详，应对合旨，帝甚悦，诏尚公主，值景和败，事寝。仆射褚渊闻瀹年少，清正不恶，以女结婚，厚为资送。”[②]

谢朓，字玄晖，始安王萧遥光“与徐孝嗣、祏、暄等连名启诛朓曰：‘谢朓资性险薄……’诏：‘公等启事如此，朓资性轻险，久彰物议。直以彫虫薄伎，见齿衣冠……’。……又使御史中丞范岫奏收朓，下狱死。时年三十六”。[③] 虽是被人诬陷，但所论其性格之“资性险薄”，诏令所论之“朓资性轻险，久彰物议”当非无据。

谢几卿，陈郡阳夏人，“曾祖灵运，宋临川内史；父超宗，齐黄门郎；……几卿幼清辩，当世号曰神童。后超宗坐事徙越州，路出新亭渚，几卿不忍辞诀，遂投赴江流，左右驰救，得不沉溺。”“然性通脱，会意便行，不拘朝宪。尝预乐游苑宴，不得醉而还，因诣道边酒垆，停车褰幔，与车前三驺对饮，时观者如堵，几卿处之自若。”“几卿虽不持检操。”[④]

谢嘏，“风神清雅，颇善属文。”[⑤]

以上罗列大量史料，虽涉繁复，但亦可显明如此意旨：谢氏家族成员自东晋始至南朝末，时间跨度二百余年，历经几代人，但其一以贯之的家门之风：任诞风流与放达却一直绵延不绝，极端者甚至因此命丧黄泉。这种轻慢世俗、遗落世事的家风，这种对自由无拘生活的追求，其实与隐者的行为是较为一致的，以致谢氏家族的一些成员，在作品中流露出浓厚的隐逸情怀，而其中一些较为突出者甚至有隐逸行为。

二、门风的变迁及由此带来的文风的演进

我们说，任诞风流与放达是谢氏家族一以贯之的门风，这是就整体情况而言的，如此结论，并不是否认谢氏家族门风的新变。谢氏家族的门风也随着时代的变迁，统治者用人政策的变化，家族政治、经济地位的变化而不断发生改变。与隐逸关系密切的门风的改变也必然会带来谢氏家族隐

---

① 《南齐书·谢超宗传》，第636、637页。
② 《南齐书·谢瀹传》，第762—763页。
③ 《南齐书·谢朓传》，第827页。
④ 《梁书·谢几卿传》，第708、708、710页。
⑤ （唐）姚思廉《陈书·谢嘏传》，中华书局1972年版，第279页。

逸文学创作的变化。

如同样是任诞风流的谢安可以为时人激赏，而谢灵运、谢朓、谢宗超的放纵、不检点就只能带来杀身之祸。有鉴于此，谢氏家族也在不断调整自己的家风，如某一时期家族成员就对儒家谨慎自守的行为极为膜拜，奉为行事之圭臬。刘宋时期的谢弘微、谢庄父子以处世谨慎、畏忌权贵而深得刘宋代帝王的赏识，从而在一定程度上化解了因谢灵运行为的不检点给家族带来的灾难，使谢氏家族避免遭到更大的打击。此后，谢庄之子谢朏、谢瀹，谢瀹之子谢览、谢举都继承了这种恭谨谦退的家风，以风流雅士的面貌出现在士大夫中。风流固然是谢氏的传统家风，但谢氏这一家族分支，风流而不放诞，不恣意妄行，这又是家族门风的新变。

谢蔺、谢贞父子的行为更以至孝著称：

> 谢贞字元正，陈郡阳夏人，晋太傅安九世孙也。……父蔺，……贞幼聪敏，有至性。祖母阮氏先苦风眩，每发便一二日不能饮食，贞时年七岁，祖母不食，贞亦不食，往往如是，亲族莫不奇之。母王氏，授贞《论语》《孝经》，读讫便诵。……年十三，略通《五经》大旨，尤善《左氏传》，工草隶虫篆。十四，丁父艰，号顿于地，绝而复苏者数矣。
>
> ……
>
> 初，贞之病亟也，遗疏告族子凯曰："吾少罹酷罚，十四倾外荫，十六钟太清之祸，流离绝国，二十馀载。号天踏地，遂同有感，得还侍奉，守先人坟墓，于吾之分足矣。不悟朝廷采拾空薄，累致清阶，纵其殒绝，无所酬报。今在忧棘，晷漏将尽，敛手而归，何所多念……"①

恪守儒家行为规范的家风昭昭如日。家族门风的演变，必然引起文学创作的变化。

谢混，"少有美誉，善属文。……及宋受禅，谢晦谓刘裕曰：'陛下应天受命，登坛日恨不得谢益寿奉玺绂。"裕亦叹曰："吾甚恨之，使后生不得见其风流！'"②

其辞采风流如是，以致东晋玄言诗风，至混而"大变太元之气。"③

谢瞻，"年六岁，能属文，为《紫石英赞》《果然诗》，当时才士，莫不叹

① 《陈书·谢贞传》，第428页。

② 《晋书·谢混传》，第2079页。

③ 《宋书·谢灵运传》，第1778页。

异。”“瞻善于文章，辞采之美，与族叔混、族弟灵运相抗。”①

钟嵘认为：“宋豫章太守谢瞻、宋仆射谢混……其源出于张华。才力苦弱，故务其清浅。殊得风流媚趣。……”②亦指出两人文风的特点及近似处。

谢灵运，“文章之美，江左莫逮。”“兴会标举”③，“其源出于陈思，杂有景阳之体。故尚巧似，而逸荡过之。颇以繁芜为累。嵘谓：若人学多才博，寓目辄书，内无乏思，外无遗物，其繁富，宜哉！然名章迥句，处处间起；丽曲新声，络绎奔发。譬犹青松之拔灌木，白玉之映尘沙，未足贬其高洁也。”④

此论灵运文章之繁富，之“丽”，之“兴会”，与前此谢瞻文章之特点颇有近似之处。

谢惠连，“其文甚美。又为《雪赋》，亦以高丽见奇。”⑤钟嵘谓：“小谢才思敏捷，……又工为绮丽歌谣，风人第一。”⑥

“高丽”为惠连诗歌风格。

谢庄，上引《宋书》文献，明其深受儒家思想的影响。而“希逸诗，气候清雅。不逮于王、袁，然兴属闲长，良无鄙促也。”⑦

指出其诗“清雅”“闲长”的特点。

谢朓，“少好学，有美名，文章清丽。”⑧钟嵘评其诗曰：“其源出于谢混。微伤细密，颇在不伦：一章之中，自有玉石。然奇章秀句，往往警遒。足使叔源失步，明远变色。善自发诗端，而末篇多踬。此意锐而才弱也。至为后进士子之所嗟慕。朓极与余论诗，感激顿挫过其文。”⑨指出了其诗风来源于谢混的事实，其实谢朓与谢灵运的创作也多相似之处，这已为文学史家公认。

通过比较谢氏文学家族几位有代表性的作家，可以看出，在一以贯之的家风影响下，其文风也多有近似之处。固然，影响作家文风的因素是多方面的，有时代思潮的原因，有作家个人遭际的因素，有作者初始性影响，

---

① 《宋书·谢瞻传》，第1557、1558页。
② 《诗品笺注》，第165页。
③ 《宋书·谢灵运传》，第1743、1778页。
④ 《诗品笺注》，第91页。
⑤ 《宋书·谢方明传》，第1525页。
⑥ 《诗品笺注》，第171页。
⑦ 《诗品笺注》，第257页。
⑧ 《南齐书·谢朓传》，第825页。
⑨ 《诗品笺注》，第180页。

但不能否认，在东晋南朝门阀制度兴盛的时代，一些大的家族，往往通过家训、遗训的方式教育后代子孙，而后代子孙也极力追模家族的门风，以显示自身的荣耀。如此，这一时期一些大家族，如谢氏家族的门风就必然呈现出前后绍继的一致性，而谢氏家族的任诞、风流这些与隐逸思潮接近的传统也绵延不绝，进而在他们的文学创作中体现出来。

第三节　东晋谢氏家族的隐逸文学创作

谢氏家族文学创作肇始于东晋初的谢鲲，然谢鲲无隐逸作品传世，无从知晓其隐逸文学创作之详情。东晋谢氏家族隐逸文学创作中有作品传世者为谢安、谢万、谢道韫、谢玄等人。其中谢安作品较多，诗文皆有，谢万、谢道韫、谢玄或诗或文，且作品较少，但亦不可忽视。

上节，我们已经分析了东晋谢氏家族中谢鲲、谢尚、谢安、谢奕、谢万诸人任诞风流性格中的隐逸要素，加之时代隐逸思潮的影响，遂使谢氏家族成员对隐者之风流任诞、洒脱不羁倾慕不已，即便自身不能完全归隐林泉，亦在内心深处对归隐林泉者掬一瓣心香。谢氏家族这种对隐逸的态度无疑会对其文学创作产生影响。

谢安寄情山水，吟啸自若，与名僧相与往来，为其时风流之代表。其隐逸作品主要有《与王胡之诗六章》《兰亭诗二首》《与支遁书》一篇。

《与支遁书》作于兴宁二年(364)，谢安45岁，时任吴兴太守，[①]文曰：

> 思君日积，计辰倾迟。知欲还剡自治，甚以怅然。人生如寄耳，顷风流得意之事，殆为都尽。终日戚戚，触事惆怅。唯迟君来，以晤言消之，一日当千载耳。此多山县闲静，差可养疾，事不异剡，而医药不同，必思此缘，副其积想也。[②]

人过中年的谢安，畅想的乃是“人生如寄耳，顷风流得意之事”，所居之地“多山县闲静”，且“不异”早年隐居之剡之东山，而与名僧的“晤言”“一日当千载耳”，彰显东晋玄佛合流之时代特色，亦见谢安心态之一斑。

《与王胡之诗》之一、之二、之四、之五、之六曰：

---

① 《东晋文艺系年》，第409页。

② 《全晋文》，第1938页。

鲜冰玉凝，遇阳则消。素雪珠丽，洁不崇朝。膏以朗煎，兰由芳凋。哲人悟之，和任不摽。外不寄傲，内润琼瑶。如彼潜鸿，拂羽雪霄。

内润伊何，亹亹仁通。拂羽伊何，高栖梧桐。颉颃应木，婉转虵龙。我虽异迹，及尔齐踪。思乐神崖，悟言机峰。

余与仁友，不涂不笱。默匪岩穴，语无滞事。栎不辞社，周不骇吏。纷动嚣翳，领之在识。会感者圆，妙得者意。我鉴其同，物睹其异。

往化转落，运萃勾芒。仁风虚降，与时抑扬。兰栖湛露，竹带素霜。蕊点朱的，薰流清芳。触地儛雩，遇流濠梁。投纶同咏，褰褐俱翔。

朝乐朗日，啸歌丘林。夕玩望舒，入室鸣琴。五弦清激，南风披襟。醇醪淬虑，微言洗心。幽畅者谁，在我赏音。①

为更好理解谢安诗之情感，我们把王胡之《答谢安诗》八章之后五章列出，诗云：

利交甘绝，仰违玄指。君子淡亲，湛若澄水。余与吾生，相忘隐机。泰不期显，在悴通否。

人间诚难，通由达识。才照经纶，能泯同异。钝神幽疾，宜处无事。遇物以器，各自得意。长短任真，乃合其至。

畴昔宴游，缱绻髫齓。或方童颜，或始角巾。搴褐揽帔，濯素□吝。壑无深流，丘无嚣仞。今也华发，皁高殊韵。形迹外乖，理畅内润。

巢由坦步，稷契王佐。太公奇拔，首阳空饿。各乘其道，两无贰过。愿弘玄契，废疾高卧。

来赠载婉，妙有新唱。博以兼济，约以理当。非不悦子，驽骥殊量。乌养养之，任其沉飏。取诸胸怀，寄想郢匠。②

由王胡之《答谢安诗》之六有"今也华发"句，可证谢安赠诗及王胡之之答诗皆作于二人晚年。谢安之赠诗着重于朝隐状态下的人生感悟，无论是

---

① 《先秦汉魏晋南北朝诗·晋诗》，第905页。
② 《先秦汉魏晋南北朝诗·晋诗》，第887页。

“外不寄傲，内润琼瑶。如彼潜鸿，拂羽雪霄”，还是“我虽异迹，及尔齐踪。思乐神崖，悟言机峰”，乃至“会感者圆，妙得者意”，“触地儛雩，遇流濠梁。投纶同咏，褰褐俱翔”，“朝乐朗日，啸歌丘林。夕玩望舒，入室鸣琴。五弦清激，南风披襟。醇醪淬虑，微言洗心。幽畅者谁，在我赏音”，都彰显一种与物冥合，俯仰自得之人生真趣，这种真趣，正是魏晋风流追求的理想状态。由此可见，谢安之隐逸之思，实质上是追求一种心与道冥的“适性”的洒脱生活，这种生活显然不可能在官场的俗务中获取，于是谢安要么不出山视事，要么出山为官时，依然“不以物务婴心”。这是谢安的内心追求，也是其“朝隐”的实质。王胡之《答谢安诗》中所言之“巢由坦步，稷契王佐。太公奇拔，首阳空饿。各乘其道，两无贰过。”就是对谢安隐居东山及出山为宦的解释，只要有助于“取诸胸怀，寄想郢匠”，“遇物以器，各自得意。长短任真，乃合其至”，“形迹外乖，理畅内润”，不管是为“夷、齐”也好，“稷、契”也好，都可以“各乘其道，两无贰过”。

第四节　谢灵运：山水涤心

谢灵运是中国古代山水诗的奠基者，然而，我们发现，谢灵运的山水诗中却有着浓厚的隐逸情怀，好像山水之美的描述就是为了展示自己的隐逸心态似的。不仅如此，他的那些赋作，亦有不少就是隐居之时创作的，其间渗入浓浓的隐逸情愫，而这种隐逸情愫与同时稍前的慧远的佛学思想及谢灵运自身高深的佛学素养又有直接关系。故而，我们在探讨谢氏家族的隐逸文学创作时，目光自然也会聚焦于谢灵运。

隐逸诗与山水诗是两种不同的题材，一侧重抒发隐逸情怀、赞颂隐逸行为及隐逸人物或表白自己对隐逸的态度；山水诗主要是通过对山水之美的描述，展示大自然的美，映射诗人对美的感悟。但同时，隐逸诗又与山水诗有密切的联系，尤其是当一个时代隐逸思潮占据主流，而诗人本身又时常处于不得意的境况之中，时有隐逸之思、之行为，此时借游览山水来排解苦闷，发之于诗文，虽则诗文中有山水之美的描述，或借山水之美的描绘来展示自己对玄思、对佛理之参悟，但我们知道，这一时期，思想界大受玄佛合流思潮的影响，隐逸思潮自不能例外。同时，这一时期，山水之美的描述中又有极为浓郁的隐逸情怀，这种情况下，就很难说清这样的诗歌到底是隐逸诗还是山水诗，谢灵运的创作就鲜明地体现了这个特点。

一、谢灵运的山水隐逸

谢灵运，“从叔混特知爱之，……以国公例，除员外散骑侍郎，不就。”“性奢豪，车服鲜丽，衣裳器物，多改旧制”，“为性褊激，多愆礼度，朝廷唯以文义处之，不以应实相许。自谓才能宜参权要，既不见知，常怀愤愤。”“出为永嘉太守。郡有名山水，灵运素所爱好，出守既不得志，遂肆意游遨，遍历诸县，动逾旬朔，民间听讼，不复关怀。所至辄为诗咏，以致其意焉。在郡一周，称疾去职，从弟晦、曜、弘微等并与书止之，不从。”

“灵运父祖并葬始宁县，并有故宅及墅，遂移籍会稽，修营别业，傍山带江，尽幽居之美。与隐士王弘之、孔淳之等纵放为娱，有终焉之志。每有一诗至都邑，贵贱莫不竞写，宿昔之间，士庶皆遍，远近钦慕，名动京师。作《山居赋》并自注，以言其事。”

“寻迁侍中，……多称疾不朝直。穿池植援，种竹树堇，驱课公役，无复期度。出郭游行，或一日百六七十里，经旬不归，既无表闻，又不请急。上不欲伤大臣，讽旨令自解。灵运乃上表陈疾，上赐假东归。”“灵运以疾东归，而游娱宴集，以夜续昼。”“灵运因父祖之资，生业甚厚。奴僮既众，义故门生数百，凿山浚湖，功役无已。寻山陟岭，必造幽峻，岩嶂千重，莫不备尽。登蹑常著木履，上山则去前齿，下山去其后齿。尝自始宁南山伐木开径，直至临海，从者数百人。”

“以为临川内史，……在郡游放，不异永嘉。”

“临死作诗曰：‘龚胜无余生，李业有终尽。嵇公理既迫，霍生命亦殒。凄凄凌霜叶，网网冲风菌。邂逅竟几何，修短非所愍。送心自觉前，斯痛久已忍。恨我君子志，不获岩上泯。’诗所称龚胜、李业，犹前诗子房、鲁连之意也。”[①]

综上资料分析，我们认为谢灵运一生虽汲汲于仕途，但不少时间过的却是一种隐居生活。其一生实际上的隐逸有两次：(1)景平元年(423)秋到元嘉三年(426)春；(2)元嘉五年春(428)到元嘉八年(431)。“灵运住在故乡始宁，过的是一种实实在在的隐居生活，没有任何迹象表明他是身在江湖，心存魏阙，所与交接者不是隐士，就是高僧。总的说来，他对这种不受管束的生活是颇为满意的……”[②]至于其在两任太守期间的生活，顾少柏先生认为也应归之于隐逸范畴，“两次任郡守是否也算隐逸生活呢？我

① 《宋书·谢灵运传》，第1777页。

② 《谢灵运集校注·前言》，第8页。

认为这一点也是没有疑问的，不仅史书提供了依据，而且有他的作品印证。这两次任职都是违背本心的，只是因为诏令不可抗，只好强就，但他已想好了对付的办法，那就是名仕实隐。……这最清楚不过地说明了隐逸思想已占主导地位，所以后来才有那些与隐逸无异的举动。”①

而灵运隐逸之地主要在风景秀美的永嘉、临川的山水间，借山水寄托自己的隐逸情思，当然，由于受佛教净土思想的影响，灵运对这些山水美景的欣赏当亦有模想“净土”世界之念头，不过，出于现实政治的考量，谢灵运此举自然也有借山水之美摆脱世俗牵绕的想法。

其山水隐逸诗多数就作于在故乡始宁及任永嘉、临川郡守期间。

景平元年(423)，灵运 39 岁。“秋末，灵运回到故乡会稽始宁县，开始第一次隐居生活，与隐士王弘之、孔坦之等相游止。”“是年冬”作《会吟行》诗，②诗云：

> 六引缓清唱，三调伫繁音。列筵皆静寂，咸共聆《会吟》。《会吟》自有初，请从文命敷。敷绩壶冀始，刊木至江汜。列宿炳天文，负海横地理。连峰竞千仞，背流各百里。滮地溉粳稻，轻云暧松杞。两京愧佳丽，三都岂能似。层台指中天，高墉积崇雉。飞燕跃广途，鷁首戏清沚。肆呈窈窕容，路曜娥娟子。自来弥世代，贤达不可纪。句践善废兴，越叟识行止。范蠡出江湖，梅福入城市。东方就旅逸，梁鸿去桑梓。牵缀书土风，辞殚意未已。③

诗中对自己隐居圣地——永嘉始宁之历史、之人物、之高山大壑都充满深情，对当地历史上的隐士范蠡、梅福、梁鸿极为倾慕，个中不难发见灵运自己的影子。灵运一到永嘉，即被当地的美景吸引，联系当地的著名隐士，他一下子找到了心灵的皈依，在山水中找到了寄托，找到了仕宦之外人生的意义。“最后两句，指出写会引的目的，在于表扬会稽的乡土文物，并带有词穷意长的感慨。”④联系灵运此时的遭遇、心绪，不难想象这种“词穷意长的感慨”，应是灵运在对自身命运悲慨的同时，对隐逸情愫的心向往之。黄节云：“篇中所引，范蠡梅福数人，皆有深意。”⑤“吴挚父曰：‘谢公于

---

① 《谢灵运集校注·前言》，第 9 页。
② 《谢灵运集校注》，第 428 页。
③ 《谢灵运集校注》，第 239 页。
④ 《谢灵运诗选》，第 11 页。
⑤ 黄节《谢康乐诗注序》，人民文学出版社 1958 年版，第 592 页。

仕止之际，盖颇筹之。’”[①]更明确指出灵运在仕隐之间，心内天平的取舍。

《初去郡诗》是灵运山水隐逸诗的代表之一，诗作于景平元年(423)，灵运39岁。“是年春至秋，灵运在永嘉郡，作品有……暮秋返故乡，离郡时作……”[②]诗云：

> 彭薛裁知耻，贡公未遗荣。或可优贪竞，岂足称达生。伊余秉微尚，拙讷谢浮名。庐园当栖岩，卑位代躬耕。顾已虽自许，心迹犹未并。无庸妨周任，有疾像长卿。毕娶类尚子，薄游似邴生。恭承古人意，促装返柴荆。牵丝及元兴，解龟在景平。负心二十载，于今废将迎。理棹遄还期，遵渚骛修坰。溯溪终水涉，登岭始山行。野旷沙岸净，天高秋月明。憩石挹飞泉，攀林搴落英。战胜臞者肥，鉴止流归停。即是羲唐化，获我击壤声。[③]

李善注引沈约《宋书》曰：“谢灵运在郡一周，称疾去职。”[④]可见对归隐的向往之情，“负心二十载，于今废将迎”，类似陶渊明的“误入尘网中，一去三十年”，是两人在官场的羁縻下一时心情的真切反映。我们知道谢灵运也好，陶渊明也好，最终都无法忘却世事，都有一种对世事的激愤心态，但我们同样也不否认二人在某一时间、某一环境下有彻底归隐之念。陶渊明“少无适俗韵，性本爱丘山。误落尘网中，一去三十年。羁鸟恋旧林，池鱼思故渊。……户庭无尘杂，虚室有余闲。久在樊笼里，复得返自然。”谢灵运却对历史上的彭宣、薛广德、贡禹之流多有微词，认为“或可优贪竞，岂足称达生”。我们知道，谢灵运深受佛教般若思想的影响，般若学对一切事物持完全否定的态度，既然如此，那么，历史上的“所谓”英雄豪杰，“所谓”烜赫一时的“大人物”，也就不足道哉了。倒是自己的“栖岩”隐居，却是可以悟解俗世之无明，了悟名色缘起性空之三千世界之真谛，是更应该赞扬的行为，《山居赋》曰：“古巢居穴处曰岩栖，栋宇居山曰山居，在林野曰丘园，在郊郭曰城傍。”[⑤]可见灵运是想彻底地隐居，因为“战胜臞者肥，鉴止流归停”，故而最终“获我击壤情”。谢灵运强烈的归隐之念，是对此时自身处境不满的反映；另一方面，也因看到了山林清幽、静谧，在冥想净土境界的美

---

① 《谢康乐诗注》引，第593页。

② 《谢灵运集校注》，第427页。

③ 《谢灵运集校注》，第97页。

④ 《文选》，第379页。

⑤ 《谢灵运集校注》，第318页。

妙之时，自可涤除内心的烦闷，故而，一时态度坚决，意欲归隐山林。

此诗先引史实以自况，之后对山水景物的描写也契合自己乍一脱离官场羁绊的轻松愉快的心情，而最后自然引出向往“羲唐化”“击壤情”的愿望。全诗景、事、理融合无间，说理而不坠入理障，“能将内思与外物恰如其分地表达出来。”①

元嘉元年(424)，灵运40岁。“是年，灵运仍隐居故乡始宁，筑精舍，广庄园，建新居，作品有……《田南树园激流植援诗》等。”②甫一至此，就忙着“筑精舍，广庄园，建新居”，可见谢灵运对自己隐居之地的要求，在他的观念里，要隐居，必须隐居之地华美、清幽，利于静心悟“空”，利于涤除外在事物的牵绕。《田南树园激流植援诗》云：

> 樵隐俱在山，由来事不同。不同非一事，养痾亦园中。中园屏氛杂，清旷招远风。卜室倚北阜，启扉面南江。激涧代汲井，插槿当列墉。群木既罗户，众山亦对窗。靡迤趋下田，迢递瞰高峰。寡欲不期劳，即事罕人功。唯开蒋生径，永怀求羊踪。赏心不可忘，妙善冀能同。③

“此诗开头两句，借胡孔明的话，说樵夫和隐士虽然同样住在山中，但樵夫是砍柴，为生活而劳动；而隐士的逍遥山林，却是高尚其志，指出两者有着本质上的区别。接着说，这种表象相似而实质不同的事情很多，如佃农在庄园，是为人耕田种地；而我的居别墅，是怡情养性。……‘中园’二句，写庄园里的清幽绝俗的环境，和逍遥其间者的希世高洁的志趣。‘卜室’以下四句，洒出一幅‘田南树园’的蓝图，‘激涧’句则仅仅和题目‘激流植援’相扣合，‘群木’以下四句，铺叙田南的山林田野，风物如画。‘寡欲’二句，说这回开拓庄园，不过因陋就简地略加修营，在‘寡欲’思想的制约下，不愿大兴土木，‘唯开’以下四句，表明自己是跟蒋生一样地在开径待贤，希望能得羊求辈的高士同游，就闲居而补出嘤鸣求友之意！”④叶笑雪先生的这段论述很是精辟，指出了灵运此时隐居的行为及心境，看得出自景平元年(423)秋，灵运始隐居，至此元嘉元年(424)春，不过几个月的时间，灵运已然确立了长期隐居、安享隐居生活的愿望。灵运的隐居不像一

① 《谢灵运诗选·前言》，第14页。
② 《谢灵运集校注》，第430页。
③ 《谢灵运集校注》，第114页。
④ 《谢灵运诗选》，第68—69页。

般的隐士那样赤贫，他是在物质生活极为充裕的条件下，追求一种“赏心不可忘，妙善冀能同”的诗意生活，其实这种生活仍是乃祖谢安魏晋风流的余绪。

就本诗来说，首先从“樵隐俱在山，由来事不同”这一平常的现象入手，描述作为隐者的自己的居住环境，这环境面山带水，周围是森森“群木”，如此清幽的氛围下，作者自然追思“蒋生径”“求羊踪”，在与此类高士的游赏中，很自然进入到“妙善能同”物我冥合的状态。诗的情、理、景有机结合在一起，一个富裕的追求心与道冥的隐者形象亦呼之欲出了，此诗可谓灵运山水隐逸诗的代表。

灵运其他山水诗、行旅诗、赠答诗亦多借寓所见山水，寄寓自己的隐逸之思，如作于元嘉三年（426）的《还旧园作见颜、范二中书》，作于元嘉五年（428）的《入东道路诗》，作于元嘉七年（430）的《酬从弟惠连诗》五章，作于元嘉九年（432）的《道路忆山中诗》、元嘉十年（433）的《临终诗》等，[①]都是借山水寄寓自己的隐逸之志及对隐逸精神的理解。

二、谢灵运《山居赋》的“招隐”主旨及其意义

对《山居赋》中体现的佛教净土思想，前面我们已有论述，这里，我们欲就《山居赋》的隐逸文学价值进行探讨。我们知道，“‘招隐’是六朝诗赋的主题之一，就辞赋来说，其内容不外两类：……一是寻山，谢灵运《山居赋》导其源，陶弘景《寻山志》、刘孝标《山栖志》畅其流。”[②]《山居赋》作于元嘉元年（424），灵运40岁前后，[③]“灵运父祖并葬始宁县，并有故宅及墅，遂移籍会稽，修营别业，傍山带江，尽幽居之美。与隐士王弘之、孔淳之等纵放为娱，有终焉之志。每有一诗至都邑，贵贱莫不竞写，宿昔之间，士庶皆遍，远近钦慕，名动京师。作《山居赋》并自注，以言其事。”[④]曰：

> 古巢居穴处曰岩栖，栋宇居山曰山居，在林野曰丘园，在郊郭曰城傍，四者不同，可以理推。言心也，黄屋实不殊于汾阳。即事也，山居良有异乎市廛。抱疾就闲，顺从性情，敢率所乐，而以作赋。扬子云

---

① 以上作品写作时间参考《谢灵运集校注》、《南北朝文学编年史》中对应篇目编年。

② 《陶弘景集校注》，第2页。

③ 刘跃进认为作于景平元年（423）（《南北朝文学编年史》，第87页）；顾少柏认为作于元嘉元年（424），完成于元嘉二年（425），“是年，盖始撰《山居赋》……”（《谢灵运集校注》，第433页）“灵运《山居赋》盖完成于是年。”（《谢灵运集校注》，第434页）

④ 《宋书·谢灵运传》，第1754页。

云："诗人之赋丽以则。"文体宜兼，以成其美。今所赋既非京都宫观游猎声色之盛，而叙山野草木水石谷稼之事，才乏昔人，心放俗外，咏于文则可勉而就之，求丽，邈以远矣。览者废张、左之艳辞，寻台、皓之深意，去饰取素，傥值其心耳。意实言表，而书不尽，遗迹索意，托之有赏。其辞曰……①

作者自称此赋与张衡《二京赋》、左思《三都赋》不同，它以朴素的言辞叙述山野、草木、水石等物，表现自己归隐得其所哉和"览古人之遗书，与其意合"的恬淡心境。文章重点描写始宁别墅及其周围优美的自然环境、丰富的物产和自由闲适的山居生活，以及身处其间的乐趣和"见柱下之经二，观濠上之篇七。承未散之全朴，救已颓于道术"，"乘摄持之告，评养达之篇"的人生感悟。最后说：

暨其窈窕幽深，寂漠虚远。事与情乖，理与形反。既耳目之靡端，岂足迹之所践。蕴、终古于三季，俟通明于五眼。权近虑以停笔，抑浅知而绝简。②

灵运自注云：

谓此既非人迹所求，更待三明五通，然后可践履耳。故停笔绝简，不复多云，冀夫赏音悟夫此旨也。③

显示了超然悟道后的心志，"宅心若此，何异《秋水》《齐物》？"④此赋虽被后人目为"招隐"之赋，但实际上，此赋主旨显然如西晋"招隐"赋一样，都是借招隐之名寓归隐之实。而且灵运此赋兼有道、佛思想，对归隐与道的关系有更深入的阐释，就此而论，似较西晋诸家"招隐"主旨更具哲理意蕴。

"从文学技巧的角度来说，《山居赋》不是一篇成功的作品。"⑤诚哉斯言，该赋序言："今所赋既非京都宫观游猎声色之盛，而叙山野草木水石榖

① 《谢灵运集校注》，第 318—319 页。

② 《谢灵运集校注》，第 334 页。

③ 《谢灵运集校注》，第 334 页。

④ （明）张溥著，殷孟伦注《汉魏六朝百三家集题辞注·谢康乐集题辞注》，中华书局 2007 年版，第 218 页。

⑤ 《中国历代著名文学家评传·沈玉成〈谢灵运〉》，第 441 页。

稼之事，才乏昔人，心放俗外，咏于文则可勉而就之，求丽邈以远矣。览者废张、左之艳辞，寻台、皓之深意，去饰取素，傥值其心耳。”虽说赋作“非京都宫观游猎声色之盛，……废张、左之艳辞”，也就是说，赋的主旨，用语不再追模汉大赋的模式，但实际上赋在写法上受汉大赋，尤其是左思《三都赋》的影响却很大，赋内自注屡屡称引扬雄、张衡、左思即是明证。赋作不吝笔墨，对所住环境的山山水水、鸟鸟鱼鱼都不避繁琐，像一幅地图、一张导游图、一张地貌图、一张山水植物、动物分布图一样，穷形尽相地展示永嘉附近的山居环境，就此而言，赋确如沈玉成先生所言“不是一篇成功的作品”。但另一方面来说，此赋又有不少自身的特点，在隐逸文学史上的地位却还是不能忽视的，若是站在这一角度来看这篇作品，则有不少价值，而不能一概目之“不是一篇成功的作品”。

首先，作品真实展示出自己的隐逸心态，尤其是对隐逸生活的向往，对隐居的哲理思索。我们知道，谢灵运是在物质生活极为充裕的条件下想念隐居的，他与魏晋之际的焦先、孙登诸人的隐居是不尽相同的，在物质生活充裕的前提下，谢灵运所幻想的隐居生活是“选自然之神丽，尽高栖之意得。”“仰前哲之遗训，俯性情之所便。奉微驱以宴息，保自事以乘闲。……谢平生于知游，栖清旷于山川。”

其次，赋作语言极为朴素，淡雅，与扬、马、班、张直至左思的大赋语言的丽靡不可同日而语，“废张、左之艳辞，……去饰取素”者也，“在审美观念上，……追求一种自然朴素之美的倾向。”①这一审美取向与隐逸心态是密切联系在一起的。

第三，有些段落的描写极为精彩，有诗的境界，恰如一幅素雅的山水画。如下面一段文字：

> 爰初经略，杖策孤征。入涧水涉，登岭山行。陵顶不息，穷泉不停。栉风沐雨，犯露乘星。研其浅思，罄其短规。非龟非筮，择良选奇。翦榛开迳，寻石觅崖。四山周回，双流逶迤。面南岭，建经台，倚北阜，筑讲堂，旁危峰，立禅室，临浚流，列僧房，对百年之乔木，纳万代之芬芳，抱终古之泉源，美膏液之清长。谢丽塔于郊廓，殊世间于城旁。欣见素以抱朴，果甘露于道场。
>
> 苦节之僧，明发怀抱，事绝人徒，心通世表。是游是憩，倚石构草。寒暑有移，至业莫矫。观三世以其梦，抚六度以取道。乘恬知以寂泊，

① 王琳《六朝辞赋史》，黑龙江教育出版社1998年版，第214—215页。

含和理之窈窕。指东山以冥期，实西方之潜兆。虽一日以千载，犹恨相遇之不早。①

大类优美的山水游记，稍后吴均的《与宋元思书》、陶弘景的《答谢中书书》，明显受到这些文字的影响。陶弘景《答谢中书书》叙述江南山水之美时说："自康乐以来，未复有能与其奇者。"就明白指出了灵运赋中描摹山水之美的功力，这也是灵运在忘却俗世的纷扰之后，能以一种安恬的隐逸心态看待大自然的一山一水、一草一木，故而能敏锐地发掘大自然生生不息、流衍变迁的生机。

第四，这种描摹山水之美的能力加上清新素朴自然的语言，使得赋呈现诗赋合流的趋势，这在隐逸文学发展史上是有突出意义的，如以下这些文字：

近东则上田、下湖，西溪、南谷，石埭、石滂，闵硎、黄竹。决飞泉于百仞，森高薄于千麓。写长源于远江，派深毖于近渎。

近南则会以双流，萦以三洲。表里回游，离合山川。崿崩飞于东峭，槃傍薄于西阡。拂青林而激波，挥白沙而生涟。

近西则杨、宾接峰，唐皇连纵。室、壁带溪，曾、孤临江。竹缘浦以被绿，石照涧而映红。月隐山而成阴，木鸣柯以起风。

近北则二巫结湖，两智通沼。横石判尽，休周分表。引修堤之逶迤，吐泉流之浩溔。山矶下而回泽，濑石上而开道。②

周勋初先生尝言，"这四小段，每段的后面缀以四个六言句，这些句子若省去一个虚词，略加调整，便可呈现五言山水诗的风貌。"③

三、谢灵运诗、赋隐逸观的相通与相异

谢灵运的山水诗每每拖着一条玄言的尾巴，此为史家定评。玄言尾巴是道家思想的体现，也是佛理思想的展示，"佛教的影响一般融汇在玄学风尚中，故不易为人察觉。"④我们知道，东晋之时，玄佛已然合流，而谢灵运又有极高的佛学素养。故而，我们谈及南朝初谢灵运诗歌的玄言色彩，故

① 《谢灵运集校注》，第328页。
② 《谢灵运集校注》，第321—322页。
③ 周勋初《论谢灵运山水文学的创作经验》，《文学遗产》1989年05期。
④ 《魏晋南北朝赋史》，第252页。

不能排除其玄言色彩内含的佛理成分。谢灵运道家、佛教隐逸观的体现一方面通过"玄言尾巴"直接展示出来,另一方面则在对山水之美冷静、客观的描述中幽微地显示出来。如元嘉七年(430),灵运46岁,"灵运从弟惠连于春间离始宁赴京,行至永兴(今浙江萧县)西陵,为风波所阻,不能渡浙江(今钱塘江),作《登石门最高顶诗》:[1]

> 晨策寻绝壁,夕息在山栖。疏峰抗高馆,对岭临回溪。长林罗户穴,积石拥基阶。连岩觉路塞,密竹使径迷。来人忘新术,去子惑故蹊。活活夕流驶,噭噭夜猿啼。沉冥岂别理,守道自不携。心契九秋幹,目玩三春荑。居常以待终,处顺故安排。惜无同怀客,共登青云梯。[2]

黄节注引刘坦之曰:"灵运于南北两居,往来栖息,此诗因还北居既久,复寻石门而作。且谓人生各遂所趋,而我独沉冥若此者,是岂别有一理载!但当守道不变,则穷达显晦浑然一致,自无离间矣。夫卉木秋落而春荣,亦皆顺时变化,莫非一气之流行,故常目玩而心契焉。今我亦唯居常待终,处顺安排,如斯而已耳。惜无同怀之人,共此登陟之乐也。"[3]分析灵运对隐逸的感受及对隐逸内涵的理解,十分深刻,与陶渊明之委运任化,随顺天地阴阳之变化如出一辙。而且灵运之隐逸亦不废交游之乐,这是其隐逸诗给我们的突出印象。

其隐逸文、赋更多的是对隐逸哲理的直接阐释,如作于景平元年(423)39岁时的《归途赋》:[4]

> 昔文章之士,多作行旅赋,或欣在观国,或怵在斥徒,或述职邦邑,或羁役戎阵。事由于外,兴不自己。虽高才可推,求怀未惬。今量分告退,反身草泽,经途履运,用感其心。赋曰:
>
> 承百世之庆灵,遇千载之优渥,匪康衢之难践,谅跬步之易局。践寒暑以推换,眷桑梓以缅邈,褫簪带于穷城,反巾褐于空谷。果归期于愿言,获素念于思乐。于是舟人告办,伫楫在川,观鸟候风,望景测圆。

① 《谢灵运集校注》,第443页。
② 《谢灵运集校注》,第178页。
③ 《谢康乐诗注》,第89页。
④ 顾绍柏:"是年(景平元年)春至秋,灵运在永嘉郡,作品有……《归途赋》……暮秋返故乡,离郡时作……"(《谢灵运集校注·附录二〈谢灵运生平事迹及作品系年〉》,第427页)

背海向溪，乘潮傍山，凄凄送归，愍愍告旋。时旻秋之杪节，天既高而物衰，云上腾而雁翔，霜下沦而草腓。舍阴漠之旧浦，去阳景之芳蕤，林承风而飘落，水鉴月而含辉。发青田之枉渚，逗白岸之空亭。路威夷而诡状，山侧背而易形。停余舟而淹留，搜缙云之遗迹。漾百里之清潭，见千仞之孤石。历古今而长在，经盛衰而不易。①

谢灵运在"经途履运""量分告退，反身草泽"之际，"用感其心"，所作之《归途赋》，更多发抒隐逸之于个人的独特意义。再如作于元嘉元年(424)，谢灵运40岁的《入道至人赋》：②

爰有名外之至人，乃入道而馆真，荒聪明以削智，遁支体以逃身。于是卜居千仞，左右穷悬，幽庭虚绝，荒帐成烟。水纵横以触石，日参差于云中。飞英明于对溜，积氤氲而为峰。推天地于一物，横四海于寸心，超埃尘以贞观，何落落此胸襟。③

折射出灵运本人对其隐逸行为充满玄言、佛性的理性思索。《辞禄赋》中，也是直接对隐逸行为的价值进行理论的探讨。当然谢灵运的隐逸赋亦有如《山居赋》之类，以客观冷静的山水描述为主，偶加点睛之笔，揭橥自己对隐逸思想的理解，如此手法，又与隐逸诗相似了。

就隐逸思想言，其文、赋以玄学、佛理为主导。可以看出谢灵运在隐逸思想发展史中的贡献。

第五节　谢朓：隐逸情怀的深沉与泛化

谢朓是继谢灵运之后谢氏文学集团中的另一高峰，不仅如此，在隐逸文学史上，谢朓亦占一席重要之地，是谢氏家族仅次于谢灵运的另一隐逸文学大家。

---

① 《谢灵运集校注》，第304页。

② 顾绍柏："是年(元嘉元年)，灵运仍隐居故乡始宁，筑精舍，广庄园，建新居，作品有……""灵运还作……《入道至人赋》……"(《谢灵运集校注·附录二〈谢灵运生平事迹及作品系年〉》，第433页)

③ 《谢灵运集校注》，第347页。

一、时代思潮与谢朓的隐逸心态

南齐"皇帝、王室对佛教的重视和提倡，对士风很有影响。尤其是萧子良既具有很高的政治地位，又在文坛颇有影响"。"萧子良弘佛，对士人学术思想也起到一定影响。"①而沈约也与谢朓生活在同一时代，且是文坛乃至思想界的巨擘，与谢朓同为"竟陵八友"之一，都预鸡笼西邸之游，"竟陵八友彼此之间，相从有……三十年之久，他们所进行的学术与文学活动之长，贡献之大，又非以前文人的集会活动所能比。"②沈约思想对谢朓当有直接影响。沈约既是六朝著名的历史学家和文学家，又是六朝重要的佛学思想家。与当时的名僧玄畅、僧柔、慧次、慧基、法安、法度等有过多次交往，与草堂寺慧约法师有着更为密切的关系和深厚的友情。沈约的佛学论著比较丰富，从他三十五岁（刘宋元徽三年，公元475年）在郢州作《栖禅精舍铭》，至七十三岁（梁天监十二年，公元513年）在建康作《临终遗表》止，共有佛教方面的文、论、序、铭、表、状、疏约五十篇。其中梁僧佑《弘明集》卷十收入一篇，唐道宣《广弘明集》辑有二十六目计三十九篇，唐欧阳询《艺文类聚》收入七篇。沈约佛学思想的主要内容就其与隐逸文学创作相关部分而言，可概括为均圣论、涅槃佛性论二个方面。

均圣论是沈约佛学思想中最重要的论点，主要论及佛教与儒教的关系以及传统思想文化与外来文化的联系。佛教传入中国之后，随着佛经的翻译与传播，僧众的增多，佛教与儒教的矛盾日益突出。沈约于梁天监二年（503）作《均圣论》，从理论上论证了周公孔子和释迦摩尼同为圣人，"内圣外圣，义均理一"③，其区别只在于一为内圣，一为外圣之别的著名论点，"中外群圣，咸载圣典。虽教有殊门，而理无异趣，故真俗两书，递相扶奖。孔发其端，释穷其致。"④沈约认为儒教和佛教不应当互相排斥，而应相互扶持，互相勉励。由此，沈约认为人们应"孔释兼弘"。⑤ 这一主张为士人全身心拥抱佛教排除了心理障碍，士人可以更好地把佛教思想和传统的儒、道思想糅合起来，从而更好地促进佛教在中国大地上生根开花。这对传统儒道隐逸思想也具有极大的拓展、深化意义，使具有隐逸思想的士人在接纳传统儒道隐逸观的同时，能够心无芥蒂地以佛教的出世观念来审视

---

① 《南朝诗歌思潮》，第95、96页。
② 万绳楠《魏晋南北朝文化史》，黄山书社1989年版，第177页。
③ （唐）释道宣《广弘明集》卷五，上海古籍出版社1991年版，第126页。
④ 《广弘明集》卷五，第126页。
⑤ 《广弘明集》卷五，第126页。

传统的隐逸思想，乃至自觉不自觉地以佛教思想来改造传统隐逸思想，从而给隐逸思想注入新的活力，使他们的隐逸行为较之以往更为多元，也更具思想内涵。

沈约在《佛知不异众生知意》《六道相续作佛意》等论著中阐发了他的涅槃佛性论，“凡夫之所知，不谓所知非善。在于求善而至于不善，若积此求善之心，会得归善之路，或得路，则至于佛也。众生之为佛性，实在其知性常传也。”[①]这里的“知性”，是一种天然的智慧，或者认识能力。沈约认为众生的佛性就表现为获取知识和证悟真理的能力相续不灭，永久流传。一个人如果能不断积累求善去恶之心愿，就有可能寻觅到归善之路，找到归善之路，就能摆脱无明之烦恼，也就能够成佛了。沈约的这种理论和儒家的性善说一样，起到启迪人们自信、激励人们进取的作用。沈约这种对归善成佛的可能性和现实性差别的论述，对解释“一阐提者，皆得成佛”的命题也有帮助，依照沈约的论述，一阐提既属于凡夫之列，当然也同样有走上“归善之路”的可能。

沈约涅槃佛性论的另一个论题是“顿悟”和“渐悟”说。这和支遁、道安、慧远、僧肇等高僧的认识一致，认为菩萨修行有“十住”的阶次，“七住”以前是渐悟，“七住”以后乃为证得“无生”法，得到彻悟而成佛。这里，沈约既承认人有豁然大悟，但也并不否认渐进，他认为只要循序渐进，逐步努力，就会从量的积累达到质的飞跃。

沈约的这些佛学思想，在当时思想界产生广泛影响，谢朓的隐逸诗歌创作自觉不自觉地接受了这些思想，如其《游东田》诗：

> 戚戚苦无悰，携手共行乐。寻云陟累榭，随山望菌阁。远树暖仟仟，生烟纷漠漠。鱼戏新荷动，鸟散余花落。不对芳春酒，还望青山郭。[②]

“语皆自然流出”（刘熙载《艺概》），一种明心见性后，独享大自然之美的乐趣蕴含其中，有一种大超脱之后的涅槃境界，“觉笔墨之中，笔墨之外，别有一段深情妙理”。[③] 一般认为，谢朓诗歌对王维诗歌有直接影响，这种影响固然可从多方面进行解读，但两人诗歌中都有一种或浓或淡的佛性，

---

① 《广弘明集》卷二十二，第 262 页。

② 《谢宣城集校注》，第 260 页。

③ （清）沈德潜《古诗源》，中华书局 1963 年版，第 263 页。

当也是两人诗歌较为接近之一处吧。当然，谢朓隐逸思想的形成还主要的是由其出身、自身的现实处境决定的。谢朓有强烈的仕宦欲望，又有在宋齐之世重振已然衰退的家风的志向，他“少好学，有美名。”①时常流露出“奋飞”万里的进取志向，企求一展抱负。一生努力竞走于仕宦之途，然其“资性险薄”，“资性轻险，久彰物议”，实在是政治素养欠佳，在官场上历经沉浮，终至颠陨其头。

谢朓一面热衷仕宦，然而，源于性格上的“轻险”，南朝宋齐文祸的漫衍及齐朝政坛上斗争的尖锐，使谢朓的仕途并不也不可能顺利。

谢朓一生的命运转关与其文学才华密切关联。“朓少好学，有美名，文章清丽。解褐豫章王太尉行参军，度随王东中郎府，转王俭卫军东阁祭酒，太子舍人、随王镇西功曹，转文学。”“子隆在荆州，好辞赋，数集僚友，朓以文才，尤被赏爱，流连晤对，不舍日夕。长史王秀之以朓年少相动，密以启闻。世祖敕曰：‘侍读虞云自宜恒应侍接。朓可还都。’”可见，谢朓的受当权者的赏识是源于其“文才”，而其罹祸亦源于其文才。这次离开荆州被迫还都，予谢朓极大的打击，“朓道中为诗寄西府曰：‘常恐鹰隼击，秋菊委严霜。寄言罻罗者，寥廓已高翔。’”②就清楚地表白了自己惴惴惶恐的心情。然而，这只是谢朓一生惶恐忧惧命运的开始。到京不就，高宗萧鸾辅政。萧鸾很重视谢朓的文才，因此又将谢朓招入府中，“又掌中书诏诰，除秘书丞，未拜，仍转中书郎。”③然而萧鸾性格残忍，又很有政治野心，在谢朓“为骠骑谘议，领记室，掌霸府文笔”的几年内，萧鸾在朝中制造了数次杀戮，整得人心惶惶，人人自危，后来萧鸾干脆自立为帝。这时，谢朓又被任命为执掌中书诏诰之事，后又值中书省。性格懦弱疑犹的谢朓，在这血雨腥风的多事之秋，心情可想而知。一种失落的惆怅、看不到出路的彷徨和对前途渺茫的忧惧，时时萦绕心间。其间所作的《直中书省》中说：“信美非吾室，中园思偃仰。”“安得凌风翰，聊恣山泉赏。”自感“紫殿”“彤庭”的“凤池”非其久居之地，因而心怀郁结，并企求归隐田野，纵恣山水。“诗所以述情也。然每观作者之辞，必与衷情乖反，若追原素志，则本怀轩冕，谅重匪轻，怅望君恩，嗟薄胡恋？然造语之体，不可直陈。……不得以热衷触望，取消来兹。……然发情止义，仅在篇章。按之胸怀，不无殊尚。读诗者考其行事诚为较然，则志仍可见也。”④“谢朓在畏祸之时心思退隐，本为真情；其身

① 《南齐书・谢朓传》，第 825 页。
② 《南齐书・谢朓传》，第 825 页。
③ 《南齐书・谢朓传》，第 826 页。
④ 《采菽堂古诗选》，第 650 页。

负门第才望，原属富贵中人，终未急流勇退，亦势之必然。”[①]陈(祚明)氏之论，颇中肯綮。谢朓在中书省不过几个月，“性情忌多虑，故亟行诛戮”的萧鸾，对前朝之臣的谢朓也必然多有猜忌，如此，谢朓的被迫离开京都就是势在必然。不久，谢朓被贬，出守宣城。

建武二年(495)夏出守宣城，至四年(497)夏还京，两年间，诗作约 40 首，几占其全部诗作的三分之一。40 首诗中多有退隐之思，如《之宣城郡出新林浦向板桥》曰：“既欢怀禄情，复协沧洲趣。嚣尘自兹隔，赏心于此遇。虽无玄豹姿，终隐南山雾。”吕延济曰：“沧州，州名，隐者所居，言我既欢得禄，复合此趣矣。”李善注引《列仙传》曰：“陶答子治陶三年，名誉不与，家富三倍，其妻托儿而泣，姑怒，以为不详。妻曰：‘妾闻南山有玄豹，隐雾而七日不食，欲以泽其衣毛，成其文章，至于犬豕，肥以取之，逢祸必矣。期年答子之家果被盗诛。’”[②]“嚣尘自兹隔”，权且把宣城视为清净，没有“嚣尘”的隐居之地，可以“既欢怀禄情，复协沧洲趣”，可谓“吏隐”两兼。

可见无论在朝还是出守宣城，谢朓都有沉重的心理负担，如此重负之下，谢朓的“奋发”之思不得不逐渐消解，取而代之的是全身保命之退避之思。在宣城的几年，这种中隐心态更发展到严重的地步，这一时期也是其隐逸文学创作最为突出的时期。

二、谢朓隐逸诗情感的深沉及情壮语丽的风格

谢朓作为典型的才子型文士，性情敏感懦弱，情感有内化的倾向，尤其是当外界的压力、猜忌向他扑来时，这种内在的忧惧、隐忧更多地内化为具有深沉情态的诗歌，“永明诗歌虽思想平浅，却常有至情”[③]，的确，谢朓隐逸诗中的情感就是如此。《冬绪羁怀示萧谘议虞田曹刘江二常侍诗》作于永明十年(492)，谢朓 29 岁，[④]诗云：

> 去国怀丘园，入远滞城阙。寒灯耿宵梦，清镜悲晓发。风草不留霜，冰池共如月。寂寞此闲帷，琴尊任所对。客念坐婵媛，年华稍菴薆。凤慕云泽游，共奉荆台绩。一听春莺喧，再视秋虹没。疲骖良易返，恩波不可越。谁慕临淄鼎，常希茂陵渴。依隐幸自从，求心果芜

---

① 魏耕原《谢朓诗论》，中国社会科学出版社 2004 年版，第 39 页。

② 日本足利学校藏宋刊明州本六臣注《文选》，第 1657—1658 页。

③ 《南朝诗歌思潮》，第 133 页。

④ 《南北朝文学编年史》，第 294 页；《谢宣城集校注》，第 455 页。

昧。方轸归与愿，故山芝未歇。[①]

曹融南注引方植之（方东树《昭昧詹言》）曰："此诗序述委婉，情文斐靡，一往情深，似刘公干。"[②]"一往情深"也者，主要是针对诗中情感的真挚、深沉而言。谢朓时在荆州，遭王秀之诬陷，"长史王秀之以朓年少相动，密以启闻。世祖敕曰：'侍读虞云自宜恒应侍接。朓可还都。'""朓道中为诗寄西府曰：'常恐鹰隼击，秋菊委严霜。寄言罻罗者，寥廓已高翔。'"[③]诗正道出此时谢朓的心情，少不更事且情感敏锐，性情懦弱的谢朓在如此的高压下，既然不能慨慷悲歌，就只能把自己的忧惧、悲伤以另一种方式一股脑倾泻在诗中，这势必造成诗中情感的深沉。《宣城郡内登望诗》作于建武二年（495），谢朓 32 岁时，[④]诗曰：

借问下车日，匪直望舒圆。寒城一以眺，平楚正苍然。山积陵阳阻，溪流春谷泉。威纡距遥甸，巉岩带远天。切切阴风暮，桑柘起寒烟。怅望心已极，惝怳魂屡迁。结发倦为旅，平生早事边。谁规鼎食盛，宁要狐白鲜？方弃汝南诺，言税辽东田。[⑤]

宣城郡内登高望远，触景伤情，引发无限感慨，"寒城一以眺，平楚正苍然"句，历来受人激赏，[⑥]此句之格调固然矫亢，然满布句中的凄凉氛围更让我们惊心。接下来的几句景物描写，更把诗人"怅望心已极，惝怳魂屡迁"的情愫推到无以复加的地步。至此，诗句稍一转关，在这怅惘已极之际，诗人的情感再次生发，想到了自己如履薄冰至今仍无以为安的宦途，最后归结到"言税辽东田"。这些诗中，谢朓的情感就是那么的深沉，其隐逸之思也是那么的泛化，无论何时、无论何地、无论何景都可触发他无限的情思，而这种触发起来的情思又是那么的深沉，那么的让人戚戚然。就情感的动人而言，谢朓隐逸诗的成就是超过谢灵运的。

其他如《落日怅望诗》《移病还园示亲属诗》等，内在情感的细密、深沉较之此前的陶渊明、谢灵运是往前又推进了一步。

---

① 《谢宣城集校注》，第 269 页。

② 《谢宣城集校注》，第 272 页。

③ 《南齐书·谢朓传》，第 825 页。

④ 《南北朝文学编年史》，第 314 页；《谢宣城集校注》，第 459 页。

⑤ 《谢宣城集校注》，第 225 页。

⑥ 曹融南注引朱熹曰："苏子由爱《选》诗'亭亭木叶下，陇首秋云飞'，此正是子由慢底句法。某却爱'寒城一以眺，平楚正苍然'十字却有力。"（《谢宣城集校注》，第 227 页）

《南史》卷二十二《王昙首传》云："沈约谓王志曰：'谢朓常见语曰："好诗圆美流转如弹丸"(方东树《昭昧詹言》引"流转"为"流畅")'近见其数首，方知此言为实。"[①]此言谢朓诗歌"清新流丽"[②]的风格特征。"流丽"也者，主要是说谢朓的诗歌体现了新体诗的特征，讲究音律的和谐，"流转"而"清新"也者，更是对谢朓诗风的整体评价。

谢朓隐逸诗的风格，固然也有"清新流丽"的特点，但因其情感的深沉，故而，在"清新流丽"的基础上，作者的情感弥漫于所描写的物象之上，诗歌达到一种情、景交融的境界，这是谢朓对谢灵运隐逸诗的发展。"玄晖妙语深情，清丽中时露壮语。"[③]也指出了谢朓隐逸诗的这一特点。沈约在《伤谢朓》诗中说："吏部信才杰，文锋振奇想。调与金石谐，思逐风云上。"就是对谢朓隐逸诗歌这一突出特征的肯定。

三、诗、赋隐逸风格的差异

谢朓隐逸诗中多有一个忧谗畏讥、诚惶诚恐的诗人影子，这一形象因畏惧仕途的险恶，故而常有隐逸之思，即便不能走向山林湖泽，然而心向往之，诚非一时心血来潮。谢朓无论在朝还是在宣城郡，都是身在仕途，心寄草野，内心对隐逸异常倾慕。相对于隐逸诗中的不安情愫，谢朓的隐逸文、赋则更多静谧的色彩，内心恬静了许多，如永明七年(489)，26岁之时所作(与《拟风赋奉司徒教作》创作背景、心态差近)的《游后园赋》[④]：

> 积芳兮选木，幽兰兮翠竹。上芜芜兮荫景，下田田兮被谷。左蕙畹兮弥望，右芝原兮写目。山霞起而削成，水积明以经复。于是敞风闺之蔼蔼，耸云馆之迢迢。周步檐以升降，对玉堂之泬寥。追夏德之方暮，望秋清之始飚。藉宴私而游衍，时寤语而逍遥。尔乃日栖榆柳，霞照夕阳；孤蝉以散，去鸟成行。惠气湛兮帷殿肃，清阴起兮池馆凉。陈象设兮以玉瑱，纷兰籍兮咀桂浆。仰微尘兮美无度，奉英轨兮式如璋。藉高文兮清谈，预含毫兮握芳。则观海兮为富，乃游圣兮知方。[⑤]

赋中一片欣喜之情，格调清新，与其隐逸诗较有不同。其他如《思归

① 《南史·王昙首传》，第609—610页。
② 《中国文学史》第二册，第135页。
③ (梁)钟嵘著，王叔岷笺证《钟嵘诗品笺证稿》，中华书局2007年版，第290页。
④ 《谢宣城集校注》，第452页。
⑤ 《谢宣城集校注》，第37页。

赋》《拟风赋奉司徒教作》的意象及风格都具有明快、轻松的特点。

谢朓隐逸诗、赋格调的差异，是十分明显的，何以至此，情况要作具体分析。

《游后园赋》与《拟风赋奉司徒教作》分别作于永明五年(487)，24 岁之时[①]，永明七年(489)，26 岁之时，这一时期谢朓正预鸡笼山西邸之游，心态较为明朗。“八友”诗酒游赏，好不得意，这是谢朓一生最为舒心的日子，作品风格之明朗，意象之明快是很自然的。

《思归赋》作于建武四年(497)，34 岁，[②]时谢朓“出为晋安王镇北谘议、南东海太守，行南徐州事。启王敬则反谋，上甚嘉赏之。迁尚书吏部郎。”[③]应该说，此时谢朓的处境有所好转，心态自然也较为平和，与当时著名隐士诸葛璩有密切交往，“诸葛璩……齐建武初，南徐州行事江祀荐璩于明帝，言璩安贫守道，悦礼敦诗，如其简退，可扬清厉俗，请辟爲议曹从事。帝许之。璩辞不赴。陈郡谢朓为东海太守，下教扬其风概，饷谷百斛。[④]发之于赋，其中之情感必然较为明朗，加之《归田赋》至张衡肇始于前，张华继作于后，其主旨、格调基本相似：都是充满愉悦的心情，用明丽的调子设想田园生活的美好及在这种美好环境下自己的惬意心情，这种固定的体式使谢朓在选用此题进行创作时也必然受到影响，自然地，调子也较为明朗了。

第六节　谢庄、谢朏及谢氏其他成员的隐逸文学创作

谢氏家族隐逸文学创作虽以谢灵运、谢朓为代表，但家族其他成员依然有不少出色的作品，尤其是谢庄、谢朏二人，成就不容小觑。

一、谢庄：《怀园引》的情思及特色

谢庄，字希逸，陈郡阳夏人，太常弘微子也。“年七岁，能属文，通《论语》。及长，韶令美容仪，太祖(文帝)见而异之，谓尚书仆射殷景仁、领军将军刘湛曰：‘蓝田出玉，岂虚也哉！’”[⑤]所言其幼有文采，善于作文，同时，言

---

① 《六朝年谱辑要・曹融南〈谢朓事迹诗文系年〉》，第 454 页。

② 《六朝年谱辑要・曹融南〈谢朓事迹诗文系年〉》，第 462 页。

③ 《南齐书・谢朓传》，第 826 页。

④ 《南史・诸葛璩传》，第 1902 页。

⑤ 《宋书・谢庄传》，第 2167 页。

其所受教育以儒家为主。事实上谢庄亦不像其前辈谢灵运那样佯狂放诞，而是谨慎自守，成为宋末维系谢氏家族门风不倒的主要人物。

《怀园引》及《山夜忧》之类，是传统隐逸作品的主题，而作为严格按照儒家规范行事，谨慎而又积极奔走于仕途之士子，创作这些作品时，其中虽也有恬静的退避之思，但这种思想在文中却是较为淡薄的，其元嘉二十六年(449)，“随从刘诞赴雍州，又作《怀园引》”，[①]诗曰：

> 鸿飞从万里，飞飞河岱起。辛勤越霜雾，联翩遡江汜。去旧国，违旧乡，旧山旧海悠且长。回首瞻东路，延翮向秋方。登楚都，入楚关，楚地萧瑟楚山寒。岁去冰未已，春来雁不还，风肃幌兮露濡庭。汉水初绿柳叶青，朱光蔼蔼云英英，新禽喈喈又晨鸣。菊有秀兮松有蕤，忧来年去容发衰，流阴逝景不可追。临堂危坐怅欲悲，轩凫池鹤恋阶墀。岂忘河渚捐江湄，试托意兮向芳荪。心绵绵兮属荒樊，想绿蘋兮既冒沼，念幽兰兮已盈园。夭桃晨暮发，春莺旦夕喧。青苔芜石路，宿草尘蓬门。邅吾游夫鄢郢，路修远以萦纡。羌故园之在目。江与汉之不可踰。目还流而附音。候归烟而托书。还流兮潺湲，归烟容裔去不旋。念卫风于河广，怀邶诗于毖泉。汉女悲而歌飞鹄，楚客伤而奏南弦。武巢阳而望越，亦依阴而慕燕。咏零雨而卒岁，吟秋风以永年。[②]

有感于仕途的奔波而生出怀乡之情思，虽是怀乡，却无退守终老之一般意义，这是谢庄对此类题材的一大新变，《山夜忧》中的情思亦是如此。

《怀园引》深受楚辞和“琴曲歌辞”的影响，由于谢庄精通音律，故而，此诗音节流畅优美。尤其是三、五、六、七言诗句的交错运用，又间用工稳的对句，于自然灵活之中颇见整饬之美。音调婉转流畅，再掺入楚辞体的句式，愈使诗具有流宕动人的情调。陈祚明评曰：“创作七言，颇有健句。散散作结，言若未止，情若方殷，故自可颂。”“‘岁去’二语，初唐佳句。”[③]诗最后又连用几个通俗常见的典故，使怀园的内容具有了较深的寄托和内涵。这类诗作对后代杂言歌行体的发展无疑有着积极的作用。李白的《鸣皋歌送岑征君》《蜀道难》等诗受其影响，明显可见。而全诗表现的“清丽研炼”的特色，可看出谢灵运、谢朓隐逸诗风的影子。

---

① 《南北朝文学编年史》，第 148 页。

② 《先秦汉魏晋南北朝诗·宋诗》，第 1253 页。

③ 《采菽堂古诗选》，第 517 页。

二、谢朏:《与王俭书》中对隐逸思想的探讨

谢朏乃谢庄之子,“字敬冲,……朏幼聪慧,(谢)庄器之,常置左右。年十岁,能属文。庄游土山赋诗,使朏命篇,朏揽笔便就。琅邪王景文谓庄曰:‘贤子足称神童,复为后来特达。’庄笑,因抚朏背曰:‘真吾家千金。’”①年少即显示出不凡的文学才华,深得其父谢庄的赏识。谢朏更具隐逸之思想及行为,“在郡不省杂事,悉付纲纪。”②“帝下诏曰:‘夫超然荣观,风流自远;蹈彼幽人,英华罕值。故长揖楚相,见称南国;高谢汉臣,取贵良史。新除侍中、中书令朏,早藉羽仪,夙标清尚,登朝树绩,出守驰声。遂敛迹康衢,拂衣林沚,抱箕颍之余芳,甘憔悴而无闷……’”③“及高祖平京邑,进位相国,表请朏、胤曰:‘夫穷则独善,达以兼济。虽出处之道,其揆不同,用舍惟时,贤哲是蹈。前新除侍中、太子少傅朏,前新除散骑常侍、太子詹事、都亭侯胤……昔居朝列,素无宦情,宾客简通,公卿罕预,簪绂未褫,而风尘摆落……拂衣东山,眇绝尘轨。虽解组昌运,实避昏时。家膺鼎食,而甘兹橡艾;世袭青紫,而安此悬鹑。自浇风肇扇,用南成俗,淳流素轨,余烈颇存。谁其激贪,功归有道,康俗振民,朝野一致……。’并不至。”④“时何胤、谢朏并隐东山。”⑤其隐逸文主要有《与王俭书》,文曰:

> 夫所贵天下之士者何?其上则閟景山壑,凌气风霞;次则投缗舍筑,郁为上佐;次则服秦楚而辞其功,振燕魏而逃其赏。凡此数辈,皆英懿之士也。自兹已降,参差万绪。或迹著明晦,或才兼默语,若桓谭之褰俗,冯衍之忤时,北海之凝峭,中散之峻绝,率以方寸之情,丧不訾之德,盖无取焉。若相如之爱奇,任伟长之淹粹弘远,乐广融通,裴楷夷淡,彼四贤者,并纯神绝景,徇物伤意,其慕之而未可以言,但心之所语,咫尺千里,志之所符,沧洲暖然,揣而论之,寔山河之不肖者也。⑥

把隐逸人物以行为标准分为三类,如此分类是否合适,尚可商榷,但就此分类本身来说,足见谢朏对隐逸思想及隐逸行为的认识是比较深入了。

---

① 《梁书·谢朏传》,第 261 页。
② 《梁书·谢朏传》,第 262 页。
③ 《梁书·谢朏传》,第 263 页。
④ 《梁书·谢朏传》,第 263—264 页。
⑤ 《南史·隐逸传》,第 1882 页。
⑥ 《全梁文》,第 3207 页。

而这三类行为之外的士人，虽都有拔俗忤时之特点，但总的来说，这些人还主要是想博得世俗的声名，以此出发也就有了虽是拔俗忤时的行为，但亦以获取虚誉为旨归，故而，谢朏认为这些人之行为“盖无取焉”，“徇物伤意，其慕之而未可以言”，“揣而论之，寔山河之不肖者也”，这些等而下之的所谓隐逸行为是谢朏所不认可的。当然，谢朏的思想及行为以儒家为依归，故而，他对这些不能兼济天下的佯狂者的行为之非议，亦易理解。

三、谢氏家族其他成员的隐逸之作

刘宋时期的谢惠连，“幼而聪敏，年十岁，能属文，族兄灵运深相知赏”[①]，亦是才子型文士一类，其性格较为真率，“轻薄多尤累”[②]，行为唯以“适己”为务，故而仕途崚嶒，未立而逝。其《读书诗》是其郁郁退避心态的展示，诗曰：

> 贲园奚足慕，下帷故宜遵。山成由一篑，崇积始微尘。虞轩虽眇莽，颜隰亦何人。[③]

诗虽曰“贲园奚足慕”，实乃对现实的揶揄，或曰一种激愤心态的发泄。这种心态与其族兄，同时亦是其情投意合、诗酒唱和的挚友谢灵运相似，都是才子型文士在遭遇现实的打击后的不期然之发泄。此诗最大的特点是咏史以咏怀，可看出自左思至于谢灵运以来的传统。

谢氏家族的隐逸文学创作大致如此。从中我们或可看出一些具有普遍意义的规律：家族成员之隐逸文学创作固然为时代风气所引领，但家族门风的影响也不可忽略，而谢氏一门长期创作代不乏人，除了家族文学传统的原因外，善于因时而变，不断调整自己的创作风格亦是原因之一。

---

① 《宋书·谢惠连传》，第1524页。

② 《宋书·谢惠连传》，第1525页。

③ 《先秦汉魏晋南北朝诗·宋诗》，第1196页。

第六章　赠答诗、书信文为主导的梁代隐逸文学

梁代是隐逸文学创作较为兴盛的时期，就作品数量而言，是魏晋南北朝这一相当长时期内仅次于两晋的第二次隐逸文学创作的高潮期。不仅作品数量如此，有隐逸作品传世的作家数量亦复不少，比较有代表性的有梁武帝萧衍、江淹、沈约、何逊、吴均、萧统、陶弘景、简文帝萧纲、元帝萧绎等。而隐逸作品的形式则以赠答诗、书信文为主。

第一节　梁代隐逸思潮的新特点

《梁书·处士传》起始论及这一时期的隐逸状况时，曰：

> 《易》曰："君子遁世无闷，独立不惧。"孔子称长沮、桀溺隐者也。古之隐者，或耻闻禅代，高让帝王，以万乘为垢辱，之死亡而无悔。此则轻生重道，希世间出，隐之上者也。或托仕监门，寄臣柱下，居易而以求其志，处污而不愧其色。此所谓大隐隐于市朝，又其次也。或裸体佯狂，盲喑绝世，弃礼乐以反道，忍孝慈而不恤。此全身远害，得大雅之道，又其次也。然同不失语默之致，有幽人贞吉矣。与夫没身乱世，争利干时者，岂同年而语哉！《孟子》曰："今人之于爵禄，得之若其生，失之若其死。"《淮南子》曰："人皆鉴于止水，不鉴于流潦。"夫可以扬清激浊，抑贪止竞，其惟隐者乎！自古帝王，莫不崇尚其道。虽唐尧不屈巢、许，周武不降夷、齐；以汉高肆慢而长揖黄、绮，光武按法而折意严、周，自兹以来，世有人矣。有梁之盛，继绍风猷。斯乃道德可宗，学艺可范，故以备《处士篇》云。[①]

① 《梁书·处士传》，第731—732页。

这段史料纵论隐逸的类型，及其对社会空气净化的作用。“自兹以来，世有人矣”，指出其连续不断一直不曾中辍的事实，“有梁之盛，继绍风猷”，其时阮孝绪作《高隐传》十卷，“上自炎、黄，终于天监之末，斟酌分为三品，凡若干卷。”[①]“终于天监之末”，可知梁时隐士依然“继绍”前代，不曾中辍。而《梁书》除立《处士传》外，又立《止足传》，其中所叙人物，多具隐逸思想及隐逸行为。而且此时隐逸的目的也渐趋固化，即“隐逸的目的就是隐逸本身的意义，则只要能‘得意’，即使身在市朝，也可不失为隐逸了。魏晋玄学重意的理论，其势必然要发展到这一点，于是就有所谓朝隐的说法了。”[②]朝隐的行为由来已久，汉时之东方朔、晋之谢安早已躬行其事。西晋时期郭象的“独化”论、“适性”之处世哲学为这种行为提供了潜在的理论支撑，然而对这种行为作进一步的明确的理论阐释则是在南朝尤其是梁代。于此也可看出梁代隐逸之风的兴盛，尤其是陶弘景、何点、阮孝绪等人，在中国隐逸史上占有重要位置，而那些没有隐逸行为而又有隐逸思想者更是为数众多。

梁代隐逸思想的新特点与这一时期道教、佛教的广泛流播有直接关系。

一、陶弘景的道教隐逸观

陶弘景，“幼有异操。年十岁，得葛洪《神仙传》，昼夜研寻，便有养生之志。”“虽在朱门，闭影不交外物，唯以披阅为务。”“止于句容之句曲山。……乃中山立馆，自号华阳隐居。始从东阳孙游岳受符图经法。遍历名山，寻访仙药。每经涧谷，必坐卧其间，吟咏盘桓，不能已已。时沈约为东阳郡守，高其志节，累书要之，不至。”“天监四年，移居积金东涧。善辟谷导引之法，年逾八十而有壮容。深慕张良之为人，云‘古贤莫比’。[③] 作为当时的道教大师，陶弘景在官方及民间道教信徒中都有着广泛的影响。其道教思想的主要特点有二：(1)形、神双修；(2)三教调和。

在形神关系上，陶弘景继承葛洪的思想，亦认为“形恃神立，神以制形”。“夫禀气含灵，唯人为贵。人所贵者，盖贵为生。生者神之本，形者神之具。神大用则竭，形大劳则毙。若能游心虚静，息虑无为，服元气于子后，时导引于闲室，摄养无亏，兼饵良药，则百年耆寿，是常分也。如恣意以

① 《梁书·处士传》，第741页。
② 《王瑶全集·论希企隐逸之风》，第220页。
③ 《梁书·处士传》，第743页。

耽声色，役智而图富贵，得丧恒切于怀，躁挠未能自遣，不拘礼度，饮食无节，如斯之流，宁免夭伤之患也？”[①]“故人所以生者，神也；神之所托者，形也。形神离别则死，死者不可复生，离者不可复返。故乃圣人重之夫养生之道。”[②]“凡质象所结，不过形神：形神合时，则是人是物；形神若离，则是灵是鬼。其非离非合，佛法所摄；亦离亦合，仙道所依。今问以何能而致此，仙是铸炼之事极，感变之理通也。当埏埴以为器之时，是土而异于土，虽燥未烧，遇湿犹坏；烧而未熟，不久尚毁；火力既足，表里坚固，河山可尽，此形无灭。假令为仙者，以药石炼其形，以精灵莹其神，以和气濯其质，以善德解其缠：众法共通，无碍无滞，欲合则乘云驾龙，欲离则尸解化质。不离不合，则或存或亡。于是各随所业，修道进学，渐阶无穷。教功令满，亦毕竟寂灭矣。”[③]综上，不难得知陶弘景的形神论之观点主要有以下几点：(1)由“仙道贵生”出发，来论证形神关系。陶弘景认为，生是神之本，神是生之用，二者是体用关系。但是，人之所生，正在于有神明。形体则是神明之所寄。形与神合，则生；形与神离，则死。圣人最重养生之道，所以要使形神结合；(2)纵恣心意，沉溺声色之娱；竭尽心智，图谋名利富贵；汲汲于个人名利，烦躁困扰，不能排遣，都会伤害心神，导致夭伤；(3)养生之道，在于游心息虑；(4)以埏埴陶器为例，说明修道炼养必须“火力既足，表里坚固”，这样即使山河可尽，形体也不坏灭；(5)陶弘景认为：“(形神)亦离亦合，仙道所依。”形神有离也有合，离为人之死，合为人之生。“人所贵者，盖贵为生”，因此形神应求合避离。

其二，调和儒、释、道三教。陶弘景是道教大师，但他自幼又熟读儒家经典，对儒家思想有深入的了解，同时他对佛教也很敬重，对佛典也很熟悉。“在茅山中立佛道二堂，隔日朝礼。佛堂有像，道堂无像。”[④]“曾梦佛授其菩提记，名为胜力菩萨。乃诣鄮县阿育王塔自誓，受五大戒。”[⑤]《广弘明集》卷十三释法琳《辨正论·九箴篇》曰：“子是南人，躬学茅山道士冲和子之法。冲和子与陶隐居常以敬重佛法为业，但逢众僧，莫不礼拜。岩穴之内，悉安佛像；自率门徒受学之士朝夕忏悔，恒读佛经。”陶弘景曾说：“仰寻道经《上清》上品事极高真之业，佛经《妙法莲花》理会一乘之致，仙书《庄

① (梁)陶弘景著，王京州校注《陶弘景集校注·养性延命录序》，上海古籍出版社2009年版，第135页。

② 《中华道藏》第29册张君房编《云笈七签·养性延命录》，华夏出版社2004年版。

③ 《陶弘景集校注·答朝士访仙佛两法体相书》，第102页。

④ (宋)贾嵩《陶隐居内传》，清光绪二十九年刻本。

⑤ 《梁书·处士传》，第743页。

子内篇》义穷玄任之境。此三道足以包括万象，体具幽明。”陶弘景把《庄子内篇》和道教经典《上清经》、佛教典籍《妙法莲华经》看成是足以包罗万象的“三道”。在《茅山长沙馆碑》中，他明确指出：“万物森罗，不离两仪所育；百法纷凑，无越三教之境。”[①]儒、释、道三教囊括百法，同等重要。陶弘景给陆敬游的《十赍文》中说：“崇法惟善，法无偏执”，强调的也是三教调和的思想。

二、梁武帝的佛教思想及与时代隐逸思潮的关系

我们知道梁代思想的最大特点是佛音弥漫，梵呗嘹亮，但这一时期的佛教思想较之前代也有了新的变化，其代表人物是梁武帝萧衍及竟陵王萧子良。萧子良对佛教“敬信尤笃”[②]，萧衍一方面对佛教非常推崇，且多践身佛寺之行为，同时，他本人的佛学造诣也十分深厚。作为帝王，其对佛教的推崇，自能引领时代思潮，造成一时佛教风靡全国的盛况。梁武帝的佛学思想突出表现在以下几个方面：

（一）三教同源，以儒证佛

梁武帝精通儒、佛，也雅好道玄，和陶弘景等人关系密切。如此，使他能够把儒家的“仁”“礼”、道教的“自然”“无”“无为”、佛教的因果报应说、涅槃超脱思想加以融会贯通，从而提出三教同源的论点。他认为：“观三圣设教，皆云（神）不灭。”[③]孔、老、释都为圣人，其共同的理论基础是神不灭论。在具体政治施为上，他也贯彻三教并用的政策，就在他舍道归佛的第二年，就下诏设置五经博士，倡导儒学，同时他也与道教大师陶弘景保持密切关系。当然，萧衍认为三教之间的关系并不是平列的，而是有主次内外之分的。他有《会三教》一诗，记述信仰三教的先后次序：“少时学周孔”，“中复观道书”，“晚年开释卷”，是诗指出佛之于儒道“犹日映众星”，佛教是根本，儒、道是辅助。同时的释智藏在《奉和武帝三教诗》中写道：“心源无本二，学理共归真。”“安知悟云渐，究极本同伦。”也明确道出梁武帝的三教同源，佛为根本的思想。同时，萧衍又援儒证佛，用儒家“祭神如神在”的神道设教和《祭义》《礼运》的条文来论证佛教的神明不灭；用孟子的“君子远庖厨”之言来论证佛教徒“禁断酒肉”的必要性，使佛教带上更浓厚的传统思想色彩，从而更易于使佛教为大众接受。

---

① 《陶弘景集校注·茅山长沙馆碑》，第191页。
② 《南齐书·武十七王传》，第700页。
③ 《全梁文·萧衍〈敕答臣下神灭论〉》，第2973页。

（二）涅槃佛性论

梁武帝的涅槃佛性说在六朝佛教义学中占有一定的地位。梁武帝一方面肯定“一切众生悉有佛性”，同时也希望“恒沙众生，皆为法侣，微尘世界，悉是道场”。[①] 其论证众生皆有佛性的主要论据是：“心神为正因体”，也即：“心有神灵不失之性，如是心神已在身内，即异木石等非情物。由此能成大觉之果，故说心神为正因体。”[②]人与草木土石不同，心里有神灵的本性，这种内心神灵已经存在于人的身体之内，只要人们经常不断地克服烦恼贪欲，去除愚昧无明，保持神明的心灵，就能达到大彻大悟的境界，就能最终证得佛果。

（三）笃信因果，匡正佛法

中国传统文化推崇“积善余庆”“积不善余殃”，认为善恶皆有报。佛教传入后，经慧远、沈约等人的阐扬，因果报应也成了佛教的基本教义之一，所谓“善恶之报，如影随形；三世因果，循环不失”[③]。萧衍笃信并极力宣扬这种因果学说。梁朝大臣江革“精信因果，而高祖未知，谓革不信佛教，乃赐革《觉意诗》五百字，云‘惟当勤精进，自强行胜修；岂可作底突，如彼必死因。以此告江革，并及诸贵游。’又手敕云：‘世间果报，不可不信，岂得底突如对元延明邪？’革因启乞受菩萨戒”。[④] 萧衍认为：“行十恶者，受于恶报；行十善者，受于善报”，“善恶报应，必也不亡。”[⑤]

同时，萧衍还把精信因果与禁断酒肉、匡正佛法结合起来，“嗜酒肉”之因，必得“断佛种”之果。他警告僧尼：“啖食鱼肉，侵酷生类，作恶知识，起众怨对，坠堕地狱，疾于矟矛”！[⑥]

葛洪、陶弘景的思想在梁代影响极大，在这种思想的影响下，当时不少隐者对三教广为吸纳。这种吸纳不仅体现在他们身上多有三教合流的印痕，而且，也体现在他们的隐逸观念上。他们在隐逸时，努力把儒佛的修心养性与道家、道教的服食长生结合起来，对涅槃佛性的解脱思想，也较为欣赏。《南史·隐逸传》记载这一时期的隐士张孝秀曰：“性通率，不好浮华……博涉群书，专精释典。僧有亏戒律者，集众佛前，作羯磨而笞之，多能改过。”[⑦]此种行为，一方面可以看出隐者张孝秀对佛典的熟悉，另一方

① 《广弘明集》卷二十八下，第 342 页。
② 《中华大藏经》第十四册南本《涅槃经》。
③ 《中华大藏经》第十四册南本《涅槃经》。
④ 《梁书·江革传》，第 524 页。
⑤ 《全梁文·萧衍〈与周舍论断肉敕〉》，第 2974 页。
⑥ 《全梁文·萧衍〈与周舍论断肉敕〉》，第 2974 页。
⑦ 《南史·隐逸传》，第 1906 页。

面也从其对佛教修养的虔诚，可看出其对不守佛教戒律为非作歹的恐惧，佛教因果报应论之迹甚是明了。

具体而言，时代思潮对隐逸思潮的影响如下：

三、梁代隐逸行为及隐逸思潮的特点

（一）皇室隐逸思想及其与隐者的交往

以往的隐逸者，多以文士、逸士为主体，皇室成员锦衣玉食，一般是不愿或不屑隐逸的，也就更少隐逸文学创作了，最多出于政治上的考量，应景式的发几篇关乎隐逸的诏令，以求得隐逸人才回归朝廷，同时也博得爱惜人才的美名。但，梁代的情况却大不相同。

梁代皇室虽出身不同，但多与知识阶层交接甚深，从而思想观点亦有较大交通，梁武帝萧衍、昭明太子萧统、简文帝萧纲、元帝萧绎等是其中的典型。梁武帝萧衍在齐代即为"竟陵八友"之一，与同是"竟陵八友"之一的"中隐"的代表谢朓有密切关系，同时，也与当时"竟陵八友"之一的佛学造诣颇深的沈约、竟陵王萧子良等人朝夕相处，这些必然会对当时乃至以后萧衍的思想有直接的影响，如他的信奉佛教乃至其佛学思想中三教合一、涅槃佛性论等都与沈约较为接近。有梁一代，萧衍与当时著名隐士之交往更为频繁，他曾有手诏与当时著名隐士何点，诏曰："昔因多暇，得访逸轨，坐修竹，临清池，忘今语古，何其乐也。暂别丘园，十有四载，人事艰阻，亦何可言。"[①]萧衍回顾自己往昔的隐逸行为，及后来奔竞仕途的艰危，对早日隐居生活多有怀恋，"吾虽不学，颇好博古，尚想高尘，每怀击节。"[②]其又有《赠逸民诗》十二章，其七曰：

> 念我栖迟，安步任心。夏兴石泉，春游香林。欢踰丝竹，乐过瑟琴。无疑无难，谁诃谁禁。百非不起，万累俱沉。[③]

萧衍三次舍身同泰寺，固然有为佛教张目，进而为政治服务的目的。但萧衍本人对佛教的造诣及由此形成的"百非不起，万累俱沉"的思想，想必也是其"向往"佛门"净土"之一因吧，其中也浸润着佛教涅槃解脱的思想。此诗既为《赠逸民诗》，其与"逸民"之交往、思想的切磋就自不待言，故

---

① 《梁书·何点传》，第733页。

② 《梁书·何胤传》，第736页。

③ 《先秦汉魏晋南北朝诗·全梁诗》，第1527页。

而诗中充满着“栖迟”“石泉”“春游”“丝竹”“琴瑟”等这些隐逸诗文中惯常使用的意象。

萧统是第一个真正在文学上发现并提升陶渊明价值的人，不仅在其主持编纂的《文选》中大量选录陶渊明的作品，而且还为其作品作序，并作有《陶渊明传》，可见他对“古今隐逸诗人之宗”的陶渊明的赞许。不仅如此，在政治活动中，萧衍也屡次下诏征聘隐逸，梁天监十四年(515)，萧衍 52 岁时，有《求贤诏》：①

> 朕恭祗明祀，昭事上灵，临竹宫而登泰坛，服裘冕而奉苍璧，柴望既升，诚敬克展，思所以对越乾元，弘宣德教，而缺于治道，政法多昧，实伫群才，用康庶绩，可班远近，博采英异。若有确然乡党，独行州闾，肥遁丘园，不求闻达，藏器待时，未加收采。或贤良方正，孝弟力田，并即腾奏，具以名上。当擢彼周行，试以邦邑，庶百司咸事，兆民无隐。又世轻世重，随时约法，前以劓墨，用代重辟，犹念改悔，其路已壅，并可省除。②

《诏》中之欲使“兆民无隐”，足见其本人对隐者的重视。时隔 33 年，梁太清二年(548)，萧衍 85 岁之时，依然还有《求贤诏》③：“为国在于多士，宁下寄于得人。朕暗于行事，尤阙治道，孤立在上，如临深谷。凡尔在朝，咸思匡救，献替可否，用相启沃，班下方岳，傍求俊乂，穷其屠钓，书其岩穴，以时奏闻。”④其对隐者的情愫一以贯之，至老而不衰。

其他皇室成员，如绍王萧纶、安成王萧秀、萧方等亦有隐逸作品传世。

皇室成员不仅有大量隐逸作品流转，他们还积极与隐者交通，如萧衍与隐者何胤、何点、陶弘景；萧衍与陶渊明的异世交往；简文帝萧纲有《和赠逸民应召诗》《征君何先生墓志》，见出与隐士何胤兄弟的交情；邵陵王纶、元帝萧绎都有为陶弘景作的碑文，见出其与陶弘景之间的情意。

皇室成员与隐者的密切交往，是这一时期隐逸现象的鲜明特点。

（二）三教渐趋合流背景下的隐逸思潮

梁代无论是道教、还是佛教都已发展到较为兴盛的阶段，而道教的代表陶弘景、佛教的代表梁武帝思想上的一个重要特点在于都提倡儒释道三

① 《六朝作家年谱辑要·四萧年谱》下册，第 34 页。

② 《全梁文》，第 2961 页。

③ 《六朝作家年谱辑要·四萧年谱》下册，第 69 页。

④ 《全梁文》，第 2968 页。

教合流，这种思想也影响到这一时期的隐逸思潮，不少隐者身上即有着明显的三教合流的印迹。

陶弘景“山中宰相”的荣名必然增强道教隐逸的吸引力。《南史·隐逸传》记载隐士邓郁的事迹曰：“少而不仕，隐居衡山极峻之岭，立小板屋两间，足不下山，断谷三十馀载，唯以涧水服云母屑，日夜诵大洞经。梁武帝敬信殊笃，爲帝合丹，帝不敢服，起五岳楼贮之供养，道家吉日，躬往礼拜。”①可见邓郁模范陶弘景，是一位与世俗有密切关系的道士。阮孝绪回答其父的问话曰：“愿迹松子于瀛海，追许由于穹谷，庶保促生，以免尘累。”②亦体现了道教隐逸的吸引力。源于其人与世俗交往的密切，站在世俗文士的立场考量，其身份又与一般意义上的道士不同，故而，史书上也把他们归于隐逸的行列。梁武帝萧衍以帝王之尊对道教如此膜拜，自然有很大的感召力，道教之兴盛自不待言。同时道教与世俗关系的密切也促成了道教隐逸观的兴盛，不少道士如邓郁、陶弘景等，都以自身的道教素养参预现实政事，道教对一般士人的吸引力也就更甚。一般士人的心向道教也并不就是说，要成为严格意义上的道士，而是如邓郁、陶弘景之流，成为区别于正统道士而与世俗交接的“隐士”。

佛教发展到南朝，尤其是梁代，早已摆脱了初入中土时依附道教、儒学的地位。经东晋南朝高僧的努力，南朝的佛性是进一步地弘扬了，佛教也以其自身的理论优势对士人产生了巨大的吸引力。佛教宣扬的“空”“静”与隐者的心理状态本就有相通之处，而梁代的佛教由于最高统治者的提倡，愈发兴盛，以致梁代不管是繁华的都邑通衢还是幽僻之名山大川，处处烟火缭绕，弥漫着梵呗之音。这对一般的隐者也具有很大的吸引力。《梁书·处士传》所载隐者十三人，精通佛典或在名寺与名僧交通者多达九人，如何胤“入钟山定林寺听内典。”③刘慧斐，“因不仕，居于东林寺。……尤明释典。”④范元琰，“长好学，博通经史，兼精佛义。”⑤“歊既长，精心学佛。有道人释宝志者，时人莫测也，遇歊于兴皇寺，惊起曰：‘隐居学道，清净登佛。’如此三说。歊未死之春，有人为其庭中栽柿，歊谓兄子弇曰：‘吾不见此实，尔其勿言。’”“刘慧斐……游于匡山，遇处士张孝秀，相得甚欢，遂有终焉之志。因不仕，居东林寺。”“慧斐尤明释典，工篆隶，在山手写佛经二

① 《南史·隐逸传》，第1896页。
② 《南史·隐逸传》，第1893页。
③ 《梁书·何胤传》，第735页。
④ 《梁书·刘慧斐传》，第746页。
⑤ 《梁书·处士传》，第746页。

千余卷，常所诵者百馀卷。昼夜行道，孜孜不怠，远近钦慕之。简文临江州，遗以几杖。论者云，自远法师没后将二百年，始有张、刘之盛矣。”①

同时，这一时期，儒教的隐逸观依然在发挥作用，如诸葛璩，“齐建武初，南徐州行事江祀荐璩于明帝曰：‘璩安贫守道，悦《礼》敦《诗》，如其简退，可以扬清厉俗。请辟为议曹从事。’”②沈颉，“幼清静有至行，慕黄叔度、徐孺子之为人。读书不为章句，著述不尚浮华。常独处一室，人罕见其面。从叔勃贵显每还吴兴，宾客填咽，颉不至其门。勃就之，颉送迎不越于阃。勃叹息曰：‘吾乃今知贵不如贱。’”③

不少隐士，既热衷道教、佛教，同时也兼修儒术，或一身兼修儒、道，或热衷儒、佛，或服膺道、佛，或躬行三教，三教合流的时代新特点在这些隐士身上表现非常明显。如《梁书·处士传》记载的隐士：

(何)胤，“受《易》及《礼记》《毛诗》，又入钟山定林寺听内典，其业皆通。”“注《易》，又解《礼记》，于卷背书之，谓为《隐义》。”“初，开善寺藏法师与胤遇于秦望，后还都，卒于钟山。其死日，胤在般若寺，见一僧授胤香炉奁并函书，云‘呈何居士’，言讫失所在。胤开函，乃是《大庄严论》，世中未有。又于寺内立明珠柱，乃七日七夜放光，太守何远以状启。昭明太子钦其德，遣舍人何思澄致手令以褒美之。”“胤注《百法论》《十二门论》各一卷，注《周易》十卷、《毛诗总集》六卷、《毛诗隐义》十卷、《礼记隐义》二十卷、《礼答问》五十五卷。”④

陶弘景，“年十岁，得葛洪《神仙传》。”“义师平建康，闻议禅代，弘景援引图谶，数处皆成‘梁’字，令弟子进之。高祖既早与之游，及即位后，恩礼逾笃，书问不绝，冠盖相望。”

天监四年，移居积金东涧。善辟谷导引之法，年逾八十而有壮容。深慕张良之为人，云“古贤莫比”。曾梦佛授其菩提记，名为胜力菩萨。乃诣鄮县阿育王塔自誓，受五大戒。后太宗临南徐州，钦其风素，召至后堂，与谈论数日而去，太宗甚敬异之。大通初，令献二刀于高祖，其一名善胜，一名威胜，并为佳宝。⑤

刘歊，“六岁诵《论语》《毛诗》，意所不解，便能问难。十一，读《庄

---

① 《南史·隐逸传》，第1902页。
② 《南史·隐逸传》，第1902页。
③ 《南史·沈颉传》，第937页。
④ 《梁书·处士传》，第735、738、739页。
⑤ 《梁书·处士传》，第742—743页。

子·逍遥篇》,曰:'此可解耳。'客因问之,随问而答,皆有情理。"①

再如《南史·隐逸传》中的相关记载:

南岳邓先生名郁,荆州建平人也。少而不仕,隐居衡山极峻之岭,立小板屋两间,足不下山,断谷三十馀载,唯以涧水服云母屑,日夜诵大洞经。梁武帝敬信殊笃,为帝合丹,帝不敢服,起五岳楼贮之供养,道家吉日,躬往礼拜。白日,神仙魏夫人忽来临降,乘云而至,从少妪三十,并着绛紫罗绣袿裤,年皆可十七八许。色艳桃李,质胜琼瑶,言语良久,谓郁曰:"君有仙分,所以故来,寻当相候。"至天监十四年,忽见二青鸟悉如鹤大,鼓翼鸣舞,移晷方去。谓弟子等曰:"求之甚劳,得之甚逸。近青鸟既来,期会至矣。"少日无病而终。山内唯闻香气,世未尝有。武帝后令周舍为邓玄传,具序其事。②

庾诜字彦宝,新野人也。……性托夷简,特爱林泉,十亩之宅,山池居半。蔬食弊衣,不修產业。……梁武帝少与诜善,……晚年尤遵释教,宅内立道场,环绕礼忏,六时不辍。诵法华经,每日一遍。后夜中忽见一道人自称愿公,容止甚异,呼诜为上行先生,授香而去。中大通四年,因寝忽惊觉,曰:"愿公复来,不可久住。"颜色不变,言终而亡。③

张孝秀字文逸,南阳宛人也。……孝秀性通率,不好浮华,常冠谷皮巾,蹑蒲履,手执并闾皮麈尾,服寒食散,盛冬卧于石上。博涉群书,专精释典。僧有亏戒律者,集众佛前,作羯磨而笞之,多能改过。……普通三年卒,室中皆闻非常香。梁简文甚伤悼焉,与刘慧斐书,述其贞白云。④

庾承先……玄经释典,靡不该悉;九流七略,咸所精练。辟功曹不就,乃与道士王僧镇同游衡岳。晚以弟疾还乡里,遂居土台山。梁鄱阳忠烈王在州,钦其风味,要与游处,令讲老子。远近名僧,咸来赴集,论难锋起,异端竞至。⑤

---

① 《梁书·处士传》,第747页。
② 《南史·隐逸下》,第1896页。
③ 《南史·隐逸下》,第1904—1905页。
④ 《南史·隐逸下》,第1906页。
⑤ 《南史·隐逸下》,第1906页。

梁代隐者思想中多打上鲜明的三教合流的印迹，尤其是佛教，对隐者的影响更为明显。

第二节　赠答诗中隐逸情怀的表露

梁代隐逸诗多以赠答诗的形式出现，作者往往在与亲友的唱和赠答中，展示自己的隐逸心迹。隐逸赠答诗在两晋、南朝宋、齐都不曾间断，尤其是西晋，甚至成为一时隐逸诗创作的主要模式。但一方面梁代隐逸诗的创作整体上是以这种模式为主导，同时在数量上也非西晋可以比拟。故而，我们在探讨梁代隐逸诗的创作时，就以此种诗体形式为切入点。

一、赠答诗中的“我”之隐逸观

赠答诗一般而言，有两种形象：“彼”“此”，而“此”即诗人自身的痕迹更为明显。上节，我们举梁武帝萧衍作《赠逸民诗》十二章之七，因诗是赠逸民而作，故诗中自然有与隐者心绪相通之处，但更主要的，诗中披露出梁武帝本人对隐逸的理解，如其中的佛教思想等，就可以看出梁武帝萧衍的影子。

任昉有《答何征君诗》：

> 散诞羁靮外，拘束名教里。得性千乘同，山林无朝市。匆以耕蚕贵，空笑易农士。宿昔仰高山，超然绝尘轨。倾壶已等药，命管亦齐喜。无为叹独游，若终方同止。①

诗虽曰答何征君，但“宿昔仰高山”“无为叹独游，若终方同止”句，亦是任昉自己对隐逸的自白。任昉又有《答刘居士诗》：

> 君子之道，亦有其四。高行绝俗，盛德出类。才同文锦，学非书肆。望之可阶，即之难至。辍精天理，蹰象少微。人与俗异，道与人违。庭飞熠耀，室满伊威。行无辙迹，理绝心机。②

① 《先秦汉魏晋南北朝诗·梁诗》，第 1597 页。
② 《先秦汉魏晋南北朝诗·梁诗》，第 1595 页。

诗载于《艺文类聚》卷三十六“人部”之“隐逸”，诗中欣赏的“君子之道”乃“高行绝俗，盛德出类”，实为任昉本人对隐逸的理解。

沈约于建武三年(496)，56岁时，作有《和谢宣城》，[①]诗曰：

王乔飞凫舄，东方金马门。从宦非宦侣，避世不避喧。揆予发皇鉴，短翮屡飞翻。晨趋朝建礼，晚沐卧郊园。宾至下尘榻，忧来命绿樽。昔贤侔时雨，今守馥兰荪。神交疲梦寐，路远隔思存。牵拙谬东汜，浮惰及西昆。顾循良菲薄，何以俪玙璠。将随渤澥去，刷羽泛清源。[②]

建武三年(496)，谢朓正中隐宣城，在一种忧谗畏讥的心态下，“潇洒度日月”。而沈约此年已从东阳还京为尚书，权高位尊。然而，齐明帝建武年间政治的血腥味，沈约不可能嗅不到，故而，虽被任为尚书，他却一直有种莫名的忧惧，内心一直对退守以避的生活充满向往。有人认为此年“约携释慧约出都”[③]，《续高僧传・释慧约传》记载：“及沈侯罢郡，相携出都，还任本寺。恭事勤肃，礼敬弥隆。文章往复，相继晷漏。以沈词藻之盛，秀出当时，临官莅职，必同居府舍，率意往来，未尝以朱门蓬户为隔。”[④]和释慧约“同居府舍，率意往来”，感情之契合自不必说。受佛教高僧影响，沈约的退避之思自然更其浓烈。“将随渤澥去，刷羽泛清源”，正是其真实的想法，实际是借谢朓的隐居来浇自己心中之块垒。沈约《游金华山》诗中有：“远策追夙心，灵山协久要”句，亦透漏出较为明显的涅槃佛性思想。

何逊有《答高博士诗》：

北窗凉夏首，幽居多卉木。飞蜨弄晚花，清池映疏竹。为宴得快性，安闲聊鼓腹。将子厌嚣尘，就予开耳目。[⑤]

高博士即高爽，“天监初，历官中军临川王参军。出为晋陵令，坐事系冶，作《镬鱼赋》以自况。”[⑥]高爽“坐事系冶”，情绪之低落，思想之苦闷可想

---

① 《南北朝文学编年史》，第320页。

② (南朝宋)沈约著，陈庆元校笺《沈约集校笺》，浙江古籍出版社1995年版，第349页。

③ 《六朝作家年谱辑要・沈约任昉年谱》，第414页。

④ 《大正藏》卷50《续高僧传》，第469页。

⑤ “由高诗知，逊诗应作于高爽仕临川王藩邸之后；而自称‘幽居’，则其时尚未仕梁。”((南朝梁)何逊著，李伯齐校注《何逊集校注》(修订本)，中华书局2010年版，第54页)

⑥ 《梁书・文学传》，第699页。

而知。故而，何逊诗中先用大自然幽幽夏木之惬意，随性飞蜨之适性，来开导好友，让他不必忧伤自艾。“将子厌嚣尘，就予开耳目”，是以自己隐居生活的称心快意来宽解友人。然两句虽是劝慰高博士“就予开耳目”，何逊的隐居志趣，其隐居生活的状态亦不难想见。何逊天监十三年(514)有《南还道中送赠刘咨议别》诗[①]，诗曰：

一官从府役，五稔去京华。遽逐春流返，归帆得望家。天末静波浪，日际敛烟霞。岸荠生寒叶，村梅落早花。游鱼上急水，独鸟赴行楂。目想平陵柏，心忆青门瓜。曲陌背通垣，长墟抵狭斜。善邻谈谷稼，故老述桑麻。寝兴从闲逸，视听绝喧哗。夫君日高兴，为乐坐骄奢。室堕倾城佩，门交接幰车。入塞长云雨，出国暂泥沙。握手分歧路，临川何怨嗟？[②]

返家途中的欣喜，以致“目想平陵柏，心忆青门瓜”，不再想着返归仕途。诗虽是道中送别刘孝绰，但“握手分歧路，临川何怨嗟”，一想到即将到来的惬意的乡村隐居生活，惯常临别的伤感不觉一扫而空，诗中主要抒发的是自己对隐逸生活的向往。

赠答诗中或多或少都有自己的影子，有时自己的形象还特别高大，成为诗中占主导地位的剪影。

二、赠答诗中的“彼”之隐逸观

赠答诗中固然有“我”之形象，但既为赠答诗，多数情况下，总要结合赠答对象，或站在赠答对象的角度来抒发情感，如此，隐逸赠答诗中必然也有赠答对象的影子，这在梁代隐逸诗中的表现尤为明显。

范云的《答句曲陶先生诗》中隐者陶弘景的形象就极为突出，诗曰：

终朝吐祥雾，薄晚孕奇烟。洞涧生芝草，重崖出醴泉。中有怀真士，被褐守冲玄。石户栖十秘，金坛谒九仙。乘鹓方履汉，辔鹤上

---

① 天监十三年(514)，“何逊于本年还建康，途遇孝绰，作……(详蒋谱。注即蒋立甫《何逊年谱简编》，载《安徽师大学报》1986年第二期)”(《六朝作家年谱辑要·刘孝绰年谱》，第342页)又李伯齐认为：“此诗为何逊归家告别刘孝绰的诗作。”“第二年(天监十四年(515))何逊以母病告归……”(《何逊集校注》，第152、157页)

② 《何逊集校注》，第157页。

腾天。[1]

诗中全是陶弘景山中隐居生活及这种生活下隐逸心态的描写。我们固然也可以看出作者范云对这种生活的欣赏，但就诗篇来说，无疑是对赠答对象隐者陶弘景的描写，诗歌最突出的形象无疑是属于赠答对象的。

任昉的《赠徐征君诗》亦是如此，诗曰：

促生悲永路，早交伤晚别。自我隔容徽，于焉徂岁月。情非山河阻，意似江湖悦。东皋有儒素，杳与荣名绝。曾是违赏心，曷用箴余缺。眇焉追平生，尘书废不阅。信此伊能已，怀抱岂暂辍。何以表相思，贞松擅严节。[2]

“东皋有儒素，杳与荣名绝”，就是徐征君的形象。以下对徐征君的怀想，固然有诗人任昉对高士的倾慕，但主要的还是凸显出徐征君“杳与荣名绝”的“儒素”形象。

庾肩吾与当时著名隐者周弘让关系密切，常诗酒唱和，其《赠周处士诗》云：

九丹开石室，三径没荒林。仙人翻可见，隐士更难寻。篱下黄花菊，丘中白雪琴。方欣松叶酒，自和游山吟。[3]

在对弘让隐居生活的描写中，也披露出弘让的隐逸观：与陶渊明相类，都有“篱下”“菊花”“鸣琴”“酒”的爱好，逍遥“三径”的行为。

这是典型的赠答诗中对赠答对象隐逸观的展示。

三、“彼”“我”隐逸观之相磨相荡

隐逸赠答诗中既有“彼”“此”两种形象，一般而言，作者与赠答对象既为友好，则他们之对隐逸的态度总会有相似之处，即便不能完全认同对方的行为，至少也是抱着一种尊重其选择的路子，而不是一概加以排斥。而更多的时候，则是两者对隐逸有相同或相近的看法，即便一方不能如对方

---

[1] 《先秦汉魏晋南北朝诗·梁诗》，第 1545 页。
[2] 《先秦汉魏晋南北朝诗·梁诗》，第 1598 页。
[3] 《先秦汉魏晋南北朝诗·梁诗》，第 1994 页。

那样躬行隐逸，也对对方的行为表示理解、支持甚至仰慕。在这些情况下，诗人与赠答对象之隐逸观就不可避免地互相影响，而在相互切磋琢磨的过程中，“彼”“此”之隐逸观也会在交锋之后发生某些改变。

何逊在齐末作有《夕望江桥示萧咨议杨建康江主簿》诗，[①]诗云：

夕鸟已西度，残霞亦半消。风声动密竹，水影漾长桥。旅人多忧思，寒江复寂寥。尔情深巩洛，予念返渔樵。何因适归愿，分路一扬镳。[②]

诗中对萧咨议萧子恪与自己或仕或隐的不同选择，并不强分轩轾，而是以一种朋友的态度尊重其选择，并祝以美好的愿景。此诗“彼”“此”双方仕隐之世界观似无交通之处，但就此中体现出的彼此尊重理解的态度、真挚情感的祝福，从而情感的交融来说，一诗而有如此功效，亦不偏离我们本节所论之主旨。

还举何逊诗作为例，《秋夕仰赠从兄寘南诗》云：

阶蕙渐翻叶，池莲稍罢花。高树北风响，空庭秋月华。寸心怀是夜，寂寂漏方赊。抚弦乏欢娱，临觞独叹嗟。凄怆户凉入，徘徊檐影斜。无为淹戚里，见就还田家。[③]

“起言景萧森。‘见就还田家’，意妙！”[④]“起言”不惟写景特妙，而且从内容上来说，由其“见就”之“还田家”亦为诗之耳目，前面的景物描写，皆是为着引出最后一句赠诗之意而来。我们知道，何逊在不少诗中都表露出强烈的归隐意愿，虽然究其一生，仅有生命末期因母去世而丁忧的三年时间赋闲在家，但其一生却始终对隐逸情有独钟，发之诗歌，其数量在有梁一代，为数不少，令人瞩目。明人陆时雍评何逊作品曰：“仲言诗文意境清微，幽芳独赏，叙怀述愫是其所优。当梁之时，去艳修真，会归本素，亦可称大雅君子矣。”[⑤]之所以在当时靡丽之风大行的时代，何逊却卓尔不群，有此种风格，当与其创作大量隐逸作品紧相关联。在《秋夕仰赠从兄寘南诗》

① 《何逊集校注》，第14页。
② 《何逊集校注》，第13页。
③ 《何逊集校注》，第36页。
④ 《采菽堂古诗选》，第835页。
⑤ （明）陆时雍《古诗镜》，文渊阁四库全书本。

中，何逊本意是劝说从兄如自己一样，“还田家”，意欲用自己对隐逸的向往去说服从兄。何寘南有《答从弟秀才诗》一首，诗云：“自怜耿不寐，拥褐至宵阑。苍茫曙月落，切戾晓风酸。终朝长守馑，叠夜抱余寒。周道坦且直，弱命溘将殚。灵台聊寄止，戚里岂余欢？思家无积敛，何以拯急难？”何寘南仕宦甚为苦闷，内心对宦途的危殆亦有深刻的认识，亦想接受从弟的劝说，“还田家”，但随之而来的问题是“思家无积敛，何以拯急难？”物质生活艰辛的事实，阻断了何寘南的归隐之心，“戚里岂余欢”道出了何寘南的归隐之志的变化过程，虽经何逊的劝说，其归隐之志有所增加，心绪为之悸动，但其归隐之志远非如陶渊明般的坚决，亦无哲理信念的支撑，故而，在想象的可能的艰辛生活面前，这仅有的一点信念便轰然倒塌。

有些诗中诗人对赠答者隐逸品行、隐居生活的赞美及其中流露出的欣赏心态，也会潜移默化地影响到诗人对隐逸的态度，一旦条件许可，他们也会走上隐居的道路，即便不能走上隐居的路子，心向往之，内心之追念亦可聊慰身心。

第三节　书信文对隐逸现象的阐释

梁代隐逸文特多书信一类，这是较为突出的现象。上自皇室、下至一般的文士皆有大量隐逸书信文传世，这些书信文何以此时特盛？其特色有哪些？这些是本节关注的重点。

一、隐逸书信文兴盛之原因

梁代隐逸文学比较兴盛，隐逸现象一直不曾中辍，这是这一时期隐逸书信文兴盛的原因之一。同时，这一时期的隐逸精神出现了新的情况，与东晋陶渊明时代相比更是反差明显。前面我们已经说过，这一时期朝隐的说法已冠冕堂皇，而朝隐在东晋之前虽已出现，但毕竟不被看作隐逸的正统，与一般士人称赏的隐逸行为格格不入，故而才有谢安东山再起，被“时人”以“远志”“小草”之区别相讥，谢公“甚有惭色”[①]。然而，朝隐风气既开，后遂一发不可收拾，各种名目的隐逸事迹也就多了起来。也就是在东晋，“(桓)玄以历代咸有肥遁之士，而已世独无，乃征皇甫谧六世孙希之为

① 《世说新语笺疏·排调》，第 944 页。

著作，并给其资用，皆令让而不受，号曰高士，时人名为'充隐'”。[1] 还有“支道林因人就深公买印山”之事，此事虽遭遇深公“未闻巢、由买山而隐”[2]的嘲讽，但也可发现，在东晋隐逸思想兴盛的时代，朝隐也逐渐被认可。而朝隐，这种非正宗的隐逸行为到了南朝之后，是愈发地多了起来，而真正的隐逸反而稀缺起来。《续世说》载“隋时杜淹与韦福嗣为莫逆之交，相与谋曰：'上好嘉遁，苏威以幽人见征，擢居美职'，遂共入太白山，扬言隐逸，实欲邀求时誉。隋文帝闻而恶之，谪戍江表。”[3]《旧唐书》卷六十六亦载其事，曰：“淹聪辩多才艺，弱冠有美名，与同郡韦福嗣为莫逆之交，相与谋曰：'上好用嘉遁，苏威以幽人见征，擢居美职。'遂共入太白山，扬言隐逸，实欲邀求时誉。隋文帝闻而恶之，谪戍江表。后还乡里，雍州司马高孝基上表荐之，授承奉郎。大业末，官至御史中丞。”[4]虽是说的隋时事，但梁距隋只间隔短暂的陈，故而这种隐逸丑剧的事迹想必梁时即已存在。梁时的陶弘景，虽隐于茅山，未曾出仕，但武帝每有征讨吉凶大事，无不咨询，时人谓为“山中宰相”，可以看出时人对隐逸的态度。梁元帝萧绎《全德志论》所论可视为这一时期对隐逸的一般看法，论曰：

> 物我俱忘，无贬廊庙之器；动寂同遣，何累经纶之才。虽坐三槐，不妨家有三径；接五侯，不妨门垂五柳。但使良园广宅，面水带山，饶甘果而足花卉，葆筠篁而玩鱼鸟。九月肃霜，时飨田畯；三春捧兰，乍酬蚕妾。酌升酒而歌南山，烹羔豚而击西岳。或出或处，并以全身为贵；优之游之，咸以忘怀自逸。若此，众君子可谓得之矣。[5]

隐逸重在适意，而不在意身在何处。只要心不染尘埃，“物我俱忘”“动寂同遣”，山林也好，庙堂也好，都不怎么重要了，受涅槃佛教思想的影响很是明显。这种隐逸思想，为隐逸的多样化打开了方便之门。于是山林草野之隐居之士，廊庙高堂之心隐之人都以隐逸相标榜，互相书信往来，交流心得，发抒对隐逸的多元化理解也就是很正常的了。

这一时期隐逸的一个特点是皇室与隐者的交通，随着交往的日益密切，他们之间或讨论政事、或文艺、或生活琐屑，或规劝隐者出山，而这些信

---

① 《晋书·桓玄传》，第2593—2594页。
② 《世说新语笺疏·排调》，第942页。
③ (宋)孔平仲《续世说》卷十二，文渊阁四库全书本。
④ 《旧唐书·杜淹传》，第2470页。
⑤ 《全梁文》，第3049页。

息的传递，也不可能事必躬亲。故而，书信这一形式也就广为采用，如梁武帝萧衍与何点、何胤兄弟的书信往来，皇室成员与陶弘景的书信往来即属此类。

隐士受佛教、道教思想的影响，隐逸观也更为驳杂，对一些问题的看法较之此前也多有不同，于是书信往来，探讨这些问题，以期解决理论上的困惑，也是隐逸书信文增多的一个原因，如陶弘景的《答赵英才书》：

子架学区中，飞才甸外，不宜扫门觅仕，复懒弹铗求通，故偃蹇园巷，从容郊邑，昔所谓慠宾者，此其是乎！岩下鄙人，守一介之志，非敢蔑荣嗤俗，自致云霞，盖任性灵而直往，保无用以得闲，垄薪井汲，乐有余欢，切松煮术，此外何务。然亦以天地栋宇，万物同于一化，死生善恶，未之能闻。①

即是为此而作。

二、隐逸书信文中的时代隐逸观

隐逸书信文体现了作者对隐逸的独特理解，这种理解一方面是作者心迹的披露，另一方面也是对时代隐逸精神的诠释。

武帝萧衍永元中有《与何胤书》：

想恒清豫，纵情林壑，致足欢也。既内绝心战，外劳物役，以道养和，履候无爽。若邪擅美东区，山川相属，前世嘉赏，是为乐土。仆推迁簿官，自东徂西，悟言素对，用成睽阔，倾首东顾，曷日无怀。畴昔欢遇，曳裾儒肆，实欲卧游千载，畋渔百氏，一行为吏，此事遂乖。属以世道威夷，仍离屯故，投袂数千，克黜衅祸。思得瞩卷谘款，寓情古昔，夫岂不怀，事与愿谢。……②

何胤，字子季，何点之弟。“胤虽贵显，常怀止足。建武初，已筑室郊外，号曰小山，恒与学徒游处其内。至是，遂卖园宅，欲入东山，……胤以会稽山多灵异，往游焉，居若邪山云门寺。初，胤二兄求、点并栖遁，求先卒，

① 《陶弘景集校注》，第98—99页。

② 《全梁文》，第2979页。

至是胤又隐，世号点为大山；胤为小山，亦曰东山。”[①]何胤、何点兄弟俱为当时著名隐士，萧衍的书信一方面赞扬了其隐逸行为，也指出了其“内绝心战，外劳物役，以道养和，履候无爽”之佛教隐逸观。史载何胤“入钟山定林寺听内典，其业皆通。”[②]“胤注《百法论》《十二门论》各一卷。”[③]当然，何胤对儒家经典也极为纯熟，“中居人世，殆同隐沦，既俯拾青组，又脱屣朱黻。”可以看出其亦有过出仕的念想，但他对行走于仕途是抱着“无可无不可”的态度，一切悉听尊便，去留随意。而其对内典之熟知确也是体现了时代隐逸的新特点，但他绝不是佛教徒，只是深受佛教思想影响之隐者，《梁书》将其列入《处士传》即说明了这一点。

沈约于永明六年(488)，48岁时，作有《答沈麟士书》，[④]书曰：

> 独往之业，虽闻前载，高尘逸轨，罕或共时。未尝不拊帙兴怀，望古遐瞩。尊贤拔俗，遥然沉冥，自远幽贞之操，义高篆策。虽蒋诩不窥城市，郑真名动京师，何远之有？名山既乡内所丰，清川又坐卧可对，不出户庭，而与禽尚齐美哉！约少不自涯，早爱虫鸟，逐食推迁，未谐夙愿。冀幽期可托，克全素履。与尊弋钓泉皋，以慰闲暮，则平生之心，于此遂矣。[⑤]

沈麟士，“隐居馀干吴差山，讲经教授，从学者数十百人，各营屋宇，依止其侧。”“著《周易两系》《庄子内篇训》，注《易经》《礼记》《春秋》《尚书》《论语》《孝经》《丧服》《老子要略》数十卷。”[⑥]拳拳服膺儒、道，以学术为业，终生恬静自守，深得文豪沈约的敬佩，“与尊弋钓泉皋，以慰闲暮，则平生之心，于此遂矣”，见出对沈麟士学识、人品、行为之赏识，“独往之业，虽闻前载”之“业”又见佛教的印迹，“尊贤拔俗，遥然沉冥，自远幽贞之操，义高篆策”是对其隐逸所服之“道”的理解。沈约于梁天监六年(507)，67岁时，又有《报刘杳书》：[⑦]

---

① 《梁书·处士列传》，第735页。
② 《南史·何胤传》，第790页。
③ 《梁书·处士列传》，第739页。
④ 《沈约集校笺·事迹诗文系年》，第558页。
⑤ 《沈约集校笺》，第131页。
⑥ 《南齐书·高逸传》，第944页。
⑦ 《南北朝文学编年史》，第375页；《沈约集校笺·事迹诗文系年》，第582页。

生平爱嗜，不在人中，林壑之欢，多与事夺。日暮涂殚，此心往矣；犹获少存闲远，征怀清旷。结宇东郊，菲云止息，政复颇寄夙心，时得休偃。仲长游居之地，休琏所述之美，望慕空深，何可仿佛。君爱素情多，惠以二赞。辞采妍富，事义毕举，句韵之间，光影相照，便觉此地，自然十倍。故知丽辞之益，其事弘多，辄当置之阁上，坐卧嗟览。别卷诸篇，并为名制。又山寺既为警策，诸贤从时复高奇，解颐愈疾，义兼乎此。迟比聚会，更其申析。①

刘杳，"少好学，博综群书。""治身清俭，无所嗜好。为性不自伐，不论人短长，及睹释氏经教，常行慈忍。天监十七年，自居母忧，便长断腥膻，持斋蔬食。及临终，遗命敛以法服。"②此人有释氏信仰，且有隐逸气质，沈约赠书中的"不在人中"，"望慕空深"，"山寺既为警策"等语，亦是梵声佛影之投射。此中隐逸情愫，因了佛教的渗入，更多静谧、空寂的氛围，这是隐者受时代思潮影响的结果。

萧衍有《答陶弘景书》(四首)、《答陶弘景书》《答陶弘景进周氏冥通记书》等书信，或谈哲理、文艺、书法，或纵论人事、世事，内容极为广泛，看出陶弘景虽名为道士，实际上他入世甚深，对现实社会极为关注。隐者与俗世、与仕宦联系的密切，正是这一时期三教合流隐逸思想的反映，这是这一时期隐逸书信文体现的一个重要特点。

吴均《与朱元思书》是历代传诵的名篇，书云：

风烟俱净，天山共色，从流飘荡，任意东西。自富阳至桐庐，一百许里，奇山异水，天下独绝。水皆漂碧，千丈见底，游鱼细石，直视无碍，急湍甚箭，猛浪若奔。夹峰高山，皆生寒树，负势竞上，互相轩邈，争高直指。千百成峰，泉水激石，冷冷作响，好鸟相鸣，嘤嘤成韵，蝉则千转不穷，猨则百叫无绝。鸢飞戾天者，望峰息心；经纶世务者，窥谷忘反。横柯上蔽，在昼犹昏。疏条交映，有时见日。③

写景如画，见出隐者的居处环境的清幽，及这种清幽环境对人燥热之心的净化，内中那种纯净的画面，又大类佛教的涅槃境界。

① 《全梁文》，第3116页。
② 《梁书·刘杳传》，第717页。
③ 《全梁文》，第3305页。

其《与顾章书》：

仆去月谢病，还觅薜萝。梅溪之西，有石门山者，森壁争霞，孤峰限日，幽岫含云，深溪蓄翠，蝉吟鹤唳，水响猿啼，英英相杂，绵绵成韵。既素重幽居，遂葺宇其上，幸富菊华，偏饶竹实，山谷所资，于斯已办，仁智所乐，岂徒语哉！①

谈生活、谈哲理，老朋友之间的倾心交流中，透出的是共同的志趣，是纯真、深挚的情意。

不难看出，梁代隐逸书信文与梁代隐逸思想的驳杂及隐逸行为与俗世的接近正相一致。书信文的内容也是无所不包，既有世俗的生活感受，这是隐逸与常人、与现实社会距离缩短的反映，体现出时代隐逸思想中三教合流的特色；也有幽眇的情思，有隐居环境的清幽，自觉不自觉蕴含着佛教的涅槃境界；也有直接对佛、道哲理的阐发，这些是当时隐逸思想多样化的体现。

第四节　传记文对隐逸情愫的抒写

传记文也是梁代隐逸文学中为人注目的一类。这类作品有自传，有为他人立传。在展示传主的生平事迹、隐逸思想的同时，抒发自己的情感，较为真实深刻地剖析了传主的隐逸心迹。

隐逸传记文中的自传是作者行迹、思想最真实的表白，江淹的《自叙传》即是此类。

江淹，字文通，“少孤贫好学，沉静少交游。”淹狱中上书有云：“下官本蓬户桑枢之民，布衣韦带之士，退不饰《诗书》以惊愚，进不买名声于天下。”淹谓子弟曰：“吾本素宦，不求富贵，今之忝窃，遂至于此。平生言止足之事，亦以备矣。人生行乐耳，须富贵何时。吾功名既立，正欲归身草莱耳。”②

江淹《自叙传》云：“常慕司马长卿、梁伯鸾之徒”，“为建安吴兴令，地在东南峤外，闽越之旧境也。爰有碧水丹山，珍木灵草，皆淹平生所至爱，不

① 《全梁文》，第3306页。

② 《梁书·江淹传》，第247、251页。

觉行路之远矣。山中无事，与道书为偶，乃悠然独往，或日夕忘归。放浪之际，颇着文章自娱。在邑三载，朱方竟败焉。复还京师，值世道已昏，守志闲居，不交当轴之士。”“淹尝云：‘人生当适性为乐，安能精意苦力，求身后之名哉！’故自少及长，未尝著书，惟集十卷，谓如此足矣。重以学不为人，交不苟合，又深信天竺缘果之文，偏好老氏清净之术，仕，所望不过诸卿二千石，有耕织伏腊之资，则隐矣。常愿幽居筑宇，绝弃人事，苑以丹林，池以绿水，左倚郊甸，右带瀛泽。青春爰谢，则接武平皋；素秋澄景，则独酌虚室。侍姬三四，赵女数人。不则逍遥经纪，弹琴咏诗，朝露几间，忽忘老之将至。淹之所学，尽此而已矣。”①

江淹“平生言止足之事，亦以备矣。人生行乐耳，须富贵何时。吾功名既立，正欲归身草莱耳”。史书记载与其自叙中的表述正相一致，都指出了江淹贵人生适意的追求。也就是说，江淹的《自叙传》是其隐逸思想及行迹的直接披露，是其思想的真实再现。

江淹于元徽四年(476)31 岁时作有《青苔赋(并序)》：②

余凿山楹为室，有青苔焉。意之所之，故为是作云。

嗟青苔之依依兮，无色类而可方。必居闲而就寂，似幽意之深伤。故其处石，则松栝交阴，泉雨长注。绝涧俯视，崩壁仰顾。悲凹险兮，唯流水而驰骛。遂能崎屈上生，班驳下布。异人贵其贞精，道士悦其迥趣。咀松屑以高想，奉丹经而永慕。

若其在水，则镜带湖沼，锦匝池林。春塘秀色，阳鸟好音。青郊未谢兮白日照，路贯千里兮绿草深。乃生水而摇荡，遂出波而沉淫。假青条兮总翠，借黄花兮舒金。游梁之客，徒马疲而不能去；兔园之女，虽蚕饥而不自禁。

至于修台广庑，幽阁闲楹，流黄之织，琴瑟且鸣。户牖秘兮不可见，履袂动兮觉人声。乃芜阶翠地，绕壁点墙。春禽悲兮兰茎紫，秋虫唫兮蕙实黄。昼遥遥而不暮，夜永永以空长。零露下兮在梧楸，有美一人兮歊以伤。

若乃崩隍十仞，毁冢万年，当其志力雄俊，才图骄坚；锦衣被地，鞍马耀天。淇上相送，江南采莲。妖童出郑，美女生燕。而顿死艳气于

① 《江文通集汇注》，第 381 页。

② 《南北朝文学编年史》，第 222 页；俞绍初认为此赋作于元徽三年(475)，江淹 32 岁之时(《六朝作家年谱辑要·江淹年谱》下册，第 110 页)

一旦，埋玉玦于穷泉。寂兮如何！苔积网罗。视青蘼之杳杳，痛百代兮恨多。故其所诣必感，所感必哀。哀以情起，感以怨来。魂虑断绝，情念徘徊者也。彼木兰与豫章，既中绳而获；及薜荔与蘼芜，又怀芬而见表。至哉青苔之无用，吾孰知其多少？[1]

赋中前半部分描写的隐逸情怀与其《自叙传》中所述之思想差可比拟，而赋之后半部分则让我们看到江淹之所以有如此情怀的原因。这种隐逸情怀的产生固然与江淹“少……沉静少交游”“吾本素宦，不求富贵”之初始性格有关，但结合江淹本人的人生经历来考察，不难发现，也与江淹的宦海浮沉紧相关联。

江淹，“起家南徐州从事，转奉朝请。宋建平王景素好士，淹随景素在南兖州。广陵令郭彦文得罪，辞连淹，言受金，淹被系狱。自狱中上书曰：……景素览书，即日出之。”

“景素为荆州，淹从之镇。少帝即位，多失德，景素专据上流，咸劝因此举事。淹每从容进谏，景素不纳。及镇京口，淹爲镇军参军，领南东海郡丞。景素与腹心日夜谋议，淹知祸机将发，乃赠诗十五首以讽焉。会东海太守陆澄丁艰，淹自谓郡丞应行郡事，景素用司马柳世隆。淹固求之，景素大怒，言于选部，黜爲建安吴兴令。”

“永元中，崔慧景举兵围都，衣冠悉投名刺，淹称疾不往。及事平，时人服其先见。”

“天监元年，为散骑常侍、左卫将军，封临沮县伯。淹乃谓子弟曰：‘吾本素宦，不求富贵，今之忝窃，遂至于此。平生言止足之事，亦以备矣。人生行乐，须富贵何时。吾功名既立，正欲归身草莱耳。’以疾迁金紫光禄大夫，改封醴陵伯，卒。”[2]

江淹历经宋齐梁各朝血腥的权力争夺，失败的一方固不免身首异处，胜利的一方也不免惊悸不已。经历如此的一而再、再而三你死我活的搏杀，这对于本就有隐居潜质的江淹来说，自会极度厌倦，从而急欲逃脱这样的环境。同时，这一时期，江淹“个人的生活也很不如意，他妻子及次子江艽大约都在这期间先后死去”。[3] 有此遭遇，江淹自然也就会思想“碧水丹山，珍木灵草”“山中无事，与道书为偶，乃悠然独往，或日夕忘归。放浪之

---

① 《江文通集汇注》，第18—21页。
② 《南史・江淹传》，第1447—1451页。
③ 《中国历代著名文学家评传・曹道衡〈江淹评传〉》，第511页。

际，颇着文章自娱”的心无负累的生活。我们熟知江淹的《恨赋》《别赋》。《恨赋》概括了纷扰人世间各种人生的幽怨与遗恨；《别赋》中对别离的描写：“别虽一绪，事乃万族”，“别方不定，别理千名，有别必怨，有怨必盈”，这样的痛苦“使人意夺神骇，心折骨惊”，这是看惯了人间血雨腥风，品尝了政治舞台上的权谋机诈后的江淹的有感而发。就此而言，江淹《青苔赋》《自叙传》中的隐逸情怀，就有了更为深沉、悲怆的情感底色，而非一般的“为赋新词强说愁”。

《自叙传》中的隐居环境虽曰“绝弃人事”，但从“侍姬三四，赵女数人”的描写来看，这种生活又必须有充裕的物质来保证，类似谢安、谢灵运等人的生活。而“与道书为偶”“深信天竺缘果之文，偏好老氏清净之术”，又显露出时代隐逸三教合流的特点。同时，梁武帝主张的因果报应论思想在传中也或明或暗地存在。

值得注意的是，江淹的《自叙传》文字优美，一些描写充满诗情画意，如描写向往的隐居环境：“常愿幽居筑宇，绝弃人事，苑以丹林，池以绿水，左倚郊甸，右带瀛泽。青春爰谢，则接武平皋；素秋澄景，则独酌虚室。侍姬三四，赵女数人。不则逍遥经纪，弹琴咏诗，朝露几间，忽忘老之将至云尔。”风格清新、意境超脱高远。这种类似谢灵运《山居赋》的画面，也隐约闪现佛教净土境界的剪影。

萧统的《陶渊明传》，是颜延之《陶征士诔》之后又一篇纪念、研究陶渊明的专论，较之颜文，此文重在阐释陶渊明以隐逸思想为基础的种种个性及行为，如“颖脱不群，任真自得”，“闲静少言，不慕荣利”，文中对其善饮酒的个性进行反复申说。萧统的意思固然是突出渊明性格中“真率”的一面，但，正如我们以前所论，“酒”其实是渊明隐逸生活的象征，借助于酒，陶渊明得以摆脱庸琐尘杂带来的负累，得以感悟隐居的意义。故而，萧统抓住渊明生活中爱酒的特点，反复渲染，那是看准了渊明隐居生活的真趣的，从而萧统也成为第一个真正发现陶渊明文学价值的人。

阮孝绪的《高隐传》及《论》是这一时期隐逸文学的专著，《高隐传论》曰：

> 夫至道之本，贵在无为；圣人之迹，存乎拯弊。弊拯由迹，迹用有乖于本。本既无为，为非道之至。然不垂其迹，则世无以平；不究其本，则道实交丧。丘、旦将存其迹，故宜权晦其本；老、庄但明其本，亦宜深抑其迹。迹既可抑，数子所以有余；本方见晦，尼丘是故不足。非得一之士，阙彼明智；体二之徒，独怀鉴识。然圣已极照，反创其迹；贤

未居宗，更言其本。良由迹须拯世，非圣不能；本实明理，在贤可照。若能体兹本迹，悟彼抑扬，则孔、庄之意，其过半矣。[1]

从儒、道思想的特点出发分析隐逸的独特作用，深切著明，论虽无涉阮孝绪自身之情感，但他为古往今来的高隐立传，剖析隐者的社会作用，分析十分中肯，却是内含这一时期人们对隐逸形象的认识深度，及作者对这类高隐之士的欣赏态度的。

当然，为隐者写的墓志之类的文章也属于此类，如裴子野作于建武二年(495)，27 岁时的《刘虬碑》，[2]总论刘虬的品行及这种品行作为时代榜样的无穷感召力，流露出裴子野本人极为赏识的心态。刘虬，“少而抗节好学，须得禄便隐。”“罢官归家，静处断谷，饵术及胡麻。”“精信释氏，衣粗布衣，礼佛长斋。注《法华经》，自讲佛义。”“虬病，正昼有白云徘徊檐户之内，又有香气及磬声，其日卒。”[3]《墓碑》亦言其“修孔氏之学”，“明释氏之教”，又都指出其作为当时大隐身上具有的三教合流的特点。

王僧孺的《豫州墓志》、简文帝萧纲的《征君何先生墓志》、邵陵王纶的《隐居贞白先生陶君碑》、元帝萧绎的《隐居先生陶弘景碑》等碑文，在评价传主主要是陶弘景的事迹、隐逸情怀后，亦流露出强烈的钦羡之情，看出作者对传主的情意及对传主行为的赏慕。

---

① 《全梁文》，第 3349 页。

② 《南北朝文学编年史》，第 314 页。

③ 《南齐书·高逸传》，第 939 页。

第七章　庾信隐逸文学创作

庾信是南北朝文学成就最大的作家，也正是由于庾信的出现才使北方文学创作自然也包括隐逸文学创作异军突起，孤峰耸峙，发出耀眼的光辉，从而北朝隐逸文学有值得留意之处。

第一节　北朝隐逸思潮的特点

相较于南方的东晋及南朝而言，北方更为动乱。这样一种社会状态下，大批士人为保全性命，自觉归隐山林，组建一个又一个的“桃花源”社会。陈寅恪先生著《桃花源记旁证》一文，说《桃花源记》是寓意之文，也是纪实之文，所记乃北方人避苻秦淫虐时所著之坞壁，其论甚详。当然，也由于北朝的社会动乱，普通民众受教育的机会大大减少，故而，文学创作几近荒芜，“永嘉以后，天下分崩、夷狄交驰，文章殄灭。”[①]《魏书・儒林传》谓：“自晋永嘉以后，运钟丧乱，宇内分崩，群凶肆祸，生民不见俎豆之容，黔首唯睹戎马之迹，礼乐文章，扫地将尽。”[②]也就是说，这一时期的北方，虽由于战乱不乏大量隐居现象，但由于文化水平的底下，受教育人数的锐减，整体而言，文学创作，当然也包括隐逸文学创作也就不甚兴盛。

一、北朝的隐逸思想

《魏书・逸士传》纵论这一时期的隐逸思想，曰：“盖兼济独善，显晦之殊，其事不同，由来久矣。昔夷齐获全于周武，华矞不容于太公，何哉？求其心者，许以激贪之用；督其迹者，以为束教之风。而肥遁不反，代有人矣。夷情得丧，忘怀累有。比夫迈德弘道，匡俗庇民，可得而小，不可得而忽也。

---

① (北魏)魏收《魏书・文苑传》，中华书局 1974 年版，第 1869 页。

② 《魏书・儒林传》，第 1841 页。

自叔世浇浮，淳风殆尽，锥刀之末，竞入成群，而能冥心物表，介然离俗，望古独适，求友千龄，亦异人矣。何必御霞乘云而追日月，穷极天地，始为超远哉。今录眭夸等为《逸士传》。"[1]以此思想为指导，《魏书》录这一时期有代表性的隐逸之士四人：眭夸、冯亮、李谧、郑修。

《北史・隐逸传》曰："盖兼济独善，显晦之殊，其事不同，由来久矣。昔夷、齐获全于周武，华矞不容于太公，何哉？求其心者，许以激贪之用；督其迹者，矫以教义之风。而肥遁不归，代有其人矣。故《易》称'遁世无闷'，'不事王侯'。《诗》云'皎皎白驹，在彼空谷'。《礼》云'儒有上不臣天子，下不事诸侯'。《语》曰'举逸民，天下之人归心焉'。虽出处殊途，语默异用，各言其志，皆君子之道也。洪崖兆其始，箕山扇其风，七人作乎周年，四皓光乎汉日。魏、晋以降，其流逾广。其大者则轻天下，细万物；其小者则安苦节，甘贱贫。或与世同尘，随波澜以俱逝；或违时矫俗，望江湖而独往。狎玩鱼鸟，左右琴书，拾遗粒而织落毛，饮石泉而庇松柏。放情宇宙之外，自足怀抱之中。然皆欣欣于独善，鲜汲汲于兼济。夷情得丧，忘怀累有。比夫迈德弘道，匡俗庇人，可得而小，不可得而忽也。而受命哲王，守文令主，莫不束帛交驰，蒲轮结辙，奔走岩谷，唯恐不逮者，何哉？以其道虽未弘，志不可夺，纵无舟楫之功，终有坚贞之操，足以立懦夫之志，息贪竞之风。与苟得之徒，不可同年共日，所谓无用以为用，无为而无不为也。自叔世浇浮，淳风殆尽，锥刀之末，竞入成群。而能冥心物表，介然离俗，望古独适，求友千龄，亦异人矣！何必御霞乘云而追日月，穷极天地，始为超远哉！"[2]纵论隐逸之渊源及对当时社会的作用，深切著明。

以下再以《魏书・逸士传》《北史・隐逸传》所录人物的言行来分析这一时期的隐逸思想。

眭夸，"夸少有大度，不拘小节，耽志书传，未曾以世务经心。好饮酒，浩然物表。……高尚不仕，寄情丘壑。""少与崔浩为莫逆之交。……与浩相见，延留数日，惟饮酒谈叙平生，不及世利。"

冯亮，"……少博览诸书，又笃好佛理。……亮性清净，至洛，隐居崧高。""还山数年，与僧徒礼诵为业，蔬食饮水，有终焉之志。会逆人王敞事发，连山中沙门，而亮被执赴尚书省，十余日，诏特免雪。亮不敢还山，遂寓居景明寺。敕给衣食及其从者数人。后思其旧居，复还山室。亮既雅爱山水，又兼巧思，结架岩林，甚得栖游之适，颇以此闻。世宗给其工力，令与沙

① 《魏书・逸士传》，第1929页。

② （唐）李延寿《北史・隐逸传》，中华书局1974年版，第2908—2909页。

门统僧暹、河南尹甄琛等,周视崧高形胜之处,遂造闲居佛寺。林泉既奇,营制又美,曲尽山居之妙。亮时出京师。延昌二年冬,因遇笃疾,世宗敕以马舆送令还山,居崧高道场寺。数日而卒。”

李谧,“不饮酒,好音律,爱乐山水,高尚之情,长而弥固,一遇其赏,悠尔忘归。乃作《神士赋》,歌曰:“周孔重儒教,庄老贵无为。二途虽如异,一是买声儿。生乎意不惬,死名用何施。可心聊自乐,终不为人移。脱寻余志者,陶然正若斯。”延昌四年卒,年三十二,遐迩悼惜之。”

郑修,“北海人也。少隐于岐南几谷中,依岩结宇,独处淡然,屏迹人事,不交世俗,耕食水饮,皮冠草服,雅好经史,专意玄门。前后州将,每征不至。岐州刺史魏兰根频遣致命,修不得已,暂出见兰根,寻还山舍。”《北史·隐逸传》:“郑修,……少隐于岐南凡谷中,依岩结宇,不交世俗,雅好经史,专意玄门。”

《魏书·逸士传》引史臣曰:“古之所谓隐逸者,非伏其身而不见也,非闭其言而不出也,非藏其智而不发也。盖以恬淡为心,不皦不昧,安时处顺,与物无私者也。眭夸辈忘怀缨冕,毕志丘园。或隐不违亲,贞不绝俗;或不教而劝,虚往实归。非有自然纯德,其孰能至于此哉?”

《北史·隐逸传》及其他传中,除为眭夸、冯亮、李谧、郑修立传外,在《北史·隐逸传》又为崔廓及其子崔赜、徐则、张文诩等隐逸人物立传。

综上,我们大致认为,这一时期的隐逸思想有以下特点:(1)隐逸思想更为复杂,隐者或笃信佛、老,或服膺儒术;(2)更重视隐者对抑制躁进,对澄清混乱污浊社会的作用;(3)隐者对生命个体更为尊重,更向往“适己”的生活;(4)与官场人物少有交接,即便偶一接触,亦随之归隐林泉。

二、庾信隐逸思想的形成及发展

由南入北的庾信,是北朝隐逸文学史上的一位大家,其隐逸诗文的创作,亦与其由南入北的经历及个人的仕途遭遇直接相关。

庾信,“字子山,南阳新野人也。”“南阳”“新野”,是历史上张衡、诸葛亮等具有隐逸事迹的人物活动过的地方,这对庾信的隐逸心态当或有潜在的影响。祖庾易,“齐征士。”[①]《南齐书》列入“高隐传”,“志性恬隐,不交外物。建元元年,刺史豫章王辟为骠骑参军,不就。临川王映临州,独重易,上表荐之,饷麦百斛。易谓使人曰:‘民樵采麋鹿之伍,终其解毛之衣;驰骋日月之车,得保自耕之禄。于大王之恩,亦已深矣。’辞不受。永明三年,诏

① (唐)令狐德棻《周书·庾信传》,中华书局1971年版,第733页。

征太子舍人，不就。以文义自乐。……建武二年，诏复征为司徒主簿，不就。”[①]父庾肩吾，受有梁一代宠信，无隐逸事迹流传，但却有不少隐逸诗作，从中略可窥探其隐逸思想之一斑，如其《和竹斋诗》：

> 百拱横筇节，千栌跨篥竿。回龙仍作柱，置笛且成栾。向岭分花径，随阶转药栏。蜂归怜蜜熟，燕入重巢乾。欲仰天庭掞，终知学步艰。[②]

抒发自己散淡的情志，一派安恬气息。

梁元帝萧绎在《中书令庾肩吾墓志》中，评庾肩吾的生平志趣曰：“气识淹通，风神闲逸。”[③]其所具有的隐逸特质，显而易见。

庾信，“幼而俊迈，聪敏绝伦。博览群书，尤善《春秋左氏传》。身长八尺，腰带十围，容止颓然，有过人者。……父子在东宫，出入禁闼，恩礼莫与比隆。既有盛才，文并绮艳，故世号为徐、庾体焉。……文章辞令，盛为邺下所称。还为东宫学士，领建康令。”明显看出，庾信家族有隐逸传统，而庾信本人之笃好学术，精研诗赋，这些需要恬静特质的行为，亦与隐逸品格一致。

庾信性格中的隐逸特质，在其早年就有表露，还是在梁时，庾信就与当时著名隐士周弘让有交往，且留下不少诗篇，如《赠周处士诗》：

> 九丹开石室，三径没荒林。仙人翻可见，隐士更难寻。篱下黄花菊，丘中白雪琴。方欣松叶酒，自和游山吟。[④]

《寻周处士弘让诗》：

> 试逐赤松游，披林对一丘。黎红大谷晚，桂白小山秋。石镜菱花发，桐门琴曲愁。泉飞疑度雨，云积似重楼。王孙若不去，山中定可留。[⑤]

---

① 《南齐书·高逸传》，第940页。
② 《先秦汉魏晋南北朝诗·梁诗》，第1991页。
③ 《全梁文》，第3055页。
④ 《先秦汉魏晋南北朝诗·梁诗》，第1994页。
⑤ 《庾子山集注》，第363页。

前诗主要表现周弘让隐居山中的清闲生活与高逸情趣，后诗则写自己入山探访隐士的经过和感受。两诗的情感氛围一派清新、欣悦，诗人的心情是轻松的，对山中隐居生活的喜爱也从描写山中美景，及这种美景带给人们的“适己”生活着眼。

侯景之乱后，庾信入北，亦有写给周弘让的诗歌，即《和王少保遥伤周处士诗》，诗作于陈宣帝太建五年，北周武帝建德二年(573)，庾信61岁之时，[1]诗云：

> 冥漠尔游岱，凄凉余向秦。虽言异生死，同是不归人。昔余仕冠盖，值子避风尘。望气求真隐，伺关待逸民。忽闻泉石友，芝桂不防身。怅然张仲蔚，悲哉郑子真。三山犹有鹤，五柳更应春。遂令从渭水，投吊往江滨。[2]

诗歌固然显示了二人之间的亲密感情，但就诗题“遥伤”二字看，诗中之情感显然是以感伤为主色调，故而，其格调也就与在梁时凿枘难合。“虽言异生死，同是不归人”，可见诗人伤痛之极。在他看来，好友隐士周弘让的去世，已是不归人；自己远滞他乡，同样是不归之意。因此，诗人在伤悼友人逝世的同时，也有明显的自伤之意，在对隐居环境诗意的描写中渗透着忧伤的情绪，这大致可以代表后期庾信隐逸诗文的情感基调。

第二节　庾信的隐逸赠答、奉和诗

庾信隐逸作品数量最多的是赠答、奉和诗。这些诗歌的创作背景及反衬的士人心态怎样？这些诗歌与庾信整体诗风的关系又如何？这些是本节探讨的重点。

一、诗歌的创作背景及诗人心态

由南入北，庾信的心态发生了极大的转变，诗风也一扫前期的齐梁体格，而变得刚健质朴。同时，诗歌的内容也发生极大的变化，前期的风花雪月、宫廷内的女色、器物弃之如敝屣，而代之以抒发自己人是国非之惨痛，

---

① 《南北朝文学编年史》，第598页。

② 《庾子山集注》，第306—307页。

《拟咏怀》二十七首即是后期诗歌的代表。我们知道，阮籍的《咏怀》八十一首中的不少就是隐逸诗，体式上对之模仿的庾信的《拟咏怀》二十七首中也有不少隐逸诗，如以下两首：①

> 寻思万户侯，中夜忽然愁。琴声遍屋里，书卷满床头。虽言梦蝴蝶，定自非庄周。残月如初月，新秋似旧秋。露泣连珠下，萤飘碎火流。乐天乃知命，何时能不忧？
>
> 怀抱独昏昏，平生何所论。由来千种意，并是桃花源。谷皮两书帙，壶卢一酒樽。自知费天下，也复何足言。②

此时庾信已入北 10 年，且无返回之可能，每一念及故国，就会激起无限的情思。其中有国我两非之沧桑感，有对故国腐败而导致亡国的追恨，有对自己屈事敌国心焦面热之羞耻，种种感觉交集在一起，使他对时隔 300 年的阮籍“心有戚戚焉”。《拟咏怀》二十七首，虽曰“拟”，实则饱含自己对人生、对世事的理解，对自己万千感想集于一身的忧愤。其中当然也有苦闷无由解脱从而导致的如阮籍一样的退避之思。所引前一首重点写自己悲哀之心绪：先从自己欲为国建功立业而不能，进而产生人生如幻，“庄生晓梦迷蝴蝶”般生死莫辨迷离之困境。最后，只能借用《周易·系辞下》之“乐天知命，故不忧”来作为对人生苦闷的解脱。后诗进一步为自己构建了一个类似陶渊明笔下之“桃花源”理想，来摆脱现世的苦闷、羁縻。同时，也是为自己寻找一处理想的隐居之地。诗由“怀抱独惛惛，平生何所论”的苦闷起首，如何摆脱这些苦闷，“由来千种意，并是桃花源”，只有隐居桃花源，才可摆脱烦恼的缠绕。“谷皮两书帙，壶卢一酒樽”，诗书、琴酒的生活，是隐士的象征，庾信亦有此向往，“自知费天下，也复何足言”，“言己即有避秦之意，惟有两帙之书，一樽之酒，不足复论天下事也。”③

入北之初，因为家国破亡，自己又羁留他乡，庾信的心绪很是低沉④，因此其隐逸之志也更加明显。在此期间，他曾作《望野》《山斋》《卧疾穷愁》

---

① 鲁同群认为组诗作于陈天嘉四年即北周武帝保定三年（563），曰：“是年，庾信作《竹杖赋》，出为弘农太守，《拟咏怀二十七首》中若干首诗作于弘农郡任上。”（《六朝作家年谱辑要·庾信年谱》下册，第 468 页）

② 《庾子山集注·拟咏怀诗》，第 242、247 页。

③ 《庾子山集注·拟咏怀诗·注释》，第 248 页。

④ 其《伤心赋》曰：“余五福无征，三灵有谴，至于继体，多从夭折。二男一女，并得胜衣，金陵丧乱，相守亡殁。羁旅关河，倏然白首，苗而不秀，频有所悲。一女成人，一外孙孩稚，奄然玄壤，何痛如之。既伤即事，追悼前亡，唯觉伤心，遂以《伤心》为赋。”

以及组诗《奉和永丰殿下言志十首》，都可见出其隐逸志趣，如《野望》：

> 试策千金马，来登五丈原。有城仍旧县，无树即新村。水向兰池泊，日斜细柳园。洄渚通沙路，寒渠塞水门。但得风云赏，何须人事论。①

诗人登高望野，触目即兴。若将其中几个地名串联起来，就会看到这里曾经承载过的厚重的历史，从秦到汉，再到三国：有秦始皇遇盗的兰池，有汉文帝亲自慰问将军周亚夫的细柳，还有诸葛亮六出祁山驻军及最终病逝之地五丈原。按说，置身此境，诗人会有满腹的怀古幽情。然而，他的思绪没有顺此发展，甚至还刻意回避了它。所谓"但得风云赏，何须人事论"表明他所在意的，只是眼前的风景，哪管他人事是非！显然，此时的诗人需要的是一个幽静的地方，从而可以好好地修养身心，好好地排遣自己忧苦的情思，而《山斋》一诗，正是表现他的这种心态。诗曰：

> 寂寥寻静室，蒙密就山斋。滴沥泉浇路，穹窿石卧阶。浅槎全不动，盘根惟半理。圆珠坠晚菊，细火落空槐。直置风云惨，弥怜心事乖。②

与早年"出入禁闼"的显赫相比，入北之初的庾信只是一个没有家国、寄人篱下的"羁縻"之客。这样的人生巨变，使他强烈地感受到"直置风云惨，弥怜心事乖"的烦闷。于是，寂寥之心驱使他寻找到静室山斋，在这深山密林中，他面对的是如此清幽的景致：蜿蜒的溪流，横卧的巨石，盘根错节的树墩，甚至连晚菊坠下的露珠、古槐飘出的磷火，都在其细微的观照之中。远离尘俗，品味山中之景，使他暂时忘却世事，诗人曾将自己称作"山人"，其《幽居值春》一诗中说："山人久陆沉，幽径忽春临。决渠移水碓，开园扫竹林。欹桥久半断，崩岸始邪侵。短歌吹细笛，低声泛古琴。钱刀不相及，耕种且须深。长门一纸赋，何处觅黄金。"③尽管平静的山斋生活暂时抚慰了诗人的忧伤，但人生剧变的惨痛还是给他留下后遗症，他在《卧疾穷愁》中说："危虑风霜积，穷愁岁月侵。留蛇常疾首，映弩屡惊心。稚川求

---

① 《庾子山集注》，第285页。
② 《庾子山集注》，第284页。
③ 《庾子山集注》，第282页。

药录，君平问卜林。野老时相访，山僧或见寻。有菊翻无酒，无弦则有琴。讵知长抱膝，独为《梁父吟》。”[①]卧疾穷愁之时，由杜预、孙叔敖、乐广之“杯弓蛇影”而联想到前此的著名道士、隐者如严君平、葛洪、陶渊明、诸葛亮及日日与自己交通之“野老”“山僧”，认为只有与这些人物相与往来方可解除自己的心病。

此种对隐居、闲适生活的向往，在他几年后所作的《奉报穷秋寄隐士诗》中亦有表现[②]，诗曰：

> 王倪逢齿缺，桀溺耦长沮。藜床负日荷，麦陇带经锄。自然曲木几，无名科斗书。聚花聊饲鹤，穿池试养鱼。小村治涩路，低田补坏渠。秋水牵沙落，寒藤抱树疏。空枉平原骑，来过仲蔚庐。[③]

题中的“隐士”虽不详所指，但并不妨碍我们理解诗作。诗中详细描写了自己隐居田园的恬静生活。最后，把自己与汉代隐士张仲蔚联系在一起[④]，重申自己的隐士身份，也是在表达自己的隐逸志趣。武成二年，陈文帝天嘉元年(560)，庾信作《预麟趾殿校书和刘仪同诗》：[⑤]

> 止戈兴礼乐，修文盛典谟。壁开金石篆，河浮云雾图。芸香上延阁，碑石向鸿都。诵书称博士，明经拜大夫。璧池寒水落，学市旧槐疏。高谭变白马，雄辩塞飞狐。月落将军树，风惊御史乌。子云犹汗简，温舒正削蒲。连云虽有阁，终欲想江湖。[⑥]

一句“连云虽有阁，终欲想江湖”，更显明了自己的隐居志趣。可见庾信入北之后的隐逸诗创作，经历了一个发展的过程，每一阶段随着自己心态的变化，隐逸诗歌的创作亦发生相应的改变。

---

① 《庾子山集注》，第 283 页。

② 鲁同群认为此诗作于北周武成元年，即陈武帝永定三年、北齐天保十年(559)(《六朝作家年谱辑要·庾信年谱》下册，第 466 页)。

③ 《庾子山集注》，第 185 页。

④ 晋皇甫谧《高士传》载，“张仲蔚者，平陵人也，与同郡魏景卿俱修《道德》，隐身不仕。明天官博物，善属文，好诗赋，常居穷素，所处蓬蒿，没人闭门，养性不治荣名，时人莫识，唯刘龚知之。”(《高士传》，第 15—16 页)

⑤ 《六朝作家年谱辑要·庾信年谱》下册，第 467 页。

⑥ 《庾子山集注》，第 266 页。

二、隐逸诗歌的风格及与整体诗风的关系

庾信诗歌分为前后两个阶段，前期主要是“齐梁体格”，和当时徐陵父子等人的创作无甚区别，不过在其前期创作的隐逸诗，如《赠周处士诗》《寻周处士弘让诗》等中，仍可明显感觉与其前期其他诗风的差异。后期的庾信，经历了“都下户口，百遗一二，大航南北，极目无烟”，“千里绝烟，人迹罕至，白骨成聚如丘陇焉”①的沧桑巨变，整体诗风转向刚健、质朴一路，杜甫所谓“庾信文章老更成，凌云健步意纵横”，“庾信平生最萧瑟，暮年诗赋动江关”是也，而具体到隐逸诗，通过我们的分析，可以感觉到，其风格有个逐渐演变的过程，刚入北之时，其隐逸诗风还与前期保持着相当的一致，如《望野》《山斋》《卧疾穷愁》以及组诗《奉和永丰殿下言志十首》等的风格，就与在梁时的《赠周处士诗》《寻周处士弘让诗》较为一致，就是入北四五年后创作的《奉报穷秋寄隐士诗》风格也没有太大改变，都在一种陶渊明式的“和平静穆”的氛围中体现出一种质朴、恬淡的风格，就诗的质朴而言，一方面与前期隐逸诗保持一致，同时又与后期的整个诗歌创作保持一致。

入北弥久，隐逸诗的风格越与后期整体诗风接近，如我们上举的《拟咏怀》诗的愁苦之音，与后期诗歌的情感氛围就较为一致。同时，风格上也因受阮籍诗风格的影响，有了明显的刚健特质，无论从用语上，还是从主旨内容上来看，都是如此。

第三节　隐逸组诗的情感抒写

庾信的隐逸诗有一大类型，即：隐逸组诗。如《奉和永丰殿下言志十首》《咏画屏风诗二十五首》《拟咏怀诗》二十七首中的部分篇章，乃至那些与隐士周弘让的赠答诗，动辄十首或以上。如此大规模的情感表达，势必造成隐逸情感的深度及广度的抒发上，达到新的高度，所谓“情纠纷而繁会，意杂集以无端”“语之工拙，都所不计，但取情深”②都是针对庾信组诗的这一特点言说的。

这类组诗的代表是《奉和永丰殿下言志十首》，诗作于梁承圣三年，西

---

① 《南史・侯景传》，第2009页。

② 《采菽堂古诗选・拟咏怀诗二十七首》，第1096页。

魏恭帝元年,北齐天保五年(554)[①],其中明显属于隐逸诗的有如下四首:

立德齐今古,资仁一毁誉。无机抱瓮汲,有道带经锄。处下唯名惠,能言本姓蘧。未论惊宠辱,安知系惨舒。

茫茫实宇宙,与善定冯虚。大夫伤鲁道,君子念殷墟。程乡既开国,安平遂徙居。讵能从小隐,终然游太初。

崩堤压故柳,衰社卧寒樗。野鹤能自猎,江鸥解独渔。汉阴逢荷篠,缁林见杖拏。阮籍尝思酒,嵇康懒著书。

披林求木实,拂雪就园蔬。浊胶非鹤髓,兰肴异蟹胥。野情风月旷,山心人事疏。徒知守瓴甓,空欲报璠玙。[②]

第一首言说对古之隐者的赞誉,"深慕避世之人身无荣辱,不可及也。"[③]第二首,"言蜀亡,搗归于魏也。"[④]最后两首,"言志意所欲,惟是弃绝人间,超踰世网,追踪嵇、阮,寄情风月,富贵名利,非所愿也。"[⑤]

"承圣三年(554)四月,萧绎派庾信出使西魏。当他在长安尚未完成使命时,……十二月,江陵陷落,萧绎被杀,庾信从此被留在北方,一直没有南归。"[⑥]组诗作于是年冬天,庾信刚滞留北地不久,国破的惨痛,自身处境的忧虑开始缠绕着他。组诗先言对古圣隐者的倾慕,看出自己屈委敌国的无奈,及在这种无奈心绪下的退避之思。然后,诗人回顾了故国失陷,自己被迫屈仕敌国的痛苦,"君子念殷墟"一句,对故国失陷的悲痛,及在追问失陷的原因中透出的对群小的怨愤之情,这些都加深了自己的伤感,而西魏的羁縻政策更使庾信在这种痛苦之上平添了一层煎熬。于此,庾信万念俱灭,"小隐隐陵薮"既不可能,只能"大隐隐朝市",[⑦]这种处境下,庾信初始性格中的隐逸潜质潜滋暗长出来,"终当遂其初志也。"[⑧]以致很自然地出现了后两首诗中的以嵇、阮之行为为师法对象的作品。嵇、阮行为多矣,而诗中庾信服膺嵇、阮的是"长思酒""懒著书"寄情风月的散淡生活。于是几

---

① 《六朝作家年谱辑要·庾信年谱》下册,第464页。

② 《庾子山集注》,第330、332、337、338页。

③ 《庾子山集注》倪潘评,第331页。

④ 《庾子山集注》倪潘评,第332页。

⑤ 《庾子山集注》倪潘评,第338页。

⑥ 曹道衡、沈玉成《南北朝文学史》,人民文学出版社1991年版,第414页。

⑦ 《先秦汉魏晋南北朝诗·晋诗·王康琚〈反招隐诗〉》,第953页。

⑧ 《庾子山集注》,第332页。

年后的弘农太守任上，庾信又作有《拟咏怀诗》二十七首中的若干首，[①]其中两首隐逸诗如下：

倏忽市朝变，苍茫人事非。避谗应采葛，忘情遂食薇。怀愁正摇落，中心怆有违。独怜生意尽，空惊槐树衰。

怀抱独昏昏，平生何所论。由来千种意，并是桃花源。谷皮两书帙，壶卢一酒樽。自知费天下，也复何足言。[②]

“己平生怀抱，至此皆不足论，惟有避秦而已。”“己既有避秦之志，惟有两帙之书，一樽之酒，不足复论天下事也。”[③]诗歌结合自己的家国之痛，抒发自己万念俱灰，百无聊赖的情感，其中也夹杂着佛教般若思想，在隐逸内涵的深度上，有了进一步的深化。可见，这些隐逸组诗因为情感的复杂、感慨的深沉，遂使情感的抒写达到新的高度。

第四节　庾信隐逸诗赋的“小园”情结

“小园”主题历来是隐逸文学苑囿中一朵不谢的鲜葩，自张衡《归田赋》中对田园生活的诗意描写后，这类作品始终不曾中辍，尤其是两晋如张华有《归田赋》，潘尼有《后园颂》，而陶渊明的《归园田居》更是“小园”类隐逸作品的经典之作。此后南朝宋谢庄的《怀园吟》，鲍照的《临川王服竟还田里诗》《田中秋散诗》《园葵赋》，谢朓的《移病还园示亲属诗》《游后园赋》，梁江淹的《还故园诗》，沈约的《宿东园诗》《行园诗》，周舍的《还田园诗》，陆倕的《思田赋》，朱异的《还东田宅赠朋离诗》《田饮引》，萧子范的《家园三月三日赋》，都从不同的层面抒写一己隐逸之思，表达散淡的情意，从而，“小园”作品成为隐逸文学史上引人侧目的一大门类。庾信以其自身对隐逸的理解，创作了不少“小园”类作品，在其全部隐逸作品中显得较为突出，很有单独讨论的必要。

庾信诗中明确表明为“小园”类作品的有《园庭诗》《归田诗》《寒园即目诗》，其中《园庭诗》《寒园即目诗》作于大象二年，也即陈太建十二年

① 《六朝作家年谱辑要·庾信年谱》下册，第468页。

② 《庾子山集注》，第244、247页。

③ 《庾子山集注》，第247、248页

(580)[1]。而清人倪璠《庾子山集注》卷四"诗"类的编排上，依次为《园庭诗》《归田诗》《寒园即目诗》，由此，大致可断定，三首诗当作于同时。因故，这些诗歌的创作应有着相同的背景。第二年(581)，庾信撒手人寰，从而，我们可以认为这些诗是庾信反思一生的具有总结性的作品，如此，作品的意义也就更为突出。

庾信又有《小园赋》，赋作于太平二年，北周孝闵帝元年，北齐天保八年(557)[2]。

诗、赋创作相差二十余年，而"小园"意象却一直不曾中辍，可见，庾信对"小园"意象之情有独钟，也唯有如此，庾信才会在生命的后期，连续创作多首"小园"隐逸诗。

一、《小园赋》中的乡关之思及隐逸情怀

《小园赋》是庾信唯一的一篇隐逸赋作。鲁同群在界定此赋的编年时认为，"庾子山集乡关之思的代表作品《和张侍中述怀》《小园赋》《伤心赋》《哀江南赋》等均作于 555—557 数年内。"[3]倪璠在《小园赋》的题解中云："《小园赋》者，伤其屈体魏、周，愿为隐居而不可得也。其文既异潘岳之《闲居》，亦非仲长之乐志，以乡关之思，发为哀怨之辞者也。"[4]与之主题较近之作为稍前北魏的袁翻所作之《思归赋》，赋作于梁天监十五年，魏孝明帝熙平元年(516)，袁翻 41 岁之时[5]，赋曰：

日色黯兮，高山之岑。月逢霞而未皎，霞值月而成阴。望他乡之阡陌，非旧国之池林。山有木而蔽月，川无梁而复深。怅浮云之弗限，何此恨之难禁。于是杂石为峰，诸烟共色。秀出无穷，烟起不极。错翻花而似绣，网游丝其如织。蝶两戏以相追，燕双飞而鼓翼。怨驱马之悠悠，叹征夫之未息！

余乃临峻壑，坐层阿。北眺羊肠诘屈，南望龙门嵯峨。叠千重以耸翠，横万里而扬波。远犴䶄与麏麚，走鲸鳖及龟鼍。彼暧然兮巩洛，此邈矣兮关河。心郁郁兮徒伤，思摇摇兮空满。思故人兮不见，神翻

① 《六朝作家年谱辑要・庾信年谱》下册，第 476 页。

② 《六朝作家年谱辑要・庾信年谱》下册，第 466 页；许逸民认为赋作于 557 年春天，"作赋的时间当是入北初期，很可能在北周闵帝元年(557)春季。"((北周)庾信撰，许逸民译《庾信诗文选译》，巴蜀书社 1991 年版，第 25 页)

③ 《六朝作家年谱辑要・庾信年谱》下册，第 466 页。

④ 《庾子山集注》，第 19 页。

⑤ 《南北朝文学编年史》，第 415 页。

覆兮魂断。断魂兮如乱，忧来兮不散。俯镜兮白水，水流兮漫漫。异色兮纵横，奇光兮烂烂。下对兮碧沙，上睹兮青岸。岸上兮氤氲，驳霞兮绛氛。风摇枝而为弄，日照水以成文。行复行兮川之畔，望复望兮望夫君。君之门兮九重门，余之别兮千里分。愿一见兮导我意，我不见兮君不闻。魄惝恍兮知何语，气缭戾兮独萦缊。

彼鸟马之无知，尚有情于南北。虽吾人之固鄙，岂忘怀于上国？去上国之美人，对下邦之鬼域。形既同于魍魉，心匪殊于蝥贼。欲修之而难化，何不残之云克。知进退之非可，徒终朝以默默。愿生还于洛滨，荷天地之厚德。①

袁翻，“为廷尉，颇有不平之论，及之郡，甚不自得，遂作《思归赋》。”②赋摛文铺采，风格近于鲍照、江淹。但就情感内涵言，无出张衡《归途赋》之窠穴。同时的李骞有《释情赋》一篇，前半叙述自己出仕经过及北魏衰乱之情景，后半则写自己对田园安恬生活的向往，内涵与《思归赋》较为一致。而庾信之《小园赋》则不然，《小园赋》虽为隐逸之作，但它和一般的因仕途失意或不甘仕途羁縻而归隐的创作动机不尽相同，此借“小园”一是抒发自己的归隐之思，同时，还是借“小园”表达对故园的思念之意，是把隐逸与思乡结合起来的作品，且赋之情感内涵也远非此前之作差可比拟，赋作全文如下：

若夫一枝之上，巢父得安巢之所；一壶之中，壶公有容身之地。况乎管宁藜床，虽穿而可坐；嵇康锻灶，既暖而堪眠。岂必连闼洞房，南阳樊重之第；绿墀青琐，西汉王根之宅。余有数亩弊庐，寂寞人外，聊以拟伏腊，聊以避风霜。虽复晏婴近市，不求朝夕之利；潘岳面城，且适闲居之乐。况乃黄鹤戒露，非有意于轮轩；爰居避风，本无情于钟鼓。陆机则兄弟同居，韩康则舅甥不别。蜗角蚊睫，又足相容者也。

尔乃窟室徘徊，聊同鑿坯，桐间露落，柳下风来。琴号珠柱，书名《玉杯》，有棠梨而无馆，足酸枣而非台，犹得欹侧八九丈，纵横数十步，榆柳两三行，梨桃百余树。拨蒙密兮见窗，行欹斜兮得路。蝉有翳兮不惊，雉无罗兮何惧。草树混淆，枝格相交。山为篑覆，地有堂坳。藏狸并窟，乳鹊重巢，连珠细茵，长柄寒匏。可以疗饥，可以栖迟。敧区

① 《全后魏文》，第 3749 页。
② 《魏书·袁翻传》，第 1540 页。

兮狭室，穿漏兮茅茨。檐直倚而妨帽，户平行而碍眉。坐帐无鹤，支床有龟。鸟多闲暇，花随四时。心则历陵枯木，发则睢阳乱丝。非夏日而可畏，异秋天而可悲。

一寸二寸之鱼，三竿两竿之竹，云气荫于丛蓍，金精养于秋菊。枣酸梨酢，桃榹李薁，落叶半床，狂花满屋。名为野人之家，是谓愚公之谷。试偃息于茂林，乃久羡于抽簪。虽有门而长闭，实无水而恒沉。三春负锄相识，五月披裘见寻。问葛洪之药性，访京房之卜林。草无忘忧之意，花无长乐之心。鸟何事而逐酒？鱼何情而听琴。

加以寒暑异令，乖违德性，崔骃以不乐损年，吴质以长愁养病。镇宅神以薶石，厌山精而照镜。屡动庄舄之吟，几行魏颗之命。薄晚闲闺，老幼相携，蓬头王霸之子，椎髻梁鸿之妻。燋麦两瓮，寒菜一畦。风骚骚而树急，天惨惨而云低。聚空仓而雀噪，惊懒妇而蝉嘶。

昔草滥于吹嘘，藉《文言》之庆余。门有通德，家承赐书。或陪玄武之观，时参凤凰之墟。观受釐于宣室，赋长杨于直庐。遂乃山崩川竭，冰碎瓦裂，大盗潜移，长离永灭。摧直辔于三危，碎平途于九折。荆轲有寒水之悲，苏武有秋风之别。关山则风月凄怆，陇水则肝肠断绝。龟言此地之寒，鹤讶今年之雪。百灵兮倏忽，光华兮已晚。不雪雁门之踦，先念鸿陆之远。非淮海兮可变，非金丹兮能转。不暴骨于龙门，终低头于马坂。谅天造兮昧昧，嗟生民兮浑浑。[1]

一般小园隐逸之作，多描写园中之苗卉花圃、莹莹滴露等物象，或描写鸟鸣啾啾、风吹叶落等场景，面目清新可喜，惹人怜爱。此赋则异于是。庾信42岁时出使西魏，滞留北方。三年后，也即太平二年(557)，庾信45岁之时，作此赋。此时，故国梁已为陈所代，而已身所在之西魏也已为北周取代，政权迭经变更，一幕幕不堪之惨剧在庾信心头上演。世事沧桑，天道无常，家在哪里？皈依何方？眼前迷雾漫漫，混沌一片。该年，庾信受封临清县子，然“虽位望通显，常有乡关之思。”[2]赋给我们最大的感受是：庾信心绪的低落，情感的悲苦。就具体写作场景言之，“大抵庾信此时在病厄之中。”[3]赋中多有与疾病有关的描述，如“吴质以长愁养病”“问葛洪之药性”等，“终低头于马坂”句，用《战国策 · 楚策》之典，曰：“夫骥之齿至矣，服盐

① 《庾子山集注》，第19—32页。
② 《周书 · 庾信王褒传》，第734页。
③ 《庾信诗文选译》，第32页。

车而上大行，蹄申膝折，尾湛胕溃，漉汁洒地，白汗交流，中阪迁延，负辕不能上。伯乐遭之，下车攀而哭之，解纻衣以幂之。”一匹垂垂老矣之千里马，身心俱疲，徒唤奈何！今昔比照，真真让人哀怜不已！这些都可见出庾信身患疾病，从而心态萧索的实际。此外，赋中多有衰病萧瑟之意象，如“虽有门而长闭，实无水而恒沉”句，用《庄子》之典。《庄子·则阳》曰：“方且与世违，而心不屑与之俱，是陆沉者也。”郭象注曰：“人中隐者，譬无水而沉，曰陆沉。”隐者虽避世，但不厌世，他们躲避的是浑浊的、充满机心的宦途。对隐居之后，自己周边纯真、质朴的农人，则是毫无戒备、躲避之意的，如陶渊明隐居之后，就很乐意和农人交朋友，《归园田居》（其二）：“时复墟曲里，披草共来往。相见无杂言，但道桑麻长。”《移居》（其二）：“春秋多佳日，登高赋新诗。过门更相呼，有酒斟酌之。农务各自归，闲暇则相思。相思则披衣，言笑无厌时。”他和农人敞开心扉，自由交往，毫无暌违之感。而庾信则是“虽有门而长闭”，一个准“自闭症”患者，他不仅心在避世，身也在避世，不仅避宦途，也避周遭邻人，彻底把自己与世隔绝了起来。其心态之萎靡可见一斑。沈金浩认为：“揆诸文学史事实，可以看到，性格在很多情况下确实与作家的文学事业有密切关系，且常常与作家的体质一起发挥作用。”①庾信一方面滞留异乡，且遭逢两次王朝更替，心绪之恓惶是必然的；同时，庾信本身也正遭遇疾病，苦不堪言。故而，万事不关系，百无聊赖！

赋中虽表达了他的隐逸之思，但对隐居环境的描写，却处处透漏出他的逼仄的心理。如写所居茅庐，“若夫一枝之上，巢父得安巢之所；一壶之中，壶公有容身之地。况乎管宁藜床，虽穿而可坐。”此固反映他随遇而安的心态，但“一枝之上”“一壶之中”的处所，管宁之“藜床”，也确实太过于低劣、寒碜。此外，他不仅要回到原始的茹毛饮血的穴居时代，而且刻意要劳苦其心，饿其体肤。至于其他对居处环境的描写，如“犹得欹侧八九丈，纵横数十步”，“榆直倚而妨帽，户平行而碍眉”，不特与一般幽深美景之名山大川不可同日而语，亦与一般归隐宁静优美之田园村落绝不相同。在庾信的笔下，居处环境就是这样的逼仄、简陋。此外，自己饮食也是极为粗劣的，“枣酸梨酢”“燋麦两瓮，寒菜一畦”等，明显感觉他对人生命运的一种透彻心肺的悲苦和无奈情绪。一般而言，士人之隐逸多是为躲避宦途之凶险而或主动或被动为之。但归隐之后，对自己隐居大环境、小处所的选择，还是遵循文士一贯特有的对美的追求的。尤其是当时，佛教流行，净土宗营造的高华、朗洁的妙境已为隐居者所欣赏。故而，庾信赋中营造的隐居环

① 沈金浩《吐纳英华　莫非情性》，《光明日报》2018 年 1 月 22 日。

境就显得特别另类，给人的感受也非常深刻。

赋的后半，由此种逼仄、悲苦心境继续拓展，引出一番既是家国之恨，又是乡关之思的感慨，凄怆无奈。庾信身心悲苦已极，但却回天无术，这种痛苦是人类共通的无法摆脱的心灵的苦难。这种苦难既无法摆脱，也无从诉说，故而只能内转，身心俱内：心向内趋于隐逸；身向内，把自己彻底与世隔绝起来。

《小园赋》的难能可贵，就在于它写出了生命的不安定与人生纯然的痛苦。庾信对于苦难与伤痛前所未有的体验，是个体生命无法抗拒的生存体验。他刻意描写居处的简陋，饮食条件的低劣，这些让人不堪的物质环境，都使人感受到庾信内心无以言表的凄凉。一般而言，士人在外在条件不如意的情况下，会主动选择退隐。但庾信此时，却不能自如地归隐，北方的统治者是不允许他这样做的，即便他真的能顺利归隐，国破家亡的惨痛经历就可以轻易抹去吗？显然，这一切都是不可能的。因之，赋中弥漫着百无聊赖的，凄然、索然的情绪。

就语言而言，此赋既有清新散淡的闲适之笔，映衬庾信向往的"数亩弊庐，寂寞人外"的生活，及这种生活下的虽凄苦然而也是散淡的心态，尤其是写景多用白描手法，自然俊逸，文采斐然，感人至深。当然，赋更不乏苍浑凄怆的乡关之思。小园生活的场景多用白描手法，乡关之思的文字则巧妙化用故实，如"非夏日而可畏"用《左传》，"异秋天而可畏"用宋玉《九辨》，"虽有门而常闭"用陶渊明《归去来兮辞》，"实无水而恒沉"用《庄子・则阳》。这些化用典故而毫无雕琢之痕的浅近文字与那些白描文字："有棠梨而无馆，足酸枣而非台。犹得敧侧八九丈，纵横数十步，榆柳两三行，梨桃百余树。拨蒙密兮见窗，行敧斜兮得路。蝉有翳兮不惊，雉无罗兮何惧。草树混淆，枝格相交，山为篑覆，地有堂坳。藏狸并窟，乳鹊重巢，连珠细茵，长柄寒匏。可以疗饥，可以栖迟"，"桐间霜落，柳下风来"，"一寸二寸之鱼，三竿两竿之竹"水乳交融，与两种情感的交融互为表里，使得全赋文字、情感浑然一体，妙合无间，如水中之盐，如色里胶青。钱锺书先生认为："子山词赋……及屈体魏周，赋境大变，……《小园》……诸赋，无不托物抒情，寄慨遥深，为屈子旁通之流，非复荀卿直指之遗，……早作多事白描，晚制善用故实，明丽中出苍浑，绮缛中有流转；穷然后工，老而更成，洵非虚说。"①

① 钱锺书《谈艺录》，生活・读书・新知三联书店2001年版，第728—729页。

二、诗、赋"小园"意象的异同

庾信的"小园"隐逸诗主要是作于去世之前一年即大象二年，陈太建十二年(580)的《园庭诗》《归田诗》《寒园即目诗》①，诗分别如下：

《园庭诗》：

杖乡从物外，养学事闲郊。穷愁方汗简，无遇始观爻。谷寒已吹律，檐空更剪茅。樵隐恒同路，人禽或对巢。水蒲开晚结，风竹解寒苞。古槐时变火，枯枫乍落胶。倒屣迎悬榻，停琴听解嘲。香螺酌美酒，枯蚌藉兰殽。飞鱼时触钓，翳雉屡悬庖。但使相知厚，当能来结交。②

《归田诗》：

务农勤九谷，归来嘉一廛。穿渠移水碓，烧棘起山田。树阴逢歇马，鱼潭见洒船。苦李无人摘，秋瓜不直钱。社鸡新欲伏，原蚕始更眠。今日张平子，翻为人所怜。③

《寒园即目诗》：

寒园星散居，摇落小村墟。游仙半壁画，隐士一床书。子月泉心动，阳爻地气舒。雪花深数尺，冰床厚尺馀。苍鹰斜望雉，白鹭下观鱼。更想东都外，群公别二疏。④

这些诗歌距《小园赋》的创作已过去了20余年，就归隐意愿而言，两者是相通的。但我们知道，《小园赋》更多是借助对小园隐居环境的描写，抒发对故国家园的怀恋，诗中的小园隐居生活只是在故乡不可返、屈仕敌国的无奈心境下的聊以宽慰。二十余年后，庾信已到了生命的暮年，虽"暮年诗赋动江关"，但这三首"小园"意象为主导的隐逸诗，却更给人一种绚烂之极归于平淡的感觉。此时的诗人在对一生进行痛定思痛的反思后，觉得人

① 《六朝作家年谱辑要·庾信年谱》下册，第476页。
② 《庾子山集注》，第278页。
③ 《庾子山集注》，第279—280页。
④ 《庾子山集注》，第281页。

生苦短，一切的烦扰都不应挂碍于心，唯有躲进“小园”方可成就内心的一统。于是扬雄、张衡、“二疏”这些厌恶仕途污浊、厌恶仕途琐屑，追求内心平和之人就被庾信引为同调。农事、汗简、美酒、垂钓、赏景成为生活的全部，“潇洒送日月”中排遣寂寞，怡悦心境，疗治国破家亡之伤感，庾信在“小园”生活中找到了生命的寄托，发掘了生活的意义。当然，诗中亦隐约可见庾信对故国、故土的思念，“今日张平子，翻为人所怜”一句，可看出《归田诗》乃“子山本张平子之赋而作”。[①] 我们知道，庾信、张衡都是南阳人，张衡在其暮年，在看透了东汉社会的污浊后，极为向往故乡的田园生活，《归田赋》中清新美好的画面就是自己向往的归隐生活的投影。而庾信在人生的最后时刻，引故土乡贤张衡为同调，把自己拟作张衡，诗作亦以张衡隐逸之赋为创作触媒，固然能反映出庾信此时万事不关心，只欲退避自守的心态，但这里未始没有对故土的思念。这不过，庾信这种情愫表达的较为隐晦而已。其他如《寒园即目诗》中的描写：“寒园星散居，摇落小村墟。游仙半壁画，隐士一床书”，也与《小园赋》中“一寸二寸之鱼，三竿两竿之竹，云气荫于丛蓍，金精养于秋菊。枣酸梨酢，桃榹李薁，落叶半床，狂花满屋。名为野人之家，是谓愚公之谷。试偃息于茂林，乃久羡于抽簪”的描写，在境界上有神似之处。

就欲借助“小园”而摆脱国破家亡、屈事敌国的伤感，抒写乡关之思而言，诗赋中的“小园”意象有着相似的作用，但就赋作侧重借“小园”抒写乡关之思，而诗侧重借“小园”安身立命而言，二者又不尽相同。

① 《庾子山集注》，第280页。

第八章　魏晋南北朝隐逸文学的地位及影响

魏晋南北朝以后，隐逸文学的创作一直绵延不绝，产生过一些比较重要的隐逸作家、隐逸文学作品。这些创作和魏晋南北朝相比，既有一定的联系，也有不少相异之处。本章拟在梳理隐逸文学在唐之后，每个时期发展的特色的基础上，来讨论魏晋南北朝隐逸文学的价值及其影响。

第一节　唐以后隐逸文学发展概况

隋开皇九年(581)初，杨广率大军攻入南陈国都建康(今南京)，南陈灭亡，隋统一全国。陈政权的灭亡，标志着南北朝时代正式退出历史舞台，也标志着自汉末黄巾起义后长达400年的分裂动荡局面的结束。此后中国历史虽分分合合，或内部动荡、战争，或各民族政权间攻伐不已，干戈扰乱，但整体言之，和平、统一的时期还是占主流。同时，社会思潮也有很大变化，唐代佛教、道教的盛行，宋之后，内佛外儒的宋明理学长期占据意识形态的主导地位，这样一种不同于魏晋南北朝的大环境，自然地，文士的心态，隐逸文学的创作也会迥异其色。

一、隋唐五代隐逸文学：浓重的佛道情怀

《隋书·隐逸传》云：

> 自肇有书契，绵历百王，虽时有盛衰，未尝无隐逸之士。故《易》称"遁世无闷"，又曰"不事王侯"；《诗》云"皎皎白驹，在彼空谷"；《礼》云"儒有上不臣天子，下不事王侯"；语曰"举逸民，天下之人归心焉"。虽出处殊途，语默异用，各言其志，皆君子之道也。洪崖兆其始，箕山扇其风，七人作乎周年，四皓光乎汉日，魏、晋以降，其流逾广。其大者则轻天下，细万物，其小者则安苦节，甘贱贫。或与世同尘，随波澜以俱

逝，或违时矫俗，望江湖而独往。狎玩鱼鸟，左右琴书，拾遗粒而织落毛，饮石泉而荫松柏。放情宇宙之外，自足怀抱之中，然皆欣欣于独善，鲜汲汲于兼济。而受命哲王，守文令主，莫不束帛交驰，蒲轮结辙，奔走岩谷，唯恐不逮者，何哉？以其道虽未弘，志不可夺，纵无舟楫之功，终有贤贞之操。足以立懦夫之志，息贪竞之风，与夫苟得之徒，不可同年共日。所谓无用以为用，无为而无不为者也。[①]

对隐逸的渊源、作用给予中肯的阐发，尤其是认为隐逸"无用以为用，无为而无不为者也"，更给人以启发。也就是说，隐者虽"鲜汲汲于兼济"，但本身"贤贞之操"就足以"立懦夫之志，息贪竞之风"，与一般蝇营狗苟之徒，确是不可同日而语。之后，本传共举出李士谦、崔廓崔赜父子、徐则、张文栩等五人，作为这一时期隐逸的典型。五人中有四人为恪守儒家规范的"不侍王侯，高尚其事"的隐者，一人则深受道家、道教影响，餐风饮露的绝世高人。对这几人，《隋书·隐逸传》评曰："古之所谓隐逸者，非伏其身而不见也，非闭其言而不出也，非藏其智而不发也。盖以恬淡为心，不皦不昧，安时处顺，与物无私者也。士谦等忘怀缨冕，毕志丘园，隐不违亲，贞不绝俗，不教而劝，虚往实归，爱之如父母，怀之如亲戚，非有自然之纯德，其孰能至于斯乎？然士谦闻誉不喜，文诩见伤无愠，徐则志在沉冥，不可亲疏，莫能贵贱，皆抱朴之士矣。崔廓感于屈辱，遂以肥遁见称，祖濬文籍之美，足以克隆先构，父子虽动静殊方，其于成名一也，美哉！"[②]不可否认，这一时期的著名隐士，皆为正宗的隐者，他们以自己独善其身的超卓品行，为时人敬仰，为时人树起了一座道德的高峰。当然，隋朝隐逸之风业已悄然转向，如当时的隐士杜淹：

淹聪辩多才艺，弱冠有美名，与同郡韦福嗣为莫逆之交，相与谋曰："上好用嘉遁，苏威以幽人见征，擢居美职。"遂共入太白山，扬言隐逸，实欲邀求时誉。隋文帝闻而恶之，谪戍江表。后还乡里，雍州司马高孝基上表荐之，授承奉郎。大业末，官至御史中丞。[③]

不难看出，杜淹其人，本质上是一个名利中人，用世之心一以贯之，隐

① (唐)魏征等撰《隋书·隐逸传》，中华书局1973年版，第1751—1752页。

② 《隋书·隐逸传》，第1761页。

③ 《旧唐书》卷六十六，第2470页。

逸只是其博取仕途的手段。到了唐代，隐逸状态的改变就更为明显了。我们知道，唐代是一个发扬踔厉的时代，士人普遍怀着“直挂云帆济沧海”之雄心，普遍具有“致君尧舜上，再使风俗醇”之理想，积极用世是时代的主旋律。在此风气的影响下，真正贞顺自守、退避自隐的人是很少的。当然，这一时期，隐逸之风也未曾绝迹，然而，隐逸的气味却发生了很大改变。新旧《唐书》都有专为隐者所立之传，可见，此时，隐逸也和之前一样，为一引人侧目的现象。《旧唐书·隐逸传》开篇对隐逸如此评论：

> 前代贲丘园，招隐逸，所以重贞退之节，息贪竞之风。故蒙叟矫《让王》之篇，玄晏立高人之传，箕、颍之迹，粲然可观。而汉二龚之流，乃心王室，不事莽朝，忍渴盗泉，本非绝俗，甚可嘉也。皇甫谧、陶渊明慢世逃名，放情肆志，逍遥泉石，无意于出处之间，又其善也。即有身在江湖之上，心游魏阙之下，托薜萝以射利，假岩壑以钓名，退无肥遁之贞，进乏济时之具，《山移》见诮，海鸟兴讥，无足多也。阮嗣宗傲世佯狂，王无功嗜酒放荡，才不足而智有余，伤其时而晦其用，深识之士也。高宗天后，访道山林，飞书岩穴，屡造幽人之宅，坚回隐士之车。而游岩、德义之徒，所高者独行；卢鸿一、承祯之比，所重者逃名。至于出处语默之大方，未足与议也。①
>
> 《传》末之赞曰：高士忘怀，不隐不显。依隐钓名，真风渐鲜。结庐泉石，投绂市朝。心无出处，是曰逍遥。②

这一时期的隐士，有不少已经耐不住寂寞，开始“依隐钓名”，开始出现了不少“未足与议”之“隐士”。因之，传统意义上隐逸之“真风”也就“渐鲜”了。

《新唐书·隐逸传》起始先对历代的隐士进行分类：“古之隐者，大抵有三概：上焉者，身藏而德不晦，故自放草野，而名往从之，虽万乘之贵，犹寻轨而委聘也；其次，挈治世具弗得伸，或持峭行不可屈于俗，虽有所应，其于爵禄也，泛然受，悠然辞，使人君常有所慕企，怊然如不足，其可贵也；末焉者，资槁薄，乐山林，内审其才，终不可当世取舍，故逃丘园而不返，使人常高其风而不敢加訾焉。且世未尝无隐，有之未尝不旌贲而先焉者，以孔子所谓‘举逸民，天下之人归焉’。”这些隐士，即那时人们心中认可的标准隐

① 《旧唐书·隐逸传》，第5115—5116页。
② 《旧唐书·隐逸传》，第5135页。

士，于社会有甚大之价值，受到时人包括君王的尊崇。到了唐代，“贤人在位众多，其遁戢不出者，才班班可述，然皆下概者也。虽然，各保其素，非托默于语，足崖壑而志城阙也。然放利之徒，假隐自名，以诡禄仕，肩相摩于道，至号终南、嵩少为仕途捷径，高尚之节丧焉。故裒可喜慕者类于篇。”[①]唐代虽不乏正格之隐士，然“才班班可述”，凤毛麟角，未为大观。倒是“假隐自名，以诡禄仕”之“放利之徒”“肩相摩于道”。他们隐居的目的很明确，就是“为仕途捷径”，从而“高尚之节丧焉”，为人所不齿。这其中常被人提及的就是大名鼎鼎的卢藏用。《新唐书》本传记载：

始隐山中时，有意当世，人目为“随驾隐士”。晚乃徇权利，务为骄纵，素节尽矣。司马承祯尝召至阙下，将还山，藏用指终南曰：“此中大有嘉处。”承祯徐曰：“以仆视之，仕宦之捷径耳。”藏用惭。[②]

以上所论，乃当时隐逸的现状。受此隐逸大潮的冲击，隐逸文学也必然会泥沙俱下，斑驳不纯，其中固然涌动着躁动不安的魏阙追求。然，我们知道，佛教、道教在唐代特别兴盛，其影响甚或在儒家思想之上。受这一特定思潮的影响，隐逸文学中更不难发见明净空寂的彼岸情怀，所在多有羽化登仙的向往，这些更是这一时期隐逸文学中富有特色的存在。

王绩，“字无功，绛州龙门人。少与李播、吕才为莫逆之交。隋大业中，应孝悌廉洁举，授扬州六合县丞。非其所好，弃官还乡里。绩河渚中先有田数顷，邻渚有隐士仲长子先，服食养性，绩重其真素，愿与相近，乃结庐河渚，以琴酒自乐。尝游北山，因为《北山赋》以见志，词多不载。绩尝躬耕于东皋，故时人号东皋子。或经过酒肆，动经数日，往往题壁作诗，多为好事者讽咏。贞观十八年卒。临终自克死日，遗命薄葬，兼预自为墓志。”[③]受隋时隐逸之风及隋唐之际干戈纷扰现实的影响，加之，王绩本人初始性格中的隐逸潜质，所谓“隋大业中，应孝悌廉洁举，授扬州六合县丞，非其所好”。仕宦非其好，那么，在这样一个乱糟糟的世道，王绩自然易于选择与自己的本性合拍的隐居生活了。王绩一生创作了数量众多的隐逸作品，如《野望》：

① (宋)欧阳修、(宋)宋祁《新唐书·隐逸传》，中华书局1975年版，第5593—5594页。
② 《旧唐书·卢藏用传》，第5116页。
③ 《旧唐书·隐逸传》，第5116页。

> 东皋薄暮望，徙倚欲何依。树树皆秋色，山山唯落晖。牧人驱犊返，猎马带禽归。相顾无相识，长歌怀采薇。①

诗歌虽也有淡淡的忧伤，诗人的内心也有彷徨，苦闷，但诗歌描绘的境界却是那么的自然，恬静。余晖之下，天色淡远，悠然望之，牧人回返，猎马归巢。路人相见，歌声悠悠，画面十分和谐，景色十分静穆，映衬出诗人与自然冥合的情愫。其他的作品如《山中叙志》《杖策寻隐士》《北山》等，少有对仕途的眷恋，一派和谐悠然的气息，对隐逸生活、对隐士人格充满由衷的赞赏之情。就诗的情感、意境、风格言之，王绩的这些诗歌与陶渊明的诗歌较为接近，属于正统的隐逸作品。对于王绩本人及其隐逸作品，后人有较为中肯的评论：

> 唐时隐逸诗人，当推王无功、陆鲁望为第一。盖当武德之初，犹有陈隋之遗习，而无功能尽洗铅华，独存体质，且嗜酒诞放，脱落世事，故于性情最近。今观其诗，近而不浅，质而不俗，殊有魏晋之风。②

然而，有唐一代，王绩这样的隐者凤毛麟角，在佛道盛行的唐代，隐逸文学也不可能不深受其染。盛唐隐逸文学的代表作家无疑是王维、孟浩然。王维，“开元九年(721)进士擢第。事母崔氏以孝闻。”“闺门友悌，多士推之。历右拾遗、监察御史、左补阙、库部郎中。居母丧，柴毁骨立，殆不胜丧。服阕，拜吏部郎中。天宝末，为给事中。”③安史之乱期间，“迫以伪署”。后两京收复，王维因诗“万户伤心生野烟，百官何日再朝天？秋槐花落空宫里，凝碧池头奏管弦”被赦免，授太子中允。“乾元中，迁太子中庶子、中书舍人，复拜给事中，转尚书右丞。”受母亲及其他亲属影响，王维自幼对佛教情有独钟，“居常蔬食，不茹荤血”，“晚年长斋，不衣文彩。”得宋之问蓝田别墅，与道友裴迪浮舟往来，弹琴赋诗，啸咏终日。“在京师日饭十数名僧，以玄谈为乐。斋中无所有，唯茶铛、药臼、经案、绳床而已。退朝之后，焚香独坐，以禅诵为事。妻亡不再娶，三十年孤居一室，屏绝尘累。”

王维的一生颇为特殊，一方面他对佛教禅宗有着浓厚的兴趣，正如他自己所云：“一生几许伤心事，不向空门何处销。”“中岁颇好道，晚家南山

---

① (唐)王绩著，韩理洲校点《王无功文集》，上海古籍出版社 1987 年版，第 77 页。

② (明)何良俊《四友斋丛说》卷二十五，中华书局 1959 年版，第 225 页。

③ 《旧唐书·王维传》，第 5051—5052 页。

陲。”另一方面，他又不是正宗的佛教徒，他从未剃度出家，足迹始终不离官场，是典型的吏隐。这与陶渊明的彻底隐逸大不相同。他不愿在污浊凶险的宦途淈泥扬波，但又担心失去官位后的贫困。于是，王维就采取了一种圆通的处事方式，过着一种半官半隐，身在仕途而心在佛门的“隐居”生活，对于这种行为，王维有自己的解释：

> 圣人知身不足有也，故曰：“欲洁其身，而乱大伦。”知名无所着也，故曰：“欲使如来，名声普闻。”故离身而返屈其身，知名空而返不避其名也。古之高者曰许由，挂瓢于树，风吹瓢，恶而去之。闻尧让，临水而洗其耳。耳非驻声之地，声无染耳之迹。恶外者垢内，病物者自我。此尚不能至于旷士，岂入道者之门欤！降及嵇康，亦云：“顿缨狂顾，逾思长林而忆丰草。”顿缨狂顾，岂与俛受维絷有异乎？长林丰草，岂与官署门阑有异乎？异见起而正性隐，色事碍而慧用微。岂等同虚空，无所不遍；光明遍照，知见独存之旨耶？此又足下之所知也。近有陶潜，不肯把板屈腰见督邮，解印绶弃官去，后贫。《乞食诗》云：“叩门拙言辞。”是屡乞而多惭也。尝一见督邮，安食公田数顷。一惭之不忍，而终身惭乎！……孔宣父云：“我则异于是，无可无不可。”可者适意，不可者不适意也。君子以布仁施义、活国济人为适意。纵其道不行，亦无意为不适意也。苟身心相离，理事俱如，则何往而不适？此近于不易，愿足下思可不可之旨。以种类俱生，无行作以为大依，无守默以为绝尘，以不动为出世也。①

就隐逸文学创作言之，王维的这类作品渗透着浓浓的禅意，如《辛夷坞》：“木末芙蓉花，山中发红萼。涧户寂无人，纷纷开且落。”《鸟鸣涧》：“人闲桂花落，夜静春山空。月出惊山鸟，时鸣春涧中。”《鹿寨》：“空山不见人，但闻人语响。返景入深林，复照青苔上。”诗中充满着禅宗“空”“寂”的意境，以及佛教名色缘起缘灭的思想。然而，诗中又透露着大自然和谐的生命律动，那在“寂无人”的“涧户”，“开且落”的芙蓉花，开着耀眼的“红萼”，随着季节的轮回，“纷纷开且落”。生命力是如此地顽强，又是如此地如大自然日出日落般浑然天成。春夜的空山，周遭一片沉寂，甚至连桂花的落声都清晰可闻，时不时一只飞鸟划过黢黑的天幕，伴随着一阵悦耳的鸣叫，这叫声更衬托出万籁的静寂。然而，我们从诗中“桂花落”“月出”“鸟鸣”的

① （唐）王维撰，陈铁民校注《王维集校注・与魏居士书》，中华书局 1997 年版，第 1095 页。

描写中，分明又可感受到诗歌中蓬勃的生机。《鹿寨》一诗更弥漫着佛教禅宗的“空”境。景色在日光的照射下，在浓密幽暗的林深处，这投影映射在阴暗的青苔上，没有一丝纷扰来破坏这静寂的场景，好似整个世界都不复存在。然而，诗人创造的这一境界，却又分明使人感觉其中的盎然生意，这从诗歌的起首两句即可看出。确实，这是一座罕人迹的“空山”，不过，诗人却又听到了“人语响”，既然有人的声音，自然地，人就在附近。大自然因了人的到来而显出勃勃的生机。

同时期的孟浩然，年轻时“隐鹿门山，以诗自适。”“年四十，来游京师，应进士，不第，还襄阳。张九龄镇荆州，署为从事，与之唱和。不达而卒。”①

《新唐书·文艺传》记载他“少好节义，喜振人患难，隐鹿门山。”“年四十，乃游京师。”恰巧在王维家中偶遇玄宗，因咏“不才明主弃”之句，触怒玄宗而遭“放还”。但孟浩然一腔用世之心并未泯灭，不久“采访使韩朝宗约浩然偕至京师，欲荐诸朝。”但因为言辞得罪韩朝宗，“卒不赴”。即便如此，孟浩然还是热心仕宦，“张九龄为荆州，辟置于府，府罢。”此后，孟浩然才开始彻底回到家乡，“开元末，病疽背卒。”②可以看出，孟浩然一直在仕隐两端徘徊，佟培基先生认为：“纵观他（孟浩然）的诗篇，可以感觉到，他的一生都夹在出仕与退隐的矛盾痛苦中。”③

孟浩然一生深受佛禅思想及当时流行的道教的影响，这些思想在他的隐逸诗文中很是突出。如《武陵泛舟》：“武陵川路狭，前棹入花林。莫测幽源里，仙家信几深。水回青嶂合，云度绿溪阴。坐听闲猿啸，弥清尘外心。”《梅道士水亭》：“傲吏非凡吏，名流即道流。隐居不可见，高论莫能酬。水接仙源近，山藏鬼谷幽。再来迷处所，花下问渔舟。”《宿天台桐柏观》：“海行信风帆，夕宿逗云岛。缅寻沧洲趣，近爱赤城好。扪萝亦践苔，辍棹恣探讨。息阴憩桐柏，采秀弄芝草。鹤唳清露垂，鸡鸣信潮早。愿言解缨绂，从此去烦恼。高步凌四明，玄踪得三老。纷吾远游意，学彼长生道。日夕望三山，云涛空浩浩。”桐柏山又称天台山，是道教“灵虚”福地，宿于此地，亲身感受仙家芝草的抚慰，耳听仙鹤的清鸣，目视烟涛茫茫，如梦似幻的山中云霭，仿佛自己也变成了高蹈凌虚之道士，大有羽化而登仙之感。

李白受道家影响极深，诗中不时闪出道教仙人的身姿。中唐诗人白居易也是躬自践行隐居生活的代表，只不过他和王维一样，也是心隐身不隐。

① 《旧唐书·文苑传下》，第5050页。

② 《新唐书·文艺传》，第5779页。

③ （唐）孟浩然著，佟培基笺注《孟浩然诗集笺注·前言》（增订本），上海古籍出版社2000年版，第3页。

白居易早年颇有大济天下苍生之宏愿，只是随着岁月的流失，个人遭际的蹉跎，早年的用事之心渐至消沉，于是乎，他过起了“中隐”的日子。其实中隐模式，早在南朝谢朓就已躬身践行，但在理论上对之进行系统、精辟阐释的还是白居易，他在《中隐诗》中，就对中隐心态有极好的说明，诗如下：

大隐住朝市，小隐入丘樊。丘樊太冷落，朝市太嚣喧。不如作中隐，隐在留司官。似出复似处，非忙亦非闲。不劳心与力，又免饥与寒。终岁无公事，随月有俸钱。君若好登临，城南有秋山。君若爱游荡，城东有春园。君若欲一醉，时出赴宾筵。洛中多君子，可以恣欢言。君若欲高卧，但自深掩关。亦无车马客，造次到门前。人生处一世，其道难两全。贱即苦冻馁，贵则多忧患。唯此中隐士，致身吉且安。穷通与丰约，正在四者间。①

该诗作于太和三年(829)，是时白居易 58 岁，正在远离权力中心的洛阳任太子宾客分司，适从刑部侍郎一职外放。此时的诗人，由于仕途受挫，早年写作《新乐府》时，那种关怀民瘼，兼济天下的热情已然消淡，他的思想中更多渗进了佛道的观念，如其《隐几》诗：

身适忘四支，心适忘是非。既适又忘适，不知吾是谁。百体如槁木，兀然无所知。方寸如死灰，寂然无所思。今日复明日，身心忽两遗。行年三十九，岁暮日斜时。四十心不动，吾今其庶几。②

诗中有佛教禅宗的静寂，更多是对老庄齐是非，形如槁木，心如死灰心态的向往，其他如《宿简寂观》《酬赠李炼师见招》《早服云母散》等诗中，更留露出对仙道生活的痴迷。

司空图，“咸通十年登进士第，主司王凝于进士中尤奇之。凝左授商州刺史，图请从之。”“龙纪初，复召拜舍人”，“景福中，又以谏议大夫征。时朝廷微弱，纪纲大坏，图自深惟出不如处，移疾不起。”“乾宁中，又以户部侍郎征，一至阙廷致谢，数日乞还山，许之。昭宗在华，征拜兵部侍郎，称足疾不任趋拜，致章谢之而已。昭宗迁洛，鼎欲归梁，柳璨希贼旨，陷害旧族，诏图入朝。图惧见诛，力疾至洛阳，谒见之日，堕笏失仪，旨趣极野。璨知不可

① 《白居易集》，第 490 页。
② 《白居易集》，第 110 页。

屈，诏曰：‘司空图俊造登科，朱紫升籍，既养高以傲代，类移山以钓名，心惟乐于漱流，任非专于禄食。匪夷匪惠，难居公正之朝；载省载思，当徇栖衡之志。可放还山。’”“图有先人别墅在中条山之王官谷，泉石林亭，颇称幽栖之趣。自考槃高卧，日与名僧高士游咏其中。”[①]至此，彻底隐居。尝拟白居易《醉吟传》为《休休亭记》：

> 休休也，美也，既休而美其在焉。司空氏祯贻溪休休亭，本濯缨也。濯缨为陕军所焚；愚窜避逾纪。天复癸亥岁，蒲稔人安，既归葺于坏垣之中。构不盈丈，然遽更其名者，非以为奇，盖量其材，一宜休也。揣其分，二宜休也。且耄而聩，三宜休也。而又少而堕，长而率，老而迂，是三者皆非救时之用，又宜休也。尚虑多难，不能自信，既而昼寝，遇二僧，其名皆上方刻石者也。其一曰阛，顾谓吾曰：“吾尝为汝之师也，昔矫于道，锐而不固，为利欲之所拘，幸悟而悔，将复从我于是谿耳。且汝虽退，亦尝为匪人之所嫉，宜以耐辱自警，庶保其终始。与靖节、醉吟第其品级于千载之下，复何求哉！”因为《耐辱居士歌》，题于亭之东北楹。自开成丁巳岁七月，距今以是岁是月作是歌，亦乐天作传之年，六十七矣。休休，且又殁而可以自任者，不增愧负于国家矣。复何求哉！天复癸亥秋七月二十七日记。
>
> 咄，诺！休休休，莫莫莫，伎俩虽多性灵恶，赖是长教闲处着。休休休，莫莫莫，一局棋，一炉药，天意时情可料度。白日偏催快活人，黄金难买堪骑鹤。若曰：尔何能？答云：耐辱摸。[②]

《记》中司空图清楚地表白了自己的仙道、佛教思想。应该说，唐人隐逸文学很少有不受道教、佛教影响的。因之，品读这一时期的隐逸文学作品，我们常能感受到飘飘仙乐，或梵呗之音弥漫之妙境。

二、宋代隐逸文学：悠游下的苦闷及作品中的世俗气息

隐逸文学发展到宋元时期，又有了一些新的变化。这一时期，哲学思想上，外儒内佛的宋明理学不断发展并最终成熟，成为占主流地位的意识形态。在文士隐逸行为方面，《宋史·隐逸传》记载：“中古圣人之作《易》

---

① 《旧唐书·司空图传》，第5082—5083页。

② （唐）司空图著，祖保泉、陶礼天校笺《司空表圣诗文集笺校》，安徽大学出版社2002年版，第198页。

也，于《遁》之上九曰‘肥遁，无不利’，《蛊》之上九曰‘不事王侯，高尚其事’。二爻以阳德处高地，而皆以隐逸当之。然则隐德之高于当世，其来也远矣。巢、由虽不见于经，其可诬哉。五季之乱，避世宜多。宋兴，岩穴弓旌之招，叠见于史，然而高蹈远引若陈抟者，终莫得而致之，岂非二卦之上九者乎。种放之徒，召对大廷，亹亹献替，使其人出处，果有合于《艮》之君子时止时行，人何讥焉。”[①]这一记载，一方面指出当时隐逸之盛的事实，同时也特别指出种放的隐逸事迹，其隐逸行为自然遭到正宗隐士的抨击，但这也从一个侧面反映出宋代隐逸行为之一斑——隐逸的世俗化倾向。宋代隐逸作品中或明或暗总会显示出他们关注现实的情怀，会有意无意涉及他们最为熟悉的，也不能轻易忘怀的世俗物件。

宋代文人士大夫的心态一直遭逢不曾间断的内忧外患的袭扰，北宋主要是新旧党争，双方不断攻讦，文士稍有不慎，就会遭到贬谪，因之，挫折感，理想不能实现的屈辱感会不时奔入笔端。有些文士心胸旷达，对这些挫折会以一种较为圆融、通脱的心态看待之，如此，遭遇的种种打压也较易消弭。但能化解这些痛苦是一回事，这些痛苦能否真正忘却又是另一回事。他们的不少作品确实比较旷达、超脱，但仔细品味，又不难发现其中蕴含着的悲苦的因子。

苏舜钦因遭当朝权贵打击，于庆历四年(1044)被斥，“舜钦既放废，寓于吴中”，“其友人韩维责以世居京师而去离都下，隔绝亲交。舜钦报书曰：‘……都无此事，亦终日劳苦，应接之不暇，寒暑奔走尘土泥淖中，不能了人事，羸马饿仆，日栖栖取辱于都城，使人指背讥笑哀闵，亦何颜面，安得不谓之愁苦哉！此虽与兄弟亲戚相远，而伏腊稍足，居室稍宽，无终日应接奔走之劳，耳目清旷，不设机关以待人，心安闲而体舒放。三商而眠，高舂而起，静院明窗之下，罗列图史琴樽以自愉悦，有兴则泛小舟出盘、阊二门，吟啸览古于江山之间。渚茶、野酿足以销忧，莼鲈、稻蟹足以适口。又多高僧隐君子，佛庙胜绝，家有园林，珍花奇石，曲池高台，鱼鸟留连，不觉日暮。’……”[②]期间，立沧浪亭，遨游太湖，有《水调歌头·沧浪亭》词：

潇洒太湖岸，淡伫洞庭山。鱼龙隐处，烟雾深锁渺弥间。方念陶朱张翰，忽有扁舟急桨，撇浪载鲈还。落日暴风雨，归路绕汀湾。

丈夫志，当景盛，耻疏闲。壮年何事憔悴，华发改朱颜。拟借寒潭

---

① (元)脱脱、阿鲁图《宋史·隐逸传》，中华书局1977年版，第13417页。

② 《宋史·文苑传》，第13079—13080页。

垂钓，又恐鸥鸟相猜，不肯傍青纶。刺棹穿芦荻，无语看波澜。①

词之上阕描写自己潇洒太湖畔的闲情逸致，扁舟鲈鱼，烟雾缭绕，忽一阵暴雨袭来，“绕汀湾”，急匆匆躲闪，好一派随性、自然的生活。作者太湖闲居期间，谢绝人事，安步其间，优哉游哉，潇洒度日月，好不舒心！然而，词之下阙，还是吐露了作者的真实心态。“丈夫志，当景盛，耻疏闲。”实际上，苏舜钦对自己被迫归隐闲居，是强烈不满的，郁悒之志潜隐胸中，很难完全忘却，时不时便会爆发。

苏轼，思想出入儒释道三家，三家思想在他生活的各个阶段予他不同的作用。仕途顺达之时，他勤政爱民，儒家积极有为的思想无疑是主导，但当他因新旧党争而遭受打压，贬谪外放之时，释道思想又会在他的思想中抬起头来，使他得以排解现实的种种苦闷。故而，苏轼的不少作品风格豪放、旷达。然而，苏轼一直是密切关怀现实的，对百姓之苦难他是不会漠然度外的，当看到北宋朝廷的内忧外患，亲身感受到普通百姓生活的苦难后，他往往坚持己见，据理力争，在自己力所能及的范围内为当地民众谋幸福。如此思想底色，如此关怀民瘼之拳拳赤诚，使得苏轼即便在他那些达观、洒脱的隐逸作品中，也不难发见他对时局的担忧，对民瘼苦难的挂念。其一生仰慕陶渊明，对陶渊明退避田园的生活倾慕不已。词作《鹧鸪天》优美恬静，一派静谧的田园气息，词如下：

林断山明竹隐墙，乱蝉衰草小池塘。翻空白鸟时时见，照水红蕖细细香。

村舍外，古城旁，杖藜徐步转斜阳。殷勤昨夜三更雨，又得浮生一日凉。②

词作于宋神宗元丰六年(1083)，时苏轼已谪居黄州三年，政治打击及仕途挫折使他心情不免悲凉，产生了随遇而安的思想。此词上片写景，村居常见之竹林、鸣蝉、池塘、白鸟，田田荷叶散发出淡淡的幽香，一切都是那样的恬淡、自然，好一副世外桃源风光！下片前三句，太阳即将落山，词人拄着藜杖在村边小道悠悠漫步，这是词人自我形象的写照。但他表现的究竟是怎样的形象呢？是老态龙钟，还是病后的神态？是表现自得其乐的隐

① 唐圭璋主编《全宋词》，中华书局 1999 年版，第 215—216 页。

② (宋)苏轼著，邹同庆、王宗堂校注《苏轼词编年校注》，中华书局 2002 年版，第 474 页。

者生活，还是百无聊赖、消磨时光的失意情绪？仔细玩味，自会得出答案。最后两句，乃画龙点睛之笔，“殷勤”二字似具言外之旨：有谁还能想到几经贬谪的词人呢？大概世人早已把我忘却了，唯有天公还想到我，为我降下“三更雨”。“殷勤”两字隐藏着词人的无限感慨！“又得浮生一日凉”，是词中最显露的一句。“浮生”，是说人生飘忽不定，是一种消极的人生哲学。《庄子·刻意》云：“其生若浮，其死若休。”苏轼的这种思想，显然是受庄子的影响。“又得浮生一日凉”中的“又”字，分量很重，对揭示主题，起着重要的作用，它表现词人得过且过、日复一日地消磨岁月的苦闷情绪。

总之，从词作对特定环境的描写和对作者形象的刻画中，我们不难看到一个抑郁不得志的中隐宦者形象，这正是苏轼本人心理底色投射的结果。

晁补之，哲宗朝累迁著作佐郎，之后屡遭贬谪。他早年受知苏轼，后“坐修《神宗实录》失实，降通判应天府、亳州，又贬监处、信二州酒税。”[①]“党论起，为谏官管师仁所论，出知河中府，……徙湖州、密州、果州，遂主管鸿庆宫。还家，葺归来园，自号归来子，忘情仕进，慕陶潜为人。”[②]其隐逸词作《摸鱼儿·东皋寓居》即作于隐居故乡之时，词如下：

买陂塘、旋栽杨柳，依稀淮岸江浦。东皋嘉雨新痕涨，沙觜鹭来鸥聚。堪爱处，最好是，一川夜月光流渚。无人独舞。任翠幄张天，柔茵藉地，酒尽未能去。

青绫被，莫忆金闺故步。儒冠曾把身误。弓刀千骑成何事？荒了邵平瓜圃。君试觑，满青镜、星星鬓影今如许！功名浪语。便似得班超，封侯万里，归计恐迟暮。[③]

上片写景，绘出一幅冲淡平和、闲适宁静的风景画，表现了归隐的乐趣。陂塘杨柳，野趣天成，依稀淮岸、江畔之青山绿水。东皋新雨，草木葱茏，山间溪水的涨痕清晰可辨，沙州上聚集着白鹭、鸥鸟，一片静穆明净的景色。然而，最令人神往的，莫过于满山明月映照着的溪流，表里俱澄澈，将那一川溪水与点点沙洲裹上了一层银装，如此美景，难怪词人乐此不疲，流连忘返。下阙即景抒情，以议论出之，表现厌弃官场，激流勇退的情怀。

① 《宋史·文苑传》，第13111页。
② 《宋史·文苑传》，第13111—13112页。
③ 《全宋词》，第714页。

词人直陈胸臆，以为做官拘束，不值得留恋，儒冠误身，功名亦难久恃。该句从杜甫《奉赠韦左丞丈》“儒冠多误身”句化出。他深感今是昨非，对自己曾跻身官场、虚掷时日的生活表示后悔。词人开函对镜，已是白发徒增，益见功名如过眼云烟，终为泡影。末句说显赫如班超，也只能长期栖居西域，到了暮年才得还乡，两相对比，更表现作者厌弃官场、激流勇退的情怀。同时，词中意象如“陂塘”“舞”“翠幄”“柔茵”“青绫被”“金闺”“儒冠”“青镜”等，皆上流阶层日常生活所司空见惯者，词中这些意象的渗入，使词作更具生活气息，而少了弃绝人世的荒冷凄清。

南宋朝廷偏安东南一角，一直处于外来强敌的威胁之下。如此形势，南宋朝廷却不作积极应对，而是常思妥协苟且之策。这让那些严华夷之辨的爱国文士义愤填膺，他们通过各种方式，表达对当权投降派的不满。然而，贯穿南宋王朝始终，投降派一直势力强大，甚至成为主导王朝的力量。出于清扫政治障碍的险恶用意，投降派必然会对有强烈节操的文士进行排挤。于是这些游离于权力中心的士人或无奈蜗居乡村，过着“摇首出红尘，醉醒更无时节”的散淡生活，或在远离京师的偏远州县过着“不羡腰间金印，却爱吾庐高枕，无事闭柴门”的“中隐”生活。由于这些隐居的士大夫心怀社稷苍生，有着崇高的民族气节，有的曾亲身参与火热的对敌斗争，故而，他们对民族遭遇的耻辱有着天然的焦虑感，对朝廷内部的妥协派有着本然的憎恶。虽然，由于遭到投降派的排挤，不能执掌权柄，实现自己挥戈向敌的夙愿，但他们内心的渴望却是一刻也未曾泯灭的，即便在他们的故作洒脱的隐逸作品中，也时时可见他们内心的焦灼，可见他们说不尽的悲愤。

叶梦得，一贯积极主张抗金，晚年退避家乡吴兴之卞山，自号石林居士。有不少隐逸词传世，如《水调歌头·秋色渐将晚》：

> 秋色渐将晚，霜信报黄花。小窗低户深映，微路绕欹斜。为问山翁何事，坐看流年轻度，拚却鬓双华。徙倚望沧海，天净水明霞。
>
> 念平昔，空飘荡，遍天涯。归来三径重扫，松竹本吾家。却恨悲风时起，冉冉云间新雁，边马怨胡笳。谁似东山老，谈笑静胡沙。[①]

词人随高宗南渡，陈战守之策，抗击金兵，深得高宗信任。绍兴初，被起为江东安抚大使，曾两度出任建康知府。高宗听信奸相秦桧谗言，向金

① 《全宋词》，第992页。

求和，迫害奋战抗金之士，叶梦得被调任福建安抚使，兼知福州府。他远离抗金前线，无所作为，于1144年被迫上疏告老，隐退山野。眼看强敌压境，边马悲鸣，痛感流年轻度，白发徒增，很想东山再起，但已力不从心，思欲效法前贤谢安而不可得了。上片起首写秋色已深，菊花怒放，霜降来临，房子掩映在花木扶疏处，沿盘山小路蜿蜒而上，好一幅清丽而幽静的山居图景！下面自问自答：若问我为什么徒然风月流逝，毫不顾及双鬓已斑白？因为我留恋如沧海般辽阔美丽的太湖，它映出了青天云霞，明媚绚烂。江山如此多娇，怎不让人痴情眷恋，怎不让人为之折腰！

词人飘泊一生，足迹遍天涯，返回家居，扫净已荒芜的小径，那松竹茂盛的地方就是我的家园。所以词人笔下的家园显得十分静谧、优美。但在那国土沦丧、河山破碎的时代，一个胸怀抱国之心的志士，又怎能终老于幽隐的山林呢？"却恨"三句，笔锋一转，在隐居之后，词人却时常听闻"悲风时起"，这悲风是自然界之风，更是人间之悲风。南宋朝廷苟安求和，不愿力战敌人，前线频传战败消息，对他来说，这也就是"悲风"，而且是更为凄怆的悲风。再看归雁南飞，金兵南下，愤怒之火油然在词人胸中烧起，所以句首着一"恨"字，力敌千钧，透漏了词人的满腔忧愤。

朱敦儒，"志行高洁""靖康中，召至京师，将处以学官，敦儒辞曰：'麋鹿之性，自乐闲旷，爵禄非所愿也。'固辞还山。""高宗即位，诏举草泽才德之士，预选者命中书策试，授以官。于是淮西部使者言敦儒有文武才，召之，敦儒又辞。避乱客南雄州，张浚奏赴军前计议，弗起。"绍兴二年，"敦儒始幡然而起。既至，命对便殿，论议明畅。上悦，赐进士出身，为秘书省正字。俄兼兵部郎官，迁两浙东路提点刑狱。""会右谏议大夫汪勃劾敦儒专立异论，与李光交通。高宗曰：'爵禄所以厉世，如其可与，则文臣便至侍从，武臣便至节钺；如其不可，虽一命亦不容轻授。'郭儒遂罢。十九年，上疏请归，许之。"①隐居嘉禾（浙江嘉兴），过着平静自适又心怀忧虑的日子。这期间，朱敦儒创作了大量的隐逸词，如《好事近·渔父词》十首、《朝中措》（先生筇杖是生涯）等，这些词最能反映他这一时期的心态。《好事近·渔父词》其一：

摇首出红尘，醒醉更无时节。活计绿蓑青笠，惯披霜冲雪。
晚来风定钓丝闲，上下是新月。千里水天一色，看孤鸿明灭。②

① 《宋史·文苑传》，第13141页。
② 《全宋词》，第1105页。

《好事近·渔父词》其二：

眼里数闲人，只有钓翁潇洒。已佩水仙宫印，恶风波不怕。
此心那许世人知，名姓是虚假。一棹五湖三岛，任船儿尖耍。①

《减字木兰花·今年梅晚》：

今年梅晚，懒趁寿阳钗上燕。月唤霜催，不肯人间取次开。
低鬟掩袂，愁寄玉阑金井外。粉瘦香寒，独抱深心一点酸。②

《朝中措》(先生筇杖是生涯)：

先生筇杖是生涯，挑月更担花。把住都无憎爱，放行总是烟霞。
飘然携去，旗亭问酒，萧寺寻茶。恰似黄鹂无定，不知飞到谁家?③

脱离了尔虞我诈、机心环绕的宦海，词人生活悠闲自在。然而，生活在那样一个战火弥天的时代，想完全独身世外也是不容易的，尤其是对亲身参与、卷入过斗争的士人来说，更是如此。词中，作者的生活无疑是恣肆安恬的，整日价“一棹五湖三岛，任船儿尖耍”，任意东西，时而“风定钓丝闲”，时而“挑月更担花”，时而“旗亭问酒，萧寺寻茶”，潇洒度日月，快活似神仙。然而仔细品味，我们似乎又看到了朱敦儒内心的无奈，一种徒呼奈何的凄怆。“摇首出红尘，醒醉更无时节”，离开红尘人世，词人似乎“不知有汉，无论魏晋”。但，我们知道，这种生活是词人被政敌攻讦，排挤之后的唯一选择。故而，这种离尘出世的状态，虽与他本性中的“麋鹿之性，自乐闲旷”，有相适的一面，然而，此次归隐却是他的被迫之举，内心的不甘是必然的。“醉醒更无时节”，今朝有酒今朝醉，有一种自暴自弃的激愤。“已佩水仙宫印，恶风波不怕”，看似率性，但“恶风波”随之奔赴笔端，又看得出他心底潜隐的意识。“独抱深心一点酸”，意思更为显豁：虽然词人悠游湖山，随性自恣，但“深心”处的酸楚、悲愤还是不能忘却的。“黄鹂无定”，“不知飞到谁家”的恓惶，是词人心绪迷茫的折射。这些隐逸词是作者晚年心态的真

① 《全宋词》，第1106页。
② 《全宋词》，第1111页。
③ 《全宋词》，第1095页。

实记录。

陆游，一生宦海沉浮，抗金之志不能遂愿，晚年隐居家乡山阴，依然不能忘却国事，“死去元知万事空，但悲不见九州同。王师北定中原日，家祭无忘告乃翁。”（《示儿》）词作多抒发“胡未灭，鬓先秋。泪空流”壮志难酬之悲苦，但闲居之时他也有不少隐逸词作。如《鹧鸪天》之四：

家住苍烟落照间。丝毫尘事不相关。斟残玉瀣行穿竹，卷罢黄庭卧看山。

贪啸傲，任衰残。不妨随处一开颜。元知造物心肠别，老却英雄似等闲。①

上阕“家住苍烟落照间，丝毫尘事不相关”，环境优美、纯净。“苍烟落照”四字，使人联想起陶渊明《归园田居》其一“曖曖远人村，依依墟里烟”的意境。词人以“苍烟落照”四字点染居处，意在与龌龊的仕途作鲜明对比。第二句直接点明这里的环境与尘事毫不相关，可以过着隐居的生活。“斟残玉瀣行穿竹，卷罢黄庭卧看山。”“玉瀣”，美酒的名称，《酒史》云：“隋炀帝造玉瀣酒，十年不败。”②“黄庭”，道经名称。两句极写自己生活的闲适。

下阕“啸傲”，推出旷放而不受拘束的词人形象。词人说自己贪恋这旷达的生活情趣，甘心终老田园；田园随处可见让自己高兴的事物，既如此，何不随遇而安呢？这几句旷达到极点也消沉到了极点。末尾两句陡然一转：“元知造物心肠别，老却英雄似等闲。”词人说原先就已知道造物者无情，它白白地让英雄衰老死去却等闲视之。这难道不是在怨天吗？但同时，也是很自然地，是在强烈抱怨南宋统治者无心恢复中原，以致自己英雄无用武之地的现实。

据夏承焘、吴熊和《放翁词编年笺注》所论，乾道二年（1166）陆游四十二岁，以言官弹劾，谓其“交结台谏，鼓唱是非，力说张浚用兵”，免隆兴通判，始卜居镜湖之三山。词中虽极写隐居之闲适，但那股抑郁不平之气仍然按捺不住。其《点唇绛》：

采药归来，独寻茅店沽新酿。暮烟千嶂，处处闻渔唱。醉弄扁舟，

① （宋）陆游著，夏承焘、吴熊和笺注《放翁词编年笺注》，上海古籍出版社 1981 年版，第 16 页。

② （明）冯时化《酒史》，宝颜堂秘籍本（万历刻、民国石印）卷上。

不怕黏天浪。江湖上，遮回疏放，作个闲人样。[1]

恬淡闲适后面依然藏不住无奈的悲愤。

辛弃疾，出生在金人占领区，自幼就以收复失地，为民族复仇雪耻为己任。南渡之后，辛弃疾不改初心，一心谋抗敌复地大业，为此，积极奔走呼吁。本人“豪爽尚气节，识拔英俊，所交多海内知名士”。[2] 平生以气节自负、以功业自许，南归后本希望尽展其雄才将略，“了却君王天下事，赢得生前身后名”(《破阵子》)。然而，事情的发展与其初心却渐行渐远。自隆兴元年(1163)符离之役失败后，南宋朝廷如惊弓之鸟，甘心对金俯首称臣，纳贡求和，使得英雄请缨无路，报国无门。而身为“归正人”的辛弃疾，更受到歧视，不被信任。两次隐居时期，他写下了大量表现山水风光、隐逸情趣的词作，虽寄情山光水色，但潜隐的报国无路的激愤、宝剑入匣的悲哀却处处渗透在字里行间。如其《水龙吟·老来曾识渊明》：

> 老来曾识渊明，梦中一见参差是。觉来幽恨，停觞不御，欲歌还止。白发西风，折腰五斗，不应堪此。问北窗高卧，东篱自醉，应别有，归来意。
>
> 须信此翁未死，到如今凛然生气。吾侪心事，古今长在，高山流水。富贵他年，直饶未免，也应无味。甚东山何事，当时也道，为苍生起。[3]

夏承焘评此词曰：“全首赞美陶潜，其实是自抒被迫罢官以后的幽恨，不满当时政治现状，以放旷语反面写出。作者说陶潜的辞官应该别有用意，就是指他不满当时的政治现状说的。又说他是个‘凛然有生气’的人，就是说他不仅是个隐逸诗人。这是和一般人的看法大不相同处，这里含有作者的感慨。”[4]诚哉斯言！词通过对陶渊明的追忆，表达了自己隐居生活的苦闷。其他如《贺新郎》(把酒长亭说)《水调歌头》(盟鸥)等也是如此。

南宋其他作家如向子𬤇、张元干、杨无咎、范成大、刘克庄、张炎、汪莘等创作的隐逸作品，看似悠游闲适，实际上，透过字面的意象，我们依然可

---

① 《放翁词编年笺注》，第 97 页。

② 《宋史》四百一卷，第 12165 页。

③ (宋)辛弃疾著，邓广铭笺注《稼轩词编年笺注》，上海古籍出版社 1993 年版，第 520 页。

④ (宋)辛弃疾著，谢永芳编《辛弃疾诗词全集(汇校汇注汇评)》引夏承焘语，崇文书局 2016 年版，第 510—511 页。

以品味作家内心的不甘与苦闷，这是南宋隐逸词的基本格调。

三、元明清隐逸文学：易代之际士人的激愤与无奈

《元史·隐逸传》云：

> 古之君子，负经世之术，度时不可为，故高蹈以全其志。使得其时，未尝不欲仕，仕而行所学，及物之功岂少哉。后世之士，其所蕴蓄或未至，而好以迹为高，当邦有道之时，且遁世离群，谓之隐士。世主亦苟取其名而强起之，及考其实，不如所闻，则曰"是欺世钓誉者也"，上下岂不两失也哉！元之隐士亦多矣，如杜瑛遗执政书，暨张特立居官之政，则非徒隐者也，盖其得时则行，可隐而隐，颇有古君子之风。而世主亦不强之使起，可谓两得也已。自是以隐逸称者，盖往往而有。[①]

《明史·隐逸传》曰：

> 韩愈言："《蹇》之六二曰'王臣蹇蹇'，而《蛊》之上九曰'高尚其事'，由所居之时不一，而所蹈之德不同。"夫圣贤以用世为心，而逸民以肥遁为节，岂性分实然，亦各行其志而已。明太祖兴礼儒士，聘文学，搜求岩穴，侧席幽人，后置不为君用之罚，然韬迹自远者，亦不乏人。迨中叶承平，声教沦浃，巍科显爵，顿天网以罗英俊，民之秀者，无不观国光而宾王廷矣。其抱瑰材，蕴积学，槁形泉石，绝意当世者，靡得而称焉。由是观之，世道升降之端，系所遭逢，岂非其时为之哉。[②]

《清史稿·遗逸》曰：

> 太史公伯夷列传，忧愤悲叹，百世下犹想见其人。伯夷、叔齐扣马而谏，既不能行其志，不得已乃遁西山，歌采薇，痛心疾首，岂果自甘饿死哉？清初，代明平贼，顺天应人，得天下之正，古未有也。天命既定，遗臣逸士犹不惜九死一生以图再造，及事不成，虽浮海入山，而回天之志终不少衰。迄于国亡已数十年，呼号奔走，逐坠日以终其身，至老死

① (明)宋濂、王祎《元史·隐逸传》，中华书局1976年版，第4473页。

② (清)张廷玉、万斯同等《明史·隐逸传》，中华书局1974年版，第7623页。

不变，何其壮欤！今为遗逸传，凡明末遗臣如李清等，逸士如李孔昭等，分著于篇，虽寥寥数十人，皆大节凛然，足风后世者也。至黄宗羲等已见儒林传，魏禧等已见文苑传，馀或分见于孝友及艺术诸传，则当比而观之，以见其全焉。[1]

元代民族矛盾始终尖锐，文人士大夫处于外族的欺凌之下，内心有着常态的苦闷，加之他们社会地位的低下，故而，不少士人终生难仕，无奈屈沉下僚。“古之君子，负经世之术，度时不可为，故高蹈以全其志。”[2]这成为不少士人的人生选择。“士无求用于世，惟求无愧于世。”[3]作者无功业之念。元代最具特色的文学样式——元曲中的隐逸之作，是最能体现这一时代特点的，最具真情的艺术，“余谓天下文士，惟曲最真，以无利禄之见存于胸臆也。”[4]士人虽不计较个人的进退，然而，却一刻也没有忘怀家国之痛，由于“士无入仕之阶，或习刀笔以为胥吏，或执仆役以事官僚，或作技巧贩鬻以为工匠商贾。”[5]如此处境下，他们不可能真心安隐泉林之下。故而，元代隐逸文学中总能发见士人的家国之痛，发见他们苦闷的心绪，忧伤的眼泪。

白朴散曲中叹世归隐之作占有较大比例，如《双调・沉醉东风》：“黄芦岸白苹渡口，绿柳堤红蓼滩头。虽无刎颈交，却有忘机友，点秋江白鹭沙鸥。傲杀人间万户侯，不识字烟波钓叟。”曲中景色清新恬淡，一派天机自然，人物天合，作者似为忘却尘世之高士。然而，曲之最后一句“傲杀人间万户侯，不识字烟波钓叟”，却透露了白朴的真实心曲：他绝不依附当权的蒙元权贵，对蒙元贵族之轻蔑、愤恨，不言而意自明。

马致远是元代最负盛名的散曲家，作品主要抒写他的不遇之悲与隐逸之趣，如【双调・蟾宫曲】《叹世》二首：

东篱半世蹉跎，竹里游亭，小宇婆娑。有个池塘，醒时渔笛，醉后渔歌。严子陵他应笑我，孟光台我待学他。笑我如何？倒大江湖，也避风波。

咸阳百二山河，两字功名，几阵干戈。项废东吴，刘兴西蜀，梦说

① 赵尔巽《清史稿・遗逸传》，中华书局 1977 年版，第 13815—13816 页。
② 《元史・隐逸传》，第 4473 页。
③ 《元史・吴定翁传》，第 4479 页。
④ 吴梅《中国戏曲概论》，上海古籍出版社 2000 年版，第 125 页。
⑤ 《元史・选举志》，第 2017 页。

南柯。韩信功兀的般证果，蒯通言那里是风魔？成也萧何，败也萧何；醉了由他！[①]

题既为“叹世”，对现实的无奈，对当权者的愤恨是应有之旨。曲中展示了一个如严子陵般的烟波钓叟的形象，这形象终日“竹里游亭，小宇婆娑”，终日“渔笛”“渔歌”，好不快活。然而，偌大的自然，如许的美景，确是“避风波”的处所。可以想见，作者现实处境的悲惨，可以想见马致远躲进风月成一统的无奈和凄婉。第二首更流露出朝代兴废之无奈，个人无力回天的茫然与感伤。

明清隐逸诗文多出现在明初和清初，这是两个江山易代，社会政治较为特殊的时期。明代甫一初建，士人一方面有着传统的不仕新朝的心理，同时，我们知道，元代虽然知识分子的地位较为低下，但相对而言，他们的思想较为自由，舆论环境较为宽松。而明初由于实行极端专制的政治、文化政策，文字狱屡屡发生，著名诗人高启就因为辞官作文，“腰斩于市，年三十有九。”[②]明初士人，每每自危，噤若寒蝉。如许环境，导致许多士人表现出强烈的元遗倾向。当他们的理想之途受阻之时，只有退避隐身，从而明初隐逸之士大量出现。明清易代之际，多有不仕新朝而退避归隐之士。满清入主中原，士人既有易代变革带来的无奈，更多以夷变夏带来的屈辱。在此背景下，不少士人选择终老山林河泽之中，“隐居以遂其志”，然而，内心的热血依旧沸腾，侮辱感时时在心中升腾，发之笔端，悠游恬静的外衣下，必然包裹着苦涩、屈辱的泪水。

明初、清初的残酷现实下，士人的遭遇更为严苛，不仅理想无从实现，更不堪忍受的是，他们还时时面临着人身安危的考验。故而，明初、清初的这些遗民隐士，他们身上已经没有了传统意义上隐士回归自然的欣喜，他们的心境也少有安恬自适的散淡，表面的洒脱背后其实大有隐忧。

高启，《四库全书总目提要》评曰：“天才高逸，实据明一代诗人之上。”早在元末，高启就有《青丘子歌》：

江上有青丘，予徙家其南，因自号青丘子。闲居无事，终日苦吟，间作《青丘子歌》言其意，以解诗淫之嘲。青丘子，臞而清，本是五云阁下之仙卿。何年降谪在世间，向人不道姓与名。蹑屩厌远游，荷锄懒

---

① （元）马致远著，邓长风点校《东篱乐府》，上海古籍出版社1989年版，第12页。

② 《明史·文苑传》，第7328页。

躬耕。有剑任锈涩，有书任纵横。不肯折腰为五斗米，不肯掉舌下七十城。但好觅诗句，自吟自酬赓。

田间曳杖复带索，旁人不识笑且轻。谓是鲁迂儒、楚狂生。青丘子，闻之不介意，吟声出吻不绝咿咿鸣。朝吟忘其饥，暮吟散不平。当其苦吟时，兀兀如被酲。头发不暇栉，家事不及营。儿啼不知怜，客至不果迎。不忧回也空，不慕猗氏盈。不惭被宽褐，不羡垂华缨。不问龙虎苦战斗，不管乌兔忙奔倾。

向水际独坐，林中独行。斫元气，搜元精，造化万物难隐情，冥茫八极游心兵，坐令无象作有声。……①

“青丘子”即作者本人化身。诗用磊落挥洒之笔展示了自己孤傲、不愿受拘束的自由精神。应该说，这种精神是高启本人性格的真实写照。然而，入明之后，高启的这种自由精神却横遭压制。当时政治的高压，文字狱的严酷，都使高启如芒在背，处于动辄得咎、栖栖遑遑的惨境。居京不到两年，就请归故土。然而，归隐之后，他再无往日那种潇洒闲适的心境了，恰如他自己所言：“去年秋，余解官归江上，故旧凋散，朋徒殆空。”（《送丁至恭河南省亲序》）他虽脱离了宦海凶地，但却再也找不到从前生活的悠然趣味。作于此时的《步至东皋》写道：

斜日半川明，幽人每独行。愁怀逢暮惨，诗意入秋清。鸟啄枯杨碎，虫悬落叶轻。如何得归后，犹似客中情？②

“幽人”“独行”，犹如“独钓寒江雪”之独行高士，弥漫天地间的唯有踽踽独行的身形，何等凄怆！不尽形体上如此，诗人内心亦是感物伤怀，“愁怀逢暮”，更觉不堪忍受；“鸟啄枯杨碎”，把人带入到一种无以复加的愁悴之中。作者何以如此？在明初文字狱的高压之下，诗人不便明说，但能够让内心自由磊落的高启，如此担惊受怕的，其实，除了当时他正亲身经历着的政治恐怖，易代的创伤之外，还会有其他可能吗?！这种心境在明初很有代表性和普遍性。

倪瓒，“所居有清閟阁，备潇洒幽深之致。惟不喜见俗人，遇便舍去，盖

① （明）高启著，（清）金檀辑注，徐澄宇、沈北宗校点《高青丘集》，上海古籍出版社 1985 年版，第 433 页。

② 《高青丘集》，第 522 页。

出尘离垢之士也。遇元末之乱，遂弃家乘扁舟，飘然于五湖三柳之间。”[①]其人洒脱出尘，悠闲自适。然而，这却只是表象，从其词作中，我们却看到一个不同以上风格的倪云林。如其词《江城子·感旧》：

窗前翠影湿芭蕉，雨潇潇，思无聊。梦入故园，山水碧迢迢。依旧当年行乐地，香径杳，绿苔饶。沉香火底坐吹萧。忆妖娆。想风标。同步芙蓉，花畔赤阑桥。渔唱一声惊梦觉，无觅处，不堪招。[②]

感伤、抑郁的情思渗入词之，如一张大网，无可解脱。

明清易代，士人既要面对改朝换代带给自己的艰难抉择，又要面对异族入主带来的以夷变夏的文化不适。如此局面下，不少士人，为坚守气节，为保持自身的清白，自觉自愿选择了归隐。然而，身虽归隐，他们的心里却多有屈辱，多有对异族入侵的愤懑。故而，这批隐居士人创作的作品，依然是表面洒脱悠闲，实则痛苦、抑郁。

黄宗羲，清初抗清复明的斗士，也是坚守民族气节的遗民典型。清军入关，他挺身而出，积极参加火热的对清斗争，达数年之久。斗争失败后，返归故乡，隐居著述，屡次拒绝清廷征召。其隐居乡间，作有《山居杂咏》：

锋镝牢囚取次过，依然不废我弦歌。死犹未肯输心去，贫亦其能奈我何！廿两棉花装破被，三根松木煮空锅。一冬也是堂堂地，岂信人间胜著多。[③]

虽隐居尘世，然而，诗人从容乐观，诗中不难寻见其不屈不挠的斗争精神，以及贫贱不能移、威武不能屈的高风亮节。身虽隐，内心的火焰并未黯然，反清复明的意志一直未曾泯灭。

王夫之亦是清初遗民的代表，他曾追随永历桂王举兵反清，失败后，归隐著述。归隐期间的诗歌往往以香草美人寄托情怀，如其《补落花诗》九首其一：

乘春春去去何方，水曲山隈白昼长。绝代风流三峡水，旧家亭榭

---

① 黄苗子《读倪云林传札记》，《中华文史论丛》1963 年 03 期。
② （元）倪瓒《清閟阁集》卷九，文渊阁《四库全书》本。
③ （清）黄宗羲《黄梨洲集》，中华书局 1959 年版，第 31 页。

半斜阳。轻阴犹护当时蒂，细雨旋催别树芳。唯有幽魂消不得，破寒深醴土膏香。①

以落花的飘零（王夫之共有《正落花诗》10 首、《续落花诗》30 首、《广落花诗》30 首、《寄咏落花诗》10 首、《落花诗体》10 首、《补落花诗》9 首），不消的幽魂寄托怀抱，深沉含蓄，但依然不难于中寻觅潜隐胸中的亡国之恨。

第二节　魏晋南北朝隐逸文学的价值

魏晋南北朝隐逸文学是隐逸文学发展的第一座高峰，出现了让后人高山仰止的“古今隐逸诗人之宗”——陶渊明。上节我们梳理了唐及此后隐逸文学发展的线索，纵览此一历程，不难发现魏晋南北朝隐逸文学的特点非常突出，就隐逸文学本身的价值言之，主要体现在以下几个方面。

一、隐逸本身的意义更为突出

考察魏晋南北朝时期士人的隐逸选择，基本是两种情况：一是自愿归隐。这种归隐是时代玄释合流思潮，以风流相尚社会风气影响的结果，如谢安诸人，他们的归隐更多是追求一种心与道冥的、洒脱随性的生活，“寓居会稽，与王羲之及高阳许询、桑门支遁游处，出则渔弋山水，入则言咏属文，无处世意。”②伍朝，“有雅操，闲居乐道，不修世事。”“尚书郎胡济奏曰：‘……案朝游心物外，不屑时务，守静衡门，志道日新……’”③山水悟道，清谈论道，诗文寻道，静默体道，这些活动都是他们隐居求道的具体体现。《晋书·隐逸传》在总结这一时期的隐逸现象后，也认为他们的行为“含和隐璞，乘道匿辉。”④隐居本身就是目的，因之，他们当然会“无处世意”。第二类是避乱而隐。其实，这类隐居是在理想不能实现，甚至生命受到威胁的混乱时局下，天下“无道则隐”的。而且他们隐居之后，基本过着一种超脱的，与世俗生活保持相当距离的生活：“独善其身”，这与儒家的隐逸思想正相一致。这一时期固然也偶有靠隐逸而走仕途终南捷径者，但这毕竟只是少数，纯粹的为隐而隐的情况是这一时期的主流。魏晋南北朝有较多隐

---

① （明）王夫之《王船山诗文集》，中华书局 1962 年版，第 418 页。
② 《晋书·谢安传》，第 2072 页。
③ 《晋书·隐逸传》，第 2436 页。
④ 《晋书·隐逸传》，第 2463 页。

逸行为者如阮籍、嵇康、潘尼、谢安、陶渊明、谢灵运、江淹、庾信等人，他们本身在某一阶段的隐逸就是纯粹的隐逸。谢安、陶渊明自不遑多论，就如阮籍，也是如此。我们知道，阮籍天性洒脱、风流，内在有“潇洒送日月”的本然追求。然而，在魏晋易代之际的险恶环境中，他虽“本有济世志”[①]，然而，这一“济世志”随着时间的推移，越发成为雾中花、水中月。于是，阮籍渐至“酣饮为常”，隐于酒中，在酒中麻醉自己，在酒香造成的虚幻世界中，得以暂时摆脱外在的种种羁绊，成就自己一直以来向往的洒脱、不羁的生活。谢灵运某段时间的心态也是如此。刘宋代晋，不仅仅是王朝的更迭，也是东晋门阀士族与低门庶族地位的重新调整。地位的跌落，无疑是让人痛苦的，而谢家尤甚。如此局面下，谢灵运一方面为了家族声誉，为了个人的仕途，他有跻身仕途的热望。然而，仕途的倾轧，仕途的被打压，“朝廷唯以文义处之，不以应实相许”[②]又使他愤懑失望，这时，或为保全性命，在永嘉大好山水的感召下，他不可避免产生了真心归隐的念头。“移籍会稽，修营别业，傍山带江，尽幽居之美。与隐士王弘之、孔淳之等纵放为娱，有终焉之志。”[③]“灵运不仅有浓厚的隐逸思想，而且在他一生中确有相当长一段时间过着隐居生活或名仕实隐生活。”[④]这些文士在浑浊、纷乱的现实环境中，或有感于理想的不能实现，或虑及自身安危，而自觉自愿归隐山林田园，他们的退避绝不是以隐求仕或以隐博名的虚假隐逸。

这种情愫在他们的日常行为中有明显表露，当然，在他们的隐逸文学作品中，更有着不自觉的反映。谢朓，“高宗辅政，以朓为骠骑谘议，领记室，掌霸府文笔。又掌中书诏诰，除秘书丞，未拜，仍转中书郎。出为宣城太守，以选复为中书郎。”[⑤]虽则谢朓“受恩高宗”，但，我们知道，历史上萧鸾（高宗）的入篡，并不名正言顺。在这样的一个政权内任职，内心之忐忑是可想而知的。因此，谢朓当时的政治处境是非常尴尬的。带着这样一种心情，他甫一离开京师，到达宣城郡后，即作有《之宣城郡出新林浦向板桥诗》：

江路西南永，归流东北骛。天际识归舟，云中辨江树。旅思倦摇摇，孤游昔已屡。既欢怀禄情，复协沧洲趣。嚣尘自兹隔，赏心于此

① 《晋书·阮籍传》，第1360页。
② 《宋书·谢灵运传》，第1753页。
③ 《宋书·谢灵运传》，第1754页。
④ 《谢灵运集校注·前言》，第7页。
⑤ 《南齐书·谢朓传》，第826页。

遇。虽无玄豹姿，终隐南山雾。[1]

诗中有感于“旅思倦摇摇”，其实这也就是谢朓本人政治处境的真切感受。谢朓在永明九年(491)随随王赴荆州，“朓以文才，尤被赏爱，流连晤对，不舍日夕。”[2]然此种受宠的情况，却为人所忌。两年之后的永明十一年(493)，谢朓的处境就直转而下，“长史王秀之以朓年少相动，密以启闻。世祖敕曰：‘侍读虞云自宜恒应侍接。朓可还都。’朓道中为诗寄西府曰：‘常恐鹰隼击，秋菊委严霜。寄言罻罗者，寥廓已高翔。’”[3]而两年的京师生活，虽然谢朓“以本官兼尚书殿中郎”，“高宗辅政，以朓为骠骑谘议，领记室，掌霸府文笔。又掌中书诏诰，除秘书丞，未拜，仍转中书郎。”[4]但在这样一种血雨腥风、杀气弥漫的环境下，谢朓时常悸动不已。故而，建武二年(495)的离开京师，到不远的宣城郡去做太守，谢朓一方面有离开凶险政治中心的庆幸，一方面也有随时会遭遇不测的忧惧。如此处境下，作为内心敏感的文士，谢朓由衷发出“旅思倦摇摇”之感喟。喟叹之余，自然会想到让自己摆脱忧惧处境的生活——隐逸生活。到宣城郡之后，谢朓便创作了大量隐逸诗，诗中对大自然的一草一木、风花雪月都充满发自内心的喜爱。

这一时期的隐逸行为，与后来走终南捷径，以隐求仕，或以隐博取声名的举动，性质绝不相同。他们的隐逸，更多是尊重自己内心的呼唤，是自己心灵深处的本然追求。当不能兼济天下，理想不能实现，甚至个人尊严乃至生命都无从得以保全的情况下，他们就挥一挥衣袖，果断辞别宦场，无家国之羁绊，过着一种独善其身、洒脱随性的生活。

二、玄学、佛教的渗透：隐逸文学的内涵更为深广

这一时期，隐逸思想更为多元，除儒家、道家隐逸思想外，玄学、佛教先后在士人中流行，对士人隐逸行为、隐逸文学创作有着或大或小的影响。玄学是这一时期标志性的社会思潮，玄思的哲理，对形而上问题的探讨，引导人们摆脱世俗琐屑的羁縻，自然形成了“不以物务婴心”的生活态度。这种态度，显然与隐居湖泽岩穴之中，过着散淡生活的隐者具有一致性。此外，玄学对隐逸文学风格的影响，也是显而易见的，尤其是阮籍、嵇康，他们隐逸文学飘逸、自然的风格的形成，很大程度上来源于这一时期流行的玄

① 《谢宣城集校注》，第219—220页。
② 《南齐书·谢朓传》，第825页。
③ 《南齐书·谢朓传》，第825页。
④ 《南齐书·谢朓传》，第826页。

风。《文心雕龙·明诗》认为:“正始明道,诗杂仙心。”《文心雕龙·时序》也认为,当时“诗必柱下之旨归,赋乃漆园之义疏”。其实,这种文学的时代特征,隐逸文学的体现尤其明显。我们在分析阮籍、嵇康隐逸文学作品的风格时,已就这一问题展开过讨论,此不赘。

佛教在两汉之交传入中土,此后,影响渐至扩大,至东晋南朝更为士人所接受。由于佛经的传译,士人对佛教义理的理解越来越深入。佛教义理中的不少观念,比如佛教对“空”的认识,认为万物都是变动不居的,世上没有永恒存在的名色。这种理念引导人们不要执着于外在事物的实有。对外物,尤其是儒家士人最为热衷的名利,也要淡化,要以一种虚幻的眼光来否定他们的存在。如此,这些身外之物,便变得不那么重要了。这种思想,其实和隐士的思想,就超脱外物的羁绊上来说,具有一致性。故而,士人在读佛经,接受佛教理念影响后,他们的思想更为丰富,对隐逸的环境、隐逸的目的也有了更多的思考。具体到文学创作方面,主要是佛教净土世界对生存环境的美好想象,对士人文学作品中隐逸环境的描写,无疑会有潜在的渗透。如谢灵运的不少隐逸作品,其中对隐居环境的描写,固然有谢灵运居住的永嘉秀美山水的影子。但我们知道,谢灵运有很深的佛教修养,他曾与当时著名高僧慧远有密切交往,尝注《金刚般若经》,《高僧传》“释慧严传”记载:“大涅般经初至宋土,文言致善,而品数疏简,初学难以措怀,严乃共慧观、谢灵运等依泥洹本加之品目,文有过质,颇亦治改,始有数本流行。”①又据唐释元康《肇论疏》卷上序记载:“谢灵运文章秀发,超迈古今。如涅元来质朴,本言‘手把脚踏,得到彼岸’,槃元来质朴本言。手把脚蹈,得到彼岸,谢公改云:‘运手动足,截流而度’。”②既如此,谢灵运的隐逸作品中,描写的超世间的隐居环境,那清幽、美妙的场景,不自觉会使人联想到佛教净土的澄澈、华美。

佛教因果轮回报应说,因与儒家思想的契合,更易于为中土士人接受,对隐逸者积德行善行为也会产生不小的影响。一般言之,隐者多是有能力跻身仕途,然又迫于现实的不堪或自愿或无奈潜身山林湖泽之人。这些隐居的士人,固然有不少是深受道家隐逸观的影响,为道而隐。他们隐居的目的就是为了“潇洒送日月”,在摆脱外在的羁绊后,随心所欲,欲过上一种“逍遥游”的生活。当然,也有另外一部分受儒家、或司马迁隐逸思想影响的士人,他们是在“道不行,乘桴浮于海”理念的支配下隐居的。儒家讲究

---

① 《高僧传》,第262—263页。

② 《大正藏》卷45。

“达则兼济天下”，也讲究“穷则独善其身”。这些隐居的士人既然不能“兼济天下”，那么，“独善其身”就是他们的必然选择。所以，我们经常看到不少士人，退隐期间，兴办各类教学机构，为普及文化知识尽自己的绵薄之力。或者利用自己所掌握的医学知识，为当地百姓解除痛苦。同时，这些士人多曾为官一任，且又有较高的文化水平，自然会深受当地百姓的信任。出于对他们品行、人格的尊重，有些民间纠纷，往往直接诉诸于他们，而不是官家。这样的行为，显然，也是一种善举。这些隐居的士人，他们此类行为，当然是儒家“积善之家，常有余庆。积不善之家，必有余殃”的反映。后来，当佛教因果轮回思想传入后，隐居士人把这种思想与儒家思想结合起来，更自觉自愿践行立身行善、造福一方的道德原则。

三、凸显乱世中个人出处的矛盾、挣扎

本论著在研究魏晋南北朝隐逸文学的发展状况时，重点关注隐逸文学内部，作家的情感冲突。这一时期不少隐逸文学内在的情感冲突，多是个人出处的矛盾的体现，是个人理想受挫的反映。这种理想多由于社会动荡、环境污浊，而不能得以实现。阮籍、嵇康在易代之际，司马氏的恐怖高压下，虽然他们都有在仕途一展宏图的愿望，然而，客观现实却使他们的理想付之东流。如此，他们的不少隐逸作品内部呈现出剧烈的情感动荡。陶渊明也是因为东晋末年，权臣不轨，战乱迭起，自己渴望的升平盛世渺然无期。短暂的进入仕途，却多是迎来送往、阿谀奉承之类无聊勾当。这种种不堪，与陶渊明初始性格严重冲突，退而避之，是必然之事。当然，陶渊明的隐逸之作，有些内在的情感冲突不甚剧烈，较为平和，给人以静穆之感。但这不是陶渊明隐逸诗的全部。陶渊明另有一部分隐逸诗歌内在有着强烈的情感冲突，这种“金刚怒目”式的作品，在陶渊明的诗歌中占有相当的比重。

与隋唐及此后各朝隐逸文学相比较，这一时期隐逸文学内在的情感冲突，多是关乎作者个人出处的处境，关乎个人的境遇、个人的尊严乃至个人的生命等方面的，不似宋、元、清诸朝，隐逸更多是在异族入侵的屈辱背景下，自己无能又无力的激愤，这种深沉悲怆的激愤情绪，如影随形，伴随着深受儒家思想浸染的士人，使他们的心绪不曾须臾平静。他们的某些隐逸文学作品，看似悠游自适，但文字后面潜隐的苦闷，或多或少还是会流露出来。而唐、宋时期某些隐逸文学的无病呻吟，为博取功名而矫揉造作，虽然作品中也有情感的躁动，但这种躁动的内涵却极为低俗、虚假，为人所不齿。

第三节　魏晋南北朝隐逸文学的影响

魏晋南北朝隐逸文学以其多姿多彩的面目，在隐逸文学发展史上，留下浓墨重彩的一笔。隐逸文学创作的时间跨度长，从汉末建安直至南朝末年，一直不曾中辍。同时，体裁多样，诗、文、赋皆蔚为大观。另外，作家纷呈，名家亦夥。这一时期的隐逸文学创作，对后世隐逸文学创作产生了很大影响。

一、对唐以后隐逸文学大家影响一瞥

魏晋南北朝隐逸文学蔚为大国，是第一座高峰，给后来的隐逸文学的发展树立了标杆。此后，隐逸文学一直绵延不绝，有时还光彩夺目。陶渊明诗歌对后世影响深远，沈德潜《说诗晬语》云："唐人祖述者，王右丞有其清腴，孟山人有其闲远，储太祝有其朴实，韦左司有其冲和，柳仪曹有其峻洁。"[①]此言陶渊明对唐代几位重要诗人的影响。我们不难发现，这几位诗人基本都创作过很多隐逸诗歌，尤其是孟浩然，其田园诗歌中对农村生活诗意的描绘，那醇厚的情感，自然平淡的语言，放在陶诗中，简直难以辨析。所以，我们基本可以这样认为，陶渊明诗歌对唐代诗人的影响，主要是针对他们的山水田园隐逸诗而言的。此外，唐代其他诗人的隐逸诗也深受陶渊明的影响，如李白的《戏赠郑溧阳》：

> 陶令日日醉，不知五柳春。素琴本无弦，漉酒用葛巾。清风北窗下，自谓羲皇人。何时到栗里，一见平生亲。[②]

诗作于天宝十三载(754)，安史之乱爆发前夕。当时唐王朝表面上依然歌舞升平，然而，内部却潜伏着各种危机，敏感的诗人早已意识到这些，加之，自己理想崚嶒，壮志无由实现，故而，内心极为激愤，然又无可奈何。此种心态下，李白内心本有的隐逸思想便开始滋生出来。诗以渊明饮酒开端，诚为抓住渊明生活之本然状态。萧统在《陶渊明集序》中说："有疑陶渊明之诗，篇篇有酒，吾观其意不在酒，亦寄酒为迹也。"当然，陶渊明的饮酒

---

① (清)沈德潜《说诗晬语》，人民文学出版社 1979 年版，第 207 页。

② (唐)李白著，詹锳集评《李白全集校注汇释集评》，百花文艺出版社 1996 年版，第 1557 页。

别有寄托,“爱酒不爱名,忧醒不忧贫”(白居易《效陶潜体诗十六首》其十二),酒能给人以腾云驾雾、飘飘欲仙的快感,使人陶然忘却世俗之累,挣脱人生的羁绊,达到物我两忘的境界,“何以称我情?浊酒且自陶。”(《己酉岁九月九日》)这与隐士的心境恰好吻合。就此而言,陶渊明的饮酒是其隐居生活的象征,是其洒脱不羁生活的体现。李诗中的郑溧阳,也如渊明一样,琴酒伴身,徜徉河边榆柳之下,清风拂面,物我两忘,完全一派羲皇时人的心境。诗表面是描写友人的无案牍之劳形的惬意生活,其实也融入了自身绝然自立、超然物外的高洁情怀。

李白一生服膺谢朓,所言“蓬莱文章建安骨,中间小谢又清发”一直为人称道,在《金陵城西楼月下吟》中更把谢朓视为隔代知己,诗有云:“月下沉吟久不归,古来相接眼中稀。解道澄江净如练,令人长忆谢玄晖。”李白一生狂傲,让其拳拳服膺的文士更是寥若晨星,然而,他却独独对谢朓推崇备至。谢朓一生创作大量的“圆美流转如弹丸”的,具有清丽风格的诗篇,这些诗篇不少就是典型的隐逸诗,这些诗歌当对李白有着直接影响。

唐之后如陆游、辛弃疾、马致远、黄宗羲、王夫之等人的隐逸文学创作,是在异族占领中原,汉政权面临生死存亡的紧要关头,个人抗辱的理想不能实现的背景下,为了安顿自己凄苦的内心,不得不无奈退居而为之。但他们内心的热血并未冷却,时不时还会在作品中表露出他们的素志。这种心理与陶渊明归隐期间的心理非常相似,只不过,陶渊明的隐居一是“性本爱丘山”之初始性格所致,同时,也是源于其“不能为五斗米折腰,拳拳事乡里小人”的自尊。虽然,陶渊明与他们退避的原因不尽相同,一是个人的荣辱,个人大济苍生的愿望不能实现而思退避,一是在异族入侵,民族生死绝续的关键时刻,个人无能为力的失落感导致。但,他们归隐之后,内心的激愤、不平并未消失,时不时还会展露笔端。这些隐逸作品看似浑身静穆,但“金刚怒目”式的不甘一直如影随形,仔细考索,不难觉察。

二、隐逸文学中的佛道思想

魏晋南北朝隐逸文学,由于受到玄学、佛教影响,某些隐逸作品“诗杂仙心”,有些则是梵音弥漫。这种类别的隐逸作品,到了隋唐及以后,随着道教、佛教的进一步传播,隐逸文学中就有更多佛道思想的影子。王维有“诗佛”之称,其不少诗歌带有深深的禅意,这类诗歌有不少就是他隐居终南山时所作。如他那首著名的《终南别业》:

中岁颇好道,晚家南山陲。兴来每独往,胜事空自知。行到水穷处，坐看云起时。偶然值林叟，谈笑无还期。[①]

诗作于开元二十九年(741)，[②]“观其诗，知其蝉蜕尘埃之中，浮游万物之表者也。”[③]佛教思想到了王维，已从外在的形式，变成内在思想的一部分，已完全摆脱儒道思想的痕迹，成为其立身行事的基本指南。

李白一生求仙慕道，也曾有过隐逸经历。因之，他也作有一些带有神仙气息的隐逸诗。如《元丹丘歌》：

元丹丘，爱神仙，朝饮颍川之清流，暮还嵩岑之紫烟，三十六峰常周旋。长周旋，蹑星虹，身骑飞龙耳生风，横河跨海与天通，我知尔游心无穷。[④]

诗作于开元二十二年(734)，“当为李白与元丹丘偕隐嵩山时作。”[⑤]元丹丘求仙慕道，“横河跨海”“心游无穷”，超越世俗的卑琐。其实，这种杂有佛道思想的隐逸文学作品，在魏晋南北朝时期陶渊明、谢灵运、谢朓的作品中，已露端倪，至唐代以后，更是绵延不绝。当然，随着环境的变化，佛道思想在隐逸文学中的具体表现，体现出的作家的情感也更为复杂。

三、对当下的启迪

1. 当代人生活的诗意与隐逸气质

我们知道，不管是儒家隐逸观、道家隐逸观，还是后来的佛教的某些理念，都非常推重个人对世俗的超越，都希望能过上一种不违背自身“道统”的生活。道家追求“无己”“无功”“无名”的逍遥境界；儒家更强调个人德性的维护。当这些追求在现实生活中不可能实现时，他们或远离宦途，走进草野湖泽，躲进名山密林，过上一种随性的生活。或者，即便不能摆脱仕宦的羁縻，也以一种散淡的心态对待劳自己形体之案牍，这些，在这一时期的隐逸文学中大量存在。阮籍、嵇康、陶渊明、谢灵运诸位隐逸文学作家，引起后人追捧的一个重要原因，就在于他们在行为方面，在隐逸文学中表现出来的对洒脱、不拘生活的热爱，对随性有尊严生活的追求。阮籍，“文帝

---

① 《王维集校注》，第191页。
② 《王维集校注·附王维年谱》，第1347页。
③ (宋)胡仔《苕溪鱼隐丛话前集》卷十五，万有文库本，第97页。
④ 《李白全集校注汇释集评》，第1032页。
⑤ 《李白全集校注汇释集评》，第1032页。

辅政，籍尝从容言于帝曰：'籍平生曾游东平，乐其风土。'帝大悦，即拜东平相。籍乘驴到郡，坏府舍屏鄣，使内外相望，法令清简，旬日而还。"[①]"籍闻步兵厨营人善酿，有贮酒三百斛，乃求为步兵校尉。"平视王侯，随性自恣的生活，何其快意！嵇康对权贵钟会的不屑，又是多么让人气畅！其在隐逸诗中，表现出的与自然冥一的气度，又是何其让人神往！其《赠秀才入军》其十四：

息徒兰圃，秣马华山。流磻平皋，垂纶长川。目送归鸿，手挥五弦。俯仰自得，游心太玄。嘉彼钓翁，得鱼忘筌。郢人逝矣，谁与尽言？[②]

隐逸生活悠然自得，打鸟、垂钓，躺在兰花遍布的山野河边，天上云卷云舒，周围甜甜的花香，马儿安静地吃草，时而发出一阵嘶鸣。嵇康手挥目送之间，领略到大自然无穷的赐予，不自觉体味到人生的真谛。神思恍惚之中，人与自然融为了一体，人成为自然的一分子，彼此之间没有界限，"我见青山多妩媚，料青山见我应如是。情与貌，略相似。"

陶渊明因官场上司空见惯，最正常不过的礼仪："束带"迎接上司，都觉辱没了自己，毅然挂印归去，该是何等的洒脱！当然，陶渊明隐逸文学中，自然随性，摆脱人为物役生活的篇章在在多有。虽然彻底归隐后，陶渊明的生活较为贫困，甚至有时不得不靠乞讨度日，但这样的生活反倒是玉成了陶渊明亲近大自然，过上人之为人的本然的生活。如其著名的《饮酒》（其五）：

结庐在人境，而无车马喧。问君何能尔？心远地自偏。采菊东篱下，悠然见南山。山气日夕佳，飞鸟相与还。此中有真意，欲辨已忘言。[③]

没有达官显宦车马的簇拥，没有令人目眩口爽之锦衣玉食，诗人却安之若素，毫不介怀，反而在这样的环境中触摸到了生活的本质。摆脱了人为职役的卑琐、无奈之后，陶渊明徜徉在匡庐静谧的山水田园间，白日锄

---

① 《晋书·阮籍传》，第1360页。
② 《嵇康集校注》，第15—16页。
③ 《陶渊明集笺注》，第247页。

田，晚上饮酒，闲暇时，与邻人“话桑麻”。即便耕作的不怎么精细，“草盛豆苗稀”，也泰然处之。因为可在劳作之时，抬头看看天上的白云朵朵，看看不知名小鸟的翩翩轻飞，身边菊花怒放，不远处，山岚衬着落日的余晖，随意升腾，人在其中，不知今夕何夕，此世何世！世上一切的干戈淆乱，宦途中一切的算计、屈辱，都远自己而去。也就是这种摆脱物累的随性的生活，让他更能思索生命的本然。这种与大自然融合无间的生活，散发着迷人的芬香，保有着永恒的魅力，受到后人长久的追膜。

谢灵运由于宦途的不得意，出为永嘉太守后，“出守既不得志，遂肆意游遨，遍历诸县，动逾旬朔，民间听讼，不复关怀。所至辄为诗咏，以致其意焉。”[①]其不少隐逸诗就是自己对大自然美的感悟。

阮籍、嵇康、陶渊明、谢灵运等士人，如果和光同尘，稍微放低一下身段，悠游朝廷是很容易的事。然而，他们却尊重内心对自由洒脱生活的追求，毅然抛弃世俗之人艳羡的名利，这种选择确实让后人叹服。他们的行为，在隐逸文学创作中也多有反映。此种行为及此种行为基础上创作的隐逸文学，对当下人们的诗意生活也有不少启发意义。

魏晋南北朝士人隐逸的原因虽各不相同，然，大多数隐逸行为本身还是有可取之处的，他们在隐逸文学中表现出来的自然随性，心灵舒展的自由生活，让现代人羡慕不已！现代社会的发展导致人的异化越来越严重，人成为物质、科技、金钱的附庸，作为人本身的一些特点、一些性情渐至泯灭。每个人似乎都很忙碌，人每每戴着不同的面具生活，同时要扮演多种角色。一天天、一年年，就这样奔波辗转。此种现实下，有人提出了人应当“诗意地栖居在大地上”的生活目标，马克思当年也曾设想过共产主义社会中，人的理想的生活状态：“在共产主义社会里，……我有可能随我自己的心愿今天干这事，明天干那事，上午打猎，下午捕鱼，傍晚从事畜牧，晚饭后从事批判，但并不因此就使我成为一个猎人、渔夫、牧人或者批判者。”[②]同时，马克思曾在《政治经济学批判（1857—1858 年手稿）》中创造性地提出了“自由个性”这一哲学范畴，“‘自由个性’摆脱了物的奴役，资本的奴役。”[③]而回过头来看看六朝时期那些隐士，我们发现，他们中除一部分人物质生活较为贫困外，多数人都可以按照自己作为人本身的特点自由生活。“古先智士体其若兹，介焉超俗，浩然养素，藏声江海之上，卷迹嚣氛之

① 《宋书·谢灵运传》，第 1753—1754 页。
② 《马克思恩格斯全集》第 3 卷《德意志意识形态》，人民出版社 1960 年版，第 37 页。
③ 陈曙光、杨洁《论马克思的“自由个性”观》，《北京大学学报》2017 年 06 期。

表，漱流而激其清，寝巢而韬其耀，良画以符其志，绝机以虚其心。玉辉冰洁，川渟岳峙，修至乐之道，固无疆之休，长往邈而不追，安排窅而无闷，修身自保，悔吝弗生，诗人《考槃》之歌，抑在兹矣。”①这些隐逸之士有自己的心性修为，有自己对“道”的理解，有自己对自然美的领悟，有对人生、对社会的深刻体察，有对艺术创作的卓越追求。从某种意义上来说，魏晋南北朝隐居之士的生活状态，及他们在隐逸文学中创造出来的摆脱物役的洒脱、惬意生活，就是当今人类摆脱异化的一个样本。

今天的人们欲过上诗意的生活，不妨多点隐逸气质，甚至有些隐逸行为，多些个人充分活动的空间，少些对权力、金钱、名望的追逐，少些被物质异化、俘获的时间。如此，人类的性灵当舒展许多，人对自身生命的认识当更为真切，人生活本身的意义也将更为凸显。

2. 当代平等、民主社会价值观的培育与自由尊严的隐逸精神

社会发展的潮流浩浩荡荡，顺之者昌，逆之者亡，就人的本性而言，追求平等、自由、不受压抑的有尊严的生活，是人类孜孜以求的目标，也是社会发展的大势。这种社会状态下，人的尊严、权利、自由能够得到充分保障，这一目标显然是我们努力追求的。现代人的生活，尤其是在某些民主、平等思想，还没有充分发展的社会，这样的生活还只能停留在理想的状态。反观魏晋南北朝时期的隐士，有些有过短暂的仕宦经历，也显露出较为不错的政治能力，本来可以在仕途上大有作为的，如建安时期的田畴、正始时期的阮籍、东晋的陶渊明等，但他们不愿受官场繁文缛节之束缚，不愿压制自己本性要求的人性的自由发展，“不愿为五斗米而折腰于乡里小人”，毅然走进山林、田园，或即便不得不留在宦途，也是与统治者虚与委蛇，“不以物务婴心”。他们过着“不事王侯，高尚其事”的自由、洒脱生活。还有些士人一步也不曾，当然，也不想迈进仕途，他们压根就不屑整日忙着婚丧嫁娶之类迎来送往，如东晋韩绩，“少好文学，以潜退为操，布衣蔬食，不交当世，由是东土并宗敬焉。司徒王导闻其名，辟以为掾，不就。”②东晋戴逵，“少博学，好谈论，善属文，能鼓琴，工书画，其余巧艺靡不毕综。……性不乐当世，常以琴书自娱。”③他们这种平视王侯，对自由、尊严生活追求的精神，实质与当代社会所要求的人的自由，人人之间平等、尊重的关系正相一致。

① 《晋书·隐逸传》，第 2425 页。
② 《晋书·隐逸传》，第 2443 页。
③ 《晋书·隐逸传》，第 2457 页。

故而，隐逸精神的提倡可以作为对抗社会不平等、不自由的手段，可以作为抑制社会躁进心态的手段，如若每个人都活得很有尊严，有较大的自由，有充分内省的空间，则人的全面发展的社会或许会早日到来。

参 考 文 献

（清）阮元校勘《十三经注疏》，艺文印书馆股份有限公司 2007 年版。
（清）方玉润《诗经原始》，中华书局 1986 年版。
（清）王先谦《诗三家义集疏》，中华书局 1987 年版。
程俊英、蒋见元《诗经注析》，中华书局 1991 年版。
（唐）陆德明编，黄焯汇校《经典释文汇校》，中华书局 2008 年版。
（汉）司马迁《史记》，中华书局 2005 年版。
（汉）班固《汉书》，中华书局 2005 年版。
（宋）范晔《后汉书》，中华书局 2005 年版。
（晋）陈寿《三国志》，中华书局 1959 年版。
（唐）房玄龄等《晋书》，中华书局 1974 年版。
（梁）沈约《宋书》，中华书局 1974 年版。
（梁）萧子显《南齐书》，中华书局 1972 年版。
（唐）姚思廉《梁书》，中华书局 1973 年版。
（唐）姚思廉《陈书》，中华书局 1972 年版。
（唐）李延寿《南史》，中华书局 1975 年版。
（北齐）魏收《魏书》，中华书局 1974 年版。
（唐）令狐德棻等《周书》，中华书局 1971 年版。
（唐）李延寿《北史》，中华书局 1974 年版。
《魏晋南北朝正史订补文献汇编》，北京图书馆出版社 2004 年版。
（唐）魏征等撰《隋书》，中华书局 1973 年版。
（后晋）刘昫等《旧唐书》，中华书局 1975 年版。
（宋）欧阳修、宋祁《新唐书》，中华书局 1975 年版。
（元）脱脱、阿鲁图《宋史》，中华书局 1977 年版。
（明）宋濂、王祎《元史》，中华书局 1976 年版。
（清）张廷玉、万斯同等《明史》，中华书局 1974 年版。
赵尔巽《清史稿》，中华书局 1977 年版。
（宋）司马光编著，（元）胡三省音注《资治通鉴》魏纪七，中华书局 1956 年版。
（汉）赵晔《吴越春秋》，江苏古籍出版社 1999 年版。
（汉）刘向《古列女传》，中华书局 1985 年版。
（北魏）郦道元注，陈桥驿校证《水经注校证》，中华书局 2007 年版。
（清）郭庆藩《庄子集释》，中华书局 1961 年版。
（战国）荀子著，（清）王先谦集解，沈啸寰、王星贤点校《荀子集解》，中华书局 1988 年版。

(战国)吕不韦编,王利器注疏《吕氏春秋注疏》,巴蜀书社 2002 年版。
(汉)刘向著,阎振益、钟夏校注《新书校注》,中华书局 2000 年版。
(清)唐晏《两汉三国学案》,中华书局 1982 年版。
(晋)葛洪著,王明校释《抱朴子内篇校释》,中华书局 1985 年第 2 版。
(晋)葛洪著,杨明照校笺《抱朴子外篇校笺》,中华书局 1991 年版。
(晋)列子著,杨伯峻集释《列子集释》,中华书局 1979 年版。
《唐五代笔记小说大观》,上海古籍出版社 2000 年版。
(宋)孔平仲《续世说》卷十二,文渊阁四库全书本。
(宋)贾嵩《陶隐居内传》,清光绪二十九年刻本。
《庐山慧远法师文钞》,庐山东林书社 1989 年印。
《莲社高贤传》,中华书局 1991 年版。
(梁)僧祐《弘明集》、(唐)道宣《广弘明集》,上海古籍出版社 1991 年版。
(梁)释慧皎《高僧传》,中华书局 1992 年版。
(梁)僧祐《出三藏记集》,中华书局 1995 年版。
《中华大藏经》(汉文部分),中华书局 1997 年版。
《中华大藏经》第 14 册,谢灵运整理《涅槃经》,中华书局 1997 年版。
《中华大藏经》第 18 册,鸠摩罗什译《阿弥陀经》,中华书局 1997 年版。
(宋)张君房编《云笈七签》,中华书局 2005 年版。
《中华道藏》26 册《重阳全真集》,华夏出版社 2004 年版。
《中华道藏》第 46 册《华阳陶隐居内传》,华夏出版社 2004 年版。
(汉)扬雄著,张震泽校注《扬雄集校注》,上海古籍出版社 1993 年版。
(汉)张衡著,张震泽校注《张衡诗文集校注》,上海古籍出版社 2009 年版。
(汉)蔡邕著,邓安生校注《蔡邕集编年校注》,河北教育出版社 2002 年版。
(东汉)应劭著,王利器校注《风俗通义校注》,中华书局 1981 年版。
费振刚主编《全汉赋》,北京大学出版社 1993 年版。
龚克昌《全汉赋评注》,花山文艺出版社 2003 年版。
《曹操集》,中华书局 1974 年版。
(三国魏)曹丕著,易健贤译注《魏文帝集全译》,贵州人民出版社 1998 年版。
(三国魏)曹植著,赵幼文校注《曹植集校注》,人民文学出版社 1984 年版。
傅亚庶《三曹诗文全集译注》,吉林文史出版社 1997 年版。
(魏)王粲等著,俞绍初编《建安七子集》,中华书局 2005 年版。
(魏)阮籍著,陈伯君校注《阮籍集校注》,中华书局 1987 年版。
(魏)嵇康著,戴明扬校注《嵇康集校注》,人民文学出版社 1962 年版。
黄节《曹子建诗注　阮步兵咏怀诗注》,中华书局 2008 年版。
韩格平《竹林七贤诗文全集译注·竹林七贤年表》,吉林文史出版社 1997 年版。
(晋)潘岳著,董志广校注《潘岳集校注》,天津古籍出版社 2005 年修订第一版。
(晋)陆云著,刘运好校注《陆士衡文集校注》,凤凰出版传媒集团、凤凰出版社 2007 年版。
(晋)陆云著,刘运好校注《陆士龙文集校注》,凤凰出版传媒集团、凤凰出版社 2010 年版。
(晋)皇甫谧《高士传》,中华书局 1989 年影印《四部备要》本。
(晋)陶渊明著,逯钦立编《陶渊明集》,中华书局 1979 年版。
(晋)陶渊明著,袁行霈校注《陶渊明集校注》,中华书局 2005 年版。

(晋)陶渊明著,杨勇校笺《陶渊明集校笺》,上海古籍出版社2007年版。
(晋)陶渊明著,王瑶编《陶渊明集(编注)》,河北教育出版社2000年版。
(晋)陶渊明著,龚斌校笺《陶渊明集校笺》,上海古籍出版社2007年版。
(宋)王质等《陶渊明年谱》,中华书局1986年版。
(南朝宋)谢灵运著,叶笑雪《谢灵运诗选》,古典文学出版社1957年版。
(南朝宋)谢灵运著,顾绍柏校注《谢灵运集校注》,中州古籍出版社1987年版。
(南朝宋)谢灵运著,黄节注《谢康乐诗注序》,人民文学出版社1958年版。
(南朝宋)谢灵运著,李运富编注《谢灵运集》,岳麓书社1999年版。
(南朝宋)刘义庆著,余嘉锡笺疏《世说新语笺疏》,中华书局2007年第2版。
(南朝宋)刘义庆著,杨勇《世说新语校笺》,中华书局2006年版。
(南朝齐)谢朓著,曹融南校注《谢宣城集校注》,上海古籍出版社1991年版。
(南朝梁)钟嵘著,陈廷杰注《诗品注》,人民文学出版社1961年版。
(南朝梁)钟嵘著,曹旭笺注《诗品笺注》,人民文学出版社2009年版。
(南朝梁)钟嵘著,王叔岷笺证《钟嵘诗品笺证稿》,中华书局2007年版。
(南朝梁)沈约著,陈庆元校笺《沈约集校笺》,浙江古籍出版社1995年版。
(南朝梁)何逊著,李伯齐校注《何逊集校注》,中华书局2010年版。
(北周)庾信撰,(清)倪璠注《庾子山集注》,中华书局1980年版。
(北周)庾信撰,许逸民译《庾信诗文选译》,巴蜀书社1991年版。
(南朝梁)江淹著,(明)胡之骥注《江文通集汇注》,中华书局1984年版。
(南朝梁)陶弘景著,王京州校注《陶弘景集校注》,上海古籍出版社2009年版。
(南朝梁)刘勰著,范文澜注《文心雕龙注》,人民文学出版社1958年版。
(南朝梁)刘勰著,詹锳义证《文心雕龙义证》,上海世纪出版社有限公司、上海古籍出版社1989年版。
(梁)萧统编,(唐)李善注《文选》,中华书局1977年版。
(梁)萧统编,(唐)李善等注《大字本增补六臣注文选》,台北华正书局1981年版。
日本足利学校藏宋刊明州本《六臣注文选》,人民文学出版社2008年版。
(清)严可均《全上古三代秦汉三国六朝文》,中华书局1958年版。
逯钦立《先秦汉魏晋南北朝诗》,中华书局1983年版。
(唐)王绩著,韩理洲校点《王无功文集》,上海古籍出版社1987年版。
(唐)白居易著,顾学颉点校《白居易集》,中华书局1979年版。
(唐)欧阳询《艺文类聚》,上海古籍出版社1999年新2版。
(唐)孟浩然著,佟培基笺注《孟浩然诗集笺注》(增订本),上海古籍出版社2000年版。
(唐)王维撰,陈铁民校注《王维集校注》,中华书局1997年版。
(唐)李白著,詹锳《李白全集校注汇释集评》,百花文艺出版社1996年版。
(唐)杜甫著,(清)仇兆鳌注《杜诗详注》,中华书局1979年版。
(唐)皎然著,李壮鹰校注《诗式校注》,人民文学出版社2003年版。
(唐)司空图著,祖保泉、陶礼天校笺《司空表圣诗文集笺校》,安徽大学出版社2002年版。
(宋)李昉等编《太平御览》,中华书局1960年版。
(宋)苏轼著,邹同庆、王宗堂校注《苏轼词编年校注》,中华书局2002年版。
(宋)黄庭坚《豫章黄先生文集》卷二十六,《四部丛刊》影印宋刊本。
(宋)黄庭坚撰,(宋)任渊等注,刘尚荣点校《黄庭坚集校注》,中华书局2003年版。
(宋)胡仔《苕溪鱼隐丛话前集》卷十五,万有文库本。

(宋)陆游著,夏承焘、吴熊和笺注《放翁词编年笺注》,上海古籍出版社 1981 年版。
(宋)辛弃疾著,邓广铭笺注《稼轩词编年笺注》,上海古籍出版社 1993 年版。
(宋)辛弃疾著,谢永芳编《辛弃疾诗词全集(汇校汇注汇评)》,崇文书局 2016 年版。
(宋)洪兴祖《楚辞补注》,中华书局 1983 年版。
(宋)范希文《对床夜语》,光緒二十二年(1896)钱塘丁氏八千卷楼刻本。
(宋)严羽撰,郭绍愚校注《沧浪诗话校注》,人民文学出版社 1961 年版。
(宋)朱熹撰,朱杰人、严佐之、刘永翔主编《朱子全书》,上海古籍出版社、安徽教育出版社 2002 年版。
唐圭璋主编《全宋词》,中华书局 1999 年版。
(元)马致远著,邓长风点校《东篱乐府》,上海古籍出版社 1989 年版。
(元)倪瓒《清闷阁集》,文渊阁《四库全书》本。
(明)高启著,(清)金檀辑注,徐澄宇、沈北宗校点《高青丘集》,上海古籍出版社 1985 年版。
(明)王夫之《楚辞通释》,上海人民出版社 1975 年版。
(明)张溥著,殷孟伦注《汉魏六朝百三家集题辞注》,中华书局 2007 年版。
(明)何良俊《四友斋丛说》卷二十五,中华书局 1959 年版。
(明)冯时化《酒史》,宝颜堂秘籍本(万历刻、民国石印)。
(明)陆时雍《古诗镜》,文渊阁四库全书本。
(明)王夫之《王船山诗文集》,中华书局 1962 年版。
(清)黄宗羲《黄梨洲集》,中华书局 1959 年版。
(清)王谟《增订汉魏丛书》,西南师范大学出版社、东方出版社 2001 年版。
(清)陈祚明《采菽堂古诗选》,上海世纪出版集团、上海古籍出版社 2008 年版。
(清)方东树《昭昧詹言》,人民文学出版社 1962 年版。
(清)沈德潜《古诗源》,中华书局 1963 年版。
(清)沈德潜《说诗晬语》,人民文学出版社 1979 年版。

侯外庐等《中国思想通史》第三卷,人民出版社 1957 年版。
《马克思恩格斯全集》第 3 卷,人民出版社 1960 年版。
北京大学中文系文学史教研室《陶渊明资料汇编》,中华书局 1962 年版。
张可礼《三曹年谱》,齐鲁书社 1983 年版。
冯友兰《三松堂学术 7 论集》,北京大学出版社 1984 年版。
逯钦立《汉魏六朝文学论集》,陕西人民出版社 1984 年版。
洪顺隆《由隐逸到宫体》,台北文史哲出版社 1984 年版。
陆侃如《中古文学系年》,人民文学出版社 1985 年版。
李泽厚、刘纲纪《中国美学史》第二卷上,中国社会科学出版社 1987 年版。
万绳楠《魏晋南北朝文化史》,黄山书社 1989 年版。
张松如《中国诗歌史》,吉林大学出版社 1989 年版。
庄万寿《嵇康研究及年谱》,学生书局 1990 年版。
曹道衡、沈玉成《南北朝文学史》,人民文学出版社 1991 年版。
钱志熙《魏晋诗歌艺术原论》,北京大学出版社 2003 年版。
蒋星煜《中国隐士与中国文化》,上海书店出版社 1992 年版。
孙述圻《六朝思想史》,南京出版社 1992 年版。
张可礼《东晋文艺系年》,山东教育出版社 1992 年版。

葛晓音《山水田园诗派研究》，辽宁大学出版社 1993 年版。
傅刚《魏晋南北朝诗歌史论》，吉林教育出版社 1995 年版。
任继愈《中国哲学史》第二册，人民出版社 1996 年第四版。
罗宗强《魏晋南北朝文学思想史》，中华书局 1996 年版。
孙昌武《佛教与中国文学》，上海人民出版社 1996 年版。
容肇祖《魏晋的自然主义》，东方出版社 1996 年版。
吕慧娟、刘波、卢达《中国历代著名文学家评传》第一卷，山东教育出版社 1997 年版。
高晨阳《阮籍评传》，南京大学出版社 1997 年版。
刘大杰《魏晋思想论》，上海古籍出版社 1998 年版。
韩格平《建安七子综论》，东北师范大学出版社 1998 年版。
郭预衡《中国古代文学史》，上海古籍出版社 1998 年版。
王琳《六朝辞赋史》，黑龙江教育出版社 1998 年版。
《鲁迅辑录古籍丛编》第四卷，人民文学出版社 1999 年版。
胡适《白话文学史》，上海古籍出版社 1999 年版。
袁行霈主编《中国文学史》第二册，高等教育出版社 1999 年版。
徐公持《魏晋文学史》，人民文学出版社 1999 年版。
周勋初《魏晋南北朝文学论丛》，江苏古籍出版社 1999 年版。
刘跃进、范子烨《六朝作家年谱辑要》，黑龙江教育出版社 1999 年版。
许建平《山情逸魂》，东方出版社 1999 年版。
吴梅《中国戏曲概论》，上海古籍出版社 2000 年版。
《王瑶全集》，河北教育出版社 2000 年版。
刘师培《中国中古文学史讲义》，上海古籍出版社 2000 年版。
曹道衡、刘跃进《南北朝文学编年史》，人民文学出版社 2000 年版。
刘文忠《中古文学与文论研究》，学苑出版社 2000 年版。
陈寅恪《金明馆丛稿初编》，生活・读书・新知三联书店 2001 年版。
钱锺书《谈艺录》，生活・读书・新知三联书店 2001 年版。
詹福瑞《汉魏六朝文学论集》，河北大学出版社 2001 年版。
郭绍虞主编《中国历代文论选》，上海古籍出版社 2001 年版。
程章灿《魏晋南北朝赋史》，江苏古籍出版社 2001 年版。
吴云主编《魏晋南北朝文学研究》，北京出版社 2001 年版。
《姜亮夫全集》第二十二卷《张华年谱》，云南人民出版社 2002 年版。
赵朴初《佛教常识答问》，北京出版社 2003 年版。
姜剑云《太康文学研究》，中华书局 2003 年版。
王晓毅《儒释道与魏晋玄学形成》，中华书局 2003 年版。
罗宗强《魏晋南北朝文学思想史》，中华书局 2004 年版。
魏耕原《谢朓诗论》，中国社会科学出版社 2004 年版。
胡旭《汉魏文学嬗变研究》，厦门大学出版社 2004 年版。
王廷鹏《建安七子研究》，北京大学出版社 2004 年版。
《鲁迅全集》，人民文学出版社 2005 年版。
[瑞士]荣格著，刘烨译《荣格的智慧：荣格性格哲学解读》，中国电影出版社 2005 年版。
孙尚扬主编《汤用彤选集》，吉林人民出版社 2005 年版。
詹福瑞《南朝诗歌思潮》，河北大学出版社 2005 年版。
朱光潜《诗论》，上海世纪出版集团 2005 年版。

罗宗强《玄学与魏晋士人心态》,天津教育出版社 2005 年版。
孙尚扬主编《汤用彤选集·汉魏两晋南北朝佛教史》,吉林人民出版社 2005 年版。
黄侃《文选评点》(重辑本)上,中华书局 2006 年版。
刘跃进《秦汉文学编年史》,商务印书馆 2006 年版。
童强《嵇康评传》,南京大学出版社 2006 年版
霍建波《宋前隐逸诗研究》,人民出版社 2006 年版。
何鸣《遁世与逍遥——中国隐逸简史》,敦煌文艺出版社 2006 年版。
万绳楠《魏晋南北朝文化史》,东方出版社 2007 年版。
王仲荦《魏晋南北朝史》,中华书局 2007 年版。
胡不归《读陶渊明札记》,华东师范大学出版社 2007 年版。
李长之《陶渊明传论》,天津人民出版社 2007 年版。
袁行霈《陶渊明研究》(增订本),北京大学出版社 2009 年版。
陈洪《高山流水——隐逸人格》,东方出版社 2009 年版。
俞士玲《陆机陆云年谱》,人民文学出版社 2009 年版。
卢晓河《中国古代隐逸文学研究》,甘肃民族出版社 2009 年版。
刘汝霖《汉晋学术编年》,华东师范大学出版社 2010 年版。
胡大雷《中古赋学研究》,广西师范大学出版社 2011 年版。
杨清之《唐前隐逸文学研究》,中央民族大学出版社 2011 年版。
胡适《白话文学史》,东方出版社 2012 年版。

冯友兰《论风流》,《哲学评论》1944 年版,第 9 卷第 3 期。
黄苗子《读倪云林传札记》,《中华文史论丛》1963 年 03 期。
蒋立甫《何逊年谱简编》,《安徽师范大学学报》1986 年 02 期。
周勋初《论谢灵运山水文学的创作经验》,《文学遗产》1989 年 05 期。
韩格平《〈竹林七贤论残句辑注〉——兼论〈竹林七贤论〉的文献价值》,《古籍整理研究学刊》1992 年 06 期。
徐公持《理其滞其必宣——论两晋人士的嵇康情结》,《文学遗产》1998 年 04 期。
顾农《〈与山巨源绝交书〉作年考》,《江海学刊》1998 年 04 期。
曹虹《慧远及其庐山教团文学论》,《文学遗产》2001 年 06 期。
郑训佐《论魏晋南北朝的隐逸文学》,《山东社会科学》2001 年 03 期。
徐清泉《论隐逸文化在中国传统文学艺术发展中的意义》,《文学评论》2000 年 04 期。
薛富兴《魏晋自然审美概观》,《西北师范大学学报》(社科版)2005 年 03 期。
许晓晴《中古隐逸诗研究》,复旦大学 2005 年博士论文。
潘啸龙、朱瑛《潘岳人品论》,《安徽师范大学学报》2006 年 05 期。
蒋寅《陶渊明隐居的精神史意义》,《求是学刊》2009 年 05 期。
张森《左思〈咏史〉诗创作时间考》,《齐齐哈尔大学学报》2009 年 05 期。
李洪亮《曹植家庭变故考论》,《文学遗产》2011 年 04 期。
沈金浩《作家性格:文学研究不应忽视的维度》,《文艺研究》2013 年 04 期。
孙少华《近十年来先唐文学研究的若干问题》,《文学遗产》2014 年 02 期。
陈君《汉晋之间的青土隐逸及其文学与学术影响》,《文学遗产》2015 年 06 期。
陈曙光、杨洁《论马克思的“自由个性”观》,《北京大学学报》2017 年 06 期。
沈金浩《吐纳英华　莫非情性》,《光明日报》2018 年 1 月 22 日。

后　记

一本书即将面世，照例会有很多感慨。多年心血，总算画上一个或许不是那么圆满的句号，但既然是句号，总是一阶段学术成就的一个小结，甚至可以说是人生历程中的一个逗号，既如此，就理应说上一些值得感慨、感动、感谢的人和事。

余生也晚，70年代后期出生于皖北一个农家，沐浴着新时代的东风，慢慢成长。童年残存在记忆中的，除了玩耍的欢乐外，还有挥之不去的饥饿，以及父亲对摆脱饥饿，吃上“皇粮”的殷切期盼。也是缘于此，自打记事时起，父亲就对我的学习特别上心，一有时间，总是对我大吼：“写字去！”而母亲总是顺从父亲的意见，也默默地支持我的学习。我家中兄妹较多，农活重且芜杂，生活的压力当然也很沉重。虽然农事无休，但只要我在学习，父母总是让我专心看书，不会挤占我的学习时间。学习的习惯由最初的强迫，逐步变得自觉。阅读的书籍也渐至多了起来，小学时就已读过《三国演义》《水浒传》《明英烈》等古典小说。这样的经历，打下了我最初的文史基础，培养了我对文史知识的潜在兴趣。

真正进入到古代文学的研究领域，是在南京大学读硕士期间。导师俞士玲先生是一位既严谨又通达的学者，对我们的指导既严肃又活泼。平时不给太多的压力，但涉及到为学，尤其是论文时，又极为严谨。犹记拿回第一篇论文时，被呵斥：“回去读书”的窘迫，以及论文满篇皆“红”的汗颜。当然，更让我记住了为学的不易，真切意识到：不下苦功夫，断难有收获的道理。师门问学，其乐融融，每人畅所欲言，先生不时点拨一二。工作之后，也多次发送论文，向俞先生请教，先生总是抽出时间，认真批阅。如果说，我在学术上多少还取得那么一点成就的话，这与俞先生的付出，断然是分不开的。后来俞老师到法国访学，硕士论文后阶段由巩本栋先生负责。巩先生为人谦和，娓娓而谈，言辞看似平淡，却总给人很多启发。

2009年，我考取安徽师范大学潘啸龙先生的博士生，忝列在潘先生门下。潘先生是楚辞学大家，品行亦有屈子风范：峻洁而婞直。与先生见面，每每如沐春风。临见先生之前，因读书进展缓慢，较少心得，总是忐忑难安。但与先生相见，度过最初的紧张后，先生渊博的学识，平易的风范，很快就使我消除了紧张，不觉间半日过去，还尚感意犹未尽。博士论文选题，本就不易，按说我应继承先生衣钵，在楚辞学领域上下求索，但吾生性驽钝，尤难体味屈子作品中幽微隐秘的奥妙。当然，先生也未强我所难。关于博士论文选题，先生曾说过：选题一要选择自己感兴趣的研究对象；二要根据自己的知识基础。我硕士阶段，曾对魏晋南北朝文学有过关注，也读过这时期的一些文学及史学著作，自觉兴趣点还是在魏晋南北朝文学。先生说，那你就在这一阶段选题吧。魏晋南北朝文学的博士论文选题，不可能避开大家，也难以避免热点问题。这一时期是中国历史上有名的乱世，一般认为，这一时期的文学有三大主题：游仙主题、生死主题、隐逸主题。生死问题，太过沉重，无力深究；游仙主题，亦觉隔膜；倒是隐逸主题，似较契合本人追求“闲看庭前花开花落”“漫随天外云卷云舒”之心境。既如此，那就姑且在这一领地开拓开拓吧。征得潘先生的首肯后，开始了竭泽而渔式的文献搜索，之后认真整理、研读。在此基础上，制定了较为详细的论文提纲，先生看过后，针对某些不太严谨的地方，及写作中可能遇到的困难，给予了中肯的建议。

这里还要重点提及一件事：2012 年的 7 月，我去拜访刘跃进先生。也恳请刘先生给论文提纲，提出宝贵意见。刘先生认为物质生产条件与隐者的心态，以及隐逸文学创作之间，都有极大的联系；同时，隐者的隐逸之地，也是一重要问题，也应加强这方面的考察。闻听此言，醍醐灌顶。鉴于我文学地理知识的薄弱，只能在原有章节的基础上，加上“物质生活与隐逸心态及隐逸文学创作”一章，其余只好付之阙如，这实乃一大憾事，也愧对刘先生的指点。暗自思忖，来日当继续这方面的探究。

论文写作的日子，自然是清苦的……潘先生时时鞭策、劝慰，使我克服诸多困难，一直坚定地走下去。

安徽师大古代文学专业当时有五位博士生导师，即：余恕诚先生、潘先生、胡传志先生、丁放先生、刘运好先生，诸位先生在各自的领域皆卓然名家，不仅如此，对于我们这些博士生，有的虽非“嫡系”弟子，同样也是尽心指点，知无不言，言无不尽，无是此非彼之偏见。日常的点滴接触，亦能真切感受到先生们对吾辈成长之关切，确是真吾师也！胡传志先生平易近人，少有师生等级之大妨，犹记胡先生曾多次亲临博士生宿舍，谈生活，谈工作，谈学术，时间不知不觉过去好久……良言时时在耳，经久亦难忘。刘运好先生颇有魏晋名士之风，喜谈说，善饮酒，风趣幽默，酒间谈笑，更为洒脱。然涉及到学术问题，却又极为严谨，对我们的要求也是相当严格。

博士论文答辩如期而至，那是一个初夏的上午，校园鸟鸣啾啾，鲜花绽开，答辩现场却庄严静穆，一颗心也是怦怦难安。我们屏气敛声，敬候诸位先生的到来。八时整，詹福瑞先生、张国星先生健步走进会场，落座后，确定我的论文由詹先生任答辩委员会主席。答辩的过程，多年以后，回想起来，依然历历在目。两位先生充分肯定了论文的价值，甚至说了些我觉得是溢美的话。我知道，先生们如此评价，并不意味着，我的论文真的质量上乘，在前人的基础上，取得了多大的成就，更多是出于对青年学子的鼓励、呵护。当然，二位先生也指出了论文的某些不足，如对这一时期隐逸思想的考察，就显得较为肤浅，应重点关注郭象《〈庄子〉注》中的适性理论对士人的隐逸行为、隐逸文学的影响；同时，也应关注佛教思想与隐逸思潮的联系。认为这些与隐逸文学创作关系甚大，不可不重视。同时，两位先生也希望我能进一步修改论文，为日后申报课题，出版做准备。答辩会的一番指点，振聋发聩，受益良多，论文修改的路径也因之更为明晰了。此后，在不同场合，得以亲聆詹先生之教诲。詹先生在汉魏六朝文学、李白及《文心雕龙》研究方面卓有建树，先生为人坦率、平易，甚或有点六朝文士的通脱。因多次谋面，愈觉亲近，修改论文过程乃至工作中，遇到问题，亦多次向詹先生汇报。先生发论切中肯綮，要言不烦，论文亦逐日增色。书稿即将出版，冒昧恳请詹先生为序，不意先生竟爽快答应了，且极为重视，三天后就写就一篇精见迭出之序言。序胜于书之正文远矣，感动之至！感激之至！

兄长王启才、张明华先生对我时加敦促，助我良多，每一念及，总觉暖意融融。

16 年，我以修改过的博士论文为基础，申报国家社科基金后期资助项目，很荣幸获批立项。五位匿名专家给予诸多宝贵意见，遵此良言，又经两年多的修改，19 年 3 月，书稿提交结项鉴定，顺利通过。不久，上海三联书店殷亚平先生即和我取得联系，商量书稿出版事宜。殷先生做事一丝不苟，严谨细心，对书稿高度负责。疫情期间，虽未能谋面，但电话沟通及微信文字之交，亦能体察殷先生为人的坦诚，对人对事的热忱！

年已不惑，虽不自觉，已然如此。步步走来，看似平淡却也酸甜苦辣咸，诸味杂陈。年少时五彩斑斓的梦，是那样美丽诱人。梦醒之后，是美丽的诗，世界同样缤纷璀璨。放开眼光，远眺苍茫寰宇，蓝天之上，鸥鸟翔集，自在和鸣；广袤原野，花儿朵朵，开落无意；江湖之中，风帆点点，任意东西。现实世界还有恁多帮助自己，关爱自己的师友、亲朋，原来世界是如此的美好！“我所思兮在太山，欲往从之梁父艰”，爱情如此，其他方面的追求何尝不是如此？前路正长，或有高山阻遏，或有深坑设伏，但梦境依然绚烂多姿，依然令人神往，前行的脚步固然不会止息！

阜阳师范大学文学院　李洪亮

2020 年 12 月 8 日

图书在版编目(CIP)数据

魏晋南北朝隐逸文学研究/李洪亮著.—上海:上海三联书店,2021.7

ISBN 978-7-5426-7197-4

Ⅰ.①魏…　Ⅱ.①李…　Ⅲ.①中国文学—古典文学研究—魏晋南北朝时代　Ⅳ.①I206.35

中国版本图书馆CIP数据核字(2020)第179635号

魏晋南北朝隐逸文学研究

著　　者/李洪亮

责任编辑/殷亚平
装帧设计/一本好书
监　　制/姚　军
责任校对/张大伟　王凌霄

出版发行/上海三联书店
　　　　(200030)中国上海市漕溪北路331号A座6楼
邮购电话/021-22895540
印　　刷/上海惠敦印务科技有限公司

版　　次/2021年7月第1版
印　　次/2021年7月第1次印刷
开　　本/710×1000　1/16
字　　数/450千字
印　　张/26
书　　号/ISBN 978-7-5426-7197-4/I·1665
定　　价/108.00元

敬启读者,如发现本书有印装质量问题,请与印刷厂联系 021-63779028